Libro de la Vida

Letras Hispánicas

Santa Teresa de Jesús

Libro de la Vida

Edición de Dámaso Chicharro

DECIMA EDICION

CATEDRA

LETRAS HISPANICAS

Cubierta: Ricardo Zamorano

Juan Ignacio Luca de Tena, 15. 28027 Madrid
Depósito legal: M. 36229-1994
ISBN: 84-376-0181-9
Printed in Spain
Impreso en Selecciones Gráficas
Carretera de Irún, km. 11,500 - Madrid

Índice

A mi maestro, Emilio Orozco, próximo el momento de su jubilación.

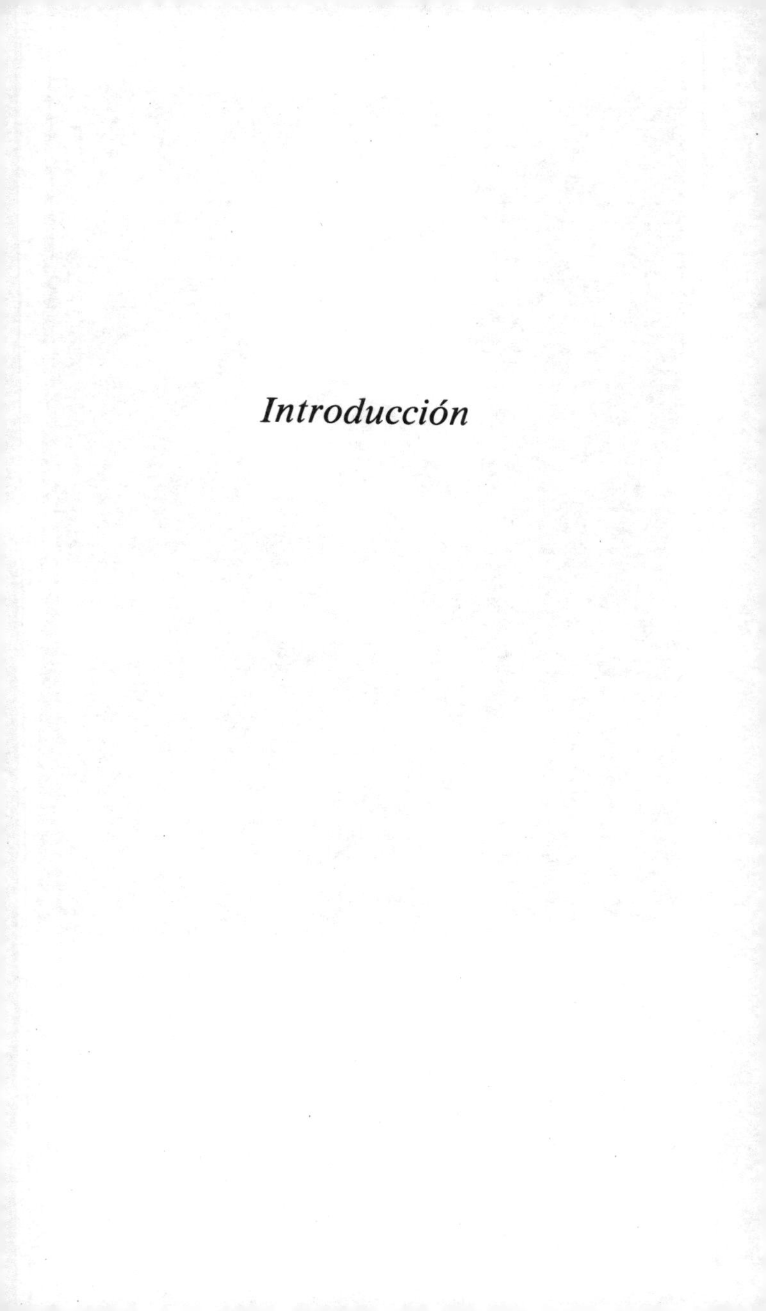

Introducción

Santa Teresa en su entorno histórico y social

Américo Castro empezaba en 1929 su estudio teresiano[1] con estas palabras: «Ni clínica ni empíreo. Teresa de Avila suele ser llevada de uno a otro recinto siempre envuelta en aureolas mágicas. La histeria —el freudismo— hace de sobrenatural para quienes no confían mucho en el otro mundo. Que Jesús o Eros fuesen los demiurgos de la obra teresiana, tal vez no sea indiferente desde ciertos puntos de vista; en lo que atañe a la consideración histórica y literaria de los escritos de la santa, el resultado es el mismo. Posesa de divinidad o de neurosis, nuestra mística carece aún de claro y sereno emplazamiento entre los valores que integran la historia de la civilización hispánica.» Tal vez no anduviera muy lejos don Américo de pensar que su estudio iba a ser punto de partida decisivo para la situación precisa de la autora en el contexto cultural de la España del siglo XVI; pues, en efecto, a partir de su trabajo se abrieron nuevas perspectivas que informan ya una visión mucho más coherente y rigurosa de la figura de Santa Teresa.

No vamos a referir, por conocidos, los datos externos de su biografía[2]. En las notas que acompañan la presente edición del

---

[1] «La mística y humana feminidad de Teresa la Santa», recogido en *Teresa la Santa y otros ensayos,* Barcelona, Alfaguara, 1972.

[2] Aparte de estudios menos importantes, puede verse como bibliografía básica sobre la vida de Santa Teresa lo siguiente: Francisco de Ribera, *Vida de Santa Teresa de Jesús*, 1.ª ed., Salamanca, 1590; edición moderna del padre Jaime Pons, Barcelona, 1908. Diego de Yepes, *Vida, virtudes y milagros de la Bienaventurada Virgen Teresa de Jesús.* En Çaragoça, por Angelo Tauanno, año de 1606. A. Risco, *Santa Teresa de Jesús,* Bilbao, 1925. Domínguez Berrueta, J., *Santa Teresa de Jesús,* Madrid, Espasa-

Libro de la Vida se encontrarán abundantes referencias a este respecto; digamos de pasada que vivió entre 1515 y 1582; que anduvo envuelta en constantes avatares personales y públicos de gran trascendencia para la espiritualidad del XVI; que fundó varios conventos, desde el de San José de Ávila hasta el de Burgos (un total de 17 fundaciones), sobre todo en Castilla y Andalucía, sin contar otros muchos que reformó; que estuvo relacionada con todos los núcleos importantes de la inquietud religiosa de su momento, no siendo ajena a ciertas intrigas, de la mano del conde de Tendilla, en la corte de Felipe II[3]; y que, yendo de Burgos a Ávila a fines de septiembre de 1582, se detuvo en el convento de Alba de Tormes donde se sintió enferma y le sorprendió la muerte. Era el día 4 de octubre.

Mujer de carácter abierto y comunicativo, de extrema sensibilidad y simpatía personal, reunía a la vez un temple enérgico que le permitió afrontar las mayores contrariedades. Apasionada y entusiasta, intrépida y voluntariosa. Mujer de acción en

---

Calpe, 1934. Cunninghame Graham, G., *Santa Teresa: Her Life and Times,* 2 vols., Londres, 1894; traducida al español por el padre Juan Antonio Zugasti: *Santa Teresa y la Compañía de Jesús,* Madrid, 1914; Papasogli, Giorgio, *Santa Teresa de Ávila,* traducida del italiano por R. P. Urbano Barrientos, Madrid, Ediciones Studium, 1957. Louis Bertrand, *Sainte-Thérèse,* París, 1927, traducida el mismo año. Hoornaert, R., *Sainte Thérèse d'Avila. Sa vie et ce qu'il faut avoir lu de ses écrits,* Brujas, 1951. P. Miguel Mir, *Santa Teresa de Jesús. Su vida, su espíritu, sus fundaciones,* 2 vols., Madrid, 1917. Maurice Legendre, *Sainte Thérèse d'Avila,* Marsella, 1929. Padre Gabriel de Jesús, *Vida gráfica de Santa Teresa de Jesús,* 4 vols., Madrid, 1929-1935. Padre Enrique Jorge Pardo, S. J., *Estudios Teresianos,* Santander, Universidad Pontificia de Comillas, 1964. C. Bayle, *Santa Teresa de Jesús,* Madrid, 1932. Padre Crisógono de Jesús Sacramentado, *Teresa de Jesús. Su vida y su doctrina,* Madrid, 1935. Padre Silverio de Santa Teresa, *Vida de Santa Teresa de Jesús,* 5 vols., Burgos, Tip. El Monte Carmelo, 1935-1937. William Thomas Walsh, *Santa Teresa de Avila,* Trad. esp., Madrid, 1951. Allison Peers, *Madre del Carmelo. Retrato de Santa Teresa de Jesús,* Trad. esp., Madrid, C.S.I.C., 1948. Marcelle Auclair, *La vie de Sainte Thérèse d'Avila, la dame errante de Dieu,* París, 1950; traducida por Jaime de Echánove, Madrid, Ediciones Cultura Hispánica, 1972, y, como libro de conjunto, el de los padres Efrén de la Madre de Dios y Otger Steggink, *Tiempo y vida de Santa Teresa,* 2.ª ed. revisada y aumentada, Madrid, B.A.C., 1977.

[3] Véase el trabajo de Pierre Vilar, *L'Espagne au temps de Philippe II,* París, 1965; y Aguado, J. M., *Relaciones entre Santa Teresa y Felipe II,* en «La ciencia tomista», 1927, págs. 29-56.

una palabra, siempre tuvo los pies en el suelo pese a sus numerosos incidentes de índole sobrenatural. Tal vez nadie como ella —sin afanes panegiristas que no son del caso, sino tras la lectura atenta de sus obras— logró desenvolverse en su medio con ese difícil equilibrio entre idealismo y práctica que ha simbolizado en cierta medida a la mujer castellana.

Hoy, tras los estudios de Narciso Alonso Cortés, Homero Serís, Américo Castro, Gómez Menor, Márquez Villanueva, Felicidad Bernabéu, etc., tenemos absoluta seguridad del origen converso de Teresa, cuyo abuelo, Juan Sánchez de Toledo, fue procesado por la Inquisición en 1485 y obligado a recorrer las iglesias toledanas durante siete viernes, cargado con un sambenito salpicado de cruces[4].

Este dato, fríamente expresado, no da idea de su enorme repercusión en la biografía de Santa Teresa, como en la de cualquier español de su siglo. Se entendía la honra como un reflejo de la opinión y no como posesión basada en valores estables. Si un español no era tenido por cristiano viejo, aunque fuese por simple sospecha, su situación se volvía angustiosa[5]. Es frecuente el caso de verse privado de un beneficio eclesiástico, un cargo administrativo, e incluso el respeto de los convecinos por haber sido judío su abuelo o su bisabuelo. El comprobar ascendencia hebrea, aunque fuese en la quinta generación, era la mayor infamia; de ahí las abundantes «ejecutorias de hidalguía» y los falseamientos genealógicos de españoles de la época.

---

[4] Narciso Alonso Cortés, «Pleitos de los Cepedas», *B.R.A.E.*, 1946, págs. 85-110. Homero Serís, «Nueva genealogía de Santa Teresa», *N.R.F.E.*, 10, 1956, págs. 365-384. Américo Castro, *Teresa la Santa*, cit., págs. 20 y ss. J. Gómez Menor, *El linaje familiar de Santa Teresa y San Juan de la Cruz*, Toledo, 1970. Fco. Márquez Villanueva, «Santa Teresa y el linaje», en *Espiritualidad y Literatura en el siglo XVI*, Madrid, Alfaguara, 1968. Felicidad Bernabéu, «Aspectos vulgares del estilo teresiano y sus posibles razones», *Revista de Espiritualidad*, 1963, especialmente, págs. 363-375.

[5] Sobre la vida de los conversos pueden verse, entre otros, los siguientes estudios: J. J. Gutiérrez Nieto, «La discriminación de los conventos y la tibetización de Castilla por Felipe II», separata de *Rev. Univ. de Madrid*, IV, 1973; del mismo, «La estructura castizo-estamental de la sociedad castellana del siglo XVI», *Hispania*, 33 (1973), págs. 519-63, Antonio Domínguez Ortiz, *Los judeoconversos en España y América*, Madrid, 1971. Eloy Benito Ruano: «Del problema judío al problema judeoconverso», *Simposio Toledo Judaico*, Toledo, 1972, etc.

Recuérdense los casos de falseamiento flagrante respecto al padre Sigüenza, Luis Vives o la misma Teresa de Jesús.

Los testigos del proceso de canonización de la santa dijeron siempre que era hija de hidalgos y, acto seguido, todos los biógrafos buscaron sus orígenes nobles. Se la tuvo por mucho tiempo emparentada con el marqués de Atayuelas, por testimonio del carmelita fray Manuel de Santo Tomás; el padre Lorenzo de la Madre de Dios inventó literalmente en 1618 un árbol genealógico de Teresa a instancias del padre Gracián. Otras genealogías igualmente falsas se deben a Francisco Fernández de Bethencourt en su obra *Los parientes de Santa Teresa,* y al marqués de Ciandocha, *Los Cepedas, linaje de Santa Teresa.*

Todo esto no fueron sino «medios de época» para limpiarla de lo que se estimaban denigrantes predecesores. Y no fue ajeno en absoluto su decurso vital al drama íntimo de los cristianos nuevos. Ella conoció, sin duda, los esfuerzos de su padre y de sus tíos para lograr una declaración de hidalguía. Cuando inicia el *Libro de la Vida* no habla de que sus padres fueran hidalgos, sino «virtuosos y temerosos de Dios», «de mucha caridad con los pobres», «grandísima honestidad», etc. Jamás se refiere a su nobleza. Entre sus parientes los había mercaderes, que reflejaban a las claras su condición de conversos, e incluso su hermano Lorenzo e hijos intentan ocultar su ascendencia usando el «don» a su regreso de América, lo cual levantó una protesta en Avila porque no se les consideraba con tal derecho. La santa, a la sazón en Sevilla, escribe a una sobrina suya, María Bautista, diciéndole que, en efecto, podían utilizar el tratamiento, pues tienen vasallos en las Indias, pero no aquí. «Pedí al padre —dice— que no permitiera a sus vástagos hacerlo aquí y le di razones. Ahora en Avila no se habla de otra cosa, lo cual es vergonzoso»[6]. Teresa había tenido que soportar el sentirse señalada como cristiana no limpia, lo cual explica buen parte de su filosofía de la vida. Tenía siempre presente la casta de las personas, como estudió Américo Castro, y hubo de utilizar su inteligente tenacidad para luchar contra los «dardos de la opinión». «Existía —dice don Américo— la preocupación de la casta que por vana que fuera incitaba a protegerse contra ella, porque el sentimiento

[6] Carta a la Madre María Bautista desde Sevilla, 29 de abril de 1576.

de la honra era manejado como arma ofensiva por quienes alardeaban de buen linaje, y las heridas causadas por tan punzante obsesión acababan por hacerse visibles.» Tal vez por eso, y como defensa, Teresa ingresa en una orden religiosa.

Sólo le quedó el prurito de la honra, que la atormentaba en cuanto hacía. Hay referencias constantes —y A. Castro se ha encargado de señalarlas— que ilustran su posición frente a sí misma; incluso en los momentos de mayor arrebato místico escribe teniendo siempre muy presente su situación personal: «Quedaba con unos efetos tan grandes —dice— que con no haber en este tiempo veinte años, me parece traía el mundo debajo de los pies» (V. cap. IV). Es como si la unión con Dios fuese tomada por una victoria contra la sociedad castellana de su siglo, que la humillaba y la coartaba. Parece se sentía, al mismo tiempo que unida a Dios, pisando, caminando por encima de las cabezas de los maldicientes que menospreciaban a ella y a sus familiares.

Se ha hablado con razón de una especie de anhelo en la santa por compensar con «linaje espiritual» la carencia de uno socialmente estimable. Hay constantes referencias a ello. Cuenta el padre Gracián que al hablarle a Teresa de su linaje, «de los Ahumedas y Cepedas de donde descendía, se enojó mucho conmigo porque trataba desto»; añadiendo la santa «que le bastaba con ser hija de la Iglesia católica y que más le pesaba haber hecho un pecado venial, que si fuera descendiente de los más viles y bajos villanos y confesos de todo el mundo». Es un ejemplo entre cientos del influjo que la condición de conversa ejerce sobre su sensibilidad.

Ha sido Márquez Villanueva, en su trabajo citado, quien mejor ha reconstruido la imagen de Santa Teresa en el círculo de sus simpatías sociales, afirmando que sólo se movía con naturalidad en un medio burgués de profesionales y burócratas, pequeños eclesiásticos o hidalgos provincianos, que coincidía con el estrato más densamente converso de la sociedad española. Y ello tiene repercusión evidente en su literatura, como tendremos ocasión de comprobar en nuestro estudio sobre el *Libro de la Vida.*

Santa Teresa se ha enfrentado, a su modo, con el problema del intelectual en cualquier sociedad. Tuvo que escribir su obra sin romper con la ortodoxia social —y mucho menos con la religiosa—. Y sólo ello bastaría para dar idea de su inteligencia y su personalidad. Desconocer toda la problemática vital de

Santa Teresa —comenta Márquez Villanueva[7]— equivale estrictamente a no saber de qué se está hablando en una gran parte de su obra, en la que sólo cabría ver entonces un gran despliegue de trivialidad. «Incluso en el aspecto literario —dice— su genio consiste en haber sabido hacer de su conflicto y su lucha el estímulo para lanzarse de hecho a una experimentación decidida, que tensa hasta el máximo su fibra de escritora.» Su estilo viene a ser como una fuga musical en la que el problema de expresar lo inefable se enlaza con la necesidad de anticiparse a torcidas interpretaciones. La propia santa lo formuló así: «Porque estamos en un mundo que es menester pensar lo que pueden pensar de nosotros, para que hagan efeto nuestras palabras»[8].

Recientemente se ha enfocado el tema desde una nueva perspectiva en un trabajo de conjunto sobre el ambiente histórico en que se desarrolló la vida de Santa Teresa. Se trata del estudio de Teófanes Egido[9], donde por primera vez un religioso, biógrafo y autor de numerosos estudios sobre temas doctrinales, etc., reconoce desde la primera página que ha existido una evidente desproporción entre la cantidad de trabajos dedicados a la vida espiritual teresiana, que giran en torno a temas místicos o doctrinales, y los escasísimos acerca de los contactos reales de Teresa con su tiempo, de sus problemas materiales de mujer integrada o enemistada con su sociedad. Basta con ojear la abundante literatura producida en torno a 1971, al ser proclamada Doctora de la Iglesia, para constatar el hecho[10]. Sucede, además, que esta actitud «espiritualista» ha llegado incluso a contagiar a autores actuales como Donázar y Moriones[11] cuyos libros no están exentos de cierto tono polémico que enlaza sin solución de continuidad con el de los biógrafos clásicos de la santa (PP. Rivera y Yepes). De ahí la necesidad perentoria de situar a Teresa en su marco, atendiendo a planteamientos más generales y saliendo del ámbito carmelita-

---

[7] *Loc. cit.,* pág. 203.

[8] *Fundaciones,* 520.

[9] Incluido en *Introducción a la lectura de Santa Teresa,* Madrid, Editorial de Espiritualidad, 1978.

[10] Simeón de la Sagrada Familia, *Bibliografía del Doctorado Teresiano,* Roma, 1971.

[11] Anselmo Donázar Zamora, *Principio y fin de una reforma,* Bogotá, 1968. Ildefonso Moriones, *El carisma teresiano. Estudio sobre sus orígenes,* Roma, 1972.

no, especialmente de la mano de Domínguez Ortiz, Márquez Villanueva, etc. Extraña aún más esa actitud «espiritualista» por cuanto Teresa no fue nunca ajena a los problemas de su tiempo y, aún más, se encuentran en sus cartas numerosísimas referencias a hechos políticos fundamentales, como la rebelión de los moriscos, la política de Felipe II contra los protestantes, e, incluso, las relaciones entre España y Portugal. De estos supuestos conviene partir y no de la simple enumeración de fastos y noticias irrelevantes.

Un elemento decisivo en su personalidad es el castellanismo, como también lo fuera de Fray Luis, calificado como determinante de la mentalidad, actuación y reacciones de la santa. Se sintió identificada con su raíz castellana, precisamente en los veinte años de su mejor historia externa (1560-1580). La primera mitad de su vida coincide con un decisivo cambio en la orientación política y económica de Castilla. Se pasa al «compromiso europeo» desde la posición autárquica y ostentosa de los Reyes Católicos. Es la Castilla abierta, erasmista y bulliciosa de los primeros años del reinado de Carlos V, que terminará en la reacción radicalizada de Felipe II, con ofensivas inquisitoriales, índice de libros prohibidos, etc. [12].

Precisamente en este contexto debe valorarse la novedad de la reforma teresiana, que no puede ser estimada como producto único de la ofensiva armada y violenta postridentina, sino como una verdadera actitud reformista en profundidad que parte de supuestos anteriores. No es ajena Teresa a la existencia de grupos opuestos de pensamiento y actitud, cuya manifestación aparente era común: el «alumbrismo», nombre bajo el cual se confunden tantas cosas y tan diversas preocupaciones morales de la época [13]. La reforma hay que entenderla, pues, como el intento de aglutinar a un grupo de espirituales ansioso de una orientación recta. Sólo así cobra sentido la frase de Santa Teresa en el lecho de muerte: «Al fin muero hija de la Iglesia.»

De lo que no cabe ya duda es de que la importancia de los grupos de «alumbrados», «erasmistas» e incluso «luteranos» hay

---

[12] Véase Pierre Chaunu, *L'Espagne de Charles Quinte,* París, 1973, y Pierre Vilar, *L'Espagne au temps de Phillippe II,* citada.

[13] La mejor exposición sobre el tema sigue siendo la de A. Márquez, *Los alumbrados,* Madrid, 1972, completada y rectificada en parte por dos trabajos de M. Andrés, en especial *Nueva visión de los alumbrados de 1525.* Madrid, 1973.

que verla en el contexto social de la oposición entre un sector de cristianos viejos dominantes y otro de judeo-conversos oprimidos. Sólo a la luz de esta oposición, que tan fértil se ha mostrado en el estudio de obras capitales de nuestra literatura como *La Celestina*[14], acaba de tener sentido la obra teresiana.

Es evidente que Santa Teresa guardó toda su vida un silencio sospechoso sobre sus predecesores. El falseamiento de su genealogía y las abundantes mentiras de testigos en sus procesos, posiblemente bienintencionadas, vienen a concluir que se trataba de un tema vital para ella. Los testigos suelen deponer con excesiva unanimidad, sin duda por haberse puesto previamente de acuerdo. Se da el hecho de que la mayoría se refieren sólo a la pública voz y fama de la ciudad como exclusivo argumento de rigor para probar su limpieza de sangre. Todo demasiado estereotipado.

La inercia de los biógrafos, como comenta elocuentemente Teófanes Egido, es también un cómplice fundamental; es más, hay que contar con la complicidad consciente de ellos —incluso de algunos bien recientes— para poder entender todo este curioso entramado. Los descubrimientos posteriores de la verdadera genealogía de la santa vinieron a poner en claro la cuestión, como dijimos con anterioridad. La tesis de A. Castro respecto al misticismo teresiano, según la cual el análisis del «yo» y su íntima confesión están relacionados absolutamente con la problemática de una minoría discriminada y no con los influjos tardíos de la mística europea, abría paso a una nueva interpretación mucho más fecunda[15]. Lo que ya no resulta tan explicable es el silencio que acompañó el descubrimiento del auténtico linaje de Santa Teresa, a partir del pleito editado por Narciso Alonso Cortés. Fueron circunstancias políticas las que influyeron decisivamente en esta especie de conjura contra la verdad.

Los Cepeda, como quedó dicho, fueron una familia típica judeo-conversa condenada en varios de sus miembros. Los penitenciados por la Inquisición resultaban inhabilitados para

---

[14] Recuérdense los conocidos trabajos de E. Orozco, «Hipótesis de una interpretación», Madrid, Ínsula, 1955, y Serrano Poncela, S., *El secreto de Melibea,* Madrid, 1956.

[15] El propio Egido ha estudiado con detalle y sapiencia el cambio de postura que la crítica adoptó tras los trabajos de A. Castro en su artículo «La novedad teresiana de A. Castro», *Revista de Espiritualidad,* 32, 1973, págs. 82-94.

la mayoría de los cargos y funciones vitales en la sociedad; y sólo la tenacidad e inteligencia de Juan Sánchez de Toledo (padre de la santa) le hizo superar muchas de estas barreras, logrando al fin la habilitación legal, diez años después de su condena. Esta represión a su familia explica en cierta medida la contestación social de la autora, que constituye hoy uno de los datos fundamentales para la comprensión de sus escritos.

Hay en apariencia una especie de contagio de los valores de la aristocracia más encumbrada a partir de su relación con doña Luisa de la Cerda, pero sólo —decimos— en apariencia. La literatura teresiana hay que alinearla, por raro que parezca, con el inconformismo de *La Celestina,* el *Lazarillo* o el *Guzmán.* Y precisamente su obsesión por la honra, en un sentido *ancien régime,* es, por paradójico que parezca, parte fundamental del entramado.

Un somero estudio lingüístico llevaría a la conclusión de que el peso cuantitativo del vocablo «honra» lo convierte en uno de los elementos estructurales de toda su literatura. Y, por curiosa paradoja, no se trata más que de una reacción de descarga, compensatoria de su falta de linaje. Por ello creemos, con la actual corriente de opinión al respecto, que Teresa tuvo perfecta conciencia de su condición social. No se explica de otra manera la importancia cuantitativa de este tema en una obra doctrinal, ascética y mística, que para nada lo precisaba. Y es curioso, asimismo, como ha visto sutilmente T. Egido, que cuando aparecen personajes de cierto rango e hidalguía en su obra, la autora se esfuerza por retenerlos en el texto, por sacar el máximo partido de ellos, como si necesitase apropiárselos por más tiempo para compensar en cierto modo su condición. Está Teresa en el difícil equilibrio entre el anhelo de integración y la angustia del rechazo: «La expresión del dolor —dice Egido— determina actitudes coincidentes de amargor, que, si no cristalizan en expresiones literarias colectivas o protestas sociales tan al unísono como quieren algunos, sí pueden encontrar su explicación en este sentimiento íntimo de marginación»[16]. El resultado de todo esto es la protesta viva de la santa contra los supuestos sociales de su tiempo; y, cuando no tiene más remedio que aceptarlos, se percibe en su prosa el suave tono irónico de quien lo hace de cara a ciertos ambientes y sin sentirse comprometida. El capítulo XXXVII del *Libro de la Vida,* donde habla con agudeza e ironía sobre las fórmulas de

---

[16] *Loc. cit.,* pág. 74.

tratamiento en una sociedad tan compleja, nos exime de mayor comentario.

Sus actitudes sociales concretas van desde la aceptación expresa de ciertos personajes aristocráticos, que le merecen confianza (doña Luisa de la Cerda, doña María de Acuña, etcétera), hasta su severa ruptura con la princesa de Éboli. Pero predominan con mucho estas últimas posiciones. En conjunto, la vida y la obra de la santa están surcadas de accidentes e invectivas que suponen el rechazo franco del estilo aristocrático; para comprobarlo basta leer el capítulo X de las *Fundaciones*, con su amarga sátira contra los principios de la grandeza, los matrimonios desiguales, etc. Es, en definitiva, su actitud similar a la que mantiene en el problema de la honra.

Su protesta social halla íntima compensación, como decía A. Castro, en las distintas valoraciones que el Señor hace de las criaturas. El verdadero Señor le descubre el engaño de la estructura social terrena, de la que ella ha sido víctima, otorgándole esa especie de «preponderancia espiritual» que la compensa. En última instancia, su literatura, y en especial el *Libro de la Vida,* que tan poco tiene de pose y falsa modestia, viene a ser un modo sutil de engreimiento, pese al entramado de sus constantes humillaciones.

El modelo social deseado por la santa se parece poco al de su época; busca un señorío que estime en poco los bienes temporales de los que son esclavos los señores de la tierra. Ese desprecio por las cosas del mundo, que se da como doctrina primordial en su obra, tiene, en efecto, una motivación sobrenatural, pero en mayor medida si cabe se debe a su dolorosa experiencia vital de conversa. En este sentido —comenta Egido— hay que entender las abundantes recomendaciones que en sus cartas dirige a mujeres de la aristocracia, como doña Luisa de la Cerda o doña María de Mendoza, que podrían chocar con su habitual humildad. No anda muy lejos, en su lástima burlona por el complejo sector social de los hidalgos, de las mejores páginas del capítulo III del *Lazarillo;* por el contrario, la simpatía que se advierte en su obra cuando habla del medio de comerciantes, banqueros, contadores, etc., es un dato más de su proximidad a la gran masa de judeo-conversos españoles. Sagazmente ha comentado el hecho Márquez Villanueva en su trabajo citado.

No es necesario decir que una buena parte de las religiosas que profesaron en los conventos teresianos eran de origen converso y que en las mismas *Constituciones* emanadas de la santa se prescinde de cualquiera referencia a «impedimentos de raza», tan frecuentes en otras órdenes. Sólo después del Capítulo de 1597 —quince años pasados de su muerte— se exigió con todo el rigor imaginable la limpieza de sangre para entrar en los conventos. Pero ya eran otros los tiempos y las circunstancias.

Un aspecto íntimamente relacionado con el que acabamos de comentar es el que puede englobarse bajo el epígrafe general de «preocupaciones materiales de Santa Teresa». Es extraño que, pese a la enorme importancia cuantitativa que el tema económico tiene en la obra teresiana, prácticamente nadie hasta 1970 se haya preocupado en serio de ello. Se trata, obviamente, de un detalle significativo para juzgar la bibliografía sobre la santa en su conjunto hasta los estudios de A. Castro. Y ello pese al hecho de que el primer «escrito» que conservamos de Teresa es una orden de pago de su tiempo y que su última carta con fecha segura se refiere también a un tema económico: la inconveniencia de fundar en Pamplona ante la escasez de limosnas que se venía notando ya por esas fechas. Estos datos, aportados por Egido, nos ponen en condiciones de valorar la inserción teresiana en el ámbito de las preocupaciones materiales.

Pensemos en un detalle aún más significativo: su sensibilidad respecto a lo económico le lleva a tomar como término de comparación en su literatura espiritual los sistemas monetarios de su tiempo y los metales preciosos. No anda muy lejos de aquí su relación con el medio judeo-converso [17].

El oro y el diamante son frecuentes términos de similitud de Dios y sus obras; y, dentro de lo humano, compara el alma con un castillo medieval, «todo de un diamante realizado por el Vidriero Divino» y con «oro de los más subidos quilates». Cuando habla de cuestiones divinas, sean éstas de la entidad que sean, su pluma se carga de oro, joyas, piedras preciosas. Cuando, por el contrario, habla de obras humanas, particularmente si son suyas, siempre las compara con las monedas más bajas y ni siquiera las de curso legal, sino con el «cornado de cobre», moneda arcaica, sin uso en su momento y, por ende, sin valor, etc.

---

[17] El primer estudio importante sobre este tema es el de Luis Ruiz Soler, *La personalidad económico-administrativa de la Santa Madre Teresa de Jesús,* Zaráuz, 1970 (cit. T. Egido).

En el estudio de Teófanes Egido puede verse una abundantísima documentación sobre las cuentas que Santa Teresa firmó en Medina del Campo durante su priorato (agosto-septiembre 1571), donde se anota, casi con el cuidado de un moderno contable, hasta la mínima cantidad de ingresos y gastos, con arqueo mensual incluido, y rubricadas por ella misma, la subpriora y la clavaria, con una precisión que no hay más que pedir. Ello, aparte de comprobarnos que no era tan lega en la materia como pudiera pensarse, nos demuestra la penuria económica y el desequilibrio entre ingresos y gastos, sólo remediado por una lismosna extraordinaria del mercader Juan de Medina (repárese que hemos dicho «mercader»), que donó a la comunidad la nada despreciable suma de 200 ducados en el segundo viernes del mes de septiembre; probablemente por alguna «penitencia» especial.

No nos detendremos en pormenorizados detalles del capítulo de la dieta, pagos de mozos eventuales, e incluso del criado fijo, que tenía asegurada, junto con las monjas enfermas, su buena ración de carne aunque fuera viernes.

No hablaremos del problema de las «dotes» y de las «rentas» con que se fundaron los conventos. En la correspondencia teresiana hay abundantísimas referencias al hecho, que planteaba bastantes dificultades en la vida interior de los monasterios, ya que la comunidad, si admitía una dote elevada para las novicias, quedaba obligada a una cierta calidad de trato y deferencia que Teresa, con buen sentido, siempre quiso evitar. Sin embargo, poco a poco se fue reblandeciendo la inicial prohibición y el ingresar sin dote fue algo excepcional a partir del 1566.

Tampoco anduvo mal la santa de sentido común cuando prohibió con especial énfasis la entrada en el Carmelo de analfabetas. Por esta condición las grandes masas del campesinado quedaban automáticamente excluidas, con lo cual se incidía aún más en la captación de vocaciones de la clase burguesa-conversa a que nos estamos refiriendo.

Su buen sentido le llevó también a sostener sus monasterios sobre las bases económicas del trabajo, y, en parte, de las limosnas; rompía con ello una inveterada tradición y se adelantó al curso de los tiempos.

Digamos, finalmente, que los aspectos de crédito e inversiones son significativos, pues Santa Teresa hubo de vérselas con los sistemas crediticios de su época y sólo en circunstancias excepcionales, de verdadera emergencia, recurrió a la forma censual acostumbrada. También aquí su buen sentido económico fue patente.

En conjunto, concluimos con Teófanes Egido que «es comprensible que el fenómeno sobrenatural de una personalidad extraordinaria como la de Teresa haya deslumbrado y drenado las preocupaciones de los teresianistas hacia ángulos menos mundanos. Pero nunca sería honesto presentar sus páginas llenas de embrujo desde perspectivas que ocultasen la imprescindible realidad material de quien, como ella misma lamenta, a tiempo que tenía aborrecidos dineros y negocios, quiere el Señor que no trate de otra cosa» [18].

Toda esta vinculación económica no quiere decir que Teresa ofrezca la imagen de un clasismo social estricto, ya que su posición fue siempre la de abrirse lo más posible a los problemas y pretensiones de todos. Queremos decir, sencillamente, que se movía con mayor soltura, como en su clase, en esa abigarrada y heterogénea franja del iluminismo, erasmismo, recogimiento y demás corrientes espirituales semejantes, que vinieron a catalizar la inquietud humana y social de los conversos frente a los cristianos viejos. Los propios destinatarios de sus obras son esos mismos grupos sociales de gentes burguesas e intermedias. No es, pues, la suya, como se ha creído, una actitud de reacción frente a la penosa situación espiritual del Carmelo femenino. Lo que induce a Teresa a afrontar la Reforma con todas sus consecuencias es el dar respuesta seria a esas corrientes de espiritualidad. El objetivo de la Reforma teresiana es el de buscar una nueva vía que, exaltando la preeminencia de la Marta evangélica, dé paso a una distinta actitud, alejada de la mera posición contemplativa y más acorde con los tiempos. García de la Concha la ha situado en el ámbito del «humanismo cristiano», al servicio de una religiosidad interior, depurada en el crisol de la más moderna teología, teniendo en cuenta, de manera primordial y tal vez por vez primera, las características propias de la mujer [19]. Se trata de buscar una religiosidad interior, conjugando la inviolable intimidad con la libertad del espíritu, matizadas ambas por el

---

[18] Teófanes Egido, *loc. cit.*, págs. 102-103.

[19] *El arte literario de Santa Teresa,* Barcelona, Ariel, 1978. A este respecto puede verse el trabajo de Ildefonso Moriones, *Ana de Jesús y la herencia teresiana. ¿Humanismo cristiano o rigor primitivo?,* Roma, editorial del Teresianum, 1968.

simple criterio de su eficacia práctica y al margen de todo prurito de tradición o novedad. Esta actitud conecta a Teresa con el «humanismo cristiano» y la forma de manifestarse es su creación literaria, que no es, como se ha dicho, un producto ocasional, sino la faceta que conforma y da sentido a toda su personalidad.

Por otra parte se ha insistido también[20] en la militancia activa de Santa Teresa en un campo muy concreto del profeminismo: el de la liberación espiritual de la mujer. Creemos sinceramente que en este caso se está sancando a la santa de su contexto y atribuyéndole más miras de las que con seguridad tuvo. Bastaría cualquier cita al azar del *Libro de la Vida* —y el lector tendrá ocasión de comprobarlo— para darse cuenta de que Teresa, mujer de su tiempo al fin y al cabo, no podía adoptar una actitud de defensa a ultranza de la mujer. Ello hubiera supuesto su más absoluta descalificación para empresas de todo tipo. Fue precisamente actuando en «mujer», de cuyas artimañas usa con frecuencia, como consiguió llegar a la altura a que llegó en la estima del mundo. Más cerca nos sentimos a este respecto de la postura defendida por Dominíque Deneuville[21], que insiste en las abundantísimas referencias negativas de Teresa respecto a la condición femenina.

En un sentido sí puede hablarse de un cierto «feminismo», entendido con las limitaciones de la época: en su pretensión de situar a la mujer a un cierto nivel de coparticipación con el hombre en materias económico-administrativas, y en el de asumir su condición física, sensible, como un algo a valorar en el intrincado mundo de las relaciones humanas. La abundancia de fórmulas familiares, lenguaje expresivo, nos ayuda a comprobarlo. Lo prueba, asimismo, su propia experiencia con la Inquisición[22]. Usó con ella de recursos típicamente femeninos, con los cuales y con su ortodoxia, evidentemente, logró salir adelante de la difícil prueba. Cuando se le informa de las amenazas que contra ella lanzaba el Tribunal reacciona con absoluta serenidad: «Cuando le decían las malas que de ella se decían, era tan grande su contento, que fregaba una palma con otra en señal de alegría, como a quien le ha acontecido un sabrosísimo suceso.»

---

[20] García de la Concha, *loc. cit.*, pág. 32.

[21] *Santa Teresa de Jesús y la mujer,* Barcelona, Herder, 1966.

[22] Véase al respecto el estudio de E. Llamas, *Santa Teresa de Jesús y la Inquisición española,* C.S.I.C., 1972.

Su personalidad humana, en conjunto, es fascinante. La moderna grafología ha podido deducir rasgos excepcionales en ella[23]. «La escritura de Santa Teresa —dice Suzanne Bresard—, de relieve expresivo, ...traduce una personalidad de fuerte voluntad y pensamiento... Su sensibilidad apasionada y lírica carece de fragilidad y complacencia ante sí misma o ante los demás... Femenina en su naturaleza, pero no en su fuerza de expresión, ...hay en la sensibilidad de Santa Teresa una fuente de conflictos, fecunda por su acción, pero generadora de sufrimiento personal.» Podríamos afirmar en este sentido, y configurando su personalidad global, que en ella la purificación espiritual se traduce, a la vez que por un desasimiento, por una afirmación de las tendencias esenciales del ser. No desciende a esas inhibiciones o retrocesos paralizadores que ponen trabas a la libertad, sino que consigue la fusión de contrarios, que sólo a ciertas alturas llega a conciliarse sin conflictos. Teresa de Jesús logró ese difícil equilibrio y en ello estriba, a no dudar, la base indeleble de su proyección universal.

Formación literaria

Tal vez sea éste uno de los temas en que mayor número de estudiosos han incidido respecto a la santa. Pensamos que la sugestión ejercida por la lectura de sus obras motivó la curiosidad acerca del tipo de formación a que respondía esa literatura tan especial. Casi no ha habido crítico literario, antiguo ni moderno, que no se haya propuesto como meta de su estudio teresiano conocer con la mayor exactitud los medios y el alcance de esa formación. Ello es así hasta el extremo de que pueden contarse por decenas los trabajos que se ocupan, primordial o exclusivamente, de este aspecto. Baste citar a título de simple ejemplificación —y sin pretender ser exhaustivos— los de Américo Castro, Castro Albarrán, García Figar, Juliá Martínez, Guido Mancini, Gastón Etchegoyen, R. Hoornaert, Morel Fatio, Sánchez Moguel, Menéndez Pidal, Marcel Bataillon, Carmen Conde, García de la Concha, etc.[24].

---

[23] Véase el interesante estudio de Suzanne Bresard en *L'Espagne mystique,* pág. 35 (Arts et metiers graphiques), París, 1946.

[24] Américo Castro, *Teresa la Santa y otros ensayos,* Madrid, Alfaguara, 1972, cit. Castro Albarrán, Aniceto, *Estudio de las causas que concurrieron a la formación literaria de Santa Teresa,* Madrid,

Saltando sobre la indiscriminada nómina y el distinto valor de los trabajos aducidos, es común a todos ellos esa constante preocupación por las lecturas de la santa, creyendo —tal vez erróneamente— que son fuentes concretas y la auténtica base de su formación. Baste como ejemplo el de M. Pidal que, en su estudio citado, afirma conservar «la antigua estimación hacia el estudio de las fuentes, porque es el mejor modo de apreciar lo que el autor inventa; es el único modo de situarle dentro del medio espiritual en que se formó y vivió». Su tesis fundamental —sin embargo— desliga a la santa de lo libresco, hablando de su «estilo de ermitaños», de renuncia, de humildad, base de ese arte personal que quiere evitar toda gala al escribir.

La propia autora es consciente —y así lo refleja en el *Libro de la Vida,* capítulo 11— de que habrá de aprovecharse de «álguna comparación», «que yo las quisiera excusar —dice— por ser mujer y escribir simplemente lo que me mandan, mas este lenguaje de espíritu es tan malo de declarar a los que no saben letras, como yo, que habré de buscar algún modo, y podrá ser las menos veces acierte a que venga bien la comparación; servirá de recreación a V. M. de ver tanta torpeza».

La conclusión pidaliana es que la santa, lejos de dejar palidecer su expresión en meras reminiscencias de lecturas,

---

1923. García Figar, Antonio, «Formación intelectual de Santa Teresa de Jesús», *Revista de Espiritualidad,* 1945, págs. 168-186. Juliá Martínez, Eduardo, *La cultura de Santa Teresa y su obra literaria,* Castellón, 1922. Mancini Giancarlo, Guido, *Espressioni letterarie dell'insegnamento di Santa Teresa d'Avila,* Módena, Società tipografica modenese, 1961. Etchegoyen, Gaston, *L'amour divin. Essai sur les sources de Sainte Thérèse...,* Bordeaux-Paris, Féret et Fils Editeurs, 1923. Hoornaert, R., *Sainte Thérèse, ecrivain. Son milieu, ses facultés, son oeuvre,* París, 1922, y «Les sources thérèsiennes», *Rev. des Sciences philosophiques et theologiques,* París, 1924. Morel Fatio, A., «Les lectures de Sainte Thérèse», *Bull. Hisp.,* 1908, págs. 17-67. Sánchez Moguel, A., *El lenguaje de Santa Teresa de Jesús (Juicio comparativo de sus escritos con los de San Juan de la Cruz y otros clásicos de la época),* Madrid, Imprenta clásica española, 1915. Menéndez Pidal, Ramón, *La lengua de Cristóbal Colón, el estilo de Santa Teresa y otros ensayos,* Madrid, Espasa-Calpe, 4.ª ed., 1958. Bataillon, Marcel, «Santa Teresa lectora de libros de caballerías» en *Varia lección de clásicos españoles,* Madrid, Gredos, 1964. Conde, Carmen, «Sobre la escritura de Santa Teresa y su amor a las letras», *Revista de Espiritualidad,* 1963, págs. 348-358. García de la Concha, V., *El arte literario de Santa Teresa,* Barcelona. Ariel, 1978, cit.

muestra un constante prurito de originalidad, no por preciosismo literario, sino por afán de exactitud en la expresión de las mercedes que recibe de Dios.

Desde los estudios de Morel Fatio y G. Etchegoyen antes citados se conoce con bastante precisión —y habremos de detenernos en ello— el carácter y contenido de esas lecturas; pero, tras un examen atento de los escritos teresianos, nos parece que pueden postularse bastantes más de las que se citan habitualmente. Ha sido lugar común el referir como lecturas «comprobadas» las que se desprenden del catálogo de la biblioteca de su padre, efectuado en el momento de su muerte y, por tanto, bastante lejos de la etapa de formación de la escritora. Ello comporta el riesgo de atribuir como segura la lectura de obras que pudieron ser adquiridas con posterioridad y de no incluir, por el contrario, otras que probablemente leyó Teresa; pues, si hacemos caso de sus primeros biógrafos, la biblioteca paterna debió estar mejor abastecida en épocas anteriores, de boyante situación económica del mercader toledano. La propia Teresa nos habla en la *Vida* de una biblioteca «clandestina» que su madre poseía y a la que únicamente tenían acceso ella y sus hijas. Esto nos lleva a precisar que en la formación de Teresa hay bastantes más lecturas de las estimadas en principio y sólo un minucioso recuento —ya efectuado— de los «buenos libros en romance» editados por aquellas fechas en Castilla, a los que dice ser tan aficionada, dará una idea aproximada de lo que leyó. Sabida su afición a la lectura y sus pocas horas de sueño (por enfermedades síquicas, etc.), no parece extraño que entregara, en mayor medida de los supuesto y como ella misma dice, aquellas horas de insomnio al placer de la lectura.

Rodolfo Hoornaert en su estudio, que todavía sigue siendo muy útil[25], precisó con detalle los libros de espiritualidad, originales o traducidos, que se publican en España en los primeros años del siglo XVI, muchos de los cuales debió leer Santa Teresa, aunque no tengamos documentado el hecho. Un porcentaje bastante elevado de los mismos constituyen en principio la base de su formación intelectual.

En Salamanca aparece en 1498 un *Vitas patrum*. En Alcalá, y bajo los auspicios de los Reyes Católicos, el franciscano fray Ambrosio Montesino traduce la famosa *Vita Christi,*

---

[25] *Sainte Thérèse ecrivain...*, cit.

del cartujano Ludolfo de Sajonia, dividida en cuatro partes, cuya difusión será enorme. Tanto es así que se le conoce por un apelativo común: *Los cuatro cartujanos.* Álvarez de Toledo traduce en 1514 las *Moralia in Job,* que tan gran trascendencia habrán de tener en la literatura religiosa del siglo. En 1515 aparece en Valladolid la traducción de los *Saliloquia,* apócrifos de San Agustín; y en 1520, en Valencia, la traducción de las *Epístolas,* de San Jerónimo, por Juan de Molina. Sin duda, estas obras de dominio común son leídas por la santa y varias de ellas ejercieron sobre su vida una influencia determinante. Recordemos la difusión de las *Flos Sanctorum,* excepcional en el siglo, en parte como correlato de las novelas caballerescas, que satisfacían igualmente el gusto por lo maravilloso. Teresa, como luego San Juan de la Cruz, tuvo siempre un ejemplar de las *Flos* consigo.

En otro sentido hay que señalar cierta literatura satírico-moral, en particular la erasmiana, que cobra un papel sin precedente en la predicación, fuente —como veremos— básica para la formación de Teresa. Las catedrales y universidades se llenan de erasmistas, que dan un nuevo tono social. Las preocupaciones morales pasan a primer plano desde 1515 hasta mediados del siglo siguiente. En este contexto surge la obra de Alonso de Madrid *Arte para servir a Dios* y las muy variadas que inician la costumbre confesionaria del siglo: *El arte de confesar* (Burgos, 1523); *El arte de bien confesar* (Toledo, 1524); y numerosos repertorios de sermones, homilías, etc. El año 1525 es particularmente fértil: multitud de tratados como el *Soliloquio,* de San Buenaventura, el *Tratado del nombre de Jesús,* de un canónigo sevillano, o la *Perla preciosísima que asegura y repara la vida cristiana.*

En 1527 se publica la *Tercera parte del Abecedario Espiritual,* de Francisco de Osuna, que, como veremos, influirá decisivamente en la santa.

Del año 1528 son el *Libro del Emperador Marco Aurelio* y el *Reloj de Príncipes,* de fray Antonio de Guevara, y de 1529, *El monte Calvario,* del mismo, de tono moral grave aunque servido por un humanismo de corte prenaturalista. Estas últimas obras encierran junto a lo informativo especiales pretensiones literarias. Sin embargo, mucho más numerosas son las obras de simple divulgación, sin pretensiones estilísticas, como el *Tránsito de la muerte,* de A. de Vanegas (Toledo, 1537), o los *Soliloquios de la Pasión,* del beato Alonso de Orozco (Madrid, 1534); sin que falten escritos llenos de consejos prácticos, como el *Camino de la perfección espiritual del alma,* de un anónimo franciscano (Sevilla, 1532).

Según nos acercamos a los años centrales de la formación teresiana, aumenta la floración de obras de este tipo: los *Diálogos de San Gregorio*, del jerónimo Gonzalo de Ocaña; el *Desprecio del mundo o Espejo de un dominicano,* obra anónima; y, como tratado excepcional por lo que supondrá en todo el contexto religioso español y particularmente en Teresa, la *Subida del Monte Sión,* de fray Bernardino de Laredo. Habría que añadir sobre todos y como autores señeros a San Juan de Ávila y fray Luis de Granada, cuyos tratados espirituales tan gran trascendencia habrán de tener.

Progresivamente las obras van intensificando su tono ascético, impregnadas por la corriente dominante, como por ejemplo el *Manual para la eterna salvación* (Zaragoza, 1539), y el *Vergel de virginidad* (Burgos, mismo año), de un franciscano anónimo. Comienza la publicación de libros que tratan exclusivamente de oración, presididos por el principio de renuncia a los bienes terrenales y al goce de los sentidos. Al leer el *Retraimiento del alma* (Valencia, 1537) o los *Comentarios para departimiento del ánima en Dios* (Burgos, 1539), de Diego Ortega, o la obra de Luis Vives subtitulada *Preparación del ánima para orar,* se percibe el cambio de orientación hacia el ascetismo de que hemos hablado. Toda esta literatura estaba en competencia incluso económica (carecemos de estudios serios a este respecto, pero el hecho es evidente), con las novelas de caballerías. Los recuentos de las bibliotecas de época dan fe de ello, pues, junto a los libros citados, aparecen amadises, esplandianes, lisuartes, floriseles, palmerines y belianises por doquier. Todas estas obras convivían en amigable consorcio con los tratados ascéticos en las bibliotecas privadas y conventuales.

Entre 1540 y 1550 siguen dominando los tratados ascéticos: el *Tesoro de virtudes* (Medina, 1543), del franciscano Alonso de la Isla; la excepcional obra de Dueñas *Remedio de pecadores* (Valladolid, 1545); el *Libro de la verdad sobre la conversión del pecador,* de Pedro de Medina; el *Soliloquio*, de Bernal Díaz de Lugo; el *Oratorio de religiosos*, de fray Antonio de Guevara; el *Tratado de la oración,* de Martín de Azpilcueta, etcétera, harían interminable la lista.

Con esta somera y deliberadamente incompleta referencia queremos hacer notar que la literatura ascética a que pudo tener acceso Santa Teresa fue amplia y variada, y que, incluso en las mismas fechas de la redacción del *Libro de la vida,* se seguían publicando trabajos de este tipo que no debieron serle del todo desconocidos; por ejemplo, la *Vanidad del mundo,* de Diego de San Cristóbal, o el *Desposorio espiritual* y el *Libro de la suavidad de Dios* (1566 y 1576, respectivamente), ambos de Alonso de Orozco, de los cuales hay alguna reminiscencia concreta, no examinada hasta ahora, en la obra teresiana.

Con todo ello se está en condiciones de afirmar que la idea, precipitada tal vez y tantas veces criticada, de G. Etchegoyen según la cual Teresa tuvo más que inventiva capacidad de recopilación y síntesis de lectura, no carece de base documental importante.

Antonio García Figar[26] ha puesto, asimismo, de manifiesto la influencia de estas lecturas y la repercusión en obras concretas de Santa Teresa.

Un aspecto no debe pasar desapercibido en esta somera exposición: ya desde Morel Fatio[27] se ha visto una importante relación de la literatura teresiana con Fray Antonio de Guevara. Santa Teresa leyó, sin duda, y recomendó el *Oratorio de Religiosos y exercicio de virtuosos* del franciscano, y casi con seguridad el *Reloj de Príncipes* y las *Epístolas familiares*. Aunque sólo se trate de la primera, bastaría para reafirmarnos en una idea que puede comprobarse sin demasiadas sutilezas críticas: la notable repercusión de esa prosa en la teresiana. Tal vez de modo inconsciente, pero perceptible. En efecto, no puede hablarse de conciencia plena de este influjo porque las cláusulas medidas de fray Antonio no aparecen en la santa, ni las bases de que ésta parte lo hubieran permitido; pero se da en la prosa de uno y otra cierta similitud de «recurso ad abundantia», aunque con un fin distinto en ambos: Guevara busca el lucimiento; Teresa, el persuadir al precio que sea, recurriendo si es preciso a un planteamiento formalmente retórico que no desdeña soterradamente un cierto prurito de lucir.

Hoy estamos todos de acuerdo en que el estilo teresiano no es el «estilo ermitaño», espontáneo, inconsciente; y no fue del todo ajena la lectura de Guevara a ese aire de compleción reiterativa y perfectiva, desde la base de cierto retoricismo medieval, que se observa en sus obras.

---

26 «Formación intelectual de Santa Teresa de Jesús», *Revista de Espiritualidad,* año 1945, págs. 169-185.

27 «Les lectures de Sainte Thérèse», *Bulletin Hispanique,* 1908, cit.

La lectura comprobable de San Pedro de Alcántara *(Tratado de Oración y meditación, Breve introducción para los que comienzan a servir a Dios* y *Tres cosas que debe hacer el que desea salvarse),* así como la de fray Luis de Granada o San Vicente Ferrer (estilos todos ellos abundantes, didácticos y, en cierto modo, retóricos) viene a completar cuanto decimos.

Visto ese panorama general de la producción a su alcance, conviene que nos detengamos con algún detalle en los modos y cauces concretos de esta formación, pues se nos ofrece como decisiva para entender la obra [28]. Ha sido curiosa la disputa de los críticos teresianos acerca de si cabe emplear el término de «fuentes» o «lecturas» para referirse al medio por el que allegó la santa su caudal de conocimientos. En el primer grupo habría que incluir a Etchegoyen, cuyo libro lleva el conocido subtítulo de «Essai sur les sources de Sainte Thérèse» [29] y cuya tesis, ya esbozada, puede resumirse en la frase «Santa Teresa tuvo el genio de la asimilación y la síntesis más que el de la invención». Para él, la faceta principal de la autora consistió en transmitir a los tiempos modernos la doctrina medieval y en fijar los moldes expresivos del misticismo clásico. Según esto, su labor habría sido más que nada de seleccionar y vulgarizar los contenidos de las fuentes que manejó.

Como ya insinuamos, hoy las apreciaciones de Etchegoyen han de ser pasadas por el tamiz de una reinterpretación, que probablemente el propio autor habría hecho de no ser por su prematura e inoportuna muerte. En el punto opuesto se encuentra Alvaro Bizziccari [30], para quien por encima de todo resalta la inventiva de Santa Teresa que, elevándose sobre su tiempo y su circunstancia, fraguó una obra única, personal e independiente de todas las ataduras.

En conjunto puede decirse que existen tres vías fundamentales en la formación intelectual de la santa: en primer lugar, el estudio y reflexión detenida de los más importantes tratados de espiritualidad de su momento, que ya hemos citado de manera general; en segundo lugar, la consulta y discusión continuadas con confesores, teólogos y hombres de letras de su momento. No olvidemos que fue Santa Teresa, probablemente, la mujer

---

[28] García de la Concha, V., *El arte literario de Santa Teresa,* cit., ha resumido recientemente estos cauces.

[29] Biblioteque de l'École des Hautes Études Hispaniques, Burdeos-París, 1923, vol. IV.

[30] *L'umanesimo in S. Teresa d'Avila,* Milán, Ancora, 1968.

que con mayor libertad y apertura se movió en el intrincado mundo de las órdenes religiosas y la teología de su tiempo; y, en tercer lugar, la constante acción que sobre su ánimo ejerció la predicación profesional u ocasional.

Concretando el primer punto, la propia autora emplea un capítulo de su vida en referirnos su pasión por la lectura de todo género y nos cuenta la contrariedad que le supuso la publicación de *Índice,* del Inquisidor Valdés (1559), a partir del cual dejó, por obediencia, de estar en contacto directo con determinadas fuentes.

Esquemáticamente nos referiremos en primer término a los libros de caballería. En el *Libro de la vida* (cap. 2,1) nos recuerda cómo la afición de su madre le llevó a encariñarse con estas obras hasta el punto de decirnos que «era tan extremo lo que en ésto me embebía que, si no tenía libro nuevo no me parece tenía contento». Todos los biógrafos nos han contado de sus afanes caballerescos e incluso Francisco de Ribera[31] asegura que escribió un libro de caballerías en colaboración con su hermano Rodrigo. En efecto, ello no tendría nada de extraño, dada su afición a esta literatura, por más que algunos autores, como Víctor García de la Concha, se esfuercen por minimizar la importancia que lo caballeresco tiene en la obra teresiana. Bastarían los ejemplos aducidos por él mismo para comprobar que sólo en el *Libro de la vida* hay muchas reminiscencias, con frases incluso literales de determinadas obras caballerescas.

Ya Marcel Bataillon, en un artículo clásico[32], recoge un ejemplo que estima como calco de *Las sergas de Esplandián.* Cree que la frase de la santa en su *Libro* referida a fray Pedro de Alcántara, del cual dice era «tan extremada su flaqueza que no parecía sino hecho de raíces de árboles», está calcada del capítulo X de *Las sergas,* donde se evoca a una vieja de ciento veinte años «de que eran testigos su muy viejo rostro y sus ñudosas manos, que lo uno y lo otro era ya convertido en semejanza de raíces de árboles». Recuerda también Bataillon otro texto de la *Segunda comedia de Celestina,* de Feliciano de Silva, de parecida evocación, e insiste en la idea de Etchegoyen cuando afirma que «la espontaneidad de su estilo no

---

[31] *La Vida de la Madre Teresa de Jesús,* ed. moderna de Jaime Pons, Barcelona, 1908, cit.

[32] *Santa Teresa lectora de libros de caballerías,* cit.

debe hacernos olvidar que no tiene nada de analfabeta y que recogió una tradición tanto pagana como religiosa. Todos los que escriben, incluso los escritores ocasionales, puestos en el trance de expresar las impresiones que reciben de la realidad, acuden no sólo a los valores neutros o prosaicos del lenguaje, sino a comparaciones que unas pueden ser hallazgos espontáneos; otras, reminiscencias de lecturas o tópicos ensayados»[33].

Otros ejemplos concretos de reminiscencias de obras de caballerías, sólo en el *Libro de la vida,* serían: «Ayudó a llevar la cruz como buenos caballeros que sin sueldo quieren servir al rey» (V. 15.11.); «como quien pelea con un jayán fuerte quedaba después» (V. 20.4.); «todos, me parece, tenían armas...: unos, lanzas; otros, espadas; otros, dagas; y otros, estoques muy largos».

Coincidimos con García de la Concha, sin embargo, en aceptar que, pese a estas similitudes literales, la influencia fundamental de la literatura caballeresca en Santa Teresa se da en el concepto del amor, que —como es sabido— presenta en aquélla concomitancias importantes con los tratados espirituales; no en vano las vidas de santos (las famosas *Vitas* o *Vitae patrum* en romance) tienen un valor en su formación muy similar al de los libros de caballerías. Posiblemente de estas *Flos Sanctorum* (nombre por el que también se las conocía), la más difundida fuera la *Leyenda Áurea,* de Jacobo de Vorágine, que sin duda leyó Teresa. En ese mismo orden habría que citar las *Colaciones,* de Casiano, que, según el testimonio de Petronila Bautista en el proceso de Avila (1610), constituían lectura obligada en los conventos teresianos por mandato de la santa.

Aparte de los libros caballerescos y las vidas de santos, hay un cúmulo de lecturas que cabría situar en el ámbito de la espiritualidad valdesiana; nos referimos a las *Moralia in Job,* de San Gregorio Magno. Éstas le adentran en una línea de espiritualidad ya iniciada por la lectura de las *Epístolas* de San Jerónimo que tuvo ocasión de saborear en casa de su tío Pedro Sánchez de Cepeda, según refiere ella misma (V. Cap. 3.5.).

Pesa también de modo decisivo lo que se ha llamado «el modelo agustiniano» que, a juicio de García de la Concha, va a enderezar el camino de Santa Teresa hacia una espiritualidad «recogida». «Como comencé a leer las *Confesiones* —dice Teresa— paréceme me vía yo allí. Cuando llegé a su conversión y leí

---

33 *Loc. cit.,* pág. 22.

cómo oyó aquella voz en el huerto, no me parece sino que el Señor me la dio a mí, según sintió mi corazón.» En efecto, Santa Teresa se familiariza con la lectura de San Agustín (*Confesiones, Soliloquios* y *Meditaciones*), llegando incluso a utilizar pasajes concretos de estas obras, aun desconociendo su procedencia. Es evidente que la santa encontró en dichas *Confesiones* unas vivencias similares a las suyas; sin embargo, creemos arriesgada la conclusión de García de la Concha a este respecto cuando afirma taxativamente que «las *Confesiones* constituyen el precedente más directo y el modelo más claro tanto del *Libro de la vida* como del componente biográfico que subyace en toda la obra de nuestra escritora»[34]. Puede verse, sin duda, un gran parecido entre ciertos escritos de la santa y las obras agustinianas, pero en toda filiación hay que tener en cuenta el objeto, el sujeto y el destinatario. En el caso de Teresa lo que más se parecía a San Agustín era el sujeto, pero no tanto el objeto ni el destinatario. Teresa tiene casi siempre en el subconsciente a sus monjas, y ello condiciona en buena medida el carácter de su obra, cosa que no sucede en San Agustín.

Otro de los libros que hacen profundizar a Santa Teresa en su propia experiencia, y al que debe más, es el llamado por ella *Contemptus mundi* (nombre que designa la *Imitación de Cristo,* de Tomás de Kempis)[35].

Al mismo nivel habría que situar la *Vita Christi,* del cartujano Ludolfo de Sajonia, que suministra a la santa la base de humanización y el carácter de comunicación casi física de su religiosidad. Se trata de una fuerte polarización hacia el sentimiento en un contexto comunicativo que no dudamos en calificar de prebarroco, que dejará un notable poso en la literatura teresiana[36]. La aparición de esta traducción de fray Ambrosio Montesino (1503) completa el panorama de la literatura doctrinal de este carácter que influirá en Santa Teresa, dándole un sentido de inmediatez y concreción humana de lo religioso e impulsándole a buscar en la vida diaria las bases de sus íntimas convicciones.

---

[34] *Loc. cit.*, pág. 57.

[35] *Contemptus mundi nuevamente remançado,* Sevilla, 1536. Recogido luego en *Obras de fray Luis de Granada,* edición de Justo Cuervo, Valladolid-Madrid, 1906.

[36] Sobre el carácter prebarroco pueden verse los conocidos trabajos del profesor Orozco y de Michel Florisoone a los que haremos referencia en el epígrafe de la estética teresiana.

El hecho es que hasta en los episodios que más conmovían a Santa Teresa de la vida de Cristo (la conversión de la Magdalena, el encuentro con la Samaritana y la relación de Marta y María) hay una sutil coincidencia con tres capítulos sucesivos de la *Vita Christi.* La obra del cartujano da también a nuestra escritora una especial predisposición para apreciar la índole física del sufrimiento de Cristo, que configurará de manera expresa toda su literatura: nos referimos en concreto a su visión de la *Humanidad sensible de Cristo,* verdadero tema monográfico de reflexión y fuente de gracias en toda la obra teresiana.

Cabría hablar aquí, de pasada, de la influencia del arte plástico religioso en la sensibilidad de nuestra autora. Afirma García de la Concha que todavía no disponemos en España de un estudio análogo al realizado en el ámbito frances por Mâle, que determine las relaciones entre literatura y plástica[37]. Y, en efecto, tal vez un trabajo global no tengamos, pero, aparte del intento de Sánchez Cantón y Camón Aznar, citado por el propio autor[38], no podemos desconocer las interesantes aportaciones de Nicole Pelisson, que ha dedicado páginas fundamentales a comentar la iconografía teresiana. Aquí se cita el pasaje de la *Vida* 9.6 («Acaecióme») y se explican con algún detalle sus bases concretas, haciendo referencia al estudio de Florisoone *Esthetique et Mystique d'après sainte Thérèse d'Avila et saint Jean de la Croix*[39]. Estos estudios tenían un importante antecedente hispano en el de E. Orozco, *Mística y plástica,* de 1939, recogido recientemente por su autor en un libro de conjunto[40].

Puede argumentarse, en contra de la opinión de García de la

---

[37] E. Mâle, *L'art religieux de la fin du Moyen Âge en France. Étude sur l'iconographie du Moyen Âge et sur ses sources d'inspiration,* París, 1931, Armand Colin, o, del mismo autor, *L'art religieux après le Concile de Trente. Étude sur l'iconographie de la fin du XVI, du XVII, et du XVIII siècle. Italie, Espagne, Flandes,* París, 1932.

[38] Francisco Javier Sánchez Cantón y José Camón Aznar, *Los grandes temas del arte cristiano en España,* B.A.C., núms. 34, 47 y 64.

[39] El trabajo de Pelisson se incluye en el libro de conjunto de Robert Ricard y Nicole Pelisson *Études sur Sainte Thérèse,* París, Centre de Recherches Hispaniques, 1968. El de Florisoone apareció publicado también en París, 1956.

[40] E. Orozco, *Mística, plástica y barroco,* Madrid, Planeta, 1978.

Concha, que el mismo Florisoone ha estudiado la estética de Santa Teresa[41], tratando de aproximar la sensibilidad de la santa a la teoría de las artes. Viene a comprobar cómo la propia autora interviene en la proyección y edificación de uno de sus monasterios, el de Duruelo, señalando incluso los materiales de construcción concretos que habían de utilizar. Se detiene en la especial predilección de la santa por la imaginería realista. Con ello incide en las ideas del profesor Orozco sobre el sentido de comunicación de la imaginería barroca, perfectamente aplicables a nuestra autora. Curiosamente todos estos trabajos franceses desarrollan aspectos esbozados por Orozco muchos años antes.

Precisamente la influencia del *Cartuxano romançado* incide muy particularmente en el sentido de devoción cristocéntrica sensible, perfectamente constatable en el *Libro de la vida,* que supone esta relación mística-plástica. Todo lo que en él hay de hipersensibilidad lacrimógena y crispación dramática proviene, en gran medida, de la lectura del *Cartuxano.* Con ello creemos intuir una de las vetas fundamentales de la formación de Santa Teresa. No estaría de más recordar para su filiación al ámbito de recogidos e iluminados que precisamente Juan de Valdés recomendaba, entre otras, la lectura de este libro.

En otro sentido, tres de los maestros que mayor influjo ejercieron en la formación de Santa Teresa fueron San Juan de Ávila, fray Luis de Granada y San Pedro de Alcántara. El primero de ellos, con su *Audi filia,* influye de manera directa en *Camino de perfección,* algunas de cuyas páginas e incluso ideas centrales están tomadas de él. El hecho de que la santa recabara necesariamente la aprobación de sus escritos por San Juan de Ávila es un dato más de esa filiación. La relación con fray Luis de Granada ha sido estudiada con cierto detalle por Bizziccari, que anota una serie de comparaciones comunes a ambos, como el fuego, el perfume, el rayo de sol y las imágenes bélicas con el castillo como núcleo fundamental[42].

Fray Luis de Granada es, además, por su afán de popularismo y su contacto con la naturaleza, un autor en cierto modo

---

[41] «Estética de Santa Teresa», *Revista de Espiritualidad,* 1963, págs. 482-488.

[42] *Loc. cit.,* pág. 182 y ss.

próximo a la línea de los teóricos del Recogimiento, que tan claramente ha precisado García de la Concha[43].

Por último, en este sentido, fray Pedro Alcántara, con su *Libro de la oración* y *Tratado de la oración y meditación,* aparece de manera ostensible. Basta leer los capítulos 27 y 30 del *Libro de la vida* para comprobar su influencia, superada tan sólo por la del padre Gracián o San Juan de la Cruz. La propia Teresa de Jesús confirma en otro lugar que San Pedro de Alcántara «dice lo mesmo que yo aunque no por estas palabras».

Otro de los autores que con su influjo nos lleva de la mano a la línea del Recogimiento es el teólogo humanista Francisco de Osuna, cuyo *Tercer abecedario* conoce muy al principio de su formación (V. 4.6): «Me dio un libro: llámase *Tercer abecedario,* que trata de enseñar oración de recogimiento». La edición que maneja es probablemente la de 1527. En el libro de Osuna se expone la doctrina de los recogidos, basada en una teología integradora y una espiritualidad canalizada por diversas vías. Se insiste en que el hombre en su totalidad (cuerpo y alma) ha de emprender el camino de la salvación: no puede separarse lo físico de lo espiritual. Se precisa integrar las dos dimensiones humanas. De ahí que los sentidos cobren un papel importante en el proceso de unión con Dios y que el conocimiento de la propia intimidad sea la base de la búsqueda y encuentro con Cristo[44].

García de la Concha ha visto con bastante detalle que proceden del *Tercer abededario* estos principios informadores de la sensibilidad espiritual de Santa Teresa, citando paralelismos concretos entre Osuna y la santa; por ejemplo, la valoración de la experiencia. No hay capítulo del *Libro de la vida* donde no se refiera constantemente a la necesidad de comunicarse con personas que hayan tenido las mismas experiencias, valorándolas como un punto decisivo en la transformación de la personalidad. Esto ya arrancaba de Osuna, respecto al cual Etchegoyen había intentado, incluso, establecer paralelismos directos. Así, entre la clasificación teresiana de la oración pasiva (quietud, unión y éxtasis) y los tres últimos grados del Recogimien-

---

[43] *Loc. cit.,* págs. 85-88.

[44] Observemos, de la mano del profesor Orozco, que también en San Juan de la Cruz los sentidos cobran importancia fundamental en el proceso de comunicación con Dios.

to expuestos por Francisco de Osuna. Hay imágenes famosas, como la del riego y el huerto, que la santa ignora si las ha leído o las ha oído; es posible que precedan de Francisco de Osuna. Se han citado otras imágenes precisas, como la del fuego de amor de Dios, que las lágrimas en vez de apagar acrecientan; la de la centella; la del pajarillo que aprende a volar, etc., que son comunes a Osuna, Laredo y Granada, y pueden proceder de cualquiera de ellos.

Lo que sí queda claro es que, por mucho que se porfíe en este terreno, los resultados son siempre inferiores a los esfuerzos. Con M. Pidal pensamos que es perder el tiempo insistir en estas comparaciones, que pueden proceder, a su vez, de fuentes comunes, y sobre las que se yergue siempre el tono de espontaneidad, jovialidad y fácil elocución de Santa Teresa. Las imágenes pueden ser las mismas, pero las diferencias de estilo son sustanciales.

Otro de los libros que mayor influyo ejerció sobre la santa es la *Subida del Monte Sión,* de fray Bernardino de Laredo. En el capítulo 23.12 de la *Vida* dice Teresa: «Mirando libros para ver si sabría decir la oración que tenía, hallé en uno que llaman *Subida del Monte...* todas las señales que yo tenía en aquel no pensar nada... y señalélo con unas rayas las partes que eran y di el libro para que lo mirasen y me dijeren lo que había de hacer». Por toda la obra reparte la santa elogios para este libro[45]. Coinciden todos los críticos sin excepción en subrayar el influjo estrictamente literario que ejerció esta obra. El lirismo que rebosa, sutilmente analizado por Cristóbal Cuevas[46], llega incluso a mostrarse en el logro de páginas rítmicas perfectamente estructuradas de acuerdo con principios retóricos precisos que dan a la *Subida* el aire de un libro de verso con cláusulas medidas, con metricismos por inducción con o sin similicadencia, etc., absolutamente conscientes.

No es ajeno el *Libro de la vida* (cf. cap. 15) a alguno de estos procedimientos que, sin duda, proceden de Laredo. Se ha hablado incluso de que la concepción expresiva teresiana del espacio interior y la vivencia mística está en deuda con las

---

45 Posiblemente leyó la segunda edición (Sevilla, 1538) y acotó el cap. 27 del libro 3.º. Véase especialmente el estudio de Fidèle Ros *Le frère Bernardino de Laredo, un inspirateur de Sainte Thérèse,* París, 1972.

46 *La prosa métrica. Teoría. Fray Bernardino de Laredo,* Universidad de Granada, 1972.

configuraciones léxicas de Laredo: «englofarse y dejarse sumergir», «sueño de las potencias», «rapto», etc., son comunes a la santa y a fray Bernardino, sin que aparezcan en Osuna. García de la Concha ha llegado incluso a transcribir un pasaje de la *Subida,* clave en la consolidación de expresiones místicas precisas, que aprovecha inequívocamente Santa Teresa en el *Libro de la vida* (18.2), concluyendo que « la *Subida* actuó como fecundo excitante de la metaforización y simbología teresiana», insertas en el contexto realista y casi coloquial de su prosa.

Por otra parte, de la misma escuela de espirituales franciscanos hay tres obras que fray Tomás de la Cruz ha relacionado muy directamente con la formación teresiana: el *Arte de servir a Dios,* de Alonso de Madrid, especialmente en la introspección psicológica; el *Libro llamado Itinerario de la Oración,* de Francisco de Evia y la *Via spiritus* de Bernabé de Palma, cuyo esfuerzo por definir lo sobrenatural con la mayor precisión terminológica le empareja con Santa Teresa.

Estos influjos son todos ellos acrisolados por el general e indirecto pero constante de la Biblia. Pelisson[47] demuestra hasta qué punto la Biblia está presente en su obra, a través de citas concretas, especialmente de San Pablo, al que se refiere 14 veces, y remite a un estudio específico sobre el tema que ha resumido las influencias indirectas, a través de devocionarios y libros litúrgicos, del *Levítico* y buena parte de los libros proféticos[48]. Es, asimismo, evidente la relación de ciertos pasajes con el *Cantar de los cantares* y la compilación de *Evangelios y Epístolas,* llevada a cabo por Gonzalo García de Santa María, revisada por fray Ambrosio Montesino[49].

Puede afirmarse que las citas librescas de Santa Teresa se refieren siempre a los autores que escriben por propia experiencia. Cuando el inquisidor Valdés publica el *Indice* (1559), la santa estaba ya por completo formada; incluso muchas de

---

[47] *Op. cit.* bajo el epígrafe «Los nombres divinos en la obra de Santa Teresa de Jesús y el influjo de la Biblia».

[48] P. Journneaux, *La Bible dans l'ouvre de Sainte Thérèse* (Memoria para el Diploma de Estudios Superiores), París, 1958, (texto mecanografiado).

[49] Véase el estudio de Ana Álvarez Pellitero, *La obra lingüística y literaria de fray Ambrosio Montesino,* Universidad de Valladolid, 1976. (Cit. García de la Concha).

sus alegorías más conocidas tenían ya una conformación precisa en su espíritu, que fue desarrollando posteriormente de modo muy similar a como se consolidaron las creaciones poéticas de San Juan de la Cruz. Es decir, repitiéndose con variantes de importancia hasta adquirir su formulación última[50].

Por último constatamos, a propósito de esta formación libresca, que en su mayor parte responde a la literatura de los «Recogidos». García de la Concha ha señalado la aproximación de Teresa a dicho movimiento, ya que los libros que le sirvieron de base y que quedan comentados son los típicos de la formación de estos núcleos espirituales en nuestro siglo XVI.

Si hubiera que destacar unos cuantos rasgos que actúan como determinantes básicos en ese ambiente, tendríamos:

a) La esencia afectiva de la contemplación, que se desborda en el sentimiento.

b) Valoración de la experiencia personal, cuya descripción da lugar a tratados autobiográficos de prosa directa y coloquial de que es ejemplo fundamental el *Libro de la vida.*

c) La integración de cuerpo y alma, materia y espíritu, de modo que la religión se apoyará en iluminantes de la vida ordinaria.

d) Las más variadas imágenes y los más distintos temas se expresan en torno a muy pocos núcleos de significado, como resultado de esa integración, vitalmente sentida y comunicada, de cuerpo y alma.

e) La abundancia de autocorrecciones y autolimitaciones, como si hubieran de modelar un proceso «in fieri» que va de la vida a la teología y no al revés.

De estas lecturas hay que partir para entender la obra teresiana. Todas ellas eran comunes a los ambientes de espirituales,

---

50 Refiere Orozco a propósito de las variantes del *Cántico Espiritual,* que la obra de San Juan no es el resultado instantáneo de un golpe de inspiración, sino la concreción progresiva de una impresión primaria con el transcurrir del tiempo. Cuando compuso algunas de las estrofas principales en la cárcel de Toledo sabemos que no disponía de papel y lápiz. Hubo de retenerlas de memoria para darles después forma definitiva. De idéntica manera, la poesía teresiana ha vivido transformándose en el ambiente conventual hasta obtener su última concreción. Véase Emilio Orozco: «Poesía tradicional carmelitana», incluido en *Poesía y mística,* Madrid, Guadarrama, 1968.

iluminados, etc., del siglo XVI, que capitaneaban Erasmo de Rotterdam y Juan de Valdés. Sin que lleguemos a afirmar que la obra teresiana proviene estrictamente de estas coordenadas, como hace algún autor, estimamos que es la suya la concepción más personal y positiva, dentro de la ortodoxia, que cabría esperar de ese ambiente zigzageante y comprometido[51].

El segundo medio importante en la formación de Santa Teresa es su contacto diario con letrados, humanistas, confesores, etc., de quienes aprendió constantemente, hasta el punto de que en el *Libro de la vida* ocupa un lugar fundamental la referencia a estas personas, que se yergue a veces en auténtico hilo conductor del relato, construido en ocasiones desde la perspectiva del tu y el yo. Es singular el aprecio de la santa por los hombres cultos y, paralelamente, su desprecio por quienes, sin escrúpulos ni formación, se yerguen en consejeros espirituales de las mayorías.

A este respecto debemos recordar que, ya desde los primeros capítulos, constata las diferencias entre letrados y no letrados: «Siempre fui amiga de letras, aunque gran daño hicieran a mi alma confesores medio letrados, porque no los tenía de tan buenas letras como quisiera... y buen letrado nunca me engañó» (V. 5.3.).

Es curioso constatar cómo la santa va buscando la persona que puede enseñarle algo y de quien fiarse, pasando sobre decenas de confesores, que su agudo instinto repudiaba, hasta que dio con el padre Vicente Barrón, insigne teólogo dominico, «gran letrado que me desengañó en cosas» (V. 5.3.), considerado como el primer nombre decisivo en su formación humana.

Teresa de Jesús tuvo la suerte, además, de entrar en contacto con tres figuras egregias que Tomás de la Cruz ha llamado «grupo dominico»: García de Toledo, Pedro Ibáñez y Domingo Báñez, cuya influencia será absolutamente decisiva.

García de Toledo es el «hijo mío» a quien se dirige la autora cuando «sale de términos»; también lo llama «señor» y «padre mío», etc. Es el destinatario de las intimidades más profundas, de los pasajes más personales: «Suplico a V. M. —le dice en una ocasión— seamos todos locos por amor de quien por

---

[51] Sobre el tema puede verse el interesante trabajo de A. Comas, «Espirituales, letrados y confesores en Santa Teresa de Jesús», *Homenaje a Vicens Vives,* Barcelona, Facultad de Filosofía y Letras, 1967.

nosotros se lo llamaron»; «rompa V. M. esto y tómelo para sí y perdóneme que he estado muy atrevida»[52]. Es quien la hace reincidir en la serie de espontaneidades incontenibles y quien manda repetidamente a Teresa que le escriba todas las menudencias, quien reclama insistentemente el libro cuando la santa no había acabado de leerlo después de escrito. Es, en suma, la persona con quien más en confianza trata. Hombre de auténtica valía intelectual, conocedor de mundo —había sido Comisario de la Orden en el Perú y cruzado varias veces el Atlántico— entra en el ámbito teresiano tras una entrevista en 1562 y un mutuo sondeo de almas. Con su particular sencillez, la santa lo encomienza al Señor «con un estilo abobado, que muchas veces sin saber lo que digo, trato»; «y así le dije: Señor, no me habéis de negar esta merced; mirad que es bueno este sujeto para vuestro amigo»[53]. La santa habla muchas veces de él; tantas que sería prolijo referirlas. Quede constancia de su significación en la vida de Teresa.

De gran relieve también es la personalidad de Pedro Ibáñez, dominico, profesor de teología en el colegio de Santo Tomé de Ávila, a quien la santa recurre sólo porque «era el mayor letrado que entonces había en el lugar». Sucedió su encuentro poco antes de redactar el *Libro de la Vida,* cuando Teresa se debatía en las murmuraciones que su primer intento fundacional le estaba acarreando. Es el hombre objetivo que con su posición personal y autoridad moral apoya al grupo de fundadores del Convento de San José. A él abre la santa su alma de par en par (V. 33.5.): «Díjele todas las visiones... y supliquéle lo mirase muy bien y me dijese si había algo contra la Sagrada Escritura y lo que de todo sentía.»

A partir de ese momento, Pedro Ibáñez va a ser figura máxima en el entorno teresiano. Es un personaje más del *Libro,* a quien conviene tener presente para entender muchas de las alusiones indirectas que escribía Teresa para quienes estaban en su mismo ámbito espiritual y podían entenderlas.

El tercer hombre importante con quien trata es Domingo Báñez, prototipo del razonador frío y autoritario, sin aristas, cuyo influjo en la formación teresiana se inicia a partir de 1562, cuando ya estaba escrita buena parte del libro. Es considerado siempre como la autoridad suprema en el círculo

---

52 *Libro de la Vida,* 18.6.
53 *Libro de la Vida,* 34.8.

de los consejeros. Sus conversaciones proporcionan a Teresa mucha de la profundidad teológica de los más subidos pasajes de sus demás obras. No se ha estudiado con detalle —pero merecería la pena— el influjo directo de ciertos escritos doctrinales del dominico sobre las páginas de mayor penetración teológica de *Las moradas* y el *Camino de Perfección.*

Mención aparte merece el grupo de los confesores jesuitas, formado por tres jóvenes inexpertos pero de gran altura intelectual: Diego de Cetina (1531-1572), Juan de Prádanos (1528-1597) y Baltasar Álvarez (1533-1580).

El primero entra en escena cuando apenas tiene veinticuatro años y uno de sacerdote; el segundo también muy joven, veintisiete años; y el tercero, de veinticinco o veintiséis años y apenas unos meses de vida sacerdotal. El influjo de los dos primeros es intenso, pero de breve duración, ya que apenas están en contacto con Teresa durante unos meses; en cambio, el padre Baltasar es pieza fundamental, tanto en la formación teresiana como en el desarrollo del *Libro de la Vida,* pues su actitud incierta y vacilante hace que el relato cobre un tinte dramático y emocionado, entrelazado con abundantes digresiones doctrinales, que dan tono a la parte central de la obra.

No se sabe en este caso quién influyó más en quién, pues el padre Ribera cuenta en su biografía la confidencia que le hizo Baltasar: «Todos éstos leí yo para entender a Teresa de Jesús»[54].

En otro orden hay que recoger la presencia de Francisco de Salcedo y Gaspar Daza; el primero es el «caballero santo» del *Libro de la Vida* a quien dedica Teresa los mayores elogios; hombre de no excesiva cultura, es, sin embargo, el primer consultor de Santa Teresa en los inicios de su ascensión espiritual. Salcedo comunica el caso a Gaspar Daza, con quien lo estudia a fondo, y acaba por dar un parecer negativo. Su paso por la autora sirvió, sin embargo, para reafirmar el íntimo convencimiento de Teresa, nunca del todo libre de dudas y recelos.

Junto a éstos, y como figuras excepcionales, las de San Francisco de Borja y el gran reformador franciscano San Pedro de Alcántara, aquel hombre «hecho de raíces de árboles», completan el panorama de intelectuales que modelan el alma teresiana.

---

54 *Vida de la Madre Teresa,* libro I, cap. 11. Tomamos la cita de fray Tomás de la Cruz, *loc. cit.,* pág. 40.

En ellos busca el contraste de autenticidad o clarificación de sus vivencias. Todo era para Teresa necesario tratarlo con confesor discreto y letrado. Su proclividad a la introspección y al análisis exhaustivo de sus vivencias nos presentan la imagen extraordinaria de la mujer que busca, con desigual fortuna entre los hombres de letras, los asideros para seguir adelante. Precisamente el ambiente de los alumbrados había hipersensibilizado a los confesores en este tema y el clima no era propicio para la serenidad; de ahí los dictámenes negativos en ciertos momentos. Pero, incluso en esas negaciones, hay que ver las fuentes de una formación por contraste y «ab ipso ferro» del ánimo teresiano. Dice Etchegoyen que si los franciscanos encendieron en Teresa el amor divino, los jesuitas la fortalecieron con su disciplina moral e intelectual, mientras que los dominicos favorecieron su voluntad de apostolado. De su trato con los confesores sacó Teresa el carácter ecléctico de su actitud doctrinal, perfectamente incursa en el ámbito de los «recogidos».

El otro aspecto que se ha señalado como fundamental en su formación literaria es el de la predicación de su época. Cuando Teresa tiene apenas 15 años se inicia el período de primer esplendor de la oratoria religiosa en Castilla, propiciado por el afán de erradicar los núcleos de protestantes que empezaban a desarrollarse en la zona. La oratoria del siglo XVI y XVII va evolucionando de acuerdo con un proceso de ejemplificación formal y doctrinal según las tendencias literarias que se consolidan, hasta el punto de estudiarse en los manuales con similar entidad a otras del Renacimiento y Barroco. El profesor Soria Ortega ha estudiado algunos aspectos de esta evolución, ejemplificada en la figura de fray Manuel Guerra.

Puede afirmarse que la influencia de la oratoria religiosa en Santa Teresa es fundamentalmente literaria. Las órdenes mendicantes inauguran nuevos modos de predicación, llenos de una intensa carga emocional, con referencias concretas a la «Humanidad de Cristo» y tomando los sucesos de la vida cotidiana en un lenguaje calificado como «espontáneo, directo, franco y enérgico».

En su afán de ser entendidos y gustados por el pueblo, a veces con vanidad mal disimulada, recurren a «exempla» y comparaciones. Es bien conocido el hecho de que la predicación tenía sus propias técnicas y repertorios concretos de inspiración, como los famosos «bestiarios» o conjuntos de ejemplos que proporcionaban un material aprovechable. También recurren a las colecciones ya clásicas, como la *Leyenda Áurea,* de Jacobo de Voragine, o la *Summa predicantium,* de Juan Bromyard. Durante mucho tiempo pervive el gusto por los «exempla» de carácter cotidiano, ni siquiera entorpecido por un cierto afán purista que surge a partir de fray Luis de Granada, según el cual sólo los ejemplos tomados directamente de la Biblia son válidos para la predicación. Se da el caso, incluso, de que en la mayoría de las ocasiones la comparación no viene a reforzar ni a aclarar nada; responde a un simple gusto oratorio, literario, que inserta la experiencia diaria en la órbita de lo religioso sin más. Hasta tal punto son tomados como tales recursos literarios, que incluso la literatura profana se apropia de ellos en muchas ocasiones[55].

Santa Teresa se declara (V. 8.1) «aficionadísima a los sermones» y muchas de sus páginas, especialmente las doctrinales del *Libro de la Vida* y del *Camino de Perfección,* están estructuradas de acuerdo con los esquemas retóricos, el ritmo y la carga afectivo-coloquial de la predicación. No puede ser ajeno a ella todo el tono didáctico, sermoneador y reiterativo que se da en buena parte de sus escritos.

Es la predicación al nivel de la que más una veta decisiva de su formación, que deja recuerdos inequívocos en los capítulos expositivos del *Libro de la Vida,* especialmente del 15 al 22.

Santa Teresa escritora. Aproximaciones literarias

Partimos de la base de que Teresa de Jesús fue en principio escritora por obediencia y que existen unos destinatarios muy concretos de su obra, lo cual viene a condicionar en cierto modo su planteamiento estético. Se une a ello la situación humana en que surgen sus escritos: hurtando el tiempo a otras obligaciones y necesidades más perentorias. El *Libro de la Vida* se escribe con la finalidad de rendir cuenta de sus avatares espirituales y de formar y aconsejar a las monjas a

---

[55] Ver Robert Ricard, «Los vestigios de la predicación contemporánea en el Quijote», incluido en *Estudios de Literatura religiosa,* Madrid, Gredos, 1964.

quienes iba dirigido. Casi se puede tener por una prolongación del coloquio conventual: «Muchas veces os lo digo y ahora lo escribo aquí», dice la santa en alguna ocasión.

Sin embargo, todo el trabajo de escribir, aun en el caso que tratamos, comporta unas disposiciones que no son las de cualquier comunicación oral. El planteamiento formal incluso cambia aunque no se quiera.

Si hay un principio básico determinante de todo el arte literario de Santa Teresa es el de escribir con un fin primariamente útil; para ello recurre a los procedimientos que mejor se avienen con lo que pretende. Se ha hablado desde M. Pidal del suyo como de un «estilo ermitaño», basado en la renuncia por humildad o por necesidad. Parece que Teresa, por motivaciones sociales, intenta no parecer docta, evitando incluso los términos precisos cuando estima que son demasiado elevados. A ello hay que añadir que el *Índice* del inquisidor Valdés, como queda dicho, la habría privado de los libros conocidos en el momento concreto de escribir.

Esto en esencia es verdad. Pero no cabe de ello deducir que la voluntad de Teresa fuera la de evitar el «lenguaje literario» y menos que haya creado así un estilo atractivo sin pretenderlo como alguien piensa. Por el contrario, existe lo que Marichal ha denominado «voluntad de estilo», de un estilo distinto si queremos, influido por sus necesidades y su situación personal, pero voluntad diferenciadora al fin. Teresa tiene una conciencia artística a su manera, por entre las dificultades materiales en que escribe.

En efecto, enfoca una y otra vez el mismo tema desde las más variadas perspectivas, asediándolo, como dice García de la Concha, mediante acumulaciones de imágenes, multiplicando los sinónimos, con procedimientos de una retórica nueva: la de expresar de la forma más directa, con las menos «intermediarios» posibles y con la mayor fidelidad, su persona misma. Es ella la que se da entera a través del escrito.

La propia elección de las grafías es interesante a este respecto. García de la Concha ha estudiado las variantes gráficas de la palabra «iglesia» en *Camino de Perfección* y llega a la conclusión de que Teresa pretende acomodar la grafía a la que juzga como forma correcta, guiándose de su propia percepción acústica o de la pronunciación habitual. No se trata, en principio, de elección caprichosa ni de fluctuación consciente como alguien ha imaginado. Si ello fuera así no confundiría muchas veces palabras muy claras por su voluntad de transcripción fónica precisa. Así aparece alguna vez «profincial» por «provincial» y «Falladolid» por «Valladolid».

La base de la estética teresiana está, en opinión de García de la Concha, en encontrar la felicidad y novedad de expresión sin voluntad de desclasamiento; prescindir de todos los «estilos concertados», superando condicionamientos formales y dando prioridad a la vivencia. Se trata de comunicar las zonas más ocultas de la intimidad mediante un proceso de concienciación; todo ello presidido por su peculiar punto de vista de la realidad. Discrepamos, sin embargo, de García de la Concha cuando asimila este escribir «desconcertado» al Renacimiento, pues la mezcla de lo sobrenatural y lo humano, voluntariamente enfocados con una óptica común, parece muy alejada del ideal renacentista.

El «deslizamiento» de que hablaba A. Castro tiene absoluta vigencia en Santa Teresa y actúa como postulado estético desde el momento en que todo lo humano y divino se ve desde una perspectiva común, de clara filiación barroca. Es lo mismo —salvando las distancias— que sucede en las «comedias de santos» de nuestro teatro del XVII, especialmente en Lope de Vega y Tirso, cuya producción *La Santa Juana* puede tenerse por modélica en este sentido, por cuanto se contempla y enfoca con la misma familiaridad uno y otro contexto. Del mismo modo en Teresa posee idéntico tono el relato de una subida merced espiritual que un comentario sobre la comida de las monjas.

Toda la estética teresiana está presidida por una nota destacada: la manifestación formal de la afectividad, plasmada mediante la acumulación como procedimiento característico. Puede que en ello influya su naturaleza femenina. Hasta se ha llegado a hablar de una «dimensión femenina» en la estética teresiana. El propio A. Castro afirma que la feminidad no sólo condiciona el planteamiento de su obra y sus medios expresivos, sino que también afecta a lo más profundo de la concepción. Para él, el hecho de rechazar la abstracción y preferir un amor inspirado en la «Humanidad de Cristo», expresado con símbolos y metáforas, es típicamente femenino. En efecto, algo hay de ello, en especial en su visión de la naturaleza y en su cuidado casi maternal para elegir los materiales en la construcción de sus conventos. Ella misma los escoge, controla la obra en lo económico y, si es preciso, trabaja en ella. Su estética se halla presidida por la búsqueda de un realismo de intensidad, que se ha llegado a calificar como «expresionista»[56]. En resumen, y siguiendo las ideas de Florisoone y Orozco, lo que distingue la estética teresiana es su complacencia por los elementos reales, incluso en el ornato o la comparación, de acuerdo con un sentido de lo natural que supone simple transfiguración de lo divino. Entre una y otra dimensión no hay más que un cambio de planos. Debe existir una absoluta concordancia en la representación material de lo suprasensible, de acuerdo con su actitud realista. García de la Concha ha observado que la posición «estético-plástica teresiana traduce el principio de la espontaneidad natural y de la comunicación no mediatizada»[57]. De ahí esa estética de esencias que le hace potenciar a la imagen, y sólo a ella, como elemento de conmoción, prescindiendo de cualquier ornato o entorno marginal que distraiga. El ornato tiene su función en la propia imagen, cuyo poder de comunicación estriba muchas veces en él mismo, pero no en el entorno. Se trata de una «plástica de sustancias» que concita la vivencia interior y conmueve a quien la contempla.

Si nos fijamos en algunos aspectos de la poética teresiana, observaremos que es la suya también una opción «sustancialista», por cuanto jamás desprecia lo sensual, ni como forma ni como medio, en su expresión literaria concreta. Teresa tiene conciencia de estar entrando en el campo literario desde el momento en que fuerza la palabra hasta el extremo de conseguir el máximo partido de su connotación. Para ella lo esencial de su función es saber decir las cosas para darse a entender, y su intento de forzar las barreras idiomáticas es de naturaleza fundamentalmente humana; se trata de casar lo más satisfactoriamente posible lo dogmático y lo lingüístico para expresar con claridad lo que pretende.

Hasta qué punto la inspiración, en su sentido más complejo, influye en la forma lingüística escogida es un misterio. Para ella es muchas veces el propio Dios el que habla a través de sus palabras, que los editores reproducen incluso en cursiva. Teresa es consciente de que no podrá comunicar determinado pensamiento si Dios no le ayuda con la evocación de la palabra precisa, e incluso moviéndole la pluma; pero ello no obsta para que muchas de sus metáforas y expresiones sean tomadas de la tradición anterior, como hemos visto en su formación, ni para que notemos a cada paso su esfuerzo de escritora consciente,

---

[56] Víctor García de la Concha, *loc. cit.*, pág. 130.
[57] *Loc. cit.*, pág. 132.

su insatisfacción o duda ante la palabra elegida: «No sé si la comparación cuadra», «no sé si atino a lo que digo», «no sé si queda dado bien a entender», etc.

De ahí que sea muy frecuente en sus escritos una especie de conformación progresiva de las imágenes, como si Teresa necesitara irse apropiando poco a poco de ellas para sacarles todo su jugo. Frecuentemente recurre a formas imprecisas del tipo «es como si», «es ansí como si», etc., que demuestran una propensión fascicular hacia la imagen. Recurre asimismo a comparaciones progresivas, deslindadas a lo largo de todo un capítulo. A ello hay que añadir su propensión a la retórica intensiva y su afán de ruptura del hieratismo de la mayoría de los tratados ascéticos anteriores a ella. Santa Teresa se deja siempre de disquisiciones intelectuales y busca en la naturaleza los medios de la expresión. Como ha visto García de la Concha, la naturaleza no sólo le facilita un repertorio de imágenes ilustrativas de fácil intelección, sino que cumple una verdadera función reveladora, teofánica, que se relaciona con su sentido global de la existencia (sentido unitario, sin divisiones ni fisuras), y que parte del hecho de fundir en su propia persona lo trascendente y lo humano tan íntimamente, que ni uno ni otro elemento tendrían entidad considerados por sí mismos, sino en su mutua relación.

En efecto, coincidimos en creer su poética profundamente sustancialista porque así se explica la normalidad de lo extraordinario y a la inversa, a la vez que ello engendra un dinamismo favorable —como se dice— a la intensidad de la connotación. En conjunto puede afirmarse que la elección —porque siempre la hay— de los procedimientos literarios, que ahora estudiaremos, tiene siempre este sentido unitario, de acuerdo con la entidad total de la obra teresiana.

Entre los procedimientos básicos que emplea se encuentran los de la imagen, símil, alegoría, metáfora, o símbolo, que la santa engloba en el nombre de «comparación». No es éste el lugar de detenerse en una exposición ni siquiera escueta de las diferencias técnicas entre cada uno de estos conceptos. Teresa emplea este vocablo en todas las ocasiones sin entrar, como es lógico, en mayores distinciones. Recordemos, por otra parte, que la retórica ha venido añadiendo precisiones al respecto incluso bien recientemente[58].

---

[58] Véase una exposición interesante en M. Le Guern, *La metáfora y la metonimia,* Madrid, Cátedra, 1976.

Es un hecho que la imaginación de Santa Teresa no tiene fuerza creativa; ella misma lo reconoce en múltiples ocasiones: «Tenía tan poca habilidad para con el entendimiento representar cosas que, si no era lo que veía, no me aprovechaba nada de mi imaginación» (V. cap. 9.6.). De ahí que las imágenes en Santa Teresa no se distingan precisamente por su novedad y originalidad. Todos los críticos, incluso los más encomiásticos, como Sabino de Jesús[59], reconocen esta insuficiencia, pues, aunque éste emplea bastantes páginas en analizar con detalle muchas de esas comparaciones, difícilmente puede postular su originalidad. Dice en su disculpa que no es escritora «de oficio», sino que se limita a tomar los elementos con la mayor naturalidad y la menor preocupación estética, lo cual no es del todo cierto. Sin embargo, se puede hablar de fuerza expresiva, sencillez, etc., e incluso postular, como hace M. Lepée, que la comparación llega a constituir un método en Teresa, o reivindicar, como hace Pidal, la riqueza y originalidad en la utilización, pero nunca en su procedencia. A. Peers se refería a la abundancia de ellas: «Teresa —dice— piensa en imágenes; la lectura de una lista de todas las figuras que usa revela un campo tan amplio, que causa admiración en una persona de experiencia restringida relativamente»[60].

El propio G. Etchegoyen ha estudiado la importancia de las imágenes tomadas de la naturaleza, de la sociedad y de la Biblia[61]. E incluso un autor tan encomiasta como Díaz Jiménez[62] llega a afirmar que esas imágenes no siempre serán originales ni es necesario que lo sean, pues ella se cuida muy bien de desarrollar en plenitud y por cuenta propia lo adquirido.

El citado Sabino de Jesús analiza en el contexto de la imagen otras figuras: elipsis, reduplicación, congeries, asteísmo, etcétera, etc., para terminar afirmando que «todos los accidentes de su estilo hieren profundamente la imaginación, quedando estampados en ella de manera indeleble, gracias a esa vitalidad y vigorosa plenitud que todo facilita y hermosea»[63].

---

[59] *Santa Teresa de Ávila a través de la crítica literaria,* Bilbao, Grijelmo, 1949, pág. 171 y ss.

[60] M. Lepeé, *Sainte Thérèse d'Avila. Le realisme Chretien,* pág. 15, y A. Peers, *Madre del Carmelo, retrato de Santa Teresa de Jesús.* Trad. esp. C.S.I.C., Madrid, 1948, pág. 151.

[61] *L'amour divin,* págs. 221-306.

[62] *Ensayo de pedagogía teresiana,* pág. 108.

[63] *Loc. cit.,* pág. 206.

Pero nada de esto pasa de lo anecdótico si queremos profundizar algo en la utilización de la imagen por Santa Teresa. Lo fundamental de su empleo es que rebasa con mucho el esquema didáctico para el que se piensa, pues, como ha visto García de la Concha, aparte de prestarle plasticidad y aportarle connotaciones sensóreas y afectivas, transfiere a la escritura un plano de superior significación.

La obra de Santa Teresa plantea un problema estético de primera magnitud: el de la dificultad de interpretar en un sentido global algunas de sus figuras, especialmente la alegoría, que reclama lectores-intérpretes y no simples traductores literales. Todas ellas van presididas por la voluntad de visualizar y corporeizar, pero dentro de la mayor sencillez, lo cual le lleva a prescindir de todo lo superfluo, quedándose con lo esencial. García de la Concha ha analizado como comprobante el núcleo imaginativo base de la alegoría del riego del huerto en el *Libro de la vida* y ha observado que en la terminología faltan ciertas precisiones que tal vez se necesitarían para fijarla definitivamente. En toda la alegoría no hay más elementos que «pozo», «noria», «río», y «huerto», lo cual es bastante poco, sólo lo indispensable para ilustrar lo que quiere decir sin sacar partido «literario» de su conocimiento de los vergeles conventuales. Hasta eso llega su «estética de esencias»: alegorías sencillas y, como la imagen, poco fijadas.

Por otra parte, casi todas las que utiliza —tanto imágenes como alegorías— están tomadas de los autores leídos y de la predicación, dándose el caso de, a veces, ofrecer como inspirada por Dios una imagen que en realidad le llega por reminiscencias librescas de Osuna, Laredo o fray Luis de Granada. Imágenes que suele modificar de acuerdo con el objetivo concreto que persigue y casi siempre de un mismo modo: trasponiéndolas a su realidad ambiental o proyectando sobre ellas elementos de la misma realidad. Es un hecho que cuando las toma de autores cultos procura siempre añadir, por un prurito de originalidad, algún dato preciso de su entorno habitual, así como, por afán de plasticidad, algún detalle realista que autentifique. Su originalidad estriba en no sentirse dominada por el texto que toma, sino en traerlo a su ambiente, reconvertirlo y visualizarlo, buscándole una perspectiva inédita. Donde menos modifica, por prejuicio religioso, es en las imágenes de procedencia biblíca; aquí son muy escasas las excepciones.

La analogía ha sido también especialmente estudiada por

García de la Concha, que recoge tres tipos distintos: comparaciones aisladas, comparaciones que se insertan en un vector isotópico imaginativo y comparaciones que integran el intento expresivo de una vivencia, concluyendo que la aportación teresiana en este sentido es la constante dinamización, la composición progresiva y la escasa fijación, tal como veíamos en la imagen.

Estudiemos, finalmente, los niveles del lenguaje de Santa Teresa. Todavía hay que partir de los estudios clásicos de Sánchez Moguel, Sabino de Jesús, Termenón y Solís, Guido Mancini, Felicidad Bernabéu, etc.[64], pues un análisis completo y exhaustivo del tema no se ha realizado, por más que el capítulo *Gramática literaria teresiana,* de Víctor García de la Concha, tenga pretensiones de ello. Se trata, sin embargo, de 41 apretadas páginas de síntesis más que de un análisis pormenorizado.

El trabajo de Sánchez Moguel empieza refiriéndose al vocabulario y notando su diferencia con los demás autores ascéticos y místicos de la época por el carácter exclusivamente popular del mismo. Para él, las voces presumiblemente cultas no pasan de 20 en todos sus escritos, e incluso éstas pierden en ella su forma culta al ser sometidas a la fonética popular: «éstasi», «parajismo, «yproquesia», etc. Concluye que Santa Teresa escribía como hablaba y hablaba y escribía como las gentes del pueblo en el siglo XVI, no recurriendo al cultismo para expresar una idea elevada, sino al lenguaje figurado.

Desde esta postura inicial hasta lo que hoy se piensa al respecto hay mucho camino. Etchegoyen, F. Ros y algún otro piensan exactamente lo contrario: que el lenguaje teresiano tiene pretensiones literarias y que no está tomado del pueblo, sino de toda la literatura espiritual precedente. G. Mancini defiende una posición ecléctica al considerar que Santa Teresa

---

[64] Sánchez Moguel, «El lenguaje de Santa Teresa de Jesús», Madrid, Imprenta Clásica Española, 1915, cit. Sabino de Jesús, *Clasicismo literario de Santa Teresa, El Monte Carmelo,* 1914 y 1915, publicado a lo largo de varios números, en especial pág. 745 en adelante, y *Santa Teresa de Ávila a través de la crítica literaria,* especialmente, págs. 55-207, cit. G. Termenón y Solís, «El estilo de Santa Teresa», en la revista *Bolívar*, Bogotá, 1951, págs. 81-105. Guido Mancini, *Expressioni letterarie,* cit. Felicidad Bernabéu, «Aspectos vulgares del estilo teresiano y sus posibles razones», *Revista de Espiritualidad,* 1963, págs. 359-365, cit.

busca, por una parte, la precisión mediante el léxico culto y, por otra, la accesibilidad de sus escritos, por lo que elige las adaptaciones populares de ese léxico.

Más interesante e independiente parece la posición de F. Bernabéu, que destaca, en primer término, el hecho objetivo del popularismo lingüístico teresiano, incluso de su rusticidad, citando los innumerables ejemplos de vulgarismos, voces inexistentes y anticuadas en sus escritos, etc. Piensa que resulta chocante que palabras tan frecuentes en el lenguaje religioso como «iglesia», «religión», «prelado», las escriba sistemáticamente deformadas; o que recoja términos como «ansí», «aína», «deprender», «freila», que eran totalmente desusados en su época e incluso palabras de nueva creación como «adormizada», «interesal», «repisar», etc. Todo ello manteniéndonos en un nivel puramente léxico; porque también las construcciones sintácticas abundan en toda clase de incorrecciones, elipsis, anacolutos y paréntesis enormes que hacen muchas veces perder el hilo del tema; sin referirnos a la irregularidad de las concordancias, que se ha hecho lugar común citar. La autora, sin embargo, piensa que Teresa es consciente de su descuido y no le preocupa, que tiene como un cierto interés por reproducir expresiones, giros y solecismos del habla vulgar. Todo ello por encima de su formación, sus abundantes lecturas, su contacto diario con hombres de letras y su propio sentido común. La razón, cree F. Bernabéu, es que Teresa pretende con este lenguaje ocultar su ascendencia conversa. En ocasiones le traiciona su buen sentido y entre cientos de veces malescrita una palabra, aparece la versión genuina, casi como una ultracorrección.

Puede pensarse, en efecto, que su estilo rústico es una forma de ocultar su procedencia, ya que al pueblo llano difícilmente se le solía asimilar con los conversos. Su estilo rústico, en definitiva, sería exponente de un conflicto íntimo superado por su fe y su inteligencia.

No todos los teresianistas piensan, sin embargo, así. Hay quien interpreta el arcaísmo como forma consciente de originalidad e incluso no lo considera como tal. Un análisis de las peculiaridades grafemáticas de sus escritos demuestra la existencia de formas propias, como el semiparéntesis o la puntuación basada en sólo dos signos: el punto y una raya transversal, vacilaciones en la división de las palabras, constantes haplografías y «lapsus calami». Estas originalidades son analizadas al mismo nivel que los arcaísmos, observando que en toda la obra teresiana hay una impronta conservadora que le viene dada por las fuentes de información, pues tanto la literatura ascética como la predicación ofrecen un lenguaje arcaizante, de sabor bíblico y expresión casticista.

García de la Concha ha estudiado bastantes de los arcaísmos teresianos, concluyendo que muchas de las formas tenidas por arcaicas aparecen documentadas en textos de la época, e incluso traspasan la frontera del siglo para llegar a Quevedo y Cervantes. Su opinión final en este sentido es que «Teresa de Jesús no pretende hacer popularismo lingüístico; su léxico pertenece, casi totalmente, al acervo común del habla del XVI», y si aparecen ciertos vocablos arcaizantes, han de atribuirse a la temática que trata, que se inclina hacia un conservadurismo lingüístico, y al medio y los destinatarios a quienes va dirigido; no estando alejada del todo la necesidad expresiva de utilizar formas anómalas para vivificar su relato.

No pensamos, sin embargo, de esta manera. No pueden atribuirse formas como «espeluzar», «jarretar», «disbarate» (por disparate), «calonge», «baratar», etc., al léxico literario del XVI; más cerca nos sentimos de la opinión, ya expresada, de F. Bernabéu.

Son, por otra parte, frecuentísimos los coloquialismos, sobre todo en los pasajes en que describe costumbres de época, donde siempre busca la palabra precisa.

En cuanto al nivel morfosintáctico, lo primero que se constata es la preferencia por el sustantivo, mientras que el adjetivo, salvo el que denota cuantificación, suele ser muy poco frecuente. De más interés es el estudio de los diminutivos, que desde siempre ha merecido la atención de todos los críticos. Sabino de Jesús[65] ha hecho un recuento exhaustivo de los empleados por Santa Teresa y los ha interpretado como capaces de escandalizar a los retóricos de profesión y a los torneadores y acicaladores de frases, pero como elementos que vitalizan, suavizan las asperezas y transforman el conjunto de la obra teresiana, dándole la personalidad inconfundible que tiene. En este empleo Teresa se yergue frente a toda una corriente de época, personalizada por F. de Herrera, que proscribía el uso del diminutivo, afirmando que «la lengua no los recibe, sino con mucha dificultad y muy pocas veces».

---

65 *Loc. cit.*, pág. 177.

M. Pidal comenzó a valorar el diminutivo teresiano, recordando que lo utiliza en los asuntos de mayor dignidad y empeño para deslizar en ellos una connotación de ternuras o buscando matices semánticos distintos. Su conclusión a este respecto es tajante: «Sin el hábil uso de los diminutivos no lograría el lenguaje de Santa Teresa muy matizadas delicadezas» [66].

Nos encontramos en este tema muy alejados de la posición de Mancini o García de la Concha (sobre todo el primero), que suponen al diminutivo teresiano no portador de ninguna matización especial, ni erudita, ni popularizante, ni particularmente afectiva. García de la Concha comparte las dos primeras exclusiones, si bien le parece inaceptable la tercera. Nosotros creemos, sin embargo, que el diminutivo teresiano aporta estos tres matices y muchos más, pues en la variedad y abundancia de su uso se basa buena parte de la novedad y fecundidad de su estilo.

Por otra parte, hay que interpretar que los tenidos habitualmente como defectos del lenguaje teresiano (anomalías, concordancias irregulares, elipsis, anacolutos, etc.) tienen en muchas ocasiones sentido literario en busca de la expresividad, y muchos de ellos (la elipsis, por ejemplo) obedecen frecuentemente a la intención de añadir un determinado valor estético. Véase, por ejemplo: «Quédome deseo de soledad; amiga de tratar y hablar en Dios, que si yo hallara con quién, más contento y recreación me dava que toda la pulizía —u grosería, por mijor decir—, de la conversación del mundo; comulgar y confesar muy más a menudo y desearlo; amiguísima de leer buenos libros; un grandísimo arrepentimiento en haviendo ofendido a Dios» (V. 6. 4.). Obsérvese que la supresión de la forma «quedar» confiere rapidez y concentra el proceso, con una finalidad artística.

Lo mismo sucede con los anacolutos, que difícilmente pueden ser interpretados como impericias de la escritora. Los frecuentes hipérbatos, casi siempre de base culta, tienen también una intención de estilo; en este caso con reminiscencias muy concretas, a veces, de lecturas.

Es evidente, por otra parte, que muchos de sus esquemas sintácticos están asimilados de la lectura y la predicación. Las anáforas y paralelismos buscan siempre una sensación de

---

[66] M. Pidal, «El estilo de Santa Teresa», cit., pág. 127.

equilibrio posicional de los elementos en la frase, del mismo modo que el ritmo alternante se inserta en la forma de exposición buscada para el fin concreto que pretende. Seguramente su novedad mayor en el campo literario estriba en que Teresa tiene que inventarse una forma nueva que no dependía, en su conjunto, de lo anterior. No existía ningún paradigma previo y hubo de hacerlo —como dice García de la Concha— en el reducido ámbito de comunicación que le permitían las reticencias de una sociedad discriminatoria y de una Iglesia censora: «Escritora por obediencia —dice— y con tales limitaciones, rompe esta mujer todas las trabas y efunde, en una palabra —que es la común, pero liberada de cualquier encorsetamiento convencional— su personalidad única, que integra las experiencias históricas de la etapa contrarreformista y las vivencias místicas que trascienden tiempo y espacio» [67].

Queremos terminar la valoración del estilo teresiano sin recurrir a las abundantes citas laudatorias que pueden encontrarse en cualquier parte.

Baste sólo esta poco conocida evocación de Blanca de los Ríos [68], que en su trabajo acerca del influjo teresiano en nuestra literatura religiosa, dice: «La prosa de Santa Teresa es inseparable de su espíritu, es la estética de su santidad, conserva la impronta de su alma; es humildad sin afeites; es anhelo generoso de que todos gustasen del bien de que ella gustaba, vertiéndolo en palabras claras como la luz; es amor efusivo, inmenso, que hierve y estalla bajo la delgada envoltura de su habla transparente. Con la reverencia de quien maneja riquezas de Dios, aparta la santa de su estilo todo arrequive profano, toda reminiscencia gentílica; y con ímpetu valiente, españolísimo, poseída de su misión renovadora en todo, echa a rodar los viejos trastos de escribir, la balumba de erudición antigua que, desde el siglo XIII, agobiaba las espaldas a la literatura y entorpecía los pasos a la naturalidad gallarda; suprime el pedantismo de las autoridades —cita de memoria y como dudando o haciéndose perdonar el saber—; rompe con los vicios atávicos de la raza, el conceptismo, el cultismo y el énfasis: huye como de la peste de los discreteos alambicados y de las empalagosas dulcedumbres; y, como si en el sólido

---

67 *Loc. cit.*, pág. 316.

68 Blanca de los Ríos, «Influjo de Santa Teresa en nuestra literatura mística y ascética, *El Monte Carmelo,* 1914.

tintero, de loza talaverana, bebiese su pluma en vez de tinta azul jugo de verdad, rompe a escribir como se habla en la vida familiar, sencilla, entrañablemente, como su alma, sin levadura de engaños, conversaba íntima, regaladamente con Dios; como nunca supieron hablar libros humanos, y emancipa gloriosamente la prosa de Castilla de todo yugo y servidumbre, enseñándole a andar por su pie y a volar con sus propias alas.»

No por lírica deja de ser precisa esta visión del estilo teresiano: la santa prescinde de la erudición, que sólo emplea en su fundamento y no en sus datos, limpia el idioma casi sin querer de la carga retórica del viejo estilo y lo devuelve prístino, capaz para nuevas empresas en la expresión de la intimidad.

Estudio del *Libro de la Vida*

PROCESO DE REDACCIÓN

Un aspecto especialmente interesante para entender el sentido de la obra tal como nos ha llegado es el proceso de su redacción [69].

Según hoy lo conocemos, el *Libro de la Vida* es el resultado de un proceso de reelaboraciones parciales sucesivas, consecuencia de unas circunstancias muy concretas. Por tanto, la última, considerada como definitiva, cuenta con unos mate-

---

69 Aunque casi todos los autores se refieren con mayor o menor extansión a este punto, quien ha resumido con coherencia y precisición este proceso ha sido Enrique Llamas en su estudio incluido en el libro de conjunto *Introducción a la lectura de Santa Teresa,* Madrid, Editorial de Espiritualidad, 1978, cit. Modifica y sintetiza en parte el prólogo del mismo autor a la edición del *Libro de la Vida,* también de Editorial de Espiritualidad, Madrid, 1971. No obstante, pueden verse asimismo: Silverio de Santa Teresa, *Introducción a la Vida de Santa Teresa,* B.M.C., tomo I, págs. 117-120; Tomás de la Cruz, *Santa Teresa de Jesús: Libro de la Vida,* texto revisado y anotado por Tip. de la Editorial El Monte Carmelo, Burgos, 1964, y del propio Enrique Llamas Martínez, *Santa Teresa de Jesús y la Inquisición española,* Madrid, C.S.I.C., 1972, páginas 228-235.

riales de arrastre, anteriores en varios años. El texto que editamos está escrito entre 1564 y 1565, y terminado a finales de éste último; obra de madurez, pues la autora contaba con 50 años, en su plenitud espiritual y psicología, es también el fruto definitivo de ensayos fragmentarios.

La primera redacción data de los años 1554-55, cuando Santa Teresa se relaciona con el maestro Daza, sacerdote abulense, y Francisco de Salcedo; a aquél entregó una primera relación que ella denomina «Parte de mi alma y oración» (V. 23,8), que se puede considerar el primer germen de la obra. Posteriormente utilizó un ejemplar de fray Bernardino de Laredo *(Subida del Monte Sión),* para, mediante señales convenidas, reflejar los pasajes que podían servir como imagen de sus propias experiencias. En otra ocasión entregó a F. de Salcedo el libro anotado «hecha relación de mi vida lo mejor que pude por junto». Los dos «siervos de Dios» examinaron el texto y le dieron su opinión absolutamente desfavorable (V. 23, 12-14). Debió tratarse de una relación escrita, ya que el dar «parte de su alma» fuera de confesión parece suponer un medio escrito, así como el hecho de esperar respuesta; es probable que se tratara de algo más que el simple ejemplar de fray Bernardino anotado.

Por las mismas fechas aparece un tercer personaje en escena: el padre Diego de Cetina, escogido por la santa como confesor por consejo de los dos anteriores. A éste es al primer sacerdote a quien la santa escribe, según tenemos documentado, una relación precisa de sus bienes y males, «un discurso de mi vida —dice— lo más claramente que entendí y supe sin dejar nada por decir» (V. 32, 15). Ésta es la que se ha considerado como primera redacción del *Libro de la Vida,* si bien hoy desconocemos este escrito, por lo que Llamas ha pensado que pudo hacerlo desaparecer el propio destinatario por tratarse de algo muy parecido a una confesión general, o que la santa lo rehízo más tarde en la redacción que hoy tenemos como definitiva. La propia denominación («Un discurso de mi vida») avala la hipótesis.

Entre 1560-61 Teresa conoce al dominico fray Pedro Ibáñez, que había de jugar un papel fundamental tanto en la vida de la santa como en la historia de la Reforma; la misma autora lo califica como «el mayor letrado que había entonces en el lugar» (V. 32, 16). Era el momento de plena efervescencia en las murmuraciones contra Teresa por su proyecto de reformar el Carmelo, como quedó dicho.

La Inquisición, cuya importancia en el contexto vital de la santa hay que destacar como se merece, pesaba sobre ella, que estuvo a punto de ser condenada como falsaria. La figura de Teresa era entonces centro de recelos y temores; y ella, fiada en la competencia y preparación doctrinal del padre Ibáñez, acude a él en busca de consejo:

«Díjele entonces todas las visiones y modo de oración, y las grandes mercedes que me hacía el Señor, con la mayor claridad que pude y supliquéle lo mirase muy bien y me dijese si había algo contra la Sagrada Escritura, y lo que de todo sentía» (V. 33, 5). La respuesta del padre Ibáñez fue un «dictamen» de treinta y tres puntos donde con ponderación y rectitud respondió a todas las dudas de la autora, certificándole que nada de lo que le sucedía era opuesto a la Sagrada Escritura. La existencia de este «dictamen» escrito hace pensar a Llamas, con razón, que la «relación» de la santa en que se basó para tal dictamen fue también escrita. De hecho la identifica con la llamada «Cuenta de Conciencia», que los teresianistas fechan en 1560 y que lleva el subtítulo de «La manera de proceder en la oración que ahora tengo». Se trataría, pues, de una «relación» de carácter biográfico-espiritual.

Posteriormente existen otras «Relaciones» o «Cuentas de Conciencia» de Santa Teresa, que también pueden ser tenidas como partes previas del *Libro de la Vida.* Es seguro que bastantes más se han perdido, pero puede afirmarse sin duda que cuando Santa Teresa redacta el *Libro* ya había escrito varias de éstas, que luego incorporaría, total o parcialmente, a la redacción final.

En 1562 Teresa vive en Toledo, en el palacio de doña Luisa de la Cerda, a quien acompañaba en su viudez. Allí tiene lugar su encuentro con el padre García de Toledo, que le aconsejó pusiera por escrito y con detalle todos los favores que había recibido de Dios. De ahí surge la verdadera redacción completa del *Libro de la Vida,* que entregó en el mes de junio de ese mismo 1562 a este sacerdote. Se trataba de una relación seguida, sin capítulos, y con una finalidad muy concreta: la de cumplir con un deber de obediencia para informar a su confesor. En la carta de envío del manuscrito consta la fecha: «Acabóse este libro en junio de 1562». Esta carta se añadió posteriormente al texto de una siguiente redacción —la definitiva— que es posterior a esa fecha en dos o tres años, dándose así el contrasentido de hacer referencia la santa en ella a sucesos posteriores a la fecha que se consigna al final. El padre Domingo Báñez advierte que, en efecto, 1562 se refería a la primera redacción completa que había escrito de su vida sin distinción de capítulos.

Aunque el destinatario era, como hemos dicho, el padre García de Toledo, el *Libro* se dio a conocer a un no pequeño círculo de hombres de religión, cercanos al ámbito carmelitano: Álvaro de Mendoza, el padre Domenech, Pedro Ibáñez, etcétera, entre los cuales causó admiración e impacto.

Este fue el origen de la que hoy se considera la redacción final. El grupo de iniciados le encomendaron redactar de nuevo el texto. Esta última redacción tuvo un significado distinto de la primera, pues, al ir dirigida a un círculo más amplio, incide la autora en el sentido didáctico y ejemplarizante del relato, dándole un valor admonitorio para que el discurso de su vida pudiera prevenir a algunas almas y estimular a otras. En ésta se añaden capítulos fundamentales (desde el 35 en adelante) donde cuenta acontecimientos de relieve, como la fundación del monasterio de San José, y una descripción detallada de los fenómenos extraordinarios que experimentó desde la fundación del convento (agosto de 1562) hasta finales de 1565.

Este hecho plantea un serie de interrogantes, no del todo aclarados, sobre por qué se le mandó de nuevo escribir el *Libro,* cuándo se le mandó exactamente y qué función concreta se le suponía en el ámbito religioso al que iba destinado. Lo más probable es que no anduviera lejos de todo esto la Inquisición, pues a finales de 1564 Santa Teresa se relaciona con el inquisidor Francisco de Soto y Salazar, que será pieza clave en la definitiva consolidación de la Reforma teresiana y de su autora, pues disipó las dudas que respecto a ella tuvo el Santo Oficio con una idea fecunda: aconsejó que se hiciese un nuevo traslado de la *Vida* y se enviase a Juan de Ávila, cuyo parecer sería inapelable por su autoridad y tranquilizador para todos. Con ello, además, se daba respuesta a un deseo acariciado desde tiempo atrás por la santa. Entonces es cuando se empieza la redacción definitiva, probablemente a principios de 1565. Se trata de un testimonio y una enseñanza surgidos de la experiencia de su autora, con un sentido «comprometido» en el ámbito religioso en el que se movió.

Se observa, pues, a lo largo de este proceso, que el *Libro* se redactó sucesivamente y con finalidades distintas, lo cual influye en su estructura y su valor, como veremos. A ello se debe también el frecuente cambio de perspectiva que se percibe en la obra tal como nos ha llegado.

BREVE HISTORIA DEL MANUSCRITO

Si accidentada fue, como hemos dicho, la redacción, no menos y paradójica ha sido su posterior historia. El *Libro de la Vida* fue escrito, en principio, para ser leído en secreto e incluso pensando en una ulterior destrucción. Teresa insiste alguna vez a lo largo de su exposición en que aquello que dice sea tomado como carta personal para el destinatario, quien debe destruirlo acto seguido. En otras ocasiones deja al criterio del receptor la destrucción o no de determinados fragmentos, de acuerdo con su particular sensibilidad, e incluso la libertad de compartir la lectura de ciertos pasajes con el grupo de iniciados o deshacerlo todo. Es curioso, por tanto, que un libro que se escribe —en principio, decimos— con estas limitaciones, con el deseo expreso de que no fuera editado para el público anónimo y profano, haya tenido una historia tan complicada, que probablemente la santa nunca sospechó, ni deseó. Y tal vez no por simple modestia, sino por un peligro muy próximo acerca de cuya entidad malas lenguas lanzaban ya su amenaza: el Tribunal de la Inquisición. La santa da permiso, como mucho, para publicar sus pecados: «Lo que he dicho hasta aquí de mi ruin vida y pecados, lo publiquen; desde ahora doy licencia..., y si quisieren, luego en mi vida», pero para lo demás exige absoluto silencio: «Pide a quien esto envía que de aquí adelante sea secreto lo que escribiere pues la mandan diga tan particularmente las mercedes que la hace el Señor[70]». Y lo repite varias veces, recomendando muy seriamente —insisto que al menos en apariencia— que no da licencia para que digan a nadie quién lo escribió ni a quién sucedieron tales cosas. Lo único que muestra interés por salvar son los últimos capítulos, donde relata la fundación del monasterio de San José, pues servirán para recordar a las monjas los orígenes de la casa y obligarlas a dar gracias a Dios[71].

Sin embargo —decimos— un libro escrito con tales limitaciones ha soportado una transmisión azarosa y enredada[72], con

---

[70] *Libro de la Vida,* 10,7.

[71] *Id.,* 36.29.

[72] Una exposición coherente de estos hechos puede verse en fray Tomás de la Cruz, *Introducción al Libro de la Vida,* Editorial El Monte Carmelo, y en Enrique Llamas, «El libro de la Vida», bajo el epígrafe «El autógrafo y las primeras copias»; incluido en *Introducción a la lectura de Santa Teresa,* cit.

incidentes de toda índole que le hicieron atravesar el país de punta a punta durante el siglo, desde las manos de Juan de Ávila, cuyo autorizado parecer en última instancia se pretendía, hasta las de la princesa de Éboli, y desde el obispo abulense al Tribunal de la Inquisición, pasando por el padre Báñez, fray Luis de León, Felipe II y, por fin, la biblioteca de El Escorial, donde hoy se custodia.

El primer avatar del manuscrito se produce en Andalucía. Santa Teresa necesitaba casi vitalmente el parecer de Juan de Ávila.

Desde 1562 lo buscó, obligada, además, por el deseo —que era tanto como orden— del inquisidor Francisco de Soto. Pero las circunstancias y la tenaz oposición del P. Báñez impidieron que se llevase a efecto la idea. En 1568, tres años después de la redacción definitiva, lo confía a su aristocrática amiga doña Luisa de la Cerda para que lo lleve —pues disponía de medios— a Montilla, donde a la sazón estaba Juan de Ávila. Doña Luisa, sin embargo, se demora en cumplir el mandato y recibe la apremiante misiva de Santa Teresa: «Yo no puedo entender por qué dejó Vuestra Señoría de enviar luego mi recaudo al Maestro Ávila», achacando al demonio —como de costumbre— la culpa del suceso.

Por fin llega el manuscrito a su destino y recibe el juicio aprobatorio del destinatario, que tanto alegra a la santa. Pero la noticia de la existencia del *Libro* trasciende, y desde el P. Martín Gutiérrez pasa a don Álvaro de Mendoza, quien realiza alguna copia; posteriormente al dominico Bartolomé de Medina (el conocido enemigo de fray Luis de León), quien lo envía a la Duquesa de Alba y ésta a su marido, a la sazón preso en la cárcel de Uceda. De estas lecturas nada decisivo se derivó, hasta que la caprichosa princesa de Éboli tuvo noticia de su existencia. Y, aunque su relación con la santa no era excesivamente cordial, el sentido práctico de Teresa se impuso y hubo de ceder a sus pretensiones de leerlo, pues había costeado la fundación de dos conventos teresianos. A partir de aquí fue objeto de las burlas y chismorreos de palacio. A consecuencia de ello las monjas de los conventos costeados por la princesa los dejan vacíos y, para vengarse, la princesa denuncia el libro a la Inquisición. Ya se sabe lo que esto quiere decir en el siglo XVI. Comienzan las pesquisas y se hace cargo del asunto el Tribunal, que envía a la Sede Suprema el libro, llegando a Madrid el día 10 de marzo de 1575. Estaba entonces Teresa en Beas de Segura, donde recibe la noticia y la acepta con su habitual serenidad, aunque recelosa, lógicamente, de las consecuencias. No olvidemos que por esas mismas fechas estaba fray Luis de León en las cárceles inquitoriales salmantinas. Mas el inquisidor Francisco de Soto se fió de la opinión del gran teólogo Domingo Báñez, a quien se pidió por escrito, lo que pareció apaciguar, al menos de momento, las iras de ciertos segundones del Tribunal, que anhelaban la prisión de la santa. El informe de Báñez lleva fecha de 7 de julio de 1575 y se completó con el parecer del padre Hernando del Castillo, que dio dictamen favorable.

Al poco tiempo la situación empeoró de nuevo. La Inquisición sevillana cursa a la de Madrid una acre nota contra el libro, que dice lleno de «doctrina nueva, supersticiosa, de embustes y semejante a la de los alumbrados de Andalucía». En 1576 el consejo inquisitorial madrileño respondía al de Sevilla que se estaba estudiando oficialmente el libro y por ello no lo remitía para su examen.

Teresa, ante estas dificultades, perdió casi por completo la esperanza de recuperar el manuscrito y cristalizó el proyecto de escribir otro libro de nueva planta: *Las Moradas,* que realizará entre los meses de junio y noviembre de 1577. Pero un mes después recibe buenas noticias; nada menos que el Inquisidor Mayor lee personalmente el libro: debíanselo haber alabado mucho. El Inquisidor por aquellas fechas era Quiroga, una sobrina del cual había profesado precisamente en un convento teresiano.

De su lectura no deduce sombra alguna de herejía. Esto equivalía de hecho a una sentencia absolutoria. Teresa quiso reclamar su manuscrito, pero el P. Gracián arguyó en su contra por motivos materiales; ya no había, sin embargo, miedo a su divulgación, y así una de las copias llegó a fray Juan de la Cruz, que, curiosamente, es la primera persona que expresa con claridad la conveniencia de publicar el libro: «Teresa de Jesús dejó escritas de estas cosas de espíritu... admirablemente, las cuales espero en Dios saldrán presto impresas a luz»[73]. El autógrafo había permanecido casi doce años en la Inquisición, hasta después de morir la santa. Y fue Ana de Jesús, la fundadora del convento de Madrid, quien pidió directamente el texto al Inquisidor General, dando fin favorable al largo drama: precisamente en torno a él se dieron cita, como se ha dicho, las más encumbradas cimas intelec-

---

[73] Cántico B, 13.7 (cit. fray Tomás de la Cruz).

tuales y políticas de su época: Ana de Jesús, San Juan de la Cruz, Felipe II, fray Luis, etc. Correspondió a San Juan la propuesta formal de publicación del libro y fue Ana de Jesús quien lo entregó personalmente a fray Luis, que cuidó de la primera edición (Salamanca, imprenta de Guillermo Foquel, 1588), edición importante, con alguna variante y deficiencia respecto al original, pero todavía válida. Poco después Felipe II reclamaba el autógrafo para la Real Biblioteca de El Escorial, donde se guarda junto con el original de San Juan Crisóstomo. El texto impreso iba precedido de la famosa carta-prólogo de fray Luis de León y de la censura del mismo, que merecieron ser reproducidas en su totalidad.

ANÁLISIS DE LA OBRA

Tal vez como ningún otro el *Libro de la Vida* ha sido objeto de atención preferente dentro de la obra teresiana por parte de teólogos, pensadores y críticos literarios, porque en él hallan respuesta no pocos de los interrogantes que sobre la entidad profunda del español del XVI se plantean. Libro distinto, con autonomía, que difícilmente podía tener continuadores; uno de los más personales y diferenciados de nuestro Siglo de Oro. El maestro Azorín, en unas páginas que se han hecho punto obligado de cita, decía: «La vida de Teresa, escrita por ella misma, es el libro más hondo, más denso y más penetrante que existe en ninguna literatura europea. A su lado los más agudos analistas del "yo", un Stendhal, un Benjamín Constand, son niños inexpertos. Y eso que ella no ha puesto en este libro sino un poquito de su espíritu, pero todo en esas páginas, sin formas del mundo exterior, sin color, sin exterioridades, todo puro, denso, escueto, es de un dramatismo, de un interés, de una ansiedad trágicos» [74].

Pocas palabras tan precisas para referirse a un libro en el que la intuición estilística se funde con la vena cradora de la autora sin rupturas posibles.

Antes había afirmado: «No sabe muchas veces ni el día, ni el mes en que escribe; el tiempo y el espacio no existen para ella. Pero del fondo del espíritu, directamente, espontáneamente va surgiendo una prosa primaria, pura, sin elemento

[74] *Los clásicos redivivos, los clásicos futuros,* Colección Austral pág. 40-41.

alguno de estilización. A un extremo en el problema del estilo está Juan de Mariana; al otro se halla Teresa, humana, profundamente humana, directa, elemental, tal como el agua pura y prístina.»

En efecto, esa es la impresión que recibe el lector en un primer momento. Es el dato primario a resaltar, aunque hoy ya no podamos estar por completo de acuerdo en lo que Azorín veía de espontaneidad y ausencia de elementos de estilización. Queda, sin embargo, patente la humanidad elemental como elemento del que partir para todo análisis del *Libro de la Vida.*

Sobre los aparantes infantilismo e ingenuidad, muchas veces fingidos, sobre la tópica vanidad femenina en afeites, etc., sobre el tono didáctico y sermoneador, salpicado de expresiones populares, vulgarismos y aparentes vacilaciones, se introduce la primera persona, con las lacras de su diario caminar y la necesidad de contar una vida distinta, por encima de la referencia de sus lecturas, aun con la necesidad de apoyarse en un libro para rezar o escribir, aun con la ausencia de inventiva que ella misma se achaca. Muchas veces la simple apertura de un libro le servía de inspiración; otras necesitaba leer; algo así como San Juan de la Cruz, que respondía sobre el problema de los hallazgos expresivos: «Unas (veces) me los daba Dios y otras los buscaba yo» [75].

En pocos libros se da tan clara la espontánea y aparente indiferencia por su creación, el constante hablar de monja iletrada y en la página siguiente el libro que le proporcionó el recuerdo o la inspiración. Puede decirse que los simples hechos históricos —y ya hemos visto hasta qué punto el ambiente que vivió Teresa influye en el libro— no explican lo fundamental de la obra, que, como testimonio de vida espiritual y algo más, rebasa los límites de cualesquiera circunstancias históricas y humanas; la *Vida* no es un simple relato histórico, sino, como ha visto Llamas [76], una interpretación y exposición coherente de los fenómenos que ella había experimentado y que no siempre acertaba a reflejar por escrito.

Aparte de obedecer un mandato necesitaba descubrir el entramado de sus progresos espirituales y el sentido último de sus experiencias. Pero para ello había de doblegar el idioma, de forma que expresara cuanto necesitaba y era de suyo inefable.

---

[75] Recordado por Emilio Orozco, *Poesía y mística,* cit.
[76] *Loc. cit.*, pág. 208.

El libro brotó de un carisma especial que Teresa consiguió para comunicar sus vivencias. «Una merced —dice la santa— es dar el Señor la merced y otra es entender qué merced es y qué gracia; otra es saber decirla y dar a entender cómo es» [77].

La redacción registra clarísimamente esta triple fase, que incluso da lugar, como ha visto García de la Concha, a formas literarias diferentes dentro de la propia obra, y que explica el más íntimo entramado de su estructura.

Hay un múltiple juego de planos y voces que configuran la naturaleza del *Libro,* desde el momento en que la misma santa afirma que no es sólo su voz la que en él se oye, sino un conglomerado de ellas —no siempre propias— que adquieren expresión formal diversa y que habremos de analizar. «Veo claro —dice Teresa— no soy yo quien lo dice, que ni lo ordeno con el entendimiento, ni sé después cómo lo acerté a decir» [78]. La autora era consciente de este hecho carismático, que tan decisivamente influye en la contextura del libro. Baste un ejemplo para comprobarlo. «Cuando comencé esta postrera agua a escribir... —dice— me parecía imposible saber tratar cosa más que hablar en griego, que así es ello de dificultoso. Con eso lo dejé y fui a comulgar... Aclaró Dios mi entendimiento unas veces con palabras y otras poniéndome delante cómo lo habría de decir, que... Su Majestad parece que quiere decir lo que yo no puedo ni sé» [79].

Creemos es suficiente para observar esa duplicidad de voces, que adquiere incluso relevancia formal.

ESTRUCTURA

Hasta hace muy poco tiempo el análisis estructural del *Libro de la Vida* estaba prácticamente por hacer. En fecha reciente se han publicado dos trabajos [80] que han incidido en este punto concreto. A primera vista la obra carece de líneas básicas; no parece depender de cánones preestablecidos ni tener una lógica interna, sino haber sido escrita en el arrebato de la inspiración,

---

[77] *Vida,* 17.5.
[78] *Vida,* 14.8.
[79] *Vida,* 18.8.
[80] Nos referimos al de Enrique Llamas incluido en *Introducción a la lectura de Santa Teresa,* Editorial de Espiritualidad, 1978, págs. 205-239, y al de V. García de la Concha, cits.

o por imperativo de la obediencia, sin releer lo escrito ni preocuparse más de ello. La propia Teresa lo afirma claramente en los últimos capítulos. Se refiere incluso a olvidos y repeticiones por las dificultades materiales con que escribe: «Es en tantas veces las que he escrito estas tres hojas y en tantos días —porque he tenido y tengo, como he dicho, poco lugar— que se me había olvidado lo que comencé a decir.»

No es tampoco un manual de vida espiritual semejante a los que había leído. Las distintas fases de su composición y el proceso de redacción, así como los diversos destinatarios que se suponen, etc., influyen con claridad en la estructura, ya que encontramos capítulos enteros, e incluso partes completas, escritos a distancia de años y con finalidades concretas no siempre idénticas.

Son, sin embargo, el tono personal y el acicate didáctico los que dan sentido y uniformidad al *Libro,* que ha conservado toda su transparencia, constatando «in fieri» los hechos que relata desde una experiencia vital y dinámica, cuya profunda impresión pretende y consigue comunicar. Como se ha repetido tantas veces, no es una autobiografía en sentido estricto, ni la historia ajena de una vida, pues prescinde de cualesquiera elementos temporales y espaciales. No hay fechas ni nombres, salvo muy raras excepciones. Falta la individualización de los personajes principales, a los que se alude genéricamente y con apelativos despersonalizadores. En su apariencia formal es, antes que nada, un tratado didáctico con base en la práctica de la oración mental. No es raro por ello que el tema de la oración ocupe un lugar decisivo y que se haya citado por algún autor como núcleo estructural primario[81]. Pero tampoco se trata de una enseñanza abstracta, sino surgida de la experiencia personal; de ahí que se conjuguen los elementos vitales y experimentales con aplicaciones concretas, aunque válidas en su proyección general. «La fusión y conjugación —dice Llamas— de lo biográfico y lo espiritual, lo anecdótico y lo doctrinal, hace de este libro una obra muy singular, dentro de ese doble género de escritos: el género histórico y el género didáctico.»

Pues, en efecto, es evidente que Teresa no redactó una obra histórico-cronológica, sino de carácter espiritual con intención didáctica. Sólo así cobra sentido estructural válido la amplia digresión sobre los cuatro grados de la oración mental, que

---

[81] Enrique Llamas, pág. 224 y ss.

algunos autores consideran como inconveniente. Si prescindimos de ella cercenamos un elemento básico, por más que haya quien lo considere —y objetivamente cabría estar de acuerdo— como fuente de distorsión en la lectura del libro.

El elemento didáctico puro también puede considerarse significativo en la estructura, pues confiere al libro el carácter de parénesis que se le observa. En resumen, en su aspecto puramente externo, «es una obra de estructura ambivalente, mezcla de biografía y de tratado espiritual, de historia y enseñanza. Manual didáctico y de orientación espiritual, por una parte, y de relación histórica de sucesos y acontecimientos ambientales, por otra. En el fondo, lo que define este libro es una experiencia espiritual hecha enseñanza y norma» [82].

Pasando a un análisis más detallado, esos elementos se agrupan, según Llamas, en torno a dos núcleos:

a) Elementos preferentemente biográficos e históricos. Comprende los capítulos I-III, IV-X; XXIII-XXIV; XXX-XXXIV; XXXV-XL. Abarca los diversos momentos de su vida, la relación de sus experiencias extraordinarias contrastadas con el medio en que se producen, sus frecuentes consultas con confesores y hombres de letras, la fundación del convento de San José de Ávila y la fuerte oposición que se cerró en su torno.

Podría precisarse aún más. Primera etapa: infancia y juventud (cap. I-III); segunda: primeros años de su vida religiosa (cap. IV-X); tercera etapa: progreso en su oración mental (cap. XXIII-XXIV); cuarta etapa: detalle de las mercedes que recibió antes de la fundación del convento de San José (cap. XXX-XXXIV); quienta etapa: culminación de su biografía espiritual tras la fundación del citado convento (capítulos XXXV-XL).

b) Elementos didáctico-espirituales; primero: excurso sobre los cuatro grados de oración mental, donde se explaya la alegoría del huerto (cap. XI-XXII); segundo: explicación doctrinal de ciertos fenómenos místicos (cap. XXV-XXX); tercero: excurso didáctico sobre los efectos que se producen en el alma después de recibir favores espirituales (cap. XXXVII-XL).

El propio Llamas habla de ciertas dudas que se plantean al incluir determinados capítulos en uno u otro plano. A nuestro juicio, el punto más discutible está en la inclusión de los

---

[82] Enrique Llamas, *loc. cit.*, pág. 222.

capítulos XXVIII y XXIX dentro del plano didáctico, ya que en ellos predomina, con mucho, lo biográfico.

Por su parte, García de la Concha, al estudiar la retórica teresiana, la ha ejemplificado sistemáticamente con el *Libro de la Vida*[83]. Ello le ha servido para trazar las bases de su estructura, al analizar el destinatario y otros aspectos de su creación.

Como antes afirmábamos, las diversas etapas de redacción del *Libro* han influido en su conformación actual, ya que desde el destinatario individual a quien iba dirigida la primera relación, se pasa insensiblemente a un ámbito de destinatarios plural, que se aumenta todavía más en la redacción definitiva y que adquiere última constancia en la división del *Libro* en capítulos por parte de la santa.

La primera redacción se estructura de acuerdo con un eje binario, representado por el «yo» de quien escribe y el «tú» del destinatario, mientras que la definitiva cambia por completo el planteamiento hasta conferir a la obra el tono de un tratado doctrinal de pedagogía mística inserto en el medio autográfico. Se da como consecuencia el hecho curioso de que la santa pasa insensiblemente de referirse a un destinatario singular, a referirse a un ámbito de personas más extenso, adquiriendo especial relevancia en las formas concretas que emplea.

Ello da lugar a aparentes incoherencias, que sólo se justifican como un cambio, consciente o no, de perspectiva. Es decir, Teresa se dirige en ocasiones sólo a García de Toledo: «Rompa vuestra merced esto que he dicho, que he estado muy atrevida.» Pero, en seguida, al titular el capítulo XVI, se refiere a un lector genérico: «Es muy para levantar el espíritu en alabanzas de Dios y para quien llegare aquí.»

En esta última expresión hay implícito un amplio número de selectos pero reales lectores. Hay, pues, diferencias de planteamiento que se observan en otros muchos lugares; por ejemplo, en el capítulo XIII, cuando habla de la necesidad que siente de expresarse con claridad por lo dificultosas y malas de entender que son las cosas de oración, sobre todo para los que comienzan sólo con libros, a quienes precisamente parece ir dirigido el suyo.

El esquema de los receptores se amplía con la introducción de Dios como receptor y protagonista al mismo tiempo. Su

---

[83] García de la Concha, *loc. cit.*, págs. 184-222. Exposición interesante cuyo contenido vamos a resumir.

participación se lleva a efecto al entablar con el Diablo y el Mundo una lucha, desarrollada en la vida de Teresa, cuya victoria será el sustentáculo y último sentido del libro.

Esta variedad de planos produce un aparente «deconcierto», palabra empleada por la propia santa, del que ella misma es consciente. Existen múltiples pasajes donde Teresa gobierna personalmente su redacción, justificando ante el lector el haberse detenido tal vez más de lo necesario en determinado tema, de acuerdo con el orden que pretende seguir, o en haber alterado éste. Tomemos un solo ejemplo entre docenas. En el capítulo XIX nos cuenta de pasada la manera de entender que Dios le proporcionó; pero es consciente de que no es allí donde debe decirlo y añade: «Después declararé esta manera de entender... no lo digo aquí que es salir de el propósito, y creo harto he salido.» La santa tiene un plan según el cual cada cosa debe ocupar su lugar.

Ella es consciente de que debe concertar su escrito. El término «concertar», que ella emplea para el hecho de «escribir» o «componer», tiene una cierta correspondencia con «estructurar».

Por otra parte, conforma la estructura de la obra la existencia de un objetivo preciso, al cual rinde absoluta fidelidad: el de que las almas, animadas por el ejemplo de Teresa, cambien de actitud y se vuelvan hacia Dios.

De los tres o cuatro títulos de la obra que nos dejó: *Libro de la Vida, Libro grande, Mi alma, De las misericordias de Dios,* este último es el que mejor cuadra en el contenido y la intención. Ella acepta desnudar su intimidad, contando lo que de suyo es incontable, con el solo fin de manifestar la grandeza de Dios, que tanto bien ha hecho en un alma tan «ruin» como la suya y que hará mucho más en las restantes.

A este principio corresponden elementos estructurales básicos tal como vamos a precisar, pues de la conciencia final de que su *Libro* habría de ser leído por bastantes personas, proviene la división en capítulos que la santa realiza, cuyos títulos están siempre en función de esa actividad exhortativa, parenética que decimos. Las fórmulas que le sirven de enlace entre capítulo y capítulo también obedecen a este mismo propósito.

García de la Concha ha efectuado un análisis minucioso de los títulos y la función de las articulaciones entre capítulos, llegando a la conclusión de que el esquema básico suele ser siempre el mismo: mostrar la acción graciosa de Dios en un alma miserable, con abundancia de fórmulas conclusivas de alabanza o gratitud a Dios, articuladas con expresiones de enlace del tipo «como ahora diré» que dan unidad y coherencia al libro.

Ha visto, asimismo, que existe a lo largo de la obra una división consciente en unidades comunicativas precisas, de acuerdo con la misma finalidad. Sólo en algún caso muy concreto puede parecer algo arbitraria la división entre capítulos. Así sucede con la efectuada entre el XXV y XXVI, ya que ambos parecen integrar una sola unidad de comunicación. Pero esto es la excepción, e incluso en este caso no falta la orientación estructural, sino que Teresa, a medida que asciende en la vivencia mística, se siente cada vez menos ligada al esquema, por la naturaleza inefable de los hechos que cuenta y por la necesidad de apoyar su expresión en el lenguaje figurado.

En los capítulos que preceden al XXXII, las articulaciones de transición narrativa suelen aparecer desplazadas de los ejes finales de capítulos, lo que obliga a la santa a emplear fórmulas como «tornando a nuestro propósito», etc., pues es consciente de su desvío de la fórmula habitual; pero ello cae dentro de límites aceptables.

Es también perfectamente coherente que los últimos capítulos (XXXVII-XL) se dediquen, de acuerdo con el sentido global de la obra, a mostrar las mercedes superiores que ha recibido, sin referencia al momento en que se producen; es decir, alterando el esquema biográfico para dar preponderancia al esquema estructural. Muchas de estas mercedes se habrían producido en momentos distintos de su vida, pero las agrupa todas en estos capítulos, porque son las que demuestran una mayor generosidad de Dios hacia ella, y, por tanto, se avienen mejor con el sentido del libro *De las misericordias de Dios.*

Teresa, de acuerdo con las exigencias del objetivo retórico, escoge los hechos que dan mayor fuerza a la plasmación de su tesis. De ahí que prescinda de muchos detalles de su biografía que hubiera podido contarnos, porque sólo le interesan los sucesos en tanto en cuanto significativos para su propósito. Por eso se explica la falta de elementos descriptivos de la naturaleza que, curiosamente, son mucho más abundantes en sus cartas y en otras obras. En el *Libro de la Vida* relaciona sus vivencias para demostrar ese esquema dual «grandeza de Dios/miseria del alma», que es, en última instancia, lo que desea comprobar. Ello adquiere expresión concreta a través del dualismo retórico, que se refleja en los temas, en los personajes y hasta en las fórmulas precisas.

Son muy abundantes en la obra las construcciones antitéticas, las expresiones duales, los paralelismos antonímicos, etcétera, de acuerdo con el propósito estructural.

A esta misma intención obedecen los frecuentes opósitos, las reiteraciones acumulativas y otros tantos recursos. Las frecuentísimas «explanatios» conclusivas o epifonemáticas inciden también en este mismo sentido: no son parcelas autónomas, sino subordinadas al objetivo último, respecto al cual aportan su dosis de compleción. Los frecuentes textos en que una anécdota adquiere dimensiones generales son ejemplo de ello.

En este sentido es en el que cabe ver el valor que tienen elementos aparentemente tan distintos como el *Tratado de los grados de oración* o el relato de la fundación del convento de San José. No son elementos añadidos; están al servicio de la misma finalidad general: mostrar, cada uno en su lugar, que mediante aquel medio (oración) se consigue todo, incluso alguien tan «ruin» como Teresa.

Una constante del *Libro de la Vida* es el parentesco de sus elementos estructurales más pequeños con la oratoria del momento. García de Concha, al estudiar la microestructura de la obra, ha observado claramente esta relación. Es aquí —tal vez— donde puede comprobarse con mayor rigor el influjo de la predicación a que nos referíamos en el epígrafe de la formación teresiana.

En efecto, cualquier unidad pequeña suele constar de una introducción en la que la escritora pide el auxilio de Dios para iniciar la narración. Estamos ante un recurso absolutamente común a todas las obras didácticas. En seguida enuncia el propósito de su comunicación y, progresivamente, va ascendiendo el ritmo de su vivencia hasta el clímax, para poco a poco ir aclarando, también con medios retóricos, la naturaleza de lo que explica. Se produce un progresivo desvelar del misterio, de acuerdo con el ritmo absolutamente marcado, incluso con elementos extracontextuales.

En la descripción suele ir de fuera a dentro, de lo aparente a lo profundo —como diría Orozco—, de lo más fácil de explicar a lo inefable. Al final se expresan en síntesis los efectos producidos por la visión en forma también retórica: se recurre, por ejemplo, al paralelismo anafórico o antitético. Véase el capítulo XIX donde tres epígrafes distintos comienzan, respectivamente, «queda el alma», «queda el ánima», «queda algún tiempo este aprovechamiento en el alma». Incluso se acumulan más procedimientos retóricos (derivaciones, polisíndeton, etc.). La última fase de las microestructuras suele ser el epifonema admonitorio o parenético, es decir, la consideración típicamente didáctica que comporta la reflexión doctrinal.

Este esquema, como puede pensarse, no es absolutamente rígido, pero se repite con mucha frecuencia en los capítulos que tienen una cierta unidad doctrinal o en unidades de comunicación constituidas alguna vez por dos o tres capítulos que tienen idéntica finalidad.

En conclusión, podemos decir que la estructura del *Libro de la Vida* es, después de analizada, mucho más coherente de lo que parece tras una primera lectura. De manera que incluso elementos considerados como irrelevantes o tal vez digresiones improcedentes tienen un perfecto sentido y ocupan el lugar que les corresponde de acuerdo con la finalidad del libro, intuida más que previamente propuesta; pues, como se ha visto, la intención al escribir la obra fue cambiando de un primer momento en que sólo pretende informar por obediencia a un receptor individual y concreto, hasta la última, cuyo propósito fue atraer el mayor número de almas a Dios.

EL *LIBRO DE LA VIDA* Y LA SENSIBILIDAD BARROCA

A primera vista puede resultar extraño relacionar una obra este tipo con la picaresca del XVII, cuyas diferencias de tono, carácter y tema son absolutamente sustanciales.

Sin embargo, hay dos puntos de coincidencia formal que envuelven a ambas manifestaciones de un cierto halo común. Nos referimos a la forma autobiográfica y al sentido doctrinal, «comprometido» en una palabra. No es sólo un «compromiso» con la vivencia que se pretende comunicar; hay un cúmulo de semejanzas, que van desde las referencias precisas a costumbres de época (purgas, remedios contra el dolor, creencias en auguruios, simbología física del mal, etc.), hasta las críticas directas de las formas de predicación, la inconsecuencia de los predicadores con sus principios y la convicción de que el mundo tiene poco arreglo por sus medios y precisa, por tanto, de la intervención divina para el cambio. Al pesimismo de la picaresca corresponde aquí un optimismo providencialista, paradójicamente resultado de la íntima convicción en uno y otra de que el mundo necesita una transformación.

Para ello se recurre frecuentemente a los mismos procedimientos: un estilo recargado, con abundancia de interrogaciones de probable precedencia en la novela sentimental y en la retórica del púlpito de su época. Los capítulos en que se critica a los conventos abiertos como centros de perdición (7,4) o la insistente referencia al final en un sentido concreto, como sucede en el Guzmán, son significativos.

Al propio tiempo abunda en el *Libro* —como se ha visto en la estructura— una cierta complicación formal que se articula en ocasiones mediante el doble plano (7, 16). A ello se unen los procedimientos retóricos de que hemos tratado y una especial sensibilidad que le lleva a conmoverse, tal como sucedía en la predicación, con la misma espectacularidad con que el orador sagrado se conmueve ante el auditorio contemplando la imagen.

Estamos dentro de una sensibilidad que no dudaríamos en calificar de prebarroca. Recordemos el pasaje básico en que Santa Teresa se arroja ante la imagen llegada (9, 1): «Vi una imagen que habían traído allí a guardar... era de Cristo muy llagado y tan devota que, en mirándola, toda me turbó de verle tal, porque representaba bien lo que pasó por nosotros. Fue tanto lo que sentí de lo mal que había agradecido aquellas llagas, que el corazón me parece se me partía y arrojéme cabe Él con grandísimo derramamiento de lágrimas, suplicándole me fortaleciese ya de una vez para no ofenderle.»

La misma referencia insistente a la figura de la Magdalena, representada muchas veces en su conversión con actitud casi teatral y toda suerte de detalles realistas, es un elemento más a tener en cuenta.

Cabría relacionar esta misma aproximación teresiana respecto a la figura-símbolo en su contexto cotidiano con esa disposición calificable como prebarroca de que hablamos; de igual manera que su actitud literaria consciente de utilizar ciertas comparaciones no en un sentido puramente utilitario, sino con intención exclusivamente formal. Cuando afirma que si no acierta en ellas servirán al menos de consuelo a quien las lea y producirán tal vez placer estético, nos sitúa sin duda ninguna en el ámbito del barroco.

Ha sido el profesor Orozco quien con mayor profundidad ha estudiado este tema: «No pretendemos afirmar —dice refiriéndose a ascéticos y místicos— que sean escritores barrocos. Lo que queremos destacar... es que en la estética de estos escritores encontramos rasgos de paralelismo con la estética del barroco y que en algunos aspectos anticipan actitudes con respecto a la naturaleza y con respecto a la concepción y expresión artística que han de ser características del artista y del escritor de dicho período»[84].

De ello son prueba evidente la enorme cantidad de textos del *Libro de la Vida* en que que se hace referencia al carácter absolutamente físico de su relación con la divinidad, configurando lo que se ha dado en llamar tema de la «Humanidad de Cristo», que constituye capítulo importante en los estudios sobre la santa. «Yo —dice Teresa— sólo podía pensar en Cristo como hombre; mas es así que jamás le pude representar en mí, por más que leía su hermosura y veía imágenes, sino como quien está ciego o a oscuras... A esta causa era tan amiga de imágenes.» Es decir, necesita sustancialmente de la imagen física, lo cual la aproxima al barroco.

Este aspecto de la «Humanidad de Cristo» ha merecido trabajos concretos como el de María Teresa Leal[85], donde se estudia desde la perspectiva del barroco este tema en la santa. A esta aproximación pudo ayudar en buena medida la relación de la autobiografía teresiana con las *Confesiones* de San Agustín, libro también barroco a su manera.

Recuérdese que Teresa habla de ese libro cuya lectura tanto le conmovió. «Estuve —dice— por gran rato que toda me deshacía en lágrimas con gran aflicción y fatiga.» Incluso esta misma «retórica de lágrimas» en la que se envuelve tras las lectura de San Agustín puede considerarse como un motivo de entronque con el barroco.

En otro epígrafe hemos hablado de la influencia de este libro sobre Santa Teresa, recordando que hay autores como García de la Concha que lo estiman taxativamente como el precente inmediato de todo lo autobiográfico de cualesquiera de los teresianos. Sin embargo, no puede afirmarse como esta rotundidez, pues en todo supuesto influjo hay que tener en cuenta no sólo el contenido y la forma de la obra en sí, sino el quién, el qué y el para qué.

Puede, en efecto, que tanto el propósito de Santa Teresa como su disposición anímica coincidiera con la de San Agustín

---

[84] «La literatura religiosa y el barroco», incluido en *Manierismo y barroco,* Madrid, Cátedra, 1970.

[85] María Teresa Leal, *Sentimiento de la «Humanidad de Cristo» en Santa Teresa.* Memoria de licenciatura dirigida por Orozco, Universidad de Granada, 1964.

al escribir sus *Confesiones,* ya que ambas son almas atribuladas que escriben, en cierto modo y salvando las distancias, para descargar su intimidad. Sin embargo, se diferencian de modo expreso en el tercer condicionante («para quién»), ya que San Agustín piensa en un tipo de destinatario distinto al del *Libro de la Vida* pues, como ya hemos visto en la estructura, la complicación fundamental de éste deriva del distinto punto de vista respecto al receptor, unipersonal en un principio, de grupo de iniciados en otra fase, y de un ámbito más abierto, que incluía las monjas de sus conventos y al lector genérico, en la fase final.

Son tantos los argumentos y datos concretos del *Libro de la Vida* que pueden citarse de filiación barroca[86] que casi no merece la pena entrar en la apreciación de Maravall, que habla desde una perspectiva social, de que el misticismo español es un fenómeno de importación cuyos rasgos no sólo son francamente diferentes de los del barroco, sino más bien antibarrocos.

Evidentemente esta postura obedece a tener un concepto muy particular de lo que es el barroco, que para Maravall se ciñe a cuestión de Iglesia —y en especial de la católica— en su condición de poder conexo con el monárquico absoluto. Esta identificación tan expresa nos exime de mayores puntualizaciones, ya que es bien sabido que el barroco desborda por completo el ámbito de la Contrarreforma y tampoco la literatura ascético mística puede pensarse como una simple secuela de ésta.

Argumentar, por otra parte, como hace García de la Concha[87], que en la escritura mística no se da el carácter de comunicación de masas inherente a la cultura del barroco tampoco parece convincente. Las pruebas aducidas por Orozco sobre la estética y plástica teresianas son suficientes para su filiación.

Recuérdese a este respecto su trabajo: «De lo aparente a lo profundo», en *Temas del barroco* . Orozco ha señalado como elementos típicamente barrocos en la escritura de los místicos la espiritualización de lo natural y el desbordamiento afectivo.

---

[86] En el epígrafe que dedicamos al aspecto estrictamente literario del *Libro* recogemos fragmentos típicos.

[87] *Op. cit.,* pág. 220.

[88] Universidad de Granada, 1947, luego recogido en *Manierismo y barroco,* cit.

En efecto, fueron los místicos españoles quienes «enseñaron a mirar de cerca morosa y amorosamente a la naturaleza toda, desde la elegante y simbólica azucena hasta la más humilde verdura y florecilla silvestre, antes que los pintores»[89]. En efecto, en Santa Teresa se da esa espiritualización de lo natural, tomado muchas veces como término de comparación para evocar la vivencia espiritual. Se da, además, con una cualidad típicamente teresiana, bien observada por García de la Concha: la capacidad para extraer de ello al máximo «el jugo de connotación», de modo que concentra en un solo sintagma toda la fuerza que otros dispersan en una larga descripción.

El que no se advierta, como dice el mismo autor, «regodeo en la contemplación y plasmación de la naturaleza» se debe simplemente a que la finalidad de su obra no es reflejar con detalle esos elementos, puesto que sólo sirven de término de comparación para comunicar otro tipo de contenidos, sin que por ello —pensamos— quepa deducir que no son elementos barrocos. Véase, por ejemplo, el regusto con que utiliza las metáforas (en 15, 4) o el desarrollo moroso del símbolo de la huerta y el agua a lo largo de cuatro capítulos, con abundancia de imágenes, con recursos absolutamente barrocos (antítesis, paradojas, oxímoros), el regusto por la inspiración como halo inflamador que comporta notabilísimos hallazgos expresivos en otros capítulos (en concreto, XVI), etc.

El otro punto típicamente barroco —decíamos— es el «desbordamiento afectivo». Aquí creemos que caben pocas dudas. La «teatralidad» del barroco en oratoria, plástica y teatro no está pensada —como creen Maravall y el propio García de la Concha— para representar la ficción, el engaño a los ojos y, mediante el reflejo de las pasiones, mover los ánimos de las masas, sino que obedece a una actitud íntima, real, nunca fingida. Pensar otra cosa equivale a no entender literalmente lo que es este movimiento[90]. Teresa se propone como fin primordial de su obra mover, conmover, lo cual es un supuesto puramente barroco. La abundancia de opósitos, diminutivos, rectificaciones y circunloquios, zeugmas, etc., es sintomática. Recuérdese el pasaje (25,17) donde emplea una serie abundantísi-

---

[89] *Manierismo y barroco,* cit., pág. 52.

[90] Véase Emilio Orozco, *El teatro y la teatralidad del barroco,* Planeta, 1971, *passim.*

ma de exclamaciones y poco después interrogaciones para dar cauce a su desbordamiento expresivo.

La misma actitud de humanizar su relato (25, 6) contando las cosas con las propias fallas de la memoria y confiriendo un valor casi físico al recuerdo y al olvido es típicamente barroca. La abundancia de calificativos (en 25, 11) incide en el mismo sentido e, incluso, la forma de exposición, repetida sistemáticamente, en que cuenta una merced que Dios le hizo e inmediatamente se expande en admiraciones e interrogaciones laudatorias, no pretende otro fin sino conmover. Toda su literatura está transida de esa sobreexcitación expiritual que cobra forma en sus comparaciones expresivas (véase 27, 8).

Las mismas palabras con que se refiere a la «Humanidad de Cristo», destacando por encima de todo lo físico (28, 3), o la descripción literaria de la luz de Dios (28,5) están dentro de este ámbito. Podríamos multiplicar los ejemplos: de nuevo la hermosura del Cristo que veía (29, 2), la expresión de su dolorida humanidad, presentándosenos con las lacras de su sufrimiento o constatando, según la necesidad de conmover, la indolencia e ineficacia del hombre: «Siervos somos sin provecho ¿qué pensamos poder?» (22, 11).

El hecho de introducirse en el curso de su narración apoya particularmente, como ha sucedido en la literatura anterior, ese afán barroco (23, 1). Los propios motivos que le impelen a ofrecer una visión física del demonio (28, 10 y passim) caen dentro de los frecuentes recursos de la predicación barroca, como también la descripción de los tormentos del infierno con todo detalle (32, 2): «Los dolores corporales tan incomportables, que con haberlos pasado en esta vida grandísimos y, según dicen los médicos, los mayores que se pueden acá pasar... no es todo nada en comparación de lo que allí sentí y ver que habían de ser un sin fin y sin jamás cesar... Un apretamiento, un ahogamiento, una aflicción tan sensible... que yo no sé cómo lo encarecer.»

Si estas frases no inciden en la finalidad de conmover, resultaría ocioso buscar otras. Las frecuentes imprecaciones, paralelismos y reiteraciones obedecen también a este propósito. No puede pensarse, pues, con García de la Concha que «se halla muy distante de los que siguen el artificio retórico barroco». Su efusión arranca, en efecto, de la vivencia interior, pero, lejos de incorporarse a la retórica progresista del «humanismo», incide, bien directamente por cierto, en lo barroco.

Y una precisión más a este respecto: se ha considerado

siempre un elemento fundamental del arte barroco la preocupación por el propio lenguaje. Conocida es la tesis de Lázaro Carreter[91] de que la imposibilidad de creación en otros campos del saber, por motivaciones político-religiosas que entran de lleno en el campo de la historia, impulsa a la preocupación por el idioma, por sacar el máximo partido de sus recónditas posibilidades; culteranismo y conceptismo serían el resultado. Así se explica la altura a que llega la producción literaria española por aquellas fechas.

Pues bien, algo de esto sucede en Santa Teresa. La autora pretende descargarse constantemente de todo prurito científico-teológico. En lugar de describir los fenómenos con la precisión conceptual de un tratadista de espiritualidad, lo hace conscientemente desde el vértice de lo literario, recurriendo al lenguaje figurado. Su insistente modestia («Esto vuestras mercedes lo entenderán —que yo no lo sé más decir— con sus letras») demuestra bien a las claras que renuncia a toda precisión conceptual para refugiarse en el campo de la imagen verbal.

Cuando describe un estado de unión, habla de que «el alma sale de sí mesma a manera de un fuego»; y así sistemáticamente.

Este recurrir al lenguaje figurado, prescindiendo de lo conceptual y abstracto, es, sin duda, de propósito y de hecho, un rasgo barroco. No andaba muy lejos de todo ello la sombra inquisitorial y el propio contexto social, según hemos comentado en otro epígrafe.

En este mismo entorno barroco hay que situar la temática del desmonismo y la hechicería en el *Libro de la Vida.* Con ello, evidentemente, estamos ante un rasgo de época. La figura del demonio como personificación del mal que engaña a las almas, ocupa un lugar relevante en los escritos de espiritualidad del siglo XVI. Su figura estaba rodeada de sugestión y misterio que llegaba a lo morboso por lo incomprensible. Nadie veía raro en la España del XVI los frecuentes casos de posesión diabólica y se estudiaban con detalle las relaciones entre magia y profecía, sólo por considerar que el demonio era su agente impulsor. El famoso libro *Malleus maleficorum* fue la más importante fuente de información de este tipo de hechos.

Teresa de Jesús, hija de su ambiente, fue víctima de bastantes de estas actitudes y convicciones, que afloran con especial

---

[91] *Estilo barroco y personalidad creadora,* Madrid, Anaya, 1972.

fuerza en el *Libro de la Vida*. Atribuía por sistema cualquier entorpecimiento en su relación con Dios al demonio, e insiste en que toda acción o inclinación de las personas al mal está propiciada por él. Recordemos el pasaje en que habla de aquella mujer de Becedas que había esclavizado afectivamente al sacerdote mediante un idolillo (V. 5, 5).

Todo este ambiente de sugestión y ficción imaginativa, a que no es ajeno el realismo de la descripción, obedece a una constante, luego desarrollada hasta el extremo en el barroco. Recuérdense los pasajes 8, 7; 19, 10; 25, 10; 31, 1; 36, 7, etc., como ejemplos de estos hechos.

La personificación humana del demonio es, tal vez, el rasgo más personal de la aportación teresiana a este tema, que ha merecido ser estudiado con detalle por Enrique Llamas[92] y por J. M. Souvirón.

Su libro[93] enfoca la presencia del demonio en la literatura contemporánea y hace referencia a su proyección en importantes personalidades españolas del Siglo de Oro.

De este mismo carácter —y parte importante también del *Libro de la Vida*— es el tema de los hechizos, estudiado particularmente por el padre Efrén de la Madre de Dios[94]. El tema aparece relacionado con la alquimia y la astrología. No es extraño que la lectura de libros de caballerías, donde tanta importancia se confiere a este asunto, fuera la fuente de información directa de Santa Teresa. No olvidemos tampoco que éste era tema de comentario en los ambientes cultos del siglo XVI. La creencia en la fuerza de los hechizos es un dato más a valorar en la complejidad de su persona y demuestra hasta qué punto estaba generalizada esta creencia[95]. Estos aspectos completan su aproximación al barroco como estética y como forma de vida.

---

92 Resumen de sus tesis puede verse bajo el epígrafe «El demonismo y la hechicería en el *Libro de la Vida*», loc. cit., páginas 231-236.

93 J. M. Souvirón, *El príncipe de este siglo. La literatura moderna y el demonio,* Madrid, Cultura Hispánica, 2.ª ed., 1968, págs. 15-77.

94 *Santa Teresa por dentro,* Madrid, Editorial de Espiritualidad, 1974.

95 Véase el estudio de Julio Caro Baroja, *Vidas mágicas e Inquisición,* Madrid, Taurus, I y II vols., 1969.

EL *LIBRO DE LA VIDA* EN EL ÁMBITO DEL ENSAYO

Una de las facetas todavía no suficientemente valorada, aunque existen un par de trabajos de cierta relevancia[96] sobre ello, es la inserción de la obra teresiana en el campo del ensayismo español. Quien primeramente observó el hecho fue Américo Castro, que en su estudio citado dejó importantes referencias al carácter de la producción teresiana. Al situarla aparentemente don Américo está pensando en el hilo que une a los precedentes de la novela sentimental del XV con lo que llamamos «novela moderna» a partir de Cervantes; sin embargo, el autor la relaciona con una forma distinta de novela-ensayo, a la manera de ciertas creaciones gracianescas y de lo que hoy podría ser la novela de Pérez de Ayala. Dice don Américo que la «autora, al narrar el proceso de su vida, incluye en su hacer literario la creación del agente de ese hacer, con lo cual el estilo narrativo adquiere doble dimensión, la de lo narrado y la del quién del narrador».

En efecto, ese carácter de fusión entre el objeto creado, como materia independiente, y la persona que lo crea, es exactamente la perspectiva del ensayo moderno. Américo Castro se desvía, en cierto modo, por intentar aproximarla al género novelesco. «Si se seculariza la técnica —dice— de hacer discurrir por dos diferentes vías el irse haciendo la figura literaria al hilo de lo que es hecho, tendríamos un esquema de novela moderna, quiero decir cervantina.»

Su necesidad de entroncarla con manifestaciones de época le lleva a esta rápida identificación, que el autor matiza en otros sentidos observando claramente su carácter ensayístico, sobre todo en el momento de precisar lo que en su obra hay de confesión lírica por entre la maraña de los temas tratados. Esa maestría de que habla para intimar con la propia conciencia y a la vez ser íntima con los demás no es otra cosa que lo ensayístico en el sentido unamuniano conocido.

El desorden aparente de su estilo hay que verlo así como la forma —dice el autor— que necesariamente reviste el trémolo de esa alma lírica, que da expresión a lo admirable y a lo insignificante con la misma capacidad de interesar al lector. Por

---

96 El citado de Américo Castro, *Teresa la Santa y otros ensayos,* Barcelona, Alfaguara, 1972 (reproduce sustancialmente un trabajo de 1929), y Juan Marichal, «Santa Teresa en el ensayismo hispánico», en *La voluntad de estilo,* Barcelona, Seix Barral, 1957.

ello, tal vez, la formulación de su experiencia mística no pudo alcanzar los grados de abstracción que se dan en otros autores, y siempre anduvo en el ámbito de lo tangible hecho interesante en virtud de quien lo trata.

Esa senda de confidencia y confesión, unida al tratamiento de los más diversos temas, es de inequívoco origen teresiano. En efecto, don Américo ve en ella el precedente más importante de esa literatura de análisis íntimo (novela-ensayo, memorias dieciochescas, cartas de cierta densidad conceptual de la literatura europea). Él lo dice más recatadamente: «Sería cosa de averiguar exactamente si la técnica de la literatura a base de análisis íntimos no descubre de algún modo la huella de acción teresiana.

Resultaría, tal vez, que fue intentado en España, desordenada y llanamente, lo que más tarde habría de ser hecho «selon les régles» con lo que finamente llama Vossler «Wohlerzogenheit literaria». En efecto, los autores que luego cita como deudores pertenecen en buena medida a ese tipo intermedio entre la confesión lírica y el ensayo moderno de que hablamos; sin ella tal vez no hubiera sido posible el espíritu de Gracián o de Cadalso y, desde luego, algo importante de ciertas manifestaciones deciochescas europeas.

En la Santa de Ávila están, según A. Castro, los gérmenes de una Mme. de Lafayette, de una Mme. Sevigné; sin su obra faltaría un importante elemento en la literatura de Europa. Se anticipó así a un cierto tipo de literatura profana, al crear ese balbuceo discontinuo explorando regiones poco frecuentadas entonces.

Efectivamente, es la suya una biografía y una autobiografía simultáneas que permiten intuir el género nuevo. Precisamente en la posición que adopta, desde la que domina —como se dice— la totalidad de un vivir humano en sus immanencias y sus trascendencias, con sus perspectivas divinas y terrenas, está el germen del ensayo; en la multiplicidad de puntos de vista desde los que enfocar una realidad.

Por su parte, Juan Marichal ha insistido también en incluir a Santa Teresa en el contexto de la prosa discursiva que luego cultivaría Unamuno con razones que parecen convincentes.

En efecto, el hombre del siglo XVI había buscado su propia retórica para expresar la intimidad. Paradójicamente sólo a través de la retórica encontramos ejemplos de expresión completa de lo íntimo. Recordemos el caso de fray Antonio de Guevara como límite, pues a través de su estilo retorcido encontramos una de las voces más auténticas de su siglo.

Santa Teresa es la excepción en este sentido. Consigue penetrar en su propia interioridad no a través de la retórica tradicional, sino creando, valga la expresión, una retórica nueva basada en el desconcierto. «Habrá de ir —dice Teresa— como saliere, sin concierto»; este es su punto de partida. No olvidemos que las palabras «concierto», «concertado» tienen un sentido en el siglo XVI muy similar al que todavía se conserva en ciertas zonas de Andalucía (un hombre «concertado», ordenado, «que sabe hacer las cosas racional y coherentemente»). Pues bien, Santa Teresa por principio actúa así. Su intención es escribir sin atenerse, al menos aparentemente, a normas fijas y gusta de repetirlo insistentemente. La obra podrá aprovechar precisamente porque se diferencia de los escritos teológicos «concertados», es decir, «retóricos» en el sentido peor del término. Ella pretende, por el contrario, realizar su obra desde el esfuerzo por el «desconcierto». Como dice Marichal, representa el suyo «el primer esfuerzo sistemático (si se puede decir en su caso) por verter mediante la palabra escrita, al correr de la pluma, la totalidad vital de la persona[97]». Ello va referido —obviamente— al estilo, no a la estructura.

Esta vocación vitalista y totalizadora es la que da al *Libro de la Vida* ese aspecto ensayístico del que se ha hablado. Su proyección no es ornamental, como en Guevara, sino intimista, como en Unamuno, capaz de dar una relación completa de su ser. Ha dicho Marichal que tal vez sean ella y don Miguel los dos autores españoles que más se hayan autorrevalado, y que existe una conexión absoluta entre el «a lo que salga» de Unamuno y el escribir «sin concierto» de Santa Teresa.

La prosa orgánica, vital, de Unamuno, que le rebosa por los poros como una exudación del cuerpo, es del mismo tipo que la teresiana. Existe, incluso, un parecido mayor en el hecho de que ambos dan cabida a problemas espirituales propios del hombre de todos los tiempos, a través de una prosa que huye en apariencia de la artificiosidad. Hay aquí puntos de conexión evidentes.

Esta actitud de Teresa es, por otra parte, del todo contraria a la renacentista, contra cuyos modelos se rebela por principio. Más próxima está de Montaigne, a quien le une, como se ha

---

[97] *Loc. cit.*, pág. 110.

dicho, el esfuerzo por expresar no lo que se ha leído, sino lo que se ha experimentado, sentido en la intimidad. Los une el rechazo de los modos «concertados». Repárese en la valoración teresiana de la experiencia.

Esa negación del «concierto» es paralela a la de los valores mundanos, en su sentido más amplio, incluyendo los más estimables. Aparte de la motivación social y humana de esta actitud, cabe hablar de un rechazo personal por parecerle que todo ello eran «bienes postizos», «autoridades postizas»; es decir, algo supuesto que el hombre no posee en sí mismo y que ha adquirido casi para ornato. Como ha visto Marichal, su rechazo de la retórica renacentista, su insistencia en escribir «a lo que saliere» «era una afirmación de su voluntad de ser ella misma en sí».

Esta actitud personalista de quien —valga la expresión— se fabrica su propio modo de escribir, alejado de modelos, aunque las lecturas le sirvan de cimiento, está lejos de lo renacentista y se aproxima a lo vital barroco.

Si había alguna voluntad en ella de estilo fue la de crear una prosa a medida de su humanidad, calificada como «orgánica»; incluso muchas de las figuras que emplea lo son en función de su necesidad humana, casi física, de reiterar, de insistir en las ideas clave. De ahí las derivaciones, paralelismos, epifonemas.

En este sentido «personalista» es en el que hay que ver a Santa Teresa y en concreto al *Libro de la Vida* como uno de los antecedentes más importantes del ensayismo contemporáneo. Todo ello tiene, en lo formal, una base muy concreta: la abundantísima literatura epistolar que escribió Teresa antes de iniciar sus obras más conocidas.

En efecto, si repasamos su epistolario, encontramos ya esa misma voluntad de rechazo de toda normativa; la misma que la hacía burlarse de las fórmulas de tratamiento en el *Libro de la Vida.* Existe desde las cartas hasta esta obra un proceso evolutivo coherente en la configuración del estilo orgánico, ensayístico y personalista de que se ha hablado.

Es ejemplo de una forma nueva, difícilmente seguible, que da valor y relevancia a una de las obras más «distintas» de nuestro acervo literario.

Nuestra edición

Todavía en 1978 ha sido preciso cotejar las sucesivas versiones del *Libro de la Vida* con el autógrafo teresiano, ya que las que poseíamos pecaban de unos u otros defectos que hemos pretendido, al menos en parte, subsanar.

Como es sabido, el original que sirvió para la primera edición de las obras de Santa Teresa fue corregido por Fray Luis de León. Salió en Salamanca, el año 1588, impreso por Guillermo Foquel con el título de *La vida de la madre Teresa de Jesús, y algunas de las mercedes que Dios le hizo, escritas por ella mesma por mandado de su confessor, a quien lo embia y dirige, y dize ansí.*

Unas veces por prejuicios teológicos y otras por hacer inteligible el texto, Fray Luis introdujo bastantes modificaciones en el mismo. Evidentemente estamos ante un autor de solvencia teológica y literaria; pero se sintió tal vez demasiado obligado a retocar. Ello no obstante, sigue siendo la edición luisiana fuente de referencia primordial a casi cuatro siglos de distancia. Ésta sirvió de base para las posteriores hasta la de Vicente de la Fuente (*Obras,* VI volúmenes, Madrid, 1881) reproducida sustancialmente en *Biblioteca de Autores Españoles,* volúmenes 53 y 55, Madrid, última edición, 1952. No se puede decir que mejorara mucho el texto luisiano, anotándose incluso bastantes errores materiales impropios del tiempo en que se hizo.

La primera edición seria es la del P. Silverio de Santa Teresa, que publica en Burgos entre 1915 y 1924 las *Obras completas* de la santa (IX vols.), reeditada luego sucesivamente en colecciones más populares como la aparecida en 1939 (Burgos, Tipografía de El Monte Carmelo). Modernamente son tres las más recomendables, aunque por uno u otro motivo con deficiencias todavía notables. En primer lugar la de los PP. Efrén de la Madre de Dios, O. C. D., y Otger Steggink, O. Carm.; Madrid, B. A. C., 1962, que revisaron en conjunto una primera versión del propio Efrén y el P. Otilio del Niño Jesús (B. A. C. Madrid, 1951-53).

Esta edición, que se ha tenido por fundamental desde la fecha de su publicación, ha recibido últimamente una inestimable aportación al revisar de nuevo sus autores el texto teresiano para la quinta edición, última que poseemos (B.A.C. Madrid, 1977). Con todos los respetos para la ardua labor de los PP. Efrén y Otger Steggink, que somos los primeros en reconocer, hay que afirmar que son mucho mayores las pretensiones que los logros de este texto, llegando a veces a modificar, de su propia mano y sin aviso, algún pasaje concreto; toman notas del P. Silverio sin citarlo expresamente, etc.

Como es sabido, Teresa emplea un número mínimo de signos y éstos de forma poco clara. Ello ha hecho que cada editor puntúe los pasajes difíciles a su modo, de donde se derivan notables variantes de uno a otro. Nuestra postura en este sentido ha sido ecléctica, respetando al máximo la pureza del texto teresiano, pero puntuándolo con un sentido netamente actual. Ello nos ha llevado a apartarnos de Fray Luis en numerosas ocasiones, prefiriendo otras puntuaciones que estimamos más correctas. Los frecuentes períodos anacolúticos hemos optado por dejarlos tal como aparecen en el original, añadiendo unos puntos suspensivos o completando sencillamente con la frase siguiente; obviamente aclaramos en nota el sentido y ofrecemos la puntuación de otros editores.

En cuanto a la grafía nos apartamos también de los Padres Efrén y Steggink que, pese a pretender la genuina pureza del texto teresiano, caen a nuestro juicio en evidentes exageraciones. Más cerca nos sentimos a este respecto de la edición de Tomás de la Cruz (*Santa Teresa de Jesús, Libro de la Vida.* Texto revisado y anotado por... Burgos, Archivo Silveriano, tipografía El Monte Carmelo, 1964).

Con él creemos que una discreta reducción ortográfica es preferible a los equilibrios de una edición fonética, prácticamente irrealizable. Sin embargo, no llegamos al extremo del otro moderno editor: Enrique Llamas (*Libro de la Vida,* Editorial de Espiritualidad, Madrid, 1971), que moderniza totalmente sin dejar el mínimo recuerdo de que nos las habemos con un texto del siglo XVI. Por vía de ejemplo, digamos que hemos preferido modernizar el uso de «b» y «v» para evitar confusiones innecesarias, pero hemos mantenido la «s» («relisioso») por creer obedece a un vulgarismo intencionado.

En cuanto a las notas hemos de confesar lo mucho que debemos a la excelente edición del P. Silverio, ya citada, y las numerosas informaciones de tipo doctrinal y teológico que tomamos de fray Tomás de la Cruz.

El descifrar los anonimatos introducidos por simple consigna o el reproducir las anotaciones al texto hechas por el P. Gracián es algo que todos repiten, pues deben entenderse ya como parte de la misma obra, por cuanto se han consagrado a lo largo de cuatro siglos. Las «anotaciones marginales» puestas por él en la edición príncipe fueron objeto de estudio por el P. Silverio (*Un libro de Santa Teresa con notas del P. Gracián,* Editorial El Monte Carmelo, 21, 1917, págs. 242-246).

Creemos, finalmente, haber puesto a disposición del lector moderno el texto teresiano con suficientes garantías. El posible abuso de notas a pie de página puede muy bien obviarse como es usual en estos casos: saltándolas, sencillamente.

Addenda Edición de 1984

Al revisar de nuevo el texto para la presente edición han transcurrido ya casi seis años desde la primera, y en medio se ha celebrado brillantemente el IV Centenario de la muerte de Santa Teresa. Como es lógico ello ha movido cantidad de plumas en todos los ámbitos del dominio lingüístico hispánico. Con la perspectiva de algo más de un año puede decirse que la aportación de la crítica, pese a su importancia cuantitativa, no lo ha sido tanto por la calidad de los trabajos, si se exceptúan algunos sólidos estudios que ya venían fraguándose desde años antes, como el recientemente publicado *Vocabulario de Santa Teresa,* de J. Poitrey, Madrid, 1983, o los números homenaje de varias revistas, además, lógicamente, de las aportaciones del Congreso Internacional Teresiano, celebrado en Salamanca del 4 al 8 de octubre de 1982 bajo el patrocinio de la Universidad salmantina, la Pontificia y el Ministerio de Cultura.

El incorporar a nuestra Introducción todo el nuevo material crítico hubiera supuesto rehacerla por completo, dado que, además, nada sustancial de cuanto en ella decimos nos parece que ha cambiado. No obstante, no queríamos dejar de recoger los más significativos logros, y ello lo hemos efectuado de la manera más aséptica posible: incorporando a la Bibliografía los títulos en cuestión. Esperamos que con esto el lector encuentre satisfecho su encomiable afán de puesta al día en el tema.

Cronología de Santa Teresa

1515. 28 marzo, miércoles de pasión: Nace en tierras de Avila Teresa de Ahumada, hija de Alonso Sánchez de Cepeda, natural de Toledo y de Beatriz de Ahumada, natural de Olmedo (Valladolid).
4 abril, miércoles santo: Es bautizada en la parroquia de San Juan (Avila).

1521. 23 abril: Derrota de los comuneros en Villalar.

1522. Huye con su hermano Rodrigo «a tierra de moros».
16 julio: Desembarca en Santander el nuevo rey Carlos I.

1528. 24 noviembre: Testamento de su madre, Beatriz de Ahumada, que muere poco después, probablemente en enero de 1529.

1530. 24 febrero: Carlos I, coronado emperador en Bolonia por el Papa.

1531. Se casa su hermana mayor, María de Cepeda, con Martín de Guzmán y Barrientos.
Primavera: Es internada en Santa María de Gracia.

1532. Otoño: Sale enferma de Santa María de Gracia.

1533. Primavera: Permanece en Hortigosa, con su tío Pedro Sánchez de Cepeda, y en Castellanos de la Cañada, con su hermana María de Cepeda.
Declara a su padre la vocación religiosa.

1534. Parte para el Perú su hermano Hernando de Ahumada.

1535. Parte para Río de la Plata su hermano Rodrigo de Cepeda: vocación viajera.
2 noviembre: Huye de casa y entra en el convento de la Encarnación.

1536. 31 octubre: Se firma su carta de dote para tomar el hábito.
2 noviembre: Recibe el hábito en las carmelitas de la Encarnación.

1537. 3 noviembre: Profesión.

1538. Otoño: Sale enferma de la Encarnación, camino de Becedas. Se detiene en Castellanos de la Cañada. Lee el libro *Tercer abecedario,* de Osuna.

1539. Abril: En manos de una curandera, permanece en Becedas.
Julio: Regresa a Avila gravemente enferma.

15 agosto: Pide confesión. Sufre una grave crisis de la que parece no recuperarse y es amortajada.
Regresa a la Encarnación, donde estará tres años.

1542. Abril: Se siente curada por intercesión de San José.

1543. 26 diciembre (entonces ya 1544): Muere su padre.

1544. Otoño: El padre Vicente Barrón la exhorta a no dejar la oración.

1546. 20 enero: Muere en Quito su hermano Antonio, herido en combate.

1548. Verano: Peregrina al santuario de Guadalupe.

1554. Cuaresma: Conversión ante un «Cristo muy llagado».
El P. Diego de Cetina, S.I., destinado a Avila.

1556. Mayo: Viajes a Alba de Tormes y a Villanueva del Aceral.
El P. Baltasar Alvarez, S.I., en Avila.

1557. Permanece en Aldea del Palo con D.ª Guiomar, su amiga, cuidando al P. Prádanos, S.I.
Invierno: Pasa por Avila San Francisco de Borja y traban amistad.

1558. Primer parecer negativo de sus confesores sobre las mercedes espirituales que les cuenta.

1559. 29 junio: Primera visión intelectual de Cristo.

1560. 25 enero: Visión del Cristo resucitado.
Le mandan desechar sus visiones dando «higas».
Transverberación en casa de D.ª Guiomar.
Agosto: Visión espantosa del infierno.
Septiembre: Resuélvese llevar a cabo la reforma del Carmelo.
Octubre: Acude al P. Pedro Ibáñez, O.P., en busca de consuelo espiritual.
Escribe la primera *Cuenta de conciencia*.
Navidad: Un confesor le niega la absolución si no deja la Reforma.

1561. Navidad: Recibe orden de partir para Toledo, a casa de D.ª Luisa de la Cerda, viuda de Arias Pardo.

1562. Enero-junio: Permanece en casa de D.ª Luisa en Toledo.
Confiesa con el P. Pedro Domenech, S.I.; conoce al P. García de Toledo, O.P., destinatario del *Libro de la vida*.
7 febrero: Rescripto apostólico para la fundación de San José de Avila.
Marzo: Encuentro con María de Jesús (Yepes), fundadora del convento de la Imagen de Alcalá. Proyectos nuevos para su Reforma.
Junio: Concluye el *Libro de la Vida*. Sale de Toledo para Avila.
Julio: En Avila encuentra el «Breve de fundación» del 7 de febrero.
Agosto: San Pedro de Alcántara visita al obispo de Avila para que acepte la fundación de San José de Avila «sin renta».
El obispo D. Alvaro de Mendoza va a la Encarnación y otorga la licencia.

24 agosto: Inauguración del nuevo convento de San José. Toman el hábito cuatro novicias. Reclaman a Teresa del convento de la Encarnación.
25 agosto: Oposición en el Concejo de Avila a la fundación teresiana.
30 mayo: Sale de Toledo camino de Pastrana. Se detiene ocho días en las Descalzas Reales de Madrid.
22 junio: Fundación de las monjas de Pastrana.
9-10 julio: Fundación de frailes descalzos en Pastrana.
21 julio: Desde Toledo envía a Pastrana a Isabel de Santo Domingo para priora y trae de Malagón a Ana de los Angeles para que lo sea en Toledo. Escribe las *Exclamaciones.*

1570. 9 mayo: María de San José (Salazar) toma el hábito en Malagón.
10 julio: La santa asiste a la profesión de dos religiosos en Pastrana.
Intento de fundación en Alba de Tormes, adonde va desde Medina y vuelve a Medina, Valladolid y Toledo.
Agosto: Sale de Toledo y va a Avila. Desde allí prepara la fundación de Salamanca.
1 noviembre: Fundación de Salamanca.
Fundación en Alcalá del colegio de los Descalzos.
2 noviembre: Toma el hábito en San José de Avila Ana de San Bartolomé.
3 diciembre: Capitulaciones para la fundación de Alba de Tormes.

1571. 25 enero: Fundación en Alba de Tormes; asiste San Juan de la Cruz.
2 febrero: La santa regresa a Salamanca con Inés de Jesús y está con los condes de Monterrey.
6 abril: Patente del P. Rubeo para que la santa siga fundando.
Regresa a Avila, donde es nombrada priora en San José, su primera fundación.
27 junio: Visita del P. Pedro Fernández, O.P., a la Encarnación y acuerda llevar allí de priora a la santa
Julio: El visitador pide a la santa que acepte el priorato de la Encarnación y ésta se resiste.
10 julio: Movida por Dios, acepta el priorato de la Encarnación.
Marcha a Medina con Inés de Jesús; allí firma las cuentas del convento.
6 octubre: El visitador, P. Pedro Fernández, la nombra conventual de Salamanca, a pesar de ejercer el oficio de priora en la Encarnación.
8 octubre: Sale de Medina.
14 octubre: Toma posesión del priorato de la Encarnación, defendida por los religiosos.

1572. 25 marzo: Jerónimo Gracián toma el hábito del Carmen en Pastrana.
13 mayo: Electo papa Gregorio XIII, tras el fallecimiento de Pío V, San Juan de la Cruz es llamado por la santa para confesor de la Encarnación.
Septiembre: Escribe el *Desafío espiritual.*

1573. Febrero: Permanece unos días en Alba (entre el 2 y el 12). Firma y aprueba una copia del *Camino de perfección.*
Julio: Recibe licencia del visitador, P. Pedro Fernández, para que vaya a Salamanca.
31 julio: Llega a Salamanca.
25 agosto: Por orden del P. Jerónimo Ripalda, S.I., empieza a escribir las *Fundaciones*.
Realiza las primeras gestiones sobre la fundación de Beas de Segura (Jaén).
Septiembre: Dios da a entender a la santa que funde en Segovia (F 21, 1) y procura casa.

1574. Enero: Sale la santa de Salamanca y va a Alba. Inicia un amplio recorrido por la meseta en compañía de Julián de Avila, Antonio Gaytán y San Juan de la Cruz.
19 marzo: Fundación en Segovia.
6-7 abril: Las Descalzas de Pastrana abandonan su convento por orden de la santa y son recibidas por ella en Segovia.
13 junio: El P. Gracián es nombrado vicario provincial y visitador de los carmelitas de Andalucía.
15 septiembre: La santa envía su *Libro de la Vida* al obispo de Avila.
22 septiembre: El nuncio Ormaneto nombra a Francisco Vargas y al P. Gracián reformadores del Carmen en Andalucía, y al P. Pedro Fernández en Castilla.
24 septiembre: Toma de posesión en Segovia de las casas de Diego de Porras.
30 septiembre: Sale de Segovia y llega a la Encarnación de Avila al concluir su trienio de priora.
6 octubre: Cesa en el cargo y vuelve a San José, su primera fundación. Escribe la segunda redacción de *Meditaciones sobre el Cantar de los Cantares.*

1575. 2 enero: Traza su ruta para ir a Beas de Segura (Jaén), pasando por Medina, Avila y Toledo.
16 febrero: Llega a Beas, donde funda convento el 24 del mismo mes.
Abril-mayo: Encuentro con el P. Jerónimo Gracián.
18 mayo: Sale de Beas por orden del P. Gracián camino de Sevilla.
26 mayo: Llegada a Sevilla, donde funda 3 días después.
10 junio: El P. Domingo Báñez, O.P., aprueba el libro *Meditaciones sobre los Cantares.*

7 julio: El P. Domingo Báñez, O.P., aprueba el *Libro de la Vida.*
12 agosto: Llegan a Sanlúcar los hermanos de la santa procedentes de Indias.
24 noviembre: La santa da poderes a Ana de San Alberto para la fundación de Caravaca.
Diciembre: Una novicia acusa a las descalzas de Sevilla ante la Inquisición.
Efectos de los decretos del capítulo de Plasencia: en Avila, los confesores descalzos de la Encarnación son apresados.
Recibe la santa orden de retirarse a un convento de Castilla; el P. Gracián aplaza la orden.

1576. 1 enero: Fundación de Caravaca por Ana de San Alberto.
En Sevilla examinan el espíritu de la santa, en nombre de la Inquisición, los PP. Rodrigo Alvarez y Enrique Enríquez.
Escribe dos relaciones al P. Rodrigo Alvarez.
3 junio: Traslado a la nueva casa de Sevilla.
4 junio: Sale la santa de Sevilla en compañía de su familia, llegando sucesivamente a Almodóvar, Malagón y Toledo.
Agosto: Escribe *Visita de descalzas.*
Noviembre: Termina el capítulo 27 de las *Fundaciones.*

1577. 6 febrero: Escribe el *Vejamen.*
28 mayo: El P. Gracián le ordena que escriba *Las Moradas,* que inicia el 2 de junio.
Julio: Marcha a Avila para poner el convento de San José bajo la jurisdicción de la Orden.
29 noviembre: Concluye *Las Moradas* en Avila.
3 diciembre: Los calzados apresan a San Juan de la Cruz y Germán de San Matías; la santa escribe al rey pidiendo justicia (cta. 7.12.77).

1578. 23 julio: El nuncio Sega quita a Gracián sus facultades de visitador apostólico.
Agosto: El Consejo prohíbe a los descalzos obedecer al nuncio Sega. Polémica sobre la dependencia de los calzados que termina con el encarcelamiento del P. Gracián por orden del nuncio Sega.

1579. 1 abril: El nuncio destituye a los provinciales calzados y nombran vicario general de los descalzos al P. Angel de Salazar.
6 junio: Escribe sus *Cuatro avisos* para los frailes descalzos (F. 27,24).
25 junio: Sale de Ávila (cta. 24.6.79), pasa unos días en Medina (cta. 21.6.79), y llega a Valladolid el 3 de julio.

30 julio: Sale de Valladolid camino de Salamanca. Se detiene, como era su costumbre, en Medina y Alba de Tormes, llegando a Salamanca el 14 de agosto.
Noviembre: Permanece primero en Avila y luego en Toledo, camino de Malagón.

24 noviembre: Llega a Malagón y dirige las obras del nuevo convento.

1580. 28 enero: Recibe autorización para fundar en Villanueva de la Jara. Funda allí el 25 de febrero.
20 marzo: Sale de Villanueva de la Jara camino de Toledo, adonde llega el 26.
31 marzo: Enferma gravemente.
5 mayo: Gracián recobra sus facultades de provincial.
6 junio: La santa visita al cardenal Quiroga con el P. Gracián.
7-8 junio: Sale de Toledo. Pasa por Madrid camino de Segovia.
22 junio: Breve *Pia consideratione,* en que se ordena la separación de provincia de descalzos. Triunfo definitivo al ser considerada provincia independiente.
Diego de Yanguas y Gracián examinan y revisan *Las Moradas* en el locutorio de Segovia.
26 junio: Muere en La Serna (Avila) Lorenzo de Cepeda, hermano de la santa.
Agosto: Va a Valladolid, pasando por Medina.
8 agosto: Llega a Valladolid. Enferma gravemente.
28 diciembre: Sale de Valladolid para fundar en Palencia, cosa que lleva a cabo el 29 de diciembre.

1581. Febrero: Se prepara el capítulo de Alcalá; la santa envía sus instrucciones al P. Gracián para la legislación de las descalzas.
3 marzo: Inauguración del capítulo de Alcalá, que elige al P. Gracián provincial de los descalzos.
13 marzo: Arreglo y confirmación de las nuevas Constituciones.
Mayo: Escribe una relación al obispo de Osma.
26 mayo: En Palencia, salen las monjas a la nueva casa.
29 mayo: Sale de Palencia, camino de Soria. Se detiene en Burgos de Osma y llega a Soria, donde funda convento el 3 de junio.
16 agosto: Sale de Soria. Se encuentra en Osma con Diego de Yepes. Va sucesivamente a Segovia y Avila.
10 septiembre: Renuncia la priora María de Cristo y eligen a la santa priora de San José.
Noviembre: La duquesa de Alba devuelve a la Santa el *Libro de la Vida*.
Lo entrega a D. Pedro de Castro y luego también *Las Moradas*.
28 noviembre: Llega a Avila San Juan de la Cruz con intento de llevarse a la santa para la fundación de Granada.
29 noviembre: Sale San Juan de la Cruz, camino de Granada, sin Teresa.
8 diciembre: San Juan de la Cruz llega a Beas de Segura.

1582. 2 enero: Sale de Avila, acompañada del P. Gracián, camino de Burgos. Pasa por Medina del Campo. Visita sucesivamente Valladolid y Palencia.

20 enero: Fundación de las descalzas en Granada por Ana de Jesús.

24 enero: Sale de Palencia, camino de Burgos, donde compra casa para la fundación que lleva a efecto el 19 de abril.

7 mayo: Gracián se despide de la Santa. No la verá más.

26 julio: La Santa sale de Burgos, se detiene en Palencia y llega a Valladolid el 25 de agosto.

15 septiembre: Sale de Valladolid y llega a Medina.

19 septiembre: Sale de Medina y, por orden del P. Antonio de Jesús, va a Alba de Tormes. Su salud está muy quebrantada.

20 septiembre: Llega a Alba de Tormes a las seis de la tarde.

1 octubre: Se acuesta para no levantarse más. Anuncia que su muerte está próxima.

3 octubre: Confiesa y recibe los últimos sacramentos.

4 octubre: A las nueve de la noche muere «hija de la Iglesia».

1583. Se edita en Evora el primer libro impreso teresiano: *Camino de perfección.*

1588. Edición príncipe de las *Obras de la M. Teresa* en Salamanca, preparada por Fr. Luis de León. Imprenta de G. Foquel.

1622. 12 marzo: Canonización de Santa Teresa por Gregorio XV.

BIBLIOGRAFIA FUNDAMENTAL

Recogemos aquí aquellos trabajos que aportan algo significativo en el estudio de Santa Teresa, con preferencia en el aspecto literario, aunque no puede prescindirse de otros de orientación doctrinal o simplemente biográfica que aducen un material inestimable para el estudio de la autora. No hemos pretendido ser exhaustivos, puesto que existen buenas bibliografías teresianas que citamos en primer lugar.

REPERTORIOS BIBLIOGRAFICOS TERESIANOS

Archivum Bibliographicum Carmelitanum (ABC) publica todos los años, a partir de 1955, una bibliografía teresiana, preparada por el P. Simeón de la Sgda. Familia, Roma.

Bibliographia Internationalis Spiritualitatis (BIS) ofrece una buena síntesis de los mejores libros y artículos sobre Santa Teresa, a partir de 1966, Roma, Teresianum.

CURZON, Henri Parent de: *Bibliographie thérèsienne.* París, Imp. G. Picquoin, 1902.

JIMÉNEZ SALAS, María, *Santa Teresa de Jesús. Bibliografía fundamental,* Madrid, C.S.I.C., 1962.

OTILIO DEL NIÑO JESÚS, *Bibliografía teresiana,* en *Obras Completas de Santa Teresa de Jesús I,* Madrid, Editorial Católica, B.A.C., 74, 1951, págs. 25-127.

PALAU Y DULCET, Antonio, *Santa Teresa de Jesús (Teresa de Cepeda y Ahumada),* en *Manual del librero hispanoamericano. Bibliografía general española e hispanoamericana...,* t. XIX, revisado y añadido por Agustín Palau, Barcelona, Librería Palau, 1967, págs. 451-501.

SERRANO Y SANZ, «Ediciones, traducciones y copias de las obras de Santa Teresa», en *Apuntes para una biblioteca de escritoras españolas,* II, Madrid, 1905, págs. 522-543.

SIMEÓN DE LA SAGRADA FAMILIA, *Bibliographia operum S. Teresiae a Jesus typis editorum (1583-1967),* Roma, Edizioni del Teresianum, 1969.

SIMEÓN DE LA SAGRADA FAMILIA y TOMÁS DE LA CRUZ, «Bibliografía del doctorado teresiano», en *Ephemerides Carmeliticae,* 22 (1971) I, 399-542.

TOMÁS DE LA CRUZ y CASTELLANO, Jesús, «Santa Teresa de Jesús. Actualidad. Panorama editorial. Estudios biográficos. Estudios doctrinales», en *Ephemerides Carmeliticae,* 19 (1968), 9-44.

ESTUDIOS

AGUADO, José María, «Relaciones entre Santa Teresa y Felipe II», en *La Ciencia Tomista,* 36, 1927, págs. 29-56.

ALONSO CORTÉS, Narciso, «Pleitos de los Cepedas», en *Boletín de la Real Academia Española,* 25, 1946, págs. 85-110.

ANDRÉS MARTÍN, Melquiades, *Los recogidos. Nueva visión de la mística española (1500-1700),* Madrid, Fundación Universitaria Española, 1975.

— *El misterio de los alumbrados de Toledo, desvelado por sus contemporáneos 1523-1560,* Burgos, 1976.

ARESTEGUI BILBAO, Pablo, «Santa Teresa de Jesús, su valor literario en el Libro de la Vida», San Sebastián (*Cuadernos literarios del grupo «Alea»,* n. 1), 1942.

ASÍN PALACIOS, Miguel, «El símil de los castillos y moradas en la mística islámica y en Santa Teresa», en *Al-Andalus,* 11, 1946, págs. 263-274.

ASÍS, María Dolores, «Humanismo y estilo en Teresa de Ávila», *Crítica,* IV Centenario, septiembre-octubre, 1981.

AUCLAIR, Marcelle, *Vida de Santa Teresa de Jesús,* trad. cast., Madrid, Cultura Hispánica, 1970.

AVILA, Julián de: *Vida de Santa Teresa de Jesús, por el maestro Julián de Avila, primer capellán de la Santa,* obra inédita, anotada por Vicente de la Fuente, Madrid, 1881.

AZORÍN, «Ventana a Santa Teresa», en *Revista de Espiritualidad,* 22, 1963, págs. 400-407.

— «Teresa de Jesús», en *Los clásicos redivivos. Los clásicos futuros,* Madrid, Espasa-Calpe, 1945.

BARDEN, M. H., «St. Teresa mirrored in her Letters», en *Thught,* 7, 1932-1933, págs. 225-239.

BATAILLON, Marcel, «Santa Teresa, lectora de libros de caballerías», en *Varia lección de clásicos españoles,* Madrid, Gredos, 1964, págs. 21-23.

— *Erasmo y España,* 3.ª ed., Méjico, 1976.

BELTRÁN DE HEREDIA, Vicente, «Un grupo de visionarios y pseudoprofetas durante los últimos años de Felipe II y repercusión de ello sobre la memoria de Santa Teresa», en *Revista Española de Teología*, 1947, págs. 373-397 y 483-534.

BERNABÉU BARRACHINA, Felicidad, «Aspectos vulgares del estilo teresiano y sus posibles razones», en *Revista de Espiritualidad,* 22, 1963, págs. 359-375.
BIZZICCARI, Alvaro, *L'umanesimo nella vita e nelle opere di S. Theresa d'Avila,* Milano, Ancora, 1968.
BONNARD, M., «Les influences réciproques entre Sainte Thérèse et Saint Jean de la Croix, *Bull. Hisp.* 37, 1935, págs. 129-148.
BRESARD, Suzanne: *L'Espagne Mystique*, París, 1946.

CLAUDIO DE JESÚS, «Algunos rasgos literarios de Santa Teresa», en *El Monte Carmelo,* Burgos, 1915, págs. 756-762.
BRAYBROOKE, Neville, «The geography of the soul: a study of St. Teresa and Franz Kafka», en *Carmelus,* 5, 1958, págs. 197-204.

CARO BAROJA, Julio, *Los judíos en la España moderna y contemporánea*, 3 vols., Madrid, 1962.
CARREÑO, Antonio, «El libro de la Vida de Santa Teresa: los trances de su escritura», *Ínsula,* septiembre, 1982.
CASO GONZÁLEZ, José, «De Retórica teresiana», en *Congreso Internacional Teresiano,* Salamanca, 1982.
CASTRO ALBARRÁN, Aniceto, *Estudio de las causas que concurrieron a la formación literaria, moral y mística de Santa Teresa y examen crítico de los libros que manejó,* Madrid, 1923.
— *Las lecturas de Santa Teresa,* Madrid, 1925, págs. 205-222.
CASTRO, Américo, *Teresa la santa y otros ensayos,* Madrid, Alfaguara, 1972.
CILVETI, A. L., *Introducción a la mística española,* Madrid, Cátedra, 1974.
COGNET, Louis, «Un guide de lecture pour Sainte Thérèse d'Avila», en *La Vie Spirituelle,* 101, 1959-II, págs. 525-537.
COLOSIO, Innocenzo, «Teresa d'Avila quale appare dal suo epistolario», en *Rivista di Ascetica e Mistica,* 5, 1960, págs. 145-156.
COMAS, Antonio, «Espirituales, letrados y confesores en Sta. Teresa de Jesús», en *Homenaje a Jaime Vicens Vives II,* Universidad de Barcelona, 1967, págs. 85-99.
CONDE, Carmen, «Sobre la escritura de Santa Teresa y su amor a las letras», en *Revista de Espiritualidad,* 22, 1963, págs. 348-358.
Corrientes espirituales en la España del siglo XVI, en colaboración, Barcelona, Científico Médica, 1963.
CRIADO DE VAL, Manuel, «Santa Teresa de Jesús en la gran polémica española: mística frente a picaresca», en *Revista de Espiritualidad,* 22, 1963, págs. 376-384.
CRISÓGONO DE JESÚS SACRAMENTADO, *Santa Teresa de Jesús. Su vida y su doctrina,* Barcelona, Labor, 1936.
— *Santa Teresa, madre y doctora,* Madrid, Espiritualidad, 1970, páginas 200-233.
CUEVAS GARCÍA, Cristóbal, «Santa Teresa y el género epistolar», *C.I.T.*, Salamanca, 1982.

DALMASES, Cándido de, «Santa Teresa y los jesuitas, precisando fechas y datos», en *Archivum Historicum Societatis Jesus,* 35, 1966, págs. 347-378.
DENEUVILLE, Dominique, *Santa Teresa y la mujer,* trad. cast. Barcelona, Herder, 1966.
DOMÍNGUEZ ORTIZ, Antonio, *Los judeoconversos en España y América,* Madrid, Istmo, 1971.
— *El Antiguo Régimen: Los Reyes Católicos y los Austrias,* Madrid, Alianza Editorial, 1973.
DONAZAR, Augusto, *Meditaciones teresianas (grandeza y miseria de una santa española),* Barcelona, Juan Flors, 1957.

EFRÉN DE LA MADRE DE DIOS, «Tiempo y vida de Santa Teresa de Ahumada (1515-1562)», en *Obras Completas de Santa Teresa de Jesús,* Madrid, 1951, t. I, págs. 131-585, B.A.C., 74.
— «Santa Teresa y Felipe II», en *El Escorial 1563-1963,* Madrid, Patrimonio Nacional, 1963, págs. 417-437.
— «Bases biográficas del doctorado de Santa Teresa», en *Ephemerides Carmeliticae,* 21, 1970, págs. 5-34.
— «Santa Teresa, doctora», en *Santa Teresa, madre y doctora,* Madrid, Espiritualidad, 1970, págs. 119-197.
— *Santa Teresa por dentro,* Madrid, Espiritualidad, 1973.
— *Beas y Santa Teresa,* Madrid, Espiritualidad, 1975.
— *La herencia teresiana,* Madrid, Espiritualidad, 1975.
EFRÉN DE LA MADRE DE DIOS y STEGGINK, Otger, *Tiempo y vida de Santa Teresa,* Madrid, Editorial Católica, B.A.C., 2.ª ed. revisada y aumentada, 1977.
EGIDO, Teófanes, «La novedad teresiana de Américo Castro», en *Revista de Espiritualidad,* 32, 1973, págs. 82-84.
— «Ambiente histórico», en *Introducción a la lectura de Santa Teresa,* Espiritualidad, 1978, págs. 43-103.
ENTRAMBASAGUAS, Joaquín, «Santa Teresa de Jesús y Lope de Vega», *Revista de Espiritualidad,* 1963, págs. 385-398.
L'Espagne aux temps de Philippe II, obra en colaboración, París, 1965.
ETCHEGOYEN, Gaston, *L'amour divin. Essai sur les sources de Sainte Thérèse...,* Bordeaux-Paris, Féret et Fils Editeurs, 1923.

FERNÁNDEZ ALVAREZ, Manuel, *La sociedad española del Renacimiento,* Salamanca, Anaya, 1970.
FERNÁNDEZ LEBORANS, M.ª Jesús: *Luz y oscuridad en la mística española,* Madrid, Cupsa, 1978.
FIDELE DE ROS, *Un maître de Sainte Thérèse, le Père François d'Osuna. Sa vie, son oeuvre, sa doctrine spirituelle,* París, G. Beauchesne, 1936.
— *Un inspirateur de Sainte Thérèse, le Frère Bernardin de Laredo...,* París, J. Vrin, 1948.
FILIPPO DELLA TRINITA, «S. Teresa scrive lettere», en *Rivista di Vita Spirituale,* 11, 1957, págs. 456-487.

FITA, FIDEL, «Cuatro biógrafos de Santa Teresa en el siglo XVI: El padre Francisco de Ribera, Rodrigo de Yepes, Fray Luis de León y Julián de Avila», BRAH, 1915, págs. 550-561.

FLORISOONE, Michel, *Esthétique et mystique d'aprés Sainte Thérèse d'Avila et Saint Jean de la Croix,* París, Editions du Seuil, 1956.

— «Estética de Santa Teresa», en *Revista de Espiritualidad,* 22, 1963, págs. 482-488.

FORTUNATO DE JESÚS SACRAMENTADO, «Influjo literario de las obras teresianas antes de la canonización de Santa Teresa de Jesús», en *El Monte Carmelo,* 78, 1970, págs. 191-218.

FÜLÖP-MILLER, R., *Teresa de Avila, la santa del éxtasis,* Madrid, Espasa-Calpe, 1964.

GARCÍA DE LA CONCHA, Víctor, *El arte literario de Santa Teresa,* Barcelona, Ariel, 1978.

— «Teresa de Jesús: humanismo y libertad», *Boletín Fundación Juan March,* diciembre, 1981.

GARCÍA FIGAR, Antonio, «Formación intelectual de Santa Teresa de Jesús», en *Revista de Espiritualidad,* 1945, págs. 168-186.

GARCÍA DE LA TORRE, M., *La prosa didáctica en los Siglos de Oro,* Madrid, 1983.

GARCÍA ORDÁS, Angel María, *La persona divina en la espiritualidad de Santa Teresa,* Roma, Edizioni del Teresianum, 1967.

GARCÍA VILLOSLADA, Ricardo, «Santa Teresa de Jesús y la Contrarreforma Católica», en *Carmelus,* 10, 1963, págs. 231-262.

GÓMEZ DEL MANZANO, Mercedes, «El epistolario de Teresa de Jesús», *Crítica,* septiembre-octubre, 1981.

GÓMEZ MENOR, José, *El linaje familiar de Santa Teresa y de San Juan de la Cruz: sus parientes toledanos,* Toledo, 1970.

GUTIÉRREZ NIETO, J. I., «La estructura castizo-estamental en la sociedad castellana del siglo XVI», en *Hispania,* 33, 1973.

— «La discriminación de los conversos y la tibetización de Castilla por Felipe II», separata de *Revista de la Universidad de Madrid,* 4, 1973.

GUTIÉRREZ RUEDA, Laura, «Ensayo de iconografía teresiana», en *Revista de Espiritualidad,* 23, 1964, págs. 1-168, con 72 láminas.

HAMILTON, Elizabeth, *Saint Teresa, a journey in Spain,* New York, 1959.

HATZFELD, H., «El estilo nacional en los símiles de los místicos españoles y franceses», en *Nueva Revista de Filología Hispánica,* 1, junio-septiembre 1947, págs. 43-77.

— *Estudios literarios sobre mística española,* Madrid, Gredos, 1968.

HIMMELSBACH, Conrad, «Teresa und Teilhard: Untersuchung einer bemerkenswerten Ubereinstimmung», en *Geist und Leben,* 40, 1967, pags. 325-339.

«Homenaje a Santa Teresa de Jesús», en *La estafeta literaria,* números 453-454, Madrid, 15 de octubre de 1970.

HOORNAERT, Rodolphe, *Sainte Thérèse, écrivain. Son milieu, ses facultés, son oeuvre,* París, Desclée de Brouwer, 1922.
— «Les oeuvres thérèsiennes», en *Rev. des Sciences philosophiques et Théologiques»,* París, 1924.
HUXLEY, Aldous, *The perennial philosophy,* New York, Harpers, 1945.

JEAN DE LA CROIX, «Propos d'iconographie carmélitaine: le visage de Sainte Thérèse d'Avila», en *Carmel,* 1962, págs. 148-176 (con 20 láminas).
— «L'iconographie de Thérèse de Jesús, Docteur de l'Eglise», en *Ephemerides Carmeliticae,* 21, 1970, 219-260 (con 79 láminas).
JIMÉNEZ DUQUE, Baldomero, *Ensayos teresianos,* Madrid, 1957.
— *En torno a Santa Teresa,* Avila, Diputación Provincial, 1964.
JOBIT, Pierre, *Thérèse d'Avila,* París, Blond et Gay, 1964.
JORGE PARDO, Enrique, *Estudios teresianos,* Comillas, Universidad Pontificia, 1965.
JULIÁ MARTÍNEZ, Eduardo, *La cultura de Santa Teresa y su obra literaria,* Castellón, 1922.

KAMEN, Henry, *La Inquisición española,* trad. del inglés, Madrid, Taurus, 1974.

LEAL, M.ª Teresa, *Sentimiento de la Humanidad de Cristo en Santa Teresa,* Memoria de licenciatura dirigida por E. Orozco, Universidad de Granada, 1964.
LÉPEE, Marcel, *Sainte Thérèse d'Avila; le réalisme chretiem,* París, Desclée de Brouwer, 1947.
— *Sainte Thérèse mystique, une divine amitié,* Bruges, Desclée de Brouwer, 1951.
LÓPEZ ESTRADA, Francisco, «Teresa de Jesús en el Barroco», *C.I.T.,* Salamanca, 1982.

LLAMAS MARTÍNEZ, Enrique, «Santa Teresa de Jesús ante la Inquisición Española», en *Ephemerides Carmeliticae,* 13, 1962, páginas 518-565.
— *Santa Teresa de Jesús y la Inquisición española,* Madrid, C.S.I.C., 1972.
— Introducción a la ed. del *Libro de la Vida,* Madrid, Espiritualidad, 1971.

MANCINI GIANCARLO, Guido, *Espressioni letterarie dell'insegnamento di Santa Teresa d'Avila,* Modena, Societá Tipografica Modenenese, 1961.
— «La crítica actual ante la obra de Santa Teresa», en *Eidos,* 32, 1970, págs. 61-82.
MANCINI, Giuseppe, «Tradición y originalidad en el lenguaje coloquial teresiano», *C.I.T.,* Salamanca, 1982.
— Estudio preliminar a *Edición del Libro de la Vida,* Madrid, Taurus, 1982.

— *Teresa d'Avila, la libertà del sublime*, Pisa, 1981.
MARCO MERENCIANO, Francisco, «Psicoanálisis y melancolía en Santa Teresa», en *Ensayos médicos y literarios,* Madrid, Cultura Hispánica, 1958, págs. 497-535.
MARICHAL, Juan, «Santa Teresa en el ensayismo hispánico», en *La voluntad de estilo,* Barcelona, 1957.
MARÍN LÓPEZ, Nicolás, «Santa Teresa en el teatro barroco», *C.I.T.*, Salamanca, 1982.
MÁRQUEZ, Antonio, *Los alumbrados,* Madrid, Taurus, 1972.
MÁRQUEZ VILLANUEVA, Francisco, *Espiritualidad y literatura en el siglo XVI,* Madrid, Alfaguara, 1968.
— «La vocación literaria de Santa Teresa», *C.I.T.*, Salamanca, 1982.
MENÉNDEZ PIDAL, Ramón, *La lengua de Cristóbal Colón, el estilo de Santa Teresa y otros ensayos,* 4.ª edición, Madrid, Espasa-Calpe, 1958.
MEPAULSING, H., y Colbert, I., «El libro de la Vida de Santa Teresa de Avila», *Homenaje a Manuel Alvar,* Literatura I, Madrid, Gredos, 1983.
MIR, Miguel, *Santa Teresa de Jesús,* Madrid, Jaime Ratés, 1912, 2 vol.
MOREL-FATIO, A., «Les lectures de Sainte Thérèse, *Bull. Hisp.*, 1908, páginas 17-67.
MORIONES, Ildefonso, *Ana de Jesús y la herencia teresiana. ¿Humanismo cristiano o rigor primitivo?,* Roma, Teresianum, 1968.
MORÓN ARROYO, Ciriaco, «Mística y expresión: la originalidad cultural de Santa Teresa», en *Crisis,* 20, 1973, págs. 211-241.
MURCIAUX, Christian, *Thérèse de Jesus,* París, France-Empire, 1968.

NAVARRO GONZÁLEZ, Alberto, «Santa Teresa y la literatura española», *C.I.T.*, Salamanca, 1982.
— *Santa Teresa de Jesús, un alma española.* Ediciones de la Universidad de Salamanca, 1982.
NAZARIO DE SANTA TERESA, *La psicología de Santa Teresa: posturas-feminismo-eleganria,* Madrid, Gráficas Sebastián, 1950.
— *La música callada, Teología del estilo,* Madrid, 1953.
NOVO Y COLSON, P., «Lenguaje de Santa Teresa de Jesús», en *Boletín de la Real Academia de la Historia,* 67, págs. 578-579.

OECHSLIN, Louis, *L'intuition mystique de Sainte Thérèse,* París, Presses Universitaires de France, 1946.
ORCIBAL, Jean, «La recontre du Carmel Theresien avec les mystiques du nord», París, 1959.
OROZCO DÍAZ, Emilio, «Poesía tradicional carmelitana», en *Poesía y mística,* Madrid, 1959.
— *Manierismo y barroco,* Anaya, 1970.
— *Mística, plástica y barroco,* Planeta, 1978.
— «Teresa de Jesús y Juan de la Cruz ante la naturaleza», *C.I.T.*, Salamanca, 1982.

PAPÁSOGLI, Giorgio, *Santa Teresa de Avila,* trad. cast., Madrid, Studium, 1957.

PEERS, E. Allison, *Madre del Carmelo; retrato de Santa Teresa de Jesús,* trad. cast., Madrid, C.S.I.C., 1948.

— «Literary style of St. Teresa», en *Cross and Crown,* 5, 1953, páginas 208-222.

— *Saint Teresa of Jesus and others essays and addresses,* London, Faber & Faber, 1953.

— *Handbook of the life and times of Saint Teresa of Jesus and Saint John of the Cross,* London, Burns-Oates, 1954.

POITREY, Jeannine, *Vocabulacio de Santa Teresa,* Universidad Pontificia de Salamanca y Fundación Universitaria Española, editores, Madrid, 1983.

POVEDA ARIÑO, J. M., «Enfermedades y misticismo en Santa Teresa», *Revista de Espiritualidad,* 1963, págs. 251-266.

PRIETO, Antonio, *Repetición sobre Teresa de Jesús y Juan de la Cruz,* introducción al trabajo de M.ª Jesús Fernández Leborans, Madrid, Cupsa, 1978.

RANGE, S., *An introduction to the writing of Saint Teresa,* Chicago, 1963.

RIBERA, Francisco de, *La vida de la Madre Teresa de Jesus... repartida en cuatro libros.* Salamanca, Pedro Lasso, 1590. Nueva edición con notas y apéndices de Jaime Pons, Barcelona, Frestero Gili, 1908.

RICARD, Robert, «Le symbolisme du "Château interiuer" chez Sainte Thérèse», en *Bulletin Hispanique,* 67, 1965, págs. 27-41.

RICARD, Robert y PELISON, Nicole, *Etudes sur Sainte Thérèse,* París, Institut d'Etudes Hispaniques, 1968.

RIERA, Carmen, «Vindicación de Santa Teresa», *Revista Quimera,* octubre,1981.

RÍO PÉREZ Y MILA, Santiago, «Santa Teresa en la obra de Azorín», en *Revista de Espiritualidad,* 1963, págs. 408-412.

RÍOS, Blanca de los «Influjo de Santa Teresa en nuestra literatura mística y ascética», en rev. *El Monte Carmelo,* 1915, págs. 728-859, y especialmente 903-905.

RODRÍGUEZ, Otilio, *Leyenda áurea teresiana,* Madrid, Espiritualidad, 1970.

— «Proceso oficial», en *Santa Teresa, madre y doctora,* Madrid, Espiritualidad, 1970, págs. 91-118.

ROSSI, R., *Sperienza interiore e storia nell'autobiografia di Teresa d'Avila,* , 1977.

RUANO, A., *Lógica y mística. La dimensión de la razón en Teresa de Ávila,* Universidad de Puerto Rico, 1970.

RUIZ, A., «Diario de las enfermedades de Santa Teresa», en *El Monte Carmelo,* 734 (1965), págs. 205-273.

RUIZ SOLER, Luis, *La personalidad económico-administrativa de la santa Madre Teresa de Jesús,* Zaráuz, Ed. Icharopena, 1970.

SABINO DE JESÚS, *Santa Teresa de Avila a través de la crítica literaria,* Bilbao, Artes Gráficas Grijelmo, 1949.
— «Clasicismo literario de Santa Teresa», *El Monte Carmelo,* 15, 1914, págs. 744 y s.
SALOMÓN, Noël, *La vida rural castellana en tiempos de Felipe II,* Barcelona, Planeta, 1972.
Sancta Theresia a Jesus, Doctor Ecclesiae: historia, doctrina, documenta, Roma, Teresianum, 1970.
SANTA MARÍA, A., *Dichos y hechos de Santa Teresa de Jesús,* manuscrito del XVII, editado por M. Sánchez Regueira, Salamanca, 1983.
Santa Teresa de Jesús, Doctora de la Iglesia: documentos oficiales del proceso canónico, Madrid, Espiritualidad, 1970.
SALVADOR DE LA VIRGEN DEL CARMEN, *Teresa de Jesús,* 2 vols., Vitoria, Diputación Foral de Alava, 1964-1968.
SÁNCHEZ MOGUEL, Antonio, *El lenguaje de Santa Teresa de Jesús.* (Juicio comparativo de sus escritos con los de San Juan de la Cruz y otros clásicos de su época), Madrid, Imprenta clásica española, 1915.
SCHERING, Erns, «Visio und Actio. Mystik Gotteschau und Tatkraft der Teresa de Jesús», en *Ephemerides Carmeliticae,* 21, 1970, páginas 5-34.
SENA MEDINA, Guillermo, «Antecedente teresiano del Mirabrás», en *Boletín del Instituto de Estudios Giennenses,* julio-septiembre, 1982.
SENABRE, Ricardo, «El género literario del Libro de la Vida», *C.I.T.,* Salamanca, 1982.
SERIS, Homero, «Nueva genealogía de Santa Teresa», en *Nueva Revista de Filología Hispánica,* 10, 1965, págs. 363-384.
SERRANO PLAJA, Arturo, «Una noche toledana: del castillo interior al castillo fugitivo. Santa Teresa, Kafka y el Greco», en *Papeles de Son Armadans,* 105, 1964, págs. 263-302.
SERRANO Y SANZ, M., «Documentos inéditos referentes a Santa Teresa de Jesús y a su familia», en *Apuntes para una Biblioteca de Escritores Españoles,* t. 2, Madrid, 1905, págs. 479-510.
SILVERIO DE SANTA TERESA, *Procesos de beatificación y canonización de Santa Teresa de Jesús,* 3 vols., Burgos, Ed. Monte Carmelo, 1934-1935.
— *Vida de Santa Teresa de Jesús,* 5 vols., Burgos, Ed. Monte Carmelo, 1935-1937.
— *Historia del Carmen Descalzo en España, Portugal y América,* 15 vols., Burgos, Ed. Monte Carmelo, 1935-1949.
SIMEÓN DE LA SAGRADA FAMILIA, «Resonancias del doctorado teresiano», en *Ephemerides Carmeliticae,* 22, 1971, págs. 399-542.
STEGGINK, Otger, *Experiencia y realismo en Santa Teresa y San Juan de la Cruz,* Madrid, Espiritualidad, 1974.

TELLECHEA IDÍGORAS, J. I., *Tiempos recios, Inquisición y heterodoxias,* Salamanca, Sígueme, 1977.

Teresa de Jesús doctora de la Iglesia, Madrid, *Revista de Espiritualidad,* 1970.
TERMENON Y SOLÍS, Guillermo, «El estilo de Santa Teresa», *Bolívar,* 41, Bogotá, 1945, págs. 81-105.
TOMÁS DE LA CRUZ, «Pleito sobre visiones; trayectoria histórica de un pasaje de la autobiografía de Santa Teresa», en *Ephemerides Carmeliticae,* 8, 1957, págs. 3-43.
— «Santa Teresa de Jesús contemplativa», en *Ephemerides Carmeliticae,* 13, 1962, págs. 9-62.
— Introducción a la ed. del *Libro de la Vida,* ed. *El Monte Carmelo,* Burgos, 1964.
— «Contenido polémico del Camino de Perfección», en *Santa Teresa en el IV Centenario de la Reforma,* Universidad de Barcelona, 1963, págs. 39-61.
TORRE GARRIDO, Daniel, «Santa Teresa de Jesús: su aspecto místico y literario», en *El Monte Carmelo,* 1915, págs. 50, 92, 129.
— «"Esta monja". Carisma y obediencia en una Relación de Santa Teresa», en *El Monte Carmelo,* 78, 1970, 143-162.
TOMÁS DE LA CRUZ y JESÚS CASTELLANO, «Santa Teresa de Jesús», en *Ephemerides Carmelitae,* 19, 1968, págs. 9-44.
TRUEMAN DICKEN, E. W., «The Imagery of the Interior Castle and its Implications», en *Ephemerides Carmeliticae,* 21, 1970, páginas 198-218.

URBANO, Luis, *Las analogías predilectas de Santa Teresa de Jesús,* Madrid, 1924.

VALLEJO, Gustavo, *Fray Luis de León. Su ambiente, su doctrina espiritual, huellas de Santa Teresa,* Roma, Teresianum, 1959.
VARIOS, *Introducción a la lectura en Santa Teresa,* Madrid, Espiritualidad, 1978.
VÁZQUEZ DE PRADA, V., «La reforma teresiana y la España de su tiempo», en *Santa Teresa en el IV Centenario de su Reforma,* Universidad de Barcelona, 1963.
VEGA, Angel Custodio, *La poesía de Santa Teresa,* Madrid, Biblioteca de Autores Cristianos, 1972.
VILANOVA, Antonio, «El yo narrativo en el Libro de la Vida», *C.I.T.* Salamanca, 1982.

WALSH, William Thomas, *Santa Teresa de Avila,* trad. cast., Madrid, Espasa-Calpe, 1968.

YEPES, Diego de, *Vida, virtudes y milagros de la Bienaventurada Virgen Teresa de Jesús,* Madrid, 1587. Es un manuscrito reproducido por los Bolandistas en «Acta Sanctorum», octubre VII, pars prior. La ed. primera en «Çaragoça, por Angelo Tauanno, año de 1906».

Libro de la Vida

LA VIDA DE LA SANTA MADRE TERESA DE JESÚS

Y algunas de las mercedes que Dios le hizo, escrita por ella misma

POR MANDATO DE SU CONFESOR, A QUIEN LE ENVÍA Y DIRIGE, Y DICE ASÍ:

J H S

Quisiera yo que, como me han mandado y dado larga licencia para que escriba el modo de oración y las mercedes que el Señor me ha hecho, me la dieran para que muy por menudo y con claridad dijera mis grandes pecados y ruin vida. Diérame gran consuelo, mas no han querido, antes atádome mucho en este caso; y por esto pido, por amor del Señor, tenga delante de los ojos quien este discurso de mi vida leyere, que ha sido tan ruin, y que no he hallado santo de los que se tornaron a Dios con quien me consolar. Porque considero que, después que el Señor los llamaba, no le tornaban a ofender: yo no sólo tornaba a ser peor, sino que parece traía estudio a resistir las mercedes que Su Majestad me hacía, como se vía obligar a servir más, y entendía de sí no podía pagar lo menos de lo que debía.

Sea bendito por siempre, que tanto me esperó, a quien con todo mi corazón suplico me dé gracia para que con toda claridad y verdad yo haga esta relación que mis confesores me mandan[1] (y aun el Señor sé yo lo quiere muchos días ha, sino que yo no me he atrevido) y que sea para gloria y alabanza suya, y para que de aquí adelante, conociéndome ellos mejor, ayuden a mi flaqueza, para que pueda servir algo de lo que debo al Señor, a quien siempre alaben todas las cosas. Amén.

---

[1] En el autógrafo se repite, por evidente lapsus calami, *que mis confesores.* Son muy frecuentes estos descuidos.

Capítulo primero

En que trata cómo comenzó el Señor a despertar esta alma en su niñez a cosas virtuosas, y la ayuda que es para esto serlo los padres.

1. El tener padres virtuosos y temerosos de Dios me bastara, si yo no fuera tan ruin, con lo que el Señor me favorecía, para ser buena[1]. Era mi padre aficionado a leer buenos libros, y ansí los tenía de romance para que leyesen sus hijos. Estos[2],

---

[1] Fue su padre don Alonso Sánchez de Cepeda, casado en primeras nupcias en 1505 con doña Catalina del Peso y Henao, de la que sólo tuvos dos hijos, María y Juan. Pasados dos años de la muerte de su primera mujer, casó con doña Beatriz D'Ávila y Ahumada, de la que tuvo nueve hijos: Fernando, Rodrigo, Teresa, Lorenzo, Antonio, Pedro, Jerónimo, Agustín y Juana. Los dos que interesan a nuestro propósito son: Rodrigo y Teresa. El primero, colaborador, confidente y entrañable de la santa. Había nacido en 1511 y profesaba tanto cariño a su hermana Teresa que, al partir para las Indias, renunció en ella su herencia. Murió en 1536 luchando cerca del río de la Plata.

Teresa había nacido «en miércoles, veinte e ocho días del mes de marzo de quinientos e quince años (1515) nasció Teresa, mi hija, a las cinco horas de la mañana, media hora más o menos, que fue el dicho miércoles casi amanecido», según la nota de su padre.

[2] En este epígrafe la puntuación varía de un editor a otro. El sentido no es el mismo. Nos inclinamos por la lectura del padre Silverio de Santa Teresa, que interpreta el plural del autógrafo «estos» como un simple error, ya que el sentido del deíctico no se refiere sólo a los libros, sino a todo lo que precede. En el inventario de bienes que

con el cuidado que mi madre tenía de hacernos rezar y ponernos en ser devotos de nuestra Señora y de algunos santos, comenzó a despertarme de edad, a mi parecer, de seis o siete años. Ayudábame no ver en mis padres favor sino para la virtud. Tenían muchas.

Era mi padre hombre de mucha caridad con los pobres y piadad con los enfermos, y aun con los criados; tanta, que jamás se pudo acabar con él tuviese esclavos, porque los había gran piadad[3] y estando una vez en casa una de un su hermano, la regalaba como a sus hijos: decía que, de que no era libre, no lo podía sufrir de piadad. Era de gran verdad; jamás nadie le oyó jurar ni murmurar. Muy honesto en gran manera.

2. Mi madre también tenía muchas virtudes, y pasó la vida con grandes enfermedades[4]. Grandísima honestidad: con ser de harta hermosura, jamás se entendió que diese ocasión a que ella hacía caso de ella; porque, con morir de treinta y tres años, ya su traje era como de persona de mucha edad; muy apacible y de harto entendimiento. Fueron grandes los trabajos que pasaron el tiempo que vivió; murió muy cristianamente.

---

poseía su padre al morir la primera mujer, doña Catalina del Peso, en 1507, constan los siguientes libros: *Retablo de la vida de Cristo* e *Tulio De Oficiis,* viejo. Otro pequeño encuadernado: tiene *Tratado de la Missa,* sentencias planas, de quadernado, de Gusmán, e las de *Los siete pecados.* En pergamino *La conquista de Ultramar.* E otro volumen en que está Boecio e cinco libros e proverbios de Séneca e Vergilio. *Las trescientas,* de Juan de Mena; *La Coronación,* de Juan de Mena e un *Lunario.* A su muerte se encontró también un libro de evangelios y sermones. En esta relación se han basado los biógrafos para hablar de las lecturas concretas de la santa. No hay que olvidar, sin embargo, que en los años de su formación debía estar la casa de don Alonso mucho mejor abastecida, ni tampoco la referencia autobiográfica de la santa, recogida y comentada por algún crítico, a una segunda «biblioteca clandestina», propiciada por la madre, donde debió leer muchas otras cosas. Recientemente, García de la Concha ha hecho ver la oposición de las lecturas paternas y maternas; las primeras propugnan un tipo de literatura *de veritate,* propia de los erasmistas. *El arte literario de Santa Teresa,* Ariel, Barcelona, 1978 (página 17.)

[3] Era costumbre entre las familias hidalgas poseer moros a su servicio en situación de libertad limitada, pero habitualmente bien tratados y considerados como miembros de la familia.

[4] La madre de la santa (Beatriz D'Ávila) había nacido en 1494. Se casó, cuando apenas tenía catorce años, con don Alonso. Vivió entre grandes enfermedades, falleciendo a principios de 1529 en Gotarrendura, aldea de la provincia abulense.

3. Éramos tres hermanas y nueve hermanos; todos parecieron a sus padres, por la bondad de Dios, en ser virtuosos, sino fui yo, aunque era la más querida de mi padre; y antes que comenzase a ofender a Dios, parece tenía alguna razón, porque yo he lástima, cuando me acuerdo las buenas inclinaciones que el Señor me había dado, y cuán mal me supe aprovechar de ellas. Pues mis hermanos ninguna cosa me desayudaban a servir a Dios.

4. Tenía uno casi de mi edad; juntábamonos entramos a leer vidas de santos, que era el que yo más quería, aunque a todos tenía gran amor y ellos a mí; como vía los martirios que por Dios los santos pasaban, parecíame compraban muy barato el ir a gozar de Dios, y deseaba yo mucho morir ansí, no por amor que yo entendiese tenerle, sino por gozar tan en breve de los grandes bienes que leía haber en el cielo, y juntábame con este mi hermano a tratar qué medio habría para esto. Concertábamos irnos a tierra de moros, pidiendo por amor de Dios para que allá nos descabezasen, y paréceme que nos daba el Señor ánimo en tan tierna edad, si viéramos algún medio, sino que el tener padres nos parecía el mayor embarazo [5].

Espantábanos mucho el decir que pena y gloria era para siempre en lo que leíamos. Acaecíanos estar muchos ratos tratando de esto; y gustábamos de decir muchas veces: ¡para siempre, siempre, siempre! En pronunciar esto mucho rato era el Señor servido me quedase en esta niñez imprimido el camino de la verdad.

5. De que vi que era imposible ir donde me matasen por Dios, ordenábamos ser ermitaños; y en una huerta que había en casa procurábamos, como podíamos, hacer ermitas, poniendo unas pedrecillas que luego se nos caían, y ansí no hallábamos remedio en nada para nuestro deseo; que ahora me

---

[5] La «expedición» fue realizada de común acuerdo con su hermano Rodrigo. El hecho aparece contado en la biografía del padre Ribera: «En fin, lo tomó tan de veras, que tomando alguna cosilla para comer se salió con su hermano de casa de su padre, determinados los dos de ir a tierra de moros, donde les cortasen las cabezas por Jesucristo. Y saliendo por la puerta del Adaja se fueron por un puente adelante, hasta que un tío suyo los encontró y los volvió a su casa.» El lugar del «encuentro» fue el conocido como «los cuatro postes». Este hecho ha sido recientemente relacionado con la temática de lo heroico por Víctor García de la Concha, *El arte literario de Santa Teresa,* cit., página 15.

pone devoción ver cómo me daba Dios tan presto lo que yo perdí por mi culpa.

6. Hacía limosna como podía y podía poco. Procuraba soledad para rezar mis devociones, que eran hartas, en especial el rosario, de que mi madre era muy devota, y ansí nos hacía serlo. Gustaba mucho, cuando jugaba con otras niñas, hacer monesterios, como que éramos monjas; y yo me parece deseaba serlo, aunque no tanto como las cosas que he dicho.

7. Acuérdome que cuando murió mi madre, quedé yo de edad de doce años poco menos[6]. Como yo comencé a entender lo que había perdido, afligida fuime a una imagen de nuestra Señora, y supliquéla fuese mi madre con muchas lágrimas[7]. Paréceme que aunque se hizo con simpleza, que me ha valido; porque conocidamente he hallado a esta Virgen soberana en cuanto me he encomendado a ella, y en fin me ha tornado a sí. Fatígame ahora ver y pensar en qué estuvo el no haber yo estado entera en los buenos deseos que comencé.

8. ¡Oh, Señor mío!, pues parece tenéis determinado que me salve, plega a vuestra Majestad sea ansí; y de hacerme tantas mercedes como me habéis hecho, ¿no tuviérades por bien —no por mi ganancia, sino por vuestro acatamiento— que no me ensuciara tanto posada adonde tan continuo habíades de morar? Fatígame, Señor, aun decir esto, porque sé que fue mía toda la culpa; porque no me parece os quedó a Vos nada por hacer, para que desde esta edad no fuera toda vuestra. Cuando voy a quejarme de mis padres tampoco puedo, porque no vía en ellos sino todo bien y cuidado de mi bien.

Pues pasando de esta edad, que comencé a entender las gracias de naturaleza que el Señor me había dado, que según decían eran muchas, cuando por ellas le había de dar gracias, de todas me comencé a ayudar para ofenderle como ahora diré.

---

[6] La memoria de la santa tropieza constantemente en cuestión de fechas. No tenía doce, sino catorce años cuando murió su madre.

[7] El padre Silverio anota en su magnífica edición: «Dice la tradición que la imagen a quien la santa suplicó fuese su madre es Nuestra Señora de la Caridad, que entonces se veneraba en la ermita de San Lázaro, junto al Adaja; y en la catedral, desde el derrumbamiento de la ermita en el primer tercio del siglo XIX. A la misma imagen es fama que se encomendaron Teresa y Rodrigo antes de emprender el camino del martirio. Para conmemorar estos hechos de la vida de la santa, celébrase todos los años una procesión de la catedral al convento de los Carmelitas Descalzos, el 15 de octubre.

CAPÍTULO II

Trata cómo fue perdiendo estas virtudes, y lo que importa en la niñez tratar con personas virtuosas.

1. Paréceme que comenzó a hacerme mucho daño lo que ahora diré. Considero algunas veces cuán mal lo hacen los padres que no procuran que vean sus hijos siempre cosas de virtud de todas maneras; porque, con serlo tanto mi madre como he dicho, de lo bueno no tomé tanto, en llegando a uso de razón, ni casi nada, y lo malo me dañó mucho. Era aficionada a libros de caballerías [1], y no tan mal tomaba este pasatiempo, como yo le tomé para mí; porque no perdía su

---

1 Hay que valorar suficientemente la importancia de los libros de caballerías en su formación. Teresa, hija de su tiempo, se dejó seducir hasta el extremo por ellos. Tan es así, que se propuso escribir —y escribió en colaboración con su hermano Rodrigo— un libro de caballerías en el que, en lugar de ambientar su narración en países exóticos y con personajes fantásticos, creyó «profundizar» en la entidad del género situando la acción en su Ávila natal y con personajes conocidos. El sentido «realista» de la santa no le permitía reconstruir historias como la de Amadís, entregado al mar por su madre Elisena, en un esquife en forma de ataud. Ni la de su más ardientemente deseada novela: *Olivante de Laura.* Ella pensó en un héroe más concreto, Muñoz Gil: «Una higa —se decía— para todos los golpes que fingen de Amadís y los fieros hechos de los gigantes, si hubiera en España quien de los españoles celebrase». Y, en efecto, su libro se titula *El caballero de Ávila,* famoso en los anales de su ciudad; ya atestigua Teresa su iniciativa y su afición a formar y reformar las cosas concretas.

labor, sino desenvolvíamonos para leer en ellos, y por ventura lo hacía para no pensar en grandes trabajos que tenía, y ocupar sus hijos, que no anduviesen en otras cosas perdidos. Desto le pesaba tanto a mi padre, que se había de tener aviso a que no lo viese. Yo comencé a quedarme en costumbre de leerlos; y aquella pequeña falta que en ella vi, me comenzó a enfriar los deseos, y comenzar a faltar en lo demás; y parecíame no era malo, con gastar muchas horas del día y de la noche en tan vano ejercicio, aunque escondida de mi padre. Era tan en extremo lo que en esto me embebía que si no tenía libro nuevo, no me parece tenía contento [2].

2. Comencé a traer galas y a desear contentar en parecer bien, con mucho cuidado de manos y cabello y olores, y todas las vanidades que en esto podía tener, que eran hartas por ser muy curiosa [3]. No tenía mala intención, porque no quisiera yo que nadie ofendiera a Dios por mí. Duróme mucha curiosidad de limpieza demasiada y cosas que me parecía a mí no eran ningún pecado, muchos años; ahora veo cuán malo debía ser.

Tenía primos hermanos algunos [4], que en casa de mi padre no tenían otros cabida para entrar, que era muy recatado; y pluguiera a Dios que lo fuera de éstos también, porque ahora veo el peligro que es tratar en la edad que se han de comenzar

---

[2] Podemos suponer que por aquellas fechas leyó la mayor parte de los libros de caballerías publicados. Debe tenerse en cuenta la existencia —confirmada por algún biógrafo— de la antedicha biblioteca «clandestina» en su casa, donde leía a instancias de su madre. Tenemos referencias de que parientes y amigos elogiaron el estilo vivaz, el color y la trama apasionante de *El caballero de Ávila.* Más de un letrado —como dice M. Auclair— juzgó que la autora demostraba una precoz intuición. Las huellas de los libros de caballerías no escasean en la obra de la santa. Así lo hace ver M. Bataillon en *Varia lección de clásicos españoles* respecto a una expresión concreta tomada de *Las sergas de Esplandián.* (Madrid, Gredos, 1964, cit.)

[3] Tenemos datos fehacientes de la feminidad y hasta «coquetería» de la santa. Refiriéndose a una imagen de la Virgen, que su hermano Lorenzo le regaló, decía: «Si fuera el tiempo que yo traía oro, hubiera hasta envidia a la imagen.» No son de extrañar, pues, sus referencias a «galas», «olores» y «vanidades». La palabra «curiosa» tiene en la santa el mismo sentido que todavía en amplias zonas de Andalucía: «limpia», «aseada».

[4] Se trata probablemente de los hijos de doña Elvira de Cepeda: Vasco (n. 1507), Francisco (n. 1508) y Diego (n. 1513).

a criar virtudes con personas que no conocen la vanidad del mundo, sino que antes despiertan para meterse en él. Eran casi de mi edad, poco mayores que yo; andábamos siempre juntos; teníanme gran amor, y en todas las cosas que les daba contento, los sustentaba plática y oía sucesos de sus aficiones y niñerías nonada buenas; y lo que peor fue, mostrarse el alma a lo que fue causa de todo su mal. Si yo hubiera de aconsejar, dijera a los padres que en esta edad tuviesen gran cuenta con las personas que tratan a sus hijos; porque aquí está mucho mal, que se va nuestra natural antes a lo peor que a lo mijor.

3. Ansí me acaeció a mí, que tenía una hermana de mucha más edad que yo[5], de cuya honestidad y bondad, que tenía mucha, de ésta no tomaba nada, y tomé todo el daño de una parienta que trataba mucho en casa. Era de tan livianos tratos, que mi madre la había mucho procurado desviar que tratase en casa (parece adivinaba el mal que por ella me había de venir); y era tanta la ocasión que había para entrar, que no había podido[6]. A esta que digo me aficioné a tratar. Con ella era mi conversación y pláticas, porque me ayudaba a todas las cosas de pasatiempo que yo quería, y aun me ponía en ellas, y daba parte de sus conversaciones y vanidades. Hasta que traté con ella, que fue de edad de catorce años, y creo que más (para tener amistad conmigo, digo, y darme parte de sus cosas), no me parece había dejado a Dios por culpa mortal, ni perdido el temor de Dios, aunque le tenía mayor de la honra. Éste tuvo fuerza para no la perder del todo; ni me parece por ninguna cosa del mundo en esto me podía mudar, ni había amor de persona dél que a esto me hiciese rendir. ¡Ansí tuviera fortaleza en no ir contra la honra de Dios, como me la daba mi natural para no perder en lo que me parecía a mí está la honra del mundo! ¡Y no miraba que la perdía por muchas otras vías!

4. En querer ésta vanamente tenía extremo: los medios que eran menester para guardarla no ponía ninguno; sólo para no perderme del todo tenía gran miramiento.

Mi padre y mi hermana sentían mucho esta amistad. Reprendíanmela muchas veces. Como no podían quitar la ocasión de entrar ella en casa, no les aprovechaban sus diligencias, porque mi sagacidad para cualquier cosa mala era mucha.

---

[5] María de Cepeda, hija de don Alonso y su primera mujer. Era nueve años mayor que la santa.

[6] Se sobreentiende «evitarlo».

Espántame algunas veces el daño que hace una mala compañía, y si no hubiera pasado por ello no lo pudiera creer; en especial en tiempo de mocedad debe ser mayor el mal que hace: querría escarmentasen en mí los padres para mirar mucho en esto. Y es ansí que de tal manera me mudó esta conversación, que de natural y alma virtuosos no me dejó casi ninguna[7], y me parece me imprimía sus condiciones ella y otra tenía la misma manera de pasatiempos.

5. Por aquí entiendo el gran provecho que hace la buena compañía; y tengo por cierto, que, si tratara en aquella edad con personas virtuosas, que estuviera entera en la virtud; porque si en esta edad tuviera quien me enseñara a temer a Dios, fuera tomando fuerzas el alma para no caer. Después, quitado este temor de todo, quedóme sólo el de la honra, que en todo lo que hacía me traía atormentada. Con pensar que no se había de saber, me atrevía a muchas cosas bien contra ella y contra Dios[8].

6. Al principio dañáronme las cosas dichas, a lo que me parece, y no debía ser suya[9] la culpa, sino mía; porque después mi malicia para el mal bastaba, junto con tener criadas, que para todo mal hallaba en ellas buen aparejo: que si alguna fuera en aconsejarme bien, por ventura me aprovechara, mas el interés les cegaba como a mí la afeción[10]. Y pues nunca era incluida a mucho mal —porque cosas deshonestas naturalmente las aborrecía—, sino a pasatiempos de buena conversación, mas puesta en la ocasión, estaba en la mano el peligro, y ponía en él a mi padre y hermanos; de los cuales me libró Dios, de manera que se parece bien procuraba contra mi voluntad que del todo no me perdiese; aunque no pudo ser tan secreto que no hubiese harta quiebra de mi honra y sospecha en mi padre. Porque no me parece había tres meses que andaba en estas vanidades, cuando me llevaron a un monesterio que había en este lugar[11],

---

[7] Se sobreentiende, naturalmente, «virtud».

[8] Obsérvese su referencia insistente al tema de la honra. No andaba muy lejos de este pasaje su sensibilidad de judía conversa repudiada por la sociedad. Véase nuestra Introducción, en especial el epígrafe «Contexto histórico y social».

[9] *Suya,* de la parienta de tan livianos tratos. Estas elipsis son muy frecuentes, como se verá, en toda la obra.

[10] *Afeción* está tomada aquí en el sentido de «afición», «inclinación».

[11] Cuando Teresa entra en el convento tiene dieciséis años. Se trata

adonde se criaban personas semejantes, aunque no tan ruines en costumbres como yo; y esto con tan gran simulación que sola yo y algún deudo lo supo, pero aguardaron a coyuntura que no pareciese novedad; porque haberse mi hermana casado y quedar sola sin madre, no era bien [12].

7. Era tan demasiado el amor que mi padre me tenía y la mucha disimulación mía, que no había creer tanto mal de mí y ansí no quedó en desgracia conmigo. Como fue breve el tiempo, aunque se entendiese algo, no debía ser dicho con certinidad [13]; porque, como yo temía tanto la honra, todas mis diligencias eran en que fuese secreto, y no miraba que no podía serlo a quien todo lo ve [14]. ¡Oh Dios mío, qué daño hace en el mundo tener esto en poco, y pensar que ha de haber cosa secreta, que sea contra Vos! Tengo por cierto que se escusarían grandes males si entendiésemos que no está el negocio en guardarnos de los hombres, sino en no nos guardar de descontentaros a Vos.

8. Los primeros ocho días sentí mucho, y más la sospecha que tuve se había entendido la vanidad mía, que no de estar allí; porque ya yo andaba cansada, y no dejaba de tener gran temor de Dios cuando le ofendía, y procuraba confesarme con brevedad. Traía un desasosiego que en ocho días, y aun creo en menos, estaba muy más contenta que en casa de mi padre. Todas lo estaban conmigo, porque en esto me daba el Señor gracia: en dar contento adonde quiera que estuviese, y ansí era muy querida; y puesto que yo estaba entonces ya enemigísima de ser monja, holgábame de ver tan buenas monjas, que lo eran mucho las de aquella casa, y de gran honestidad y relisión y recatamiento. Aun con todo esto no me dejaba el demonio de tentar, y buscar los de afuera cómo me desasosegar con recaudos. Como no había lugar, presto se acabó, y comenzó mi alma a tornarse a acostumbrar en el bien de mi primera edad, y vi la gran merced que hace Dios a quien pone en compañía de buenos. Paréceme andaba Su Majestad mirando y remiran-

---

del de Nuestra Señora de Gracia, situado fuera de la ciudad (Ávila), de religiosas agustinas, donde se educaban jóvenes de familia noble.

12 En efecto, su hermana María de Cepeda había casado en enero de 1531.

13 *Certinidad:* «certeza». Aún se emplea el vocablo *certenidad* en amplias zonas rurales del dominio lingüístico hispánico.

14 ¿Por qué ese secreto? La razón probable pudo ser una relación amorosa que podía terminar en matrimonio. Ello no iba contra nadie.

do por dónde me podía tornar a sí. ¡Bendito seáis Vos, Señor, que tanto me habéis sufrido, amén!

9. Una cosa tenía que parece me podía ser alguna disculpa, si no tuviera tantas culpas, y es que era el trato con quien por vía de casamiento me parecía poder acabar en bien; e informada de con quién me confesaba y de otras personas, en muchas cosas me decían no iba contra Dios.

Dormía una monja [15] con las que estábamos seglares, que por medio suyo parece quiso el Señor comenzar a darme luz, como ahora diré.

---

[15] Es doña María de Briceño y Contreras, mujer muy inteligente y virtuosa (1498-1584). Su influjo en la santa fue importante; por aquellas fechas contaba veintiocho años de edad.

CAPÍTULO III

En que trata cómo fue parte la buena compañía para tornar a despertar sus deseos, y por qué manera comenzó el Señor a darle alguna luz del engaño que había traído.

1. Pues comenzando a gustar de la buena y santa conversación de esta monja, holgábame de oírla cuán bien hablaba de Dios, porque era muy discreta y santa. Esto a mi parecer en ningún tiempo dejé de holgarme de oírlo. Comenzóme a contar cómo ella había venido a ser monja por sólo leer lo que dice el Evangelio: «¡Muchos son los llamados y pocos los escogidos!» Decíame el premio que daba el Señor a los que todo lo dejan por él. Comenzó esta buena compañía a desterrar las costumbres que había hecho la mala y a tornar a poner en mi pensamiento deseo de las cosas eternas y a quitar algo de la gran enemistad que tenía con ser monja, que se me había puesto grandísima; y si vía alguna tener lágrimas cuando rezaba, u otras virtudes, habíala mucha envidia, porque era tan recio mi corazón en este caso que, si leyera toda la pasión, no llorara una lágrima. Esto me causaba pena.

2. Estuve año y medio en este monesterio harto mijorada; comencé a rezar muchas oraciones vocales y a procurar con todas me encomendasen a Dios, que me diese el estado en que le había de servir; mas todavía deseaba no fuese monja, que éste no fuese Dios servido de dármele, aunque también temía el casarme.

A cabo de este tiempo que estuve aquí, ya tenía más amistad de ser monja, aunque no en aquella casa, por las cosas más virtuosas que después entendí tenían, que me parecían extremos demasiados; y había algunas de las más mozas que me ayudaban en esto, que si todas fueran de un parecer, mucho me aprovechara. También tenía yo una grande amiga en otro monesterio[1], y esto me era parte para no ser monja, si lo hubiese de ser, sino adonde ella estaba. Miraba más el gusto de mi sensualidad[2] y vanidad, que lo bien que me estaba a mi alma. Estos buenos pensamientos de ser monja me venían algunas veces y luego se quitaban, y no podía persuadirme a serlo.

3. En este tiempo, aunque yo no andaba descuidada de mi remedio, andaba más ganoso el Señor de disponerme para el estado que me estaba mijor. Dióme una gran enfermedad, que hube de tornar en casa de mi padre. En estando buena, lleváronme en casa de mi hermana[3], que residía en una aldea, para verla, que era en extremo el amor que me tenía y a su querer no saliera yo de con ella; y su marido también me amaba mucho, al menos mostrábame todo regalo, que aun esto debo más al Señor, que en todas partes siempre lo he tenido, y todo se lo servía como la que soy.

4. Estaba en el camino un hermano de mi padre[4], muy avisado y de grandes virtudes, viudo, a quien también andaba el Señor dispuniendo para sí, que en su mayor edad dejó todo

---

[1] Se refiere a Juana Juárez, monja carmelita de la Encarnación de Ávila. El padre Gracián anotó al margen de su ejemplar: «Llamábase Juana Juárez.» De ella hay numerosas referencias. La santa solía visitarla por este tiempo. Otra monja recordaba, años después, esas visitas: «Yo me acuerdo cuando la Santa Madre venía seglar algunas veces a este convento, y doy por señas que traía una saya naranjada con unos ribetes de terciopelo negro.» (Cit. padre Silverio.)

[2] La palabra «sensualidad» tiene en el léxico teresiano un sentido distinto al actual. En *Fundaciones* y *Vida* equivale más o menos a «la parte sensitiva o sensible del compuesto humano». También a «la conjunción de sentido y sensibilidad» y, finalmente, a «la carne», es decir, el tercer enemigo del alma.

[3] Se trata de su hermana mayor, María de Cepeda, casada a comienzos del 1513 con don Martín Guzmán y Barrientos. Residían en una pequeña aldea (Castellanos de la Cañada), de apenas 10 vecinos.

[4] Su tío, Pedro Sánchez de Cepeda, vecino de Hortigosa, pueblecito abulense. Hombre amigo de lecturas de todo tipo, aunque su vida fue modélica y de hecho murió monje en un convento jerónimo.

lo que tenía y fue fraile, y acabó de suerte que creo goza de Dios. Quiso que me estuviese con él unos días. Su ejercicio eran buenos libros de romance[5], y su hablar era lo más ordinario de Dios y de la vanidad del mundo. Hacíame le leyese, y aunque no era amiga de ellos[6], mostraba que sí; porque en esto de dar contento a otros he tenido extremo, aunque a mí me hiciese pesar; tanto que en otras fuera vitud y en mí ha sido gran falta, porque iba muchas veces muy sin discreción.

¡Oh, válame Dios, por qué términos me andaba Su Majestad dispuniendo para el estado en que se quiso servir de mí, que, sin quererlo yo, me forzó a que hiciese fuerza! Sea bendito por siempre, amén.

5. Aunque fueron los días que estuve pocos, con la fuerza que hacían en mi corazón las palabras de Dios, ansí leídas como oídas, y la buena compañía, vine a ir entendiendo la verdad de cuando niña, de que no era todo nada[7], y la vanidad del mundo, y cómo acababa en breve, y a temer, si me hubiera muerto, cómo me iba al infierno. Y aunque no acababa mi voluntad de inclinarse a ser monja, vi era el mijor y más siguro estado; y ansí poco a poco me determiné a forzarme para tomarle.

6. En esta batalla estuve tres meses, forzándome a mí mesma con esta razón: que los trabajos y pena de ser monja no podía ser mayor que la del purgatorio, y que yo había bien merecido el infierno; que no era mucho estar lo que viviese como en purgatorio, y que después me iría derecha al cielo, que éste era mi deseo. Y en este movimiento de tomar este estado, más me parece me movía un temor servil que amor.

---

[5] La frase *buenos libros de romance* ha dado lugar a toda una polémica sobre su sentido concreto. Hoy está fuera de dudas que se trata de libros piadosos.

[6] *No era amiga de ellos.* Extraña un tanto la afirmación de la santa, máxime cuando se refiere a *buenos libros de romance.* Parece un intento más de arrastrar hacia sí faltas y pecados por humildad.

[7] *De que no era todo nada.* Se trata, evidentemente, de una doble negación que afirma. El sentido es: «todo lo creado es nada», según el valor clásico. Suena mucho esta expresión en el lenguaje de los místicos a la que luego habría de consolidarse como máxima del barroco: el convencimiento de que el hombre habría de llegar al «des-engaño»; es decir, saber la verdad, dejar de estar engañado sobre la vanidad y brevedad de la vida.

Poníame[8] el demonio que no podría sufrir los trabajos[9] de la relisión, por ser tan regalada. A esto me defendía con los trabajos que pasó Cristo, porque no era mucho yo pasase algunos por él; que él me ayudaría a llevarlos debía pensar, que esto postrero no me acuerdo. Pasé hartas tentaciones estos días.

7. Habíanme dado, con unas calenturas, unos grandes desmayos, que siempre tenía bien poca salud. Dióme la vida haber quedado ya amiga de buenos libros: leía en las Epístolas de San Jerónimo[10], que animaban de suerte que me animé a decirlo a mi padre, que casi era como tomar el hábito; porque era tan honrosa[11], que me parece no tornara atrás de ninguna manera habiéndolo dicho una vez. Era tanto lo que quería, que en ninguna manera lo pude acabar con él, ni bastaron ruegos de personas que procuré le hablasen. Lo que más[12] se pudo acabar con él fue que después de sus días haría lo que quisiese. Yo ya me temía a mí y a mi flaqueza no tornase atrás, y ansí no me pareció me convenía esto, y procurélo por otra vía como ahora diré.

---

[8] *Poníame* tiene aquí la acepción, frecuente en la autora, de «sugerir».

[9] *Trabajos.* Se trata de la acepción clásica de «sufrimientos», «desdichas», «esfuerzos», avatares». Recuérdese el título cervantino *Los trabajos de Persiles y Segismunda.*

[10] Es probable que leyera la versión de las Epístolas de San Jerónimo realiza por el bachiller Juan de Molina. Son varias las ediciones conocidas: Valencia, 1520, 1522, 1526, con el título de *Las epístolas de San Jerónimo, con una narración de la Guerra de las Germanias.* La edición fue dedicada a doña María Enrique, duquesa de Gandía y abadesa del famoso monasterio de Santa Clara de Valencia. Se imprimió en esa ciudad por Juan de Joffre; obra de gran aceptación popular. En el convento abulense de san José se conserva la edición de 1536. La máxima información a este respecto la ofrece *Tiempo y vida de santa Teresa,* de Efrén de la Madre de Dios y Otger Steggink, 2.ª ed., Madrid, B.A.C., 1977.

[11] *Honrosa:* «puntillosa», «pundonorosa», «esclava de la palabra dada». Sentido consolidado en el teatro posterior.

[12] *Lo que más:* «lo más que». Sentido popular e infantil, conservado todavía en amplias zonas del dominio lingüístico hispánico. El sentido de *acabar* en este texto es «conseguir».

CAPÍTULO IV

Dice cómo la ayudó el Señor para forzarse a sí mesma para tomar hábito, y las muchas enfermedades que Su Majestad la comenzó a dar.

1. En estos días que andaba con estas determinaciones, había persuadido a un hermano mío[1] a que se metiese fraile, diciéndole la vanidad del mundo, y concertamos entramos[2] de irnos un día muy de mañana al monesterio adonde estaba aquella mi amiga[3], que era a la que yo tenía mucha afeción, puesto que ya en esta postrera determinación yo estaba de suerte que cualquiera[4] que pensara servir más a Dios, o mi padre quisiera, fuera; que más miraba ya el remedio de mi alma, que del descanso ningún caso hacía de él.

---

[1] Se refiere a su hermano Antonio de Ahumada, de vocación religiosa frustrada pues, luego de profesar en el convento de los jerónimos de Ávila, hubo de salir de él, según se dice, «por falta de salud». Posiblemente hubiera otros motivos, ya que su vida aventurera le llevó —como era uso y costumbre— a la Indias, donde murió el 20 de enero de 1546, en la batalla de Iñaquito (Ecuador).

[2] *Entramos*, «entrambos», frecuente asimilación en Santa Teresa.

[3] Es el monasterio de la Encarnación de Avila, donde profesó su amiga Juana Juárez. Hizo su ingreso la santa a los veinte años, el día 2 de noviembre de 1535.

[4] *Cualquiera.* Se refiere, obviamente, a monasterio. Las frecuentes elipsis hacen que a veces la frase no esté del todo clara. El sentido de ésta es: «Yo ya estaba de suerte (es decir, de tal manera decidida), que a cualquiera (monasterio) en que pensara servir más a Dios... fuera».

Acuérdaseme a todo mi parecer, y con verdad, que cuando salí de en casa de mi padre no creo será más el sentimiento cuando me muera[5], porque me parece cada hueso se me apartaba por sí[6], que, como no había amor de Dios que quitase el amor del padre y parientes, era todo haciéndome una fuerza tan grande que, si el Señor no me ayudara, no bastarán mis consideraciones para ir adelante. Aquí me dio ánimo contra mí, de manera que lo puse por obra.

2. En tomando el hábito, luego me dio el Señor a entender cómo favorece a los que se hacen fuerza para servirle, la cual nadie no entendía de mí[7], sino grandísima voluntad. A la hora[8] me dio un tan gran contento de tener aquel estado, que nunca me faltó hasta hoy; y mudó Dios la sequedad que tenía mi alma en grandísima ternura: dábanme deleite todas las cosas de la relisión; y es verdad que andaba algunas veces barriendo en horas que yo solía ocupar en mi regalo y gala; y acordándoseme que estaba libre de aquello, me daba un nuevo gozo, que yo me espantaba y no podía entender por dónde venía.

Cuando de esto me acuerdo, no hay cosa que delante se me pusiese, por grave que fuese, que dudase de acometerla. Porque ya tengo espiriencia en muchas que, si me ayudo al principio a determinarme a hacerlo (que, siendo sólo por Dios, hasta encomenzarlo[9] quiere —para que más merezcamos— que el

---

[5] *Cuando me muera.* El padre Gracián anotó al margen la fecha: «día de las ánimas»; se trata, pues, del 2 de noviembre de 1535.

[6] *Cada hueso.* La imagen era ya vieja en literatura *(Cantar de Mío Cid).* La novedad de la formulación teresiana se consigue con la personificación «se me apartaba por sí».

[7] Es decir, nadie pensaba que ella tenía tal fuerza.

[8] *A la hora:* al instante, al mismo tiempo.

[9] *Encomenzarlo.* Este pasaje ha sido objeto de dudosas interpretaciones de editores y traductores desde fray Luis de León en adelante, que, ante la falta de sentido, se han dedicado a inventar por su cuenta. Hay que comprender que la obra de Santa Teresa ha de ser aceptada tal como es, con estas deficiencias de sentido inherentes al texto. No sería difícil enmendarle la plana a cada paso, pero ello sería lo mismo que si quisiéramos reducir las figuras del Greco porque nos parecieran desproporcionadas. Téngase en cuenta que la santa no puntúa y, en casos como éste, la dificultad de ofrecer un texto «correcto», gramaticalmente hablando, es muy grande. Nos decidimos aquí por la lectura de fray Luis, seguida luego por otros editores como fray Tomás de la Cruz, ed. cit.

alma sienta aquel espanto, y mientras mayor, si sale con ello, mayor premio y más sabroso se hace después), aun en esta vida lo paga Su Majestad por unas vías, que sólo quien goza de ello lo entiende. Esto tengo por espiriencia, como he dicho, en muchas cosas harto graves; y ansí jamás aconsejaría —si fuera persona que hubiera de dar parecer— que cuando una buena inspiración acomete muchas veces, se deje por miedo de poner obra; que si va desnudamente por sólo Dios, no hay que temer sucederá mal, que poderoso es para todo. Sea bendito por siempre, amén.

3. Bastara ¡oh sumo bien y descanso mío! las mercedes que me habíades hecho hasta aquí, de traerme por tantos rodeos vuestra piadad y grandeza a estado tan siguro y a casa adonde había muchas siervas de Dios, de quien yo pudiera tomar, para ir creciendo en su servicio. No sé cómo he de pasar de aquí, cuando me acuerdo la manera de mi profesión y la gran determinación y contento con que la hice y el desposorio que hice con Vos. Esto no lo puedo decir sin lágrimas[10], y habían de ser de sangre y quebrárseme el corazón, y no era mucho sentimiento para lo que después os ofendí.

Paréceme ahora que tenía razón de no querer tan gran dignidad, pues tan mal había de usar de ella; mas Vos, Señor mío, quisistes ser[11], casi veinte años que usé mal desta merced, ser el agraviado porque yo fuese mijorada. No parece, Dios mío, sino que prometí no guardar cosa de lo que os había prometido[12], aunque entonces no era esa mi intención; mas veo tales mis obras después, que no sé qué intención tenía, para que más se vea quién Vos sois, Esposo mío, y quién soy yo; que es verdad cierto que muchas veces me templa[13] el sentimiento de mis grandes culpas el contento que me da que se entienda la muchedumbre de vuestras misericordias.

---

[10] *No lo puedo decir sin lágrimas.* A veces nos sorprende la santa con un cliché de este tipo, ya consolidado en la literatura caballeresca y de inequívoca ascendencia grecolatina. Recuérdese la épica homérica.

[11] *Quisistes ser.* Así aparece en el original, con evidente reiteración, ya que en la siguiente frase repite también *ser.*

[12] Obsérvese la derivación *prometí, prometido.* Es uno de los recursos más frecuentes en Santa Teresa.

[13] *Templa:* «modera». Aparece aquí en el sentido etimológico del latín *temperare,* «entibiar o suavizar la fuerza de una cosa». Igualmente se entiende en la acepción figurada de «contenerse» y «evitar el exceso en una materia». El sentido de este texto tiene evidentes reminiscencias del Salmo 50.1.

4. ¿En quién, Señor, puede ansí resplandecer como en mí, que tanto he oscurecido con mis malas obras las grandes mercedes que me comenzaste a hacer? ¡Ay de mí, Criador mío que, si quiero dar disculpa, ninguna tengo, ni tiene nadie la culpa sino yo! Porque si os pagara algo del amor que me comenzaste a mostrar, no le pudiera yo emplear en nadie sino en Vos, y con esto se remediaba todo. Pues no lo merecí ni tuve tanta ventura, válgame ahora, Señor, vuestra misericordia.

5. La mudanza de la vida y de los manjares me hizo daño a la salud, que, aunque el contento era mucho, no bastó. Comenzáronme a crecer los desmayos y dióme un mal de corazón tan grandísimo, que ponía espanto a quien lo vía, y otros muchos males juntos; y ansí pasé el primer año con harto mala salud, aunque no me parece ofendía a Dios en él mucho. Y como era el mal tan grave, que casi me privaba el sentido siempre, y algunas veces del todo quedaba sin él, era grande la diligencia que traía mi padre para buscar remedio; y como no le dieron los médicos de aquí, procuró llevarme a un lugar adonde había mucha fama de que sanaban allí otras enfermedades, y ansí dijeron haría la mía [14]. Fue conmigo esta amiga que he dicho tenía en casa [15], que era antigua. En la casa que era monja no se prometía clausura.

6. Estuve casi un año por allá, y los tres meses de él padeciendo tan grandísimo tormento en las curas que me hicieron tan recias, que yo no sé cómo las pude sufrir [16], y en fin, aunque las sufrí, no las pudo sufrir mi sujeto, como diré [17]. Había de comenzarse la cura en el principio del verano, y yo fui en el principio del invierno: todo este tiempo estuve en casa de la hermana que he dicho que estaba en la aldea, esperando el mes de abril, porque estaba cerca y no andar yendo y viniendo [18]

---

[14] Becedas se llamaba este lugarejo de la provincia de Ávila, a unos 15 kilómetros de la capital. Allí residía la famosa curandera a cuyo increíble tratamiento se sometió la santa.

[15] *Esta amiga* se refiere a Juana Juárez, residente en el mismo monasterio de la Encarnación (cfr. cap. 3, núm. 2).

[16] *Sufrir,* con significado de «resistir». Es decir, que aunque logró sobreponerse al dolor físico del tratamiento, apenas pudo su cuerpo aguantarlo.

[17] *Mi sujeto:* «mi naturaleza» o «mi cuerpo», por oposición a «persona» (compuesto de cuerpo y alma).

[18] *La hermana que he dicho:* María de Cepeda, a la que se ha referido anteriormente.

7. Cuando iba, me dio aquel tío mío que tengo dicho que estaba en el camino, un libro: llámase *Tercer Abecedario*[19], que trata de enseñar oración de recogimiento; y puesto que este primer año había leído buenos libros (que no quise más usar de otros porque ya entendía el daño que me habían hecho)[20], no sabía cómo proceder en oración, ni cómo recogerme, y ansí holguéme mucho con él, y determinéme a siguir aquel camino[21] con todas mis fuerzas. Y, como ya el Señor me había dado don de lágrimas, y guastaba de leer, comencé a tener ratos de soledad, y a confesarme a menudo, y comenzar aquel camino teniendo aquel libro por maestro; porque yo no hallé maestro, digo confesor, que me entendiese, aunque le busqué, en veinte años después desto que digo, que me hizo harto daño para tornar muchas veces atrás y aun para del todo perderme, porque todavía me ayudara a salir de las ocasiones que tuve para ofender a Dios.

Comenzóme Su Majestad[22] a hacer tantas mercedes en estos principios, que al fin deste tiempo que estuve aquí (que era casi nueve meses en esta soledad, aunque no tan libre de ofender a Dios como el libro me decía, mas por esto pasaba yo; parecía-

---

[19] El libro a que se refiere es la famosa obra del franciscano Francisco de Osuna *Tercera parte del libro llamado Abecedario espiritual.* El ejemplar que manejó la santa se conserva aún en el monasterio de San José de Ávila. Se imprimió por primera vez en Toledo, en 1527. Es uno de los libros que mayor influencia ejerció sobre su espíritu y su obra, con reminiscencias a veces muy concretas. (Véase nuestra introducción.)

[20] *Habían hecho.* La santa reacciona aquí con una postura estrictamente espiritual, de oposición a la lectura de libros profanos. Tal vez no fuera del todo cierto, pero el detalle es muy similar al que se produce en otros místicos, que reaccionan también violentamente ante toda lectura que no sea estrictamente espiritual. San Juan de la Cruz repetía el dicho (recogido por E. Orozco): «Religioso y estudiante, religioso por delante.»

[21] *Aquel camino.* Expresión en el sentido metafórico de «oración de recogimiento», tal como se recoge en el libro de Osuna.

[22] *Comenzóme...* Se trata de uno de los párrafos más rebeldes a toda puntuación de la obra teresiana. Es una de sus típicas digresiones. Posiblemente de forma voluntaria, la santa se niega a terminar la frase comenzada y la reanuda de nueva factura. Así hay que entenderlo. Si eliminamos la digresión, quedaría claro el sentido: «Comenzóme S. M. a hacer tantas mercedes en estos principios, que al fin de este tiempo que estuve aquí... me hacía merced de darme oración de quietud.»

me casi imposible tanta guarda; teníala de no hacer pecado mortal, y pluguiera a Dios la tuviera siempre; de los veniales hacía poco caso, y esto fue lo que me destruyó), comenzó el Señor a regalarme tanto por este camino, que me hacía merced de darme oración de quietud, y alguna vez llegaba a unión, aunque yo no entendía qué era lo uno ni lo otro, y lo mucho que era de preciar, que creo me fuera gran bien entenderlo. Verdad es que duraba tan poco esto de unión, que no sé si era Ave María[23]; mas quedaba con unos efetos tan grandes, que con no haber en este tiempo veinte años, me parece traía al mundo debajo de los pies; y ansí me acuerdo que había lástima a los que le seguían, aunque fuese en cosas lícitas.

Procuraba lo más que podía traer a Jesucristo, nuestro bien y Señor, dentro de mí presente, y ésta era mi manera de oración. Si pensaba en algún paso[24]; le representaba en lo interior; aunque lo más gastaba en leer buenos libros, que era toda mi recreación[25]; porque no me dio Dios talento de discurrir con el entendimiento ni de aprovecharme con la imaginación, que la tengo tan torpe, que aun para pensar y representar en mí, como lo procuraba traer, la humanidad del Señor, nunca acababa. Y aunque por esta vía de no poder obrar con el entendimiento llegan más presto a la contemplación, si perseveran, es muy trabajoso y penoso; porque si falta la ocupación de la voluntad, y el haber en qué se ocupe en cosa presente el amor, queda el alma como sin arrimo ni ejercicio, y da gran pena la soledad y sequedad, y grandísimo combate los pensamientos.

8. A personas que tienen esta dispusición les conviene más pureza de conciencia que a las que con el entendimiento pueden obrar; porque quien discurre[26] en lo que es mundo y

---

[23] Es decir, el tiempo que dura recitar un Ave María.

[24] *Algún paso.* Observemos desde aquí el valor que tiene la imaginería, la escultura en la religiosidad de la santa. No puede prescindir del elemento físico; y así, para imaginarse a Jesucristo, ha de recordarlo en algún «paso» de Semana Santa. Este sentido valorativo de la «imagen» es un anticipo del Barroco. El profesor E. Orozco ha estudiado cumplidamente el tema. Cfr. *El teatro y la teatralidad del Barroco,* Madrid, Planeta, 1969, *passim.*

[25] Esta confesión es enteramente significativa de una de las bases de su formación: la lectura fue un continuo acicate en su vida. Hoy ya nadie habla de «monja iletrada».

[26] *Discurriendo* escribe la autora, aunque así la frase no tiene sentido. Debe tratarse de un lapsus. La santa quiso decir «discurre»

en lo que debe a Dios y en lo mucho que sufrió y lo poco que le sirve y lo que le da a quien le ama, saca dotrina para defenderse de los pensamientos y de las ocasiones y peligros; pero quien no se puede aprovechar de esto, tiénele mayor y conviénele ocuparse mucho en lición, pues de su parte no puede sacar ninguna. Es tan penosísima esta manera de proceder que, si el maestro que enseña aprieta en que sin lición (que ayuda mucho para recoger a quien de esta manera procede y le es necesario, aunque sea poco lo que lea, sino en lugar de la oración mental que no puede tener); digo que si sin esta ayuda le hacen estar mucho rato en la oración, que será imposible durar mucho en ella y le hará daño a la salud si porfía, porque es muy penosa cosa[27].

9. Ahora me parece que proveyó el Señor que yo no hallase quien me enseñase, porque fuera imposible, me parece, perseverar diez y ocho años que pasé este trabajo y estas grandes sequedades, por no poder, como digo, discurrir. En todos éstos, si no era acabando de comulgar, jamás osaba comenzar a tener oración sin un libro; que tanto temía mi alma estar sin él en oración, como si con mucha gente fuera a pelear. Con este remedio, que era como una compañía y escudo en que había de recibir los golpes de los muchos pensamientos, andaba consolada; porque la sequedad no era lo ordinario; mas era siempre cuando me faltaba libro, que era luego disbaratada[28] el alma y los pensamientos perdidos: con esto los comenzaba a recoger, y como por halago llevaba el alma; y muchas veces en abriendo el libro, no era menester más; otras leía poco, otras mucho, conforme a la merced que el Señor me hacía.

Parecíame a mí en este principio que digo, que teniendo yo

---

o «va discurriendo». De estas cosas hay a cientos en la obra teresiana. Cada editor arregla el párrafo a su manera.

[27] *Penosa cosa.* De nuevo estamos ante un pasaje difícil, que ya fray Luis intentó aclarar introduciendo una «y»: «Ayuda mucho para recoger a quien de esta manera procede "y" le es necesario.» El sentido de la fase parece ser: «Es tan penosa la oración de quien no se puede aprovechar del discurso, que si el maestro impone que se haga sin lectura... será imposible durar mucho en ella y le hará daño a la salud.» El paréntesis ofrece la opinión contraria de la santa, que cree en la conveniencia de la lectura. Mantenemos el texto de fray Luis en este pasaje.

[28] *Disbaratada:* «disparatada», con frecuente sonorización de sordas. *Luego:* «al instante».

libros y cómo tener soledad, que no habría peligro que me sacase de tanto bien; y creo con el favor de Dios fuese ansí, si tuviera maestro o persona que me avisara de huir de las ocasiones en los principios y me hiciera salir de ellas, si entrara, con brevedad. Y si el demonio me acometiera entonces descubiertamente, parecíame en ninguna manera tornara gravemente a pecar. Mas fue tan sutil y yo tan ruin, que todas mis determinaciones me aprovecharon poco, aunque muy mucho los días que serví a Dios, para poder sufrir las terribles enfermedades que tuve, con tan gran paciencia como Su Majestad me dio.

10. Muchas veces he pensado espantada de la gran bondad de Dios y regaládose mi alma de ver su gran manificencia y misericordia. Sea bendito por todo, que he visto claro no dejar sin pagarme, aun en esta vida, ningún deseo bueno. Por ruines e imperfectas que fuesen mis obras, este Señor mío las iba mijorando y perficionando y dando valor, y los males y pecados luego los ascondía[29]. Aun en los ojos de quien los ha visto primite Su Majestad se cieguen y los quita de su memoria. Dora las culpas; hace que resplandezca una virtud que el mesmo Señor pone en mí, casi haciéndome fuerza para que la tenga.

11. Quiero tornar a lo que me han mandado. Digo que, si hubiera de decir por menudo de la manera que el Señor se había conmigo en estos principios, que fuera menester otro entendimiento que el mío para saber encarecer lo que en este caso le debo y mi gran ingratitud y maldad, pues todo esto olvidé. Sea por siempre[30] bendito, que tanto me ha sufrido, amén.

---

[29] Notemos este ejemplo, entre miles, de vacilación vocálica.

[30] «*Siembre*» dice en el original, con sonorización de sorda entre consonantes sonoras.

CAPÍTULO V

Prosigue en las grandes enfermedades que tuvo y la paciencia que el Señor le dio en ellas, y cómo saca de los males bienes, sigún se verá en una cosa que le acaeció en este lugar que se fue a curar.

1. Olvidé de decir cómo el año del noviciado pasé grandes desasosiegos con cosas que en sí tenían poco tomo, mas culpábanme sin tener culpa hartas veces; yo lo llevaba con harta pena e imperfeción, aunque con el gran contento que tenía de ser monja todo lo pasaba. Como me vían procurar soledad y me vían llorar por mis pecados algunas veces, pensaban era descontento, y ansí lo decían.

Era aficionada a todas las cosas de religión, mas no a sufrir ninguna que pareciese menosprecio. Holgábame de ser estimada. Era curiosa en cuanto hacía. Todo me parecía virtud; aunque esto no me será disculpa, porque para todo sabía lo que era procurar mi contento, y ansí la inorancia no quita la culpa. Alguna tiene no estar fundado el monesterio en mucha perfeción; yo como ruin íbame a lo que vía falto y dejaba lo bueno.

2. Estaba una monja entonces enferma de grandísima enfermedad y muy penosa, porque era una boca en el vientre, que se le habían hecho de opilaciones, por donde echaba lo que comía; murió presto de ello. Yo vía a todas temer aquel mal; a mí hacíame gran envidia su paciencia. Pedía a Dios que, dándomela ansí a mí, me diese las enfermedades que fuese servido. Ninguna me parece temía, porque estaba tan puesta en ganar bienes eternos, que por cualquier medio me determi-

naba a ganarlos. Y espántome, porque aún no tenía, a mí parecer, amor a Dios como después que comencé a tener oración me parecía a mí le he tenido, sino una luz de parecerme todo de poca estima lo que se acaba y de mucho precio los bienes que se pueden ganar con ello, pues son eternos.

También me oyó en esto Su Majestad, que antes de dos años estaba tal que, aunque no el mal de aquella suerte, creo no fue menos penoso y trabajoso el que tres años tuve, como ahora diré.

3. Venido el tiempo que estaba aguardando en el lugar que digo que estaba con mi hermana para curarme [1], lleváronme, con harto cuidado de mi regalo, mi padre y hermana y aquella monja mi amiga, que había salido conmigo, que era muy mucho lo que me quería.

Aquí comenzó el demonio a descomponer mi alma, aunque Dios sacó de ello harto bien. Estaba una persona de la Ilesia, que risidía en aquel lugar adonde fui a curar, de harto buena calidad y entendimiento: tenía letras, aunque no muchas. Yo comencéme a confesar con él, que siempre fui amiga de letras [2], aunque gran daño hicieron a mi alma confesores medio letrados; porque no los tenía de tan buenas letras como quisiera. He visto por espiriencia que es mijor, siendo virtuosos y de santas costumbres, no tener ningunas que tener pocas; porque ni ellos se fían de sí sin preguntar a quien las tenga buenas, ni yo me fiara; y buen letrado nunca me engañó. Estotros tampoco me debían de querer engañar, sino no sabían más: yo pensaba que sí, y que no era obligada a más de creerlos, como era cosa ancha lo que me decían, y de más libertad; que si fuera apretada yo soy tan ruin que buscara otros. Lo que era pecado venial decíanme que no era ninguno. Lo que era gravísimo mortal, que era venial. Esto me hizo tanto daño, que no es mucho lo diga aquí, para aviso de otras

---

[1] *Que estaba aguardando* (yo). El lugar era Castellanos de la Cañada. La monja de quien habla es Juana Juárez, ya citada un par de veces.

[2] *Siempre fui amiga de letras.* Son constantes las referencias de la santa a este hecho. A nada temía más que a los que llama, con evidente generosidad, «medio letrados». Esta estima por la cultura viene a contradecir la idea tradicionalmente aceptada de Santa Teresa como «ingenio lego». No son escasos los pasajes, que iremos señalando, en que, pese a su evidente espontaneidad, se muestran su cultura y sus «miras literarias».

de tan gran mal, que para delante de Dios veo no me es disculpa, que bastaban ser las cosas de su natural no buenas para que yo me guardara de ellas. Creo primitió Dios por mis pecados ellos se engañasen y me engañasen a mí: yo engañé a otras hartas con decirles lo mesmo que a mí me habían dicho.

Duré en esta ceguedad creo más de diecisiete, hasta que un padre dominico[3], gran letrado, me desengañó en cosas, y los de la Compañía de Jesús del todo me hicieron tanto temer, agraviándome tan malos principios, como después diré.

4. Pues comenzándome a confesar con este que digo[4], él se aficionó en extremo a mí, porque entonces tenía poco que confesar para lo que después tuve, ni lo había tenido después de monja. No fue la afeción[5] de éste mala, mas de demasiada afeción venía a no ser buena. Tenía entendido de mí que no me determinaría a hacer cosa contra Dios que fuese grave por ninguna cosa, y él también me aseguraba lo mesmo, y ansí era mucha la conversación. Mas mis tratos entonces, con el embebecimiento de Dios que traía, lo que más gusto me daba era tratar cosas de Él; y como era tan niña, hacíale confusión ver esto, y con la gran voluntad que me tenía, comenzó a declararme su perdición; y no era poca, porque había casi siete años que estaba en muy peligroso estado, con afeción y trato con una mujer del mesmo lugar y con esto decía misa. Era cosa tan pública, que tenía perdida la honra y la fama, y nadie le osaba hablar contra esto. A mí hízoseme gran lástima, porque le quería mucho, que esto tenía yo de gran liviandad y ceguedad, que me parecía virtud ser agradecida y tener ley a quien me quería. ¡Maldita sea tal ley que se estiende hasta ser contra la de Dios! Es un desatino que se usa en el mundo, que me desatina; que debemos todo el bien que nos hacen a Dios, y tenemos por virtud, aunque sea ir contra Él, no quebrantar esta amistad. ¡Oh ceguedad de mundo! ¡Fuérades Vos servido, Señor; que yo fuera ingratísima contra todo él, y contra Vos no lo fuera un punto! Mas ha sido todo al revés por mis pecados.

---

3 Se trata de Vicente Barrón, conocido teólogo dominico, confesor que fue de su padre.

4 Para evitar error, el padre Báñez anotó al margen del autógrafo que «este es el clérigo cura que arriba, en otra plana, dixo». Se trata de evitar la confusión con el teólogo antes citado.

5 La palabra *afición* es escrita indistintamente «afeçión» y «afiçión», con el mismo significado de «proclividad», «tendencia», etc. Del clásico *affectio,* «inclinación», «amor a alguna persona o cosa».

5. Procuré saber e informarme más de personas de su casa; supe más la perdición, y vi[6] que el pobre no tenía tanta culpa; porque la desventurada de la mujer le tenía puestos hechizos en un idolillo de cobre que le había rogado le trajese por amor a ella al cuello, y éste nadie había sido poderoso de podérsele[7] quitar.

Yo no creo es verdad esto de hechizos determinadamente[8], mas diré esto que yo vi, para aviso de que se guarden los hombres de mujeres que este trato quieren tener y crean que, pues pierden la vergüenza a Dios (que ellas más que los hombres son obligadas a tener honestidad), que ninguna cosa de ellas pueden confiar; y que, a trueco de llevar adelante su voluntad y aquella afeción que el demonio les pone, no miran nada. Aunque yo he sido tan ruin, en ninguna desta suerte yo no caí, ni jamás pretendí hacer mal ni, aunque pudiera, quisiera forzar la voluntad para que me la tuvieran, porque me guardó el Señor de esto; mas si me dejara, hiciera el mal que hacía en lo demás, que de mí ninguna cosa hay que fiar.

6. Pues, como supe esto, comencé a mostrarle más amor: mi intención buena era, la obra mala; pues por hacer bien, por grande que sea, no había de hacer un pequeño mal. Tratábale muy ordinario de Dios: esto debía aprovecharle aunque más creo le hizo al caso el quererme mucho; porque, por hacerme placer, me vino a dar el idolillo, el cual le hice echar luego en un río. Quitado esto, comenzó como quien despierta de un gran sueño a irse acordando de todo lo que había hecho aquellos años; y espantándose de sí, doliéndose de su perdición, vino a comenzar a aborrecerla. Nuestra Señora le debía ayudar mucho, que era muy devoto de su Conceción, y en aquel día hacía gran fiesta. En fin, dejó del todo de verla y no se hartaba de dar gracias a Dios por haberle dado luz.

A cabo de un año en punto, desde el primer día que yo le vi, murió; ya había estado muy en servicio de Dios, porque

---

[6] En el original se lee *vey,* aunque de modo sistemático la santa suele escribir «vi».

[7] Teresa emplea normalmente leísmo y laísmo. He aquí un ejemplo. Con ello se da muestra inequívoca de estos usos en el siglo XVI, de acuerdo con los estudios de H. Keniston a este respecto.

[8] Sobre el tema de los hechizos en Santa Teresa, véase la referencia de E. Llamas en su estudio incluido en *Introducción a la lectura de Santa Teresa,* cit., especialmente páginas 231-236; y, sobre todo, J. Caro Baroja, *Vidas mágicas e Inquisición,* Madrid, Taurus, 1969, 2 vols.

aquella afición grande que me tenía, nunca entendí ser mala, aunque pudiera ser con más puridad: mas también hubo ocasiones para que, si no se tuviera muy delante a Dios, hubiera ofensas suyas más graves. Como he dicho, cosa que yo entendiera era pecado mortal, no la hiciera entonces; y paréceme que le ayudaba a tenerme amor ver esto en mí; que creo todos los hombres deben ser más amigos de mujeres que ven inclinadas a virtud; y aun para lo que acá pretenden deben de ganar con ellos más por aquí, sigún después diré. Tengo por cierto está en carrera de salvación. Murió muy bien y muy quitado de aquella ocasión; parece quiso el Señor que por estos medios se salvase.

7. Estuve en aquel lugar tres meses con grandísimos trabajos, porque la cura fue más recia que pedía mi complexión: a los dos meses, a poder de medicinas, me tenía casi acabada la vida, y el rigor del mal de corazón de que me fui a curar era mucho más recio, que algunas veces me parecía con dientes agudos me asían de él, tanto que se temió era rabia. Con la falta grande de virtud[9] (porque ninguna cosa podía comer, si no era bebida, de grande hastío), calentura muy continua, y tan gastada, porque casi un mes me habían dado una purga cada día, estaba tan abrasada, que se conmenzaron a encoger los niervos[10], con dolores tan incomportables, que día ni noche ningún sosiego podía tener; una tristeza muy profunda.

Con esta ganancia me tornó a traer mi padre adonde tornaron a verme médicos. Todos me desahuciaron, que decían sobre todo este mal estaba hética[11]. Desto se me daba a mí poco; los dolores eran los que me fatigaban, porque eran en un ser[12]

---

[9] *Virtud* tiene aquí el valor clásico de «vigor», «fuerza», «valentía» (del latín *virtus,* «actividad o fuerza de las cosas»). No es raro el sentido etimológico en Santa Teresa, que revela, evidentemente, reminiscencias librescas.

[10] Se trata de «nervios». Véase la curiosa metátesis de procedencia popular. *«Incomportables»* con el sentido de «insoportables», también voz popular.

[11] *Hética,* de «héctico»: «tísico», «tuberculoso». En el texto aparece como adjetivo, «perteneciente o relativo a la tuberculosis». Puede tener, asimismo, el sentido figurado de «persona que está muy flaca y casi en los huesos», sentido más usual en el habla corriente del siglo XVI.

[12] La expresión *«en un ser»* aparece en Santa Teresa con el doble sentido de «continuamente» y «por completo». En el presente texto parece más bien «ininterrumpidamente» o bien «en todo el cuerpo».

desde los pies hasta la cabeza; porque de niervos son intolerables, según decían los médicos, y como todos se encogían, cierto —si yo no lo hubiera por mi culpa perdido— era recio tormento.

En esta reciedumbre no estaría más de tres meses, que parecía imposible poderse sufrir tantos males juntos. Ahora me espanto y tengo por gran merced del Señor la paciencia que Su Majestad me dio, que se vía claro venir de Él. Mucho me aprovechó para tenerla haber leído la historia de Job en los Morales de San Gregorio[13], que parece previno al Señor con esto y con haber comenzado a tener oración, para que yo lo pudiese llevar con tanta conformidad. Todas mis pláticas eran con Él. Traía muy ordinario estas palabras de Job en el pensamiento y decíalas: *Pues recibimos los bienes de la mano del Señor, ¿por qué no sufriremos los males?* Esto parece me ponía esfuerzo.

9. Vino la fiesta de Nuestra Señora de Agosto, que hasta entonces desde abril había sido el tormento, aunque los tres postreros meses mayor. Di priesa a confesarme, que siempre era muy amiga de confesarme a menudo. Pensaron que era miedo de morirme; y por no me dar pena mi padre no me dejó. ¡Oh amor de carne demasiado, que aunque sea de tan católico padre y tan avisado (que lo era harto, que no fue inorancia) me pudiera hacer gran daño! Dióme aquella noche un parajismo[14] que me duró estar sin ningún sentido cuatro días poco menos. En esto me dieron el sacramento de la Unción, y cada hora y memento[15] pensaban espiraba, y no hacían sino decirme el Credo, como si alguna cosa entendiera. Teníanme a veces por tan muerta, que hasta le cera me hallé después en los ojos.

---

[13] Se conserva aún en el convento de San José de Ávila un ejemplar de esta obra, muy anotado, que pudo manejar la santa. La obra apareció en su versión castellana con el título de *Los Morales de san Gregorio, Papa, Doctor de la Iglesia,* por Alonso Álvarez de Toledo. Hay dos ediciones en Sevilla de 1514 y 1527.

[14] *Parajismo:* «paroxismo». Se trata, como otras veces, de un vulgarismo, posiblemente intencionado, ya que es difícil imaginar que la santa, en relación constante con personas cultas, desconociera el nombre exacto. En el texto tiene el sentido general de «exacerbación» o «acceso violento de una enfermedad con pérdida de sentido durante largo tiempo». Alguna vez aparece también en la obra con el sentido figurado de «exaltación extrema de los afectos o pasiones».

[15] Vacilación vocálica característica. No señalaremos de aquí en adelante estos abundantísimos casos, salvo por motivo justificado.

La pena de mi padre era grande de no me haber dejado confesar; clamores y oraciones a Dios, muchas. Bendito sea Él, que quiso oírlas, que tiniendo día y medio abierta la sepoltura en mi monesterio, esperando el cuerpo allá, y hechas las honras en uno de nuestros frailes fuera de aquí, quiso el Señor tornase en mí[16]. Luego me quise confesar. Comulgué con hartas lágrimas, mas a mi parecer que no eran con el sentimiento y pena de sólo haber ofendido a Dios, que bastara para salvarme, si el engaño que traía de los que me habían dicho que no eran algunas cosas pecado mortal, que cierto he visto después lo eran, no me aprovechara. Porque los dolores eran incomportables, con que quedé el sentido poco, aunque la confesión entera, a mi parecer, de todo lo que entendí había ofendido a Dios[17]; que esta merced me hizo Su Majestad, entre otras, que nunca después que comencé a comulgar, dejé cosa por confesar que yo pensase era pecado, aunque fuese venial, que le dejase de confesar; mas sin duda me parece que lo iba harto mi salvación si entonces me muriera, por ser los confesores tan poco letrados por una parte, y por otra ser yo tan ruin, y por muchas.

11. Es verdad, cierto, que me parece estoy con tan gran espanto llegando aquí y viendo cómo parece me resucitó el Señor, que estoy casi temblando entre mí. Paréceme fuera

---

[16] Fue un hecho real del que nos queda la referencia exacta del primer biógrafo de la santa, el padre Ribera, que dice literalmente: «La sepultura estaba abierta en la Encarnación, y estaban esperando el cuerpo para enterrarle, y monjas estaban allí, de la Encarnación, que habían enviado para estar con el cuerpo, y hubiéranla enterrado si su padre no lo estorbara muchas veces contra el parecer de todos, porque conocía mucho de pulso y no se podía persuadir que estuviese morta; y cuando le decían que se enterrase, decía: "esta hija no es para enterrar".» «Velándola una noche de éstas, Lorenzo de Cepeda, su hermano, se durmió, y una vela que tenía sobre la cama se acabó, y se quemaban las almohadas y mantas y colcha de la cama, y si él no despertara al humo, se pudiera quemar o acabar de morir la enferma» (p. Ribera, *Vida,* libro I).

[17] Aquí el sentido varía notablemente según la puntuación que adoptemos. Para nosotros está clara la idea de que Teresa quedó con poco sentido tras un período tan largo de pérdida de conocimiento, pese a lo cual, su confesión fue lo más completa posible, o, al menos, no omitió, conscientemente, ningún pecado. La mayoría de los editores, entre ellos el padre Silverio, Tomás de la Cruz, padre Efrén, etc., puntúan: «dolores con que quedé; el sentido poco». No parece que esta puntuación respete lo que Teresa quiso decir.

bien, oh ánima mía, que miraras del peligro que el Señor te había librado, y ya que por amor no le dejabas de ofender, lo dejaras por temor, que pudiera otras mil veces matarte en estado más peligroso. Creo no añado muchas en decir otras mil, aunque me riña quien me mandó moderase el contar mis pecados, y harto hermoseados van.

Por amor de Dios le pido de mis culpas no quite nada, pues se ve más aquí la manificencia de Dios y lo que sufre un alma. Sea bendito para siempre: plega a Su Majestad que antes me consuma que le deje yo más de querer.

CAPÍTULO VI

Trata de lo mucho que debió al Señor en darle conformidad con tan grandes trabajos; y cómo tomó por medianero y abogado al glorioso San Josef, y lo mucho que le aprovechó.

1. Quedé de estos cuatro días de parajismo de manera que sólo el Señor puede saber los incomportables tormentos que sentía en mí. La lengua hecha pedazos de mordida; la garganta de no haber pasado nada y de la gran flaqueza, que me ahogaba, que aun el agua no podía pasar; toda me parecía estaba descoyuntada, con grandísimo desatino en la cabeza; toda encogida, hecha un ovillo, porque en esto paró el tormento de aquellos días, sin poderme menear ni brazo, ni pie, ni mano, ni cabeza, más que si estuviera muerta, si no me meneaban; sólo un dedo me parece podía menear de la mano derecha[1]. Pues llegar a mí, no había cómo; porque todo estaba tan lastimado, que no lo podía sufrir. En una sábana, una de un cabo y otra de otro[2], me meneaban: esto fue hasta Pascua florida.

---

[1] *Lengua hecha pedazos.* No ha faltado quien ha hecho medicina arqueológica a propósito de este pasaje. No cabe duda que padeció una enfermedad del sistema nervioso de tipo epiléptico, cuyas secuelas clínicas están aquí perfectamente descritas.

[2] *De otro.* Esta expresión no aparece en el original. Debe tratarse de un descuido de los habituales en Santa Teresa, ya que de otra manera no tiene sentido. Se añadió ya en la edición príncipe.

Sólo tenía que, si no llegaban a mí, los dolores me cesaban muchas veces; y a cuento de descansar un poco, me contaba por buena, que traía temor me había de faltar la paciencia; y ansí quedé muy contenta de verme sin tan agudos y continuos dolores, aunque a los recios fríos de cuartanas dobles[3], con que quedé recísimas, los tenía incomportables: el hastío muy grande[4].

2. Di luego tan gran priesa de irme a el monesterio, que me hice llevar ansí[5]. A la que esperaban muerta recibieron con alma; mas con el cuerpo peor que muerto, para dar pena verle. El extremo de flaqueza no se puede decir, que sólo los huesos tenía ya. Digo que estar ansí me duró más de ocho meses; el estar tullida, aunque iba mijorando, casi tres años. Cuando comencé a andar a gatas, alababa a Dios. Todos los pasé con gran conformidad; y, si no fue estos principios, con gran alegría, porque todo se me hacía nonada[6] comparado con los dolores y tormentos del principio: estaba muy conforme con la voluntad de Dios, aunque me dejase ansí siempre.

Paréceme era toda mi ansia de sanar por estar a solas en oración, como venía mostrada[7], porque en la enfermería no había aparejo[8]. Confesábame muy a menudo. Trataba mucho de Dios, de manera que edificaba a todas, y se espantaban de la paciencia que el Señor me daba; porque, a no venir de mano de Su Majestad, parecía imposible poder sufrir tanto mal con tanto contento.

3. Gran cosa fue haberme hecho la merced en la oración que me había hecho; que ésta me hacía entender qué cosa era amarle; porque de aquel poco tiempo vi nuevas en mí estas

---

3 *Cuartanas dobles.* Los cuartanas son fiebres, casi siempre de origen palúdico, que entran con frío, de cuatro en cuatro días. «Cuartana doble» es la que repite dos días, con uno de intervalo. Pertenecía la palabra al léxico de los médicos desde la latinidad (lat. *quartāna).*

4 *El hastío muy grande.* Son muy frecuentes en el estilo de la santa estas frases rotundas y cortantes, que vienen a ser como un epifonema o resumen lapidario de un contexto general, y que dan a su prosa un tono directo característico.

5 El retorno al convento de la Encarnación debió ser en agosto de 1539. La santa tenía veinticinco años. Hasta abril de 1542 no se sintió curada. Estos años de increíbles penalidades físicas transcurren, pues, entre sus veinticinco y veintisiete de edad.

6 *Nonada:* «poco» o «muy poco».

7 *Venía mostrada:* «acostumbrada con anterioridad».

8 *Aparejo:* «posibilidad», «disposición», «ambiente propicio».

virtudes, aunque no fuertes, pues no bastaron a sustentarme en justicia: no tratar mal de nadie por poco que fuese, sino lo ordinario era escusar toda mormuración, porque traía muy delante cómo no había de querer ni decir de otra persona lo que no quería dijesen de mí. Tomaba esto en harto estremo para las ocasiones que había, aunque no tan perfetamente que algunas veces, cuando me las daban grandes, en algo no quebrase: mas lo continuo era esto; y ansí a las que estaban conmigo y me trataban persuadía tanto a esto, que se quedaron en costumbre. Vínose a entender que adonde yo estaba tenían siguras las espaldas, y en esto estaban con las que yo tenía amistad y deudo[9], y enseñaba; aunque en otras cosas tengo bien que dar cuenta a Dios del mal enjemplo que les daba. Plega a Su Majestad me perdone, que de muchos males fui causa, aunque no con tan dañada intención como después sucedía la obra.

4. Quedóme deseo de soledad, amiga de tratar y hablar en Dios; que si yo hallara con quién, más contento y recreación me daba que toda la pulicía[10] (u grosería, por mejor decir), de la conversación del mundo; comulgar y confesar muy más a menudo y desearlo; amiguísima[11] de leer buenos libros; un grandísimo arrepentimiento en habiendo ofendido a Dios, que muchas veces me acuerdo que no osaba tener oración, porque temía la grandísima pena que había de sentir de haberle ofendido, como un gran castigo. Esto me fue creciendo después en tanto estremo, que no sé yo a qué compare este tormento. Y no era poco ni mucho por temor jamás, sino como se me acordaba los regalos que el Señor me hacía en la oración y lo mucho que le debía, y vía cuán mal se lo pagaba, no lo podía sufrir[12], y enojábame en estremo de las muchas lágrimas que por la culpa lloraba cuando vía mi poca enmienda, que ni bastaban determinaciones ni fatiga en que me vía para no tornar a caer en puniéndome en la ocasión. Parecíanme lágrimas engañosas y parecíame ser después mayor la culpa, porque vía la gran merced que me hacía el Señor en dármelas, y tan

---

[9] *Deudo.* En sentido general, «parentesco». Santa Teresa lo emplea también en la acepción concreta de «pariente».

[10] *Pulicía.* Aquí con significado preciso de «cortesía», «urbanidad», «modales de etiqueta y buena crianza». Está relacionado con el sentido etimológico de «buen orden» (del griego «politeya»).

[11] *Amiguísima:* vulgarismo muy frecuente en Santa Teresa por «amicísima».

[12] *Sufrir:* «resistir», «soportar», «aguantar».

gran arrepentimiento. Procuraba confesarme con brevedad y, a mi parecer, hacía de mi parte lo que podía para tornar en gracia.

Estaba todo el daño en no quitar de raíz las ocasiones y en los confesores, que me ayudaban poco; que, a decirme en el peligro que andaba y que tenía obligación a no traer aquellos tratos, sin duda creo se remediara, porque en ninguna vía sufriera andar en pecado mortal sólo un día, si yo lo entendiera.

Todas estas señales de temer a Dios me vinieron con la oración, y la mayor era ir envuelto en amor, porque no se me ponía delante el castigo. Todo lo que estuve tan mala me duró mucha guarda de mi conciencia cuanto a pecados mortales. ¡Oh, válame Dios, que deseaba yo la salud para más servirle y fue causa de todo mi daño!

5. Pues, como me vi tan tullida y en tan poca edad, y cuál me habían parado los médicos de la tierra, determiné acudir a los del cielo para que me sanasen, que todavía deseaba la salud, aunque con mucha alegría lo llevaba. Y pensaba algunas veces que si estando buena me había de condenar, que mejor estaba ansí; mas todavía pensaba que servía mucho más a Dios con la salud. Este es nuestro engaño: no nos dejar del todo a lo que el Señor hace, que sabe mijor lo que nos conviene.

6. Comencé a hacer devoción de misas y cosas muy aprobadas de oraciones, que nunca fui amiga de otras devociones que hacen algunas personas, en especial mujeres, con ceremonias que yo no podía sufrir y a ellas les hacía devoción: después se ha dado a entender no convenían, que eran supresticiosas [13], y tomé por abogado y señor a el glorioso San Josef, y encomendéme mucho a él. Vi claro que ansí desta necesidad como de otras mayores de honra y pérdida de alma este padre y señor mío me sacó con más bien que yo le sabía pedir. No me acuerdo hasta ora [14] haberle suplicado cosa que la haya dejado de hacer. Es cosa que espanta las grandes mercedes que me ha hecho Dios por medio de este bienaventurado santo, de los peligros que me ha librado, ansí de cuerpo como de alma; que a otros santos parece les dio el Señor gracia para socorrer en una necesidad; a este glorioso santo tengo espiriencia que

---

[13] *Supresticiosas:* «supersticiosas», vulgarismo.

[14] Todos los editores, excepto fray Luis, modernizan la palabra. Preferimos, sin embargo, la grafía teresiana *ora* por «ahora».

socorre en todas, y que quiere el Señor darnos a entender que así como le fue sujeto en la tierra (que como tenía nombre de padre, siendo ayo, le podía mandar) ansí en el cielo hace cuanto le pide.

Esto han visto otras algunas personas, a quien yo decía se encomendasen a él, también por espiriencia: y ansí[15] hay muchas que le son devotas de nuevo, espirimentando esta verdad.

7. Procuraba yo hacer su fiesta con toda la solemnidad que podía, más llena de vanidad que de espíritu, queriendo se hiciese muy curiosamente y bien, aunque con buen intento. Mas esto tenía malo, si algún bien el Señor me daba gracias que hiciese, que era lleno de imperfeciones y con muchas faltas. Para el mal y curiosidad y vanidad tenía gran maña y diligencia. El Señor me perdone.

Querría yo persuadir a todos fuesen devotos de este glorioso santo, por la gran espiriencia que tengo de los bienes que alcanza de Dios. No he conocido persona que de veras le sea devota y haga particulares servicios, que no la vea más aprovechada en la vitud; porque aprovecha en gran manera a las almas que a él se encomiendan. Paréceme ha algunos años que cada año en su día le pido una cosa y siempre la veo cumplida; si va algo torcida la petición, él la endereza para más bien mío.

8. Si fuera persona que tuviera autoridad de escribir, de buena gana me alargara en decir muy por menudo las mercedes que ha hecho este glorioso santo a mí y a otras personas; mas por no hacer más de lo que me mandaron[16], en muchas cosas seré corta, más de lo que quisiera; en otras más larga que era menester; en fin, como quien en todo lo bueno tiene poca descrición[17]. Sólo pido por amor de Dios que lo pruebe quien no me creyere, y verá por espiriencia el gran bien que es encomendarse a este glorioso Patriarca y tenerle devoción. En

---

15 El texto no aparece claro en este punto. Unos editores incluyen la palabra «aún», mientras los padres Efrén y Otger Steggink dicen *ansí*. Nos decidimos por esta última lectura, tras consultar el manuscrito.

16 Obsérvese la constante referencia que la santa hace a que escribe por obediencia. Ello es elemento determinante en la estructura de la obra, como hemos podido comprobar. Véase introducción.

17 Evidentemente quiere decir «discreción», con fuerte metátesis popular.

especial personas de oración siempre le habían de ser aficionadas; que no sé cómo se puede pensar en la Reina de los Ángeles, en el tiempo que tanto pasó con el niño Jesús, que no den gracias a San Josef por lo bien que les ayudó en ellos. Quien no hallare maestro que le enseñe oración, tome este glorioso santo por maestro y no errará en el camino. Plega al Señor no haya yo errado en atreverme a hablar en el[18]; porque aunque publico serle devota, en los servicios y en imitarle siempre he faltado.

Pues él hizo, como quien es, en hacer de manera que pudiese levantarme y andar y no estar tullida; y yo, como quien soy, en usar mal desta merced.

9. ¡Quién dijera que había tan presto de caer después de tantos regalos de Dios, después de haber comenzado Su Majestad a darme virtudes, que ellas mesmas me despertaban a servirle; después de haberme visto casi muerta, y en tan gran peligro de ir condenada; después de haberme resucitado alma y cuerpo, que todos los que me vieron se espantaban de verme viva! ¡Qué es esto, Señor mío! ¿En tan peligrosa vida hemos de vivir? Que escribiendo esto estoy y me parece que con vuestro favor y por vuestra misericordia podría decir lo que san Pablo, aunque no con esa perfección: *Que no vivo yo ya, sino que Vos, Criador mío, vivís en mí,* sigún ha algunos años que, a lo que puedo entender, me tenéis de vuestra mano, y me veo con deseos y determinaciones y en alguna manera probada por espiriencia en estos años en muchas cosas, de no hacer cosa contra vuestra voluntad, por pequeña que sea, aunque debo hacer hartas ofensas a Vuestra Majestad sin entenderlo. Y también me parece que no se me ofrecerá cosa por vuestro amor que con gran determinación me deje de poner a ella, y en algunas me habéis Vos ayudado para que salga con ellas; y no quiero mundo, ni cosa de él, ni me parece me da contento cosa que no salga de Vos[19], y lo demás me parece pesada cruz.

Bien me puedo engañar, y ansí será, que no tengo esto que he dicho; mas bien véis Vos, mi Señor, que, a lo que puedo entender, no miento, y estoy temiendo, y con mucha razón, si me habéis de tornar a dejar; porque ya sé a lo que llega mi

---

[18] *Hablar en.* Así aparece por sistema en la santa. Hoy se diría «hablar de».

[19] *Cosa que no salga de Vos:* es decir, «nada excepto Vos». El empleo de «cosa» parece un italianismo, frecuente, por otra parte, en la época y que la santa recoge.

fortaleza y poca virtud, en no me la estando Vos dando siempre y ayudando para que no os deje[20]; y plega a Vuestra Majestad que aún ahora no esté dejada de Vos, pareciéndome todo esto de mí.

No sé cómo queremos vivir, pues es todo tan incierto. Parecíame a mí, Señor mío, ya imposible dejaros tan del todo a Vos; y como tantas veces os dejé, no puedo dejar de temer; porque en apartándoos un poco de mí, daba con todo en el suelo. Bendito seáis por siempre, que, aunque os dejaba yo a Vos, no me dejasteis Vos a mí tan del todo que no me tornase a levantar, con darme Vos siempre la mano; muchas veces, Señor, no la quería, ni quería entender cómo muchas veces me llamábades[21] de nuevo, como ahora diré.

---

20 Nótese la construcción condicional «en + gerundio», frecuente hasta bien avanzado el siglo XIX.

21 Respetamos las formas verbales en «— des» *(amabades),* que la mayoría de los editores teresianos modernizan.

CAPÍTULO VII

Trata por los términos que fue perdiendo las mercedes que el Señor le había hecho y cuán perdida vida comenzó a tener: dice los daños que hay en no ser muy encerrados los monesterios de monjas.

1. Pues ansí comencé de pasatiempo en pasatiempo, de vanidad en vanidad, de ocasión en ocasión [1], a meterme tanto en muy grandes ocasiones y andar tan estragada mi alma en muchas vanidades, que ya yo tenía vergüenza de en tan particular amistad como es tratar de oración tornarme a llegar a Dios; y ayudóme a esto que, como crecieron los pecados, comenzóme a faltar el gusto y regalo en las cosas de virtud. Vía yo muy claro, Señor mío, que me faltaba esto a mí por faltaros yo a Vos [2]. Éste fue el más terrible engaño que el demonio me podía hacer debajo de parecer humildad, que comencé a temer de

---

[1] Observemos el regusto literario en la expresión paralelística: *de pasatiempo en pasatiempo, de vanidad en vanidad, de ocasión en ocasión.*

[2] Santa Teresa gusta sistemáticamente de autoinjuriarse. Repite la acusación de su «ruin vida» a lo largo de toda la obra y especialmente en estos capítulos. Ello ha levantado la consiguiente discusión entre sus estudiosos (especialmente carmelitas), sobre el alcance real de estas faltas que ella se imputa. Todos aducen testimonios del padre Báñez y otros teólogos acerca de la exageración de estas frases. Evidetemente, así es. No anda muy lejos en esta actitud de la postura barroca de quienes se autoinjurian para así estar en disposición de criticar cualquier cosa. Pese a ello no salen de su pluma, sino muy escasa y veladamente, juicios negativos sobre personas y hechos.

tener oración, de verme tan perdida[3], y parecíame era mejor andar como los muchos[4], pues en ser ruin era de los peores, y rezar lo que estaba obligada y vocalmente, que no tener oración mental y tanto trato con Dios la que merecía estar con los demonios, y que engañaba a la gente, porque en lo exterior tenía buenas apariencias; y ansí no es de culpar a la casa donde estaba, porque con mi maña procuraba me tuviesen en buena opinión, aunque no de advertencia fingiendo cristiandad; porque en esto de yproquesía[5] y vanagloria, gloria a Dios, jamás me acuerdo haberle ofendido que yo entienda; que en viéndome primer movimiento, me daba tanta pena, que el demonio iba con pérdida y yo quedaba con ganancia, y ansí en esto muy poco me ha tentado jamás. Por ventura si Dios permitiera me tentara en esto tan recio como en otras cosas, también cayera; mas Su Majestad hasta ahora me ha guardado en esto, sea por siempre bendito; antes me pesaba mucho de que me tuviesen en buena opinión, como yo sabía lo secreto de mí.

2. Este no me tener por tan ruin venía que[6], como me vían tan moza y en tantas ocasiones, y apartarme muchas veces a soledad, a rezar y leer mucho, hablar de Dios, amiga de hacer pintar su imagen en muchas partes[7] y de tener oratorio y procurar en él cosas que hiciesen devoción, no decir mal, otras cosas desta suerte, que tenían apariencia de virtud; y yo que de vana me sabía estimar en las cosas que en el mundo se suelen tener por estima; con esto me daban tanto y más libertad que

---

[3] La etapa que abarca en estas referencias va de 1542 a 1543.

[4] *Andar como los muchos.* Probablemente es una alusión a la frase de San Mateo (cap. VII, ver. 13): «Cuán espacioso es el camino de la muerte y muchos son los que van por él». Es decir, la santa insinúa que abandonar la oración es «andar como los muchos», «ir por el camino de la perdición». (Cfr. fray Tomás de la Cruz, ed. cit., página 50.)

[5] *Yproquesía:* «hipocresía», vulgarismo con la frecuente metátesis de líquidas.

[6] *Venía que:* «provenía de que».

[7] *Hacer pintar su imagen.* Observemos, de nuevo, el carácter realista y físico de la religiosidad teresiana, que necesita de la imagen concreta, muchas veces repetida, para sentirse movida a devoción. Esta valoración de lo concreto (carácter fundamental de la literatura española como vio M. Pidal), ha sido destacada insistentemente por el profesor Orozco a propósito de San Juan de la Cruz *(Poesía y mística,* Madrid, Guadarrama, 1968).

a las muy antiguas, y tenían gran siguridad de mí; porque tomar yo libertad ni hacer cosa sin licencia, digo por agujeros o paredes o de noche, nunca me parece lo pudiera acabar conmigo en monesterio hablar desta suerte, ni lo hice, porque me tuvo el Señor de su mano. Parecíame a mí (que con advertencia y de propósito miraba muchas cosas) que poner la honra de tantas en aventura, por ser yo ruin, siendo ellas buenas, que era muy mal hecho; ¡como si fuera bien otras cosas que hacía! A la verdad no iba el mal de tanto acuerdo como esto fuera, aunque era mucho.

3. Por esto me parece a mí me hizo harto daño no estar en monesterio encerrado[8], porque la libertad que las que eran buenas podían tener con bondad (porque no debían más, que no se prometía clausura), para mí, que soy ruin, hubiérame cierto llevado al infierno si con tantos remedios y medios, el Señor, con muy particulares mercedes suyas, no me hubiera sacado de este peligro; y ansí me parece lo es grandísimo[9] monesterio de mujeres con libertad; y que más me parece es paso para caminar al infierno las que quisieren ser ruines, que remedio para sus flaquezas.

Esto no se tome por el mío[10], porque hay tantas que sirven muy de veras y con mucha perfición al Señor, que no puede Su Majestad dejar (sigún es bueno) de favorecerlas, y no es de los muy abiertos, y en él se guarda toda relisión, sino de otros que yo sé y he visto.

4. Digo que me hace gran lástima; que ha menester el Señor hacer particulares llamamientos —y no una vez, sino muchas— para que se salven, sigún están autorizadas las honras y recreaciones del mundo[11], y tan mal entendido a lo que están obligadas, que plega a Dios no tengan por virtud lo que es pecado, como muchas veces yo lo hacía; y hay tan gran

---

[8] En estos párrafos se nos describe de forma muy clara la vida conventual de entonces. Las monjas disponían de bastantes libertades y autonomía: comunicación con el exterior, mensajes por agujeros, paredes y tapias, amparándose en la noche, etc. La santa se refería a la inconveniencia de estas prácticas, que hacían de los conventos lugar propicio para toda clase de relajamientos. Aún no se habían aplicado las leyes del Concilio de Trento sobre la clausura religiosa.

[9] Se sobreentiende «peligro».

[10] *El mío.* Se refiere al de la Encarnación, convento primero en el que ella profesó, no al de San José (su fundación abulense).

[11] *Honras y recreaciones del mundo.* Nueva insistencia en el relajamiento de las costumbres conventuales.

dificultad en hacerlo entender, que es menester el Señor ponga muy de veras en ello su mano.

Si los padres tomasen mi consejo, ya que no quieran mirar a poner sus hijas adonde vayan camino de salvación, sino con más peligro que en el mundo, que lo miren por lo que toca a su honra; y quieran más casarlas muy bajamente, que meterlas en monesterios semejantes, si no son muy bien inclinadas y plega a Dios aproveche, o se las tengan en su casa. Porque, si quieren ser ruines, no se podrá encubrir sino poco tiempo, y acá muy mucho, y en fin lo descubre el Señor; y no sólo daña a sí, sino a todas; y a las veces las pobrecitas no tienen culpa, porque se van por lo que hallan; y es lástima de muchas que se quieren apartar del mundo y, pensando que se van a servir al Señor y apartar de los peligros del mundo, se hallan en diez mundos juntos, que ni saben cómo se valer ni remediar; que la mocedad y sensualidad y demonio[12] las convida y enclina a siguir algunas cosas que son del mesmo mundo; ve allí que lo tienen por bueno, a manera de decir. Paréceme como los desventurados de los herejes, en parte, que se quieren cegar y hacer entender que es bueno aquello que siguen, y que lo creen ansí sin creerlo, porque dentro de sí tienen quien les diga que es malo.

5. ¡Oh grandísimo mal, grandísimo mal de religiosos (no digo ahora más mujeres que hombres) adonde no se guarda religión!; adonde en un monesterio hay dos caminos: de virtud y religión, y falta de religión, y todos casi se andan por igual; antes mal dije, no por igual, que por nuestros pecados camínase más el más imperfeto, y, como hay más de él, es más favorecido. Úsase tan poco el de la verdadera relisión, que más ha de temer el fraile y la monja que ha de comenzar de veras a siguir del todo su llamamiento a los mesmos de su casa, que a todos los demonios; y más cautela y disimulación ha de tener para hablar en la amistad que desea de tener con Dios, que en otras amistades y voluntades que el demonio ordena en los monesterios. Y no sé de qué nos espantamos haya tantos males en la Ilesia, pues los que habían de ser los dechados para que todos sacasen virtudes, tienen tan borrada la labor que el espíritu de los santos pasados dejaron en las relisiones[13]. Plega la divina

---

12 *Mocedad, sensualidad y demonio.* La santa observa perfectamente la gradación, ascendente, de acuerdo con sus convicciones. No era nada mojigata y conocía los motivos concretos que no intenta ocultar.

13 Concordancia por proximidad. García de la Concha ha estudiado las motivaciones estilísticas de muchas de estas concordancias.

Majestad ponga remedio en ello, como ve que es menester, amén.

6. Pues comenzando yo a tratar estas conversaciones, no me pareciendo —como vía que se usaban— que había de venir a mi alma el daño y distraimiento que después entendí era semejantes tratos, parecióme que cosa tan general como es este visitar en muchos monesterios que no me haría a mí más mal que a las otras que yo vía eran buenas —y no miraba que eran muy mejores y que lo que en mí fue peligro en otras no le sería tanto, que alguno dudo yo le deja de haber, aunque no sea sino tiempo malgastado—, estando con una persona, bien al principio del conocerla, quiso el Señor darme a entender que no me convenían aquellas amistades, y avisarme y darme luz en tan gran ceguedad. Representóseme Cristo delante con mucho rigor dándome a entender lo que de aquello le pesaba: vile con los ojos del alma más claramente que le pudiera ver con los del cuerpo, y quedóme tan imprimido que ha esto más de veinte y seis años y me parece lo tengo presente. Yo quedé muy espantada y turbada, y no quería ver más a con quien [14] estaba.

7. Hízome mucho daño no saber yo que era posible ver nada si no era con los ojos de el cuerpo, y el demonio, que me ayudó a que lo creyese ansí y hacerme entender que era imposible, y que se me había antojado, y que podía ser el demonio y otras cosas desta suerte, puesto que [15] siempre me quedaba un parecerme era Dios y que no era antojo; más, como no era a mi gusto, yo me hacía a mí mesma desmentir; y yo, como no lo osé tratar con nadie, y tornó después a hacer gran importunación, asigurándome que no era mal ver persona semejante, ni perdía honra, antes que la ganaba, torné a la mesma conversación, y aun en otros tiempos a otras, porque fue muchos años los que tomaba esta recreación pestilencial, de que no me parecía a mí, como estaba en ello [16], tan malo como era, aunque a veces claro vía no era bueno; mas ninguna no [17]

---

[14] *A con quien:* «a la persona con quien». Se trata de una de las abundantísimas elipsis del texto.

[15] *Puesto que:* «aunque». El uso de las conjunciones en Santa Teresa es muy particular, incluso dentro del castellano de su época, pues su empleo preciso se hace desde supuestos arcaizantes; tal sucede aquí.

[16] *Como estaba en ello:* «puesto que era parte interesada».

[17] *Ninguna no:* «ninguna». Reiteración léxica en la negación, muy frecuente hasta 1590.

me hizo el destraimiento que esta que digo, porque la tuve mucha afeción.

8. Estando otra vez con la mesma persona, vimos venir hacia nosotros (y otras personas que estaban allí también lo vieron) una cosa a manera de sapo grande, con mucha más ligereza que ellos suelen andar[18]. De la parte que él vino no puedo yo entender pudiese[19] haber semejante sabandija en mitad del día ni nunca la habido[20], y la operación que hizo en mí me parece no era sin misterio; y tampoco esto se me olvidó jamás. ¡Oh grandeza de Dios, y con cuánto cuidado y piadad me estábades avisando de todas maneras, y qué poco me aprovechó a mí!

9. Tenía allí una monja que era mi parienta, antigua y gran sierva de Dios y de mucha relisión. Ésta también me avisaba algunas veces, y no sólo no la creía, mas desgustábame con ella, y parecíame se escandalizaba sin tener por qué. He dicho esto para que se entienda mi maldad y la gran bondad de Dios y cuán merecido tenía el infierno por tan gran ingratitud; y también porque, si el Señor ordenare y fuere servido en algún tiempo lea esto alguna monja, escarmienten en mí; y les pido yo, por amor de nuestro Señor, huyan de semejantes recreaciones. Plega a Su Majestad se desengañe alguna por mí de cuantas he engañado diciéndoles que no era mal, asigurando tan gran peligro con la ceguedad que yo tenía, que de propósito no las quería yo engañar; y por el mal

---

18 El padre Silverio dice literalmente: «A la izquierda de la puerta reglar de entrada al monasterio de la Encarnación, consérvase, en la parte baja, un reducido locutorio donde es tradición vio la santa el sapo de proposiciones desmesuradas, y también a Cristo en la forma que acaba de explicar unas líneas más arriba.» Ed. cit.

19 *Puedo... pudiese.* Nótese este ejemplo de derivación, recurso tradicional de la literatura de cancionero (siglo XV), que la santa utiliza insistentemente.

20 *Ni nunca la habido.* Es uno de los pasajes que ha merecido mayor detenimiento de editores y críticos. Los editores antiguos, empezando por fray Luis, supusieron que la autora había omitido el verbo auxiliar (ha), y simple y llanamente, lo intercalaron en el texto. Hoy se piensa, por el contrario, que se trata de una hermosa elipsis, característica del estilo teresiano, que muestra una vez más su concisión y gracia populares. Para nosotros el pasaje, reconstruido sería: «Ni nunca haberla habido», con lo que cobra valor literario de singular belleza la voluntaria omisión del verbo auxiliar.

ejemplo que las di, como he dicho, fui causa de hartos males, no pensando hacía tanto mal[21].

10. Estando yo mala en aquellos primeros días, antes que supiese valerme a mí, me daba grandísimo deseo de aprovechar a los otros; tentación muy ordinaria de los que comienzan, aunque a mí me sucedió bien. Como quería tanto a mi padre, deseábale con el bien que me parecía yo tenía con tener oración —que me parecía que en esta vida no podía ser mayor que tener oración—, y ansí, por rodeos, como pude, comencé a procurar con él la tuviese: dile libros para este propósito. Como era tan virtuoso como he dicho, asentóse también en él este ejercicio, que en cinco o seis años (me parece sería) estaba tan adelante, que yo alababa mucho al Señor, y dábame grandísimo consuelo. Eran grandísimos los trabajos que tuvo de muchas maneras: todos los pasaba con grandísima conformidad. Iba muchas veces a verme, que se consolaba en tratar cosas de Dios.

11. Ya después que yo andaba tan destraída[22] y sin tener oración, como vía pensaba que era la que solía, no lo pude sufrir sin desengañarle; porque estuve un año, y más, sin tener oración, como vía pensaba que era la que solía, no lo pude diré, fue la mayor tentación que tuve, que por ella me iba a acabar de perder: que con la oración un día ofendía a Dios y tornaba otros a recogerme y apartarme más de la ocasión. Como el bendito hombre venía con esto, hacíaseme recio verle tan engañado en que pensase trataba con Dios como solía, y díjele que ya yo no tenía oración, aunque no la causa. Púsele mis enfermedades por inconveniente, que aunque sané de aquella tan grave, siempre hasta ahora las he tenido y tengo bien grandes; aunque de poco acá no con tanta reciedumbre, mas no se quitan de muchas maneras. En especial tuve veinte años vómitos por las mañanas, que hasta más de mediodía me

---

[21] Este pasaje debe pertenecer a la última redacción del texto, pues en él se cuenta con un posible lector plural (las monjas) a quienes abiertamente habla. Cambia, por tanto, el punto de vista del narrador, ya que en la mayor parte de la obra tiene como interlocutor al padre García de Toledo, destinatario inicial. Este cambio de perspectiva tiene evidente reflejo en la estructura del libro, según comprobamos. (Véase la Introducción.)

[22] No aparece clara esta palabra en el original. Unos editores dicen «destruida» y otros «destraída» (por «distraída»). Preferimos, con fray Luis, esta última lectura.

acaecía no poder desayunarme; algunas veces más tarde. Después acá que frecuento más a menudo las comuniones es a la noche, antes que me acueste, con mucha más pena, que tengo yo de procurarle con plumas y otras cosas[23], porque si lo dejo es mucho el mal que siento, y casi nunca estoy a mi parecer sin muchos dolores, y algunas veces bien graves, en especial en el corazón; aunque el mal que me tomaba muy continuo es muy de tarde en tarde. Perlesía recia[24] y otras enfermedades de calenturas que solía tener muchas veces, me hallo buena ocho años ha. De estos males se me da ya tan poco que muchas veces me huelgo, pareciéndome en algo se sirve al Señor.

12. Y mi padre me creyó que era esta la causa, como[25] él no decía mentira, y ya, conforme a lo que yo trataba con él, no la había yo de decir. Díjele, porque mijor lo creyese (que bien vía yo que para esto no había disculpa), que harto hacía en poder servir el coro. Aunque tampoco era causa bastante para dejar cosa que no son menester fuerzas corporales para ella, sino sólo amar y costumbre; aunque el Señor da siempre oportunidad si queremos. Digo «siempre», que[26], aunque con ocasiones y aun en enfermedad algunos ratos impida para muchos ratos de soledad, no deja de haber otros que hay salud para esto; y en la mesma enfermedad y ocasiones es la verdadera oración, cuando es alma que ama, en ofrecer aquello y acordarse por quién lo pasa, y conformarse con ello y mil cosas que se ofrecen; aquí ejercita el amor, que no es por fuerza que ha de haberla cuando hay tiempo de soledad, y lo demás no ser oración. Con un poquito de cuidado, grandes bienes se hallan en el tiempo que con trabajos el Señor nos quita el tiempo de la oración, y ansí los había yo hallado cuando tenía buena conciencia.

13. Mas él[27], con la opinión que tenía de mí y el amor que me tenía, todo me lo creyó; antes me hubo lástima; mas como él estaba ya en tan subido estado, no estaba después tanto conmigo, sino, como me había visto, íbase, que decía era tiempo perdido. Como yo le gastaba en otras vanidades, dábaseme poco.

No fue sólo a él, sino a otras algunas personas las que

---

23 *Tengo yo de procurarle:* «tengo que provocar el vómito.»

24 *Perlesía:* «parálisis».

25 *Como.* Aquí con claro valor causal: «puesto que».

26 *Que:* «porque» (valor causal frecuente en Teresa).

27 *Mas él.* El padre, don Alonso.

procuré tuviesen oración. Aun andando yo en estas vanidades, como las vías amigas de rezar, las decía como ternían[28] meditación y les aprovechaba, y dábales libros; porque este deseo de que otras sirviesen a Dios, desde que comencé oración, como he dicho, le tenía. Parecíame a mí que, ya que yo no servía al Señor como lo entendía, que no se perdiese lo que me había dado Su Majestad a entender; y que le sirviesen otros por mí. Digo esto para que se vea la gran ceguedad en que estaba, que me dejaba perder a mí y procuraba ganar a otros.

14. En este tiempo dio a mi padre la enfermedad de que murió, que duró algunos días. Fuile yo a curar, estando más enferma en el alma que él en el cuerpo, en muchas vanidades, aunque no de manera que —a cuanto entendía— estuviese en pecado mortal en todo este tiempo más perdido que digo; porque, entendiéndolo yo, en ninguna manera lo estuviera. Pasé harto trabajo en su enfermedad; creo le serví algo de lo que él había pasado en las mías. Con estar yo harto mala me esforzaba, y con que en faltarme él me faltaba todo el bien y regalo, porque en un ser me le hacía[29], tuve gran ánimo para no le mostrar pena, y estar hasta que murió como si ninguna cosa sintiera, pareciéndome se arrancaba mi alma cuando vía acabar su vida, porque le quería mucho.

15. Fue cosa para alabar al Señor la muerte que murió, y la gana que tenía de morirse[30], los consejos que nos daba después de haber recibido la Estrema Unción, el encargarnos le encomendásemos a Dios y le pidiésemos misericordia para él, y que siempre le sirviésemos, que mirásemos se acababa todo; y con lágrimas nos decía la pena grande que tenía de no haberle servido, que quisiera ser un fraile, digo, haber sido de los más estrechos que hubiera. Tengo por muy cierto que quince días antes le dio el Señor a entender no había de vivir; porque antes de éstos, aunque estaba malo, no lo pensaba. Después, con tener mucha mijoría y decirlo los médicos, ningún caso hacía de ello, sino entendía en ordenar su alma.

16. Fue su principal mal de un dolor grandísimo de espaldas que jamás se le quitaba; algunas veces le apretaba tanto que le congojaba mucho. Díjele yo que, pues era tan devoto de

---

[28] *Ternían:* «tendrían».

[29] *En un ser me le hacía:* «Me regalaba en todo y continuamente». Tiene este mismo sentido en los capítulos 5.8 y 40.18.

[30] *Muerte..., murió..., morirse...* De nuevo, la derivación usual.

cuando el Señor llevaba la cruz acuestas, que pensase Su Majestad le quería dar a sentir algo de lo que había pasado con aquel dolor. Consolóse tanto que me parece nunca más le oí quejar. Estuvo tres días muy falto el sentido. El día que murió se le tornó el Señor tan entero que nos espantábamos; y le tuvo hasta que a la mitad de el Credo, diciéndole él mesmo, espiró. Quedó como un ángel; y ansí me parecía a mí lo era él, a manera de decir, en alma y dispusición, que la tenía muy buena.

No sé para qué he dicho esto, si no es para culpar más mi ruin vida después de haber visto tal muerte, y entender tal vida, que por parecerme en algo a tal padre la había yo de mijorar. Decía su confesor, què era dominico muy gran letrado[31]; que no dudaba de que se iba derecho al cielo, porque había algunos años que le confesaba y loaba su limpieza de conciencia[32].

Este padre dominico, que era muy bueno y temeroso de Dios, me hizo harto provecho, porque me confesé con él y tomó a hacer bien a mi alma con cuidado y hacerme entender la perdición que traía. Hacíame comulgar de quince a quince días; y poco a poco, comenzándole a tratar, tratéle de mi oración. Díjome que no la dejase, que en ninguna manera me podía hacer sino provecho. Comencé a tornar a ella, aunque no a quitarme de las ocasiones, y nunca más la dejé.

Pasaba una vida trabajosísima, porque en la oración entendía más mis faltas. Por una parte me llamaba Dios, por otra yo siguía a el mundo. Dábanme gran contento todas las cosas de Dios; teníanme atada las de el mundo. Parece que quería concertar estos dos contrarios, tan enemigo uno de otro, como es vida espiritual y contentos y gustos y pasatiempos sensuales. En la oración pasaba gran trabajo, porque no andaba el espíritu señor, sino esclavo; y ansí no me podía encerrar dentro de mí (que era todo el modo de proceder que llevaba en la oración) sin encerrar conmigo mil vanidades.

Pasé ansí muchos años, que ahora me espanto qué sujeto bastó a sufrir[33] que no dejase lo uno u lo otro; bien sé que

---

[31] El padre Vicente Barrón, de relevante significación en la vida de la santa.

[32] Murió don Alonso el 24 de diciembre de 1543. Otorgó testamento el día 3 de diciembre. Fue enterrado en la parroquia de San Juan Bautista de Ávila. (Cfr. *Tiempo y vida,* cit., donde hay abundantes datos sobre su personalidad.)

[33] *Qué sujeto bastó a sufrir:* «qué cosa me permitió».

dejar la oración no era ya en mi mano, porque me tenía con las suyas el que me quería para hacerme mayores mercedes.

18. ¡Oh, válame Dios, si hubiera de decir las ocasiones que en estos años Dios me quitaba, y cómo me tornaba yo a meter en ellas, y de los peligros de perder del todo el crédito que me libró! ¡Yo a hacer obras para descubrir la que era, y el Señor encubrir los males y descubrir alguna pequeña virtud, si tenía, y hacerla grande en los ojos de todos, de manera que siempre me tenían en mucho! Porque, aunque algunas veces se traslucían mis vanidades, como vían otras cosas que les parecían buenas, no lo creían.

Y era que había ya visto el Sabidor de todas las cosas que era menester ansí para que en las que después he hablado de su servicio me diesen algún crédito; y miraba su soberana largueza, no los grandes pecados, sino los deseos que muchas veces tenía de servirle y la pena por no tener fortaleza en mí para ponerlo por obra.

19. ¡Oh, Señor de mi alma! ¿Cómo podré encarecer las mercedes que en estos años me hicistes? ¡Y cómo en el tiempo que yo más os ofendía, en breve me disponíades con un grandísimo arrepentimiento para que gustase de vuestros regalos y mercedes! A la verdad tomábades, Rey mío, el más delicado y penoso castigo por medio que para mí podía ser, como quien bien entendí lo que me había de ser más penoso[34]. Con regalos grandes castigábades mis delitos. Y no creo digo desatino, aunque sería bien que estuviese desatinada tornando a la memoria ahora de nuevo mi ingratitud y maldad.

Era tan más penoso para mi condición recibir mercedes, cuando había caído en graves culpas, que recibir castigos; que una de ellas me parece, cierto, me deshacía y confundía más y fatigaba que muchas enfermedades con otros trabajos harto juntos; porque lo postrero[35] vía lo merecía, y parecíame pagaba algo de mis pecados, aunque todo era poco según ellos eran muchos; mas verme recibir de nuevo mercedes, pagando tan mal las recibidas, es un género de tormento para mí terrible, y creo para todos los que tuvieren algún conocimiento o amor de Dios; y esto por una condición virtuosa lo podemos acá sacar. Aquí eran mis lágrimas y mi enojo de ver lo que sentía,

---

[34] Tampoco es raro, ni mucho menos, el hipérbaton en la santa. He aquí un ejemplo significativo en esta frase.

[35] *Lo postrero.* Se refiere obviamente a lo citado antes, o sea, a «castigos», «enfermedades» y «trabajos».

viéndome de suerte que estaba en vísperas de tornar a caer; aunque mis determinaciones y deseos entonces, por aquel rato, digo, estaban firmes.

20. Gran mal es un alma sola entre tantos peligros: paréceme a mí que si yo tuviera con quien tratar todo esto que me ayudara a no tornar a caer, siquiera por vergüenza, ya que no la tenía de Dios.

Por eso aconsejaría yo a los que tienen oración, en especial al principio, procuren amistad y trato con otras personas que traten de lo mesmo: es cosa importantísima, aunque no sea sino ayudarse unos a otros con sus oraciones; cuantimás que hay muchas más ganancias. Y no sé yo por qué (pues de conversaciones y voluntades humanas, aunque no sean muy buenas, se procuran amigos con quien descansar y para más gozar de contar aquellos placeres vanos), se ha de primitir[36] que quien comenzare de veras a amar a Dios y a servirle, deje de tratar con algunas personas sus placeres y trabajos, que de todo tienen los que tienen oración. Porque si es de verdad en amistad que quiere tener con Su Majestad, no haya miedo de vanagloria; y cuando el primer movimiento le acometa, saldrá dello con mérito; y creo que el que tratando con esta intención lo tratare, que aprovechara a sí y a los que le oyeren y saldrá más enseñado; aun sin entender cómo, enseñará a sus amigos[37].

El que de hablar en esto tuviere vanagloria, también la terná en oír misa con devoción, si le ven, y en hacer otras cosas que, so pena de no ser cristiano, las ha de hacer, y no se han de dejar por miedo de vanagloria.

Pues es tan importantísimo esto para almas que no están fortalecidas en virtud —como tienen tantos contrarios y amigos para incitar al mal—, que no sé cómo lo encarecer. Paréceme que el demonio ha usado de este ardid como cosa que muy mucho le importa: que se ascondan tanto de que se entienda

---

[36] *Se ha de primitir.* La santa había escrito *no,* que ella misma o alguien tachó del autógrafo. Este «no» sería redundante.

[37] *Enseñará.* De nuevo una dificultad del autógrafo, pues esta palabra puede leerse también «enseñanza». Fray Luis de León leyó: «Saldrá más enseñado assí en entender como en enseñar a sus amigos.» El padre Silverio había leído: «Aun sin entender cómo, enseñará a sus amigos.» Esta parece ser la lectura correcta, que recoge también fray Tomás de la Cruz, en oposición tanto a fray Luis de León como a Vicente de la Fuente.

que de veras quieren procurar amar y contentar a Dios, como ha incitado se descubran otras voluntades mal honestas, con ser tan usadas que ya parece se toma por gala y se publican las ofensas que en este caso se hacen a Dios.

22. No sé si digo desatinos; si lo son, vuesa merced[38] los rompa; y si no lo son, le suplico ayude a mi simpleza con añidir aquí mucho: porque andan ya las cosas del servicio de Dios tan flacas, que es menester hacerse espaldas[30] unos a otros; los que le sirven, para ir adelante, sigún se tiene por bueno andar en las vanidades y contentos del mundo; para éstos[40] hay pocos ojos; y, si uno comienza a darse a Dios, hay tantos que mormuren, que es menester buscar compañía para defenderse, hasta que ya estén fuertes en no les pesar de padecer, y si no, veránse en mucho aprieto.

Paréceme que por esto debían usar algunos santos irse a los desiertos; y es un género de humildad no fiar de sí, sino creer que para aquellos con quien conversa le ayudará Dios; y crece la caridad con ser comunicada, y hay mil bienes que no los osaría decir, si no tuviese gran espiriencia de lo mucho que va en esto.

Verdad es que yo soy más flaca[41] y ruin que todos los nacidos; mas creo no perderá quien, humillándose, aunque sea fuerte, no lo crea de sí, y creyere en esto a quien tiene espiriencia. De mí sé decir que, si el Señor no me descubriera esta verdad y diera medios para que yo muy ordinario tratara con personas que tienen oración, que cayendo y levantando iba a dar de ojos en el infierno; porque para caer había muchos amigos que me ayudasen; para levantarme hallábame tan sola, que ahora me espanto cómo no estaba siempre caída; y alabo la misericordia de Dios, que era sólo el que me daba la mano.

Sea bendito para siempre jamás, amén[42].

---

[38] *Si lo son, vuestra merced los rompa.* Se refiere a García de Toledo. Obsérvese el cambio de perspectiva.

[39] *Hacerse espaldas:* «defenderse mutuamente».

[40] *Para estos.* Claramente se entiende «para los que andan en las vanidades».

[41] *Flaca.* En el sentido de «débil ante el pecado», «sin fuerzas ni vigor para resistirlo».

[42] *Sea bendito por siempre jamás, amén.* Fórmula característica de los libros de religión que la santa recoge de modo habitual.

CAPÍTULO VIII

Trata del gran bien que le hizo no se apartar del todo de la oración para no perder el alma; y cuán ecelente remedio es para ganar lo perdido. Persuade a que todos la tengan. Dice cómo es tan gran ganancia, y que, aunque la tornen a dejar, es gran bien usar algún tiempo de tan gran bien.

1. No sin causa he ponderado tanto este tiempo de mi vida, que bien veo no dará a nadie gusto ver cosa tan ruin; que, cierto, querría me aborreciesen los que esto leyesen, de ver un alma tan pertinaz y ingrata con quien tantas mercedes le ha hecho; y quisiera tener licencia para decir las muchas veces que en este tiempo falté a Dios por no[1] estar arrimada a esta fuerte coluna de la oración.

2. Pasé este mar tempestuoso casi veinte años con estas caídas y con levantarme y mal —pues tornaba a caer— y en vida tan baja de perfeción, que ningún caso casi hacía de

---

[1] El *no* aparece añadido, posiblemente por el padre Bañez. Es probable que se trate de una omisión involuntaria de la santa, pero tampoco sería extraña su ausencia intencionada si entendemos que la preposición «por» puede equivaler en este texto a «para» y tendría sentido. Se puntuaría entonces de forma diferente, eliminando el punto y aparte tras «oración». Esta es la lectura de los padres Efrén y Otger Steggink. Preferimos, sin embargo, la de Silverio y Tomás.

pecados veniales, y los mortales, aunque los temía, no como había de ser, pues no me apartaba de los peligros. Sé decir que es una de las vidas penosas que me parece se puede imaginar; porque ni yo gozaba de Dios, ni traía contento en el mundo. Cuando estaba en los contentos de el mundo, en acordarme lo que debía a Dios era con pena; cuando estaba con Dios, las aficiones del mundo me desasosegaban: ello es una guerra tan penosa, que no sé cómo un mes la pude sufrir, cuantimás tantos años.

Con todo veo claro la gran misericordia que el Señor hizo conmigo: ya que había de tratar en el mundo, que tuviese ánimo para tener oración. Digo ánimo, porque no sé yo para qué cosa de cuantas hay en él es menester mayor que tratar traición al Rey y saber que lo sabe y nunca se le quitar[2] de delante. Porque, puesto que[3] siempre estamos delante de Dios, paréceme a mí es de otra manera los que tratan de oración, porque están viendo que los mira; que los demás podrá ser estén algunos días que aun no se acuerden que los ve Dios.

3. Verdad es que en estos años hubo muchos meses, y creo alguna vez año, que me guardaba de ofender al Señor, y me daba mucho a la oración, y hacía algunas y hartas diligencias para no le venir a ofender. Porque va todo lo que escribo dicho con toda verdad, trato ahora esto. Mas acuérdaseme poco de estos días buenos, y ansí debían ser pocos y muchos de los ruines; ratos grandes de oración pocos días se pasaban sin tenerlos, si no era estar muy mala o muy ocupada. Cuando estaba mala estaba mijor con Dios; procuraba que las personas que trataban conmigo lo estuviesen, y suplicábalo a el Señor; hablaba muchas veces en Él.

Ansí que, si no fuese el año que tengo dicho, en veinte y ocho años que ha que comencé oración, más de los diez y ocho pasé esta batalla y contienda de tratar con Dios y con el mundo. Los demás que ahora me quedan por decir, mudóse la causa de la guerra, aunque no ha sido pequeña; mas con estar —a lo que pienso— en servicio de Dios y conocimiento de la vanidad que es el mundo, todo ha sido suave, como diré después[4].

---

[2] *Se le quitar.* Se habrá observado que este orden pronominal es frecuentísimo en la obra, de acuerdo con los cánones de la época.

[3] *Puesto que.* Equivale casi siempre a «aunque», como ya se ha señalado; así sucede en este texto.

[4] Como viene sucediendo, estos datos son interesantes para la cro-

4. Pues para lo que he tanto contado esto es (como he ya dicho) para que se vea la misericordia de Dios y mi ingratitud; y lo otro, para que se entienda el gran bien que hace Dios a un alma que la dispone para tener oración con voluntad, aunque no esté tan dispuesta como es menester; y cómo si en ella persevera, por pecados y tentaciones y caídas de mil maneras que ponga el demonio, en fin tengo por cierto la saca el Señor a puerto de salvación, como —a lo que ahora parece— me ha sacado a mí: plega a Su Majestad no me torne yo a perder[5].

5. El bien que tiene quien se ejercita en oración hay muchos santos y buenos que lo han escrito, digo oración mental, gloria sea a Dios por ello; y cuando no fuera esto, aunque soy poco humilde, no tan soberbia que en esto osara hablar[6].

De lo que yo tengo espiriencia puedo decir, y es que por males que haya quien la ha comenzado, no la deje, pues es el medio por donde puede tornarse a remediar, y sin ella será muy más dificultoso. Y no le tiente el demonio por la manera que a mí a dejarla por humildad; crea que no pueden faltar sus palabras, que en arrepintiéndonos de veras y determinándose a no le ofender, se torna a la amistad que estaba y a hacer las mercedes que antes hacía, y a las veces mucho más, si el arrepentimiento lo merece. Y quien no la ha comenzado, por amor del Señor le ruego yo no carezca de tanto bien. No hay

---

nología de la santa, aunque no del todo fiables, dada su poca precisión en este sentido. Si suponemos que estas páginas están escritas en 1565, descontando los veintiocho años que dice haber practicado la oración mental, esta fase se habría iniciado en 1537; lo cual sería factible por relacionarse con la fecha de su profesión y consagración a la vida religiosa, así como el momento en que leyó y se sintió notablemente influida por el *Tercer abecedario* de Francisco de Osuna, prestado por su tío de Hortigosa.

Hay, sin embargo, quien supone que este texto corresponde a la primera redacción de la vida, es decir, 1562; con lo cual, la fecha a la que hay que remontarse (veintiocho años antes) sería 1534 (fray Tomás de la Cruz).

[5] *Plega a Su Majestad.* Es repetidísima en el estilo de la santa esta fórmula suplicatoria, característica de los libros de oración de su época. «Cuando» equivale aquí a «aun cuando». El sentido, tras la elipsis, queda claro: aun cuando no hubieran escrito grandes santos sobre la oración mental, ella no lo haría, pues no se considera tan soberbia como para hablar de ello.

[6] *En esto:* «de esto».

aquí que temer, sino que desear; porque cuando no fuere delante y se esforzare a ser perfeto, que merezca los gustos y regalos que a éstos da Dios, a poco ganar irá entendiendo el camino para el cielo; y, si persevera, espero yo en la misericordia de Dios, que nadie le tomó por amigo *que no se lo pagase*[7]; que no es otra cosa oración mental, a mi parecer, sino tratar de amistad, estando muchas veces tratando a solas con quien sabemos nos ama[8]. Y si vos aún no le amáis (porque, para ser verdadero el amor y que dure la amistad, hanse de encontrar[9] las condiciones, y la del Señor ya se sabe que no puede tener falta; la nuestra es ser viciosa, sensual, ingrata[10]) no podéis acabar con vos[11] en amarle tanto, porque no es de vuestra condición: mas viendo lo mucho que os va en tener su amistad y lo mucho que os ama, pasad por esta pena de estar mucho con quien es tan diferente de vos.

6. ¡Oh bondad infinita de mi Dios, que me parece os veo y me veo de esta suerte! ¡Oh regalo de los ángeles, que toda me querría, cuando esto veo, deshacer en amaros! ¡Cuán cierto es sufrir Vos a quien os sufre[12] que estéis con él! ¡Oh, qué buen

---

[7] *Que no se lo pagase.* Estas palabras fueron añadidas por fray Luis al texto de la edición príncipe. Hay quien piensa que podían evitarse, ya que el sentido de la frase quedaría así: «y si el alma persevera en oración, espero yo en la misericordia de Dios, que (pues) nadie le tomó por amigo, es a saber, que nadie se lo encuentra ya amigo, sino que su amistad debe ganarse con trabajo y perseverancia en la oración...».

Parece, por otra parte, que no es la idea de paga, sino la de correspondencia —como observa fray Tomás de la Cruz— la que parece exigir el contexto: «Nadie le tomó por amigo, que no fuese correspondido por Él, o que primero no haya sido amado por Él.» Seguimos añadiendo las palabras de fray Luis.

[8] Esta definición de «oración mental» ha sido señalada por García de la Concha como símbolo de la afectividad teresiana. *(Loc. cit.,* página 35.)

[9] *Encontrar:* «conformarse», «congeniar», «ponerse de acuerdo», etcétera.

[10] *Viciosa, sensual, ingrata.* Veamos la gradación característica de la santa. La palabra «viciosa» tiene un valor peculiar en el léxico teresiano, relacionada con «falsedad» o «falta de rectitud moral en las acciones». «Sensual» no tiene aquí el sentido habitual en la autora de «sensible», sino el más usual que se aplica a los gustos y deleites de los sentidos.

[11] *Acabar con vos:* «conseguir de vosotros».

[12] *A quien os sufre.* El padre Báñez no entendió el sentido y lo

amigo hacéis, Señor mío! ¡Cómo le vais reglalando y sufriendo y esperáis a que se haga a vuestra condición y tan de mientras[13] le sufrís Vos la suya! ¡Tomáis en cuenta, mi Señor, los ratos que os quiere, y con un punto de arrepentimiento olvidáis lo que os ha ofendido!

He visto esto claro por mí, y no veo, Criador mío, por qué todo el mundo no se procure[14] llegar a Vos por esta particular amistad. Los malos[15], que no son de vuestra condición, para que nos hagáis buenos con que os sufran estéis con ellos siquiera dos horas cada día, aunque ellos no estén con Vos, sino con mil revueltas de cuidados y pensamientos del mundo, como yo hacía. Por esta fuerza que se hacen a querer estar en tan buena compañía, miráis que en esto a los principios no pueden más, ni después algunas veces; forzáis Vos, Señor, los demonios para que no los acometan, y que cada día tengan menos fuerza contra ellos, y daysselas[16] a ellos para vencer. Sí, que no matáis a nadie —vida de todas las vidas— de los que se fían de Vos y de los que os quieren por amigo; sino sustentáis la vida del cuerpo con más salud y daisla a el alma.

7. No entiendo esto que temen los que temen[17] comenzar oración mental, ni sé de qué han miedo. Bien hace de ponerle

---

corrigió entre líneas introduciendo un *no*. El sentido parece claro. La santa asegura que Dios sufre a quien sabe estar con Él, es decir, a quien persevera en la oración.

13 *Tan de mientras:* «mientras tanto».

14 *No se procure:* «no intente», «pretenda», «se afane por».

15 *Los malos.* Aquí cada editor ha dado su interpretación del texto. Así, el padre Efrén cambia el pronombre «los» por «nos», con lo cual tergiversa el sentido. Fray Luis, Vicente de la Fuente y el padre Silverio añadieron: «se deben llegar». Nosotros pensamos que el texto genuino es el mejor. No olvidemos que la santa salta de una frase a otra y a veces no tiene conciencia exacta de la rectitud de su sintaxis. Aquí prevalece su afán de querer situarse siempre entre los «malos», de acuerdo con el sentido expiatorio que quiere dar a su libro. El texto, pues, quedaría así: «Los malos, que no son de nuestra condición, para que nos hagáis buenos...».

16 *Daysselas.* De vez en cuando escapan a Teresa estas formas tan atildadas. Se trata de una reminiscencia culta que no consigue evitar. Felicidad Bernabéu observó muy claramente el afán de empobrecer léxico y grafías del que estas formas cultas son prueba por contraste.

17 *Temen los que temen.* Gusta la santa de estas reiteraciones intensificadoras, que muchas veces llegan al juego de palabras abierto.

el demonio para hacernos él de verdad mal, si con miedos me hace no piense en lo que he ofendido a Dios y en lo mucho que le debo y en que hay infierno y hay gloria, y en los grandes trabajos y dolores que pasó por mí.

Ésta fue toda mi oración y ha sido cuando anduve en estos peligros; y aquí[18] era mi pensar cuando podía; y muy muchas veces, algunos años, tenía más cuenta con desear se acabase la hora que tenía por mí de estar, y escuchar cuando daba el reloj, que no en otras cosas buenas, y hartas veces no sé qué penitencia grave se me pusiera delante que no la acometiera de mijor gana que recogerme a tener oración.

8. Y es cierto que era tan incomportable la fuerza que el demonio me hacía, o mi ruin costumbre, que[19] no fuese a la oración, y la tristeza que me daba en entrando en el oratorio, que era menester ayudarme de todo mi ánimo (que dicen no le tengo pequeño y se ha visto me le dio Dios harto más que de mujer, sino que le he empleado mal) para forzarme, y en fin, me ayudaba el Señor. Y después que me había hecho esta fuerza, me hallaba con más quietud y regalo que algunas veces que tenía deseo de rezar.

Pues si a cosa tan ruin como yo tanto tiempo sufrió el Señor, y se ve claro que por aquí se remediaron todos mis males, ¿qué persona, por mala que sea, podrá temer? Porque por mucho que lo sea, no lo será tantos años después de haber recibido tantas mercedes del Señor. Ni ¿quién podrá desconfiar, pues a mí tanto me sufrió, sólo porque deseaba y procuraba algún lugar y tiempo para que estuviese conmigo, y esto muchas veces sin voluntad, por gran fuerza que me hacía o me la hacía el mesmo Señor? Pues si a los que no le sirven, sino que le ofenden, les está tan bien la oración y les es tan necesaria y no puede naide hallar con verdad daño que pueda hacer que no fuera mayor el no tenerla, los que sirven a Dios y le quieren servir, ¿por qué lo han de dejar? Por cierto, si no es por pasar con más trabajo los trabajos[20] de la vida, yo no lo puedo entender, y por cerrar a Dios la puerta para que en ella no les dé contento. Cierto, los he lástima, que a su costa[21] sirven a

---

18 *Aquí*: «en esto».

19 *Qué:* «para qué».

20 *Con más trabajo los trabajos.* Obsérvese, de nuevo, la insistencia en la reiteración y en la derivación, que en este caso van acompañadas de un sutil matiz diferenciador.

21 *A su costa.* Expresión adverbial con que se explica el trabajo, fatiga y dispendio que cuesta una cosa, en perjuicio de quien lo hace.

Dios. Porque a los que tratan la oración, el mesmo Señor les hace la costa; pues por un poco de trabajo da gusto para que con él se pasen los trabajos.

9. Porque de estos gustos que el Señor da a los que perseveran en la oración se tratará mucho, no digo aquí nada. Sólo digo que para estas mercedes tan grandes que me ha hecho a mí, es la puerta la oración; cerrada ésta, no sé cómo las hará; porque, aunque quiera entrar a regalarse con un alma y relagarla, no hay por donde, que la quiere sola y limpia y con gana de recibirlas. Si le ponemos muchos tropiezos y no ponemos nada en quitarlos, ¿cómo ha de venir a nosotros? ¡Y queremos nos haga Dios grandes mercedes!

10. Para que vean su misericordia y el gran bien que fue para mí no haber dejado la oración y lición, diré aquí (pues va tanto en entender) la batería[22] que da el demonio a un alma para ganarla, y el artificio y misericordia con que el Señor procura tornarla a Sí; y se guarden de los peligros que yo no me guardé. Y sobre todo, por amor de nuestro Señor y por el gran amor con que anda granjeando tornarnos a Sí, pido yo se guarden de las ocasiones; porque, puestos en ellas, no hay que fiar donde tantos enemigos nos combaten y tantas flaquezas hay en nosotros para defendernos.

11. Quisiera yo saber figurar la catividad[23], que en estos tiempos traía mi alma, porque bien entendía yo que lo estaba, y no acababa de entender en qué, ni podía creer del todo que lo que los confesores no me agraviaban[24] tanto, fuese tan malo como yo lo sentía en mi alma. Díjome uno, yendo yo a él con escrúpulo, que aunque tuviese subida contemplación no me eran inconveniente semejantes ocasiones y tratos.

Esto era ya a la postre, que yo iba con el favor de Dios apartándome más de los peligros grandes, mas no me quitaba del todo de la ocasión. Como me veían con buenos deseos y ocupación de oración[25], parecíales hacía mucho; mas entendía

---

22 *Batería.* En el sentido figurado de «multitud o repetición de empeños e importunaciones para que alguien haga lo que se le pide».

23 *Catividad.* En el sentido de «maldad» y «perversión». Recuérdese el clásico «cativo»: «malo».

24 *Agraviaban.* Fray Luis de León leyó «agravaban», en el sentido de «declarar grave una cosa». Esta debe ser la idea, aunque emplee la palabra «agraviar».

25 *Ocupación de oración.* No son infrecuentes estas reiteraciones fónicas, que pensamos en buena parte intencionadas.

mi alma que no era hacer lo que era obligado por quien debía tanto[26]: lástima la tengo ahora de lo mucho que pasó y el poco socorro que de ninguna parte tenía, sino de Dios, y la mucha salida que le daban para sus pasatiempos y contentos con decir eran lícitos.

12. Pues el tormento en los sermones no era pequeño, y era aficionadísima a ellos[27], de manera que si vía alguno predicar con espíritu y bien, un amor particular le cobraba, sin procurarlo yo, que no sé quién me le ponía. Casi nunca me parecía tan mal sermón que no le oyese de buena gana; aunque al dicho de los que le oían no predicase bien. Si era bueno, érame muy particular recreación. De hablar de Dios u oír de Él casi nunca me cansaba; esto después que comencé oración. Por un cabo tenía gran consuelo en los sermones; por otro me atormentaba; porque allí entendía yo que no era la que había de ser, con mucha parte[28]. Suplicaba al Señor me ayudase; mas debía faltar, a lo que ahora me parece, de no poner en todo la confianza en Su Majestad, y perderla de todo punto de mí. Buscaba remedio; hacía diligencias; mas no debía entender que todo aprovecha poco si, quitada de todo punto la confianza de nosotros, no la ponemos en Dios.

Deseaba vivir, que bien entendía que no vivía sino que peleaba con una sombra de muerte y no había quien me diese vida: quien me la podía dar tenía razón de no socorrerme, pues tantas veces me había tornado a Sí y yo dejádole.

---

[26] *Por quien debía tanto.* Evidentemente se trata de una elipsis, de las tan frecuentes en la santa, por «aquel a quien debía tanto».

[27] En efecto, esta confesión teresiana nos pone en camino de valorar una de las fuentes populares de su formación: la oratoria religiosa de su momento. Véase nuestra Introducción.

[28] *Con mucha parte:* «ni con mucho».

CAPÍTULO IX

Trata por qué término comenzó el Señor a despertar su alma y darle luz en tan grandes tinieblas y a fortalecer sus virtudes para no ofenderle.

1. Pues ya andaba mi alma cansada y, aunque quería, no la dejaban descansar las ruines costumbres que tenía. Acaecióme que, entrando un día en el oratorio vi una imagen [1] que habían traído a guardar, que se había buscado para cierta fiesta que se hacía en casa. Era de Cristo muy llagado y tan devota que, en mirándola, toda me turbó de verle tal, porque representaba bien lo que pasó por nosotros. Fue tanto lo que sentí de lo mal que había agradecido aquellas llagas, que el corazón me parece se me partía: y arrojéme cabe él [2] con grandísimo derramamiento de lágrimas, suplicándole me fortaleciese ya de una vez para no ofenderle [3].

2. Era yo muy devota de la gloriosa Madalena, y muy

---

[1] *Una imagen.* Nicole Pelisson (*Études sur Sainte Thérèse*, en Col. Paris, Centre de Recherches Hispaniques, 1968), ha estudiado con todo detalle la iconografía teresiana, afirmando que posiblemente estos recuerdos de Cristo están inspirados en retablos concretos de la Catedral de Ávila y del Convento de San Vicente. Para este tema véase el interesante trabajo de M. Florisoone *Esthetique et Mystique d'après Sainte Thérèse d'Ávila et Saint Jean de la Croix,* París, 1956.

[2] *Cabe él*: «a su lado», «junto a él».

[3] Observemos de nuevo que la santa necesita de un primer contacto con la imagen física para elevarse espiritualmente. Es una valoración de lo humano muy frecuente en todos los místicos españoles.

muchas veces[4] pensaba en su conversión, en especial cuando comulgaba, que como sabía estaba allí cierto el Señor dentro de mí, poníame a sus pies, pareciéndome no eran de desechar mis lágrimas; y no sabía lo que decía (que harto hacía quien por sí me las consentía derramar, pues tan presto se me olvidaba aquel sentimiento) y encomendábame[5] aquesta gloriosa santa para que me alcanzase perdón.

3. Mas esta postrera vez desta imagen que digo, me parece me aprovechó más, porque estaba ya muy desconfiada de mí y ponía toda mi confianza en Dios. Paréceme le dije entonces que no me había de levantar de allí hasta que hiciese lo que le suplicaba. Creo cierto me aprovechó, porque fui mijorando mucho desde entonces.

4. Tenía este modo de oración: que, como no podía discurrir con el entendimiento, procuraba representar a Cristo dentro de mí, y hallábame mijor, a mi parecer, de las partes[6] adonde le vía más solo. Parecíame a mí que, estando solo y afligido, como persona necesitada, me había de admitir a mí. Destas simplicidades tenía muchas; en especial me hallaba muy bien en la oración del huerto: allí era mi acompañarle. Pensaba en aquel sudor y aflición que allí había tenido, si podía; deseaba limpiarle aquel tan penoso sudor, mas acuérdome que jamás osaba determinarme a hacerlo, como [7] se me representaban mis pecados tan graves. Estábame allí lo más que me dejaban mis pensamientos[8] con Él, porque eran muchos los que me atormentaban. Muchos años las más noches, antes que me durmiese, cuando para dormir me encomendaba a Dios, siempre pensaba un poco en este paso de la oración del Huerto, aun desde que no era monja[9], porque me dijeron se

---

[4] *Muy muchas.* Ponderación popular, casi andaluza.

[5] *Encomendábame aquesta.* De nuevo se elide la preposición «a». Habría de decir «encomendábame a aquesta».

[6] *De las partes:* «en las partes».

[7] *Como:* «puesto que».

[8] *Pensamientos.* En el léxico de Santa Teresa «pensamiento» equivale a «imaginación» la mayoría de las veces. El sentido de esta expresión es: «Estábame allí lo más que me permitía mi capacidad de concentración», es decir, hasta tanto su imaginación volaba por otros derroteros.

[9] *Desde que no era monja:* «aun antes de ser religiosa». Opina Enrique Llamas que sería desde que viajó por primera vez a Hortigosa, y de paso permaneció unos días con su tío Pedro de Ce-

ganaban muchos perdones; y tengo para mí que por aquí ganó muy mucho mi alma, porque comencé a tener oración sin saber qué era; y ya la costumbre tan ordinaria me hacía no dejar esto, como el no dejar de santiguarme para dormir.

5. Pues tornando a lo que decía del tormento que me daban los pensamientos, éste[10] tiene este modo de proceder sin discurso del entendimiento, que el alma ha de estar muy ganada u perdida[11], digo perdida la consideración. En aprovechando, aprovecha mucho, porque es en amar. Mas para llegar aquí es muy a su costa, salvo a personas que quiere el Señor muy en breve llegarlas a oración de quietud, que yo conozco algunas: para las que van por aquí, es bueno un libro para presto recogerse. Aprovechábame a mí también ver campos, agua, flores[12]: en estas cosas hallaba yo memoria[13] del Criador; digo que me despertaban y recogían y servían de libro; y en mi ingratitud y pecados. En cosas del cielo ni en cosas subidas, era mi entendimiento tan grosero que jamás por jamás las pude imaginar, hasta que por otro modo el Señor me las representó.

6. Tenía tan poca habilidad para con el entendimiento

---

peda, que le dio a leer algunos libros en romance como ella recuerda.

10 *Este.* Algunos editores sustituyen por el neutro «esto». No hay necesidad, pues se refiere claramente al tormento.

11 *Ganada u perdida.* Estamos ante los típicos opósitos medievales, tan frecuentes en la literatura del XV. El párrafo es especialmente abundante en recursos de este tipo. Véase la derivación («aprovechando..., aprovecha», etc.). El lenguaje de los místicos recoge y lleva a su máximo desarrollo muchos de estos recursos.

12 *Campos, agua, flores.* Observemos la importancia que confiere la santa al contacto con la naturaleza; de idéntico modo sucedía en fray Luis de León y San Juan de la Cruz. El profesor Orozco ha estudiado con detalle la importancia de este contacto en los místicos españoles. Referida en concreto a Santa Teresa, debe verse la valoración lírica y exaltada de Carmen Conde («Sobre la escritura de Santa Teresa y su amor a las letras», *Revista de Espiritualidad,* 1963), donde la recuerda en contacto con la tierra, las flores y las aguas sobre todo. En Teresa este dato es particularmente significativo para relacionarla con fray Francisco de Osuna. García de la Concha ha puesto de manifiesto que esta instrumentación de la naturaleza como generadora de experiencia espiritual por un mecanismo simbólico se documenta en el propio Osuna. De ahí le pudo venir a Santa Teresa. *(Loc. cit.,* pág. 119.)

13 *Memoria:* «signo», «representación» o «recuerdo de».

representar cosas, que si no era lo que vía, no me aprovechaba nada de mi imaginación, como hacen otras personas que pueden hacer representaciones adonde se recogen. Yo sólo podía pensar en Cristo como hombre[14]; mas es ansí que jamás le pude representar en mí, por más que leía su hermosura y vía imágines, sino como quien está ciego u ascuras, que aunque habla con alguna persona y ve que está con ella, porque sabe cierto que está allí (digo que entiende y cree que está allí, mas no la ve), de esta manera me acaecía a mí cuando pensaba en nuestro Señor. A esta causa era tan amiga de imágenes. ¡Desventurados de los que por su culpa pierden este bien! Bien parece que no aman al Señor, porque si le amaran holgáranse de ver su retrato, como acá aun da contento ver el de quien se quiere bien.

7. En este tiempo me dieron las *Confesiones* de San Agustín[15], que parece el Señor lo ordenó, porque yo no las procuré ni nunca las había visto. Yo soy muy aficionada a San Agustín, porque el monesterio adonde estuve seglar era de su Orden[16]; y también por haber sido pecador, que en los santos que después de serlo el Señor tornó a Sí, hallaba yo mucho consuelo, pareciéndome en ellos había de hallar ayuda y que, como los había el Señor perdonado, podía hacer a mí; salvo que una cosa me desconsolaba, como he dicho[17]: que a ellos sólo una vez los había el Señor llamado, y no tornaban a caer, y a mí eran ya tantas, que esto me fatigaba. Mas considerando en el amor que me tenía, tornaba a animarme, que de su misericordia jamás desconfié; de mí muchas veces.

8. ¡Oh, válame Dios, cómo me espanta la reciedumbre que tuvo mi alma con tener tantas ayudas de Dios! Háceme estar temerosa lo poco que podía conmigo, y cuán atada me veía para no determinar a darme del todo a Dios.

Como comencé a leer las *Confesiones*, paréceme me vía yo allí: comencé a encomendarme mucho a este glorioso santo.

---

[14] *Como hombre*. Ninguna expresión más exacta de lo que insinuábamos antes: su necesidad de lo físico para profundizar en lo espiritual.

[15] Posiblemente leyó la santa la versión de Sebastián Toscano, que salió de las prensas de Andrés de Portuariis en Salamanca, con el título de *Las confesiones de San Agustín, traducidas de Latín en Romance castellano*. La edición lleva fecha 15 de enero de 1554. Probablemente la santa la leyó este mismo año.

[16] Anteriormente citado (cap. II, núm. 6), Santa María de Gracia.

[17] *Como he dicho*. En el prólogo.

Cuando llegué a su conversión y leí cómo oyó aquella voz en el Huerto[18], no me parece sino que el Señor me la dio a mí sigún sintió mi corazón: estuve por gran rato que toda me deshacía en lágrimas, y entre mí mesma con gran afleción y fatiga. ¡Oh, qué sufre un alma, válame Dios, por perder la libertad que había de tener de ser señora, y qué de tormentos padece! Yo me admiro ahora, cómo podía vivir en tanto tormento; sea Dios alabado que me dio vida para salir de muerte tan mortal.

9. Paréceme que ganó grandes fuerzas mi alma de la Divina Majestad, y que debía oír mis clamores y haber lástima de tantas lágrimas. Comenzóme a crecer la afeción de estar más tiempo con Él, y a quitarme de los ojos las ocasiones, porque quitadas, luego me volvía a amar a Su Majestad; que bien entendía yo, a mi parecer, amaba, mas no entendía en qué está el amar de veras a Dios, como lo había de entender.

No me parece acababa yo de disponerme a quererle servir, cuando Su Majestad me comenzaba a tornar a regalar. No parece sino que lo que otros procuran con gran trabajo adquirir granjeaba el Señor conmigo que yo lo quisiese recibir, que era ya en estos postreros años darme gustos y regalos[19]. Suplicar yo me los diese, ni ternura de devoción, jamás a ello me atreví: sólo le pedía me diese gracia para que no le ofendiese y me perdonase mis grandes pecados. Como los vía tan grandes, aun desear regalos ni gustos nunca de advertencia osaba; harto[20] me parece hacía su piadad y con verdad hacía mucha misericordia conmigo en consentirme delante de Sí y traerme a su presencia, que vía yo, si tanto Él no lo procurara, no viniera.

Sóla una vez en mi vida me acuerdo pedirle gustos, estando con mucha sequedad; y como advertí lo que hacía, quedé tan confusa, que la mesma fatiga de verme tan poco humilde me dio lo que me había atrevido a pedir. Bien sabía yo era lícito pedirlo, mas parecíame a mí que lo es a los que están dispuestos con haber procurado lo que es verdadera devoción con todas sus fuerzas, que es no ofender a Dios y estar dispuestos y determinados para todo bien. Parecíame que aquellas mis lá-

---

[18] Texto de las *Confesiones,* L. VIII, c. 12.

[19] *Gustos y regalos.* Tienen en el léxico de la santa un significado técnico: ciertas gracias o formas de oración mística (fray Tomás de la Cruz).

[20] *Harto.* Se emplea la palabra en el sentido usual ponderativo en la época de «bastante» o «sobrado».

grimas eran mujeriles y sin fuerza, pues no alcanzaba con ellas lo que deseaba. Pues, con todo, creo me valieron; porque, como digo, en especial después de estas dos veces de tan gran compunción[21] de ellas y fatiga de mi corazón, comencé más a darme a oración y a tratar menos en cosas que me dañasen; aunque aún no las dejaba del todo, sino —como digo— fueme ayudando Dios a desviarme. Como no estaba Su Majestad esperando sino algún aparejo en mí, fueron creciendo las mercedes espirituales de la manera que diré; cosa no usada darlas el Señor, sino a los que están en más limpieza de conciencia.

---

[21] *Compunción:* «sentimiento o dolor de haber cometido o estado para cometer un pecado».

CAPÍTULO X

Comienza a declarar las mercedes que el Señor la hacía en la oración, y en lo que nos podemos nosotros ayudar, y lo mucho que importa que entendamos las mercedes que el Señor nos hace. Pide a quien esto envía, que de aquí adelante sea secreto lo que escribiere, pues la mandan diga tan particularmente las mercedes que la hace el Señor[1].

1. Tenía yo algunas veces, como he dicho[2], (aunque con mucha brevedad pasaba), comienzo de lo que ahora diré.

---

[1] Como hemos afirmado en otro lugar, la petición de secreto se dirige al padre García de Toledo en particular. Pero tiene el convencimiento de que alguien más va a leer la obra; no sólo el maestro Juan de Ávila, sino miembros del Tribunal del Santo Oficio. No hay que perder de vista, como han recordado Américo Castro y Márquez Villanueva, que la redacción definitiva de la obra se hace bajo la presión y el temor de ser llevada ante la Inquisición, a lo cual se unía el prejuicio de su origen judeo-converso, de tan grăn trascendencia en la sociedad del siglo XVI. Enrique Llamas ha estudiado aspectos de la relación de Santa Teresa con el Santo Oficio en varios trabajos, especialmente *Santa Teresa de Jesús y la Inquisición española,* Madrid, C.S.I.C., 1972, cit. La propia autora indica en este mismo capítulo (núm. 8), que escribe el detalle de sus mercedes por ver si están conformes con la fe católica.

[2] Particularmente en los capítulos IV, núm. 7 y IX, núm. 9.

Acaecíame en esta representación que hacía de ponerme cabe Cristo que he dicho, y aun algunas veces leyendo, venirme a deshora un sentimiento de la presencia de Dios, que en ninguna manera podía dudar que estaba dentro de mí u yo toda engolfada en Él. Esto no era manera de visión; creo lo llaman «mística teulogía» [3]; suspende el alma de suerte que toda parecía estar fuera de sí: ama la voluntad, la memoria me parece está casi perdida, el entendimiento no discurre [4], a mi parecer, mas no se pierde; mas, como digo, no obra, sino está como espantado de lo mucho que entiende, porque quiere Dios entienda que de aquello que Su Majestad le representa ninguna cosa entiende.

2. Primero había tenido muy continuo una ternura, que en parte algo de ella me parece se puede procurar, un regalo que ni bien es todo sensual ni bien espiritual. Todo es dado de [5] Dios. Mas parece para esto nos podemos mucho ayudar con considerar nuestra bajeza y la ingratitud que tenemos con Dios, lo mucho que hizo por nosotros, su pasión con tan graves dolores, su vida tan afligida; en deleitarnos de ver sus obras, su grandeza, lo que nos ama, otras muchas cosas que quien con cuidado quiera aprovechar tropieza muchas veces en ellas,

---

[3] Obsérvese cómo la santa cuando habla de algo que le parece excesivamente profundo («mística teológica»), lo dice como a regañadientes, disimulando su conocimiento sobre el tema («creo lo llaman»). Este afán de ocultar sus conocimientos ha sido también considerado como proviniente de su situación de conversa.

[4] Había escrito primero «obra», pero Teresa sustituyó esta palabra por la expresión «discurre a mi parecer». Sin duda se trata de un prejuicio teológico, teniendo en cuenta a quienes va dirigida. No debieron quedar muy convencidos los editores antiguos, que colocaron la siguiente apostilla: «Dice que no obra el entendimiento porque, como ha dicho, no discurre de unas cosas en otras, ni saca consideraciones, porque le tiene ocupado entonces la grandeza del bien que se le pone delante; pero en realidad de verdad, sí obra, pues pone los ojos en lo que se le presenta, y conoce que no lo puede entender como es; pues dice «no obra», esto es, «no discurre», sino está como espantado de lo mucho que entiende, esto es, de la grandeza del objeto que ve, no porque entienda mucho del, sino porque ve que es tanto él en sí que no lo puede enteramente entender.» Después de esta explicación cualquier apostilla de un profano en teología parece condenada al fracaso.

[5] *Dado de:* «dado por». Este tipo de construcciones de complemento agente con «de» se interpreta por varios estudiosos como italianismo de época, luego consolidado.

aunque no ande con mucha advertencia. Si con esto hay algún amor, regálase el alma, enternécese el corazón, vienen lágrimas; algunas veces parece las sacamos por fuerza; otras el Señor parece nos la hace para no podernos resistir. Parece nos paga Su Majestad aquel cuidadito con un don tan grande como es el consuelo que da a un alma ver que llora por tan gran Señor; y no me espando, que le sobra la razón de consolarse. Regálase allí, huélgase allí.

3. Paréceme bien esta comparación que ahora se me ofrece: que son estos gozos de oración como deben ser los que están en el cielo, que como no han visto más de lo que el Señor, conforme a lo que merecen, quiere que vean y ven sus pocos méritos, cada uno está contento con el lugar en que está, con haber tan grandísima diferencia de gozar a gozar en el cielo, mucho más que acá hay de unos gozos espirituales a otros, que es grandísima.

Y verdaderamente un alma en sus principios, cuando Dios la hace esta merced, ya casi le parece no hay más que desear, y se da por bien pagada de cuanto ha servido: y sóbrale la razón, que una lágrima de éstas que, como digo, casi nos las procuramos (aunque sin Dios no se hace cosa) no me parece a mí que con todos los trabajos del mundo se puede comprar, porque se gana mucho con ellas; y ¿qué más ganancia que tener algún testimonio que contentamos a Dios? Ansí que quien aquí llegare alábele mucho, conózcase[6] por muy deudor; porque ya parece le quiere para su casa y escogido para su reino, si no torna atrás.

4. No cure de[7] unas humildades que hay, de que pienso tratar, que les parece humildad no entender que el Señor les va dando dones. Entendamos bien bien, como ello es, que nos los da Dios sin ningún merecimiento nuestro, y agradezcámoslo a Su Majestad; porque si no conocemos que recibimos, no nos despertamos a amar[8]. Y es cosa muy cierta, que mientras más vemos estamos ricos, sobre conocer somos pobres, más aprovechamiento nos viene y aún más verdadera humildad. Lo demás es acobardar el ánimo a parecer[9] que no es capaz de grandes

---

[6] *Conózcase:* «téngase», «estímese», «considérese».

[7] *No cure de:* «no se preocupe de», «no haga caso de».

[8] *No nos despertamos.* Así lo escribió Teresa. En otras ediciones aparece el «nos» tachado. Preferimos el primer texto pues la tachadura se debió, probablemente, a un censor.

[9] *A parecer:* «a que crea que».

bienes, si en comenzando el Señor a dárselos comienza él a atemorizarse con miedo de vanagloria. Creamos que quien nos da los bienes, nos dará gracia para que, en comenzando el demonio a tentarle en este caso, lo entienda, y fortaleza para resistirle; digo, si andamos con llaneza delante de Dios, pretendiendo contentar sólo a Él y no a los hombres.

5. Es cosa muy clara que amamos más a una persona cuando mucho se nos acuerda [10] las buenas obras que nos hace. Pues si es lícito y tan meritorio que siempre tengamos memoria que tenemos de Dios el ser y que nos crió de la nada, y que nos sustenta y todos los demás beneficios de su muerte y trabajos, que mucho antes que nos criase los tenía hechos por cada uno de los que ahora viven, ¿por qué no será lícito, que entienda yo y vea y considere [11] muchas veces que solía hablar en [12] vanidades, y que ahora me ha dado el Señor que no querría hablar sino en Él? He aquí una joya que acordándonos que es dada [13] y ya la poseemos, forzado convida amar, que es todo el bien de la oración fundada [14] sobre humildad. Pues ¿qué será cuando vean en su poder otras joyas más preciosas, como tienen ya recibidas algunos siervos de Dios, de menosprecio del mundo y aun de sí mesmo? Está claro que se han de tener por más deudores y más obligados a servir, y entender que no teníamos nada desto, y a conocer de largueza del Señor, que a un alma tan pobre y ruin y de ningún merecimiento como la mía, que bastaba la primer joya de éstas y sobraba para mí, quiso hacerme con más riquezas que yo supiera desear.

6. Es menester sacar fuerzas de nuevo para servir y procurar no ser ingratos; porque con esa condición las da el Señor, que si no usamos bien del tesoro y del gran estado en que pone [15], nos lo tornará a tomar y quedarnos hemos muy más pobres y dará Su Majestad las joyas a quien luzca y aproveche con ellas a sí y a los otros.

---

[10] *Acuerda:* «viene a la memoria propia».

[11] *Entienda yo y vea y considere.* Se trata de una reiteración intensificativa de las tan frecuentes en la santa, reforzada por el polisíndeton consciente.

[12] *Hablar en:* «hablar de», frecuentísimo.

[13] *Es dada:* «nos ha sido dada».

[14] *Oración fundada.* Se trata de una concordancia de proximidad, ya que el sentido es «bien... fundado». Igual sucede tres líneas más abajo con «mesmo», que debería concordar en plural con «siervos de Dios» y, sin embargo, va en singular.

[15] *Pone.* Fray Luis añade en su edición un pronombre: «nos pone».

Pues ¿cómo aprovechará y gastará con largueza el que no entiende que está rico? Es imposible conforme a nuestra naturaleza, a mi parecer, tener ánimo para cosas grandes quien no entiende está favorecido de Dios; porque somos tan miserables y tan inclinados a cosas de tierra, que mal podrá aborrecer todo lo de acá de hecho con gran desasimiento quien no entiende tiene alguna prenda de lo de allá; porque con estos dones es adonde el Señor nos da la fortaleza que por nuestros pecados nosotros perdimos. Y mal deseará se descontenten todos dél y le aborrezcan, y todas las demás virtudes grandes que tienen los perfetos, si no tiene alguna prenda del amor que Dios le tiene, y juntamente fe viva. Porque es tan muerto nuestro natural, que nos vamos a lo que presente vemos; y ansí estos mesmos favores son los que despiertan la fe y la fortalecen. Ya puede ser que yo, como soy tan ruin, juzgo por mí, que otros habrá que no hayan menester más de la verdad de la fe para hacer obras muy perfetas, que yo, como miserable, todo lo he habido menester.

7. Esto ellos lo dirán[16]; yo digo lo que ha pasado por mí, como me lo mandan; y si no fuere bien, romperálo a quien lo envío[17], que sabrá mijor entender lo que va mal que yo, a quien suplico por amor del Señor, lo que he dicho hasta aquí de mi ruin vida y pecados, lo publiquen (desde ahora doy licencia, y a todos mis confesores, que ansí lo es a quien esto va) y, si quisieren, luego en mi vida; porque no engañe más al mundo, que piensan hay en mí algún bien; y cierto, cierto[18], con verdad digo, a lo que ahora entiendo de mí, que me dará gran consuelo.

Para lo que de aquí adelante dijere, no se la doy; ni quiero,

---

16 *Esto ellos lo dirán.* Frase muy elíptica: «estos favores, ellos, los que me han mandado escribir, los dirán».

17 *Envío.* En principio debió pensar sólo en el padre García de Toledo, pero en su mente debían bullir los otros destinatarios cuando escribió el plural «sabrán», refiriéndose al grupo de consejeros que le mandan escribir, aunque luego corrigió y dijo «sabrá».

18 *Cierto, cierto.* Reminiscencia del lenguaje infantil, muy frecuente en la santa. Dicen algunos críticos que se trata de un superlativo intensivo o por repetición, de origen hebráico; no lo creemos. Ejemplos de esta misma reiteración encontramos en: «muchos, muchos», cap. XV; «muy, muy», cap. XX; «nada, nada», cap. XX; «cuán vanos, cuán vanos», cap. XXXVIII, etc.

si a alguien lo mostraren, digan quién es por quién pasó[19], ni quién lo escribió, que por esto no me nombro, ni a nadie, sino escribirlo he todo lo mejor que pueda por no ser conocida, y ansí lo pido por amor de Dios. Bastan personas tan letradas y graves para autorizar alguna cosa buena, si el Señor me diere gracia para decirla; que, si lo fuere, será suya y no mía, por ser yo sin letras y buena vida, ni ser informada de letrado ni de persona ninguna; porque solos los que me lo mandan escribir[20] saben que lo escribo, y al presente no está aquí, y casi hurtando el tiempo, y con pena, porque me estorbo de hilar, por estar en casa pobre[21] y con hartas ocupaciones; ansí que, aunque el Señor me diera más habilidad y memoria (que aun con ésta pudiérame aprovechar de lo que he oído u leído[22], es poquísima la que tengo); ansí que, si algo bueno dijere, lo quiere el Señor para algún bien; lo que fuere malo, será de mí y vuesa merced lo quitará. Para lo uno ni para lo otro, ningún provecho tiene decir mi nombre; en vida está claro que no se ha de decir de lo bueno; en muerte no hay para qué, sino para que pierda autoridad el bien y no le dar ningún crédito, por ser dicho de persona tan baja y tan ruin.

8. Y por pensar vuesa merced[23] hará esto que por amor del Señor le pido y los demás que lo han de ver, escribo con libertad; de otra manera sería con gran escrúpulo, fuera de decir mis pecados, que para esto ninguno tengo; para los demás, basta ser mujer para caérseme las alas, cuantimás[24]

---

[19] *Por quien pasó:* «la persona por quien pasó». A partir de aquí aparece una línea vertical en el autógrafo (probablemente de García de Toledo).

[20] *Los que me lo mandan.* De nuevo, un caso curioso de anacoluto en la santa. Primero utiliza el plural «mandan», e inmediatamente el singular «está»; probablemente la atención de la escritora va del grupo al principal destinatario sin solución de continuidad. Esta frase, como otras, ha dado lugar a invenciones y retoques de todos los editores. Nótese que este capítulo es uno de los que más sufre en la última redacción y que Teresa salta de uno a varios destinatarios con suma facilidad.

[21] *Casa pobre.* Se deduce que escribe en el convento de San José de Avila, casa pobre donde tenía que trabajar para obtener ingresos. No está, por tanto, en casa de doña Luisa de la Cerda (Toledo), cuando redacta este fragmento.

[22] *He oído.* En el original aparece elidido: *que oído.*

[23] *Y por pensar vuesa merced.* Omisión del «que» completivo.

[24] *Cuantimás,* comparativo popular.

mujer y ruin. Y ansí, lo que fuere más de decir simplemente el discurso de mi vida, tome vuesa merced para sí, pues tanto me ha importunado escriba alguna declaración de las mercedes que me hace Dios en la oración, si fuere conforme a las verdades de nuestra santa fe católica; y si no, vuesa merced lo queme luego, que yo a esto me sujeto: y diré lo que pasa por mí, para que, cuando sea conforme a esto, podrá hacer a vuesa merced algún provecho; y si no, desengañará mi alma, para que no gane el demonio adonde me parece gano yo; que ya sabe el Señor (como después diré) que siempre he procurado buscar quien me dé luz.

9. Por claro que yo quiera decir estas cosas de oración, será bien escuro para quien no tuviere espiriencia. Algunos impedimentos diré, que a mi entender lo son para ir adelante en este camino, y otras cosas en que hay peligro, de lo que el Señor me ha enseñado por esperiencia, y después tratádolo yo con grandes letrados y personas espitiruales de muchos años, y ven que en solos veinte y siete años que ha tengo oración, me ha dado Su Majestad la espiriencia, con andar en tantos tropiezos y tan mal este camino, que a otros en cuarenta y siete y en treinta y siete que con penitencia y siempre virtud han caminado por él.

Sea bendito por todo y sírvase de mí, por quien Su Majestad es, que bien sabe mi Señor que no pretendo otra cosa en esto, sino que sea alabado y engrandecido un poquito de ver que en un muladar tan sucio y de mal olor hiciese huerto de tan suaves flores. Plega a Su Majestad que por mi culpa no las torne yo a arrancar y se torne a ser lo que era. Esto pido yo por amor de el Señor le pida vuesa merced, pues sabe la que soy con más claridad que aquí me lo ha dejado decir.

CAPÍTULO XI

Dice en qué está la falta de no amar a Dios con perfeción en breve tiempo; comienza a declarar, por una comparación que pone, cuatro grados de oración; va tratando aquí del primero; es muy provechoso para los que comienzan y para los que no tienen gustos en la oración[1].

1. Pues hablando ahora de los que comienzan a ser siervos del amor (que no me parece otra cosa determinarnos a siguir por este camino de oración al que tanto nos amó) en una divinidad tan grande que me regalo estrañamente en pensar en ella; porque el temor servil luego va fuera, si en este primer estado vamos como hemos de ir. ¡Oh Señor de mi alma y bien mío!, ¿por qué no quisistes que en determinándose un alma a

---

[1] *Oración.* Desde aquí hasta el capítulo XXIII el libro tiene un sentido didáctico. Se parece mucho más a los abundantes tratados de oración de la época que a una autobiografía. Es más una enseñanza aunque basada en la propia experiencia. Los procedimientos literarios varían sustancialmente. Parece como si la autora quisiera sustraer su protagonismo y hablar de la manera más impersonal posible. Aquí comienza el Tratado de «Los grados de oración» o de «Las cuatro aguas». No es ajena a él una cierta intención polémica contra falsas teorías de iniciación mística, muy en boga entonces. La alegoría de las cuatro aguas tiene un valor literario y didáctico de primer orden.

amaros, con hacer lo que puede en dejarlo todo para mijor se emplear en este amor de Dios, luego gózase de subir a tener este amor perfeto? Mal he dicho: había de decir y quejarme porque no queremos nosotros (pues toda la falta nuestra es) en no gozar luego de tan gran dinidad, pues en llegando a tener con perfeción este verdadero amor de Dios, trae consigo todos los bienes. Somos tan caros y tan tardíos de darnos del todo a Dios que, como Su Majestad no quiere gocemos de cosa tan preciosa sin gran precio, no acabamos de disponernos.

2. Bien veo que no le hay con que se pueda comprar tan gran bien en la tierra; mas, si hiciésemos lo que podemos en no nos asir a cosa[2] della, sino que todo nuestro cuidado y trato fuese en el cielo, creo yo sin duda muy en breve se nos daría este bien, si en breve del todo nos dispusiésemos, como algunos santos lo hicieron. Más parécenos que lo damos todo, y es que ofrecemos a Dios la renta u los frutos y quedámonos con la raíz y posesión. Determinámonos a ser pobres, y es de gran merecimiento; mas muchas veces tornamos a tener cuidado y diligencia para que no nos falte no sólo lo necesario sino lo superfluo, y aun granjear los amigos que nos lo den y ponernos en mayor cuidado (y, por ventura, peligro) porque no nos falte, que antes teníamos en poseer la hacienda.

Parece también que dejamos la honra en ser relisiosos o en haber ya comenzado a tener vida espiritual y a siguir perfeción, y no nos han tocado en un punto de honra cuando no se nos acuerda la hemos ya dado a Dios y nos queremos tornar a alzar con ella y tomársela, como dicen, de las manos, después de haberle de nuestra voluntad, al parecer, hecho de ella señor[3], Ansí son todas las otras cosas.

3. ¡Donosa manera de buscar amor de Dios! Y luego le queremos a manos llenas, a manera de decir. Tenernos nuestras aficiones (ya que no procuramos efetuar nuestros deseos y no acabarlos de levantar de la tierra) y muchas consolaciones espirituales con esto, no viene bien[4], ni me parece se compa-

---

[2] *Cosa:* «nada». Posible italianismo de época.

[3] *De nuestra voluntad:* «voluntariamente». En el autógrafo aparece tachado «de ella». Fray Luis omitió el pronombre. Preferimos restituirlo. El sentido parece ser: «después de haberle hecho, voluntariamente, señor de nuestra voluntad».

[4] Frase difícil que Fray Luis leyó así: «Donosa manera de buscar a Dios (y luego le queremos a manos llenas a manera de decir) tenernos nuestras aficiones ya que no procuramos efetuar nuestros

dece[5] esto con estotro. Ansí que, porque no se acaba de dar junto, no se nos da por junto este tesoro. Plega al Señor que gota a gota nos le dé Su Majestad, aunque sea costándonos todos los trabajos del mundo.

4. Harto gran misericordia hace a quien da gracia y ánimo para determinarse a procurar con todas sus fuerzas este bien, porque, si persevera, no se niega Dios a nadie; poco a poco va habilitando el ánimo para que salga con esta vitoria. Digo ánimo, porque son tantas las cosas que el demonio pone delante a los principios para que no comiencen este camino de hecho, como quien sabe el daño que de aquí le viene, no sólo en perder aquel alma, sino a muchas. Si el que comienza se esfuerza con el favor de Dios a llegar a la cumbre de la perfeción, creo jamás va solo al cielo; siempre lleva mucha gente tras sí; como a buen capitán le da Dios quien vaya en su compañía.

Póneles tantos peligros y dificultades delante[6], que no es menester poco ánimo para no tornar atrás, sino muy mucho y mucho favor de Dios.

5. Pues hablando de los principios de los que ya van determinados a siguir este bien y a salir con esta empresa (que de lo demás que comencé a decir de mística teulogía, que creo se llama ansí, diré más adelante)[7] en estos principios está todo el mayor trabajo; porque son ellos los que trabajan dando el Señor el caudal, que en los otros grados de oración lo más es gozar, puesto que primeros y medianos y postreros, todos llevan sus cruces, aunque diferentes; que por este camino que fue Cristo han de ir los que le siguen, si no se quieren perder; y ¡bienaventurados trabajos que aun acá en la vida tan sobradamente se pagan!

6. Habré de aprovecharme de alguna comparación[8], que

---

deseos, y no acabarlos de levantar de la tierra, y muchas consolaciones espirituales con ésto. No viene bien.»

[5] *Compadece,* en el sentido teresiano de «avenirse», «ser compatible».

[6] Es el demonio quien pone tales peligros y dificultades.

[7] *Diré más adelante.* De nuevo insistimos en los prejuicios teológicos de la santa, que se resiste una y otra vez a hablar de «mística teológica», dejándolo para más adelante. Debió pesar en ello su origen converso y la fiscalización inquisitorial. (Véase nuestra Introducción.)

[8] *Alguna comparación.* La santa es consciente del valor de las figuras literarias aunque se excuse de emplearlas, como de costumbre.

yo las quisiera excusar por ser mujer, y escribir simplemente lo que me mandan; mas este lenguaje de espíritu es tan malo de declarar a los que no saben letras como yo, que habré de buscar algún modo, y podrá ser las menos veces acierte a que venga bien la comparación: servirá de dar recreación a vuesa merced de ver tanta torpeza.

Paréceme ahora a mí que he leído u oído esta comparación[9], que como tengo mala memoria, ni sé adónde, ni a qué propósito; mas para el mío ahora conténtame. Ha de hacer cuenta el que comienza que comienza a hacer un huerto en tierra muy infrutuosa que lleva muy malas yerbas, para que se deleite el Señor. Su Majestad arranca las malas yerbas y ha de plantar las buenas. Pues hagamos cuenta que está ya hecho esto cuando se determina a tener oración una alma y lo ha comenzado a usar. Y con ayuda de Dios hemos de procurar, como buenos hortolanos, que crezcan estas plantas y tener cuidado de regarlas para que no se pierdan, sino que vengan a echar flores que den de sí gran olor, para dar recreación a este Señor nuestro, y ansí se venga a deleitar muchas veces a esta huerta y a holgarse entre estas virtudes.

Parece degustar, pese a su modestia, el sabor de la literatura. Todo este párrafo es un ejemplo incuestionable. Se ha insistido en esta importancia del estilo figurado en la literatura mística. Orozco *(Poesía y mística,* Madrid, Guadarrama, 1959) dice a este respecto: «Santa Teresa, a pesar de su llaneza, tiene que acudir para trasladar su sentir y para darse a entender, a toda clase de artificios, de símiles, de paradojas e hipérboles. Porque se trata no ya sólo de la alteración de la expresión natural a los impulsos de lo afectivo: también cuando razona y explica se le hace necesario el lenguaje figurado.» (Págs. 36-37.) Así sucede con mucha frecuencia en el libro. No ya para dar expresión a los arrobamientos místicos, sino en el constante razonar emplea el lenguaje figurado. La escritora —como dice García de la Concha— tiene conciencia de estar entrando por los predios de la literariedad. *(Loc. cit.,* pág. 145.)

[9] *He leído.* Las reminiscencias literarias de esta alegoría se remontan al *Cantar de los Cantares* (cap. I, ver 5., IV, 12), quizá a vagas reminiscencias del *Evangelio* de San Mateo o, más en concreto, al *Tercer Abecedario* de Francisco de Osuna. El propio fray Ambrosio Montesino había utilizado la misma imagen a otro propósito en sus sermones (García de la Concha, *loc. cit.,* pág. 90). De todas formas en el capítulo XIV del *Libro de la Vida* utiliza esta comparación con aportaciones mucho más personales. El hecho de dudar si lo ha leído u oído hace referencia a las dos vías fundamentales de su formación: libros y sermones.

7. Pues veamos ahora de la manera que se puede regar para que entendamos lo que hemos de hacer, y el trabajo que nos ha de costar, si es mayor la ganancia, u hasta qué tanto tiempo se ha de tener. Paréceme a mí que se puede regar de cuatro maneras; u con sacar el agua de un pozo, que es a nuestro gran trabajo; u con noria y arcaduces que se saca con un torno (yo la he sacado algunas veces)[10] es a menos trabajo que estotro y sácase más agua; u de un río u arroyo; esto se riega muy mijor, que queda más harta la tierra de agua y no se ha menester regar tan a menudo, y es a menos trabajo mucho del hortolano; u con llover mucho, que lo riega el Señor sin trabajo ninguno nuestro, y es muy sin comparación mijor que todo lo que queda dicho.

8. Ahora pues, aplicadas estas cuatro maneras de agua de que se ha de sustentar este huerto, porque sin ella perderse ha, es lo que a mí me hace al caso, y ha parecido que se podrá declarar algo de cuatro grados de oración, en que el Señor, por su bondad, ha puesto algunas veces mi alma. Plega a su bondad atine a decirlo de manera que aproveche a una de las personas que esto me mandaron escribir[1], que la ha traído el Señor en cuatro meses harto más adelante que yo estaba en diez y siete años. Hase dispuesto mijor, y ansí sin trabajo suyo riega este vergel con todas estas cuatro aguas; aunque la postrera aún no se le da sino a gotas, mas va de suerte que presto se engolfará en ella con ayuda del Señor; y gustaré se ría, si le pareciere desatino la manera de el declarar[12].

9. De los que comienzan a tener oración, podemos decir son los que sacan el agua del pozo, que es muy a su trabajo, como tengo dicho; que han de cansarse en recoger los sentidos que, como están acostumbrados a andar derramados, es harto trabajo. Han menester irse acostumbrando a no se les dar nada de ver ni oír, y aun ponerlo por obra las horas de la oración, sino estar en soledad y, apartados, pensar su vida pasada. Aunque esto, primeros y postreros todos lo han de hacer muchas veces,

---

[10] *Noria.* Gusta de referencias a lo cotidiano. Sus biógrafos —padre Ribera, en especial— han insistido en la existencia de una noria en su casa. Siempre se ofrece con los datos de su experiencia personal: «yo la he sacado algunas veces».

[11] Aunque al margen de su ejemplar anotó el padre Gracián el nombre de fray Pedro Ibáñez, hoy está fuera de duda que se trata del padre García de Toledo.

[12] Es decir, su forma de expresión literaria.

hay más y menos de pensar en esto, como después diré[13]. Al principio aún da pena, que no acaban de entender que se arrepienten de los pecados; y sí hacen, pues se determinan a servir a Dios tan de veras. Han de procurar tratar de la vida de Cristo, y cánsase el entendimiento en esto.

Hasta aquí podemos adquirir nosotros, entiéndese con el favor de Dios; que sin éste ya se sabe no podemos tener un buen pensamiento. Esto es comenzar a sacar agua del pozo; y aun plega a Dios lo quiera tener, mas al menos no queda por nosotros, que ya vamos a sacarla y hacemos lo que podemos para regar estas flores. Y es Dios tan bueno que, cuando por lo que Su Majestad sabe —por ventura para gran provecho nuestro— quiere que esté seco el pozo, haciendo lo que es en nosotros como buenos hortolanos, sin agua sustenta las flores y hace crecer las virtudes: llamo agua aquí las lágrimas y, aunque no las haya, la ternura y sentimiento interior de devoción.

10. Pues ¿qué hará aquí el que ve que en muchos días no hay sino sequedad y desgusto y dessabor[14] y tan mala gana para venir a sacar el agua que, si no se le acordase que hace placer y servicio al Señor de la huerta y mirase a no perder todo lo servido y aun lo que espera ganar del gran trabajo que es echar muchas veces el caldero en el pozo y sacarle sin agua, lo dejaría todo? Y muchas veces le acaecerá aun para esto no se le alzar los brazos, ni podrá tener un buen pensamiento: que este obrar con el entendimiento entendido va que es el sacar agua del pozo.

Pues, como digo, ¿qué hará aquí el hortolano? Alegrarse y consolarse, y tener por grandísima merced de trabajar en huerto de tan gran Emperador. Y, pues sabe le contenta en aquello y su intento no ha de ser contentarse a sí sino a El, alábele mucho, que hace de él confianza, pues ve que sin pagarle nada tiene tan gran cuidado de lo que le encomendó, y ayúdele a llevar la cruz, y piense que toda la vida vivió en ella, y no quiera acá su reino, ni deje jamás la oración y ansí se determine, aunque por toda la vida le dure esta sequedad, no dejar a Cristo caer con la cruz. Tiempo verná que se lo pague por junto; no haya miedo que se pierda el trabajo: a buen amo sirve; mirándolo esta; no haga caso de malos pensamientos;

---

[13] En el capítulo 13 (núms. 14 y 15) y en el capítulo 15.6, etcétera.

[14] *Dessabor,* «desazón», «sinsabor», «desabrimiento».

mire que también los representaba el demonio a San Jerónimo en el desierto[15].

11. Su precio se tienen estos trabajos, que, como quien los pasó muchos años (que cuando una gota de agua sacaba de este bendito pozo pensaba me hacía Dios merced), sé que son grandísimos, y me parece es menester más ánimo que para otros muchos trabajos del mundo. Mas he visto claro que no deja Dios sin gran premio, aun en esta vida; porque es ansí cierto que una hora[16] de las que el Señor me ha dado de gusto de sí después acá, me parece quedan pagadas todas las congojas que en sustentarme en la oración mucho tiempo pasé. Tengo para mí que quiere el Señor dar muchas veces a el principio, y otras a la postre, estos tormentos y otras muchas tentaciones que se ofrecen para probar a sus amadores, y saber si podrán beber el cáliz y ayudarle a llevar la cruz, antes que ponga en ellos grandes tesoros. Y para bien nuestro creo nos quiere Su Majestad llevar por aquí, para que entendamos bien lo poco que somos, porque son de tan gran dinidad las mercedes de después, que quiere por espiriencia veamos antes nuestra miseria primero que nos las dé, porque[17] no nos acaezca lo que a Lucifer.

12. ¿Qué hacéis Vos, Señor mío, que no sea para mayor bien del alma que entendéis que es ya vuestra, y que se pone en vuestro poder para seguiros por donde fuéredes hasta muerte de cruz, y que está determinada ayudárosla[18] a llevar y a no dejaros solo con ella?

Quien viere en sí esta determinación... no, no hay que temer. ¡Gente espiritual![19]. ¡No hay por qué se afligir! Puesto ya en tan alto grado como es querer tratar a solas con Dios y dejar

---

[15] Se alude aquí a la *Epístola* núm. 22 de San Jerónimo a Eustoquio en la que recuerda su sufrimiento al imaginar los placeres de la vida en su soledad eremítica. Ed. Sevilla, 1532.

[16] *Que una hora.* De nuevo se elide la preposición. En este caso «con» y no «en», como dice algún editor.

[17] *Porque*. Valor final muy claro (= para que), muy frecuente en todo el Siglo de Oro.

[18] *Determinada ayudárosla.* Se elide, de nuevo, la preposición. Debía decir «determinada a ayudárosla». Esta omisión (haplografía) es insistente en toda la obra. Esta misma insistencia nos hace pensar en una forma intencionada más que en omisión inconsciente.

[19] *Gente espiritual.* No es del todo usual la imprecación en su lenguaje, si bien aquí la necesita por su afán de comunicación directa.

los pasados tiempos del mundo, lo más está hecho. Alabad por ello a Su Majestad y fiad de su bondad, que nunca faltó a sus amigos. Atapaos[20] los ojos de pensar por qué da aquél de tan pocos días devoción y amí no de tantos años. Creamos es todo para más bien nuestro. Guíe Su Majestad por donde quisiere; ya no somos nuestros, sino suyos; harta merced nos hace en querer que queramos cavar en su huerto y estarnos cabe el Señor dél, que cierto está con nosotros. Si Él quiere que crezcan estas plantas y flores a unos con dar agua que saquen deste pozo a otros sin ellas, ¿qué se me da a mí? Haced Vos, Señor, lo que quisiéredes. No os ofenda yo; no se pierdan las virtudes, si alguna me habéis ya dado por sola vuestra bondad. Padecer quiero, Señor, pues Vos padecistes. Cúmplase en mí de todas manera vuestra voluntad; y no plega a Vuestra Majestad que cosa de tanto precio como vuestro amor se dé a gente que os sirve sólo por gustos.

13. Hase de notar mucho —y dígolo porque lo sé por espiriencia— que el alma que en este camino de oración mental comienza a caminar con determinación y puede acabar consigo de no hacer mucho caso ni consolarse ni desconsolarse mucho porque falten estos gustos y ternuras[21] que la dé el Señor, que tiene andado gran parte del camino; y no haya miedo de tornar atrás, aunque más tropiece, porque va comenzando el edificio en firme fundamento. Sí, que no está el amor de Dios en tener lágrimas ni estos gustos y ternura, que por la mayor parte los deseamos y consolámonos con ellos, sino en servir con justicia y fortaleza de ánima y humildad. Recibir más me parece a mí eso que no dar nosotros nada[22].

14. Para mujercitas como yo, flacas y con poca fortaleza, me parece a mí conviene (como ahora lo hace Dios) llevarme con regalos, porque pueda sufrir algunos trabajos que ha querido Su Majestad tenga. Mas para siervos de Dios, hombres de tomo, de letras y entendimiento, que veo hacer tanto caso de

---

[20] *Atapaos:* «tapaos» (en imperativo). La forma sería «atapad-os».

[21] *Gustos y ternuras.* Se trata de expresiones con sentido técnico en el lenguaje de los místicos. De todas formas obsérvese que la afectividad es un elemento básico de su expresión. Se ha llegado a hablar de una «retórica de lágrimas» en Santa Teresa.

[22] Hay dificultad para puntuar este texto, debido, como es usual, al hipérbaton. Nos parece más acertada la puntuación de los padres Efrén y Steggink. En un hipérbaton menos atrevido sería: «Eso más me parece a mi recibir, que no dar (= que dar) nosotros nada».

que Dios no los[23] da devoción, que me hace disgusto oírlo, no digo yo que no la tomen, si Dios se la da, y la tengan en mucho, porque entonces verá Su Majestad que conviene; mas que cuando no la tuvieren, que no se fatiguen; y que entiendan que no es menester, pues Su Majestad no la da, y anden señores de sí mesmos. Crean que es falta. Yo lo he probado y visto. Crean que es imperfeción y no andar con libertad de espíritu, sino flacos para acometer.

15. Esto no lo digo tanto por los que comienzan (aunque pongo tanto en ello porque les importa mucho comenzar con esta libertad y determinación) sino por otros; que habrá muchos que lo ha que comenzaron, y nunca acaban de acabar[24]; y creo es gran parte este no abrazar la cruz desde el principio, que andarán afligidos pareciéndoles no hacen nada. En dejando de obrar el entendimiento, no lo pueden sufrir; y por ventura entonces engorda la voluntad y toma fuerzas, y no lo entienden ellos.

Hemos de pensar que no mira el Señor en estas cosas, que, aunque a nosotros nos parecen faltas, no lo son: ya sabe Su Majestad nuestra miseria y bajo natural mijor que nosotros mesmos, y sabe que ya estas almas desean siempre pensar en Él y amarle. Esta determinación es la que quiere; estotro afligimiento que nos damos no sirve de más de inquietar el alma, y si había de estar inhábil para aprovechar una hora, que lo esté cuatro. Porque muy muchas veces (yo tengo grandísima espiriencia de ello y sé que es verdad, porque lo he ¡mirado con cuidado[25] y tratado después a personas espirituales) que viene de indisposición corporal, que somos tan miserables que participa esta encarceladita de esta pobre alma de las miserias del cuerpo; y las mudanzas de los tiempos y las vueltas de los humores muchas veces hacen que sin culpa suya no pueda hacer lo que quiere, sino que padezca de todas maneras; y mientras más la quieren forzar en estos tiempos, es peor y

---

[23] *Los.* Insistimos en la inseguridad de utilización de los pronombres por parte de la santa. Aquí se trata de un caso flagrante de loísmo. H. Keniston ha estudiado el fenómeno en nuestro siglo XVI y notado que Santa Teresa es de los primeros autores en que se produce el loísmo.

[24] *Acaban de acabar.* Ejemplo consciente de derivación. Estamos dentro de los recursos reiterativos, propios de la literatura didáctica, que en esta parte de la obra se intensifican.

[25] *Cuidado.* En el autógrafo aparece «cuida» por simple omisión material.

dura más el fnal; sino que haya discrición para ver cuando es desto, y no la ahoguen a la pobre. Entiendan son enfermos; múdese la hora de la oración y hartas veces será algunos días. Pasen como pudieren este destierro, que harta mala ventura es de un alma que ama a Dios ver que vive en esta miseria y que no puede lo que quiere, por tener tan mal huésped como este cuerpo.

16. Dije «con discrición», porque alguna vez el demonio lo hará; y ansí es bien ni siempre dejar la oración cuando hay gran distraimiento y turbación en el entendimiento, ni siempre atormentar el alma a lo que no puede.

Otras cosas hay exteriores de obras de caridad y de lición, aunque a veces aun no estará para esto. Sirva entonces a el cuerpo por amor de Dios; porque otras veces muchas sirva él a el alma, y tome algunos pasatiempos santos antes de conversaciones que lo sean, u irse al campo, como aconsejare el confesor; y en todo es gran cosa la espiriencia, que da a entender lo que nos conviene, y en todo se sirve a Dios. Suave es su yugo, y es gran negocio no traer el alma arrastrada, como dicen, sino llevarla con su suavidad[26], para su mayor aprovechamiento.

17. Ansí que torno a avisar, y aunque lo diga muchas veces no va nada, que importa mucho que de sequedades ni de inquietud y distraimiento en los pensamientos naide se apriete ni aflija: si quiere ganar libertad de espíritu y no andar siempre atribulado, comience a no se espantar de la cruz, y verá cómo se la ayuda también a llevar el Señor, y con el contento que anda, y el provecho que saca de todo; porque ya se ve que si el pozo no mana, que nosotros no podemos poner el agua. Verdad es que no hemos de estar descuidados para cuando la haya sacarla[27]; porque entonces ya quiere Dios por este medio multiplicar las virtudes.

---

[26] *Su suavidad.* Alude a la suavidad del yugo del Señor, sin duda recordando a San Mateo (XI, 30). Algún editor cree que la repetición de «su» es por simple distracción y lo omite en el texto; así sucede desde fray Luis de León. Nos parece, sin embargo, que el posesivo tiene aquí un valor a notar.

[27] *Sacarla.* Se trata, como de costumbre, de una frase elíptica. Se sobreentiende «agua» y «podamos»: «*para cuando la haya* (''agua'') (''podamos'') *sacarla*».

CAPÍTULO XII

Prosigue en este primer estado; dice hasta dónde podemos llegar con el favor de Dios por nosotros mesmos, y el daño que es querer, hasta que el Señor lo haga, subir el espíritu a cosas sobrenaturales[1].

1. Lo que he pretendido dar a entender en este capítulo pasado, aunque me divertido[2] mucho en otras cosas por parecerme muy necesarias, es decir hasta lo que podemos nos-

---

[1] *Sobrenaturales.* Los teólogos han insistido en la dificultad de este título, cuyo sentido no parece muy claro desde el punto de vista técnico. Una segunda mano añadió en el original «y extraordinarias», que será repetido incluso en la edición del padre Silverio. Enrique Llamas cree que el término «sobrenatural» no tiene aquí el mismo significado que en el lenguaje teológico clásico, sino que equivale a «místico», «infuso», «algo dado por Dios en la oración», según el uso de los autores y tratadistas contemporáneos. Fray Tomás de la Cruz incluye una erudita disertación teológica, con abundantes citas, para concluir, de idéntica forma, que quizá el léxico espiritual de los escritores franciscanos no coincida exactamente con la acepción teresiana, pues «sobrenatural» corresponde aquí a «místico» e «infuso». Por nuestra parte prescindimos de la palabra «extraordinarias» y entendemos «sobrenatural» en su acepción más corriente, sin entrar en disquisiciones teológicas.

[2] *Divertido.* Se trata de una elipsis: «me he divertido». La palabra «divertir» conserva aquí el sentido etimológico de «salir de tema», «entretenerse fuera de».

otros adquirir, y cómo en esta primera devoción podemos nosotros ayudarnos algo; porque en pensar y escudriñar[3] lo que el Señor pasó por nosotros, muévenos a compasión, y es sabrosa[4] esta pena y las lágrimas que proceden de aquí. Y de pensar la gloria que esperamos, y el amor que el Señor nos tuvo y su resurreción, muévenos a gozo, que ni es del todo espiritual ni sensual, sino gozo virtuoso, y la pena muy meritoria. De esta manera son todas las cosas que causan devoción adquirida con el entendimiento en parte, aunque no podida merecer ni ganar si no la da Dios. Estále muy bien a un alma que no la ha subido de aquí, no procurar subir ella —y nótese esto mucho— porque no le aprovechará más de perder[5].

2. Puede en este estado hacer muchos actos para determinarse a hacer mucho por Dios y despertar el amor; otros para ayudar a crecer las virtudes, conforme a lo que dice un libro llamado *Arte de servir a Dios*[6], que es muy bueno y apropiado para los que están en este estado, porque obra el entendimiento. Puede representarse delante de Cristo y acostumbrarse a enamorarse mucho de su Sagrada Humanidad[7] y traerle siem-

---

[3] *Pensar y escudriñar.* Obsérvese el efecto intensificador que la santa logra mediante la acumulación. Existe claramente gradación, pues el segundo vocablo lo está en la acepción de «inquirir y averiguar cuidadosamente una cosa y sus circunstancias».

[4] *Sabrosa.* La santa utiliza este vocablo con efecto sinestésico, en el sentido figurado de «deleitosa al ánimo».

[5] *Más de perder:* «más que perder». Recuérdese la ambivalencia «más de-más que», hasta bien avanzado el XVIII; algún autor inventa palabras innecesarias para completar el sentido. Se trata, igualmente, de una elipsis: «más de lo que aprovecha perder».

[6] Obra del franciscano Alonso de Madrid, muy divulgada en los ambientes religiosos durante el XVI. Se publicó en Sevilla (1521) y sucesivamente se reeditó en Alcalá (1526), Burgos (1530), habiendo ediciones posteriores de 1542, 51 y 70. En 1911 se reeditó en la Nueva Biblioteca de Autores Españoles. La última que conocemos es la de la B.A.C. (Madrid, 1948), con introducción del padre Juan Bautista Gomis, que comenta y estudia las ediciones anteriores. La obra de A. de Madrid defiende la primacía de la voluntad sobre el entendimiento en la ascensión del alma hacia Dios, que debe realizarse mediante la contemplación afectiva de la naturaleza (cfr. A. Cilveti: *Introducción a la mística española,* Madrid, Cátedra, 1974).

[7] *Sagrada Humanidad.* Esta es la concreción formal que gustaba a la santa para hablar de Cristo, porque es la que mejor se lo representa. Insistimos en ese aspecto físico de su religiosidad.

pre consigo y hablar con Él, pedirle para sus necesidades y quejársele de sus trabajos, alegrarse con él en sus contentos y no olvidarse por ellos, sin procurar oraciones compuestas, sino palabras conforme a sus deseos y necesidades.

Es escelente manera de aprovechar y muy en breve; y quien trabajare a[8] traer consigo esta preciosa compañía y se aprovechare mucho della y de veras cobrare amor a este Señor a quien tanto debemos, yo le doy por aprovechado.

3. Para esto no se nos ha de dar nada de no tener devoción, como tengo dicho, sino agradecer al Señor que nos deja andar deseosos de contentarle, aunque sean flacas las obras. Este modo de traer a Cristo con nosotros aprovecha en todos estados, y es un medio sigurísimo para ir aprovechando en el primero y llegar en breve al segundo grado de oración, y para los postreros andar siguros de los peligros que el demonio puede poner.

4. Pues esto es lo que podemos. Quien quisiere pasar de aquí y levantar el espíritu a sentir gustos, que no se los dan, es perder lo uno y lo otro, a mi parecer; porque es sobrenatural[9]; y perdido el entendimiento, quédase el alma desierta y con mucha sequedad. Y como este edificio todo va fundado en humildad, mientras más llegados a Dios, más adelante ha de ir esta virtud, y si no, va todo perdido. Y parece algún género de soberbia querer nosotros subir a más, pues Dios hace demasiado, según somos, en allegarnos cerca de Sí.

No se ha de entender que digo esto por el subir con el pensamiento a pensar cosas altas del cielo o de Dios y las grandezas que allá hay y su gran sabiduría; porque, aunque yo nunca lo hice (que no tenía habilidad, como he dicho, y me hallaba tan ruin, que aun para pensar cosas de la tierra me hacía Dios merced de que entendiese esta verdad, que no era poco atrevimiento, cuanto más para las del cielo), otras personas se aprovecharán, en especial si tienen letras, que es un grande tesoro para este ejercicio, a mi parecer, si son con humildad. De unos días acá lo he visto por algunos letrados[10],

---

[8] *Trabajare a:* «trabajare para o por».

[9] *Sobrenatural.* La autora explica cómo entiende este término: «Sobrenatural llamo yo a lo que con ni industria ni diligencia no se puede adquirir, aunque mucho se procure, aunque disponerse para ello sí... Es un recogimiento interior que se siente en el alma.» Así escribe en la quinta de sus *Relaciones* (cit. por E. Llamas).

[10] *Algunos letrados.* Dada la fecha en que escribe, probablemente

que ha poco que comenzaron y han aprovechado muy mucho; y esto me hace tener grandes ansias porque muchos fuesen espirituales, como adelante diré[11].

5. Pues lo que digo «no se suban sin que Dios los suba» es lenguaje de espíritu; entenderme ha quien tuviere alguna espiriencia, que yo no lo sé de decir[12], si por aquí no se entiende. En la mística teulogía que comencé a decir, pierde de obrar el entendimiento, porque le suspende Dios, como después declararé más si supiere y Él me diere para ello su favor. Presumir ni pensar de suspenderle nosotros, es lo que digo no se haga, ni se deje de obrar con él, porque nos quedaremos bobos y fríos, y ni haremos lo uno ni lo otro. Que cuando el Señor le suspende y hace parar, dale de qué se espante y se ocupe; y que sin discurrir entienda más en un Credo que nosotros podemos entender con todas nuestras diligencias de tierra en muchos años. Ocupar las potencias del ánima y pensar hacerlas estar quedas, es desatino.

Y torno a decir que[13], aunque no se entiende, es de no gran humildad, aunque no con culpa, con pena sí, que será trabajo perdido, y queda el alma con un desgustillo, como quien va a saltar y le asen por detrás[14], que ya parece ha empleado su fuerza y hállase sin efectuar lo que con ella quería hacer; y en la poca ganancia que queda verá quien lo quisiere mirar este poquillo de falta de humildad que he dicho, porque esto tiene ecelente esta virtud, que no hay obra a quien ella acompañe que deje el alma desgustada.

Paréceme lo he dado a entender y por ventura será sola para

1565, los letrados a quienes se refiere aquí son Pedro Ibáñez, Domingo Báñez, García de Toledo (destinatario del libro), el maestro Daza, Baltasar Álvarez e incluso el obispo de Ávila don Álvaro de Mendoza. La santa intentó siempre hacerlos progresar en el camino de la oración. Se ha podido hablar a este respecto de la labor catequética de Santa Teresa con ellos.

11 *Como adelante diré.* Especialmente en el capítulo 34.7, y con profusión en los últimos del libro.

12 *No lo sé* de *decir.* No se trata de ningún error material, como han pensado muchos editores (fray Tomás de la Cruz, padre Silverio, etcétera), sino de una expresión perfectamente consolidada en castellano que aún se conserva en amplias áreas de Andalucía; por ejemplo, *«vio* de *venir»* (por «vio venir»).

13 *Torno a decir que es de no gran humildad:* para completar el sentido de esta frase habría de sobreentenderse «presumir», «suspender el entendimiento».

14 Es una de las imágenes literarias más citadas de la santa.

mí: abra el Señor los ojos de los que lo leyeren, con espiriencia que, por poca que sea, luego lo entenderán.

6. Hartos años estuve yo que leía muchas cosas y no entendía nada de ellas; y mucho tiempo que, aunque me lo daba Dios, palabra no sabía decir para darlo a entender, que no me ha costado esto poco trabajo. Cuando Su Majestad quiere, en un punto[15] lo enseña todo, de manera que yo me espanto.

Una cosa puedo decir con verdad: que, aunque hablaba con muchas personas espirituales que querían darme a entender lo que el Señor me daba, para que se lo supiese decir, y es cierto, que era tanta mi torpeza que poco ni mucho me aprovechaba[16], u quería el Señor, como Su Majestad fue siempre mi maestro (sea por todo bendito que harta confusión es para mí poder decir esto con verdad), que no tuviese a nadie que agradecer; y sin querer ni pedirlo (que en esto no he sido nada curiosa —porque fuera virtud serlo—, sino en otras vanidades) dármelo Dios en un punto a entender con toda claridad, y para saberlo decir, de manera que se espantaban, y yo más que mis confesores, porque entendía mijor mi torpeza. Esto ha poco, y ansí lo que el Señor no me ha enseñado no lo procuro, si no es lo que toca a mi conciencia[17].

7. Torno otra vez a avisar que va mucho en *no subir el espíritu si el Señor no lo subiere;* qué cosa es, se entiende luego. En especial para mujeres es malo, que podrá el demonio causar alguna ilusión, aunque tengo por cierto no consiente el Señor dañe a quien con humildad se procura llegar a Él; antes sacará más provecho y ganancia por donde el demonio le pensare hacer perder.

Por ser este camino de los primeros más usado y importar mucho los avisos que he dado, me ha alargado tanto, y habrán-

---

[15] *En un punto:* «en un instante».

[16] Frase de puntuación difícil. Fray Luis la intentó arreglar suprimiendo la «y». Nuestra puntuación permite, al menos, entender el texto.

[17] Se refiere Teresa a cómo Dios aumentó su capacidad de declarar con palabras lo que de suyo es inefable, aduciendo como prueba de la gracia que recibió su incapacidad expresiva anterior. El problema de la inspiración de los místicos ha suscitado siempre debate. Es un hecho, sin embargo, que cuando Teresa describe gracias sobrenaturales o cuenta determinados episodios de su vida espiritual su pluma adquiere mayor vigor que al abordar otros temas.

los escrito en otras parte muy mijor, yo lo confieso, y que con harta confusión y vergüenza lo he escrito, aunque no tanta como había de tener.

Sea el Señor bendito por todo, que a una como yo quiere y consiente hable en cosas suyas tales y tan subidas.

CAPÍTULO XIII

Prosigue en este primer estado y pone avisos para algunas tentaciones que el demonio suele poner algunas veces y da avisos para ellas; es muy provechoso.

1. Hame parecido[1] decir algunas tentaciones que he visto que se tienen a los principios (y algunas he tenido yo) y dar algunos avisos de cosas que me parecen necesarias.

Pues procúrese a los principios andar con alegría y libertad; que hay algunas personas que parece se les ha de ir la devoción si se descuidan un poco. Bien es andar con temor de sí para no se fiar poco ni mucho de ponerse en ocasión donde suele ofender a Dios, que esto es muy necesario hasta estar ya muy entero en la virtud, y no hay muchos que lo puedan estar tanto que en ocasiones aparejadas a su natural se puedan descuidar, que siempre, mientras vivimos, aun por humildad, es bien conocer nuestra miserable naturaleza. Mas hay muchas cosas adonde se sufre (como he dicho) tomar recreación, aun para tornar a la oración más fuertes. En todo es menester discreción.

2. Tener gran confianza, porque conviene mucho no apocar los deseos, sino creer de Dios que, si nos esforzamos poco a poco, aunque no sea luego[2], podremos llegar a lo que muchos

---

[1] Se elide el adjetivo: «conveniente», «oportuno», etc. En este mismo párrafo, de nuevo se evita el auxiliar «he».

[2] *Luego*, en su acepción habitual en Teresa: «en seguida», «al instante», «inmediatamente».

santos con su favor; que si ellos nunca se determinaran a desearlo y poco a poco ponerlo por obra, no subieran[3] a tan alto estado. Quiere Su Majestad, y es amigo de ánimas animosas[4], como vayan con humildad y ninguna confianza de sí; y no he visto ninguna de éstas que quede baja en este camino ni ningún alma cobarde, con amparo[5] de humildad, que en muchos años ande lo que estotros en muy pocos. Espántame lo mucho que hace en este camino animarse a grandes cosas; aunque luego no tenga fuerzas el alma, da un vuelo y llega a mucho, aunque —como avecita que tiene pelo malo— cansa y queda[6].

3. Otro tiempo traía yo delante muchas veces lo que dice San Pablo, que «todo se puede en Dios»; en mí bien entendía no podía nada. Esto me aprovechó mucho, y lo que dice San Agustín: «Dame, Señor, lo que me mandas y manda lo que quisieres». Pensaba muchas veces que no había perdido nada San Pedro en arrojarse en la mar, aunque después temió[7]. Estas primeras determinaciones son gran cosa, aunque en este primer estado es menester irse más deteniendo, y atados a la discreción y parecer de maestro: mas han de mirar que sea tal que no les enseñe a ser sapos[8], ni que se contente con que se enseñe el alma a sólo cazar largartijas[9]. ¡Siempre la humildad

---

[3] *Determinaran... subieran.* Son imperfectos con valor de pluscuamperfecto: «hubieran determinado», «hubieran subido».

[4] Insistimos una vez más en la derivación, que adquiere en este caso concreto carácter de auténtico cliché: *ánimas animosas.* A renglón seguido *como* posee aquí un claro valor condicional: «si van».

[5] *Con amparo:* «so pretexto de».

[6] Esta imagen es un ejemplo característico del afán teresiano por corporeizar y visualizar. García de la Concha ha estudiado este capítulo en particular desde esta perspectiva *(loc. cit.,* págs. 243-244).

[7] Referencias sucesivas a la Epístola de San Pablo a los Filipenses, al capítulo XXIX de las *Confesiones* de San Agustín y al *Evangelio* de San Mateo, XIV, 29-30.

[8] *Ser sapos.* En el léxico teresiano significa «progresar lentamente». Ya Rodolphe Hoornaert estudió esta expresión en su trabajo *Sainte Thérèse ecrivain,* cit. La connotación de esta imagen supone un andar no sólo tardo, sino rastrero y discontinuo: lo más opuesto, en suma, al vuelo que debe elevar las almas.

[9] *Cazar lagartijas.* Es también una expresión típica. En este texto significa «ocuparse en cosas sin sustancia, poco importantes». Correas documenta la expresión «andar a caza de grillos» con el significado

delante para entender que no han de venir estas fuerzas de las nuestras!

4. Mas es menester entendamos cómo ha de ser esta humildad; porque creo el demonio hace mucho daño para no ir muy adelante gente que tiene oración, con hacerlos[10] entender mal de la humildad, haciendo que nos parezca soberbia tener grandes deseos y querer imitar a los santos y desear ser mártires. Luego nos dice u hace entender que las cosas de los santos son para admirar, mas no para hacerlas los que somos pecadores. Esto también lo digo yo, mas hemos de mirar cuál es de espantar y cuál de imitar, porque no sería bien, si una persona flaca y enferma se pusiese en muchos ayunos y penitencias ásperas, yéndose a un desierto, adonde ni pudiera dormir, ni tubiese que comer, u cosas semejantes.

Mas pensar que nos podemos esforzar, con el favor de Dios, a tener un gran desprecio de mundo, un no estimar honra, un no estar atado a la hacienda; que tenemos unos corazones tan apretados que parece nos ha de faltar la tierra en queriéndonos descuidar un poco del cuerpo y dar al espíritu. Luego parece ayuda a el recogimiento tener muy bien lo que es menester, porque los cuidados inquietan a la oración. De esto me pesa a mí, que tengamos tan poca confianza de Dios y tanto amor propio que nos inquiete ese cuidado. Y es ansí, que donde está tan poco medrado el espíritu como esto, unas naderías[11] nos dan tan gran trabajo como a otros cosas grandes y de mucho tomo. Y en nuestro seso presumimos de espirituales.

5. Paréceme ahora a mí esta manera de caminar un querer concertar cuerpo y alma para no perder acá el descanso y gozar allá de Dios y ansí será ello si se anda en justicia y vamos asidos a virtud, mas es paso de gallina: nunca con él se llegará a libertad de espíritu. Manera de proceder muy buena me parece para estado de casados, que han de ir conforme a su llamamiento; mas para otro estado, en ninguna manera deseo tal manera de aprovechar, ni me harán creer que es buena, porque la he probado. Y siempre me estuviera ansí si el Señor por su bondad no me enseñara otro atajo[12].

---

de «ocuparse en casos rastreros y tener necesidad y andar sin pro». La metáfora teresiana, más original, visualiza el despilfarro de energías.

[10] *Hacerlos:* «hacerles». Nuevo caso flagrante de loísmo.

[11] *Naderías:* «tonterías», «nimiedades».

[12] *Atajo:* «senda o paraje por donde se abrevia el camino». Por

6. Aunque en esto de deseos siempre los tuve grandes, mas procuraba esto que he dicho: tener oración, mas vivir a mi placer. Creo si hubiera quien me sacara a volar, más me hubiera puesto en que estos deseos fueran con obra; mas hay —por nuestros pecados— tan pocos, tan contados[13], que no tengan discreción demasiada en este caso, que creo es harta causa para que los que comienzan no vayan más presto a gran perfeción; porque el Señor nunca falta ni queda por Él; nosotros somos los faltos y miserables[14].

7. También se pueden imitar los santos en procurar soledad y silencio y otras muchas virtudes, que no nos matarán estos negros cuerpos que tan concertadamente se quieren llevar para desconcertar el alma[15], y el demonio ayuda mucho a hacerlos inhábiles. Cuando ve un poco de temor, no quiere él más para hacernos entender que todo nos ha de matar y quitar la salud: hasta en tener lágrimas nos hace temer de cegar. He pasado por esto y por eso lo sé; y no sé yo qué mijor vista ni salud podemos desear que perderla por tal causa.

Como soy tan enferma, hasta que me determiné en no hacer caso del cuerpo ni de la salud, siempre estuve atada sin valer nada; y ahora hago bien poco. Mas como quiso Dios entendiese este ardid del demonio, y como me ponía delante el perder la salud, decía yo: «poco va en que me muera»; si el descanso: «no he ya menester descanso, sino cruz»; ansí otras cosas. Vi claro que en muy muchas, aunque yo de hecho soy harto enferma, que era tentación del demonio o flojedad mía; qué después que no estoy tan mirada y regalada, tengo mucha más salud.

Ansí que va mucho a los principios de comenzar oración a no amilanar los pensamientos: y créanme esto, porque lo tengo

---

extensión, se dice del procedimiento o medio más rápido. En otro sentido, podría interpretarse que se trata de un vulgarismo intencionado con «a» protética, en cuyo caso el significado concreto de «sitio donde se faena» tendría aquí el metafórico de «lugar en que el Señor la pone para su salvación». No es del todo descabellada esta segunda hipótesis.

[13] *Tan pocos.* Se refiere a directores espirituales de valía.

[14] *Miserables.* Lo emplea la santa con el significado, aún corriente en ciertas regiones españolas, de «avaro», «económico en demasía», «mezquino».

[15] *Concertadamente... desconcertar.* Otro nuevo caso de antítesis léxica de los muchos que se pueden encontrar. «Concierto» y «desconcierto» son términos muy usuales en Santa Teresa.

por espiriencia. Y para que escarmienten en mí, aun podría aprovechar decir estas mis faltas.

8. Otra tentación es luego muy ordinaria, que es desear que todos sean muy espirituales, como[16] comienzan a gustar del sosiego y ganancia que es. El desearlo no es malo; el procurarlo podría ser no bueno, si no hay mucha discreción y disimulación en hacerse de manera que no parezca enseñan, porque quien hubiere de hacer algún provecho en este caso, es menester que tenga las virtudes muy fuertes para que no dé tentación a los otros.

Acaecióme a mí —y por eso lo entiendo— cuando (como he dicho)[17] procuraba que otras tuviesen oración que, como por una parte me vían hablar grandes cosas del gran bien que era tener oración, y por otra parte me vían con gran pobreza de virtudes, tenerla yo traíalas tentadas y desatinadas; y con harta razón, que después me lo han venido a decir; porque no sabían cómo se podía compadecer[18] lo uno con lo otro: y era causa de no tener por malo lo que de suyo lo era por ver que le hacía yo algunas veces, cuando les parecía algo bien de mí.

9. Y esto hace el demonio, que parece se ayuda de las virtudes que tenemos buenas para autorizar en lo que puede el mal que pretende, que, por poco que sea, cuando es en una comunidad, debe ganar mucho. Y ansí, en muchos años, solas tres[19] se aprovecharon de lo que les decía; y después que el Señor me había dado más fuerzas en la virtud, se aprovecharon en dos o tres años muchas, como después diré.

Y, sin esto, hay otro gran inconveniente, que es perder el alma[20], porque lo más que hemos de procurar al principio es sólo tener cuidado de sí sola, y hacer cuenta que no hay en la tierra sino Dios y ella; y esto es lo que le conviene mucho.

10. Da otra tentación (y todas van con un celo de virtud que es menester entenderse y andar con cuidado) de pena de los pecados y faltas que ven en los otros. Pone el demonio que es sola pena de querer que no ofendan a Dios y pesarle por su honra, y luego querrían remediarlo. Inquieta esto tanto que

---

[16] *Como:* «tan pronto como».

[17] Capítulo 7.10 y ss.

[18] *Compadecer.* Aparece frecuentemente en la santa con el sentido de «compaginar», «ser compatible».

[19] El padre Gracián anota los nombres de María de San Pablo, Ana de los Ángeles y doña María de Cepeda.

[20] *Perder el alma:* «que el alma salga perdiendo». Véase el hipérbaton de la frase siguiente.

impide la oración, y el mayor daño es pensar que es virtud y perfeción y gran celo de Dios. Dejo las penas que dan pecados públicos —si los hubiere en costumbre— de una Congregación, u daños de la Ilesia de estas herejías, adonde vemos perder tantas almas; que ésta es muy buena, y como lo es buena, no inquieta. Pues lo siguro será del alma que tuviere oración descuidarse de todo y de todos y tener cuenta consigo y contentar a Dios. Esto conviene muy mucho, porque si hubiese de decir los yerros que he visto suceder fiando en la buena intención, nunca acabaría. Pues procuremos siempre mirar las virtudes y cosas buenas que viéremos en los otros, y atapar sus defetos con nuestros grandes pecados. Es una manera de obrar que, aunque luego no se haga con perfeción, se viene a ganar una gran virtud, que es tener a todos por mijores que nosotros, y comiénzase a ganar por aquí con el favor de Dios, que es menester en todo y, cuando falta, escusadas son las diligencias y suplicarle nos dé esta virtud, que con que las hagamos no falta a nadie.

11. Miren también este aviso los que discurren mucho por el entendimiento, sacando muchas cosas de una cosa y muchos concetos; que de los que no pueden obrar con él, como yo hacía, no hay que avisar, sino que tengan paciencia hasta que el Señor les dé en qué se ocupen y luz, pues ellos pueden tan poco por sí que antes los embaraza su entendimiento que los ayuda.

Pues tornando a los que discurren, digo que no se les vaya el tiempo en esto; porque aunque es muy meritorio, no les parece, como es oración sabrosa, que ha de haber día de domingo ni rato que no sea trabajar. Luego les parece es perdido el tiempo, y tengo yo por muy ganada esta pérdida: sino que, como he dicho, se representen delente de Cristo y, sin cansancio del entendimiento, se estén hablando y regalando con Él, sin cansarse en componer razones, sino presentar necesidades, y la razón que tiene para no nos sufrir allí. Lo uno un tiempo y lo otro otro, porque no se canse el alma de comer siempre un manjar. Éstos son muy gustosos y provechosos, si el gusto se usa[21] a comer de ellos; train consigo gran sustentamiento para dar vida a el alma, y muchas ganancias.

12. Quiérome declarar más, porque estas cosas de oración todas son dificultosas y, si no se halla maestro, muy malas de entender; y esto hace que, aunque quisiera abreviar y bastaba

---

[21] *Se usa:* «se acostumbra».

para el entendimiento bueno de quien me mandó escribir estas cosas de oración sólo tocarlas, mi torpeza no da lugar a decir y a dar a entender en pocas palabras cosa que tanto importa declararla bien. Que, como yo pasé tanto, he lástima a los que comienzan con solos libros[22], que es cosa estraña cuán diferentemente se entiende de lo que después de espirimentado se ve.

Pues, tornando a lo que decía, ponémonos a pensar un paso de la Pasión (digamos el de cuando estaba el Señor a la coluna[23]), anda el entendimiento buscando las causas que allí dan a entender los dolores grandes y pena que Su Majestad ternía en aquella soledad y otras muchas cosas, que si el entendimiento es obrador podrá sacar de aquí, ¡u que si es letrado![24]... Es el modo de oración en que han de comenzar y demediar y acabar todos, y muy ecelente y siguro camino hasta que el Señor los lleve a otras cosas sobrenaturales.

13. Digo «todos», porque hay muchas almas que aprovechan más en otras meditaciones que en la de la sagrada Pasión. Que ansí como hay muchas moradas[25] en el cielo, hay muchos caminos. Algunas personas aprovechan considerándose en el infierno, y otras en el cielo, y se afligen en pensar en el infierno; otras en la muerte; algunas, si son tiernas de corazón, se fatigan mucho de pensar siempre en la Pasión, y se regalan y aprovechan en mirar el poder y grandeza de Dios en las criaturas, y el amor que nos tuvo, que en todas las cosas se representa; y es admirable manera de proceder, no dejando muchas veces la Pasión y vida de Cristo, que es de donde nos ha venido y viene todo el bien.

14. Ha menester aviso el que comienza, para mirar en lo que aprovecha más. Para esto es muy necesario el maestro, si es espirimentado; que si no, mucho puede errar y traer un

---

22 *Solos libros.* Gusta la santa de estas concordancias no muy usuales en su momento. Es una metábasis de adjetivo por adverbio: «Solamente con libros».

23 *A.* El empleo de las preposiciones es muy peculiar en Santa Teresa, como hemos visto. No sería extraño que en este caso se tratara de una elipsis más: «Atado a la columna».

24 La santa escribe *u:* «uh», exclamación ponderativa usual en su momento y que Teresa emplea frecuentemente en todas sus obras.

25 *Moradas.* Yo andaba a vueltas con el simil de su obra posterior. Probablemente lo había tomado del *Evangelio* de San Juan, cap. XIV, 2.

alma sin entenderla ni dejarla a sí mesma entender; porque, como sabe que es un gran mérito estar[26] sujeta a maestros, no osa salir de lo que se le manda. Yo he topado almas acorraladas y afligidas por no tener espiriencia quien las enseñaba, que me hacían lástima, y alguna que no sabía ya qué hacer de sí; porque, no entendiendo el espíritu, afligen[27] alma y cuerpo y estorban el aprovechamiento. Una trató conmigo, que la tenía el maestro atada ocho años había[28] a que no la dejaba salir de propio conocimiento, y teníala ya el Señor en oración de quietud, y ansí pasaban mucho trabajo.

15. Y aunque esto del conocimiento propio jamás se ha de dejar, ni hay alma en este camino tan gigante que no haya menester muchas veces tornar a ser niño y a mamar (y esto jamás se olvide, que quizá lo diré más veces[29], porque importa mucho), porque no hay estado de oración tan subido que muchas veces no sea necesario tornar al principio. Y esto de los pecados y conocimiento propio es el pan con que todos los manjares se han de comer[30], por delicados que sean en este camino de oración, y sin este pan no se podrían sustentar; mas hase de comer con tasa, que después que un alma se ve ya rendida y entiende claro no tiene cosa buena de sí, y se ve avergonzada delante de tan gran Rey, y ve lo poco que le paga lo mucho que le debe, ¿qué necesidad hay de gastar el tiempo aquí, sino irnos a otras cosas que el Señor pone delante, y no es razón las dejemos?; que Su Majestad sabe mijor que nosotros de lo que nos conviene comer.

16. Ansí que importa mucho ser el maestro avisado, digo de buen entendimiento, y que tenga espiriencia: si con esto tiene letras, es grandísimo negocio. Mas si no se pueden hallar estas tres cosas juntas, las dos primeras importan más, porque letrados pueden procurar para comunicarse con ellos cuando

---

26 *Estar*. En el texto original aparece repetido por descuido o por intensificación.

27 *Afligen*. Probablemente su sujeto es «los maestros del espíritu».

28 *Había* por «hacía».

29 Ya lo había dicho en el cap. XV, 12.

30 Al margen, un lector suspicaz trazó una llamada, probablemente para atraer la atención de los inquisidores sobre la posible heterodoxia de la expresión. No olvidemos el ambiente que rodeó al libro desde que fue escrito. Los editores interesados en el sentido doctrinal del texto dejan clara la idea de su ortodoxia. El sentido del párrafo es: «aunque esto del conocimiento propio jamás se ha de dejar, hase de comer con tasa»; es decir, «no debe frecuentarse en exceso».

tuvieren necesidad[31]. Digo que a los principios, si no tienen oración, aprovechan poco letras. No digo que no traten con letrados, porque espíritu que no vaya comenzado en verdad, yo más le querría sin oración; y es gran cosa letras[32], porque éstas nos enseñan a los que poco sabemos y nos dan luz; y llegados a verdades de la Sagrada Escritura, hacemos lo que debemos: de devociones a bobas[33] nos libre Dios.

17. Quiérome declarar más, que creo me meto en muchas cosas. Siempre tuve esta falta de no me saber dar a entender, como he dicho, sino a costa de muchas palabras. Comienza una monja a tener oración; si un simple la gobierna y se le antoja, harála entender que es mijor que le obedezca a él que no a su superior, y sin malicia suya, sino pensando acierta. Porque si no es de relisión[34], parecerle ha es ansí; y si es mujer casada dirála que es mijor, cuando ha de entender en su casa, estarse en oración, aunque descontente a su marido; ansí que no sabe ordenar el tiempo ni las cosas para que vayan conforme a verdad. Por faltarle a él la luz, no la da a los otros aunque quiere. Y aunque para esto no son menester letras, mi opinión ha sido siempre y será que cualquier cristiano procure tratar con quien las tenga buenas, si se puede, y mientras más, mijor; y los que van por camino de oración tienen desto mayor necesidad, y mientras más espirituales, más.

18. Y no se engañe con decir que letrados sin oración no son para quien la tiene: yo he tratado hartos, porque de unos

---

[31] Las tres cosas son: que sea de buen entendimiento, que tenga experiencia y que sea culto. Esta apreciación viene apoyada por la idea ya expresada en el cap. V, 3, de que «buen letrado nunca la engañó». El pensamiento de la santa parece claro: quien reúna las tres condiciones es la persona ideal; pero, si no las reúne, el orden de prelación es: virtud y discreción. Y luego, a medida que el alma progresa en la oración mental, la ciencia.

[32] Observemos una vez más su defensa cerrada de los hombres cultos. Puede que aquí haya una velada intención femenina de buscar la aquiescencia de los inquisidores. Es sintomático que siempre se apoye en los «hombres de letras». Posiblemente así estaba más a cubierto de percances.

[33] *Devociones a bobas.* Es una de sus frases típicas. Significa «devociones sin fundamento, sin conocimiento».

[34] Aquí el sentido puede variar. Para unos significa si el director no es religioso, es decir, no es hombre de profunda fe y religiosidad. Para otros (E. Llamas), si no pertenece a una Orden religiosa en concreto.

años acá lo he más procurado con la mayor necesidad, y siempre fui amiga dellos, que aunque algunos no tienen espiriencia, no aborrecen el espíritu ni le inoran; porque en la Sagrada Escritura que tratan, siempre hallan la verdad del buen espíritu. Tengo para mí que persona de oración, que trate con letrados, si ella no se quiere engañar, no la engañará el demonio con ilusiones, porque creo temen[35] en gran manera las letras humildes y virtuosas, y saben serán descubiertos y saldrán con pérdida.

19. He dicho esto, porque hay opiniones de que no son letrados para gente de oración, si no tienen espíritu[36]. Ya dije es menester espiritual maestro, mas si éste no es letrado, gran inconveniente es. Y será mucha ayuda tratar con ellos, como[37] sean virtuosos: aunque no tengan espíritu, me aprovechará y Dios le dará a entender lo que ha de enseñar, y aun le hará espiritual para que nos aproveche: y esto no lo digo sin haberlo probado y acaecídome a mí con más de dos. Digo que para rendirse un alma del todo a estar sujeta a solo un maestro, que yerra mucho en no procurar que sea tal, si es relisioso, pues ha de estar sujeto a su perlado, que por ventura le faltarán todas tres cosas[38] —que no será pequeña cruz— sin que él de su voluntad sujete su entendimiento a quien no le tenga bueno. Al menos esto no lo he yo podido acabar conmigo ni me parece conviene. Pues si es seglar, alabe a Dios que puede escoger a quien ha de estar sujeto, y no pierda esta tan virtuosa libertad; antes esté sin ninguno[39] hasta hallarle, que el Señor se le dará como vaya fundado todo en humildad y con deseo de acertar. Yo le alabo mucho, y las mujeres y los que no saben letras le habíamos siempre de dar infinitas gracias, porque haya quien con tantos trabajos haya alcanzado la verdad que los inorantes inoramos.

20. Espántanme[40] muchas veces letrados (relisiosos en especial) con el trabajo que han ganado lo que sin ninguno, más

---

[35] *Temen:* los demonios. Hay un violento cambio de sujeto.

[36] Se alude aquí a teorías religiosas de su momento. En este caso concreto discrepaba de San Pedro de Alcántara.

[37] *Como:* «si» (condicional).

[38] De nuevo se refiere a «buen entendimiento, experiencia y letras», como se ha visto antes.

[39] *Ninguno:* maestro espiritual.

[40] *Espántanme.* Quiere decir que se admira de los letrados. Sigue una de sus más usuales transposiciones: *Con el trabajo que han ganado,* es decir, «el trabajo con que han ganado».

de preguntarlo, me aprovecha a mí. ¡Y que haya personas que no quieran aprovecharse de esto!. No plega a Dios. Véolos sujetos a los trabajos de la relisión, que son grandes, con penitencias y mal comer, sujetos a la obediencia, que algunas veces me es gran confusión, cierto; con esto, mal dormir, todo trabajo, todo cruz. Paréceme sería gran mal que tanto bien ninguno por su culpa lo pierda. Y podría ser que pensamos algunos que estamos libres de estos trabajos y nos lo dan guisado, como dicen, y viviendo a nuestro placer; que por tener un poco más de oración nos hemos de aventajar a tantos trabajos[41].

21. ¡Bendito seáis Vos, Señor, que tan inhábil y sin provecho me hiciste! Mas aláboos muy mucho, porque despertáis a tantos que nos despierten[42]. Había de ser muy continua nuestra oración por estos que nos dan luz. ¿Qué seríamos sin ellos, entre tan grandes tempestades como ahora tiene la Ilesia? Y si algunos ha habido ruines[43], más resplandecerán los buenos. Plega al Señor los tenga de su mano y los ayude para que nos ayuden, amén.

22. Mucho he salido de propósito de lo que comencé a decir; mas todo es propósito para los que comienzan, que comiencen camino tan alto, de manera que vayan puestos en verdadero camino. Pues, tornando a lo que decía, de pensar a Cristo a la coluna, es bueno discurrir un rato y pensar las penas que allí tuvo y por qué las tuvo y quién es el que las tuvo y el amor con que las pasó; mas no se canse siempre en andar a buscar esto, sino que se esté allí con él, acallado el entendimiento. Si pudiere, ocuparle[44] en que mire que le mira, y le acompañe y hable y pida; humíllese y regálese con él y acuerde que no merecía estar allí. Cuando pudiere hacer esto, aunque sea al principio de comenzar la oración, hallará grande provecho, y hace muchos provechos esta manera de oración. Al menos hallóle mi alma.

No sé si acierto a decirlo. Vuesa merced lo verá. Plega al Señor acierte a contentarle siempre. Amén.

---

[41] El sentido es otra vez difícil. Hay una elipsis en la última frase que dificulta la compensación: «hemos de aventajar a (los letrados sujetos a) tantos trabajos».

[42] A tantos para que nos despierten.

[43] Se hace referencia a cosas que la santa conoció; probablemente se trata del reciente caso de Agustín Cazalla, predicador de Carlos V, castigado por la Inquisición en el auto de Valladolid de 24 de mayo de 1559.

[44] *Ocuparle.* Equivale a imperativo.

CAPÍTULO XIV

Comienza a declarar el sigundo grado de oración, que es ya dar el Señor a el alma a sentir gustos más particulares: decláralo para dar a entender cómo son ya sobrenaturales. Es harto de notar.

1. Pues ya queda dicho con el trabajo que se riega este vergel y cuán a fuerza de brazos sacando agua del pozo, digamos ahora el sigundo modo de sacar el agua que el Señor del huerto ordenó para que con artificio de con un torno y arcaduces sacase el hortolano más agua y a menos trabajo y pudiese descansar sin estar contino trabajando. Pues este modo aplicado a la oración que llaman de quietud[1], es lo que yo ahora quiero tratar.

2. Aquí se comienza a recoger el alma, toca ya aquí cosa sobrenatural, porque en ninguna manera ella puede ganar aquello por diligencias que haga. Verdad es que parece que algún tiempo se ha cansado en andar el torno y trabajar con el entendimiento y henchídose los arcaduces; mas aquí está el

---

[1] *Que llaman.* La santa no quiere jamás exponernos propias teorías cuando trata de temas doctrinales. Este «que llaman» es significativo. Aquí debe tratarse de una referencia concreta a la denominación de Francisco de Osuna en el *Tercer Abecedario.* El término aparecía ya en esta obra. Observemos cómo Teresa pretende diluir sus lecturas y dar la impresión de algo muy alejado. Es otro intento de empequeñecer su cultura por no parecer «letrada», siendo mujer. Los prejuicios inquisitoriales a que nos hemos referido, siguen vigentes.

agua más alta, y ansí se trabaja muy menos que en sacarla del pozo: digo que está más cerca el agua porque la gracia dase más cláramente a conocer a el alma. Esto es un recogerse las potencias dentro de sí para gozar de aquel contento con más gusto[2], mas no se pierden ni se duermen; sola la voluntad se ocupa de manera que, sin saber cómo, se cativa; sólo da consentimiento para que la encarcele Dios, como quien bien sabe ser cativo de quien ama. ¡Oh Jesús y Señor mío, qué[3] nos vale aquí vuestro amor!, porque éste tiene el nuestro atado que no deja libertad para amar en aquel punto a otra cosa sino a Vos.

3. Las otras dos potencias ayudan a la voluntad para que vaya haciéndose hábil para gozar de tanto bien; puesto que algunas veces, aun estando unida la voluntad, acaece desayudar harto; mas entonces no haga caso dellas, sino estése en su gozo y quietud, porque, si las quiere recoger, ella y ellas se perderán, que son entonces como unas palomas que no se contentan con el cebo que les da el dueño del palomar, sin trabajarlo ellas, y van a buscar de comer por otras partes, y hallan tan mal que se tornan; y así van y vienen a ver si les da la voluntad de lo que goza. Si el Señor quiere echarles cebo, detiénense, y si no, tornan a buscar; y deben pensar que hacen a la voluntad provecho, y a las veces en querer la memoria o imaginación representarla lo que goza, la dañará. Pues tenga aviso de haberse con ellos, como diré.

4. Pues todo esto que pasa aquí es con grandísimo consuelo y con tan poco trabajo que no cansa la oración aunque dure mucho rato; porque el entendimiento obra aquí muy paso a paso, y saca muy mucha más agua que no[4] sacaba del pozo; las lágrimas que Dios aquí da, ya van con gozo; aunque se sienten, no se procuran.

5. Esta agua de grandes bienes y mercedes que el Señor da aquí hacen[5] crecer las virtudes muy más sin comparación que

---

[2] Se refiere a la oración de quietud. Los términos adquieren aquí un sentido técnico: «perderse» equivale a «suspenderse», etc. Los teólogos han escudriñado este pasaje en múltiples disquisiciones. Obsérvese desde el punto de vista léxico la abundancia de términos de afectividad, característicos de la expresión teresiana.

[3] *Qué:* «cuánto», exclamativo ponderativo.

[4] Alude al primer grado de oración. Nótese la construcción *que no* —reminiscencia latina—, donde hoy diríamos simplemente «que».

[5] Frase de sentido muy distinto según la puntuación. Disentimos de fray Luis y seguimos a fray Tomás de la Cruz (ed. cit., página 130).

en la oración pasada; porque se va ya esta alma subiendo de su miseria y dásele ya un poco de noticia de los gustos de la gloria. Esto creo las hace más crecer, y también llegar más cerca de la verdadera virtud, de donde todas las virtudes vienen, que es Dios; porque comienza Su Majestad a comunicarse a esta alma, y quiere que sienta ella cómo se le comunica.

Comiénzase luego, en llegando aquí, a perder la codicia de lo de cá y, ¡pocas gracias![6], porque ve claro que un momento de aquel gusto no se puede haber acá, ni hay riquezas, ni señoríos, ni honras, ni deleites que basten a dar un «cierra ojo y abre»[7] deste contentamiento, y porque se verdadero, y contento que se ve que nos contenta[8], porque los de acá, por maravilla me parece entendemos adonde está este contento, porque nunca falta un «si-no»[9]; aquí todo es «sí» en aquel tiempo; el «no» viene después, por ver que se acabó y que no lo puede tornar a cobrar, ni sabe cómo; porque si se hace pedazos a penitencias y oración y todas las demás cosas, si el Señor no lo quiere dar, aprovecha poco. Quiere Dios por su grandeza que entienda esta alma que está Su Majestad tan cerca de ella, que ya no ha menester enviarle mensajeros, sino hablar ella mesma con Él, y no a voces, porque está ya tan cerca que en meneando los labios la entiende.

6. Parece impertinente decir esto, pues sabemos que siempre nos entiende Dios y está con nosotros. En esto no hay que dudar que es ansí; mas quiere este Emperador y Señor nuestro que entendamos aquí que nos entiende, y lo que hace su presencia, y que quiere particularmente comenzar a obrar en el alma en la gran satisfación interior y esterior que le da, y en la diferencia que, como he dicho, hay de este deleite y contento a los de acá, que parece hinche el vacío que por nuestros

---

[6] *Pocas gracias.* Va referido al verbo *perder.* Es una frase aparentemente confusa, con zeugma sintáctico. El sentido es que, al comenzar el alma a perder la codicia por los bienes del mundo, pierde pocas gracias de Dios; es decir, se aprovecha de las gracias sobrenaturales desde el momento en que no desea las del mundo.

[7] *Cierra ojo y abre.* Forma clásica de la expresión actual «en un abrir y cerrar de ojos». Aparece con mucha frecuencia en Quevedo y Gracián. Rodolphe Hoornaert la ha citado como una de las expresiones más características de Teresa, cuyo uso se extenderá luego. *(Sainte Thérèse ecrivain,* cit.).

[8] Nótese este nuevo caso de derivación.

[9] *Nunca falta un «si-no».* Expresión de sentido similar al actual «nunca falta un pero».

pecados teníamos hecho en el alma. Es en lo muy íntimo della esta satisfación, y no sabe por dónde ni cómo le vino, ni muchas veces sabe qué hacer ni qué pedir. Todo parece lo halla junto y no sabe lo que ha hallado, ni aun yo sé cómo darlo a entender; porque para hartas cosas eran menester letras[10], porque aquí viniera bien dar a entender qué es aujilio general o particular[11], que hay muchos que lo inoran: y cómo este particular quiere el Señor aquí que casi le vea el alma por vista de ojos, como dicen, y también para muchas cosas que irán erradas, mas como lo han de ver personas que entiendan si hay yerro, voy descuidada; porque ansí de letras como de espíritu sé que lo puedo estar, yendo a poder de quien va, que entenderán, y quitarán lo que fuere mal[12].

7. Pues querría dar a entender esto, porque son principios, y cuando el Señor comienza a hacer estas mercedes, la mesma alma no las entiende, ni sabe qué hacer de sí. Porque si la lleva Dios por camino de temor, como hizo a mí, es gran trabajo, si no hay quien la entienda y esle gran gusto verse pintada[13], y entonces ve claro va por allí. Y es gran bien saber lo que ha de hacer para ir aprovechando en cualquier estado de éstos; porque he yo pasado mucho, y perdido harto tiempo por no saber qué hacer; y he gran lástima a almas que se ven solas cuando llegan aquí; porque, aunque he leído muchos libros espirituales, aunque tocan en lo que hace al caso, declaránse muy poco, y si no es alma muy ejercitada, aun declarándose mucho, terná harto que hacer en entenderse[14].

8. Querría mucho el Señor me favoreciese para poner los efetos que obran en el alma estas cosas que ya comienzan a ser sobrenaturales, para que se entienda por los efetos cuando es espíritu de Dios. Digo «se entienda» conforme a lo que acá se

---

10 De nuevo Teresa intenta aparentar poca cultura. Insistimos en el sentido de defensa que tiene este afán. El no ser «letrada» era factor positivo, como mujer, de cara a la Inquisición.

11 *Aujilio.* Alude aquí a las dos especies de gracia. Teresa sigue aquí la teoría del padre Báñez, antagonista de Molina en la batalla teológica *de auxiliis divinae gratiae.* El término «auxilio» es sinónimo aquí de «gracia». La forma es la más vulgar de cuantas coexistían en la época.

12 Estamos ante un párrafo retocado en la última redacción, ya que el plural supone la presencia de varios interlocutores.

13 *Verse pintada:* «verse reflejada y descrita al vivo».

14 Tendrá mucho que poner de su parte para comprenderlo.

pueda entender, aunque siempre es bien andemos con temor y recato; que, aunque sea de Dios, alguna vez podrá trasfigurarse el denomio en Ángel de luz[15]; y si no es alma muy ejercitada, no lo entenderá; y tan ejercitada, que para entender esto es menester llegar muy en la cumbre de la oración.

Ayúdame poco el poco tiempo que tengo, y ansí ha menester Su Majestad hacerlo; porque he de andar con la comunidad y con otras hartas ocupaciones, como estoy en casa que ahora se comienza[16], como después se verá; y ansí es muy sin tener asiento lo que escribo, sino a pocos a pocos[17], y esto quisiérale, porque cuando el Señor da espíritu, pónese con facilidad y mijor. Parece como quien tiene un dechado delante, que está sacando aquel labor[18], mas si el espíritu falta, no hay más concertar este lenguaje que si fuese algaravía[19], a manera de decir, aunque hayan muchos años pasado en oración. Y ansí me parece es grandísima ventaja, cuando lo escribo, estar en ello; porque veo claro no soy yo quien lo dice, que ni lo ordeno con el entendimiento ni sé después cómo lo acerté a decir. Esto me acaece muchas veces[20].

9. Ahora tornemos a nuestra huerta o vergel, y veamos cómo comienzan estos árboles a empreñarse para florecer y dar después fruto; y las flores y los claveles lo mesmo para dar

---

15 El demonismo es una constante en toda la obra. Recuérdese el estudio de E. Llamas incluido en *Introducción a la lectura de Santa Teresa,* cit.

16 Se refiere al convento de San José de Ávila, fundado el 24 de agosto de 1562. Se reafirma así la suposición de que Teresa escribe en este convento muy a finales de 1565.

17 *A pocos a pocos.* De nuevo la elipsis: «a pocos ratos», «a tiempos espaciados».

18 *Aquel labor.* La mayoría de los editores lo interpretan como una haplografía. No es tal; simplemente, Teresa concuerda en masculino, pues el término «labor» no presentaba clara diferenciación de género en la época.

19 *Algaravía.* Se emplea en sentido familiar como «lengua o escritura ininteligible». En el marco histórico de Santa Teresa, «algaravía» era el «árabe que hablaban los cristianos», pero en el texto tiene la acepción popular de «la lengua hablada por los moriscos, ininteligible para los castellanos».

20 Este texto nos plantea el problema de la inspiración en la literatura ascético-mística. Es, seguramente, uno de los fragmentos más citados de toda la literatura teresiana. Supone la constatación de que los místicos son, en buena medida, simples transmisores.

olor. Regálame esta comparación, porque muchas veces en mis principios (y plega al Señor haya yo ahora comenzado a servir a Su Majestad; digo «principio» de lo que diré de aquí adelante de mi vida), me era gran deleite considerar ser mi alma un huerto y al Señor se paseaba en él. Suplicábale aumentase el olor de las florecitas de virtudes que comenzaban, a lo que parecía, a querer salir y que fuese para su gloria y las sustentase, pues yo no quería nada para mí, y cortase las que quisiese, que yo sabía habían de salir mijores. Digo «cortar» porque vienen tiempos en el alma que no hay memoria de este huerto; todo parece está seco y que no ha de haber agua para sustentarle, ni parece hubo jamás en el alma cosa de virtud. Pásase mucho trabajo, porque quiere el Señor que le parezca a el pobre hortolano que todo el que ha tenido en sustentarle y regalarle va perdido. Entonces es el verdadero escardar y quitar de raíz las yerbecillas, aunque sean pequeñas, que han quedado malas. Con conocer no hay diligencia que baste si el agua de la gracia nos quita Dios, y tener en poco nuestra nada, y aún menos que nada, gánase aquí mucha humildad; tornan de nuevo a crecer las flores.

10. ¡Oh, Señor mío y Bien mío! ¡Que no puedo decir esto sin lágrimas y gran regalo de mi alma! ¡Que queráis Vos, Señor, estar ansí con nosotros, y estáis en el Sacramento (que con tanta verdad se puede creer, pues lo es, y con gran verdad podemos hacer esta comparación), y si no es por nuestra culpa nos podemos gozar con Vos, que Vos os holgáis con nosotros, pues decís ser vuestro deleite estar con los hijos de los hombres! ¡Oh, Señor mío! ¿Qué es esto? Siempre que oigo esta palabra, me es gran consuelo, aun cuando era muy perdida. ¿Es posible, Señor, que haya alma que llegue a que Vos le hagáis mercedes semejantes y regalos, y a entender que Vos os holgáis con ella, que os torne a ofender después de tantos favores y tan grandes muestras del amor que la tenéis, que no se puede dudar, pues se ve clara la obra? Sí hay por cierto, y no una vez, sino muchas, que soy yo. Y plega a vuestra bondad, Señor, que sea yo sola la ingrata, y la que haya hecho tan gran maldad y tenido tan ecesiva ingratitud: porque aun ya della algún bien ha sacado vuestra infinita bondad; y mientras mayor mal, más resplandece el gran bien de vuestras misericordias. ¡Y con cuánta razón las puedo yo para siempre así cantar![21].

[21] Alude al Salmo 88, 2, «Cantaré para siempre las misericordias del Señor». También puede tener un sentido más general: recuérdese

Suplícoos yo, Dios mío, sea ansí y las cante yo sin fin, ya que habéis tenido por bien de hacerlas tan grandísimas conmigo que espantan a los que las ven y a mí me saca de mí muchas veces para poder mijor alabar a Vos; que estando en mí sin Vos, no podría, Señor mío, nada, sino tornar a ser cortadas estas flores de este huerto, de suerte que esta miserable tierra tornase a servir de muladar[22], como antes. No lo primitáis, Señor, ni queráis se pierda alma que con tantos trabajos comprastes y tantas veces de nuevo la habéis tornado a rescatar y quitar de los dientes del espantoso dragón.

12. Vuesa merced me perdone[23], que salgo de propósito; y como hablo a mi propósito, no se espante, que es como toma a el alma lo que se escribe, que a las veces hace harto de dejar de ir adelante en alabanzas de Dios, como se le representa, escribiendo, lo mucho que le debe. Y creo no le hará a vuesa merced mal gusto, porque entramos, me parece, podemos cantar una cosa[24], aunque en diferente manera; porque es mucho más lo que yo debo a Dios, porque me ha perdonado más, como vuesa merced sabe.

---

la «poesía tradicional carmelitana», cantada en los conventos, en la que se inserta la lírica teresiana. Cfr. E. Orozco, *Poesía y mística,* cit.

[22] *Muladar:* «lugar donde se echa el estiércol o basura en las casas».

[23] Se refiere, naturalmente, a García de Toledo.

[24] Es decir, «tenemos tal compenetración espiritual». Cantarían una misma canción: la de alabanza a Dios. Se refiere a García de Toledo como místico o iniciado.

CAPÍTULO XV

Prosigue en la mesma materia y da algunos avisos de cómo se han de haber en esta oración de quietud. Trata de cómo hay muchas almas que llegan a tener esta oración y pocas que pasen adelante. Son muy necesarias y provechosas las cosas que aquí se tocan.

1. Ahora tornemos a el propósito. Esta quietud y recogimiento de el alma es cosa que se siente mucho en la satisfación y paz que en ella se pone, con grandísimo contento y sosiego de las potencias y muy suave deleite. Parécele —como no ha llegado a más— que no le queda qué desear, y que de buena gana diría con San Pedro que fuese allí su morada. No osa bullirse ni menearse que de entre las manos le parece se le ha de ir aquel bien; ni resolgar[1] algunas veces no querría. No entiende la pobrecita que, pues ella por sí no pudo nada para traer a sí aquel bien, que menos podrá detenerle más de lo que el Señor quisiere. Ya he dicho que en este primer recogimiento y quietud no faltan las potencias del alma, mas está tan satisfecha con Dios, que mientras aquellos dura, aunque las dos potencias se disbaraten , como la voluntad está unida con Dios, no se

[1] *Resolgar:* «resollar», «respirar».

[2] *Disbaraten.* Fray Luis de León lee «desbaraten». Así también la mayoría de los editores; creemos, sin embargo, que se trata de una sonorización de sordas, tan frecuente en la santa: «disparaten». Sucede lo mismo con el sustantivo «disbarate», que todos los editores transcriben como «disparate».

pierde la quietud y el sosiego, antes ella poco o poco torna a recoger el entendimiento y memoria. Porque, aunque ella aún no está de todo punto engolfada, está también ocupada sin saber cómo, que por mucha diligencia que ellas pongan, no la pueden quitar su contento y gozo; antes muy sin trabajo se va ayudando para que esta centellica de amor de Dios no se apague.

3. Plega a Su Majestad me dé gracia para que yo dé esto a entender bien, porque hay muchas almas que llegan a este estado y pocas las que pasan adelante, y no sé quién tiene la culpa. A buen seguro que no falta Dios, que ya que Su Majestad hace merced que llegue a este punto, no creo cesaría de hacer muchas más, si no fuese por nuestra culpa. Y va mucho en que el alma que llega aquí conozca la dinidad grande en que está, y la gran merced que le ha hecho el Señor, y sólo de buena razón no había de ser de la tierra; porque ya parece la hace su bondad vecina del cielo, si no queda por su culpa. Y desventurada será si torna atrás; yo pienso será para ir hacia abajo, como yo iba, si la misericordia del Señor no me tornara; porque, por la mayor parte, será por graves culpas a mi parecer, ni es posible dejar tan gran bien sin gran ceguedad de mucho mal.

3. Y ansí ruego yo, por amor del Señor, a las almas a quien Su Majestad ha hecho tan gran merced de que lleguen a este estado, que se conozcan y tengan en mucho, con una humilde y santa presunción, para no tornar a las ollas de Egito[3]. Y si por su flaqueza y maldad y ruin y miserable natural cayeren, como yo hice, siempre tengan delante el bien que perdieron, y tengan sospecha y anden con temor (que tienen razón de tenerle) que si no tornan a la oración han de ir de mal en peor. Que ésta llamo yo verdadera caída, la que aborrece el camino por donde ganó tanto bien, y con estas almas hablo; que no digo que no han de ofender a Dios y caer en pecados, aunque sería razón se guardase mucho de ellos quien ha comenzado a recibir estas mercedes, mas somos miserables. Lo que aviso mucho es que no deje la oración, que allí entenderá lo que hace y ganará arrepentimiento del Señor y fortaleza para levantarse; y crea, crea que si de ésta se aparta, que lleva, a mi parecer,

---

[3] *«Ollas de Egito».* Alude al libro bíblico del *Éxodo* (XVI, 3): «Los hijos de Israel decían: ¡Quien nos diera que muriéramos a manos de Yavé en Egipto, cuando nos sentábamos junto a las ollas de carne y nos hartábamos de pan!».

peligro. No sé si entiendo lo que digo, porque, como he dicho, juzgo por mí.

4. Es, pues, esta oración una centellica que comienza el Señor a encender en el alma del verdadero amor suyo, y quiere que el alma vaya entendiendo qué cosa es este amor con regalo. Esta quietud y recogimiento y centellica, si es espíritu de Dios y no gusto dado del demonio o procurado por nosotros, aunque a quien tiene espiriencia es imposible no entender luego que no es cosa que se pueda adquirir, sino que este natural nuestro es tan ganoso de cosas sabrosas que todo lo prueba, mas quédase muy en frío bien en breve, porque por mucho que quiera comenzar a hacer arder el fuego para alcanzar este gusto, no parece sino que le echa agua para matarle... [4]. Pues esta centellica puesta por Dios, por pequeñita que es, hace mucho ruido, y si no la matan por su culpa, ésta es la que comienza a encender el gran fuego que echa llamas de sí (como diré en su lugar [5]) del grandísimo amor de Dios que hace Su Majestad tengan las almas perfectas.

5. Es esta centella una señal o prenda que da Dios a esta alma de que la escoge ya para grandes cosas, si ella se apareja para recibillas. Es gran don, mucho más de lo que yo podré decir.

Esme gran lástima, porque —como digo— conozco muchas almas que llagan aquí, y que pasen de aquí, como han de pasar, son tan pocas que se me hace vergüenza decirlo. No digo yo que hay pocas, que muchas debe de haber, que por algo nos sustenta Dios; digo lo que he visto. Querríalas mucho avisar que miren no escondan el talento, pues me parece las quiere Dios escoger para provecho de otras muchas, en especial en estos tiempos, que son menester amigos fuertes de Dios para sustentar los flacos; y los que esta merced conocieron en sí, ténganse por tales si saben responder con las leyes que aun la buena amistad del mundo pide; y si no —como he dicho— teman y hayan miedo no se hagan a sí mal y ¡plega a Dios sea a sí solos!

---

[4] Es una frase truncada, anacolútica, en la que el sentido queda suspenso. Teresa se limita a añadir unos puntos suspensivos e iniciar otra oración. Los editores han intentado remediarlo cada uno a su manera. Fray Luis introdujo un paréntesis que nada solucionaba, y los restante editores lo han ido acortando o alargando a su gusto. Es preferible respetar el texto teresiano aun a sabiendas de que carece de sentido gramatical.

[5] Véase c. 18, 2.

6. Lo que ha de hacer el alma en los tiempos de esta quietud no es más de con suavidad y sin ruido. Llamo «ruido» andar con el entendimiento buscando muchas palabras y consideraciones para dar gracias de este beneficio, y amontonar pecados suyos y faltas para ver que no lo merece. Todo esto se mueve aquí, y representa el entendimiento, y bulle la memoria, que cierto estas potencias a mí me cansan a ratos, que, con tener poca memoria, no la puedo sojuzgar. La voluntad, con sosiego y cordura, entienda que no se negocia bien con Dios a fuerza de brazos; y que éstos son unos leños[6] grandes puestos sin discreción para ahogar esta centella, y conózcalo y con humildad diga: «Señor, ¿qué puedo yo aquí? ¿Qué tiene que ver la sierva con el Señor, y la tierra con el cielo?» U palabras que se ofrecen aquí de amor, fundada mucho en conocer que es verdad lo que dice; y no haga caso del entendimiento, que es un moledor. Y si ella[7] le quiere dar parte de lo que goza, o trabaja por recogerle, que muchas veces se verá en esta unión de la voluntad y sosiego, y el entendimiento muy disbaratado; y vale más que le deje que no que vaya ella tras él, digo la voluntad, si no estése ella gozando de aquella merced y recogida como sabia abeja; porque si ninguno entrase en la colmena, sino que por traerse unas a otras se fuesen todas, mal se podría labrar la miel.

7. Ansí que perderá mucho el alma si no tiene aviso en esto; en especial si es el entendimiento agudo, que cuando comienza a ordenar pláticas y buscar razones, en tantico[8], si son bien dichas, pensará hacer algo. La razón que aquí ha de haber es entender claro que no hay ninguna para que Dios no haga tan gran merced, sino sola su bondad; y ver que estamos tan cerca y pedir a Su Majestad mercedes, y rogarle por la Ilesia, y por los que se nos han encomendado, y por las ánimas del purgatorio, no con ruido de palabras, sino con sentimiento de desear que nos oya[9]. Es oración que comprende mucho, y se

---

[6] Los brazos se identifican metafóricamente con *leños grandes*. Los brazos simbolizan los esfuerzos reflexivos de la mente, que entorpecen el proceso en cuestión.

[7] Se entiende la «voluntad». El sentido queda, de nuevo, truncado, aunque con la puntuación adoptada puede seguirse tenuemente el hilo expositivo.

[8] Alternan las terminaciones -ito, -ico, en la misma acepción. Aquí significa «insignificancia», «poca cosa».

[9] *Oya:* «oiga»; forma arcaica ya en el momento de su empleo por parte de la santa.

alcanza más que por mucho relatar el entendimiento. Despierte en sí la voluntad de algunas razones que de la mesma razón se representarán de verse tan mijorada, para avivar este amor, y haga algunos atos amorosos de qué hará por quien tanto debe, sin —como he dicho— admitir ruido del entendimiento a que busque grandes cosas. Más hacen aquí al caso unas pajitas puestas con humildad (y menos serán que pajas si las ponemos nosotros) y más le ayudan a encender, que no mucha leña junta de razones muy dotas, a nuestro parecer, que en un credo la ahogarán [10]. Esto es bueno para los letrados que me lo mandan escribir, porque por la bondad de Dios todos llegan aquí, y podrá ser se les vaya el tiempo en aplicar escrituras; y aunque no les dejarán de aprovechar mucho las letras, antes y después, aquí, en estos ratos de oración, poca necesidad hay de ellas, a mi parecer, si no es para entibiar la voluntad; porque el entendimiento está entonces de verse cerca de la luz con grandísima claridad, que aun yo, con ser la que soy, parezco otra.

8. Y es ansí que me ha acaecido estando en esta quietud, con no entender casi cosa que rece en latín, en especial del Salterio [11], no sólo entender el verso en romance, sino pasar adelante en regalarme de ver lo que el romance quiere decir.

Dejemos si hubiesen de predicar o enseñar, que entonces bien es de ayudarse de aquel bien para ayudar a los pobres de poco saber, como yo, que es gran cosa la caridad y este aprovechar almas siempre, yendo desnudamente por Dios.

Ansí que, en estos tiempos de quietud, dejar [12] descansar el alma con su descanso: quédense las letras a un cabo; tiempo verná que aprovechen al Señor y las tengan en tanto que por ningún tesoro quisieran haberlas dejado de saber. Sólo para

---

[10] Obsérvese el particular vocabulario de Teresa para medir el tiempo: «un cierra ojo y abre», «un memento», «un avemaría». Aquí utiliza *un Credo,* período breve de tiempo en que ahogarán la «centellica»; es decir, los inicios de recogimiento y quietud.

[11] No dice aquí Teresa que desconociera por completo el latín, sino que lo conocía poco; son sus palabras *no entender casi cosa* («casi nada»); hemos de ver aquí también su habitual modestia unida a su prevención contra las monjas bachilleras, que presumían conocer el latín. Pretende aquí Teresa resaltar sobremanera la eficacia de la oración de quietud, en la que entendía el verso en romance, es decir, los versículos del Salterio como traducidos al castellano.

[12] *Dejar.* Nótese que emplea el infinitivo con valor de imperativo, tal como todavía se suele utilizar vulgarmente.

servir a Su Majestad, porque ayudan mucho. Más delante de la Sabiduría infinita, créanme que vale más un poco estudio[13] de humildad, y un acto della que toda la ciencia del mundo. Aquí no hay que argüir[14], sino que conocer lo que somos con llaneza, y con simpleza representarnos delante de Dios, que quiere se haga el alma boba (como a la verdad lo es delante de su presencia), pues Su Majestad se humilla[15] tanto, que la sufre cabe sí, siendo nosotros lo que somos.

9. También se mueve el entendimiento a dar gracias muy compuestas; mas la voluntad, con sosiego, con un no osar alzar los ojos con el publicano, hace más hacimiento[16] de gracias, que cuanto el entendimiento, con trastornar la retórica, por ventura puede hacer. En fin, aquí no se ha de dejar del todo la oración mental ni algunas palabras aun vocales, si quisieren alguna vez u pudieren; porque si la quietud es grande, puédese mal hablar, si no es con mucha pena.

Siéntese, a mi parecer, cuándo es espíritu de Dios o procurado de nosotros con comienzo de devoción que da Dios y queremos, como he dicho, pasar nosotros a esta quietud de la voluntad: no hace efeto ninguno, acábase presto, deja sequedad.

10. Si es del demonio, alma ejercitada paréceme lo entenderá, porque deja inquietud y poca humildad, y poco aparejo para los efetos que hace él de Dios; no deja luz en el entendimiento ni firmeza en la verdad. Puede[17] hacer aquí poco daño o ninguno, si el alma endereza su deleite y suavidad, que allí siente, a Dios y poner en Él sus pensamientos y deseos, como queda avisado. No puede ganar nada el demonio; antes permitirá Dios que con el mesmo deleite que causa en el alma,

---

[13] *Estudio de:* «esfuerzo por» (lograr la humildad).

[14] *Argüir:* «razonar», «discurrir». Precisa fray Tomás de la Cruz que este vocablo está aquí empleado aludiendo maliciosamente al modo de razonar típico de aquellos letrados. Se empleaba «argüir» para designar la parte de la «disputa pública» en que el objetante ponía dificultades a la tesis.

[15] El padre Báñez, por escrúpulo teológico, cambió el verbo «humilla» por «humana». Se trata de un simple prejuicio. El mismo fray Luis restituye la palabra teresiana.

[16] *Hacimiento,* en sentido de «acopio», «hacienda» (con valor etimológico). Es uno de los vocablos típicamente teresianos. La alusión anterior al «publicano» es una reminiscencia del *Evangelio* de San Lucas (18, 13).

[17] *Puede.* Se refiere al demonio.

pierda mucho; porque éste ayudará a que el alma, como piensa que es Dios, venga muchas veces a la oración con codicia de él; y si es alma humilde y no curiosa ni interesal[18] de deleites (aunque sean espirituales), sino amiga de cruz, hará poco caso del gusto que da el demonio, lo que no podrá ansí hacer si es espíritu de Dios, sino tenerlo en muy mucho. Mas cosa que pone el demonio, como él es todo mentira, con ver que el alma con el gusto y deleite se humilla (que en esto ha de tener mucho, en todas las cosas de oración y gustos procurar salir humilde) no tornará muchas veces el demonio, viendo su pérdida.

11. Por esto y por otras muchas cosas avisé yo en el primer modo de oración, en la primer agua, que es gran negoción[19] comenzar las almas oración comenzándose a desasir de todo género de contentos, y entrar determinadas a sólo ayudar a llevar la cruz a Cristo, como buenos caballeros que sin sueldo quieren servir a su rey, pues le tienen bien siguro. Los ojos en el verdadero y perpetuo reino que pretendemos ganar[20]. Es muy gran cosa traer esto siempre delante, especial en los principios, que después tanto se ve claro[21], que antes es menester olvidarlo para vivir, que procurarlo[22] traer a la memoria lo poco que dura todo, y cómo no es todo nada[23] y en lo nada que se ha de estimar el descanso.

12. Parece que esto es cosa muy baja, y ansí es verdad, que los que están delante en más perfeción ternían por afrenta y entre sí se correrían si pensasen que porque se han de acabar los bienes de este mundo los dejan, sino que, aunque durasen para siempre, se alegran de dejarlos por Dios; y mientras más perfetos fueron, más; y mientras más dudaren, más. Aquí en éstos está ya crecido el amor, y él es el que obra. Mas a los que

---

18 *Interesal:* «interesada», «codiciosa».

19 *Negoción.* Muchos editores evitan este aumentativo. Lo respetamos por ser característico de la intencionada expresividad teresiana.

20 Ausencia del verbo «estar», que configura una frase nominal característica del lenguaje directo.

21 *Tanto se ve claro:* «tan claro se ve».

22 *Procurar*lo. Tenemos aquí un curioso empleo de un pronombre personal catafórico (adelanta lo que inmediatamente va a referir).

23 *No es todo nada.* Pocas expresiones tan claras en la literatura teresiana de su filiación «prebarroca». Estamos aquí ya ante una de las formulaciones más exactas de todo el pensamiento barroco, en la línea del pesimismo y desengaño vitales. (Ver Introducción.)

comienzan, esles cosa importantísima, y no lo tengan por bajo, que es gran bien el que se gana, y por eso lo aviso tanto, que les será menester, aun a los muy encumbrados en oración, algunos tiempos que los quiere Dios probar, y parece que Su Majestad los deja. Que, como ya he dicho, y no querría esto se olvidase, en esta vida que vivimos no crece el alma como el cuerpo, aunque decimos que sí, y de verdad crece; mas un niño después que crece y echa gran cuerpo y ya le tiene de hombre, no torna a descrecer y a tener pequeño cuerpo; acá quiere el Señor que sí, a lo que yo he visto por mí, que no lo sé por más: debe ser por humillarnos para nuestro gran bien y para que no nos descuidemos mientras estuviéremos en este destierro; pues el que más alto estuviere, más se ha de temer y fiar menos de sí. Vienen veces que es menester para librarse ofender a Dios éstos que ya están tan puesta su voluntad en la suya, que por no hacer una imperfeción se dejarían atormentar y pasarían mil muertes, que para no hacer pecados —según se ven combatidos de tentaciones y persecuciones— se han menester aprovechar de las primeras armas de la oración, y tornen a pensar que todo se acaba, y que hay cielo e infierno, y otras cosas desta suerte.

13. Pues, tornando a lo que decía[24], gran fundamento es para librarse de los ardides y gustos que da el demonio el comenzar con determinación de llevar camino de cruz desde el principio, y no los desear, pues el mesmo Señor mostró este camino de perfeción diciendo: «Toma tu cruz y sígueme». Él en nuestro dechado, no hay [25] que temer quien por sólo contentarle siguiere sus consejos.

14. En el aprovechamiento que vieren en sí entenderán que no es demonio; que aunque tornen a caer, queda una señal de que estuvo allí el Señor, que es levantarse presto, y éstas que ahora diré: cuando es el espíritu de Dios, no es menester andar rastreando cosas para sacar humildad y confusión; porque el mesmo Señor la da de manera bien diferente de la que nosotros podemos ganar con nuestras consideracioncillas, que no son nada en comparación de una verdadera humildad con luz que enseña aquí el Señor, que hace una confusión que hace deshacer. Esto es cosa muy conocida, el conocimiento que da Dios

---

[24] En el número 11 de éste mismo capítulo. Explica la necesidad de «desasirse de todo género de contentos».

[25] *No hay:* «no tiene que». Nótese el uso expresivo de la impersonalidad.

para que conozcamos que ningún bien tenemos de nosotros; y mientras mayores mercedes, más. Pone un gran deseo de ir adelante en la oración y no la dejar por ninguna cosa de trabajo que la pudiese suceder. A todo se ofrece. Una siguridad, con humildad y temor, de que ha de salvarse. Echa luego el temor servil del alma y pónele el fiel temor muy más crecido. Ve que se le comienza un amor con Dios muy sin interés suyo. Desea ratos de soledad para gozar más de aquel bien.

15. En fin, por no me cansar, es un principio de todos los bienes, un estar ya las flores en término, que no les falta casi nada para brotar; y esto verá muy claro el alma, y en ninguna manera por entonces se podrá determinar a que no estuvo Dios con ella hasta que se torna a ver con quiebras e imperfeciones, que entonces todo lo teme. Y es bien que tema; aunque almas hay que les aprovecha más creer cierto que es Dios que todos los temores que le puedan poner; porque, si de suyo es amorosa y agradecida, más la hace tornar a Dios la memoria de la merced que la hizo, que todos los castigos del infierno que le representen. Al menos a la mía, aunque tan ruin, esto le acaecía.

16. Porque las señales del buen espíritu se irán diciendo, mas como a quien le cuestan muchos trabajos sacarlas en limpio, no las digo ahora aquí. Creo, con el favor de Dios, en esto atinaré algo; porque, dejado la espiriencia en que he mucho entendido, selo de algunos letrados muy letrados y personas muy santas, a quien es razón se dé crédito; y no anden las almas tan fatigadas, cuando llegaren aquí por la bondad del Señor, como yo he andado.

CAPÍTULO XVI

Trata[1] tercer grado de oración, y va declarando cosas muy subidas, y lo que puede el alma que llega aquí, y los efetos que hacen esas mercedes tan grandes del Señor. Es muy para levantar el espíritu en alabanzas de Dios y para gran consuelo de quien llegare aquí.

1. Vengamos ahora a hablar de la tercera agua con que se riega esta huerta, que es agua corriente de río u de fuente, que se riega muy a menos trabajo[2], aunque alguno da el encaminar el agua. Quiere el Señor aquí ayudar a el hortolano de manera que casi Él es el hortolano y el que lo hace todo. En un «sueño de las potencias», que ni del todo se pierden ni entienden cómo obran. El gusto y suavidad y deleite es más sin comparación que lo pasado[3], es que da el agua a la garganta, a esta alma[4], que no puede ya ir adelante, ni sabe cómo, ni tornar atrás, querría gozar de grandísima gloria. Es como uno que está, la candela en la

---

[1] *Trata tercer.* Casi todos los editores añaden «del» interpretándolo como una omisión involuntaria. Pensamos que no es así, pues el verbo «tratar» podía regir perfectamente objeto directo sin «del».

[2] *Muy a menos trabajo:* «con mucho menos trabajo».

[3] El polisíndenton viene a intensificar la diferencia con la etapa anterior. Nótese al par la abundancia de afectividad en el léxico teresiano.

[4] Hipérbaton algo forzado: «da el agua de la gracia a la garganta de esta alma».

mano[5], que le falta poco para morir muerte que la desea. Está gozando en aquel agonía con el mayor deleite que se puede decir: no me parece que es otra cosa, sino un morir casi del todo a todas las cosas del mundo, y estar gozando de Dios.

Yo no sé otros términos cómo lo decir, ni cómo lo declarar, ni entonces sabe el alma qué hacer; porque ni sabe si hable, ni si calle, ni si ría[6], ni si llore. Es un glorioso desatino, una celestial locura[7], adonde se deprende[8] la verdadera sabiduría, y es deleitosísima manera de gozar el alma.

2. Y es ansí que ha que me dio el Señor en abundancia esta oración creo cinco y aun seis años, muchas veces, y que ni yo la entendía ni la supiera decir; y ansí tenía por mí, llegada aquí, decir muy poco u nonada. Bien entendía que no era del todo unión de todas las potencias, y que era más que la pasada, muy claro; mas yo confieso que no podía determinar y entender cómo era esta diferencia. Creo que por la humildad que vuesa merced[9] ha tenido en quererse ayudar de una simpleza tan grande como la mía, me dio el Señor hoy acabando de comulgar esta oración, sin poder ir adelante, y me puso estas comparaciones y enseñó la manera de decirlo, y lo que ha de hacer aquí el alma, que cierto yo me espanté y entendí en un punto[10]. Muchas veces estaba ansí como desatinada, embria-

---

[5] Los editores, desde Fray Luis en adelante, introdujeron la partícula «con». No es necesario. Son muy abundantes en Santa Teresa estas construcciones sintéticas, que prescinden de elementos de enlace.

[6] En el texto dice «ni se ría». Puede tratarse de una elipsis («ni si se ría»), o de un simple error material, debiendo decir entonces *ni si ría*. Creemos más acertada la primera hipótesis. En el mismo lugar el sentido de «si hable» es «si debe hablar».

[7] *Glorioso desatino... celestial locura.* Tal vez ninguna figura como el oxímoro traduce mejor el desasimiento en el lenguaje místico. Obsérvese aquí la contradicción de términos antitéticos como única forma de expresar lo que de suyo es inefable. Todos los místicos —españoles o no— recurren al oxímoro en estos trances.

[8] *Deprende.* Suele escribirse en la época con «h» intercalada, cultismo (del lat. *deprehendere)* con el significado de aprender.

[9] Se refiere, como de costumbre, a García de Toledo.

[10] No se concretan en exceso las características de ese fenómeno. Este detalle fijaría mucho la fecha en que estaba escribiendo estas páginas. Enrique Llamas recuerda que los primeros años de Teresa en San José de Ávila fueron pródigos en experiencias de este género. Los biógrafos (Yepes, P. Báñez, etc.) cuentan con detalle esta etapa, entre 1562 y 1564.

gada en este amor[11], y jamás había podido entender cómo era. Bien entendía que era Dios, mas no podía entender cómo obraba aquí; porque en hecho de verdad, están casi del todo unidas las potencias, mas no tan engolfadas[12] que no obren. Gustado he en extremo de haberlo ahora entendido. Bendito sea el Señor, que ansí me ha regalado.

3. Sólo tienen habilidad las potencias para ocuparse todas en Dios; no parece se osa bullir ninguna, ni la podemos hacer menear, si con mucho estudio no quisiésemos divertirnos[13], y aun no me parece que del todo se podría entonces hacer. Háblanse aquí muchas palabras en alabanza de Dios, sin concierto, si el mesmo Señor no las concierta; al menos el entendimiento no vale aquí nada. Querría dar voces en alabanzas el alma, y está que no cabe en sí; un desasosiego sabroso[14]. Ya, ya se abren las flores, ya comienzan a dar olor. Aquí querría el alma que todos la viesen y entendiesen su gloria para alabanza de Dios, y que la ayudasen a ella, y darles parte de su gozo, porque no puede tanto gozar. Paréceme que es como la que dice el Evangelio que quería llamar o llamaba a sus vecinas[15]. Esto me parece debía sentir el admirable espíritu del real profeta David cuando tañía y cantaba con la arpa en alabanzas de Dios. De este glorioso rey soy yo muy devota y querría todos los fuesen, en especial los que somos pecadores.

4. ¡Oh, válame Dios, cuál está un alma cuando está ansí! Toda ella querría fuese lenguas para alabar al Señor. Dice mil

---

[11] La santa recurre al *como* para dar impresión de inseguridad léxica. Estas dos formas *(desatinada* y *embriagada)* son propias del léxico místico en general, con significados técnicos muy precisos que Teresa quiere aparentar que desconoce (R. Hoornaert, *loc. cit.).*

[12] *Engolfadas:* «sumidas», «atraídas», «subyugadas». El diccionario recoge la acepción figurada de «meterse mucho en un negocio», «dejarse llevar», «arrebatarse de un pensamiento o afecto», procedente del empleo teresiano. La expresión *unidas* posee también un sentido técnico.

[13] *Estudio:* «esfuerzo», «afán», etc. A renglón seguido *divertirnos:* «cambiar de tema», «dejar de estar en este trance».

[14] Es una forma de dar rienda suelta a los sentimientos experimentados. Testimonian el hecho los biógrafos de San Juan de la Cruz. (Cfr. E. Orozco, *Poesía y mística,* cit.) Puede relacionarse, a renglón seguido, con el oxímoro técnico *desasosiego sabroso,* que quiere dar expresión a este estado de desasimiento espiritual.

[15] *Evangelio* de San Lucas 15, 9.

desatinos santos[16], atinando siempre a contentar a quien la tiene ansí. Yo sé persona que, con no ser poeta, le acaecía hacer de presto coplas muy sentidas declarando su pena bien; no hecha[17] de su entendimiento, sino que para gozar más la gloria, que tan sabrosa pena le daba, se quejaba de ella a su Dios. Todo su cuerpo y alma querría se despedazase para mostrar el gozo que con esta pena siente. ¿Qué se le pondrá entonces delante de tormentos, que no le fuese sabroso pasarlo por su Señor? Ve claro que no hacían nada[18] los mártires de su parte en pasar tormentos; porque conoce bien el alma viene de otra parte la fortaleza. ¿Mas qué sentirá de tornar a tener seso para vivir en el mundo, y haber de tornar a los cuidados y cumplimientos de él?

Pues no me parece he encarecido cosa que no quede baja en este modo de gozo que el Señor quiere en este destierro que goce un alma. ¡Bendito seáis por siempre, Señor! ¡Alaben os todas las cosas por siempre! ¡Quered ahora, Rey mío, suplícooslo yo, que, pues cuando esto escribo no estoy fuera de esta santa locura celestial por buestra bondad y misericordia, que tan sin méritos míos me hacéis esta merced, que lo estén todos los que yo tratare locos de vuestro amor, u primitáis que no trate yo con nadie, u ordenad, Señor, cómo no tenga ya cuenta en cosa del mundo u me sacá[19] de él. No puede ya, Dios mío, esta vuestra sierva sufrir tantos trabajos como de verse sin Vos le vienen; que si ha de vivir, no quiere descanso

---

16 Paradoja y oxímoro juntos *(desatinos... atinando),* intensificados por la derivación.

17 Probable referencia a sí misma y a San Juan de la Cruz. Veladamente habla aquí de su poesía y la consiguiente inspiración. Para un estudio sobre el tema, véase E. Orozco, *Poesía tradicional carmelitana,* cit., y Ángel Custodio Vega, *La poesía de Santa Teresa,* Madrid, Biblioteca de Autores Cristianos, 1972.

18 Báñez añadió «casi» en el autógrafo por un afán de precisión teológica. Fray Luis lo siguió en este punto. No es necesario —pensamos— añadirlo.

19 *Sacá* por «sacad» (imperativo). Estas frases plantean el problema de la relación entre inspiración y revelación. La segunda atañe a los materiales comunicados, mientras que la inspiración afecta al lenguaje mismo. Una escritura realizada en el contexto de reviviscencia del hecho místico tiene muchas posibilidades de ser viva, porque ya no se trata de una evocación de la memoria, sino de una extraversión de lo que se está viviendo. Tal sucede aquí. (Cfr. García de la Concha, *loc. cit.,* pág. 151.)

en esta vida ni se le deis Vos. Querría ya esta alma verse libre: el comer la mata, el dormir la congoja; ve que se la pasa el tiempo de la vida pasar en regalo y que nada ya la puede regalar fuera de Vos; que parece vive contra natura[20], pues ya no querría vivir en sí, sino en Vos.

5. ¡Oh verdadero Señor y gloria mía, qué delgada y pesadísima cruz[21] tenéis aparejada a los que llegan a este estado! Delgada, porque es suave; pesada, porque vienen veces que no hay sufrimiento que la sufra; y no se querría jamás ver libre de ella, si no fuese para verse ya con Vos. Cuando se acuerda que os ha servido en nada y que viviendo[22] os puede servir, querría carga muy más pesada, y nunca hasta a fin del mundo morirse; no tiene en nada su descanso, a trueque de haceros un pequeño servicio; no sabe qué desee, más bien entiende que no desea otra cosa sino a Vos.

6. ¡Oh hijo mío! [23] (que es tan humilde, que ansí se quiere nombrar a quien va esto dirigido y me lo mandó escribir), algunas cosas de las que viere vuestra merced salgo de términos; porque no hay razón que baste a no sacar de ella, cuando se saca el Señor de mí; ni creo soy yo la que hablo desde esta mañana que comulgué. Parece que sueño lo que veo y no querría ver sino enfermos de este mal que estoy yo ahora. Suplico a vuesa merced seamos todos locos por amor de quien por nosotros se lo llamaron. Pues dice vuesa merced que me quiere, en disponerse para que Dios le haga esta merced quiero que me lo muestre; porque veo muy pocos que no los vea con seso demasiado para lo que les cumple. Ya puede ser que tenga yo más que todos; no me lo consienta vuesa merced, padre

---

[20] *Contra natura.* Expresión de la filosofía escolástica equivalente a «contra la inclinación natural». Nótese el cultismo en medio de los frecuentes vulgarismos. Este párrafo abunda en recursos líricos de toda índole. Todo él está construido desde el prisma de la recurrencia.

[21] Como de costumbre recurre a la paradoja y la antítesis para expresar la idea.

[22] En el autógrafo dice *viendo*. Todos los editores piensan que se trata de una de sus frecuentes haplografías.

[23] *Hijo mío.* Se dirige, como de costumbre, al padre García de Toledo. La frase siguiente ha sido objeto de manipulación por muchos editores. La misma madre Teresa —seguramente al releerla— modificó esta expresión que le parecía afectada. Fray Luis, sin embargo, prefirió el texto primitivo, aun reconociendo que la enmienda provenía de la misma Teresa. Seguimos en esta línea editando el texto original.

mío, pues también lo es como hijo, pues es mi confesor y a quien he fiado mi alma[24]; desengáñeme con verdad, que se usan muy poco estas verdades.

7. Este concierto querría hiciésemos los cinco que al presente nos amamos en Cristo[25], que como otros en estos tiempos se juntaban en secreto para contra Su Majestad y ordenar maldades y herejías[26], procurásemos juntarnos alguna vez para desengañar unos a otros y decir en lo que podríamos enmendarnos y contentar más a Dios; que no hay quien tan bien se conozca a sí como conocen los que nos miran, si es con amor y cuidado de aprovecharnos. Digo «en secreto»[27], porque no se usa ya este lenguaje. Hasta los predicadores van ordenando sus sermones para no descontentar[28]. Buena intención ternán, y la obra lo será, mas ansí se enmiendan pocos. Mas ¿cómo no son muchos los que por los sermones dejan los vicios públicos? ¿Sabe qué me parece? Porque tienen mucho seso los que predican. No están sin él, con el gran fuego del amor de Dios, como lo estaban los apóstoles, y ansí calienta poco esta llama. No digo yo sea tanto como ellos tenían, mas querría que fuese más de lo que veo. ¿Sabe vuesa merced en

---

24 La expresión *también lo es como hijo* está tachada en el autógrafo, tal vez por la misma razón que la anterior. Muchos editores han prescindido de ella. No así nosotros.

25 *Los cinco.* El padre Silverio aventura que estos cinco podrían ser el maestro Daza, Francisco de Salcedo, doña Guiomar de Ulloa y el padre García de Toledo, o el padre Ibáñez. Por su parte, E. Llamas, recordando que este fragmento debe pertenecer a la redacción de 1565, cita a Daza, Salcedo, Domingo Báñez y García de Toledo.

26 Se refiere a las reuniones clandestinas que celebraban en Valladolid varios sospechosos de herejía dirigidos por Agustín Cazalla, los cuales fueron castigados en el famoso auto del 24 de mayo de 1559. Estamos en plena época de alumbrados, erasmistas, etc. En el auto de referencia fueron condenadas personas de gran prestigio social, como Ana Enríquez, hermana del marqués de Alcañices y luego amiga de Teresa. Hay múltiples referencias de época a este suceso; entre ellas una conocida deposición de Ana Jesús, que refiere los intentos de algunos adeptos por atraer a Teresa a este ámbito.

27 *Digo en secreto.* Hay aquí una pequeña confusión de Teresa, pues «en secreto» dijo que se reunían «otros para maldades y herejías», no precisamente los cinco en cuestión.

28 Nótese la fina ironía teresiana contra los predicadores de su época, a los que debe, sin embargo, buena parte de su formación. Al margen de esta frase anotó el padre Báñez, con no menor ironía, «¡legant praedicatores!»

qué debe de ir mucho? en tener ya aborrecida la vida y en poca estima la honra[29], que no se les daba más, a trueco de decir una verdad y sustentarla para gloria de Dios, perderlo todo que ganarlo todo; que quien de veras lo tiene todo arriscado[30] por Dios, igualmente lleva lo uno que lo otro. No digo yo que soy ésta, mas querríalo ser.

8. ¡Oh gran libertad, tener por cativerio haber de vivir y tratar conforme a las leyes del mundo, que como ésta se alcance del Señor, no hay esclavo que no lo arrisque todo por rescatarse y tornar a su tierra. Y pues éste es el verdadero camino, no hay que parar en él, que nunca acabaremos de ganar tan gran tesoro, hasta que se nos acabe la vida. El Señor nos dé para esto su favor.

Rompa vuesa merced esto que he dicho, si le pareciere, y tómelo por carta para sí, y perdóneme, que he estado muy atrevida[31].

---

[29] *Honra.* Es insistente a lo largo de toda la obra la referencia a este tema, que ha servido como base de las interpretaciones de Américo Castro, Márquez Villanueva, etc. (Véase Introducción.)

[30] *Arriscado:* «arriesgado». Palabra muy utilizada.

[31] Obsérvese cómo la santa se introduce y gobierna su narración. La relación con el padre García de Toledo la ha llevado a dar mayor efusión al texto de la que pretendió. De ahí su salida entre ingenua y confundida.

CAPITULO XVII

Prosigue en la mesma materia de declarar este tercer grado de oración; acaba de declarar los efetos que hace; dice el daño[1] que hace aquí hace la imaginación y memoria.

1. Razonablemente está dicho de este modo de oración y lo que ha de hacer el alma u, por mijor decir, hace Dios en ella, que es el toma ya el oficio de hortolano y quiere que ella huelgue. Sólo consiente la voluntad en aquellas mercedes que goza, y se ha de ofrecer a todo lo que en ella quisiere hacer la verdadera sabiduría, porque es menester ánimo, cierto; porque es tanto el gozo, que parece algunas veces no queda un punto para acabar el ánimo de salir de este cuerpo; ¡y qué venturosa muerte sería!

2. Aquí me parece viene bien, como a vuesa merced se dijo, dejarse del todo en los brazos de Dios; si quiere llevarle al cielo, vaya; si al infierno, no tiene pena, como vaya con su Bien; si acabar del todo la vida, eso quiere; si que viva mil años, también; haga Su Majestad como cosa propia; ya no es suya el alma de sí mesmo; dada está del todo a el Señor; descuídese del todo. Digo que en tan alta oración como ésta (que cuando la da Dios a el alma, puede hacer todo esto y

---

[1] El padre Báñez tachó la palabra *daño* sustituyéndola por «impedimento», por prejuicios teológicos. Muchos editores modernos, entre ellos los padres Efrén y Otger Steggink, siguen la enmienda de Báñez. Nos parece que no hay razón para ello.

mucho más, que éstos son sus efetos) entiende que lo hace sin ningún cansancio del entendimiento; sólo me parece está como espantada[2] de ver cómo el Señor hace tan buen hortolano, y no quiere que tome él trabajo ninguno, sino que se deleite en comenzar a oler las flores; que en una llegada de éstas, por poco que dure, como es tal el hortolano, en fin criador del agua, dala sin medida, y lo que la pobre del alma con trabajo por ventura de veinte años de cansar el entendimiento no ha podido acaudalar, hácelo este hortolano celestial en un punto, y crece la fruta, y madúrala de manera que se pueda sustentar de su huerto, queriéndolo el Señor. Mas no le da licencia que reparta la fruta, hasta que él[3] esté tan fuerte con lo que ha comido de ella, que no se le vaya en gostaduras[4] y no dándole nada de provecho ni pagándosela a quien la diere, sino que los mantenga y dé de comer a su costa, y quedarse ha él por ventura muerto de hambre. Esto bien entendido va para tales entendimientos, y sabránlo aplicar mijor que yo lo sabré decir, y cánsome.

3. En fin es que las virtudes quedan ahora más fuertes que en la oración de quietud pasada; que el alma no las puede inorar[5] porque se ve otra y no sabe cómo. Comienza a obrar grandes cosas con el olor que dan de sí las flores, que quiere el Señor que se abran para que ella vea[6] que tiene virtudes, aunque ve muy bien que no las podía ella, ni ha podido ganar en muchos años, y que en aquello poquito el celestial hortolano se las dio. Aquí es muy mayor la humildad y más profunda

---

[2] Se refiere al alma.

[3] Frecuentemente Teresa concierta «alma» como un masculino: *hasta que él* (el alma) *esté tan fuerte*.

[4] *Gostaduras:* «probaturas». Se trata de un refrán tradicional que ha dejado descendencia.

[5] *Que el alma no las puede inorar.* Estas palabras aparecen tachadas en el autógrafo, posiblemente por el padre Báñez, quien intentó luego dar sentido a la frase añadiendo otra. Fray Luis de León intentó descifrar las palabras tachadas, pero no hay seguridad de que acertara del todo, hasta el punto de que Vicente de la Fuente, en su edición, leyó: «Que el alma oiga sin que más diga ni haga». En el estado actual del manuscrito es imposible entender nada; seguimos, en este caso, la lectura de fray Luis, ya recogida por el padre Silverio y fray Tomás de la Cruz.

[6] De nuevo el padre Báñez modificó el original, cambiando *vea* por «crea». Fray Luis, por idéntico escrúpulo teológico, introdujo «conozca»; ni qué decir tiene que preferimos el texto teresiano.

que el alma queda, que en lo pasado; porque ve más claro que poco ni mucho hizo, sino consentir que le hiciese el Señor mercedes y abrazarlas la voluntad.

Paréceme este modo de oración unión muy conocida de toda el alma con Dios, sino que parece quiere Su Majestad dar licencia a las potencias para que entiendan y gocen de lo mucho que obra allí.

4. Acaece algunas y muy muchas veces, estando unida la voluntad (para que vea vuesa merced puede ser esto, y lo entienda cuando lo tuviere; al menos a mí trájome tonta, y por eso lo digo aquí) vese claro[7] y entiéndese que está la voluntad atada y gozando; digo que «se ve claro», y en mucha quietud está sola la voluntad, y está por otra parte el entendimiento y menoria tan libres, que pueden tratar en negocios y entender en obras de caridad.

Esto, aunque parece todo uno, es diferente de la oración de quietud que dije, porque allí está el alma que no se querría bullir ni menear, gozando en aquel ocio santo de María: en esta oración puede también ser Marta[8]. Ansí que está casi obrando juntamente en vida activa y contemplativa, y puede entender en obras de caridad y negocios que convenga a su estado, y leer, aunque no del todo están señores de sí, y entienden bien que está la mejor parte del alma en otro cabo[9]. Es como si estuviésemos hablando con uno y por otra parte nos hablase otra persona, que ni bien estaremos en lo uno ni bien en lo otro. Es cosa que se siente muy claro y da mucha satisfación y contento cuando se tiene, y es muy gran aparejo para que, en tiniendo tiempo de soledad o desocupación de negocios, venga el alma a muy sosegada quietud. Es un andar como una persona que está en sí satisfecha, que no tiene necesidad de comer, sino que siente el estómago contento, de manera que no a todo manjar arrostraría[10]: mas no tan harta que si los ve buenos, deje de comer de buena gana. Ansí, no le satisface, ni querría entonces contento del mundo, porque en sí

---

[7] *Vese claro.* De nuevo entramos en el juego de las tachaduras por prejuicios teológicos del padre Báñez y fray Luis. Como la santa insiste *(digo que se ve claro),* no cabe duda de su intención.

[8] Referencia al pasaje evangélico; metafóricamente viene a decir que en esta tercera clase de oración el alma puede ser juntamente Marta y María. Es decir, al propio tiempo activa y contemplativa.

[9] *En otro cabo:* «en otro extremo».

[10] *Arrostraría:* «haría frente», «accedería a tomar».

tiene el que le satisface más; mayores contentos de Dios, deseos de satisfacer su deseo, de gozar más de estar con Él. Esto es lo que quiere.

5. Hay otra manera de unión, que aún no es entera unión, mas es más que la que acabo de decir; y no tanto como la que se ha dicho de esta tercer agua.

Gustará vuesa merced mucho de que el Señor se las dé todas, si no las tiene ya, de hallarlo escrito y entender lo que es; porque una merced es dar el Señor la merced y otra es entender qué merced es y qué gracia, otra es saber decirla y dar a entender cómo es y aunque no parece es menester más de la primera, para no andar el alma confusa y medrosa, e ir con más ánimo por el camino de el Señor, llevando debajo de los pies todas las cosas del mundo, es gran provecho entenderlo y merced[11]; que por cada una es razón alabe mucho a el Señor quien la tiene, y quien no, porque la dio Su Majestad a alguno de los que viven para que nos aprovechase a nosotros.

Ahora pues, acaece muchas veces esta manera de unión que quiero decir (en especial a mí, que me hace Dios esta merced de esta suerte muy muchas), que coge Dios la voluntad, y aun el entendimiento, a mi parecer, porque no discurre, sino está ocupado gozando de Dios, como quien está mirando y ve tanto que no sabe hacia dónde mirar; uno por otro se le pierde de vista, que no dará señas de cosa. La memoria queda libre y junto con la imaginación debe ser; y ella, como se ve sola, es para alabar a Dios la guerra que da y cómo procura desasosegarlo todo. A mí cansada me tiene y aborrecida la tengo, y muchas veces suplico al Señor, si tanto me ha de estorbar, me la quite en estos tiempos. Algunas veces le digo: ¿Cuándo, mi Dios, ha de estar ya toda junta mi alma en vuestra alabanza y no hecha pedazos, sin poder valerse a sí? Aquí veo el mal que nos causa el pecado, pues ansí nos sujetó a no hacer lo que queremos de estar siempre ocupados en Dios.

6. Digo que me acaece a veces (y hoy ha sido la una, y ansí lo tengo bien en la memoria), que veo deshacerse mi alma por verse junta adonde está la mayor parte, y ser imposible, sino que le da tal guerra la memoria en imaginación, que no la dejan valer; y como faltan las otras potencias, no valen, aun para hacer mal, nada. Harto hacen en desasosegar. Digo «para hacer mal», porque no tienen fuerza ni para en un ser[12]; como

---

11 De nuevo el hipérbaton: «gran provecho y merced entenderlo».

12 Es decir, carecen de estabilidad propia. Las concordancias que

el entendimiento no la ayuda poco ni mucho a lo que le representa, no para en nada, sino de uno en otro, que no parece sino de estas mariposítas de las noches, importunas y desasosegadas[13]: ansí anda de un cabo a otro. En estremo me parece le viene al propio esta comparación, porque aunque no tiene fuerza para hacer ningún mal, importuna a los que la ven.

Para esto no sé qué remedio haya, que hasta ahora no me le ha dado Dios a entender, que de buena gana le tomaría para mí, que me atormenta, como digo, muchas veces. Represéntase aquí nuestra miseria, y muy claro el gran poder de Dios; pues ésta, que queda suelta, tanto nos daña y nos cansa, y las otras que están con Su Majestad, el descanso que nos dan.

7. El postrer remedio que he hallado, a cabo de haberme fatigado hartos años, es lo que dije en la oración de quietud, que no se haga caso de ella más de un loco, sino dejarla con su tema, que sólo Dios se la puede quitar; y, en fin, aquí por esclava queda. Hémosla de sufrir con paciencia, como hizo Jacob a Lía[14]; porque harta merced nos hace el Señor que gocemos de Raquel. Digo que «queda esclava», porque, en fin, no puede, por mucho que haga, traer a sí las otras potencias: antes ellas sin ningún trabajo la hacen venir a sí. Algunas[15], es Dios servido de haber lástima de verla tan perdida y desasosegada, con deseo de estar con las otras, y consiéntela Su Majestad se queme en el fuego de aquella vela divina donde las otras están ya hechas polvo, perdido su natural, casi estando sobrenatural[16], gozando de tan grandes bienes.

8. En todas estas maneras que de esta postrer agua de fuente he dicho, es tan grande la gloria y descanso del alma que muy conocidamente aquel gozo y deleite participa de el cuerpo, y esto «muy conocidamente», y quedan tan crecidas las virtudes como he dicho.

---

siguen son, como de costumbre, muy particulares, concertando por proximidad o por atracción sin respetar mínimamente la gramática.

13 Nótese la visualización de las imágenes teresianas, puestas en movimiento para realzar lo comparado.

14 Referencia al *Génesis,* 29, 28.

15 *Algunas.* Se sobreentiende «veces».

16 Se trata de una habitual metábasis de adjetivo por adverbio que confiere al texto mayor fuerza expresiva. Fray Luis no lo entendió así y modificó «sobrenatural» en «sobrenaturalmente». Teresa, con su aparente inseguridad, antepuso el *casi,* para no acabar de comprometerse.

Parece ha querido el Señor declarar estos estados en que se ve el alma, a mi parecer, lo más que acá se puede dar a entender[17]. Trátelo vuesa merced con persona espiritual que haya llegado aquí y tenga letras: si le dijere que está bien, crea que se lo ha dicho Dios; y téngalo en mucho a Su Majestad; porque, como he dicho, andando el tiempo se holgará mucho de entender lo que es, mientras no le diera la gracia (aunque se la dé de gozarlo) para entenderlo. Como le haya dado Su Majestad la primera[18], con su entendimiento y letras lo entenderá por aquí. Sea alabado por todos los siglos de los siglos por todo, amén.

---

[17] El padre Báñez sustituyó *lo más que* por «como», sin razón alguna. En este caso fray Luis conservó el texto genuino.
[18] Es decir, la gracia de gozarlo.

CAPÍTULO XVIII

En que trata del cuarto grado de oración; comienza a declarar por ecelente manera la gran dinidad que el Señor pone a el alma que está en este estado. Es para animar mucho a los que tratan oración[1], para que se esfuercen de llegar a tan alto estado, pues se puede alcanzar en la tierra, aunque no por merecerlo, sino por la bondad del Señor. Léase con advertencia, porque se declara por muy delicado modo y tiene cosas mucho de notar.[2]

1. El Señor me enseñe palabras cómo se pueda decir algo de la cuarta agua. Bien es menester su favor, aun más que para la pasada; porque en ella[3] aun siente el alma no está

---

[1] Se omite de nuevo, de acuerdo con el estilo teresiano, la preposición «de».

[2] Este título debió parecer excesivamente presuntuoso al padre Báñez, que tachó en el autógrafo «por excelente manera» y todo el último punto, *Léase... notar.* No hay razón para ello.

[3] *En ella.* Aparece aquí con el valor clásico del demostrativo latino *in illam* (en aquella); es decir, «en la anterior». Nótese que el cultismo en Teresa no es tan desusado como pudiera creerse.

muerta del todo, que ansí lo podemos decir, pues lo está al mundo. Mas, como dije, tiene sentido para entender que está en él y sentir su soledad, y aprovéchase de lo esterior para dar a entender lo que siente, siquiera por señas.

En toda oración y modos de ella que queda dicho alguna cosa trabaja el hortolano; aunque en estas postreras va el trabajo acompañado de tanta gloria y consuelo del alma, que jamás querría salir del; y ansí no se siente por trabajo, sino por gloria. Acá no hay sentir, sino gozar sin entender lo que se goza. Entiéndese que se goza un bien adonde juntos se encierran todos los bienes, mas no se comprende este bien. Ocúpanse todos los sentidos en este gozo, de manera que no queda ninguno desocupado para poder[4] en otra cosa interior ni esteriormente.

Antes dábaseles licencia para que, como digo, hagan algunas muestras del gran gozo que sienten; acá el alma goza más sin comparación, y puédese dar a entender muy menos; porque no queda poder en el cuerpo, ni el alma le tiene para poder comunicar aquel gozo. En aquel tiempo todo le sería gran embarazo y tormento y estorbo de su descanso; y digo que si es unión de todas las potencias, que, aunque quiera (estando en ello digo) no puede, y si puede, ya no es unión.

2. El cómo es ésta que llaman unión[5]; y lo que es, yo no lo sé dar a entender. En la mística teulogía se declara, que yo lo vocablos no sabré nombrarlos, ni sé entender qué es mente, ni qué diferencia tenga del alma u espíritu tampoco; todo me parece una cosa, bien que el alma alguna vez sale de sí mesma a manera de un fuego que está ardiendo y hecho llama, y algunas veces crece este fuego con ímpetu. Esta llama sube muy arriba del fuego, mas no por eso es cosa diferente, sino la mesma llama que está en el fuego. Esto vuesas mercedes lo entenderán —que yo no lo sé más decir— con sus letras[6].

3. Lo que yo pretendo declarar es qué siente el alma cuando está en esta divina unión. Lo que es unión ya se está enten-

---

[4] Elipsis: «poder ocuparse».

[5] En su afán por no inventar, se remite a una terminología ya consolidada en los tratados de espiritualidad. Concretamente, la referencia parece ser a la obra de fray Bernardino de Laredo *Subida del Monte Sión,* Sevilla, 1535. No se olvide la conocida afirmación de G. Etchegoyen de que Teresa poseyó el don de la síntesis más que el de la inventiva. Este es un ejemplo claro.

[6] De nuevo hipérbaton: «vuesas mercedes, con sus letras, lo entenderán, que yo no lo sé más decir».

dido, que es dos cosas divinas hacerse una. ¡Oh Señor mío, qué bueno sois! ¡Bendito seáis para siempre! ¡Alaben os, Dios mío, todas las cosas, que ansí nos amastes de manera que con verdad podamos hablar de esta comunicación que aun en este destierro tenéis con las almas¡; y aún con las que son buenas en gran largueza y mananimidad. En fin, vuestra, Señor mío, que dais como quien sois. ¡Oh largueza infinita, cuán maníficas son vuestras obras![7] Espanta a quien no tiene ocupado el entendimiento en cosas de la tierra, que no tenga ninguno para entender verdades. Pues que hagáis a almas que tanto os han ofendido mercedes tan soberanas, cierto, a mí me acaba el entendimiento, y cuando llego a pensar en esto, no puedo ir adelante. ¿Dónde ha de ir que no sea tornar atrás? Pues daros gracias por tan grandes mercedes, no sabe cómo. Con decir disbarates me remedio algunas veces.

4. Acaéceme muchas, cuando acabo de recibir estas mercedes, u me las comienza Dios a hacer (que estando en ellas ya he dicho que no hay poder hacer nada) decir: «Señor, mirá lo que hacéis, no olvidéis tan presto tan grandes males míos; ya que[8] para perdonarme los hayáis olvidado, para poner tasa en las mercedes os suplico se os acuerde. No pongáis, Criador mío, tan precioso licor en vaso tan quebrado, pues habéis ya visto de otras veces que lo torno a derramar. No pongáis tesoro semejante adonde aún no está, como ha de estar, perdida del todo la codicia de consolaciones de la vida, que lo gastará mal gastado. ¿Cómo dais la fuerza de esta ciudad y llaves de la fortaleza de ella a tan cobarde alcaide, que al primer combate de los enemigos los deja entrar dentro? No sea tanto el amor, oh Rey eterno, que pongáis en aventura joyas tan preciosas. Parece, Señor mío, se da ocasión para que se tengan en poco, pues las ponéis en poder de cosa tan ruin, tan baja, tan flaca y miserable, y de tan poco tomo; que ya que trabaje para no las perder con vuestro favor (y no es menester pequeño, sigún yo soy) no puede dar con ellas a ganar a nadie. En fin, mujer, y no buena, sino ruin. Parece que no sólo se esconden los talentos, sino que se entierran en ponerlos en tierra tan astrosa[9]. No seléis Vos, Señor, hacer semejante grandezas y mercedes a un alma, sino para que aproveche a muchas. Ya

---

[7] Referencia a los *Salmos* 91, 6 y 103, 24.
[8] *Ya que:* «aunque» (valor concesivo).
[9] Alusión al pasaje evangélico de San Mateo, 25, 81. Como sucede habitualmente, la derivación ocupa lugar preeminente.

sabéis, Dios mío, que de toda voluntad y corazón os lo suplico y he suplicado algunas veces, y tengo por bien de perder el mayor bien que se posee en la tierra, porque las hagáis Vos a quien con este bien más aproveche, porque crezca vuestra gloria.»

5. Éstas y otras cosas me ha acaecido decir muchas veces. Vía después mi necesidad y poca humildad; porque bien sabe el Señor lo que conviene y que no había fuerzas en mi alma para salvarse si Su Majestad con tantas mercedes no se las pusiera.

6. También pretendo decir las gracias y efetos que quedan en el alma, y qué es lo que puede de suyo hacer, o si es parte para llegar a tan grande estado.

Acaece venir este levantamiento de espíritu y juntamiento con el amor celestial (que, a mi entender, es diferente la unión del levantamiento) en esta mesma unión[10]. A quien no lo hubiere probado lo postrero, parecerle ha que no; y a mi parecer, que con ser todo uno, obra el Señor de diferente manera; y en el crecimiento del desasir de las criaturas, más mucho en el vuelo del espíritu. Yo he visto claro ser particular merced, aunque, como digo, sea todo uno u lo parezca; mas un fuego pequeño también es fuego como un grande, y ya se ve la diferencia que hay de lo uno a lo otro. En un fuego pequeño, primero que un hierro pequeño se hace ascua pasa mucho espacio, mas si el fuego es grande, aunque sea mayor el hierro, en muy poquito pierde del todo su ser al parecer. Ansí me parece es en estas dos manera de mercedes del Señor; y sé que quien hubiera llegado a arrobamientos lo entenderá bien. Si no lo ha probado, parecerle ha desatino, y ya puede ser; porque querer una como yo hablar en una cosa tal y dar a entender algo de lo que parece imposible aun haber palabras con que lo comenzar, no es mucho que desatine.

---

[10] Esta pasaje ha sido objeto de múltiples interpretaciones. Los editores tampoco se han puesto de acuerdo sobre la puntuación ni el sentido concreto. Para su comprensión obsérvese que la frase *este levantamiento* equivale a «el levantamiento siguiente, el que ahora diré», es decir, el demostrativo «este» tiene, en su valor catafórico, la acepción de «subsiguiente». A partir de aquí Teresa inicia una larga digresión que impide comprender hasta mucho después lo que es este levantamiento. Para la intelección del pasaje, ya fray Luis omitió el «que» de la frase siguiente *(que con ser),* sin duda redundante y entorpecedor de la lectura.

7. Más creo esto del Señor (que sabe Su Majestad que, después de obedecer, es mi intención engolosinar las almas de un bien tan alto) que me ha en ella de ayudar. No diré cosa que no la haya espirimentado mucho. Y es ansí que cuando comencé esta postrer agua a escribir, que me parecía imposible saber tratar cosa más que hablar en griego, que ansí es ello dificultoso. Con esto, lo dejé y fui a comulgar. ¡Bendito sea el Señor que ansí favorece a los inorantes! ¡Oh virtud de obedecer, que todo lo puedes!: Aclaró Dios mi entendimiento, unas veces con palabras y otras poniéndome delante cómo lo había de decir, que, como hizo en la oración pasada, Su Majestad parece quiere decir lo que yo no puedo ni sé.

Esto que digo es entera verdad, y ansí lo que fuere bueno es suya la dotrina; lo malo, está claro, es del piélago de los males[11] que soy yo. Y ansí, digo que si hubiere personas que hayan llegado a las cosas de oración que el Señor ha hecho merced a esta miserable (que debe haber muchas) y quisiesen tratar estas cosas conmigo, pareciéndoles descaminadas, que ayudara el Señor a su sierva para que saliere con su verdad adelante.

8. Ahora, hablando de esta agua que viene del cielo para con su abundancia henchir y hartar[12] todo este huerto de agua, si nunca dejara, cuando lo hubiera menester, de darlo el Señor, ya se ve qué descanso tuviera el hortolano; y a no haber invierno, sino ser siempre el tiempo templado, nunca faltaran flores y frutas; ya se ve qué deleite tuviera; mas mientras vivimos es imposible. Siempre ha de haber cuidado de cuando faltare la una agua procurar la otra. Esta del cielo viene muchas veces cuando más descuidado está el hortolano. Verdad es que a los principios casi siempre es después de larga oración mental, que de un grado en otro viene el Señor a tomar esta avecita y ponerla en el nido para que descanse. Como la ha visto volar rato, procurando con el entendimiento y voluntad y con todas sus fuerzas buscar a Dios y contentarle, quiérela dar el premio aun en esta vida. ¡Y qué gran premio, que basta un memento para quedar pagados todos los trabajos que en ella puede haber!

---

[11] Expresión usual en la época entre personas cultas. *Piélago:* en sentido figurado «lo que por su abundancia y copia es dificultoso de enumerar y contar».

[12] Nótese la intensificación léxica. Son frecuentísimas estas reiteraciones pleonásticas en el lenguaje teresiano.

9. Estando ansí el alma buscando a Dios, siente con un deleite grandísimo y suave casi desfallecer toda con una manera de desmayo que le va faltando el huelgo [13] y todas las fuerzas corporales, de manera que, si no es con mucha pena, no puede aun menear las manos; los ojos se le cierran sin quererlos cerrar, si los tiene abiertos; no ve casi nada; ni, si lee, acierta a decir letra, ni casi atina a conocerla bien; ve que hay letra, mas, como el entendimiento no ayuda, no la sabe leer, aunque quiera; oye, mas no entiende lo que oye. Ansí que de los sentidos no se aprovecha nada si no es para no la acabar de dejar a su placer, y ansí antes la dañan. Hablar es por demás, que no atina a formar palabra, ni hay fuerza, ya que atinase [14], para poderla pronunciar; porque toda la fuerza exterior se pierde y se aumenta en las del alma para mijor poder gozar de su gloria. El deleite exterior que se siente es grande y muy conocido [15].

10. Esta oración no hace daño, por larga que sea; a menos a mí nunca me le hizo, ni me acuerdo hacerme el Señor ninguna vez esta merced, por mala que estuviese, que sintiese mal, antes quedaba con gran mejoría. Mas ¿qué mal puede hacer tan gran bien? Es cosa tan conocida las operaciones exteriores, que no se puede dudar que hubo gran ocasión, pues ansí quitó las fuerzas con tanto deleite para dejarlas mayores.

11. Verdad es que a los principios pasa en tan breve tiempo (al menos a mí ansí me acaecía), que en estas señales exteriores ni en la falta de los sentidos no se da tanto a entender, cuando pasa con brevedad; mas bien se entiende en la obra de las mercedes que ha sido grande la claridad del sol que ha estado allí, pues ansí la ha derretido. Y nótese esto, que a mi parecer por largo que sea el espacio de estar el alma en esta suspensión de todas las potencias, es bien breve: cuando estuviese media hora, es muy mucho; yo nunca, a mi parecer, estuve tanto. Verdad es que se puede mal sentir lo que se está, pues no se siente; mas digo que de una vez es muy poco espacio sin tornar alguna potencia en sí. La voluntad es la que mantie-

---

13 *Huelgo:* «aliento», «respiración», «resuello». La expresión «tomar huelgo», frecuente en Santa Teresa, equivale en la actualidad a «parar un poco para descansar, resollando libremente el que va corriendo»; y, por extensión, al «descanso intermedio en cualquier trabajo».

14 *Ya que.* Como antes, valor concesivo: «aunque».

15 Se refiere tanto a sus lecturas de tratados de espiritualidad como a la repercusión de estos fenómenos en ambientes populares.

ne la tela[16], mas las otras dos potencias presto tornan a importunar. Como la voluntad está queda, tórnalas a suspender y están otro poco y tornan a vivir.

En esto se puede pasar algunas horas de oración y se pasan; porque, comenzadas las dos potencias a emborrachar[17] y gustar de aquel vino divino, con facilidad se tornan a perder de sí para estar muy más ganadas, y acompañan a la voluntad y se gozan todas tres[18]. Mas este estar perdidas de todo y sin ninguna imaginación en nada (que a mi entender también se pierde del todo) digo que es breve espacio; aunque no tan del todo tornan en sí que no pueden estar algunas horas como desatinadas, tornando de poco en poco a cogerlas Dios consigo.

13. Ahora vengamos a lo interior de lo que el alma aquí siente. ¡Dígalo quien lo sabe, que no se puede entender, cuanto más decir!

Estaba yo pensando cuando quise escribir esto, acabando de comulgar y de estar en esta mesma oración que escribió, qué hacía el alma en aquel tiempo. Díjome el Señor estas palabras: «Deshácese toda, hija, para ponerse más en Mí. Ya no es ella la que vive, sino Yo. Como no puede comprender lo que entiende, es no entender entendiendo»[19].

Quien lo hubiere probado entenderá algo desto, porque no se puede decir más claro, por ser tan oscuro lo que allí pasa. Sólo podré decir que se representa estar junto con Dios, y queda una certidumbre que en ninguna manera se puede dejar de creer. Aquí faltan todas las potencias y se suspenden de manera que en ninguna manera (como he dicho)[20] se entiende que obran. Si estaba pensando en un paso, ansí se pierde de la

---

[16] *Mantiene la tela.* En las justas y torneos decíase del principal sostenedor. Metafóricamente dice aquí Teresa que la voluntad desempeña un papel prioritario en esta clase de oración, pues ella permanece, aunque memoria y entendimiento desaparezcan momentáneamente.

[17] Se trata de una terminología de la mística con reminiscencia en el *Cantar de los Cantares.* Se refiere a ese estado de semiconciencia que va del «sueño de potencias» al «éxtasis».

[18] *Todas tres.* Expresión frecuente en el siglo XVI. Probable galicismo.

[19] Obsérvese el oxímoro y la derivación (que se completa en la línea siguiente con *entenderá).* Cuatro formas del mismo verbo para una expresión exacta.

[20] Se ha referido a ello en los números 10 y 13 de este mismo capítulo.

memoria como si nunca la hubiere habido dél; si lee, en lo que leía no hay acuerdo ni parar; si reza[21], tampoco. Ansí que a esta mariposilla importuna de la memoria aquí se le queman las alas: ya no puede más bullir. La voluntad debe estar bien ocupada en amar, mas no entiende cómo ama. El entendimiento, si entiende, no se entiende cómo entiende; al menos no puede comprender nada de lo que entiende. A mí no me parece que entiende; porque —como digo— no se entiende. ¡Yo no acabo de entender esto![22].

14. Acaecióme a mí una inorancia al principio, que no sabía que estaba Dios en todas las cosas, y, como me parecía estar tan presente, parecíame imposible. Dejar de creerlo[23] que estaba allí no podía, por parecerme casi claro había entendido estar allí su mesma presencia. Los que no tenían letras me decían que estaba sólo por gracia. Yo no lo podía creer porque, como digo, parecíame estar presente y ansí andaba con pena. Un gran letrado de la orden del glorioso patriarca Santo Domingo[24] me quitó de esta duda, que me dijo estar presente, y cómo se comunicaba con nosotros, que me consoló harto. Es de notar y entender que siempre esta agua del cielo, este grandísimo favor del Señor, deja el alma con grandísimas ganancias, como ahora diré.

---

[21] Algunos editores ponen la forma en infinitivo («rezar»). Creemos que se trata de un simple error material, ya que el paralelismo sintáctico *(si lee ... si reza),* obliga el infinitivo.

[22] Este es uno de los pasajes de plenitud expresiva mediante la derivación, que se completa en la frase final, casi un exabrupto que parece burlarse de sus propias afirmaciones y salir por la tangente con su habitual buen humor.

[23] La santa había escrito *creerlo*. La corrección puede ser de mano ajena. Preferimos la versión inicial —más «teresiana»—, en contra de los padres Silverio, Efrén, etc., que editan *creer.*

[24] El padre Gracián anota en su ejemplar que se trata de fray Vicente Varrón.

CAPÍTULO XIX

Prosigue en la mesma materia. Comienza a declarar los efetos que hace en el alma este grado de oración. Persuade mucho a que no tornen atrás, aunque después de esta merced tornen a caer, ni dejen la oración. Dice los daños que vernán de no hacer esto; es mucho de notar y de gran consolación para los flacos y pecadores.

1. Queda el alma de esta oración y unión con grandísima ternura, de manera que se querría deshacer, no de pena, sino de unas lágrimas gozosas. Hállase bañada de ellas sin sentirlo ni saber cuándo ni cómo las lloró; mas dale gran deleite ver aplacado aquel ímpetu del fuego con agua que le hace más crecer[1]. Parece esto algaravía, y pasa ansí. Acaecido me ha alguna veces en este término de oración estar tan fuera de mí, que no sabía si era sueño o si pasaba en verdad la gloria que había sentido; y de verme llena de agua que sin pena destilaba[2] con tanto ímpetu y presteza que parece la echaba de sí aquella nube del cielo, vía que no había sido sueño. Esto era a los principios, que pasaba con brevedad.

---

[1] De nuevo se recurre a la paradoja como forma de expresión coherente: el agua hace crecer el fuego del espíritu.

[2] Auténtico cultismo en su frase. Tiene una formulación casi gongorina.

2. Queda el ánima animosa que, si en aquel punto la hiciesen pedazos por Dios, le sería gran consuelo. Allí son las promesas y determinaciones heroicas, la viveza de los deseos, encomenzar[3] a aborrecer el mundo, el ver muy claro su vanidad. Está muy más aprovechada y altamente que en las oraciones pasadas, y la humildad más crecida; porque ve claro que para aquella ecesiva merced y grandiosa[4] no hubo diligencia suya, ni fue parte para traerla ni para tenerla. Vese claro indinísima, porque en pieza adonde entra mucho sol no hay telaraña ascondida, ve su miseria. Va tan fuera la vanagloria, que no le parece la podría tener, porque ya es por vista de ojos lo poco u ninguna cosa que puede, que allí no hubo casi consentimiento, sino que parece, aunque no quiso le cerraron la puerta a todos los sentidos para que más pudiese gozar del Señor. Quédase sola con Él, ¿qué ha de hacer sino amarle? Ni ve ni oye, si no fuese a fuerza de brazos: poco hay que la agradecer. Su vida pasada se le representa después y la gran misericordia de Dios, con gran verdad, y sin haber menester andar a caza el entendimiento, que allí ve guisado lo que ha de comer y entender. De sí ve que merece el infierno y que le castigan con gloria; deshácese en alabanzas de Dios, y yo me querría deshacer ahora: ¡bendito seáis, Señor mío, que ansí hacéis de pecina[5] tan sucia como yo, agua tan clara que sea para vuestra mesa! ¡Seáis alabado, oh regalo de los ángeles, que ansí queréis levantar un gusano tan vil!

3. Queda algún tiempo este aprovechamiento en el alma: puede ya, con entender claro que no es suya la fruta, comenzar a repartir de ella, y no le hace falta a sí. Comienza a dar muestras de alma que guarda tesoros del cielo, y a tener deseos de repartirlos con otros y suplicar a Dios no sea ella sola la rica. Comienza a aprovechar a los prójimos casi sin entenderlo ni hacer nada de sí; ellos lo entienden, porque ya las flores tienen tan crecido el olor, que les hace desear llegarse a ellas. Entiende que tiene virtudes, y ven la fruta que es codiciosa. Querríanle ayudar a comer. Si esta tierra está muy cavada con trabajos y persecuciones y mormuraciones y enfermedades[6]

---

[3] La mayoría de los editores dicen «el comenzar», enmendando a la santa.

[4] Nótese el orden envolvente en la colocación de los adjetivos, típicamente prebarroco.

[5] *Pecina:* «cieno».

[6] Polisíndeton intensificador característico.

—que pocos deben llegar aquí sin esto— y si está mullida con ir muy desasida de propio interese, el agua se embebe tanto que casi nunca se seca; mas si es tierra que aun se está en la tierra y con tantas espinas como yo al principio estaba, y aun no quitada de las ocasiones ni tan agradecida como merece tan gran merced, tórnase la tierra a secar. Y si el hortolano se descuida y el Señor por sola su bondad no torna a querer llover, dad por perdida la huerta, que ansí me acaeció a mí algunas veces; que, cierto, yo me espanto y, si no hubiera pasado por mí, no lo pudiera creer. Escríbolo para consuelo de almas flacas como la mía, que nunca desesperen ni dejen de confiar en la grandeza de Dios: aunque después de tan encumbradas, como es llegarlas el Señor aquí, cayan, no demayen, si no se quieren perder del todo; que lágrimas todo lo ganan: un agua trae otra [7].

4. Una de las cosas porque me animé —siendo la que soy— a obedecer en escribir esto y dar cuenta de mi ruin vida y de las mercedes que me ha hecho el Señor, con no servirle sino ofenderle, ha sido ésta; que, cierto, yo quisiera aquí tener gran autoridad para que se me creyera esto. Al Señor suplico Su Majestad la dé. Digo que no desmaye nadie de los que han comenzado a tener oración con decir: «si torno a ser malo, es peor ir adelante con el ejercicio de ella.» Yo lo creo, si se deja la oración y no se enmienda del mal; mas si no la deja, crea que le sacará a puerto de luz. Hízome en esto gran batería [8] el demonio, y pasé tanto en parecerme poca humildad tenerla, siendo tan ruin, que (como ya he dicho) la dejé año y medio —al menos un año, que del medio no me acuerdo bien [9]— y no me fuera más, ni fue, que meterme yo mesma, sin haber menester demonios que me hiciesen ir al infierno. ¡Oh válame Dios, qué ceguedad tan grande! ¡Y qué bien acierta el demonio para su propósito en cargar aquí la mano! Sabe el traidor que alma que tenga con perseverancia oración, la tiene perdida, y que todas las caídas que la hace dar la ayudan por la bondad

[7] Estamos ante uno de los pasajes que más claramente explica lo que se ha denominado «retórica de lágrimas» teresiana. El agua de las lágrimas —viene a decir— conseguirá el agua de la gracia. En el autógrafo aparece subrayada la frase *Lágrimas todo lo ganan*.

[8] *Batería:* «estorsión», «estorbo»; forma muy empleada por la santa.

[9] En el capítulo 7, núm. 11, había referido y descrito esta situación. Allí dice que había abandonado la oración durante «un año y más».

de Dios a dar después mayor salto en lo que es su servicio: ¡algo le va en ello!

5. ¡Oh Jesús mío! ¡Qué es ver un alma que ha llegado aquí, caída en un pecado, cuando Vos por vuestra misericordia la tornáis a dar la mano y la levantais! ¡Cómo conoce la multitud de vuestras grandezas y misericordias, y su miseria! Aquí es el deshacerse de veras y conocer vuestras grandezas; aquí el no osar alzar los ojos; aquí es el levantarlos para conocer lo que os debe; aquí se hace devota de la Reina del Cielo para que os aplaque; aquí invoca los santos que cayeron después de haberlos Vos llamado, para que le ayuden; aquí[10] es el parecer que todo le viene ancho lo que le dais, porque ve no merece la tierra que pisa; el acudir a los sacramentos; la fe viva que aquí le queda de ver la virtud que Dios en ellos puso; el alabaros porque dejaste tal medicina y ungüento para nuestras llagas, que no la sobresanan, sino que del todo las quitan[11]. Espántanse desto. Y ¿quién, Señor de mi alma, no se ha de espantar de misericordia tan grande y merced tan crecida a traición tan fea y abominable? ¡Que no sé cómo no se me parte el corazón cuando esto escribo, porque soy ruin!

6. Con estas lagrimillas que aquí lloro, dadas de Vos (agua de tan mal pozo en lo que es de mi parte), parece que os hago pago de tantas traiciones; siempre haciendo males y procurándoos deshacer las mercedes que Vos me habéis hecho. Ponedlas Vos, Señor mío, valor; aclarad agua tan turbia, siquiera porque no dé a alguno tentación en echar juicios (como me la ha dado a mí) pensando por qué, Señor, dejáis unas personas muy santas, que siempre os han servido y trabajado, criadas en relisión y siéndolo, y no como yo que no tenía más del nombre y ver claro que no las hacéis las mercedes que a mí[12]. Bien vía yo, bien mío, que les guardáis Vos el premio para dárselo junto, y que mi flaqueza ha menester esto. Ya ellos, como fuertes, os sirven sin ello y los tratáis como a gente esforzada y no interesal.

---

[10] Nótese el carácter de recurso intencionado que posee esta anáfora, ya que confiere un ritmo paralelístico al discurso, perfectamente logrado.

[11] Alude a la doctrina de Lutero con toda intención, pues, según la teología protestante, la justificación no «quita», sino que sólo «cubre» las llagas del pecado.

[12] Ejemplo típico del estilo teresiano con abundancia de zeugma y elipsis. Se omite «por vos», «religiosas» y «de religiosas», al final de cada una de las cláusulas.

7. Mas con todo, sabéis Vos, mi Señor, que clamaba muchas veces delante de Vos disculpando a las personas que me mormuraban [13], porque me parecía les sobraba razón. Esto era ya, Señor, después que me teníades por vuestra bondad para que tanto no os ofendiese, y yo estaba ya desviándome de todo lo que me parecía os podía enojar; que en haciendo yo esto, comenzastes, Señor, a abrir vuestros tesoros para vuestra sierva. No parece esperábades otra cosa sino que hubiese voluntad y aparejo en mí para recibirlos, sigún con brevedad comenzastes a no sólo darlos, sino a querer entendiesen me los dábades.

8. Esto entendido, comenzó a tenerse buena opinión de la que todas aún no tenían bien entendido cuán mala era [14], aunque mucho se traslucía. Comenzó la mormuración y persecución de golpe y, a mi parecer, con mucha causa; y ansí no tomaba con nadie enemistad, sino suplicábaos a Vos mirásedes la razón que tenían.Decían que me quería hacer santa y que inventaba novedades no habiendo llegado entonces con gran parte aun a cumplir toda mi Regla ni a las muy buenas y santas monjas que en casa había (ni creo llegaré, si Dios por su bondad no lo hace todo de su parte), sino antes lo era yo [15] para quitar lo bueno y poner costumbres que no lo eran; al menos hacía lo que podía para ponerlas, y en el mal podía mucho. Ansí que sin culpa suya me culpaban. No digo eran sólo monjas, sino otras personas; descubríanme verdades, porque lo primitiádes Vos.

9. Una vez rezando las Horas, como algunas tenía esta tentación, llegué al verso que dice *justus es Domine, y tus juicios* [16] comencé a pensar cuán gran verdad era, que en esto no tenía el demonio fuerza jamás para tentarme de manera que yo dudase tenéis Vos, mi Señor, todos los bienes, ni en ninguna cosa de la fee; antes me parecía mientras más sin camino natural iban, más firme la tenía, y me daba devoción grande:

---

[13] *Me mormuraban:* «murmuraban de mí». Uso particular del pronombre. Expresión característica del sentido idiomático teresiano.

[14] Perífrasis e hipérbaton juntos. Estos rodeos son frecuentes en el lenguaje teresiano.

[15] Se sobreentiende «parte». La expresión «ser parte» tiene aquí el sentido de «contribuir a».

[16] Referencia al *Salmo* 118, 137: «iustus es, domine, et rectum iudicium tuum».

en, ser todopoderoso quedaban conclusas[17] en mí todas las grandezas que hiciérades Vos, y en esto —como digo— jamás tenía duda. Pues pensando cómo con justicia primitíades a muchas que había —como tengo dicho[18]— muy vuestras siervas, y que no tenían los regalos y mercedes que me hacíades a mí, siendo la que era, respondísteme Señor: —«Sírveme tú a mí y no te metas en eso.» Fue la primera palabra que entendí hablarme Vos, y ansí me espantó mucho.

Porque después declararé esta manera de entender, con otras cosas, no lo digo aquí, que es salir de propósito, y creo harto he salido. Casi no sé lo que me he dicho. No puede ser menos, mi hijo[19], sino que ha Vuestra Merced de sufrir estos intervalos; porque cuando veo lo que Dios me ha sufrido y me veo en este estado, no es mucho pierda el tino de lo que digo y he de decir.

Plega al Señor que siempre sean estos mis desatinos y que no primita ya Su Majestad tenga yo poder para ser contra Él un punto. Antes en este que estoy me consuma.

10. Basta ya para ver sus grandes misericordias, no una sino muchas veces que ha perdonado tanta ingratitud. A San Pedro una vez que lo fue, a mí muchas; que con razón me tentaba el demonio no[20] pretendiese amistad estrecha con quien trataba enemistad tan pública. ¡Qué ceguedad tan grande la mía! ¿Adónde pensaba, Señor mío, hallar remedio, sino en Vos? ¡Qué disbarate huir de la luz para andar siempre tropezando! ¡Qué humildad tan soberbia inventaba en mí el demonio: apartarme de estar arrimada a la coluna y báculo que me ha de sustentar, para no dar tan gran caída! Ahora me santiguo y no me parece que he pasado peligro tan peligroso como esta invención que el demonio me ensañaba por vía de humildad. Poníame en el pensamiento que cómo cosa tan ruin y habiendo recibido tantas mercedes había de llegarme a la oración; que me bastaba rezar lo que debía, como todas; mas que aun pues esto[21] no hacía bien, cómo quería hacer más;

---

17 *Conclusas:* «incluidas», siendo yo poseedora de ellas.

18 En el núm. 6 de este mismo capítulo. La frase comienza con un signo que podría interpretarse como la exclamación ¡oh!

19 El padre Báñez tachó la expresión *mi hijo* en el autógrafo; probablemente por parecerle de excesiva familiaridad.

20 Obsérvese el calco latino. *No pretendiese:* «para que no»...

21 Hoy diríamos «pues aun esto no hacía bien». Quedan reminiscencias de esta construcción en amplias zonas del dominio dialectal aragonés.

que era poco acatamiento y tener en poco las mercedes de Dios.

Bien era pensar y entender esto; mas ponerlo por obra fue el grandísimo mal. Bendito Vos, Señor, que ansí me remediastes.

11. Principio de la tentación que hacía a Judas me parece ésta, sino que no osaba el traidor tan al descubierto; mas él viniera de poco en poco a dar conmigo adonde dio con él. Miren esto, por amor de Dios, todos los que tratan oración. Sepan que el tiempo que estuve sin ella era mucho más perdida mi vida; mírese qué buen remedio me daba el demonio y qué donosa humildad: un desasosiego en mí grande. Mas ¿cómo había de sosegar mi ánima? Apartábase la cuitada de su sosiego; tenía presentes las mercedes y favores; vía los contentos de acá ser[22] asco. Cómo pudo pasar me espanto. Era con esperanza que nunca yo pensaba[23] (a lo que ahora me acuerdo, porque debe haber esto más de veinte y un años), dejaba de estar determinada de tornar a la oración; mas esperaba estar muy limpia de pecados. ¡Oh, qué mal encaminada iba en esta esperanza! Hasta el día del juicio me la libraba el demonio, para de allí llevarme al infierno.

12. Pues teniendo oración y lición —que era ver verdades y el ruin camino que llevaba— e importunando al Señor con lágrimas muchas veces, era tan ruin que no me podía valer; apartada deso, puesta en pasatiempos con muchas ocasiones y pocas ayudas —y osaré decir ninguna, sino para ayudarme a caer—, ¿qué esperaba sino lo dicho?

Creo tiene mucho delante de Dios un fraile de Santo Domingo, gran letrado[24], que él me despertó deste sueño: él me hizo, como creo he dicho, comulgar de quince a quince días; y del mal no tanto; comencé a tornar en mí, aunque no dejaba de hacer ofensas al Señor. Mas como no había perdido el camino, aunque poco a poco, cayendo y levantando, iba por él; y el que no deja de andar e ir adelante, aunque tarde, llega. No me parece es otra cosa perder el camino, sino dejar la oración. Dios nos libre, por quien Él es.

---

[22] Se trata, de nuevo, de un calco sintáctico latino, una oración de infinitivo: «veía que los contentos de acá eran asco». Como se ve, las reminiscencias latinas en Santa Teresa, por razones de ambiente o por lecturas, son más frecuentes de lo que pudiera creerse.

[23] Este verbo podría sobrar si, como parece probable, la santa rehízo la frase de nueva factura tras el paréntesis. Fray Luis lo suprimió.

[24] El padre Gracián anota en su ejemplar: «Fr. Vicente Varrón.»

13. Queda de ahí entendido —y nótese mucho por amor del Señor— que aunque un alma llegue a hacerla Dios tan grandes mercedes en la oración, que no se fíe de sí, pues puede caer, ni se ponga en ocasiones en ninguna manera. Mírese mucho, que va mucho; que el engaño que aquí puede hacer el demonio después, aunque la merced sea cierta de Dios, es aprovecharse el traidor de la mesma merced en lo que puede, y[25] a personas no crecidas en las virtudes, ni mortificadas, ni desasidas, porque aquí no quedan fortalecidas tanto que baste, como adelante diré, para ponerse en las ocasiones y peligros, por grandes deseos y determinaciones que tengan. Es ecelente dotrina, y no mía, sino enseñada de Dios[26]; y ansí querría que personas inorantes, como yo, la supiesen. Porque aunque esté un alma en este estado, no ha de fiar de sí para salir a combatir, porque hará harto en defenderse. Aquí son menester armas para defenderse de los demonios, y aun no tiene fuerza para pelear contra ellos y traerlos debajo de los pies, como hacen los que están en el estado que diré después.

14. Este es el engaño con que coge el demonio, que, como se ve un alma tan llegada a Dios, y ve la diferencia que hay del bien del cielo al de la tierra y el amor que la muestra el Señor, deste amor nace confianza y seguridad de no caer de lo que goza. Parécele que ve claro el premio, que no es posible ya cosa que aun para la vida es tan deleitosa y suave, dejarla por cosa tan baja y sucia como es el deleite; y con esta confianza quítale el demonio la poca que ha de tener de sí; y, como digo, pónese en los peligros y comienza con buen celo a dar de la fruta sin tasa, creyendo que ya no hay que temer de sí. Y esto no va con soberbia, que bien entiende el alma que no puede de sí nada, sino de mucha confianza de Dios sin discreción, porque no mira que aún tiene pelo malo. Puede salir del nido, y sácala Dios, mas aún no está para volar; porque las virtudes aún no están fuertes, ni tiene espiriencia para conocer los peligros, ni sabe el daño que hace en confiar de sí.

15. Esto fue lo que a mí me destruyó; y para esto y para todo hay gran necesidad de maestro y trato con personas espirituales. Bien creo que alma que llega Dios a este estado, si muy del todo no deja a Su Majestad, que no la dejará de

---

25 En el manuscrito aparecen tachadas varias palabras, de manera que el sentido no se puede reconstruir. Para completar la frase debe suplirse «engañar».

26 *De:* «por» (complemento agente).

favorecer ni la dejará perder; mas cuando, como he dicho, cayere, mire, mire, por amor de el Señor, no la engañe en que deje la oración, como hacía a mí con humildad falsa, como ya lo he dicho y muchas veces lo querría decir. Fíe de la bondad de Dios, que es mayor que todos los males que podemos hacer, y no se acuerda de nuestra ingratitud, cuando nosotros, conociéndonos, queremos tornar a su amistad, ni de las mercedes que nos ha hecho para castigarnos por ellas; antes ayudan a perdonarnos más presto, como a gente que ya era de su casa y ha comido, como dicen, de su pan. Acuérdense de sus palabras[27] y miren lo que ha hecho conmigo, que primero me cansé de ofenderle que Su Majestad dejó de perdonarme. Nunca se cansa de dar ni se pueden agotar sus misericordias; no nos cansemos nosotros de recibir. Sea bendito para siempre, amén; y alábanle todas las cosas.

---

[27] Alude a los pasajes de la *Biblia* en que Dios promete perdón a los pecadores, en especial el *Libro de Ezequiel* (33, 11) y los *Evangelios* de San Mateo y San Lucas (9, 13 y 15, respectivamente).

CAPÍTULO XX

En que trata la diferencia que hay de unión a arrobamiento, declara qué cosa es arrobamiento y dice algo del bien que tiene el alma que el Señor por su bondad llega a Él. Dice los efectos que hace. Es de mucha admiración[1].

1. Querría saber declarar con el favor de Dios la diferencia que hay de unión a arrobamiento u elevamiento u vuelo que llaman de espíritu u arrebatamiento, que todo es uno. Digo que estos diferentes nombres todo es una cosa, y también se llama éstasi. Es grande la ventaja que hace a la unión. Los efectos muy mayores hace, y otras hartas operaciones, porque la unión parece principio y medio y fin y lo es en lo interior; mas ansí como estotros fines son más alto grado, hace[2] los efetos interior y esteriormente. Declárelo el Señor, como ha hecho lo demás, que, cierto, si Su Majestad no me hubiera dado a entender por qué modos y maneras se puede algo decir, yo no supiera.

2. Consideremos ahora que esta agua postrera que hemos dicho es tan copiosa, que si no es por no lo consentir la tierra,

---

[1] Esta última frase fue borrada del original por un censor, probablemente el padre Báñez.

[2] De nuevo elipsis, que obliga a buscar el sentido de la frase; éste puede ser: «así como estotros fines (arrobamiento, vuelo de espíritu, etcétera) son en más alto grado, así hacen los efectos... más aventajados que la simple unión».

podemos creer que se está con nosotros esta nube de la gran Majestad acá en esta tierra. Mas cuando este gran bien le agradecemos, acudiendo con obras sigún nuestras fuerzas, coge el Señor el alma, digamos ahora, a manera que las nubes cogen los vapores de la tierra y levántala toda della[3], y sube la nube al cielo y llévala consigo, comiénzala a mostrar cosas del reino que le tiene aparejado. No sé si la comparación cuadra, mas en hecho de verdad ello pasa ansí.

3. En estos arrobamientos parece no anima el alma en el cuerpo, y ansí se siente muy sentido faltar de él el calor natural; vase enfriando, aunque con grandísima suavidad y deleite.

Aquí no hay ningún remedio de resistir, que en la unión, como estamos en nuestra tierra, remedio hay: aunque con pena y fuerza, resistirse puede casi siempre. Acá, las más veces, ningún remedio hay, sino que muchas sin prevenir el pensamiento ni ayuda alguna, viene un ímpetu tan acelarado y fuerte, que veis y sentís levantarse esta nube o esta águila caudalosa[4] y cogeros con sus alas.

4. Y digo que se entiende y veis os[5] llevar, y no sabéis dónde; porque, aunque es con deleite, la flaqueza de nuestro natural hace temer a los principios, y es menester ánima determinada[6] y animosa —mucho más que para lo que queda dicho— para arriscarlo todo, venga lo que viniere, y dejarse en las manos de Dios, e ir adonde nos llevaren, de grado, pues os llevan aunque os pese. Y en tanto estremo, que muy[7] muchas

---

[3] Al margen del original aparece la frase: «Helo oído así esto de que cogen las nubes los vapores, o el sol». Fray Luis no la incluyó en el texto pensando, con buen criterio, que se trataba de algo intencionadamente marginal. En cambio, buenos editores (padres Silverio y Efrén-Steggink) sí lo añaden.

[4] Estamos ante un curioso ejemplo de traslación semántica. La palabra «caudalosa» está aquí relacionada etimológicamente con el latín *cauda: coda.* Se designa técnicamente así a la rapaz diurna, perteneciente a la misma familia que el águila, con cabeza grande, garras pequeñas y región inferior blanca con manchas oscuras. En este texto, la fuerza que arrebata al alma se ha convertido imaginativamente en esa «nube» especial —iluminante culto— o en el águila, iluminante más accesible. (García de la Concha, *loc. cit.,* pág. 162.)

[5] *Veis os:* «os veis», con pronombre enclítico.

[6] *Determinada:* «decidida», «osada», «valerosa». El uso en esta acepción queda hoy restringido a zonas del dominio dialectal andaluz e hispanoamericano.

[7] Fray Luis leyó «hay» en lugar de «muy». Es lectura errónea que ya subsanó el padre Silverio.

veces querría yo resistir, y pongo todas mis fuerzas, en especial algunas que es en público y otras hartas en secreto, temiendo ser engañada. Algunas podía algo, con gran quebrantamiento; como quien pelea contra un jayán fuerte quedaba después cansada; otras era imposible, sino que me llevaba el alma y aun casi ordinario la cabeza tras ella, sin poderla tener[8], y algunas todo el cuerpo, hasta levantarle.

5. Esto ha sido pocas, porque como una vez fuese adonde estábamos juntas en el coro y yendo a comulgar, estando de rodillas, dábame grandísima pena, porque me parecía cosa muy estraordinaria y que había de haber luego mucha nota; y ansí mandé a las monjas (porque es ahora después que tengo oficio de Priora) no lo dijesen. Mas otras veces, como comenzaba a ver que iba a hacer el Señor lo mesmo (y una estando personas principales de señoras, que era la fiesta de la Vocación[9], en un sermón), tendíame en el suelo y allegábanse a tenerme el cuerpo y todavía se echaba de ver. Supliqué mucho a el Señor que no quisiese ya darme más mercedes que tuviesen muestras esteriores; porque yo estaba cansada ya de andar en tanta cuenta y que aquella merced podía Su Majestad hacérmela sin que se entendiese. Parece ha sido por su bondad servido de oírme, que nunca más hasta ahora lo he tenido[10]; verdad es que ha poco.

6. Es ansí que me parecía, cuando quería resistir, que desde debajo de los pies me levantaban fuerzas tan grandes, que no sé como lo comparar, que era con mucho más ímpetu que estotras cosas de espíritu, y ansí quedaba hecha pedazos; porque es una pelea grande, y, en fin, aprovecha poco cuando el Señor quiere, que no hay poder contra su poder. Otras veces es servido de contentarse con que veamos nos quiere hacer la merced y que no queda por Su Majestad, y resistiéndose por

---

[8] Sentido clásico del *tenere* latino: «sostener».

[9] Anota fray Tomás de la Cruz que esta fiesta de la Vocación no ha de ser confundida con la de la Epifanía ni la vocación o la conversión de San Pablo, sino la advocación del titular de la casa o iglesia; es decir, el día de San José, convento desde el cual se refiere el hecho. En el mismo lugar añade que esta gracia mística se identifica claramente con una de las dos descritas en el proceso de Ávila por la madre Petronila Bautista, sucedidas en presencia de fray Domingo Báñez.

[10] Frase que nos ayuda mucho a perfilar la cronología teresiana. Escribe, sin duda, en San José de Ávila y en 1565. El suceso a que se refiere pudo acaecer entre 1564-1565.

humildad, deja los mesmos efetos que si del todo se consintiese.

7. A los que esto hace son grandes: lo uno, muéstrase el gran poder del Señor y cómo no somos parte, cuando Su Majestad quiere, de detener tampoco el cuerpo como el alma, ni somos señores dellos, sino que, mal que nos pese, vemos que hay superior y que estas mercedes son dadas de él[11] y que de nosotros no podemos en nada, nada; y imprímese mucha humildad. Y aun yo confieso que gran temor me hizo; al principio, grandísimo; porque verse ansí levantar un cuerpo de la tierra, que aunque el espíritu lo lleva tras sí y es con suavidad grande si no se resiste, no se pierde el sentido[12]; al menos yo estaba de manera en mí, que podía entender era llevada. Muéstrase una majestad de quien puede hacer aquello, que espeluza[13] los cabellos, y queda un gran temor de ofender a tan gran Dios. Éste envuelto en grandísimo amor que se cobra de nuevo a quien vemos le tiene tan grande a un gusano tan podrido, que no parece se contenta con llevar tan de veras el alma a sí, sino que quiere el cuerpo, aun siendo tan mortal y de tierra tan sucia, como por tantas ofensas se ha hecho.

8. También deja un desasimiento estraño, que yo no podré decir cómo es. Paréceme que puedo decir es diferente en alguna manera; digo más que estotras cosas de solo espíritu; porque, ya que estén cuanto a el espíritu con todo desasimiento de las cosas, aquí parece quiere el Señor el mesmo cuerpo lo ponga por obra, y hácese una estrañeza nueva para con las cosas de la tierra, que es muy más penosa la vida.

9. Después da una pena que ni la podemos traer a nosotros ni venida se puede quitar. Yo quisiera harto dar a entender esta gran pena y creo no podré, mas diré algo si supiere. Y háse de notar que estas cosas[14] son ahora muy a la postre, después de todas las visiones y revelaciones que escribiré; y del tiempo que solía tener oración, adonde el Señor me daba tan grandes gustos y regalos, ahora, ya que eso no cesa, algunas veces, las más y lo más ordinario, es esta pena que ahora diré.

---

[11] *De él:* «por él», complemento agente con la preposición «de».

[12] Período de sentido oscuro, que algún editor intenta aclarar sustituyendo el «porque» inicial con un «por».

[13] *Espeluza:* «despeluza» o «espeluzna».

[14] En el autógrafo aparece tachada la palabra «dos», pues la santa había escrito en principio «estas dos cosas», refiriéndose a «desasimiento estraño» y a «pena».

Es mayor y menor. De cuando es mayor quiero ahora decir, porque, aunque adelante diré[15] de estos grandes ímpetus que me daban cuando me quiso el Señor dar los arrobamientos, no tiene más que ver, a mi parecer, que una cosa muy corporal a una muy espiritual, y creo no lo encarezco mucho. Porque aquella pena parece, aunque la siente el alma, es en compañía del cuerpo; entrambos parece participan de ella, y no es con el estremo de desamparo que en ésta. Para la cual —como he dicho— no somos parte, sino muchas veces a deshora viene un deseo que no sé cómo se mueve, y de este deseo que penetra toda el alma en un punto, se comienza tanto a fatigar, que sube muy sobre sí, y de todo lo criado, y pónela Dios tan desierta de todas las cosas que, por mucho que ella trabaje, ninguna que la acompañe le parece hay en la tierra, ni en ella la querría, sino morir en aquella soledad. Que la hablen y ella se quiera hacer toda la fuerza posible a hablar, aprovecha poco; que su espíritu, aunque ella más haga, no se quita de aquella soledad. Y, con parecerme que está entonces lejísimo[16]. Dios, a veces comunica sus grandezas por un modo el más estraño que se puede pensar; y ansí, no[17] se sabe decir, ni creo lo creerá ni entenderá sino quien hubiera pasado por ello; porque no es la comunicación para consolar, sino para mostrar la razón que tiene de fatigarse, de estar ausente de bien que en sí tiene todos los bienes.

10. Con esta comunicación crece el deseo y el estremo de soledad en que se ve, con una pena tan delgada y penetrativa que, anque el alma se estaba puesta en aquel desierto, que al pie de la letra me parece se puede entonces decir (y por ventura lo dijo el real Profeta estando en la mesma soledad, sino que como a santo se la daría el Señor a sentir en más ecesiva manera): *Vigilavi, et factus sum sicut passer solitarius in tecto*[18]. Y ansí se me representa este verso entonces que me

---

[15] Dedicará a este tema buena parte del capítulo 29, entre los números 8 y 14.

[16] Emplea el singular *lejísimo,* raro ya en su época.

[17] Desde fray Luis en adelante todos los editores han leído «no», por más que en el autógrafo dice claramente «me»; debe tratarse de uno de los frecuentes *lapsus calami* de Teresa.

[18] La transcripción que Teresa hace del Salmo 101, 8 es la siguiente: «vigilavi ed fatus sun sicud passer solitarius yn tecto». Nótese la sonorización de la «t» final («ed», «sicud») y la simplificación de grupos consonánticos, «fatus» por «factus».

parece lo veo yo en mí, y consuélame ver que han sentido otras personas tan gran estremo de soledad, cuanto más tales. Ansí parece está el alma, no en sí, sino en el tejado o techo de sí mesma y de todo lo criado; porque aun encima de lo muy superior del alma me parece que está.

11. Otras veces parece anda el alma como necesitadísima, diciendo y preguntando a sí mesma: ¿Dónde está tu Dios? Y es de mirar que el romance de estos versos yo no sabía bien el que era, y después que lo entendía me consolaba de ver que me los había traído el Señor a la memoria sin procurarlo yo. Otras me acordaba de lo que dice San Pablo, que está crucificado al mundo[19]. No digo yo que sea esto ansí, que ya lo veo; mas parece que está ansí el alma, que ni del cielo le viene consuelo ni está en él, ni de la tierra le quiere ni está en ella, sino como crucificada entre el cielo y la tierra, padeciendo sin venirle socorro de ningún cabo. Porque el que le viene del cielo (que es, como he dicho, una noticia de Dios tan admirable, muy sobre todo lo que podemos desear), es para más tormento; porque acrecienta el deseo de manera que, a mi parecer, la gran pena algunas veces quita el sentido, sino que[20] dura poco sin él. Parecen unos tránsitos de la muerte, salvo que trae consigo un tan gran contento este padecer, que no sé yo a qué lo comparar. Ello es un recio martirio sabroso[21], pues todo lo que se le puede representar a el alma de la tierra, aunque sea lo que le suele ser más sabroso, ninguna cosa admite; luego parece lo lanza de sí. Bien entiende que no quiere sino a su Dios; mas no ama cosa particular de él, sino todo junto le quiere y no sabe lo que quiere. Digo «no sabe», porque no representa nada la imaginación; ni, a mi parecer, mucho tiempo de lo que está ansí no obran las potencias: como en la unión y arrobamiento el gozo, ansí aquí la pena las suspende.

12. ¡Oh Jesús! ¡quién pudiera dar a entender bien a vuesa merced esto[22], aun para que me dijera lo que es, porque es lo que ahora anda siempre en mi alma!. Lo más ordinario, en viéndose desocupada, es puesta en estas ansias de muerte, y teme, cuando ve que comienzan, porque no se ha de morir; mas llegada a estar en ello, lo que hubiese de vivir querría en

---

[19] Referencia a la epístola de San Pablo a los Gálatas 6, 14.

[20] El valor de las conjunciones fluctúa con frecuencia en Teresa. Aquí «sino que»: «pero» o «aunque».

[21] Oxímoro típicamente teresiano.

[22] Sigue refiriéndose al padre García de Toledo.

este padecer. Aunque es tan ecesivo, que el sujeto le puede mal llevar; y ansí algunas veces se me quitan todos los pulsos casi, sigún dicen las que algunas veces se llegan a mí de las hermanas que ya más lo entienden, y las canillas[23] muy abiertas, y las manos tan yertas, que yo no las puedo algunas veces juntar; y ansí me queda dolor hasta otro día en los pulsos y en el cuerpo, que parece me han descoyuntado.

13. Yo bien pienso alguna vez ha de ser el Señor servido, si va adelante como ahora, que se acabe con acabar la vida que, a mi parecer, bastante es tan gran pena para ello, sino que no lo merezco yo. Toda la ansia es morirme entonces; ni me acuerdo de purgatorio, ni de los grandes pecados que he hecho[24], por donde merecía el infierno; todo se me olvida con aquella ansia de ver a Dios; y aquel desierto y soledad le parece mejor que toda la compañía del mundo. Si algo la podía dar consuelo, estratar con quien hubiese pasado por este tormento; y ver que, aunque se queje dél, nadie le parece la ha de creer.

14. También la atormenta que esta pena es tan crecida, que no querría soledad, como otras, ni compañía sino con quien se pueda quejar. Es como uno que tiene la soga larga a la garganta y se está ahogando, que procura tomar huelgo. Ansí me parece que este deseo de compañía es de nuestra flaqueza; que como nos pone la pena en peligro de muerte (que esto sí, cierto, hace; yo me he visto en este peligro algunas veces con grandes enfermedades y ocasiones, como he dicho, y creo podría decir es éste tan grande como todos), ansí el deseo que el cuerpo y alma tienen de no se apartar es el que pide socorro para tomar huelgo, y, con decirlo y quejarse y divertirse[25], busca remedio para vivir muy contra voluntad de espíritu, u de lo superior del alma, que no querría salir de esta pena.

15. No sé yo si atino a lo que digo, u si lo sé decir, mas, a todo mi parecer, pasa ansí. Mire vuesa merced qué descanso puede tener en esta vida; pues el que había[26] —que era la

---

[23] Vocablo patrimonial (del lat. *cannella),* por el que se designa cualquiera de los huesos largos de la pierna o el brazo, y especialmente la tibia.

[24] *He hecho:* «he cometido». Imprecisión léxica, propia de la rapidez con que escribe.

[25] El sentido de la expresión no es aquí el característico en Santa Teresa. Viene a significar «distraerse», en sentido amplio.

[26] Se refiere a su alma, naturalmente. *Había* con sentido de «tenía», posesivo.

oración y soledad porque allí me consolaba el Señor—, es ya lo más ordinario este tormento, y es tan sabroso, y ve el alma que es de tanto precio, que ya le quiere más que todos los regalos que solía tener. Parécele más siguro porque es camino de cruz, y en sí tiene un gusto muy de valor, a mi parecer, porque no participa con el cuerpo sino pena, y el alma es la que padece, y goza sola del gozo y contento que da este padecer[27]. No sé yo cómo puede ser esto; mas ansí pasa que, a mi parecer, no trocaría esta merced que el Señor me hace (que bien[28] de su mano y, como he dicho, no nada adquirida de mí porque es muy sobrenatural), por todas las que después diré; no hago juntas, sino tomada cada una por sí. Y no se deje de tener acuerdo que es después de todo lo que va escrito en este libro y aun lo que ahora me tiene el Señor[29].

16. Estando yo a los principios con temor (como me acaece casi en cada merced que me hace el Señor, hasta que con ir adelante Su Majestad asigura), me dijo que no temiese y que tuviese en más esta merced que todas las que me había hecho; que en esta pena se purificaba el alma, y se labra o purifica como el oro en el crisol, para poder mejor poner los esmaltes de sus dones, y que se purgaba allí lo que había de estar en purgatorio.

Bien entendía yo era gran merced, mas quedé con mucha más siguridad y mi confesor me dice que es bueno. Y aunque yo temí, por ser tan ruín, nunca podía creer que era malo; antes el muy sobrado bien me hacía temer, acordándome cuán mal lo tengo merecido. Bendito sea el Señor, que tan bueno es, amén.

17. Parece que he salido de propósito, porque comencé a

---

27 Recurre Teresa a la acumulación de figuras para expresar, mediante el extrañamiento, más fielmente su idea. Nótese la derivación (goza, gozo; padece, padecer) y la paradoja.

28 De nuevo nos las habemos con un texto de difícil interpretación. Fray Luis transcribió «que viene de su mano», y puntuó de forma distinta. La mayoría de los editores lo siguieron. Pensamos, sin embargo, que debe reconstruirse el texto original, pues así puntuado tiene perfecto sentido.

29 Al margen del autógrafo añadió la propia Teresa: «Digo que estos ímpetus es después de las mercedes que aquí van, que me ha hecho el Señor». Los editores, a partir de fray Luis, prefirieron combinar la nota con el texto, ya que puede hacerse sin excesiva dificultad. Creemos, sin embargo, con fray Tomás de la Cruz, que esta anotación tiene carácter marginal y por ello la ofrecemos en nota.

decir de arrobamientos, y esto que he dicho aún es más que arrobamiento y ansí deja los efetos que he dicho.

18. Ahora tornemos a arrobamiento, de lo que en ellos es más ordinario. Digo que muchas veces me parecía me dejaba el cuerpo tan ligero, que toda la pesadumbre dél me quitaba, y algunas era tanto que casi no entendía poner los pies en el suelo. Pues cuando está en el arrobamiento el cuerpo queda como muerto, sin poder nada de sí muchas veces, y como le toma se queda: si en pie, si sentado, si las manos abiertas, si cerradas[30]. Porque, aunque pocas veces se pierde el sentido, algunas me ha acaecido a mí perderle del todo, pocas y poco rato; mas lo ordinario es que se turba y, aunque no puede hacer nada de sí cuanto a lo esterior, no deja de entender y oír como cosa de lejos. No digo que entiende y oye, cuando está en lo subido de él (digo subido, en los tiempos que se pierden las potencias, porque están muy unidas don Dios) que entonces no ve, ni oye, ni siente, a mi parecer; mas, como dije en la oración de unión pasada, este transformamiento del alma del todo en Dios dura poco; mas eso que dura, ninguna potencia se siente ni sabe lo que pasa allí. No debe ser para que se entienda mientras vivimos en la tierra, al menos no lo quiere Dios, que no debemos de ser capaces para ello. Yo esto he visto por mí.

19. Diráme vuesa merced que cómo dura alguna vez tantas horas el arrobamiento, y muchas veces. Lo que pasa por mí es que —como dije en la oración pasada— gózase con intervalos: muchas veces se engolfa[31] el alma u la engolfa el Señor en sí, por mijor decir, y tiniéndola ansí un poco, quédase con sola la voluntad. Paréceme es este bullicio de estotras dos potencias como el que tiene una lengüecilla de estos relojes de sol, que nunca para; mas cuando el sol de justicia quiere, hácelas detener. Esto digo que es poco rato; mas como fue grande el ímpetu y levantamiento de espíritu, y aunque éstas tornen a bullirse queda engolfada la voluntad, y hace, como señora del todo, aquella operación[32] en el cuerpo; porque, ya que las

---

[30] De nuevo encontramos una hermosa elipsis teresiana, que ha hecho incurrir en error a muchos editores por no entender el sentido. Éste sería: «si en pie le toma, en pie se queda», etc. Fray Luis leyó el fragmento equivocadamente, perpetuándose su error hasta la edición de fray Tomás de la Cruz.

[31] «Engolfar»: «meterse mucho en un negocio», «dejarse llevar», «arrebatarse de un pensamiento o afecto», ya comentado.

[32] Se refiere a que las funciones somáticas quedan suspensas; de ello habló en el número 18.

otras dos potencias bullidoras la quieren estorbar, de los enemigos los menos: no la estorben también los sentidos; y ansí hace que estén suspendidos, porque lo quiere ansí el Señor. Y por la mayor parte están cerrados los ojos, aunque no queramos cerrarlos; y si abiertos alguna vez, como ya dije, no atina y ni advierte lo que ve.

20. Aquí es mucho menos lo que puede hacer de sí, para que cuando se tornasen las potencias a juntar no haya tanto que hacer. Por eso, a quien el Señor diere esto, no se desconsuele cuando se vea ansí atado el cuerpo muchas horas, y a veces el entendimiento y memoria divertidos. Verdad es que lo ordinario es estar embebidas en alabanzas de Dios u en querer comprender, u entender lo que ha pasado por ellas; y aun para esto no están bien despiertas, sino como una persona que ha mucho dormido y soñado, y aún no acaba de despertar.

21. Declárome tanto en esto, porque sé que hay ahora, aun en este lugar[33], personas a quien el Señor hace estas mercedes; y si los que las gobiernan no han pasado por esto, por ventura les parecerá que han de estar como muertas en arrobamiento, en especial si no son letrados; y lástima lo que se padece con los confesores que no lo entienden, como yo diré después. Quizá yo no sé lo que digo; vuesa merced lo entenderá, si atino en algo, pues el Señor le ha ya dado espiriencia de ello, aunque como no es de mucho tiempo, quizá no había mirádolo tanto como yo. Ansí que, aunque mucho lo procuro, por buenos ratos no hay fuerzas en el cuerpo para poderse menear: todas las llevó el alma consigo. Muchas veces queda sano —que estaba bien enfermo y lleno de grandes dolores— y con más habilidad, porque es cosa tan grande lo que allí se da, y quiere el Señor algunas veces, como digo, lo goce el cuerpo, pues ya obedece a lo que quiere el alma. Después que torna en sí, si ha sido grande el arrobamiento, acaece andar un día o dos y aun tres tan absortas las potencias, u como embobecidas[34], que no parece andan en sí.

22. Aquí es la pena de haber de tornar a vivir; aquí le nacieron las alas para bien volar; ya se le ha caído el pelo malo. Aquí se levanta ya del todo la bandera por Cristo, que no parece otra cosa sino que este alcaide de esta fortaleza se

---

[33] Naturalmente, se refiere a Ávila.

[34] Así escribió Teresa, refiriéndose al alma. Quiso decir «embebecidas» con la frecuente fluctuación vocálica.

sube, u le suben, a la torre más alta a levantar la bandera por Dios. Mira a los de abajo como quien está en salvo; ya no teme los peligros, antes los desea, como quien por cierta manera se le da allí siguridad de la victoria. Vese aquí muy claro en lo poco que todo lo de acá se ha de estimar y lo no nada que es. Quien está de lo alto, alcanza muchas cosas. Ya no quiere querer, ni tener libre albedrío no querría[35], y ansí lo suplica al Señor; dale las llaves de su voluntad.

Hele aquí el hortolano hecho alcaide; no quiere hacer cosa, sino la voluntad del Señor; ni serlo él[36] de sí, ni de nada, ni de un pero de esta huerta, sino que, si algo bueno hay en ella, lo reparta Su Majestad; que de aquí adelante no quiere cosa propia, sino que haga de todo conforme a su gloria y a su voluntad.

23. Y en hecho de verdad pasa ansí todo esto, si los arrobamientos son verdaderos, que queda el alma con los efetos y aprovechamiento que queda dicho. Y si no son éstos, dudaría yo mucho serlos de parte de Dios, antes temería no sean los rabiamientos que dice San Vicente[37]. Esto entiendo yo y he visto por espiriencia: quedar aquí el alma señora de todo, y con libertad en una hora y menos, que ella no se puede conocer. Bien ve que no es suyo, ni sabe cómo se le dio tanto bien, mas entiende claro el grandísimo provecho que cada rabto de estos trai. No hay quien lo crea si no ha pasado por ello; y ansí no creen a la pobre alma, como la han visto ruin, y tan presto la ven pretender cosas tan animosas; porque luego da en no se contentar con servir en poco a el Señor sino en lo más que ella puede. Piensan en tentación y disbarate. Si entendiesen no nace de ella sino de el Señor a quien ya ha dado las llaves de su voluntad, no se espantarían.

24. Tengo para mí que un alma que allega a este estado, que ya ella no habla ni hace cosa por sí, sino[38] que de todo lo

---

[35] En el autógrafo esta expresión aparece sustituida por «otra voluntad, sino hacer la de nuestro Señor». Debió ser un prejuicio teológico más del padre Báñez. Ni que decir tiene que reconstruimos el texto teresiano.

[36] Elipsis: «ser el señor de sí».

[37] Referencia concreta al *Tractatus de vita spirituali,* de San Vicente Ferrer, una de las lecturas que no se le había supuesto por parte de los eruditos. Aunque pudo tomar, asimismo, la referencia de F. de Osuna en el *Tercer Abecedario.* Así opina el padre Efrén en *Tiempo y vida.* cit.

[38] También aparece en el autógrafo tachada esta frase, sin duda por el mismo padre Báñez.

que ha de hacer tiene cuidado este soberano rey. ¡Oh, válame Dios, qué claro se ve aquí la declaración del verso[39], y cómo se entiende tenía razón y la ternán todos de pedir alas de paloma! Entiéndase claro es vuelo el que da el espíritu para levantarse de todo lo criado y de sí mesmo el primero; mas es vuelo suave, es vuelo deleitoso, vuelo sin ruido.

25. ¡Qué señorío tiene un alma que el Señor llega aquí, que lo mire todo sin estar enredada en ello! ¡Qué corrida está del tiempo que lo estuvo! ¡Qué espantada de su ceguedad! ¡Qué lastimada de los que están en ella, en especial si es gente de oración y a quien Dios ya regala! Querría dar voces para dar a entender qué engañados están; y aun ansí lo hace algunas veces, y lluévenle en la cabeza mil persecuciones. Tiénenla por poco humilde y que quiere enseñar a de quien había de deprender, en especial si es mujer. Aquí es el condenar —y con razón—, porque no saben el ímpetu que la mueve, que a veces no se puede valer ni puede sufrir no desengañar a los que quiere bien y desea ver sueltos de esta cárcel de esta vida, que no es menos ni le parece menos en la que ella ha estado.

26. Fatígase del tiempo en que miró puntos de honra y en el engaño que traía de creer que era honra lo que el mundo llama honra; ve que es grandísima mentira y que todos andamos en ella. Entiende que la verdadera honra no es mentirosa, sino verdadera, tiniendo en algo lo que es algo, y lo que es nada tenerlo en no nada, pues todo es nada[40], y menos que nada lo que se acaba y no contenta a Dios.

27. Ríese de sí, del tiempo que tenía en algo los dineros y codicia de ellos, aunque en esta nunca creo —y es ansí verdad— confesé culpa; harta culpa era tenerlos en algo. Si con ellos se pudiera comprar el bien que ahora veo en mí, tuviéralos en muchos; mas ve que este bien se gana con dejarlo todo.

¿Qué es esto que se compra con estos dineros que deseamos? ¿Es cosa de precio? ¿Es cosa durable? ¿U para qué la queremos? Negro descanso se procura, que tan caro cuesta. Muchas veces se procura con ellos el infierno, y se compra fuego perdurable y pena sin fin. ¡Oh, si todos diesen en tenerlos por tierra sin provecho, qué concertado andaría el mundo, qué sin

---

[39] Referencia concreta al Salmo 54, 7.

[40] Consolidación formal precisa de una máxima barroca. Ello nos reafirma en postular el carácter prebarroco de la obra. (Véase Introducción.)

tráfagos! ¡Con qué amistad se tratarían todos, si faltase interese de honra y de dineros! Tengo para mí se remediaría todo.

28. Ve de los deleites tan gran ceguedad, y cómo con ellos compra trabajo, aun para esta vida, y desasosiego. ¡Qué inquietud! ¡Qué poco contento! ¡Qué trabajar en vano! Aquí no sólo las telarañas ve de su alma y las faltas grandes, sino un polvito que haya, por pequeño que sea, porque el sol está muy claro; y ansí, por mucho que trabaje un alma en perficionarse, si de veras la coge este Sol, toda se ve muy turbia. Es como el agua que está en un vaso, que si no le da el sol, está muy claro; si da en él, vese que está todo lleno de motas. Al pie de la letra es esta comparación. Antes de estar el alma en este éstasi, parécele que trae cuidado de no ofender a Dios, y que conforme a sus fuerzas hace lo que puede: mas llegada aquí, que le da este sol de justicia, que la hace abrir los ojos, ve tantas motas, que los querría tornar a cerrar. Porque aún no es tan hija de esta águila caudalosa[41], que pueda mirar este sol de hito en hito; mas, por poco que los tenga abiertos, vese toda turbia. Acuérdase del verso que dice: «*¿Quién será justo delante de Ti?*[42].

29. Cuando mira este divino sol, deslúmbrale la claridad; como se mira a sí, el barro la atapa los ojos: ciega está esta palomita. Ansí acaece muy muchas veces quedarse ansí ciega del todo, absorta, espantada, desvanecida de tantas grandezas como ve. Aquí se gana la verdadera humildad, para no se le dar nada de decir bienes de sí, ni que lo digan otros. Reparte el Señor de el huerto la fruta y no ella, y ansí no se pega nada a las manos; todo el bien que tiene va guiado a Dios. Si algo dice de sí, es para su gloria. Sabe que no tiene nada él allí; y, aunque quiera, no puede inorarlo; porque lo ve por vista de ojos; mal que le pese, se los hace cerrar a las cosas del mundo, y que los tenga abiertos para entender verdades.

---

[41] Véase nota correspondiente en el capítulo anterior.
[42] Se refiere al Salmo 142, 2.

CAPÍTULO XXI

Prosigue y acaba este postrer grado de oración. Dice lo que siente el alma que está en él de tornar a vivir en el mundo, y de la luz que da el Señor de los engaños de él. Tiene buena dotrina.

1. Pues acabando en lo que iba[1], digo que no ha menester aquí consentimiento de esta alma: ya se le tiene dado y sabe que con voluntad se entregó en sus manos y que no le puede engañar, porque es sabidor de todo. No es como acá, que está toda la vida llena de engaños y dobleces: cuando pensáis tenéis una voluntad ganada, sigún lo que os muestra, venís a entender que todo es mentira. No hay ya quien viva en tanto tráfago, en especial si hay algún poco de interese.

Bienaventurada alma que la trae el Señor a entender verdades. ¡Oh, qué estado este para los reyes! ¡Cómo les valdría mucho más procurarlo, que no gran señorío! ¡Qué retitud habría en el reino! ¡Qué de males se escusarían y habrían escusado! Aquí no se teme perder vida ni honra por amor de Dios. ¡Qué gran bien este para quien está más obligado a mirar la honra del Señor que todos los que son menos, pues han de ser los reyes a quien sigan! Por un punto de aumento en la fee y de haber dado luz en algo a los herejes, perdería mil reinos, y con razón. Otro ganar es un reino que no se acaba,

---

[1] Reanuda aquí el tema que había iniciado en el capítulo 19, número 1, y aludido parcialmente en el capítulo 20, números 7 y 23. Aquí enlaza con una afirmación del capítulo 19. 2: «allí no hubo casi consentimiento».

que con sola una gota que gusta un alma de esta agua de él, parece asco todo lo de acá. Pues cuando fuere estar engolfada en todo, ¿qué será?

2. ¡Oh Señor! si me diérades estado para decir a voces esto, no me creyeran (como hacen a muchos que lo saben decir de otra suerte que yo); mas al menos satisfaciérame yo. Paréceme que tuviera en poco la vida por dar a entender una sola verdad de éstas; no sé después lo que hiciera, que no hay que fiar de mí. Con ser la que soy me dan grandes ímpetus por decir esto a los que mandan, que me deshacen[2]. De que no puedo más, tórnome a Vos, Señor mío, a pediros remedio para todo; y bien sabéis Vos que muy de buena gana me desposeería yo de las mercedes que me habéis hecho, con quedar en estado que no os ofendiese, y las daría a los reyes; porque sé que sería imposible consentir cosas que ahora se consienten ni dejar de haber grandísimos bienes[3].

3. ¡Oh Dios mío! daldes[4] a entender a lo que están obligados, pues los quisistes Vos señalar en la tierra de manera que aun he oído decir hay señales[5] en el cielo cuando lleváis a alguno. Que, cierto, cuando pienso esto, me hace devoción, que queráis Vos, Rey mío, que hasta en esto entiendan os han de imitar en vida, pues en alguna manera hay señal en el cielo, como cuando moristes Vos,en su muerte.

4. Mucho me atrevo. Rómpalo vuesa merced si mal le parece, y crea se lo diría mijor en presencia, si pudiese o pensase me han de creer, porque los encomiendo a Dios mucho, y querría me aprovechase. Todo lo hace aventurar la vida, que deseo muchas veces estar sin ella, y era por poco

---

[2] Ha alterado el orden y la frase resulta poco clara: «me dan grandes ímpetus que me deshacen... por decir esto...».

[3] El padre Silverio anota: «Yendo a la fundación de Toledo en 1569, y pasando por la Corte, hizo la santa llegar a Felipe II, por medio de la princesa doña Juana, algunos avisos que impresionaron vivamente al Rey, quien mostró deseos de conocer personalmente a la célebre fundadora. Aún no se tiene noticia segura de si llegaron a verse; pero el Rey prudente hizo siempre mucha estima de la santa y la favoreció no poco para llevar adelante su obra de reformación.»

[4] Así dice Teresa. Se trata de una metátesis por «dadles».

[5] En la muerte de Felipe el Hermoso (1506) aparecieron en Tudela estas señales según refieren Bernáldez y fray Prudencio de Sandoval. Se recoge aquí una creencia antiquísima que ya había contado Virgilio en su *Eneida* refiriéndose a la muerte de César: «caput obscura nitidum ferrugine texit».

precio aventurar a ganar mucho; porque no hay ya quien viva viendo por vista de ojos el gran engaño en que andamos y la ceguedad que traemos.

5. Llegada un alma aquí, no es sólo deseos los que tiene por Dios; Su Majestad la da fuerza para ponerlos por obra. No se le pone cosa delante, en que piense le sirve, a que no se abalance; y no hace nada, porque, como digo, ve claro que no es todo nada[6], sino contentar a Dios. El trabajo es que no hay qué se ofrezca a las que son de tan poco provecho como yo. Sed Vos, Bien mío, servido; venga algún tiempo en que yo pueda pagar algún cornado[7] de lo mucho que os debo. Ordenad Vos Señor, como fuéredes servido, cómo esta vuestra sierva os sirva en algo. Mujeres eran otras, y han hecho cosas heroicas por amor de Vos. Yo no soy para más de parlar, y ansí no queréis Vos, Dios mío, ponerme en obras; todo se va en palabras y deseos cuanto he de servir, y aun para esto no tengo libertad, porque por ventura faltara en todos. Fortaleced Vos mi alma y disponedla primero, Bien de todos los bienes y Jesús mío, y ordenad luego modos como haga algo por Vos, que no hay ya quien sufra recibir tanto y no pagar nada. Cueste lo que costare, Señor, no queráis que vaya delante de Vos tan vacías las manos[8], pues conforme a las obras se ha de dar el premio. Aquí está mi vida, aquí está mi honra y mi voluntad; todo os lo he dado, vuestra soy, disponed de mí conforme a la vuestra. Bien veo yo, mi Señor, lo poco que puedo; mas llegada a Vos, subida en esta atalaya adonde se ven verdades, no os apartando de mí, todo lo podré; que si os apartáis, por poco que sea, iré adonde estaba, que era a el infierno.

6. ¡Oh, qué es un alma que se ve aquí, haber de tornar a tratar con todos, a mirar y ver esta farsa de esta vida tan mal concertada, a gastar el tiempo en cumplir con el cuerpo, durmiendo y comiendo! Todo la cansa, no sabe cómo huir, vese encadenada y presa. Entonces siente más verdaderamente el cativerio que traemos con los cuerpos, y la miseria de la

---

[6] La construcción difiere de la actual. Hoy no emplearíamos ese no.

[7] Es una moneda de uso común en el reinado de Sancho IV de Castilla —cobre con una cuarta parte de plata—, equivalente a un cuarto y un maravedí; familiarmente significaba cosa de poco valor e importancia. Nótese que la santa emplea como término de comparación una moneda que ya no era de curso legal en su época: con ello minimiza hasta el extremo su valor frente a Dios.

[8] Frase nominal equivalente a un participio absoluto latino. Suprime la preposición «con».

vida. Conoce la razón que tenía San Pablo de suplicar a Dios le librase de ella;[9]; da voces con él; pide a Dios libertad, como otras veces he dicho; mas aquí es con tan gran ímpetu muchas veces, que parece se quiere salir el alma del cuerpo a buscar esta libertad, ya que no la sacan. Anda como vendida en tierra ajena, y la que más la fatiga es no hallar muchos que se quejen con ella y pidan esto, sino lo más ordinario es desear vivir. ¡Oh, si no estuviésemos asidos a nada ni tuviésemos puesto nuestro contento en cosa de la tierra, cómo la pena que nos daría vivir siempre sin él templaría el miedo de la muerte con el deseo de gozar de la vida verdadera!

7. Considero algunas veces, cuando una como yo, por haberme el Señor dado esta luz, con tan tibia caridad, y tan incierto el descanso verdadero, por no lo haber merecido mis obras, siento tanto verme en este destierro muchas veces, ¿qué sería el sentimiento de los santos? ¿Qué debía de pasar San Pablo y la Madalena, y otros semejantes, en quien tan crecido estaba este fuego de amor de Dios? Debía ser un continuo martirio.

Paréceme que quien me da algún alivio y con quien descanso de tratar, son las personas que hallo de estos deseos; digo deseos con obras; digo «con obras», porque hay algunas personas, que, a su parecer, están desasidas, y ansí lo publican (y había ello de ser, pues su estado lo pide, y los muchos años que ha que algunas han comenzado camino de perfeción); mas conoce bien esta alma desde muy lejos los que lo son de palabras, o los que ya estas palabras han confirmado con obras; porque tiene entendido el poco provecho que hacen los unos y el mucho los otros; y es cosa que quien tiene espiriencia lo ve muy claramente.

8. Pues dicho[10] ya estos efetos que hacen los arrobamientos, que son de espíritu de Dios... Verdad es que hay más o menos. Digo menos, porque a los principios, aunque hace estos efetos, no están espirimentados con obras, y no se puede ansí entender que los tiene; y también va creciendo la perfeción y procurando no haya memoria de telaraña[11], y esto requiere

---

[9] *Epístola* a los Romanos, 7, 24.

[10] Frase dura que fray Luis enmendó así: «pues dicho he ya estos efetos». Se trata simplemente de un nuevo rasgo de expresividad popular, de lenguaje coloquial.

[11] Popular metáfora de genitivo. Quiere decir «memoria de sus propias miserias y faltas». En el original dice *hay* en lugar de

algún tiempo; y mientras más crece el amor y humildad en el alma, mayor olor dan de sí estas flores de virtudes, para sí y para los otros. Verdad es que de manera puede obrar el Señor en el alma en un rabto de éstos, que quede poco de trabajar a el alma en adquirir perfeción, porque no podrá nadie creer, si no lo espirimenta, lo que el Señor la da aquí; que no hay diligencia nuestra que a esto llegue, a mi parecer. No digo que con el favor del Señor, ayudándose muchos años, por los términos que escriben los que han escrito de oración, principios y medios, no llegarán a la perfeción y desasimiento mucho con hartos trabajos; mas no en tan breve tiempo como, sin ninguno nuestro, obra el Señor aquí, y determinadamente saca el alma de la tierra y le da señorío sobre lo que hay en ella, aunque en esta alma no haya más merecimientos que había en la mía, que no lo puedo [12] más encarecer, porque era casi ninguno.

9. El por qué lo hace Su Majestad, es porque quiere, y, como quiere, hácelo, y aunque no haya en ella disposición, la dispone para recibir el bien que Su Majestad le da. Ansí que no todas veces los da porque se lo han merecido en granjear bien el huerto —aunque es muy cierto a quien esto hace bien y procura desasirse, no dejar de regalarle—, sino que es su voluntad mostrar su grandeza algunas veces en la tierra que es más ruin, como tengo dicho, y disponerla para todo bien; de manera que parece no es ya parte en cierta manera para no tornar a vivir en las ofensas de Dios que solía. Tiene el pensamiento tan habituado a entender lo que es verdadera verdad, que todo lo demás le parece juego de niños. Ríese entre sí algunas veces cuando ve a personas graves de oración y religión hacer mucho caso de unos puntos de honra que esta alma tiene ya debajo de los pies. Dicen que es discreción y autoridad de su estado para más aprovechar. Sabe ella muy bien que aprovecharía más en un día que pospusiese aquella autoridad de estado por amor de Dios, que con ella en diez años.

10. Ansí vive vida trabajosa y con siempre cruz [13], mas va en gran crecimiento. Cuando parece a los que las tratan [14],

---

«haya», pero desde fray Luis se viene editando así, teniéndolo por un simple error material.

[12] Fray Luis corrigió así, pues el autógrafo dice *puede.*

[13] Hoy diríamos «y siempre con cruz» o «y con cruz siempre».

[14] Se emplea *parece* en la acepción de «manifestarse», «darse a conocer».

están muy en la cumbre; desde a poco están muy más mijoradas, porque siempre las va favoreciendo más Dios; es alma suya; es El que la tiene ya a cargo, y ansí le luce; porque parece asistentemente[15] le está siempre guardando para que no le ofenda, y favoreciendo y despertando para que le sirva.

En llegando mi alma a que Dios la hiciese esta tan gran merced, cesaron mis males y me dio el Señor fortaleza para salir de ellos, y no me hacía más estar en las ocasiones y con gente que me solía distraer, que si no estuviera; antes me ayudaba lo que me solía dañar. Todo me era medios para conocer más a Dios y amarle y ver lo que le debía y pesarme de la que había sido.

11. Bien entendía yo no venía aquello de mí, ni lo había ganado con mi diligencia, que aún no había habido tiempo para ello. Su Majestad me había dado fortaleza para ello por su sola bondad.

Hasta ahora, desde que me comenzó el Señor a hacer esta merced destos arrobamientos, siempre ha ido creciendo esta fortaleza, y por su bondad me ha tenido de su mano para no tornar atrás; ni me parece, como es ansí, hago nada casi de mi parte, sino que entiendo claro el Señor es el que obra. Y por esto me parece que a alma que el Señor hace estas mercedes, que, yendo con humildad y temor, siempre entendiendo el mesmo Señor lo hace y nosotros casi no nada, que se podía poner entre cualquier gente; aunque sea más distraída y viciosa[16], no le hará el caso, ni moverá en nada; antes, como he dicho, le ayudará y serle ha modo para sacar muy mayor aprovechamiento. Son ya almas fuertes que escoge el Señor para aprovechar a otras; aunque esta fortaleza no viene de sí. De poco en poco, en llegando el Señor aquí un alma, le va comunicando muy grandes secretos.

12. Aquí son las verdaderas revelaciones en este éstasi y las grandes mercedes y visiones, y todo aprovecha para humillar y

---

[15] *Asistentemente:* «con solicitud», «con asistencia divina». Es un vocablo de sentido místico preciso.

[16] La frase es bastante complicada por la serie de incisos, alteraciones numéricas, etc. Abundan también redundancias y transposiciones. Quiere decir que aquellas almas a quienes el Señor hace estas mercedes, si entienden bien que es el propio Señor quien las hace, y ellas apenas aportan nada, pueden ponerse entre cualquier gente aunque ésta (la gente) sea distraída y viciosa. Esto no entorpecerá para sacar provecho; por el contrario, servirá de ayuda.

fortalecer el alma y que tenga en menos las cosas de esta vida y conozca más claro las grandezas del premio que el Señor tiene aparejado a los que le sirven.

Plega a Su Majestad sea alguna parte[17] la grandísima largueza que con esta miserable pecadora ha tenido, para que se esfuercen y animen los que esto leyeren a dejarlo todo del todo por Dios. Pues tan cumplidamente paga Su Majestad, que aun en esta vida se ve claro el premio y la ganancia que tienen los que le sirven, ¿qué será en la otra?

---

17 Equivale a «contribuya en algún grado o en cierta medida».

CAPÍTULO XXII[1]

En que trata cuán seguro camino es para los contemplativos no levantar el espíritu a cosas altas si el Señor no le levanta; y cómo ha de ser el medio para la más subida contemplación la humanidad de Cristo. Dice de un engaño en que ella estuvo un tiempo. Es muy provechoso este capítulo.

1. Una cosa quiero decir, a mi parecer importante; si a vuesa merced le parece bien, servirá de aviso, que podría ser haberle menester; porque en algunos libros que están escritos de oración tratan[2] que, aunque el alma no puede por sí llegar a este estado, porque es todo obra sobrenatural que el Señor obra en ella, que podrá ayudarse levantando el espíritu de todo lo criado y subiéndole con humildad, después de muchos años que haya ido por la vida purgativa, y aprovechando por la

---

[1] La santa pone con letra *capítulo veynte y dos.* Después lo hace en números romanos.

[2] Se refiere claramente a todos aquellos que desprecian la Humanidad de Cristo como medio de entrar en el ámbito místico; entre ellos el *Tercer Abecedario,* de Francisco de Osuna, que, en el fondo, rechaza para ciertos grados de contemplación mística el contacto con cualquier objeto corpóreo. Nótese aquí de nuevo, como en todo el libro, la valoración que hace la santa de lo físico en la relación con Dios.

iluminativa. No sé yo bien por qué dicen iluminativa; entiendo que de los que van aprovechando[3]. Y avisan mucho que aparten de sí toda imaginación corpórea y que se alleguen a contemplar en la divinidad; porque dicen que, aunque sea la Humanidad de Cristo, a los que llegan ya tan adelante, que embaraza u impide a la más perfeta contemplación. Train lo que dijo el Señor a los apóstoles cuando la venida del Espíritu Santo —digo cuando subió a los cielos— para este propósito[4]. Paréceme a mí que si tuvieran la fee como la tuvieron después que vino el Espíritu Santo, de que era Dios y hombre, no les impidiera, pues no se dijo esto a la madre de Dios, aunque le amaba más que todos[5]. Porque les parece que como esta obra toda es espíritu, que cualquier cosa corpórea la puede estorbar u impedir; y que considerarse en cuadrada manera[6] y que está Dios de todas partes y verse engolfado en Él, es lo que han de procurar.

Esto bien me parece a mí, algunas veces; mas apartarse del todo de Cristo y que entre en cuenta este divino cuerpo con nuestras miserias ni con todo lo criado, no lo puedo sufrir. Plega a Su Majestad que me sepa dar a entender.

2. Yo no lo contradigo, porque son letrados y espirituales, y saben lo que dicen, y por muchos caminos y vías lleva Dios las almas; como ha llevado la mía quiero yo ahora decir —en lo demás no me entremeto— y en el peligro en que me vi por querer conformarme con lo que leía. Bien creo que quien llegare a tener unión y no pasare adelante —digo arrobamientos y visiones y otras mercedes que hace Dios a las almas— que terná lo dicho por lo mejor, como yo lo hacía; y si me hubiera estado en ello, creo nunca hubiera llegado a lo que ahora, porque a mi parecer es engaño. Ya puede ser yo sea la engañada; mas diré lo que me acaeció.

3. Como yo no tenía maestro y leía en estos libros, por donde poco a poco yo pensaba entender algo (y después

---

[3] Frase cortada, de sentido distinto según la puntuación.

[4] Alude al *Evangelio* de San Juan, 16,7.

[5] Aparece esta frase añadida al margen del autógrafo. La grafía es, sin duda, de la propia Teresa. Por parecer conveniente, ya que explica el sentido global del fragmento, la incluimos en el texto.

[6] Es una frase que resume gráficamente el pensamiento de la santa. Es probable que sea una reminiscencia de lecturas; en concreto el modo de «cuadrarse la inteligencia sobre un abismo de gracias» aparece en la *Subida...*, cit.

entendí, que si el Señor no me mostrara, yo pudiera poco con los libros deprender[7], porque no era nada lo que entendía hasta que Su Majestad por espiriencia me lo daba a entender, ni sabía lo que hacía), en comenzando a tener algo de oración sobrenatural, digo de quietud, procuraba desviar toda cosa corpórea, aunque ir levantando el alma yo no osaba, que, como era siempre tan ruin, vía que era atrevimiento. Mas parecíame sentir la presencia de Dios, como es ansí, y procuraba estarme recogida con Él: y es oración sabrosa, si Dios allí ayuda, y el deleite mucho. Y como se ve aquella ganancia y aquel gusto, ya no había quien me hiciese tornar a la Humanidad, sino que, en hecho de verdad, me parecía me era impedimento. ¡Oh Señor de mi alma y bien mío, Jesucristo crucificado! No me acuerdo vez de esta opinión que tuve, que no me da pena; y me parece que hice una gran traición, aunque con inorancia.

4. Había sido yo tan devota toda mi vida de Cristo (porque esto era ya a la postre, digo a la postre, de antes que el Señor me hiciese estas mercedes de arrobamientos y visiones) y en tanto estremo duró muy poco estar en esta opinión[8]. Y ansí siempre tornaba a mi costumbre de holgarme con este Señor, en especial cuando comulgaba. Quisiera yo siempre traer delante de los ojos su retrato y imagen[9], ya que no podía traerle tan esculpido en mi alma como yo quisiera. ¿Es posible, Señor mío, que cupo en mi pensamiento ni una hora que Vos me habíades de impedir para mayor bien? ¿De dónde vinieron a mí todos los bienes, sino de Vos? No quiero pensar que en esto tuve culpa, porque me lastimo mucho, que cierto era inorancia; y ansí quisistes Vos, por vuestra bondad, remediarla con darme quien me sacase de este yerro, y después con que os viese yo tantas veces, como adelante diré, para que más claro entendiese cuán grande era[10], y que lo dijese a muchas personas que lo he dicho, y para que lo pusiese ahora aquí.

---

[7] *Depender:* «aprender», vocablo usual en la santa.

[8] Este texto tampoco pertenece a la primera redacción. Lo añadió la santa al margen, a modo de anotación, pretendiendo dulcificar el sentido, por modestia y respeto, en la polémica sobre la Humanidad de Cristo. Al tomar la nota como texto seguimos la opinión de los padres Efrén y Silverio, en contra de fray Tomás de la Cruz.

[9] Su recreo en lo físico es tan frecuente, tiene tanta necesidad de ello, que intensifica su expresión mediante el procedimiento acumulativo.

[10] Se entiende «su equivocación», naturalmente.

5. Tengo para mí que la causa de no aprovechar más muchas almas y llegar a muy gran libertad de espíritu, cuando llegan a tener oración de unión, es por esto. Paréceme que hay dos razones en que puedo fundar mi razón, y quizá no digo nada, mas lo que dijere helo visto por espiriencia, que se hallaba muy mal mi alma hasta que el Señor la dio luz. Porque todos sus gozos eran a sorbos y, salida de allí, no se hallaba con la compañía que después para los trabajos y tentaciones. La una[11] es, que va un poco de poca humildad, tan solapada y escondida que no se siente. ¿Y quién será el soberbio y miserable, como yo, que cuando hubiere trabajado toda su vida con cuantas penitencias y oraciones y persecuciones se pudieren imaginar, no se halle por muy rico y muy bien pagado cuando le consienta el Señor estar al pie de la cruz con San Juan? No sé en qué seso cabe no se contentar con esto, sino en el mío que de toda maneras fue perdido en lo que había de ganar.

6. Pues si todas veces[12] la condición u enfermedad, por ser penoso pensar en la Pasión, no se sufre, ¿quién nos quita estar con Él después de resucitado, pues tan cerca le tenemos en el sacramento, donde ya está glorificado y no le miraremos tan fatigado y hecho pedazos, corriendo sangre, cansado por los caminos, perseguido de los que hacía tanto bien, no creído de los apóstoles?[13] Porque, cierto, no todas veces hay quien sufra pensar tantos trabajos como pasó. Hele aquí sin pena, lleno de gloria, esforzando a los unos, animando a los otros, antes que subiese a los cielos, compañero nuestro en el Santísimo Sacramento, que nos parece fue en su mano apartarse un momento de nosotros. ¡Y que haya sido en la mía, apartarme yo de Vos, Señor mío, por más serviros! Que ya cuando os ofendía, no os conocía; ¡mas que conociéndoos pensase ganar más por este camino! ¡Oh qué mal camino llevaba, Señor! Ya me parece

---

[11] Es decir, la primera de las dos razones que va a alegar. La otra se demorará hasta los números 9 y 10.

[12] *Todas veces:* «siempre».

[13] De nuevo nos encontramos ante un pasaje de puntuación y sentido difíciles, que cada editor ha resuelto de una forma. Fray Tomás de la Cruz, saltando por encima de los demás, restituye el texto de Fray Luis. El sentido sería «pues si nuestra condición no sufre que pensemos siempre en la Pasión, por ser penoso, ¿quién nos quita estar con Él después de resucitado, ya que lo tenemos tan cerca glorificado en el Sacramento y no le veremos tan hecho pedazos?», es decir, no le contemplaremos en forma tan penosa.

que iba sin camino, si Vos no me tornárades a él, que en veros cabe mí he visto todos los bienes. No me ha venido trabajo que mirándoos a Vos cual estuvistes delante de los jueces, no se me haga bueno de sufrir. Con tan buen amigo presente, con tan buen capitán que se puso en lo primero en el padecer, todo se puede sufrir. Es ayuda y da esfuerzo; nunca falta; es amigo verdadero; y veo yo claro, y he visto después, que para contentar a Dios y que nos haga grandes mercedes, quiere sea por manos de esta Humanidad sacritísima, en quien dijo Su Majestad se deleita[14]. Muy muchas veces lo he visto por espiriencia. Hámelo dicho el Señor. He visto claro que por esta puerta hemos de entrar, si queremos nos muestre la soberana Majestad grandes secretos.

7. Ansí que vuesa merced, señor[15], no quiera otro camino, aunque esté en la cumbre de contemplación; por aquí va siguro. Este Señor nuestro es por quien nos vienen todos los bienes[16]. Él le enseñará, mirando su vida; es el mejor dechado. ¿Qué más queremos de un tan buen amigo al lado, que no nos dejará en los trabajos y tribulaciones, como hacen los del mundo? Bienaventurado quien de verdad le amare y siempre le trajere cabe sí. Miremos al glorioso San Pablo, que no parece se le caía de la boca siempre Jesús, como quien le tenía en el corazón. Yo he mirado con cuidado, después que esto he entendido, de algunos santos, grandes contemplativos, y no iban por otro camino. San Francisco da muestra de ello en las llagas. San Antonio de Padua, el niño. San Bernardo se deleitada en la humanidad; Santa Catalina de Sena..., otros muchos que vuesa merced sabrá mijor que yo.

8. Esto de apartarse de la corpóreo bueno debe ser, cierto, pues gente tan espiritual lo dice; mas, a mi parecer, ha de ser estando el alma muy aprovechada; porque hasta esto está claro se ha de buscar el Criador por las criaturas[17]. Todo es

---

[14] Referencia al *Evangelio* de San Mateo, 3,17.

[15] Es de las pocas veces que Teresa emplea este tratamiento para referirse al padre García de Toledo a quien, como sabemos, se suele dirigir con expresiones más cariñosas. Recuérdese el «hijo mío» empleado antes.

[16] Nótese la paronomasia, tan frecuente a lo largo de la obra. Alude aquí a lecturas de la *Epístola a los Hebreos,* 2,10.

[17] Por encima de la reminiscencia bíblica se sobrepone su sentido de lo cotidiano y su valoración de la experiencia: a Dios hay que buscarlo a través de lo que se le parece. No deja pasar la oportunidad de recurrir a la derivación: *Criador... criaturas.*

como la merced el Señor hace a cada alma[18]; en eso no me entremeto. Lo que querría dar a entender es que no ha de entrar en esta cuenta la sacratístima Humanidad de Cristo. Y entiéndase bien este punto, que querría saberme declarar.

9. Cuando Dios quiere suspender todas las potencias, como en los modos de oración que quedan dichos hemos visto, claro está que, aunque no queramos, se quita esta presencia. Entonces vaya enhorabuena; dichosa tal pérdida que es para gozar más de lo que nos parece se pierde; porque entonces se emplea el alma toda en amar a quien el entendimiento ha trabajado conocer[19], y ama lo que no comprendió, y goza de lo que no pudiera también gozar si no fuera perdiéndose a sí, para, como digo, más ganarse. Mas que nosotros de maña y con cuidado nos acostumbremos a no procurar con todas nuestras fuerzas traer delante siempre —y pluguiese al Señor fuese siempre— esta sacratísima Humanidad, esto digo que no me parece bien y que es andar el alma en el aire, como dicen; porque parece no trae arrimo, por mucho que le parezca anda llena de Dios. Es gran cosa, mientras vivimos y somos humanos, traerle humano[20], que éste es el otro inconveniente que digo hoy. El primero, ya comencé a decir[21], es un poco de falta de humildad de quererse levantar el alma hasta que el Señor la levante, y no contentarse con meditar cosa tan preciosa, y querer ser María antes que haya trabajado con Marta[22]. Cuando el Señor quiere que lo sea, aunque sea desde el primer día, no hay que temer; mas comidámonos nosotros, como ya creo otra vez he dicho. Esta motita de poca humildad, aunque no parece es nada, para querer aprovechar en la contemplación hace mucho daño.

10. Tornando al segundo punto, nosotros no somos ángeles, sino tenemos cuerpo; querernos hacer ángeles estando en la tierra —y tan en la tierra como yo estaba— es desatino, sino

---

[18] Es decir, todo es según la merced que el Señor hace a cada alma.

[19] *Ha trabajado conocer.* Falta la preposición, posiblemente por simple omisión material: «ha trabajado en conocer».

[20] Es decir, representárnoslo en forma humana. Algunos editores yerran pensando que se trata de una elipsis: «traer arrimo humano». Pensamos que es un cultismo (del lat. *traho:* arrastrar ante la presencia).

[21] En efecto, la había iniciado en el núm. 5.

[22] Alusión al pasaje evangélico de San Lucas, 10,42.

que ha menester tener[23] arrimo el pensamiento para lo ordinario; ya que[24] algunas veces el alma salga de sí o ande muchas tan llena de Dios, que no haya menester cosa criada para recogerla, esto no es tan ordinario, que en negocios y persecuciones y trabajos, cuando no se puede tener tanta quietud, y en tiempo de sequedades, es muy buen amigo Cristo, porque le miramos Hombre y vémosle con flaquezas y trabajos, y es compañía y, habiendo costumbre, es muy fácil hallarle cabe sí, aunque veces vernán que ni lo uno ni lo otro no se pueda. Para esto es bien lo que ya he dicho[25]: no nos mostrar a procurar consolaciones de espíritu; venga lo que viniere, abrazado[26] con la cruz es gran cosa. Desierto quedó este Señor de toda consolación; sólo le dejaron en los trabajos; no le dejemos nosotros que, para más subir, Él nos dará mijor la mano que nuestra diligencia[27] y se ausentará cuando viere que conviene y que quiere el Señor sacar el alma de sí, como he dicho.

11. Mucho contenta a Dios ver un alma que con humildad pone por tercero a su hijo y le ama tanto, que aun queriendo Su Majestad subirle a muy gran contemplación —como tengo dicho—, se conoce[28] por indino, diciendo con San Pedro: «Apartaos de mí, Señor, que soy hombre pecador»[29].

Esto he probado; de este arte ha llevado Dios mi alma. Otros irán —como he dicho— por otro atajo. Lo que yo he entendido es que todo este cimiento de la oración va fundado en humildad y que mientras más se abaja un alma en la oración, más la sube Dios. No me acuerdo haberme hecho merced muy señalada, de las que adelante diré, que no sea estando deshecha de verme tan ruin; y aun procuraba darme Su Majestad a entender cosas para ayudarme a conocerme, que yo no las supiera imaginar. Tengo para mí que cuando el alma hace de su parte algo para ayudarse en esta oración de unión, que aunque luego parece le aprovecha, que como cosa no fundada se tornará muy

---

[23] Estamos ante un calco culto de una oración de infinitivo latino: es menester que el pensamiento tenga arrimo.

[24] *Ya que:* «aunque» (valor concesivo muy frecuente).

[25] En los capítulos 11 y 12, núms. 13 y 3, respectivamente. Dios ha querido constituir a la Humanidad de Cristo en mediación de gracias.

[26] Concordancia irregular. Debería decir «abrazados».

[27] Leve hipérbaton. Repite afirmaciones contenidas en el núm. 9.

[28] *Se conoce por:* «se tiene por», «se estima».

[29] *Evangelio* de San Lucas, capítulo 5, versículo 8.

presto a caer; y he miedo que nunca llegará a la verdadera pobreza de espíritu, que es no buscar consuelo ni gusto en la oración —que los de la tierra ya están dejados—, sino consolación en los trabajos por amor del que siempre vivió en ellos; y estar en ellos y en las sequedades quieta. Aunque algo se sienta, no para dar inquietud y la pena que algunas personas, que, si no están siempre trabajando con el entendimiento y con tener devoción, piensan que va todo perdido, como si por su trabajo se mereciese tanto bien.

No digo que no se procure y estén con cuidado delante de Dios; mas que si no pudieren tener aún un buen pensamiento, como otra vez he dicho, que no se maten; siervos sin provecho somos; ¿qué pensamos poder?

12. Más quiere el Señor que conozcamos esto y andemos hechos asnillos para traer la noria del agua que queda dicha, que, aunque cerrados los ojos y no entendiendo lo que hacen, sacarán más que el hortolano con toda su diligencia [30]. Con libertad se ha de andar en este camino, puestos en las manos de Dios. Si Su Majestad nos quiere subir a ser de los de su cámara y secreto, ir de buena gana; si no, servir en oficios bajos y no sentarnos en el mejor lugar, como he dicho alguna vez. Dios tiene cuidado más que nosotros y sabe para lo que es cada uno. ¿De qué sirve gobernarse a sí quien tiene ya dada toda su voluntad a Dios? A mi parecer, muy menos se sufre aquí que en el primer grado de la oración y mucho más daña; son bienes sobrenaturales [31]. Si uno tiene mala voz, por mucho que se esfuerce a cantar no se le hace buena; si Dios quiere dársela, no ha él menester antes dar voces. Pues supliquemos siempre nos haga mercedes, rendida el alma, aunque confiada de la grandeza de Dios. Pues para que esté a los pies de Cristo la dan licencia, que procure no quitarse de allí; esté como quiera; imite a la Madalena, que de que estuviere fuerte, Dios la llevará al desierto.

13. Ansí que vuesa merced, hasta que halle quien tenga

---

[30] Siempre emplea la santa comparaciones de la vida cotidiana. *Hortolano* personifica aquí al «entendimiento». El *asnillo* que da vueltas a la noria con los ojos vendados representa los actos de humildad, mientras la *diligencia* del hortelano es el discurrir del entendimiento. El Señor prefiere lo primero a lo segundo.

[31] Puede tratarse de una concordancia irregular o de una utilización adverbial de este adjetivo. Fray Luis y otros editores transcribieron «bienes sobrenaturales».

más espiriencia que yo y lo sepa mijor, estése en esto. Si son personas que comienzan a gustar de Dios, no las crea, que les parece les aprovecha y gustan más ayudándose[32]. ¡Oh, cuando Dios quiere, cómo viene al descubierto sin estas ayuditas!; que, aunque más hagamos, arrebata el espíritu, como un gigante tomaría una paja, y no basta resistencia. ¡Qué manera para creer que, cuando él quiere, espera que vuele el sapo por sí mesmo! Y aun más dificultoso y pesado me parece levantarse nuestro espíritu, si Dios no le levanta; porque está cargado de tierra y de mil impedimentos, y aprovéchale poco querer volar; que, aunque es más su natural que del sapo[33], está ya tan metido en el cieno, que lo perdió por su culpa.

14. Pues quiero concluir con esto: que siempre que se piense de Cristo, nos acordemos del amor con que nos hizo tantas mercedes y cuán grande nos le mostró Dios en darnos tal prenda del que nos tiene; que amor saca amor. Y aunque sea muy a los principios y nosotros muy ruines, procuremos ir mirando esto siempre y despertándonos para amar; porque si una vez nos hace el Señor merced que se nos imprima en el corazón este amor, sernos ha todo fácil y obraremos muy en breve y muy sin trabajo. Dénosle Su Majestad —pues sabe lo mucho que nos conviene— por el que él nos tuvo y por su glorioso Hijo, a quien tan a su costa nos le mostró, amén[34].

15. Una cosa querría preguntar a vuesa merced: cómo en comenzando el Señor a hacer mercedes a un alma, tan subidas, como es ponerla en perfecta contemplación, que de razón había de quedar perfeta del todo luego (de razón, sí por cierto, porque quien tan gran merced recibe no había más que querer consuelos de la tierra), pues ¿por qué en arrobamiento y en cuanto está ya el alma más habituada a recibir mercedes, parece que trai consigo los efetos tan más subidos, y mientras más, más desasida, pues en un punto que el Señor llega la puede dejar santificada, como después, andando el tiempo, la deja el mesmo Señor con perfeción en las virtudes?[35]

---

32 Es decir, «levantando el espíritu», a probar cosas sobrenaturales. La santa refuta esta teoría. Irónicamente se referirá a las «ayuditas» nuestras que Dios no necesita.

33 De nuevo elipsis = «que el del sapo».

34 Fray Tomás de la Cruz entiende así esta frase: «dénosle (su amor) Su Majestad... a nosotros, a quienes tan a su costa nos lo mostró». La utilización del «quien» invariable para singular y plural es normal en el castellano de la época.

35 Tampoco queda claro el sentido de este período, cuya puntua-

Esto quiero yo saber, que no lo sé; más bien sé es diferente lo que Dios deja de fortaleza cuando a el principio no dura más que cerrar y abrir los ojos y casi no se siente sino en los efetos que deja, o cuando va más a la larga esta merced. Y muchas veces paréceme a mí si es el no se disponer[36] del todo luego el alma, hasta que el Señor poco a poco la cría y la hace determinar y da fuerzas de varón, para que dé del todo con todo en el suelo, como lo hizo con la Madalena con brevedad, hácelo en otras personas, conforme a lo que ellas hacen en dejar a Su Majestad hacer[37], no acabamos de creer que aun en esta vida da Dios ciento por uno.

16. También pensaba yo esta comparación; que puesto que[38] sea todo uno lo que se da a los que más adelante van que en el principio, es como un manjar que comen de él muchas personas, y las que comen poquito, quédales sólo buen sabor por un rato; las que más, ayuda a sustentar; las que comen mucho, da vida y fuerza; y tantas veces se puede comer y tan cumplido de este manjar de vida, que ya no coman cosa que les sepa bien sino él; porque ve el provecho que le hace, y tiene ya tan hecho el gusto a esta suavidad, que querría más no vivir que haber de comer otras cosas que no sean sino para quitar el buen sabor que el buen manjar dejó.

También una compañía santa no hace su conversación tanto provecho de un día como de muchos; y tantos pueden ser los que estamos con ella, que seamos como ella, si nos favorece Dios. Y en fin, todo está en lo que Su Majestad quiere y a quien quiere darlo; mas mucho va en determinarse a quien ya comienza a recibir esta merced, en desasirse de todo y tenerla en lo que es razón.

17. También me parece que anda Su Majestad a probar quién le quiere, si no uno si no otro, descubriendo quién es[39] con deleite tan soberano, para avivar la fe —si está muerta— de lo que nos ha de dar, diciendo: «Mirá que esto es una gota

---

ción difiere notablemente de un editor a otro por la serie de incisos que rompen el período. Seguimos la puntuación de los padres Efrén y Otger Steggink.

[36] El sentido es: «si es el no disponerse el alma para ello causa de que el Señor no le otorgue mercedes».

[37] Nótese un nuevo caso de derivación. Se refiere al *Evangelio* de San Lucas, 18, 29-30 y al de San Marcos, 10, 29-30.

[38] *Puesto que:* «aunque» (de nuevo, valor concesivo).

[39] Aparece *es* en el sentido clásico de «hay», «existe».

del mar grandísimo de bienes», por no dejar nada por hacer con los que ama, y como ve que le reciben, ansí da y se da[40]. Quiere a quien le quiere; ¡y qué bien querido, y qué buen amigo! ¡Oh Señor de mi alma, y quién tuviera palabras para dar a entender qué dais a los que se fían de Vos y qué pierden los que llegan a este estado y se quedan consigo mesmos! No queréis Vos esto, Señor, pues más que esto hacéis Vos, que os venís a una posada tan ruin como la mía. ¡Bendito seáis por siempre jamás!

18. Torno a suplicar a vuesa merced que estas cosas que he escrito de oración, si las tratare con personas espirituales, lo sean[41], porque si no saben más de un camino, o se han quedado en el medio, no podrán ansí atinar. Y hay algunas que desde luego las lleva Dios por muy subido camino, y paréceles que ansí podrán los otros aprovechar allí y quietar[42] el entendimiento y no se aprovechar de medios de cosas corpóreas, y quedarse han secos como un palo. Y algunos que hayan tenido un poco de quietud, luego piensan que como tienen lo uno pueden hacer lo otro; y en lugar de aprovechar, desaprovecharán, como he dicho. Ansí que en todo es menester espiriencia y discreción. El Señor nos la dé por su bondad.

---

[40] Nótese el sentido: «según ve o conforme le reciben»...

[41] Es decir, sean espirituales de verdad. No acaba Teresa de fiarse de las apariencias de quienes se fingen llenos de espiritualidad; confía en el buen juicio del padre García de Toledo.

[42] *Quietar:* «aquietar», con la frecuente aféresis de la vocal inicial.

CAPÍTULO XXIII

En que torna a tratar del discurso[1] de su vida, y cómo comenzó a tratar de más perfeción, y por qué medios es provechoso para las personas que tratan de gobernar almas que tienen oración saber cómo se han de haber en los principios y el provecho que le hizo saberla llevar.

1. Quiero ahora tornar adonde dejé mi vida[2], que me he detenido creo más de lo que había de detener, porque se entienda mijor lo que está por venir. Es otro libro nuevo[3] de aquí adelante, digo otra vida nueva. La de hasta aquí era mía; la que he vivido desde que comencé a declarar estas cosas de oración, es que vivía Dios en mí, a lo que me parecía; porque entiendo yo era imposible salir en tan poco tiempo de tan malas costumbres y obras. Sea el Señor alabado, que me libró de mí.

---

[1] *Discurso*, en su sentido clásico de «transcurso» o, simplemente, «curso».

[2] Había interrumpido el relato en el capítulo 11, cuando introdujo el tratado de los grados de oración para que el lector comprendiera las restantes etapas de su vida, es decir, su relación mística.

[3] Nótese que la santa gobierna su narración, informando al lector muy precisamente de las partes en que puede estructurarse su libro.

2. Pues comenzando a quitar ocasiones y a darme más a la oración, comenzó el Señor a hacerme las mercedes, como quien deseaba, a lo que pareció, que yo las quisiese recibir. Comenzó Su Majestad a darme muy de ordinario oración de quietud, y muchas veces de unión, que duraba mucho rato. Yo, como en estos tiempos había acaecido grandes ilusiones en mujeres y engaños que las había hecho el demonio[4], comencé a temer; como era tan grande el deleite y suavidad que sentía, y muchas veces sin poderlo escusar, puesto que vía en mí por otra parte una grandísima siguridad que era Dios, en especial cuando estaba en la oración, y vía que quedaba de allí muy mijorada y con más fortaleza, mas en destrayéndome un poco, tornaba a temer y a pensar si quería el demonio, haciéndome entender que era bueno, suspender el entendimiento para quitarme la oración mental y que no pudiese pensar en la Pasión ni aprovecharme del entendimiento, que me parecía a mí mayor pérdida, como no lo entendía.

3. Mas como Su Majestad quería ya darme luz para que no le ofendiese ya y conociese lo mucho que le debía, creció de suerte este miedo, que me hizo buscar con diligencia personas espirituales con quien tratar, que ya tenía noticia de algunos, porque habían venido aquí los de la Compañía de Jesús, a quien yo, sin conocer a ninguno, era muy aficionada, de sólo saber el modo que llevan de vida y oración; mas no me hallaba dina de hablarlos, ni fuerte para obedecerlos, que esto me hacía más temer, porque tratar con ellos y ser la que era hacíaseme cosa recia.

4. En esto anduve algún tiempo, hasta que ya, con mucha batería que pasé en mí y temores, me determiné a tratar con una persona espiritual para preguntarle qué era la oración que yo tenía, y que me diese luz, si iba errada, y hacer todo lo que

---

[4] Había existido algún caso concreto de intervención inquisitorial cerca de mujeres pretendidamente visionarias. En la época de la santa habían sido verdadera plaga. Se recuerda como directamente inspirador el caso de sor Magdalena de la Cruz, abadesa de las Clarisas de Córdoba, cuyos embustes engañaron a toda la Corte y cuyo proceso inquisitorial fue un auténtico acontecimiento. En todo este contexto de «alumbrados», «espirituales», etc., no es extraño que Teresa desconfiara de sí. Véase sobre el tema el interesante estudio de Antonio Márquez, *Los alumbrados,* Madrid, Taurus, 1972, y el de Henry Kamen, *La Inquisición española,* Madrid, Taurus, 1974.

pudiese por no ofender a Dios; porque la falta —como he dicho— que vía en mi fortaleza me hacía estar tan tímida. ¡Qué engaño tan grande, válame Dios, que para querer ser buena me apartaba del bien! En esto debe poner mucho el demonio en el principio de la virtud, porque yo no podía acabarlo conmigo. Sabe él que está todo el medio[5] de un alma en tratar con amigos de Dios, y ansí no había término para que yo a esto me determinase. Aguardaba a enmendarme primero, como cuando dejé la oración, y por ventura nunca lo hiciera. Porque estaba ya tan caída en cosillas de mala costumbre que no acababa de entender eran malas, que era menester ayuda de otros y darme la mano para levantarme. Bendito sea el Señor, que, en fin, la suya fue la primera.

5. Como yo vi iba tan adelante mi temor, porque crecía la oración, parecióme que en esto habría algún gran bien, o grandísimo mal; porque bien entendía ya era cosa sobrenatural lo que tenía, porque algunas veces no lo podía resistir; tenerlo cuando yo quería, era escusado. Pensé en mí que no tenía remedio, si no procuraba tener limpia conciencia y apartarme de toda ocasión, aunque fuese de pecados veniales, porque, siendo espíritu de Dios, clara estaba la ganancia; si era demonio, procurando yo tener contento al Señor y no ofenderle, poco daño me podía hacer, antes él quedaría con pérdida. Determinada en esto y suplicando siempre a Dios me ayudase, procurando lo dicho algunos días, vi que no tenía fuerza mi alma para salir con tanta perfeción a solas, por algunas aficiones que tenía a cosas que, aunque de suyo no eran muy malas, bastaban para estragarlo todo.

6. Dijéronme de un clérigo letrado que había en este lugar[6], que comenzaba el Señor a dar a entender a la gente su bondad y buena vida. Yo procuré[7] por medio de un caballero

---

[5] *Medio:* «remedio». Hay un juego de palabras entre vocablos de un mismo campo semántico («medio», «término», «determinarse», etc.).

[6] Se refiere al maestro Gaspar Daza, muerto en 1592, cuya intervención en la vida espiritual de Teresa será muy importante a partir de esta fecha. Fue notable su participación en la primera fundación teresiana (monasterio de San José de Ávila).

[7] Elipsis del verbo que completa el sentido («verle» o «hablarle»). Más adelante *caballero santo* se refiere a Francisco de Salcedo, caballero abulense, casado con doña Mencía del Águila, pariente lejana de la santa. A la muerte de su esposa se hizo sacerdote. Teresa lo cita en varias de sus obras como hombre muy dado a la oración.

santo que hay en este lugar. Es casado, mas de vida tan ejemplar y virtuosa, y de tanta oración y caridad, que en todo él resplandece su bondad y perfeción. Y con mucha razón porque grande bien ha[8] venido a muchas almas por su medio, por tener tantos talentos, que, aun con no le ayudar su estado, no puede dejar con ellos de obrar: mucho entendimiento y muy apacible para todos; su conversación no pesada, tan suave y agraciada, junto con ser reta y santa, que da contento grande a los que trata; todo lo ordena para gran bien de las almas que conversa, y no parece trae otro estudio sino hacer por todos los que él ve se sufre y contentar a todos.

7. Pues este bendito y santo hombre, con su industria[9], me parece fue principio para que mi alma se salvase. Su humildad a mí espántame, que con haber, a lo que creo, poco menos de cuarenta años que tiene oración (no sé si son dos o tres menos), y que lleva toda la vida de perfeción, que a lo que parece, sufre su estado[10], porque tiene una mujer[11] tan gran sierva de Dios y de tanta caridad, que por ella no se pierde; en fin, como mujer de quien Dios sabía había de ser tan gran siervo suyo la escogió. Estaban deudos suyos casados con parientes míos[12], y también con otro harto siervo de Dios que estaba casado con una prima mía tenía mucha comunicación.

8. Por esta vía procuré viniese a hablarme este clérigo que digo, tan siervo de Dios, que era muy su amigo, con quien

---

Recuerda el padre Silverio, como prueba de su mucha devoción, que, siendo seglar y casado, estudió durante veinte años teología en el colegio de Santo Tomás de los padres dominicos, en Ávila. Existen bastantes referencias de la época a su persona, todas ellas elogiosas.

8 En el autógrafo aparece en plural «han». Debe tratarse de un simple error material.

9 *Industria:* «maña», «destreza» o «artificio para hacer una cosa». Se refiere aquí, Santa Teresa, a la capacidad de Salcedo para influirle en su vida espiritual.

10 Sentido difícil que algún editor ha intentado aclarar suprimiendo la conjunción *y*. Ésta, sin embargo, aparece clara en el original.

11 Ya hemos referido el parentesco lejano de la mujer de Salcedo con Santa Teresa, pues era prima de don Pedro Sánchez de Cepeda, tío de Teresa. El otro «siervo de Dios» era Alonso Álvarez de Ávila o d'Ávila, denominado «el Santo», padre que fue de María de San Jerónimo, carmelita profesora en el monasterio de San José.

12 Se refiere a la mujer de Salcedo, de la que antes hablamos, y a Alonso Álvarez d'Ávila, también relacionado con la santa como dijimos.

pensé confesarme y tener por maestro. Pues trayéndole para que me hablase, y yo con grandísima confusión de verme presente de hombre tan santo, dile parte de mi alma y oración, que confesarme no quiso: dijo que era muy ocupado, y era ansí. Comenzó con determinación santa a llevarme como a fuerte, que de razón había de estar sigún la oración vio que tenía, para que en ninguna manera ofendiese a Dios. Yo, como vi su determinación tan de presto en cosillas que, como digo, yo no tenía fortaleza para salir luego con tanta perfeción, afligíme, y como vi que tomaba las cosas de mi alma como cosa que en una vez había de acabar con ella, yo vía que había menester mucho más cuidado.

9. En fin, entendí [13] no eran por los medios que él me daba por donde yo me había de remediar, porque eran para alma más perfeta; y yo, aunque en las mercedes de Dios estaba adelante, estaba muy en los principios de las virtudes y mortificación. Y cierto, si no hubiera de tratar más de con él, yo creo nunca medrara mi alma; porque de la afleción que me daba de ver cómo yo no hacía —ni me parece podía— lo que él me decía, bastaba para perder la esperanza y dejarlo todo.

Algunas veces me maravillo, que siendo persona que tiene gracia particular en comenzar a llegar almas a Dios, cómo no fue servido entendiese la mía, ni se quisiese encargar de ella, y veo fue todo para mayor bien mío, porque yo conociese y tratase gente tan santa como la de la Compañía de Jesús [14].

10. De esta vez quedé concertada con este caballero santo, para que alguna vez me viniese a ver. Aquí se vio su grande humildad: querer tratar persona tan ruin como yo. Comenzóme a visitar y a animarme y a decirme que no pensase que en un día me había de apartar de todo, que poco a poco lo haría Dios; que en cosas bien livianas había estado él algunos años, que no las había podido acabar consigo. ¡Oh humildad, qué grandes bienes haces adonde estás y a los que se llegan a quien la tiene! Decíame este santo (que a mi parecer con razón le puedo poner este nombre) flaquezas, que a él le parecía que lo

---

[13] Rige una oración de complemento directo, que aquí aparecen sin el «que» introductorio.

[14] Son muy curiosas las constantes alabanzas de Santa Teresa a los padres de la Compañía de Jesús. Sin duda ninguna responden a su aprecio por todo lo intelectual. Era tal vez esto lo que estimaba en mayor medida de los jesuitas, como dirá en otras ocasiones.

eran, con su humildad, para mi remedio; y mirado conforme a su estado, no era falta ni imperfeción, y conforme al mío, era grandísima tenerlas.

Yo no digo esto sin propósito, porque parece me alargo en menudencias, y importan tanto para comenzar a aprovechar un alma y sacarla a volar (que aún no tiene plumas, como dicen), que no lo creerá nadie, sino quien ha pasado por ello. Y porque espero yo en Dios vuesa merced ha de aprovechar mucho, lo digo aquí, que fue toda mi salud saberme curar y tener humildad y caridad para estar conmigo, y sufrimiento de ver que no en todo me enmendaba. Iba con discreción, poco a poco, dando maneras para vencer al demonio. Yo le comencé a tener tan grande amor, que no había para mí mayor descanso que el día que le vía, aunque era[15] pocos. Cuando tardaba, luego me fatigaba mucho, pareciéndome que por ser tan ruin no me vía.

11. Como él fue entendiendo mis imperfeciones tan grandes (y aun serían pecados), y como le dije las mercedes que Dios me hacía para que me diese luz, díjome que no venía lo uno con lo otro[16], que aquellos regalos eran de personas que estaban ya muy aprovechadas y mortificadas, que no podía dejar de temer mucho, porque le parecía mal espíritu en algunas cosas, aunque no se determinaba, mas que pensase bien todo lo que entendía de mi oración y se lo dijese. Y era el trabajo que yo no sabía poco ni mucho decir lo que era mi oración; porque esta merced de saber entender qué es, y saberlo decir, ha poco que me lo dio Dios.

12. Como me dijo esto, con el miedo que yo traía, fue grande mi aflición y lágrimas; porque, cierto, yo deseaba contentar a Dios y no me podía persuadir a que fuese demonio; mas temía por mis grandes pecados me cegase Dios para no lo entender. Mirando libros para ver si sabría decir la oración que tenía, hallé en uno que llaman *Subida del monte*[17], en lo

---

[15] Mala concordancia. Se requeriría el plural «eran». El autógrafo, sin embargo, dice claramente *era*.

[16] Es decir, que no eran compatibles los pecados con las mercedes recibidas.

[17] Cita concreta de la obra de fray Bernardino de Laredo, *Subida del Monte Sión, por la vía contemplativa. Contiene el conocimiento nuestro y el seguimiento de Cristo y el reverenciar a Dios en la contemplación quiera, copilado en un convento de frailes menores...* Laredo, célebre médico de Juan II de Portugal y más tarde lego

que toca a unión del alma con Dios, todas las señales que yo tenía en aquel no pensar nada, que esto era lo que yo más decía: que no podía pensar nada cuando tenía aquella oración. Señalé con unas rayas las partes que eran y dile el libro para que él y el otro clérigo que he dicho [18], santo y siervo de Dios, lo mirasen y me dijesen lo que había de hacer; y que si les pareciese, dejaría la oración del todo, que para qué me había yo de meter en esos peligros; pues a cabo de veinte años casi que había que la tenía, no había salido con ganancia, sino con engaños del demonio, que mijor era no lo tener; aunque también esto se me hacía recio, porque ya yo había probado cuál estaba mi alma sin oración. Ansí que todo lo vía trabajoso, como el que está metido en el río, que a cualquiera parte que vaya de él teme más peligro, y él se está casi ahogando.

Es un trabajo muy grande éste, y de éstos he pasado muchos, como diré adelante [19], que aunque parece no importa, por ventura hará provecho entender cómo se ha de probar el espíritu.

13. Y es grande, cierto, el trabajo que pasa, y es menester tanto, en especial con mujeres, porque es mucha nuestra flaqueza y podría venir a mucho mal diciéndoles muy claro es demonio; sino mirarlo muy bien, y apartarlas de los peligros que puede haber, y avisarlas en secreto pongan mucho y le tengan ellos, que conviene.

Y en esto hablo como quien le cuesta harto trabajo no le tener algunas personas con quien he tratado mi oración, sino preguntando unos y otros, por bien me han hecho harto daño, que se han divulgado cosas que estuvieran bien secretas —pues no son para todos—, y parecía las publicaba yo. Creo sin culpa suya lo ha primitido el Señor para que yo padeciese. No digo que decían lo que trataba con ellos en confesión; mas, como eran pesonas a quien yo daba cuenta por mis temores para que me diesen luz, parecíame a mí habían de callar. Con todo, nunca osaba callar cosa a personas semejantes. Pues digo que se avise con mucha discreción, animándolas y aguardando tiempo, que el Señor las ayudará como ha hecho a mí; que si

---

franciscano, publicó su obra en Sevilla en 1535. La santa leyó, probablemente, la segunda edición, publicada también en Sevilla, 1538. El capítulo que acotó fue el 27.

18 Se trata del maestro Daza, recién citado.

19 Concretamente, en el capítulo 28, núms. 5-6, y en múltiples ocasiones en los siete últimos capítulos de la *Vida*.

no, grandísimo, daño me hiciera, sigún era temerosa y medrosa. Con el gran mal de corazón que tenía, espántome cómo no me hizo mucho mal.

14. Pues como di el libro y hecha relación de mi vida y pecados[20], lo mijor que pude por junto (que no confesión por ser seglar; más bien di a entender cuán ruin era) los dos siervos de Dios miraron con gran caridad y amor lo que me convenía.

Venida la respuesta que yo con harto temor esperaba, y habiéndo encomendado a muchas personas que me encomendasen a Dios, y yo con harta oración aquellos días, con harta fatiga vino a mí y díjome que, a todo su parecer de entrambos, era demonio, que lo que me convenía era tratar con un padre de la Compañía de Jesús, que como yo le llamase diciendo que tenía necesidad, vernía y que le diese cuenta de toda mi vida por una confesión general, y de mi condición, y todo con mucha claridad; que por la virtud del sacramento de la confesión le daría Dios más luz; que eran muy espirimentados en cosas de espíritu. Que no saliese de lo que me dijese en todo, porque estaba en mucho peligro si no había quien me gobernase.

15. A mí me dio tanto temor y pena, que no sabía qué me hacer: todo era llorar; y estando en un oratorio muy afligida, no sabiendo qué había de ser de mí, leí en un libro —que parece el Señor me lo puso en las manos— que decía San Pablo que era Dios muy fiel, que nunca a los que le amaban consentía ser del demonio engañados[21]. Esto me consoló muy mucho.

Comencé a tratar de mi confesión general y poner por escrito todos los males y bienes, un discurso de mi vida lo más claramente que yo entendí y supe[22], din dejar nada por decir. Acuérdome que como vi, después que lo escribí, tantos males y casi ningún bien, que me dio una aflición y fatiga grandísima. También me daba pena que me viesen en casa tratar con gente tan santa como los de la Compañía de Jesús, porque temía mi

---

20 Se refiere al libro de Laredo, debidamente anotado, y a una primera relación autobiográfica. De ella no se conocen otras noticias que las que aquí y en otros lugares proporciona la propia Teresa. E. Llamas opina que esta relación puede ser fechada en torno a 1555.

21 *Epístola I* a los Corintios, 10.13.

22 De esta nueva relación autobiográfica se ha perdido también toda huella, pero el hecho es sintomático de las diversas formulaciones concretas que adquirió el *Libro de la Vida* hasta llegar a su plasmación definitiva. (Véase nuestra Introducción.)

ruindad y parecíame quedaba obligada más a no lo ser y quitarme de mis pasatiempos y si esto no hacía, que era peor; y ansí procuré con la sacristana y portera no lo dijesen a nadie. Aprovechóme poco, que acertó a estar a la puerta, cuando me llamaron, quien lo dijo por todo el convento. Mas, ¡qué de embarazos pone el demonio y qué de temores a quien se quiere llegar a Dios!

16. Tratando con aquel siervo de Dios —que lo era harto y bien avisado[23]—, toda mi alma como quien bien sabía este lenguaje, me declaró lo que era y me animó mucho. Dijo ser espíritu de Dios muy conocidamente, sino que era[24] menester tornar de nuevo a la oración; porque no iba bien fundada, ni había comenzado a entender mortificación (y era ansí, que aun el nombre no me parece entendía), que en ninguna manera dejase la oración, sino que me esforzarse mucho, pues Dios me hacía tan particulares mercedes; que qué sabía si por mis medios quería el Señor hacer bien a muchas personas, y otras cosas (que parece profetizó lo que después el Señor ha hecho conmigo); que ternía mucha culpa si no respondía a las mercedes que Dios me hacía. En todo me parecía hablaba en él el Espíritu Santo para curar mi alma, sigún se imprimía en ella.

17. Hízome gran confusión; llevóme por medios que parecía del todo me tornaba otra. ¡Qué gran cosa es entender un alma! Díjome que tuviese cada día oración en un paso de la Pasión, y que me aprovechase de él, y que no pensase sino en la Humanidad, y que aquellos recogimientos y gustos resistiese cuanto pudiese, de manera que no les diese lugar hasta que él me dijese otra cosa.

18. Dejóme consolada y esforzada, y el Señor que me ayudó y a él para que entendiese mi condición y cómo me había de gobernar. Quedé determinada de no salir de lo que él me mandase en ninguna cosa, y ansí lo hice hasta hoy. Alabado sea el Señor, que me ha dado gracia para obedecer a mis confesores, aunque imperfetamente, y casi siempre han sido de estos benditos hombres de la Compañía de Jesús; aunque imperfetamente, como digo, los he siguido. Conocida mejoría comenzó a tener mi alma, como ahora diré.

---

[23] Se refiere a Diego de Cetina (1531-1572), joven jesuita que apenas contaba veintitrés años. Había nacido en Huete (Cuenca), en 1531, ordenándose sacerdote en 1554. Fue confesor de Santa Teresa durante el verano de 1555. Para una información más amplia ver *Tiempo y vida,* cit., págs. 108-110.

[24] En el original aparece, probablemente por simple error material, *eran*.

CAPÍTULO XXIV

Prosigue lo comenzado, y dice cómo fue aprovechándose su alma, después que comenzó a obedecer, y lo poco que le aprovechaba el resistir las mercedes de Dios, y cómo su Majestad se las iba dando más cumplidas.

1. Quedó mi alma de esta confesión tan blanda, que me parecía no hubiera cosa a que no me dispusiera; y ansí comencé a hacer mudanza en muchas cosas, aunque el confesor no me apretaba, antes parecía hacía poco caso de todo. Y esto me movía más, porque lo llevaba por modo de amar a Dios, y como que dejaba libertad y no premio[1], si yo no me le pusiese por amor.

Estuve ansí casi dos meses, haciendo todo mi poder en resistir los regalos y mercedes de Dios. Cuanto a lo esterior, víase la mudanza, porque ya el Señor me comenzaba a dar ánimo para pasar por algunas cosas que decían personas que me conocían, pareciéndoles estremos, y aun en la mesma casa[2]. Y de lo que antes hacíe[3], razón tenían, que era estremo; mas de lo que era obligada al hábito y profisión que hacía, quedaba corta.

---

[1] Algunos editores incluyen «apremio», interpretando la palabra teresiana como un simple error; no es así, ya que Santa Teresa mantuvo la etimología.

[2] Se refiere al convento de la Encarnación de Ávila.

[3] *Hacíe:* arcaísmo, con vacilación vocálica, por «hacía».

2. Gané de este resistir gustos y regalos de Dios, enseñarme Su Majestad; porque antes me parecía que para darme regalos en la oración era menester mucho arrinconamiento, y casi no me osaba bullir. Después vi lo poco que hacía al caso, porque cuando más procuraba divertirme, más me cubría el Señor de aquella suavidad y gloria, que me parecía toda me rodeaba y que por ninguna parte podía huir, y ansí era. Yo traía tanto cuidado, que me daba pena. El Señor le traía mayor a hacerme mercedes, y a señalarse mucho más que solía en estos dos meses, para que yo mijor entendiese no era más[4] en mi mano.

Comencé a tomar de nuevo amor a la sacratísima Humanidad. Comenzóse a asentar la oración como edificio que ya llevaba cimiento, y aficionarme a más penitencia, de que yo estaba descuidada por ser tan grandes mis enfermedades. Díjome aquel varón santo que me confesó, que algunas cosas no me podrían dañar; que por ventura me daba Dios tanto mal, porque yo no hacía penitencia, me la querría dar Su Majestad. Mandábame hacer algunas mortificaciones[5] no muy sabrosas para mí. Todo lo hacía, porque parecíame que me lo mandaba el Señor, y dábale gracia para que me lo mandase de manera que yo le obedeciese. Iba ya sintiendo mi alma cualquiera ofensa que hiciese a Dios, por pequeña que fuese, de manera que si alguna cosa superflua traía, no podía recogerme hasta que me la quitaba. Hacía mucha oración porque el Señor me tuviese de su mano; pues trataba con sus siervos, permitiese no tornase atrás, que me parecía fuera gran delito y que habían ellos de perder crédito por mí.

3. En este tiempo vino a este lugar el padre Francisco[6], que era duque de Gandía y había algunos años que, dejándolo todo, había entrado en la Compañía de Jesús. Procuró mi

---

[4] Nótese el posible italianismo, dada la influencia recíproca entre España e Italia en este momento. *Mas* nos suena al «mai» italiano. Hoy diríamos «no podía impedirlo», o simplemente, «no estaba en mi mano».

[5] En el autógrafo dice simplemente *tificaciones*. Debe tratarse de un descuido material. Todos los editores lo incluyen así.

[6] Se trata de San Francisco de Borja, nombrado comisario de la Compañía de Jesús en España, que visitó en diversas ocasiones el Colegio de San Gil de Ávila. E. Llamas propone la fecha de 1555, si bien más tarde (abril de 1577) también estuvo en Ávila, cuando Teresa se confesaba con el padre Prádanos. La santa le tuvo especial aprecio. Curiosamente es, junto con San Pedro de Alcántara, el único de sus contemporáneos a quien cita por su nombre.

confesor[7], y el caballero que he dicho también vino a mí, para que le hablase y diese cuenta de la oración que tenía, porque sabía iba adelante en ser muy favorecido y regalado de Dios, que, como quien había mucho dejado por Él, aun en esta vida le pagaba.

Pues, después que me hubo oído, díjome que era espíritu de Dios y que le parecía que no era bien ya resistirle más, que hasta entonces estaba bien hecho, sino que siempre comenzase la oración en un paso de la Pasión[8], y que si después el Señor me llevase el espíritu, que no lo resistiese, sino que dejase llevarle a Su Majestad, no lo procurando yo. Como quien iba bien adelante, dio la medicina y consejo, que hace mucho en esto la espiriencia. Dijo que era yerro resistir más.

Yo quedé muy consolada, y el caballero también holgábase mucho que dijese era de Dios, y siempre me ayudaba y daba avisos en lo que podía, que era mucho.

4. En este tiempo mudaron a mi confesor[9] de este lugar a otro, lo que yo sentí muy mucho, porque pensé me había de tornar a ser ruin y no me parecía posible hallar otro como él. Quedó mi alma como en un desierto, muy desconsolada y temerosa. No sabía qué hacer de mí. Procuróme llevar una parienta mía a su casa, y yo procuré ir luego a procurar otro confesor en los de la Compañía. Fue el Señor servido que comencé a tomar amistad con una señora viuda[10] de mucha calidad y oración, que trataba con ellos mucho. Hízome confesar a su confesor, y estuve en su casa muchos días. Vivía cerca. Yo me holgaba por tratar mucho con ellos, que, de sólo

---

[7] Se trata del mismo padre Diego de Cetina.

[8] Las referencias a una concreción de Cristo en momentos precisos de su Pasión como medio de conmover a Teresa, es frecuentísima en toda la obra. Incidimos una vez más en la índole primariamente física de su religiosidad.

[9] De nuevo, el padre Diego de Cetina.

[10] Se refiere a doña Guiomar de Ulloa, casada muy joven con don Francisco D'Ávila, de quien tuvo tres hijos y enviudó con apenas veinticinco años de edad. Por familiares profesos en la Encarnación de Ávila (una hermana y dos hijas), conoció a Santa Teresa, con quien intimó y a quien prestó gran ayuda en sus fundaciones. Es doña Guiomar de Ulloa en buena parte responsable de las gestiones para la fundación del convento de San José. Tuvo por director espiritual a San Juan de la Cruz y redactó una importante memoria sobre Santa Teresa, que sirvió al padre Ribera como base para su biografía teresiana.

entender la santidad de su trato, era grande el provecho que mi alma sentía.

5. Este padre[11] me comenzó a poner en más perfeción. Decíame que para del todo contentar a Dios no había de dejar nada por hacer; también con harta maña y blandura, porque no estaba aún mi alma nada fuerte, sino muy tierna, en especial en dejar algunas amistades que tenía; aunque no ofendía a Dios con ellas, era mucha afición, y parecíame a mí era ingratitud dejarlas; y ansí le decía que no ofendía a Dios, que por qué había de ser desagradecida. Él me dijo que lo encomendase a Dios unos días y que rezase el himno de *Veni, Creator,* porque me diese luz de cuál era lo mijor. Habiendo estado un día mucho en oración y suplicando al Señor me ayudase a contentarle en todo, comencé el himno, y estándole diciendo, vínome un arrebatamiento tan súpito[12], que casi me sacó de mí, cosa que yo no pude dudar, porque fue muy conocido. Fue la primera vez que el Señor me hizo esta merced de arrobamiento. Entendí estas palabras: *«Ya no quiero que tengas conversación con hombres, sino con ángeles»*[13]. A mí me hizo mucho espanto, porque el movimiento del ánima fue grande, y muy en el espíritu se me dijeron estas palabras y ansí me hizo temor, aunque por otra parte gran consuelo, que en quitándoseme el temor que a mi parecer causó la novedad, me quedó.

6. Ello se ha cumplido bien, que nunca más yo he podido asentar en amistad ni tener consolación ni amor particular sino a personas que entiendo le tienen a Dios y le procuran servir, ni ha sido en mi mano, ni me hace al caso ser deudos ni amigos. Si no entiendo esto o es persona que trata de oración, esme cruz penosa tratar con nadie. Esto es ansí, a todo mi parecer, sin ninguna falta.

7. Desde aquel día yo quedé tan animosa para dejarlo todo por Dios como quien había querido en aquel momento —que

---

[11] Se refiere a Juan de Prádanos, jesuita nacido en Calahorra en 1528; profesó en la Compañía de Jesús, en Alcalá, 1551, y llegó a ser nombrado rector del Colegio de San Gil. Murió en Valladolid el 4 de noviembre de 1597.

[12] Frecuente ensordecimiento de las sonoras intervocálicas. *Súpito:* «súbito».

[13] Tuvo lugar esto, probablemente, en 1556, según E. Llamas, que recoge la modificación en la cronología propuesta por el padre Efrén *(Tiempo y vida,* cit., pág. 489).

no me parece fue más— dejar otra a su sierva. Ansí que no fue menester mandármelo más; que como me vía el confesor tan asida en esto, no había osado determinadamente decir que lo hiciese. Debía aguardar a que el Señor obrase, como lo hizo; ni yo pensé salir con ello, porque ya yo mesma lo había procurado, y era tanta la pena que me daba, que como cosa que me parecía no era inconveniente, lo dejaba; ya aquí me dio el Señor libertad y fuerza para ponerlo por obra. Ansí se lo dije al confesor y lo dejé conforme a como me lo mandó. Hizo harto provecho a quien yo trataba ver en mí esta determinación.

8. Sea Dios bendito por siempre, que en un punto me dio la libertad que yo, con todas cuantas diligencias había hecho muchos años había[14], no pude alcanzar conmigo, haciendo hartas veces tan gran fuerza, que me costaba harto de mi salud. Como fue hecho de quien es poderoso y Señor verdadero de todo, ninguna pena me dio.

---

[14] *Había:* «hacía».

Capítulo XXV

En que trata del modo y manera cómo se entienden estas hablas que hace Dios al alma sin oírse, y de algunos engaños que puede haber en ello, y en qué se conocerá cuándo lo es. Es de mucho provecho para quien se viere en este grado de oración, porque se declara muy bien, y de harta dotrina.

1. Paréceme será bien declarar cómo es este hablar que hace Dios a el alma y lo que ella siente, para que vuesa merced lo entienda; porque desde esta vez que he dicho que el Señor me hizo esta merced, es muy ordinario hasta ahora, como se verá en lo que está por decir. Son unas palabras muy formadas[1], mas con los oídos corporales no se oyen, sino entiéndense muy más claro que si se oyesen; y dejarlo de entender, aunque mucho se resista, es por demás. Porque cuando acá no queremos oír, podemos tapar los oídos, u advertir a otra cosa de manera que, aunque se oya[2], no se entienda. En esta plática

[1] Se trata de una terminología consolidada en el lenguaje de los místicos. San Juan de la Cruz emplea una expresión similar en la *Subida*. Se refiere aquí Santa Teresa a comunicaciones místicas con notificación ideológica y verbal, en contraposición a las «noticias puras», comunicadas en las visiones intelectuales. Esta distinción ha sido claramente precisada por fray Tomás de la Cruz, ed. cit., pág. 257.

[2] Arcaísmo por «oiga». Se repite también en otras obras teresianas.

que hace Dios a el alma no hay remedio ninguno, sino que, aunque me pese, me hacen escuchar y estar el entendimiento tan entero para entender lo que Dios quiere entendamos, que no basta querer ni no querer. Porque el que todo lo puede, quiere que entendamos se ha de hacer lo que quiere y se muestra señor verdadero de nosotros. Esto tengo muy espirimentado, porque me duró casi dos años el resistir, con el gran miedo que traía; y ahora lo pruebo algunas veces, mas poco me aprovecha[3].

2. Yo querría declarar los engaños que puede haber aquí, aunque quien tiene mucha espiriencia paréceme será poco o ninguno, mas ha de ser mucha la espiriencia, y la diferencia que hay cuando es espíritu bueno u cuando es malo; u cómo puede también ser apreensión[4] de el mesmo entendimiento, que podría acaecer, o hablar el mesmo espíritu a sí mesmo; esto no sé yo si puede ser, mas aún hoy me ha parecido que sí. Cuando es de Dios, tengo muy probado en muchas cosas que se me decían dos y tres años antes, y todas se han cumplido, y hasta ahora ninguna ha salido mentira; y otras cosas adonde se ve claro ser espíritu de Dios, como después se dirá.

3. Paréceme a mí que podría una persona, estando encomendando una cosa a Dios con grande afeto y aprensión, parecerle entiende alguna cosa si se hará o no y es muy posible; aunque a quien ha entendido de estotra[5] suerte, verá claro lo que es, porque es mucha la diferencia. Y si es cosa que el entendimiento fabrica, por delgado que vaya, entiende que ordena él algo y que habla, que no es otra cosa sino ordenar uno la plática o escuchar lo que otro le dice, y verá el entendimiento que entonces no escucha, pues que obra; y las palabras que él fabrica son como cosa sorda, fantaseada y no con la claridad que estotras. Y aquí está en nuestra mano divertirnos, como callar cuando hablamos; en estotro no hay términos.

---

[3] Se refiere Teresa a dos momentos distintos de su vida. Los casi dos años de resistencia deben situarse, según E. Llamas, entre 1558 y 1560, cuando atravesaba un momento crítico y violento de su vida espiritual.

[4] De nuevo un cultismo llamativo en la pluma teresiana. Se utiliza ya en el sentido de «escrúpulo», «recelo» o «miramiento».

[5] Es decir, en forma de habla mística. A partir del núm. 2 establece el parecido y diferencia entre las hablas místicas y las ficticias, sugeridas por el demonio. El término *estotra* se refiere, constantemente, a las hablas místicas.

Y otra señal más que todas, que no hace operación; porque estotra que habla el Señor es palabras y obras[6], y aunque las palabras no sean de devoción, sino de repreensión, a la primera disponen un alma, y la habilita y enternece y da luz que regala y quieta; y si estaba con sequedad u alboroto y desasosiego del alma, como con la mano se le quita; y aun mijor, que parece quiere el Señor se entienda que es poderoso y que sus palabras son obras.

4. Paréceme que hay la diferencia que si nosotros hablásemos u oyésemos, ni más ni menos; porque lo que hablo, como he dicho, voy ordenando con el entendimiento lo que digo, mas si me hablan, no hago más de oír sin ningún trabajo. Lo uno va como una cosa que no nos podemos bien determinar si es, como uno que está medio dormido; estotro es voz tan clara, que no se pierde una sílaba de lo que se dice. Y acaece a tiempos que está el entendimiento y alma tan alborotada y distraída, que no acertaría a concertar una buena razón, y halla guisadas grandes sentencias que le dicen, que ella, aun estando muy recogida, no pudiera alcanzar, y a la primera palabra, como digo, la mudan toda. En especial si está en arrobamiento, que las potencias están suspensas, ¿cómo se entenderán cosas que no habían venido a la memoria aun antes? ¿Cómo vernán entonces, que no obra casi, y la imaginación está como embobada?

5. Entiéndase que cuando se ven visiones u se entienden estas palabras, a mi parecer, nunca es en tiempo que está unida el alma en el mesmo arrobamiento; que en este tiempo (como ya dejo declarado, creo en la sigunda agua[7]) de el todo se pierden todas las potencias y, a mi parecer, allí ni se puede ver ni entender ni oír. Está en otro poder toda, y en ese tiempo, que es muy breve, no me parece la deja el Señor para nada libertad. Pasado este breve tiempo, que se queda aún en el arrobamiento el alma, es esto que digo; porque quedan las potencias de manera que, aunque no están perdidas, casi nada obran; están como asortas y no hábiles para concertar razones. Hay tantas para entender la diferencia, que si una vez se engañase, no serán muchas.

---

[6] Contrapone los efectos de unas y otras. En los místicos se producen obras, es decir, efectos palpables.

[7] Son frecuentes las imprecisiones en la prosa teresiana. No fue en la segunda, sino en la cuarta agua, cuando habló de ello.

6. Y digo que si es alma ejercitada y está sobre aviso, lo verá muy claro; porque dejadas otras cosas por donde se ve lo que he dicho, ningún efeto hace, ni el alma lo admite (porque estotro, mal que nos pese[8]) y no se da crédito, antes se entiende que es devanear de el entendimiento, casi como no se haría caso de una persona que sabeis tiene frenesí. Estotro es como si lo oyésemos a una persona muy santa, u letrada y de gran autoridad, que sabemos no nos ha de mentir; y aun es baja comparación, porque traen algunas veces una majestad consigo estas palabras, que, sin acordarnos quién las dice, si son de repreensión, hacen temblar; y si son de amor, hacen deshacerse en amar. Y son cosas, como he dicho, que estaban bien lejos de la memoria, y dícense tan de presto sentencias tan grandes[9], que era menester mucho tiempo para hacerlas de ordenar, y en ninguna manera me parece que se puede entonces inorar no ser cosa fabricada de nosotros. Ansí que en esto no hay que me detener, que por maravilla me parece puede haber engaño en persona ejercitada, si ella mesma de advertencia no se quiere engañar.

7. Acaecídome ha muchas veces, si tengo alguna duda, nc creer lo que me dicen, y pensar si se me antojó (esto después de pasado, que entonces es imposible) y verlo cumplido desde ha mucho tiempo[10]; porque hace el Señor que quede en la memoria, que no se puede olvidar; y[11] lo que es del entendimiento es como primer movimiento del pensamiento, que pasa y se olvida. Estotro es como obra que, aunque se olvide algo y pase tiempo, no tan del todo que se pierda la memoria de que, en fin, se dijo, salvo si no ha mucho tiempo o son palabras de favor o dotrina; mas de profecía no hay que olvidarse, a mi parecer, al menos a mí, aunque tengo poca memoria.

---

[8] No aparece claro aquí el pensamiento teresiano. La puntuación varía según los editores. El padre Silverio, para propiciar el sentido, anota: «Nada perdería este período suprimiendo las palabras "porque estotro, mal que nos pese".» (Ed. cit., pág. 190.)

[9] He aquí una de las confirmaciones teresianas respecto a la inspiración literaria. Recordemos que también San Juan de la Cruz se refiere a este hecho.

[10] Es decir, «mucho tiempo después», o sea, «de allí a mucho tiempo».

[11] Con frecuencia emplea la santa la conjunción «y» con valor adversativo. Este es un claro ejemplo, pues equivale a «sin embargo», «pese a ello», «por el contrario».

8. Y torno a decir que me parece si un alma no fuese tan desalmada que lo quiera fingir (que sería harto mal) y decir que lo entiende no siendo así; mas dejar de ver claro que ella lo ordena y lo parla entre sí, paréceme no lleva camino, si ha entendido el espíritu de Dios; que si no, toda su vida podrá estarse en ese engaño y parecerle que entiende, aunque yo no sé cómo. U esta alma lo quiere entender, u no: si se está deshaciendo de lo que entiende y en ninguna manera querría entender nada por mil temores y otras muchas causas que hay para tener deseo de estar quieta en su oración sin estas cosas, ¿cómo da tanto espacio al entendimiento que ordene razones? Tiempo es menester para esto. Acá sin perder ninguno, quedamos enseñadas, y se entienden cosas que aparece era menester un mes para ordenarlas. Y el mesmo entendimiento y alma quedan espantadas de algunas cosas que se entienden.

9. Esto es ansí, y quien tuviere espiriencia verá que es al pie de la letra todo lo que he dicho. Alabo a Dios porque lo he sabido ansí decir. Y acabo con que me parece, siendo del entendimiento, cuando lo quisiésemos lo podríamos entender, y cada vez que tenemos oración nos podría parecer entendernos[12]. Mas en estotro no es ansí, sino que estaré muchos días que aunque quiera entender algo es imposible; e cuando otras veces no quiero, como he dicho, lo tengo de entender. Paréceme que quien quisiese engañar a los otros diciendo que entiende de Dios lo que es de sí, que poco le cuesta decir que lo oye con los oídos corporales; y es ansí cierto con verdad, que jamás pensé había otra manera de oír ni entender hasta que lo vi por mí; y ansí, como he dicho, me cuesta harto trabajo.

10. Cuando es demonio, no sólo no deja buenos efetos, mas déjalo malos. Esto me ha acaecido no más de dos o tres veces, y he sido luego avisada del Señor cómo era demonio. Dejado la gran sequedad que queda, es una inquietud en el alma a manera de otras muchas veces que ha primitido el Señor que tenga grandes tentaciones y trabajos de alma de diferentes maneras; y aunque me atormenta hartas veces, como adelante diré, es una inquietud que no se sabe entender de dónde viene, sino que parece resiste el alma y se alborota y aflige sin saber de qué; porque lo que él dice no es malo, sino bueno. Pienso si

---

[12] Hay cierta dificultad para entender esta frase. Quiere decir que «siendo fantaseado por el entendimiento, cuando lo quisiéramos lo podríamos entender».

siente un espíritu a otro. El gusto y deleite que él da, a mi parecer, es diferente en gran manera. Podría él engañar con estos gustos a quien no tuviere u hubiere tenido otros de Dios.

11. De veras digo gustos[13], una recreación suave, fuerte, impresa, deleitosa, quieta; que unas devocioncitas del alma, de lágrimas y otros sentimientos pequeños, que al primer airecito de persecución se pierden estas florecitas, no las llamo devociones, aunque son buenos principios y santos sentimientos, mas no para determinar estos efetos de buen espíritu o malo. Y ansí es bien andar siempre con gran aviso; porque cuando a personas que no están más adelante en oración hasta esto, fácilmente podrían ser engañadas si tuviesen visiones u revelaciones[14]. Yo nunca tuve cosa[15] de estas postreras, hasta haberme Dios dado por sola su bondad oración de unión, sino fue la primera vez que dije, que ha muchos años, que vi a Cristo[16], que plugiera a Su Majestad entendiera yo era verdadera visión, como después lo he entendido, que no me fuera poco bien. Ninguna blandura queda en el alma, sino como espantada y con gran desgusto.

12. Tengo por muy cierto que el demonio no engañará, ni lo primitirá Dios, a alma que de ninguna cosa se ría de sí, y está fortalecida en la fee, que entienda ella de sí que por un punto de ella morirá mil muertes[17]. Y con este amor a la fee, que infunde luego Dios, que es una fee viva, fuerte, siempre procura ir conforme a lo que tiene la Ilesia, preguntado a unos y a otros, como quien tiene ya hecho asiento fuerte en estas

---

13 Es decir, gustos verdaderos, que lo sean en efecto. El término tiene aquí la acepción mística.

14 Es este uno de los pasajes más oscuros del libro teresiano, pues el anacoluto dificulta profundamente la comprensión. Fray Luis y los restantes editores lo interpretraron de muy diversas maneras. Creemos que quien mejor precisa el sentido es fray Tomás de la Cruz: «porque cuando *es* a personas que no están más adelante en la oración que hasta esto (a personas que en la oración no han llegado más que a devocioncitas y lágrimas y otros sentimientos pequeños), fácilmente podrían ser engañados (engañadas)...» Ed. cit., pág. 264.

15 En algunas ediciones aparece «cosas» (en plural), concertando con *revelaciones;* no debe ser así, pues se trata de un italianismo, frecuente en la santa, que equivale a «nada».

16 En el capítulo 7, núms. 6, 7.

17 Gusta la santa de estos acusativos internos a la manera latina, reforzados por la reiteración léxica, que tanto estima Teresa como recurso.

verdades, que no la moverían cuantas revelaciones pueda imaginar —aunque viese abiertos los cielos— un punto de lo que tiene la Ilesia[18]. Si alguna vez se viese vacilar en su pensamiento contra esto, o detenerse en decir: «pues si Dios me dice esto también puede ser verdad, como lo que decía a los santos», no digo que lo crea, sino que el demonio la comience a tentar, por primero movimiento (que detenerse en ello ya se ve que es malísimo); mas aun primeros movimientos muchas veces en este caso creo no vernán si el alma está en esto tan fuerte como lo hace el Señor a quien da estas cosas, que le parece desmenuzaría los demonios sobre una verdad de lo que tiene la Ilesia, muy pequeña.

13. Digo que si no viere en sí esta fortaleza grande y que ayude a ella la devoción o visión, que no la tenga por sigura[19]. Porque, aunque no se sienta luego el daño, poco a poco podría hacerse grande; que a lo que yo veo y sé de espiriencia, de tal manera queda el crédito de que es Dios, que vaya conforme a la Sagrada Escritura, y como un tantico torciese de esto, mucha más firmeza sin comparación me parece ternía en que es demonio que ahora tengo de que es Dios, por grande que la tenga. Porque entonces no es menester andar a buscar señales ni qué espíritu es, pues está tan clara esta señal para creer que es demonio, que si entonces todo el mundo me asigurase que es Dios, no lo creería.

El caso es que, cuando es demonio, parece que se asconden todos los bienes y huyen del alma, sigún queda desabrida y alborotada y sin suavidad. Paréceme que quien tiene espiriencia del buen espíritu, lo entenderá.

14. Con todo puede haber muchos embustes el demonio, y ansí no hay cosa en esto tan cierta que no lo sea más temer e ir siempre con aviso, y tener maestro que sea letrado y no le callar nada; y con esto ningún daño puede venir; aunque a mí hartos me han venido por estos temores demasiados[20] que

---

[18] Fórmula usual que designa todo lo que la Iglesia enseña o propone; es decir, toda la verdad.

[19] Preferimos esta puntuación, aun reconociendo que la frase desde *digo* en adelante repite parte del pensamiento anterior. Optamos, sin embargo, por separarla del párrafo anterior mediante punto y aparte, aun en contra de la puntuación de fray Luis y de fray Tomas de la Cruz.

[20] Adjetivo de época con el significado de «excesivo». Recuérdese Garcilaso, «el hervor del sol demasiado».

tienen algunas personas. En especial me acaeció una vez que se habían juntado muchos a quien[21] yo daba gran crédito —y era razón se le diese—, que, aunque yo ya no trataba sino con uno y cuando él me lo mandaba hablaba a otros, unos con otros trataban mucho de mi remedio, que me tenían mucho amor y temían no fuese engañada; yo también traía grandísimo temor cuando no estaba en la oración, que estando en ella y haciéndome el Señor alguna merced, luego me asiguraba. Creo eran cinco u séis[22], todos muy siervos de Dios; y díjome mi confesor[23] que todos se determinaban en que era demonio, que no comulgase tan a menudo y que procurase distraerme de suerte que no tuviese soledad. Yo era temerosa en estremo, como he dicho; ayudábame el mal de corazón, que aun en una pieza[24] sola no osaba estar de día muchas veces. Yo, como vi que tantos lo afirmaban, y yo no lo podía creer, dióme grandísimo escrúpulo, pareciéndome poca humildad; porque todos eran más de buena vida[25] sin comparación que yo, y letrados, que por qué no los había de creer. Forzábame lo que podía para creerlos y pensaba que mi ruin vida[26] y que conforme a esto debían de decir verdad.

15. Fuime de la Ilesia con esta aflición y entréme en un oratorio, habiéndome quitado muchos días de comulgar, quitada la soledad, que era todo mi consuelo, sin tener persona con quien tratar, porque todos eran contra mí: unos me parecía burlaban de mí cuando de ello trataba, como que se me antojaba; otros avisaban al confesor que se guardase de mí; otros decía que era claro demonio; sólo el confesor, que,

---

21 *A quien:* «a quienes». Es normal este uso en Santa Teresa de singular por plural en el pronombre.

22 Probablemente el confesor a quien se refiere aquí es el padre Prádanos o el padre Baltasar Álvarez, pues ambos privaron a la santa de la comunión por ver cómo lo llevaba. Los estudiosos de Santa Teresa han precisado los nombres de estos cinco o seis «consejeros»: Gonzalo de Aranda, su confesor Prádanos o Baltasar Álvarez, Alonso Álvarez Dávila, el maestro Daza y Francisco de Salcedo. De todas formas, conviene andarse con cuidado en estas precisiones.

23 Prádanos o Baltasar Álvarez.

24 Aparece aquí ya el luego frecuentísimo galicismo de *pieza* por «habitación» o «estancia».

25 Aquí hay media línea tachada, a propósito, en el original. Ningún editor la ha podido leer.

26 Fray Luis corrige: «y pensaba en mi ruin vida». No ha sido, obviamente, aceptada por nadie su corrección.

aunque conformaba con ellos (por probarme, sigún después supe) siempre me consolaba y me decía que, aunque fuese demonio no ofendiendo yo a Dios, no me podía hacer nada, que ello se me quitaría, que lo rogase mucho a Dios; y él y toda las personas que confesaba lo hacían harto, y otras muchas[27] y yo toda mi oración, y cuantos entendía eran siervos de Dios, porque Su Majestad me llevase por otro camino. Y esto me duró no sé si dos años, que era contino pedirlo a el Señor.

16. A mí ningún consuelo me bastaba cuando pensaba que era posible que tantas veces me había de hablar el demonio. Porque de que no tomaba horas de soledad para oración, en conversación me hacía el Señor recoger y, sin poderlo yo escusar, me decía lo que era servido y, aunque me pesaba, lo había de oír.

17. Pues estándome sola, sin tener una persona con quien descansar, ni podía rezar ni leer, sino como persona espantada de tanta tribulación y temor de si me había de engañar el demonio, toda alborotada y fatigada, sin saber qué hacer de mí. En esta aflición me vi algunas y muchas veces, aunque no me parece ninguna en tanto estremo. Estuve ansí cuatro u cinco horas[28], que consuelo ni del cielo ni de la tierra no había para mí, sino que me dejó el Señor padecer, temiendo mil peligros.

¡Oh, Señor mío, cómo sois Vos el amigo verdadero; y como poderoso, cuando queréis, podéis y nunca dejáis de querer si os quieren! ¡Alaben os todas las cosas, Señor del mundo! ¡Oh, quién diese voces por él, para decir cuán fiel sois a vuestros amigos! Todas las cosas faltan; Vos, Señor de todas ellas, nunca faltais. Poco es lo que dejáis padecer a quien os ama. ¡Oh, Señor mío! ¡qué delicada y pulida y sabrosamente los sabéis tratar! ¡Oh, quién nunca se hubiera detenido en amar a nadie, sino a Vos! Parece, Señor, que probáis con rigor a quien os ama, para que en estremo del trabajo se entienda el mayor estremo de vuestro amor. ¡Oh, Dios mío, quién tuviera entendimiento y letras y nuevas palabras para encarecer vuestras obras como lo entiende mi alma! Fáltame todo, Señor mío; mas si Vos no me desamparais, no os faltaré yo a Vos. Levántense contra mí todos los letrados, persíganme todas las

---

[27] Repárese en la cantidad de personas que pululan en torno a la santa. Nos hallamos en ese contexto de «espirituales» que la rodean como una corte.

[28] Enlaza con lo iniciado en el núm. 14.

cosas criadas, atorméntenme los demonios; no me faltéis Vos, Señor, que ya tengo espiriencia de la ganancia con que sacáis a quien en sólo Vos confía.

18. Pues estando en esta tan gran fatiga (aun entonces no había comenzado a tener ninguna visión), solas estas palabras bastaban para quitármela y quietarme del todo. —*No hayas miedo, hija, que Yo soy, y no te desampararé; no temas.* Paréceme a mí, sigún estaba, que eran menester muchas horas para persuadirme a que me sosegase y que no bastara nadie. Heme aquí con estas solas palabras sosegada, con fortaleza, con ánimo, con siguridad, con una quietud y luz que en un punto vi mi alma hecha otra, y me parece que con todo el mundo disputara que era Dios. ¡Oh, qué buen Dios! ¡Oh, qué buen Señor y qué poderoso! No sólo da el consejo, sino el remedio. Sus palabras son obras. ¡Oh, válame Dios, y cómo fortalece la fee y se aumenta el amor!

19. Es ansí, cierto, que muchas veces me acordaba de cuando el Señor mandó a los vientos que estuviesen quedos en la mar, cuando se levantó la tempestad; y ansí decía yo: —¿Quién es éste que ansí le obedecen todas mis potencias, y da luz en tan gran oscuridad en un momento, y hace blando un corazón que parecía había de haber piedra, da agua de lágrimas suaves adonde parecía había de haber mucho tiempo sequedad?, ¿quién pone estos deseos?, ¿quién da este ánimo?, que me acaeció pensar: ¿de qué temo?, ¿qué es esto? Yo deseo servir a este Señor; no pretendo otra cosa sino contentarle; no quiero contento, ni descanso ni otro bien, sino hacer su voluntad (que de esto bien cierta estaba, a mi parecer, que lo podía afirmar). Pues si este Señor es poderoso, como veo que lo es y sé que lo es, y que son sus esclavos los demonios (y de esto no hay que dudar, pues es fee[29], siendo yo sierva de este Señor y rey, ¿qué mal me pueden ellos hacer a mí? ¿Por qué no he de tener yo fortaleza para combatirme con todo el infierno?

Tomaba una cruz en la mano y parecía verdaderamente darme Dios ánimo, que yo me vi otra en breve tiempo, que no temiera tomarme con ellos a brazos[30], que me parecía fácilmente con aquella cruz los venciera a todos; y ansí dije: «Ahora venid todos, que, siendo sierva del Señor, yo quiero ver qué me podeis hacer.»

---

[29] *Es fee.* Elipsis por «es de fe», es decir, «verdad de fe».

[30] «Luchar abiertamente, cuerpo a cuerpo.»

20. Es, sin duda, que me parecía me habían miedo, porque yo quedé sosegada y tan sin temor de todos ellos, que se me quitaron todos los miedos que solía tener, hasta hoy; porque aunque algunas veces los vía, como diré después, no les he habido más casi miedo, antes me parecía ellos me lo habían a mí. Quedóme un señorío contra ellos bien dado del Señor de todos, que no se me da más de ellos que de moscas. Parécenme tan cobardes que, en viendo que los tienen en poco, no les queda fuerza. No saben estos enemigos derecho acometer, sino a quien ven que se les rinde[31], o cuando lo primite Dios para más bien de sus siervos que los tienten y atormenten. Pluguiese a Su Majestad temiésemos a quien hemos de temer y entendiésemos nos puede venir mayor daño de un pecado venial que de todo el invierno junto, pues es ello ansí[21].

21. ¡Qué espantados nos train estos demonios, porque nos queremos nosotros espantar con otros asimientos de honras y haciendas y deleites!; que entonces, juntos ellos con nosotros mesmos, que nos somos contrarios[32], amando y queriendo lo que hemos de aborrecer, mucho daño nos harán; porque con nuestras mesmas armas les hacemos que peleen contra nosotros, puniendo en sus manos con las que nos hemos de defender. Esta es la gran lástima. Mas si todo lo aborrecemos por Dios, y nos abrazamos con la cruz, y tratamos servirle de verdad[33], huye él de estas verdades como de pestilencia. Es amigo de mentiras, y la mesma mentira. No hará pato con quien anda en verdad. Cuando él ve escurecido el entendimiento, ayuda lindamente a que se quiebren los ojos; porque si a uno ve ya ciego en poner su descanso en cosas vanas, y tan vanas que parecen las de este mundo cosa de juego de niño, ya él ve que éste es niño, pues trata como tal, y atrévese a luchar con él una y muchas veces.

22. Plega a el Señor que no sea yo de éstos, sino que me favorezca Su Majestad para entender por descanso lo que es descanso, y por honra lo que es honra, y por deleite lo que es

---

[31] En el original dice «sino quien», con elipsis de la preposición «a». Fray Luis la restituye a la vez que, a renglón seguido, edita «tienten» en lugar del singular que aparece en el autógrafo. Aquí mismo algunos editores incluyen «de hecho» en lugar de *derecho,* como debe leerse.

[32] Es decir, que vamos contra nuestra naturaleza de seres creados por Dios.

[33] «Tratamos de servirle» o «intentamos servirle». Elipsis preposicional.

deleite, y no todo al revés y una higa para todos los demonios, que ellos me temerán a mí[34]. No entiendo estos miedos: ¡demonio, demonio!, adonde podemos decir: ¡Dios, Dios!, y hacerle temblar[35]. Sí, que ya sabemos que no se puede menear, si el Señor no lo primite. ¿Qué es esto? Es sin duda que tengo ya más miedo a los que tan grande le tienen al demonio que a él mesmo; porque él no me puede hacer nada, y estotros, en especial si son confesores, inquietan mucho, y he pasado algunos años de tan gran trabajo, que ahora me espanto cómo lo he podido sufrir[36]. ¡Bendito sea el Señor que tan de veras me ha ayudado!

---

[34] En el *Tesoro de la lengua*, de Alonso de Covarrubias, se dice de la «higa»: «es una manera de menosprecio que hacemos cerrando el puño y mostrando el dedo pulgar por el índice y el medio: disfrazada pulla». La expresión «dar higas», muy frecuente desde el siglo XV, tenía sentido despreciativo. Con ella intentaba la gente librarse del mal de ojo.

[35] Alude con cierta ironía a la intervención de los directores escrupulosos que tanto la amedrentaron en su etapa mística.

[36] Pese a sus temores, Teresa manifestó gran fortaleza de ánimo frente a sus confesores, como se manifiesta en la primera *Cuenta de conciencia,* escrita a finales de 1560.

CAPÍTULO XXVI

Prosigue en la mesma materia. Va declarando y diciendo cosas que le han acaecido, que la[1] hacían perder el temor y afirmar que era buen espíritu el que la hablaba.

1. Tengo por una de las grandes mercedes que me ha hecho el Señor este ánimo que me dio contra los demonios; porque andar un alma acobardada y temerosa de nada si no de ofender a Dios, es grandísimo inconveniente, pues tenemos Rey todo poderoso y tan gran Señor que todo lo puede y a todos sujeta. No hay que temer, andando —como he dicho[2]—, en verdad delante de Su Majestad y con limpia conciencia. Para esto, como he dicho, querría yo todos los temores: para no ofender en un punto a quien en el mesmo punto nos puede deshacer; que, contento Su Majestad, no hay quien sea contra nosotros que no lleve las manos en la cabeza[3].

Podráse decir que ansí es; mas que ¿quién será esta alma tan reta que del todo le contente? y que por eso teme. No la mía, por cierto, que es muy miserable y sin provecho y llena de mil miserias; mas no ejecuta Dios como las gentes, que entiende

---

[1] El laísmo, como sabemos, es muy abundante en toda la obra. Repárese, sin embargo, en que hay pasajes donde no es total. En cambio, en los títulos o cabeceras de los capítulos se da siempre; señal de que el fenómeno va avanzando sin detenerse con el tiempo, pues los títulos fueron añadidos en fecha posterior.

[2] Se habría referido a ello en el capítulo 25, núm. 21.

[3] Figuradamente «nos haga salir escarmentados».

nuestras flaquezas: mas por grandes conjeturas siente el alma en sí si le ama de verdad, porque en las que llegan a este estado no anda el amor disimulado como a los principios, sino con tan grandes ímpetus y deseo de ver a Dios, como después diré, u queda ya dicho[4]. Todo cansa, todo fatiga, todo atormenta; si no es con Dios u por Dios, no hay descanso que no canse, porque se ve ausente de su verdadero descanso, y ansí es cosa muy clara que, como digo, no pasa en disimulación.

2. Acaecióme otras veces verme con grandes tribulaciones y mormuraciones sobre cierto negocio que después diré, de casi todo el lugar adonde estoy[5] y de mi orden, y afligida con muchas ocasiones que había para inquietarme y decirme el Señor: *¿De qué temes? ¿No sabes que soy todo poderoso? Yo cumpliré lo que te he prometido* (y ansí se cumplió bien despues), y quedar luego con una fortaleza, que de nuevo me parece me pusiera en emprender otras cosas, aunque me costasen más trabajos, para servirle, y me pusiera de nuevo a padecer. Es esto tantas veces, que no lo podría yo contar: muchas las que me hacía repreensiones[6] y hace cuando hago imperfeciones, que bastan a deshacer un alma. Al menos train consigo el enmendarse, porque Su Majestad —como he dicho— da el consejo y el remedio. Otras, traerme a la memoria mis pecados pasados, en especial cuando el Señor me quiere hacer alguna señalada merced, que parece ya se ve el alma en el verdadero juicio; porque le representan la verdad con conocimiento claro, que no sabe adonde se meter. Otras, avisarme de algunos peligros míos y de otras personas, cosas por venir, tres u cuatro años antes, muchas, y todas se han cumplido. Algunas podrá ser señalar. Ansí que hay tantas cosas para entender que es Dios, que no se puede inorar, a mi parecer.

3. Lo más siguro es (yo ansí lo hago, y sin esto no ternía sosiego, ni es bien que mujeres le tengamos, pues no tenemos letras[7]) y aquí no puede haber daño, sino muchos provechos,

---

[4] En efecto, tratará de ellos en el capítulo 29 y en los últimos del libro. Ya quedaba dicho también en los capítulos 20 y 21.

[5] Se refiere a las dificultades que surgieron para la fundación del convento de San José, del que hablará en el capítulo 36.

[6] Voz culta con el significado de «amonestación», «consideración grave que se hace a uno», que pasará de aquí al lenguaje más conceptual del Barroco. (Cfr. *El criticón,* de Gracián, y *Sonetos morales,* de Quevedo, *passim.)*

[7] Nótese el frecuente menosprecio, al menos por lo que dice, que

como muchas veces me ha dicho el Señor, que no deje de comunicar toda mi alma y las mercedes que el Señor me hace, con el confesor, y que sea letrado, y que le obedezca. Esto muchas veces.

Tenía yo un confesor que me mortificaba mucho y algunas veces me afligía y daba gran trabajo, porque me inquietaba mucho, y era el que más me aprovehó, a lo que me parece[8]. Y aunque le tenía mucho amor, tenía algunas tentaciones por dejarle, y parecíame me estorbaban aquellas penas que me daba de la oración. Cada vez que estaba determinada a esto entendía luego que no lo hiciese, y una repreensión que me deshacía más que cuanto el confesor hacía. Algunas veces me fatigaba: cuestión por un cabo y repreensión por otro; y todo lo había menester, sigún tenía poco doblada la voluntad[9]. Díjome una vez que no era obedecer si no estaba determinada a padecer; que pusiese los ojos en lo que Él había padecido y todo se me haría fácil.

4. Aconsejóme una vez un confesor que a los principios me había confesado, que ya me estaba probado ser buen espíritu, que callase y no diese ya parte a nadie, porque mijor era ya estas cosas callarlas. A mí no me pareció mal, porque yo sentía tanto cada vez que las decía al confesor, y era tanta mi afrenta, que mucho más que confesar pecados graves lo sentía algunas veces; en especial si eran las mercedes grandes, parecíame no me habían de creer y que burlaban de mí. Sentía yo tanto esto[10], que me parecía era desacato a las maravillas de Dios que por esto quisiera callar. Entendí entonces que había sido muy mal aconsejada de aquel confesor, que en ninguna manera callase cosa al que me confesaba, porque en esto había gran siguridad, y haciendo lo contrario, podría ser engañarme alguna vez.

5. Siempre que el Señor me mandaba una cosa en la oración, si el confesor me decía otra, me tornaba el mesmo

---

siente Teresa respecto a la formación intelectual de la mujer en su tiempo.

[8] Se refiere al padre Baltasar Álvarez. Véase capítulo 28, núm. 14.

[9] *Poco doblada:* «dominada», «domesticada».

[10] Obsérvese el sentido del ridículo que tiene la santa. Ello se relaciona claramente con el aprecio por la estima y la honra que necesita perentoriamente el judío converso en la España del siglo XVI. Este hecho, como ya se ha dicho, fue puesto de manifiesto especialmente por Américo Castro y Márquez Villanueva. (Véase Introducción.)

Señor a decir que le obedeciese; después Su Majestad le volvía para que me lo tornase a mandar. Cuando se quitaron muchos libros de romance, que no se leyesen[11], yo sentí mucho, porque algunos me daba recreación leerlos y yo no podía ya, por dejarlos en latín[12]; me dijo el Señor: *—No tengas pena, que yo te daré libro vivo.* Yo no podía entender por qué se me había dicho esto, porque aún no tenía visiones; después, desde ha bien pocos días lo entendí muy bien, porque he tenido tanto que pensar y recogerme en lo que vía presente, y ha tenido tanto amor el Señor conmigo para enseñarme de muchas maneras, que muy poca u casi ninguna necesidad he tenido de libros. Su Majestad ha sido el libro verdadero adonde he visto las verdades. ¡Bendito sea tal libro, que deja imprimido lo que se ha de leer y hacer, de manera que no se puede olvidar! ¿Quién ve a el Señor cubierto de llagas y afligido con persecuciones que no las abrace y las ame y las desee? ¿Quién ve algo de la gloria que da a los que le sirven que no conozca es todo no nada cuanto se puede hacer y padecer, pues tal premio esperamos? ¿Quién ve los tormentos que pasan los condenados, que no se le hagan deleites los tormentos de acá en su comparación, y conozcan lo mucho que deben a el Señor en haberlos librado tantas veces de aquel lugar?

6. Porque con el favor de Dios se dirá más de algunas cosas, quiero ir adelante en el proceso de mi vida. Plega a el Señor haya sabido declararme en esto que he dicho. Bien creo que quien tuviere espiriencia lo entenderá y verá que he atinado a decir algo; quien no, no me espanto le parezca desatino todo. Basta decirlo yo para quedar disculpado, ni yo culparé a quien lo dijere. El Señor me deje atinar en cumplir su voluntad, amén.

---

[11] Se refiere al índice de libros prohibidos publicado en 1559 por el inquisidor Fernando de Valdés. De la repercusión del mismo en los escritores espirituales de nuestro siglo se habla extensamente en los estudios de Melquíades Andrés Martín y Enrique Llamas (citados, véase Bibliografía).

[12] Afirma la santa taxativamente que desconocía el latín. No debía ser totalmente cierto, pues a veces transcribe, aunque con dificultad, frases latinas y demuestra saber aspectos concretos de la flexión.

CAPÍTULO XXVII

En que trata otro modo con que enseña el Señor al alma y sin hablarla la da a entender su voluntad por una manera admirable. Trata también de declarar una visión y gran merced que la hizo el Señor no imaginaria. Es mucho de notar este capítulo.

1. Pues tornando a el discurso de mi vida[1] con esta aflición de penas y con grandes oraciones como he dicho que se hacían, porque el Señor me llevase por otro camino que fuese más siguro, pues éste me decían era tan sospechoso. Verdad es que, aunque yo le suplicaba a Dios por mucho que quería desear otro camino, como vía tan mijorada mi alma, si no era alguna vez cuando estaba muy fatigada[1] de las cosas que me decían y

---

[1] Se trata de un pasaje de difícil intelección que fray Luis enmendó introduciendo la expresión «yo estaba», que luego recogieron los demás editores. Pensamos, sin embargo, que se trata de un período anacolútico de los muchos que aparecen en el libro; pero no por ello nos sentimos con derecho a añadir palabras. Restituimos el texto original aunque con ello se pierda algo la claridad. El texto quedó así por voluntad de su autora y hacer otra cosa sería tanto como reducir las figuras del Greco porque nos parezcan excesivamente alargadas. Reanuda aquí el hilo de su biografía, que había dejado en el capítulo 25.

[2] Esta palabra la completó un corrector. En el autógrafo decía sólo «fatiga», no «fatigada».

miedos que me ponían, no era en mi mano desearlo, aunque siempre lo pedía. Yo me vía otra en todo; no podía[3], sino poníame en las manos de Dios, que Él sabía lo que me convenía, que cumpliese en mí lo que era su voluntad en todo. Vía que por este camino le llevaba para el cielo, y que antes iba a el infierno; que había de desear esto ni creer que era demonio, nó me podía forzar a mí, aunque hacía cuanto podía por creerlo y desearlo, mas no era en mi mano. Ofrecía lo que hacía, si era alguna buena obra, por eso. Tomaba santos devotos porque me librasen del demonio. Andaba novenas[4], encomendábame a San Hilarión, a San Miguel Ángel, con quien por esto tomé nuevamente devoción, y otros muchos santos importunaba mostrase el Señor la verdad, digo que lo acabasen con Su Majestad.

2. A cabo de dos años que andaba con toda esta oración mía y de otras personas para lo dicho, o que el Señor me llevase por otro camino, u declarase la verdad, porque eran muy continuas las hablas que he dicho me hacía el Señor, me acaeció esto. Estando un día del glorioso San Pedro en oración, vi cabe mí, u sentí, por mijor decir, que con los ojos del cuerpo ni del alma no vi nada, mas parecióme estaba junto cabe[5] mí Cristo y vía ser Él el que me hablaba, a mi parecer. Yo, como estaba inorantísima de que podía haber semejante visión, diome gran temor a el principio, y no hacía sino llorar, aunque, en diciéndome una palabra sola de asigurarme, quedaba como solía, quieta y con regalo y sin ningún temor. Parecíame andar siempre al lado Jesucristo; y como no era visión imaginaria[6], no vía en qué forma; mas estar siempre al lado derecho, sentíalo muy claro[7], y que era testigo de todo lo que yo hacía, y que ninguna vez que me recogiese un po-

---

[3] Se sobreentiende «desearlo».

[4] Frase elíptica: «andaba haciendo novenas», o bien emplea el verbo «andar» en un sentido muy particular refiriéndolo al hecho físico de caminar mientras rezaba.

[5] Reduplicación preposicional intensificativa, muy característica de la expresividad teresiana.

[6] Es decir, era visión intelectual. Distinguirá luego tres clases de visiones místicas: intelectuales (como la actual), imaginarias (percibidas con la fantasía) y corporales (vistas con los ojos). El sentido de este texto parece claro. Veía a Cristo junto a sí, pero al verlo intelectualmente, no percibía su forma corporal.

[7] Nótese el hipérbaton bastante forzado, *sentíalo... estar.*

co o no estuviese muy divertida podía ignorar que estaba cabe mí[8].

3. Luego fui a mi confesor harto fatigada a decírselo. Preguntóme que en qué forma le vía. Yo le dije que no le vía. Díjome que cómo sabía yo que era Cristo. Yo le dije que no sabía cómo, mas que no podía dejar de entender que estaba cabe mí y le vía claro y sentía, y que el recogimiento del alma era muy mayor, en oración de quietud y muy continua, y los efetos que eran muy otros que solía tener, y que era cosa muy clara.

No hacía sino poner comparaciones para darme a entender; y, cierto, para esta manera de visión, a mi parecer, no la hay que mucho cuadre. Ansí como es de las más subidas, sigún después me dijo un santo hombre y de gran espíritu, llamado fray Pedro de Alcántara, de quien después haré más mención[9], y me han dicho otros letrados grandes, y que es adonde menos se puede entremeter el demonio de todas; ansí no hay términos para decirla acá las que poco sabemos, que los letrados mijor la darán a entender. Porque si digo que con los ojos del cuerpo ni del alma no lo veo[10], porque no es imaginaria visión, ¿cómo entiendo y me afirmo con más claridad que está cabe mí que si lo viese? Porque parecer que es como una persona que está ascuras[11], que no ve a otra que está cabe ella, o si es ciega, no va bien; alguna semejanza tiene, mas no mucha, porque siente con los sentidos, u la oye hablar u menear, u la toca. Acá no hay nada de esto, ni se ve escuridad, sino que se representa por una noticia al alma más clara que el sol. No digo que se ve sol ni claridad, sino una luz que, sin ver luz, alumbra el entendimiento para que goce el alma tan gran bien. Trai consigo grandes bienes.

---

[8] Enrique Llamas precisa con exactitud la fecha de esta visión, sin duda después de 1559, pues antes de la publicación del *Indice* del inquisidor Valdés no había tenido tales visiones. La aquí referida tuvo lugar, probablemente, el 29 de junio de 1560, pues ella misma repetirá en el capítulo 29, 5, que era la fiesta de San Pedro y San Pablo.

[9] Especialmente en este mismo capítulo, núms. 16-20, y en el capítulo 30, núms. 2-7.

[10] Nótese el hipérbaton forzado. La frase ganaría claridad ordenada así: «¿Cómo entiendo y afirmo que está cabe mí, con más claridad que si lo viese?»

[11] Así aparece en el autógrafo: fundida la preposición. Se trata de una amalgama frecuente en el lenguaje popular, *ascuras* por «a oscuras».

4. No es como una presencia de Dios que se siente muchas veces, en especial los que tienen oración de unión y quietud; que parece en queriendo comenzar a tener oración hallamos con quien hablar, y parece entendemos nos oye por los efetos y sentimientos espirituales que sentimos de gran amor y fee y otras determinaciones, con ternura. Esta gran merced es de Dios, y téngalo en mucho a quien lo ha dado[12]; porque es muy subida oración, mas no es visión, que entiéndese que está allí Dios por los efetos que, como digo, hace a el alma, que por aquel modo quiere Su Majestad darse a sentir. Acá vese claro que está aquí Jesucristo, hijo de la Virgen. En esta otra oración represéntase una influencia de la Divinidad; aquí, junto con éstas, se ve nos acompaña, y quiere hacer mercedes también la Humanidad sacratísima.

5. Pues preguntóme el confesor: ¿quién dijo que era Jesucristo? —Él me lo dice muchas veces, respondí yo; mas antes que me lo dijese se emprimió[13] en mi entendimiento que era Él, y antes de esto me lo decía y no le vía. Si una persona que yo nunca hubiese visto, sino oído nuevas de ella, me viniese a hablar estando ciega o en gran escuridad, y me dijese quién era, creerlo hía[14], mas no tan determinadamente lo podría afirmar ser aquella persona como si la hubiera visto. Acá sí, que, sin verse, se imprime con una noticia tan clara que no parece se puede dudar; que quiere el Señor esté tan esculpida en el entendimiento, que no se puede dudar más que lo que se ve, ni tanto, porque en esto algunas veces nos queda sospecha si se nos antojó; acá, aunque de presto dé esta sospecha, queda por una parte gran certidumbre que no tiene fuerza la duda.

6. Ansí es también en otra manera que Dios enseña el alma y la habla sin hablar, de la manera que queda dicha[15]. Es un lenguaje tan del cielo, que acá se puede mal dar a entender

---

[12] *A quien lo ha dado:* «aquel a quien la ha dado».

[13] *Emprimió:* «imprimió», con la frecuente vacilación de la vocal inicial.

[14] Es curioso que aparezca todavía la forma analítica del condicional, que queda aquí como auténtico arcaísmo, ya que a renglón seguido dice *podría,* con la forma sintética del condicional.

[15] De nuevo recurre a la paradoja para expresar su idea. Estas hablas divinas son de la misma especie que las visiones no imaginarias que ha citado, aunque en seguida las distinguirá. Para una explicación técnico-teológica véase fray Tomás de la Cruz, ed. cit., página 284.

aunque más queramos decir, si el Señor por espiriencia no lo enseña. Pone el Señor lo que quiere que el alma entienda en lo muy interior del alma, y allí lo representa sin imagen ni forma de palabras, sino a manera de esta visión que queda dicha. Y nótese mucho esta manera de hacer Dios que entienda el alma lo que Él quiere, y grandes verdades y misterios; porque muchas veces lo que entiendo cuando el Señor me declara alguna visión que quiere Su Majestad representarme es ansí; y paréceme que es adonde el demonio se puede entremeter menos, por estas razones. Si ellas no son buenas, yo me debo engañar.

7. Es una cosa tan de espíritu esta manera de visión y de lenguaje, que ningún bullicio hay en las potencias ni en los sentidos, a mi parecer, por donde el demonio pueda sacar nada. Esto es alguna vez y con brevedad, que otras bien me parece a mí que no están suspendidas las potencias ni quitados los sentidos, sino muy en sí, que no es siempre esto en contemplación, antes muy pocas veces; mas éstas que son, digo que no obramos nosotros nada ni hacemos nada; todo parece obra del Señor. Es como cuando ya está puesto el manjar en el estómago sin comerle ni saber nosotros cómo se puso allí, mas entiende bien que está. Aunque aquí no se entiende el manjar que es, ni quién lo puso, acá sí; mas cómo se puso no lo sé, que ni se vió, ni le entiende, ni jamás se había movido a desearlo, ni había venido a mí noticia a que esto podía ser.

8. En la habla que hemos dicho antes, hace Dios al entendimiento que advierta, aunque le pese, a entender lo que se dice; que allá parece tiene el alma otros oídos con que oye, y que la hace escuchar, y que no se divierta; como a uno que oyese bien y no le consintiesen atapar[16] los oídos y le hablasen junto a voces, aunque no quisiese lo oiría. Y, en fin, algo hace, pues está atento a entender lo que le hablan. Acá, ninguna cosa; que aun este poco que es sólo escuchar, que hacía en lo pasado, se le quita. Todo lo halla guisado y comido; no hay más que hacer de gozar, como uno que sin deprender ni haber

[16] Expresión ya vulgar en la época con «a» protética, que Teresa utiliza insistentemente. Este vulgarismo tal vez tenga relación con su afán de proceder por aproximaciones, dando la impresión de desconocer el nombre exacto de las cosas. «Por mucho empeño que ponga —dice García de la Concha—, sus logros le parecerán siempre meras aproximaciones, aun cuando vayan preñadas de sentidos que es posible y preciso ir desvelando en sucesivas lecturas». *(Loc. cit.,* pág. 164.)

trabajado nada para saber leer ni tampoco hubiese estudiado nada, hallase toda la ciencia sabida ya en sí, sin saber cómo ni dónde, pues aun nunca había trabajo aun para deprender el abecé.

9. Esta comparación postrera me parece declara algo de este don celestial, porque se ve el alma en un punto sabia, y tan declarado el misterio de la Santísima Trinidad y de otras cosas muy subidas, que no hay teólogo con quien no se atreviese a disputar la verdad de estas grandezas. Quédase tan espantada, que basta una merced de éstas para trocar toda un alma y hacerla no amar cosa, sino a quien ve, que, sin trabajo ninguno suyo, la hace capaz de tan grandes bienes, y le comunica secretos, y trata con ella con tanta amistad y amor que no se sufre escribir. Porque hace algunas mercedes que consigo train la sospecha, por ser de tanta admiración y hechas a quien tampoco las ha merecido, que si no hay muy viva fee no se podrán creer; y ansí yo pienso decir pocas de las que el Señor me ha hecho a mí —si no me mandaren otra cosa— si no son algunas visiones que pueden para alguna cosa aprovechar, o para que, a quien el Señor las diere, no se espante pareciéndole imposible, como hacía yo; o para declararle el modo u camino por donde el Señor me ha llevado, que es lo que me mandan escribir.

10. Pues tornando a esta manera de entender, lo que me parece es que quiere el Señor de todas maneras tenga esta alma alguna noticia de lo que pasa en el cielo: y paréceme a mí que ansí como allá sin hablar se entiende (lo que yo nunca supe cierto es ansí hasta que el Señor por su bondad quiso que lo viese y me lo mostró en un arrobamiento), ansí es acá, que se entiende Dios y el alma con sólo querer Su Majestad que lo entienda, sin otro artificio para darse a entender el amor que se tienen estos dos amigos. Como acá si dos personas se quieren mucho y tienen buen entendimiento, aun sin señas parece que se entienden con sólo mirarse. Esto debe ser aquí, que sin ver nosotros cómo de en hito en hito se miran estos dos amantes, como lo dice el Esposo a la Esposa en los Cantares[17], a lo que creo, helo oído que es aquí.

11. ¡Oh beninidad admirable de Dios que ansí os[18] dejáis

---

17 Especialmente en el capítulo 4, versísulo 9, y en el 6, versículo 4.

18 Estas palabras fueron añadidas al margen. Fray Luis las aceptó para suplir una línea ilegible del original, que tachó probablemente un censor.

mirar de unos ojos que tan mal han mirado como los de mi alma! ¡Queden ya, Señor, de esta vista acostumbrados en no mirar cosas bajas ni que les contente ninguna fuera de Vos![19] ¡Oh ingratitud de los mortales! ¿Hasta cuándo ha de llegar? Que sé yo por espiriencia que es verdad esto que digo, y que es lo menos de lo que Vos hacéis con un alma que traéis a tales términos, lo que se puede decir. ¡Oh almas que habéis comenzado a tener oración y las que tenéis verdadera fee!, ¿qué bienes podéis buscar aun en esta vida —dejemos lo que se gana para sin fin— que sea como el menor de éstos?

12. Mirá que es ansí cierto, que se da Dios a sí a los que todo lo dejan por Él. No es acetador de personas[20], a todos ama; no tiene nadie escusa por ruin que sea, pues ansí lo hace conmigo trayéndome a tal estado. Mirá que nos es cifra[21] lo que digo de lo que se puede decir; sólo va dicho lo que es menester para darse a entender esta manera de visión y merced que hace Dios a el alma; mas no puedo decir lo que se siente cuando el Señor la da a entender secretos y grandezas suyas, el deleite tan sobre cuantos acá se pueden entender, que bien con razón hace aborrecer los deleites de la vida, que son basura todos juntos. Es asco traerlos a ninguna comparación aquí, aunque sea para gozarlos sin fin. Y de éstos que da el Señor sola una gota de agua del gran río caudaloso que nos está aparejado[22].

13. ¡Vergüenza es y yo cierto la he de mí, y, si pudiera haber afrenta en el cielo, con razón estuviera yo allá más afrentada. ¿Por qué hemos de querer tantos bienes y deleites y gloria para sin fin, todos a costa del buen Jesús? ¿No lloraremos siquiera con las hijas de Jerusalén, ya que no le ayudemos a llevar la cruz con el Cirineo? ¿Que con placeres y pasatiempos hemos de gozar lo que él nos ganó a costa de

---

[19] En el autógrafo dice *ni que les que contente.* Estas expresiones con repetición insistente, no siempre son descuidos teresianos.

[20] Epístola a los Romanos, 2.11, y Evangelio de San Mateo, 22.16.

[21] Palabra que en su acepción teresiana significa «muestra», «resumen», «indicio».

[22] La dificultad de intelección y dureza sintáctica de esta frase ha hecho que los editores no se pongan de acuerdo en la puntuación. Hay hasta quien introduce un par de signos de interrogación para dar «su» sentido al texto. Pensamos que no hay necesidad, pues éste viene a ser: «no cabe comparación entre los goces terrenos y los místicos, pues, aunque los primeros fuesen infinitos, no tendrían comparación con una sola gota del río caudaloso que nos está preparado en el cielo».

tanta sangre? —Es imposible. ¿Y con honras vanas pensamos renunciar un desprecio como Él sufrió para que nosotros reinemos para siempre? —No lleva camino. Errado, errado va el camino; nunca llegaremos allá.

Dé voces vuesa merced en decir estas verdades, pues Dios me quitó a mí esta libertad. A mí me las querría dar siempre, y óyome[23] tan tarde y entendí a Dios, como se verá por lo escrito, que me es gran confusión hablar en esto, y ansí quiero callar; sólo diré lo que algunas veces considero. Plega al Señor me traiga a términos que yo pueda gozar de este bien.

14. ¡Qué gloria acidental será y qué contento de los bienaventurados que ya gozan de ésto, cuando vieren que, aunque tarde, no les quedó cosa por hacer por Dios de las que les fue posible, ni dejaron cosa por darle de todas las maneras que pudieron, conforme a sus fuerzas y estado, y el que más, más! ¡Qué rico se hallará el que todas las riquezas dejó por Cristo! ¡Qué honrado el que no quiso honra por él, sino que gustaba[24] de verse muy abatido! ¡Qué sabio el que se holgó que le tuviesen por loco, pues lo llamaron a la mesma sabiduría! ¡Qué pocos hay ahora, por nuestros pecados! ¡Ya, ya parece se acabaron los que las gentes tenían por locos, de verlos hacer obras heroicas de verdaderos amadores de Cristo! ¡Oh mundo, mundo, cómo vas ganando honra en haber pocos[25] que te conozcan!

15. Mas ¡si pensamos se sirve ya más Dios de que nos tengan por sabios y discretos! Eso, eso debe ser, sigún se usa discreción: luego nos parece es poca edificación no andar con mucha compostura y autoridad cada uno en su estado. Hasta el fraile y clérigo y monja nos parecerá que traer cosa vieja y remendada es novedad y dar escándalo a los flacos; y aun estar muy recogidos y tener oración, sigún está el mundo y tan olvidadas las cosas de perfeción de grandes ímpetus que tenían los santos, que pienso hace más daño a las desventuras que pasan en esto tiempos que no haría escándalo a nadie dar a entender los relisiosos por obras, como lo dicen por palabras,

---

[23] *Óyome:* «óigome». Varios editores han confundido el tiempo del verbo y editan «oyóme».

[24] En el autógrafo dice *gustaban,* posible error material. Todo este pasaje está lleno de reminiscencias librescas (*Evangelio* de San Mateo, *Epístola* II a los Corintios, etc.).

[25] Es una construcción un tanto rara: o bien «por haber pocos» o a semejanza de la construcción de gerundio «en habiendo pocos».

en lo poco que se ha de tener el mundo, que de estos escándalos el Señor saca de ellos grandes provechos; y si unos se escandalizan, otros se remuerden; siquiera que hubiese un debujo de lo que pasó por Cristo y sus Apóstoles, pues ahora más que nunca es menester.

16. ¡Y qué bueno nos le llevó Dios ahora en el bendito fray Pedro de Alcántara![26]. No está ya el mundo para sufrir tanta perfeción. Dicen que están las saludes más flacas y que no son los tiempos pasados. Este santo hombre de este tiempo era; estaba grueso el espíritu, como en los otros tiempos, y ansí tenía el mundo debajo de los pies; que, aunque no anden desnudos, ni hagan tan áspera penitencia como él, muchas cosas hay —como otras veces he dicho— para repisar[27] el mundo, y el Señor las enseña cuando ve ánimo. ¡Y cuán grande le dio Su Majestad a este santo que digo para hacer cuarenta y siete años tan áspera penitencia, como todos saben! Quiero decir algo de ella, que sé es toda verdad.

17. Díjome a mí y a otra persona[28], de quien se guardaba poco (y a mí el amor que me tenía era la causa, porque quiso el Señor le tuviese para volver por mí y animarme en tiempo de tanta necesidad, como he dicho y diré), paréceme fueron cuarenta años los que me dijo había dormido sola hora y media entre noche y día, y que éste era el mayor trabajo de penitencia que había tenido en los principios, de vencer el sueño, y para esto estaba siempre u de rodillas u en pie. Lo que dormía era sentado, la cabeza arrimada a un maderillo que tenía hincado en la pared; echado, aunque quisiera, no podía, porque su celda —como se sabe— no era más larga de cuatro pies y

---

[26] Nacido en Alcántara (1499), profesó en la Orden de San Francisco en 1515. Promovió una reforma de la Orden fundando un convento franciscano en El Pedroso en 1540. Orientó a Santa Teresa en aspectos prácticos respecto a la primera fundación reformada (San José de Ávila). Es autor de unas *Meditaciones,* bastante difundidas en la época. Murió en Arenas de San Pedro (Ávila) el 18 de octubre de 1562.

[27] Voz de sentido muy concreto (apretar con pisón, especialmente la tierra), a la que Teresa confiere otras connotaciones.

[28] El padre Silverio y posteriormente E. Llamas han intentado precisar de quién se trata. Parece ser una tal María Díaz (Maridíaz), nacida en Vita, pueblecito abulense, en 1495. Al quedar huérfana se trasladó a Avila. Por consejo del padre Prádanos se recogió en casa de doña Guiomar de Ulloa, donde conoció a Teresa. Fue discípula de San Pedro de Alcántara y murió en 1572.

medio. En todos estos años jamás se puso la capilla, por grandes soles y aguas que hiciese, ni cosa en los pies ni vestida; sino un hábito de sayal, sin ninguna otra cosa sobre las carnes, y éste tan angosto como se podía sufrir, y un mantillo de lo mesmo encima. Decíame que en los grandes fríos se le quitaba, y dejaba la puerta y ventanilla abierta de la celda, para, con ponerse después el manto y cerrar la puerta, contentaba el cuerpo para que sosegase con más abrigo. Comer a tercer día era muy ordinario[29]. Y díjome que de qué me espantaba, que muy posible era a quien se acostumbraba a ello. Un su compañero me dijo que le acaecía estar ocho días sin comer. Debía ser estando en oración, porque tenía grandes arrobamientos y ímpetus de amor de Dios, de que una vez yo fui testigo[30].

18. Su pobreza era estrema y mortificación en la mocedad, que me dijo que le había acaecido estar tres años en una casa de su Orden y no conocer fraile, si no era por la habla; porque no alzaba los ojos jamás, y ansí a las partes que de necesidad había de ir no sabía, sino íbase tras los frailes. Esto le acaecía por los caminos. A mujeres jamás miraba; esto muchos años. Decíame que ya no se le daba más ver que no ver; mas era muy viejo cuando le vine a conocer, y tan estrema su flaqueza, que no parecía sino hecho de raíces de árboles[31]. Con toda esta santidad era muy afable, aunque de pocas palabras, si no era con preguntarle. En éstas era muy sabroso, porque tenía muy lindo entendimiento. Otras cosas muchas quisiera decir, sino que he miedo dirá vuesa merced para qué me meto en esto; y con él lo he escrito. Y ansí lo dejo con que fue su fin como la vida, predicando y amonestando a sus frailes. Como vio ya se acababa, dijo el salmo de *«Laetatus sum in his quae dicta sunt mihi»*[32], e, hincado de rodillas, murió.

---

29 *Muy ordinario:* «muy usual», «muy frecuente».

30 Sucedió esto en 1561 en el locutorio donde Teresa había preparado para comer. Lo refieren algunos biógrafos (Francisco Marchese en su biografía del santo, publicada en Lyón, 1670).

31 Se trata de una expresión que ha sido citada como muy similar a cierta frase de *Las Sergas de Esplandián* (Marcel Bataillón, «Santa Teresa de Jesús, lectora de libros de caballerías», incluido en *Varia lección de clásicos españoles,* cit., págs. 21-23). Hoy se piensa que no debía ser tan viejo el santo cuando lo conoció Teresa (en torno a 1558-1560).

32 La transcripción teresiana no es precisamente un modelo a imitar. Dice así: *letatum sun yn is que dita sun miqui* (S. 121.1).

19. Después ha sido el Señor servido yo tenga más en él[33] que en la vida, aconsejándome en muchas cosas. Helo visto muchas veces con grandísima gloria. Díjome la primera que me apareció que bienaventurada penitencia que tanto premio había merecido y otras muchas cosas. Un año antes que muriese, me apareció estando ausente[34], y supe se había de morir, y se lo avisé, estando algunas leguas de aquí. Cuando espiró me apareció y dijo cómo se iba a descansar. Yo no lo creí, y díjelo a algunas personas, y desde a ocho días vino la nueva[35] cómo era muerto, o comenzando a vivir para siempre, por mijor decir.

20. Hela aquí acabada esta aspereza de vida con tan gran gloria. Paréceme que mucho más me consuela que cuando acá estaba. Díjome una vez el Señor que no le pedirían cosa en su nombre que no la oyese. Muchas que le he encomendado pida al Señor, las he visto cumplidas. Sea bendito por siempre, amén.

21. Mas ¡qué hablar he hecho para despertar a vuesa merced a no estimar en nada cosa de esta vida!, ¡como si no lo supiese u no estuviera ya determinado a dejarlo todo y puéstolo por obra! Veo tanta perdición en el mundo que, aunque no aproveche más decirlo yo de cansarme de escribirlo[36] me es descanso, que todo es contra mí lo que digo. El Señor me perdone lo que en este caso le he ofendido. Y vuesa merced, que le canso sin propósito. Parece que quiero haga penitencia de lo que yo en esto pequé.

---

33 «Más de él», «más parte de él» o «más ayuda en él».

34 Debió suceder en el otoño de 1561, cuando Teresa andaba preocupada por las dificultades surgidas en la fundación del convento de san José.

35 *La nueva:* «la noticia de su muerte». Nótese la construcción interrogativa indirecta.

36 Hoy se diría «que cansarme en escribirlo».

CAPÍTULO XXVIII

En que trata las grandes mercedes que la hizo el Señor, y cómo le apareció la primera vez. Declara qué es visión imaginaria. Dice los grandes efectos y señales que deja cuando es de Dios. Es muy provechoso capítulo y mucho de notar.

1. Tornando a nuestro propósito [1], pasé algunos días, pocos, con esta visión muy contina, y haciame tanto provecho que no salía de oración, y aun cuando hacía, procuraba fuese de suerte que no descontentase a el que claramente vía estaba por testigo. Y aunque a veces temía, con lo mucho que me decían, durábame poco el temor, porque el Señor me asiguraba. Estando un día en oración, quiso el Señor mostrarme solas las manos con tan grandísima hermosura [2] que no lo podría yo encarecer. Hízome gran temor, porque cualquier novedad me le hace grande a los principios de cualquiera merced sobrenatural que el Señor me haga. Desde a pocos días [3] vi también aquel divino rostro, que de el todo me parece me dejó asorta. No podía yo entender por qué el Señor se mostraba ansí poco a poco, pues después me había de hacer merced de que yo lo

---

[1] Continúa el tema de la visión que había dejado pendiente en el capítulo 27, 2-5.

[2] Es un rasgo característico teresiano. Siempre que habla del Señor, la primera palabra que le viene a la boca es «hermosura».

[3] Es decir, pocos días después.

viese del todo, hasta después que he entendido que me iba Su Majestad llevando conforme a mi flaqueza natural. ¡Sea bendito por siempre!; porque tanta gloria junta[4] tan bajo y ruin sujeto no la pudiera sufrir; y como quien esto sabía, iba el piadoso Señor dispuniendo.

2. Parecerá a vuesa merced que no era menester mucho esfuerzo para ver unas manos y rostro tan hermoso. Sonlo tanto los cuerpos glorificados, que la gloria que train[5] consigo ver cosa tan sobrenatural hermosa, desatina; y ansí me hacía tanto temor, que toda me turbaba y alborotaba, aunque después quedaba con certidumbre y siguridad y con tales efetos que presto se perdía el temor.

3. Un día de San Pablo, estando en misa, se me representó toda esta Humanidad sacratísima como se pinta resucitado, con tanta hermosura y majestad como particularmente escribí a vuestra merced cuando mucho me lo mandó. Y hacíaseme harto de mal, porque no se puede decir que no sea deshacerse; mas lo mijor que supe, ya lo dije, y ansí no hay para qué tornarlo a decir aquí[6]. Sólo digo que, cuando otra cosa no hubiese para deleitar la vista en el cielo, sino la gran hermosura de los cuerpos glorificados, es grandísima gloria, en especial ver la Humanidad de Jesucristo Señor nuestro, aun acá que se muestra Su Majestad conforme a lo que puede sufrir nuestra miseria; ¿qué será adonde del todo se goza tal bien?

4. Esta visión, aunque es imaginaria, nunca la vi con los ojos corporales, ni ninguna, sino con los ojos del alma.

Dicen los que lo saben mijor que yo, que es más perfeta la pasada que ésta, y ésta más mucho que las que se ven con los ojos corporales[7]. Ésta dicen que es la más baja y adonde más

---

[4] Posiblemente se trata de una fusión con elipsis preposicional; es decir, «junto a». O simple calificativo de *gloria*.

[5] La santa emplea el plural. Se trata de una mala concordancia de las tan frecuentes. A renglón seguido emplea el adjetivo *sobrenatural* con valor adverbial: «sobrenaturalmente hermoso». Es ello un rasgo característico de su estilo.

[6] Se refiere a una relación anterior hecha al padre García de Toledo, que no conocemos. E. Llamas duda si no será la misma relación referida en la visión del capítulo 27. En este caso se trataría aquí de una alusión muy de pasada a lo que allí dijo.

[7] Los especialistas en teología se detienen en este pasaje a catalogar los distintos tipos de visiones. Véase a este respecto la alusión de Silverio de Santa Teresa, ed. cit., pág. 212, y fray Tomás de la Cruz, ed. cit., pág. 297.

ilusiones puede hacer el demonio, aunque entonces no podía yo entender tal, sino que deseaba, ya que se me hacía esta merced, que fuese viéndola con los ojos corporales», para que no me dijese el confesor se me antojaba. Y también después de pasada me acaecía —esto era luego, luego— pensar yo también en esto: que se me había antojado, y fatigábame de haberlo dicho al confesor, pensando si le había engañado. Este era otro llanto, e iba a él y decíaselo. Preguntábame que si me parecía a mí ansí u si había querido engañar. Yo le decía la verdad porque, a mi parecer, no mentía, ni tal había pretendido, ni por cosa del mundo dijera una cosa por otra. Esto bien lo sabía él, y ansí procuraba sosegarme, y yo sentía tanto en irle con estas cosas, que no sé cómo el demonio me ponía lo había de fingir para atormentarme a mí mesma.

Mas el Señor se dio tanta priesa a hacerme esta merced y declarar esta verdad, que bien presto se me quitó la duda de si era antojo, y después veo muy claro mi bobería; porque, si estuviera muchos años imaginando cómo figurar cosa tan hermosa, no pudiera ni supiera, porque escede a todo lo que acá se puede imaginar, aun sola la blancura y resplandor.

5. No es resplandor que deslumbre, sino una blancura suave y el resplandor infuso, que da deleite grandísimo a la vista y no la cansa, ni la claridad que se ve para ver esta hermosura tan divina. Es una luz tan diferente de la de acá, que parece una cosa tan dislustrada la claridad del sol que vemos[8], en comparación de aquella claridad y luz que se representa a la vista, que no se querrían abrir los ojos después. Es como ver una agua muy clara que corre sobre cristal y reverbera en ella el sol, a una muy turbia y con gran nublado y corre por encima de la tierra[9]. No porque se le representa sol, ni la luz es como la del sol; parece en fin luz natural, y estotra cosa artifical. Es luz que no tiene noche, sino que, como siempre es luz, no la turba nada. En fin, es de suerte que, por grande entendimiento que una persona tuviese, en todos los días de su vida podría imaginar cómo es; y pónela Dios delante tan presto, que aún no hubiera lugar para abrir los ojos, si fuera menester abrirlos; mas no hace más estar abiertos que cerra-

---

[8] *Dislustrada:* «desvaída».

[9] Nótese el empleo de la conjunción «y» con el valor de un pronombre relativo. Se trata de un rasgo propio del lenguaje infantil, que Teresa recoge probablemente de modo intencionado.

dos, cuando el Señor quiere, que, aunque no queramos, se ve. No hay divertimiento [10] que baste, ni hay poder resistir, ni basta diligencia ni cuidado para ello. Esto tengo yo bien espirimentado, como diré.

6. Lo que yo ahora querría decir es el modo cómo el Señor se muestra por estas visiones; no digo que declararé de qué manera puede ser poner esta luz tan fuerte en el sentido interior, y en el entendimiento imagen tan clara, que parece verdaderamente está allí, porque esto es de letrados; no ha querido el Señor darme a entender el cómo, y soy tan inorante y de tan rudo entendimiento que, aunque mucho me lo han querido declarar, no he aún acabado de entender el cómo. Y esto es cierto, que, aunque a vuesa merced le parezca que tengo vivo entendimiento, que [11] no le tengo; porque en muchas cosas lo he espirimentado, que no comprende más de lo que le dan a comer, como dicen. Algunas veces se espantaba el que me confesaba de mis inorancias, y jamás me dio a entender, ni aun lo deseaba, cómo Dios hizo esto o pudo ser esto, ni lo preguntaba, aunque —como he dicho— de muchos años acá trataba con buenos letrados. Si era una cosa pecado o no, esto sí; en lo demás no era menester más para mí de pensar hízolo Dios todo, y vía que no había de qué me espantar, sino por qué le alabar, y antes me hacen devoción las cosas dificultosas, y mientras más, más [12].

7. Diré, pues, lo que he visto por espiriencia. El cómo el Señor lo hace vuesa merced lo dirá mijor, y declarará todo lo que fuere escuro y yo no supiere decir. Bien me parecía en algunas cosas que era imagen lo que vía, mas por otras muchas no, sino que era el mesmo Cristo, conforme a la claridad con que era servido mostrárseme. Unas veces era tan en confuso, que me parecía imagen, no como los debujos de acá, por muy perfetos que sean, que hartos he visto buenos [13]; es disbarate

---

[10] O sea, intento de distracción, o de tratar de otra cosa, o de abordar otra cosa.

[11] Véase el valor puramente expletivo de este «que», característico también del lenguaje popular.

[12] Es decir, mientras más dificultosas son, más me mueven a devoción. Curiosa frase con elipsis abrupta, propia del lenguaje hablado. Hoy se diría popularmente «y cuanto más, más».

[13] Nótese esta afición teresiana a las artes populares y compárese con la de San Juan por tallar pequeñas imágenes en huesos de frutos, dibujar, etc. Recuerda el padre Silverio que la santa bordaba muy

pensar que tiene semejanza lo uno con lo otro en ninguna manera, no más ni menos que la tiene una persona viva a su retrato, que por bien que esté sacado, no puede ser tan al natural, que, en fin, se ve es cosa muerta; mas dejemos esto, que aquí viene bien y muy al pie de la letra.

8. No digo que es comparación, que nunca son tan cabales, sino verdad, que hay la diferencia que de lo vivo a lo pintado, no más ni menos. Porque si es imagen, es imagen viva; no hombre muerto, sino Cristo vivo; y da a entender que es hombre y Dios, no como estaba en el sepulcro, sino como salió de él después de resucitado. Y viene a veces con tan grande majestad, que no hay quien pueda dudar sino que es el mesmo Señor, en especial en acabando de comulgar, que ya sabemos que está allí, que nos lo dice la fee: represéntase tan Señor de aquella posada, que parece toda deshecha el alma se ve[14] consumir en Cristo. ¡Oh, Jesús mío!, ¡quién pudiese dar a entender la majestad con que os mostráis! ¡Y cuán señor de todo el mundo y de los cielos y de otros mil mundos y sin cuento mundos y cielos[15] que Vos criárades; entiende el alma, sigún con la majestad que os representáis, que no es nada para ser Vos Señor de ello.

9. Aquí se ve claro, Jesús mío, el poco poder de todos los demonios en comparación del vuestro, y cómo quien os tuviere contento puede repisar el infierno todo. Aquí ve la razón que tuvieron los demonios de temer cuando bajastes a el limbo, y tuvieran de desear[16] otros mil infiernos más bajos para huir de tan gran majestad, y veo que queréis dar a entender a el alma cuán grande es y el poder que tiene esta sacratísima Humanidad junto con la Divinidad. Aquí se representa bien qué será el día del juicio ver esta majestad de este Rey, y verle con rigor para los malos. Aquí es la verdadera humildad que deja en el alma[17], de ver su miseria, que no la puede inorar. Aquí la

---

primorosamente, como puede verse por los trabajos que de ella se veneran en los conventos carmelitanos de Toledo, Medina del Campo, etcétera.

[14] No está claro en el autógrafo si dice «se ve» o «se va». No sería disparatada esta segunda lectura, con frase sintética en que se elide la preposición «a»: «se va a consumir en Cristo».

[15] Es decir, mundos incontables, sin número.

[16] Construcción obligatoria poco usada por Teresa; probablemente la emplea por confusión momentánea con «hubieran de».

[17] Se entiende que la visión es la que deja estos buenos efectos.

confusión y verdadero arrepentimiento de los pecados, que, aun con verle que muestra amor, no sabe a dónde se meter, y ansí se deshace toda. Digo, que tiene tan grandísima fuerza esta visión, cuando el Señor quiere mostrar a el alma mucha parte de su grandeza y majestad, que tengo por imposible (si muy sobre natural[18] no la quisiese el Señor ayudar con quedar puesta en arrobamiento y éstasi, que pierde el ver la visión de aquella divina presencia con gozar), sería, como digo, imposible sufrirla ningún sujeto.

¿Es verdad que se olvida después? Tan imprimida queda aquella majestad y hermosura, que no hay poderlo olvidar, si no es cuando quiere el Señor que padezca el alma una sequedad y soledad grande que diré adelante; que aun entonces de Dios parece se olvida. Queda el alma otra, siempre embebida; parécele comienza de nuevo amor vivo de Dios en muy alto grado, a mi parecer; que, aunque la visión pasada que dije que representa a Dios sin imagen es más subida[19], que para durar la memoria conforme a nuestra flaqueza, para traer bien ocupado el pensamiento, es gran cosa el quedar representado y puesta en la imaginación tan divina presencia. Y casi vienen juntas estas dos maneras de visión siempre; y aun es ansí que lo vienen, porque con los ojos del alma vese la ecelencia y hermosura y gloria de la santísima Humanidad, y por estotra manera que queda dicha se nos da a entender cómo es Dios y poderoso y que todo lo puede y todo manda y todo lo gobierna y todo lo hinche su amor.

10. Es muy mucho de estimar esta visión, y sin peligro, a mi parecer; porque en los efetos se conoce no tiene fuerza aquí el demonio. Paréceme que tres u cuatro veces me ha querido representar de esta suerte al mesmo Señor en representación falsa: toma la forma de carne, mas no puede contrahacerla con la gloria que cuando es de Dios. Hace representaciones para deshacer la verdadera visión que ha visto el alma; mas ansí la resiste de sí y se alborota y se desabre y inquieta[20], que pierde la

---

[18] *Sobre natural:* «sobrenaturalmente», con metátesis adjetivo-adverbio, tal como sucedía en el núm. 2.

[19] Se refiere a la visión reflejada en el capítulo 27.2 y afirma que si bien esta visión intelectual es más «subida», sin embargo las «imaginarias» pueden ser más útiles, ya que quedan mejor impresas en la memoria.

[20] En el autógrafo aparece *dessabre;* todavía distingue la santa en la escritura con bastante frecuencia las grafías ss (sorda) y s (sonora).

devoción y gusto que antes tenía y queda sin ninguna oración. A los principios fue esto, como he dicho, tres u cuatro veces. Es cosa tan diferentísima que, aun quien hubiere tenido sola oración de quietud, creo lo entenderá por los efetos que quedan dichos en las hablas. Es cosa muy conocida, y, si no se quiere dejar engañar un alma, no me parece la engañará, si anda con humildad y simplicidad. A quien hubiere tenido verdadera visión de Dios desde luego casi se siente; porque, aunque comienza con regalo y gusto, el alma lo lanza de sí; y aun, a mi parecer, debe ser diferente el gusto, y no muestra apariencia de amor puro y casto; muy en breve da a entender quién es. Ansí que, donde hay espiriencia, a mi parecer, no podrá el demonio hacer daño.

11. Pues ser imaginación esto, es imposible de toda imposibilidad; ningún camino lleva, porque sola la hermosura y blancura de una mano es[21] sobre toda nuestra imaginación. Pues sin acordarnos de ello ni haberlo jamás pensado, ver en un punto presentes cosas que en gran tiempo no pudieran concertarse con la imaginación, porque va muy más alto, como ya he dicho, de lo que acá podemos comprender; ansí que esto es imposible. Y si pudiésemos algo en esto, aun se ve claro por estotro que ahora diré. Porque si fuese representado con el entendimiento, dejado que no haría las grandes operaciones que esto hace, ni ninguna[22] (porque sería como uno que quisiese hacer que dormía y estáse despierto, porque no le ha venido el sueño: él, como si tiene necesidad u flaqueza en la cabeza, lo desea, adormécese en sí, y hace sus diligencias y a las veces parece hace algo, mas si no es sueño de veras, no le sustentará ni dará fuerza a la cabeza; antes a las veces queda más desvanecida), ansí sería en parte acá, quedar el alma desvanecida, mas no sustentada y fuerte, antes cansada y desgustada.

El término «desabrir» (quedar sin sabor) tiene un sentido técnico en la santa.

21 *Es sobre:* «está sobre». Frecuente interferencia de los usos de «ser» y «estar».

22 Esta frase queda inconclusa, pues rápidamente pone su atención en la comparación que va a emplear. La idea base sería: «Si fuese fantaseado por el propio entendimiento, aparte que no haría los grandes efectos que hace la visión verdadera, sería quedar el alma desvanecida», es decir, «dejaría el alma desvanecida». (Cfr. fray Tomás, ed. cit., pág. 304.)

Acá[23] no se puede encarecer la riqueza que queda: aun al cuerpo da salud y queda conortado[24].

12. Esta razón, con otras, daba yo cuando me decían que era demonio y que se me antojaba —que fue muchas veces— y ponía comparaciones como yo podía y el Señor me daba a entender. Mas todo aprovechaba poco, porque como había personas muy santas en este lugar (y yo en su comparación una perdición) y no los llevaba Dios por este camino, luego era el temor en ellos; que mis pecados parece lo hacían, que de uno en otro se rodeaba[25] de manera que lo venían a saber, sin decirlo yo sino a mi confesor o a quien él me mandaba.

13. Yo les dije una vez que si los que me decían esto me dijeran que una persona que hubiese acabado de hablar y la conociese yo mucho, que no era ella, sino que se me antojaba, que ellos lo sabían, que sin duda yo lo creyera más que lo que había visto[26]. Mas si esta persona me dejara algunas joyas y se me quedaban en las manos por prendas de mucho amor, y que antes no tenía niguna y me vía rica siendo pobre, que no podría creerlo, aunque yo quisiese; y que estas joyas se las podría yo mostrar, porque todos los que me conocían vían claro estar otra mi alma, y ansí lo decía mi confesor; porque era muy grande la diferencia en todas las cosas, y no disimulada, sino muy con claridad lo podían todos ver. Porque, como antes era tan ruin, decía yo que no podía creer que si el demonio hacía esto para engañarme y llevarme al infierno, tomase medio tan contrario como era quitarme los vicios y poner virtudes y fortaleza; porque vía claro con estas cosas quedar en una vez otra[27].

---

[23] Emplea dos veces el adverbio «acá» con sentido opuesto. En una se refiere a la visión falsa e inmediatamente otro «acá» inicia su referencia a la visión verdadera.

[24] *Conortado:* «reconfortado». Se pierde la «f» por considerarla inicial, ya que «con» era aún sentida como preposición. Vacila, sin embargo, en el texto teresiano «conhortar» y «confortar».

[25] No es «se rodaba», como dicen varios editores, sino *se rodeaba.* Es decir, «se disponía para suceder». Tal se da todavía en el lenguaje popular: «Todo venía rodeado para que sucediera así». No es aceptable la explicación de fray Tomás de la Cruz, *loc. cit.,* pág. 305.

[26] No acaba de quedar claro el sentido por el rodeo verbal de Teresa. Mejor puede entenderse construido: «si... me dijeran de una persona a quien...».

[27] Es decir, quedar transformada en otra persona de una vez.

14. Mi confesor, como digo —que era un padre bien santo de la Compañía de Jesús— respondía esto mesmo sigún yo supe. Era muy discreto y de gran humildad, y esta humildad tan grande me acarreó a mi hartos trabajos; porque, con ser de mucha oración y letrado, no se fiaba de sí, como el Señor no le llevaba por este camino[28]. Pasólos harto grandes conmigo de muchas maneras. Supe que le decían que se guardase de mí, no le engañase el demonio con creerme algo de lo que me decía; trainle enjemplos de otras personas[29]. Todo esto me fatigaba a mí. Temía que no había de haber con quien me confesar, sino que todos habían de huir de mí. No hacía sino llorar.

15. Fue providencia de Dios querer él durar en oírme, sino que era tan gran siervo de Dios, que a todo se pusiera por Él; y ansí me decía que no ofendiese yo a Dios ni saliese de lo que él me decía, que no hubiese miedo me faltase; siempre me animaba y sosegaba. Mandábame siempre que no le callase ninguna cosa; yo ansí lo hacía. Él me decía que haciendo yo esto, que, aunque fuese demonio, no me haría daño; antes sacaría el Señor bien de el mal que él quería hacer a mi alma; procuraba perficionarla en todo lo que podía[30]. Yo, como traía tanto miedo, obedecíale en todo, aunque imperfetamente, que harto pasó conmigo tres años y más que me confesó, con estos

---

[28] Es decir, «puesto que». Se refiere al padre Baltasar Álvarez según anota Gracián. Era éste un conocido jesuita nacido en Cervera, Logroño, en 1533; ingresó en la Compañía de Jesús en 1555, ordenándose sacerdote en 1558. Fue rector de varias casas: Ávila, Salamanca, etc. Confesó a Santa Teresa entre los años 1559-1564 y fue uno de sus más decididos defensores según se colige de la correspondencia entre ambos. Murió en Belmonte el 25 de julio de 1580.

[29] Estamos ante el problema de siempre: el ambiente de espiritualidad exacerbada del siglo XVI español. Estos sucesos tienen lugar entre 1559-1560. Se refiere a las falsas visionarias, recientemente condenadas por la Inquisición en Valladolid y Sevilla, cuyos autos causaron conmoción nacional. Precisamente por esas fechas existía también, en el mismo ámbito de las carmelitas (calzadas), alguna duda sobre la ortodoxia de la fundadora; de ahí el ferviente deseo teresiano de esclarecer en lo posible su situación.

[30] Refiere E. Llamas (ed. cit., pág. 359) que en la primera *Cuenta de conciencia* (finales de 1560) encontramos un eco de esta actitud teresiana de obediencia, sumisión y apertura a su confesor. Incluso las expresiones allí recogidas confirman éstas, señal de que se trata de un estado anímico teresiano de cierta duración e intensidad.

trabajos[31]; porque en grandes persecuciones que tuve, y cosas hartas que primitía el Señor me juzgasen mal, y muchas estando él sin ninguna culpa, con todo venían a él, y era culpado por mí, estando él sin ninguna culpa.

16. Fuera imposible, si no tuviera tanta santidad —y el Señor que le animaba— poder sufrir tanto, porque había de responder a los que les parecía iba perdida, y no le creían; y por otra parte habíame de sosegar a mí y de curar el miedo que yo traía, puniéndomele mayor. Me había por otra parte de asigurar; porque a cada visión, siendo cosa nueva, primitía Dios me quedasen después grandes temores. Todo me procedía de ser tan pecadora yo y haberlo sido. Él me consolaba con mucha piedad, y, si él se creyera a sí mesmo, no padeciera yo tanto; que Diso le daba a entender la verdad en todo, proque el mesmo Sacramento le daba luz, a lo que yo creo.

17. Los siervos de Dios que no se asiguraban, trabábanme mucho[32]. Yo, como hablaba con descuido algunas cosas que ellos tomaban por diferente intención (yo quería mucho al uno de ellos, porque le debía infinito mi alma y era muy santo; yo sentía infinito de que vía no me entendía, y él deseaba en gran manera mi aprovechamiento y que el Señor me diese luz), y ansí lo que yo decía —como digo— sin mirar en ello, parecíales poca humildad. En viéndome alguna falta, que verían muchas, luego era todo condenado. Preguntábanme algunas cosas; yo respondía con llaneza y descuido. Luego les parecía les quería enseñar, y que me tenía por sabia. Todo iba a mi confesor, porque, cierto, ellos deseaban mi provecho; él a reñirme.

18. Duró esto harto tiempo, afligida por muchas partes, y con las mercedes que me hacía el Señor todo lo pasaba. Digo esto para que se entienda el gran trabajo que es no haber quien tenga espiriencia en este camino espiritual, que a no me favorecer tanto el Señor, no sé qué fuera de mí. Bastantes cosas había para quitarme el juicio, y algunas veces me vía en términos que no sabía qué hacer sino alzar los ojos a el Señor;

---

[31] Se corresponde esta afirmación con la efectuada en la cuarta *Cuenta de conciencia:* «Baltasar Álvarez, que es ahora (1567) rector de Salamanca; y le confesó seis años en este tiempo.» El texto del *Libro de la vida* se escribe bastantes años antes que la *Cuenta de conciencia;* de ahí que no pueda precisar cuántos años la había confesado el padre Álvarez y diga «tres años y más».

[32] Se refiere, obviamente, a los cinco o seis confesores que recordó en el capítulo 25.

porque contradición de buenos a una mujercilla ruin y flaca, como yo, y temerosa, no parece nada ansí dicho[33], y con haber yo pasado en la vida grandísimos trabajos, es éste de los mayores. Plega el Señor que yo haya servido a Su Majestad algo en esto; que de que le servían los que me condenaban y argüían bien cierta estoy, y que era todo por gran bien mío.

---

33 «Parece cosa de nada, dicho así en suma.»

CAPÍTULO XXIX

Prosigue en lo comenzado y dice algunas mercedes grandes que la hizo el Señor, y las cosas que su Majestad la decía para asigurarla y para que respondiese a los que la contradecían.

1. Mucho he salido del propósito, porque trataba de decir las causas que hay para ver que no es imaginación; porque ¿cómo podríamos representar con estudio la Humanidad de Cristo ordenando con la imaginación su gran hermosura? Y no era menester poco tiempo, si en algo se había de parecer a ella. Bien la puede representar delante de su imaginación y estarla mirando algún espacio, y las figuras que tiene y la blancura, y poco a poco irla más perficionando[1] y encomendando a la memoria aquella imagen. Esto ¿quién se lo quita? Pues con el entendimiento la pudo fabricar. En lo que tratamos ningún remedio hay de esto, sino que la hemos de mirar cuando el Señor la quiere representar y cómo quiere y lo que quiere; y no hay quitar ni poner, ni modo para ello aunque más hagamos, ni para verlo cuando queremos, ni para dejarlo de ver; en quiriendo mirar alguna cosa particular, luego se pierde Cristo[2].

2. Dos años y medio me duró que muy ordinario me hacía

---

[1] Como es habitual, la representación gráfica de los cultismos en Santa Teresa no es muy perfecta. Véase este ejemplo entre cientos.

[2] Se refiere, obviamente, a materia de visiones místicas. La frase con que termina el párrafo tiene el sentido de «cesa a la vista», «se pierde de nuestra vista».

Dios esta merced[3]. Habrá más de tres que tan contino me la quitó de este modo, con otra cosa más subida —como quizá diré después[4]—; y con ver que me estaba hablando y yo mirando aquella gran hermosura y la suavidad con que hablaba aquellas palabras por aquella hermosísima y divina boca, y otras veces con rigor, y desear yo en estremo entender el color de sus ojos u del tamaño que era[5], para que lo supiese decir, jamás lo he merecido ver, ni me basta procurarlo, antes se me pierde la visión del todo. Bien que algunas veces veo mirarme con piedad; mas tiene tanta fuerza esta vista, que el alma no la puede sufrir, y queda en tan subido arrobamiento que, para más gozarlo todo, pierde esta hermosa vista. Ansí que aquí no hay que querer ni no querer: claro se ve quiere el Señor que no haya sino humildad y confusión, y tomar lo que nos dieren, y alabar a quien lo da.

3. Esto es en todas las visiones, sin quedar ninguna, que ninguna cosa se puede, ni para ver menos ni más hace ni deshace nuestra diligencia. Quiere el Señor que veamos muy claro no es esta obra nuestra, sino de Su Majestad; porque muy menos podemos tener soberbia, antes nos hace estar humildes y temerosos viendo que, como el Señor nos quita el poder para ver lo que queremos, nos puede quitar estas mercedes y la gracia, y quedar perdidos del todo, y que siempre andemos con miedo, mientras en este destierro vivimos.

4. Casi siempre se me representaba el Señor ansí resucitado, y en la Hostía lo mesmo; y si no eran[6] algunas veces para

---

[3] De nuevo frase elíptica: «me duró el tiempo en que me hacía Dios...». Enrique Llamas ha precisado la cronología de ciertos episodios de la vida teresiana y las fechas en que están escritas estas páginas valiéndose de este dato que aporta Santa Teresa. Si las visiones se repitieron durante dos años y medio, sabido que no las tuvo antes de 1559, éstas se iniciarían en 1560, cuando Teresa contaba cuarenta y cinco años. Se prolongarían hasta mediados de 1562.

[4] Dice que hará más de tres años que dejó de ser tan frecuente esta merced, sustituida por otra más alta. Debe tratarse de la que referirá en seguida (núms. 8-14 de este mismo capítulo) cuando habla de «ímpetus».

[5] *Era* dice el autógrafo y no «eran» como aparece en algunas ediciones. No se refiere a «ojos».

[6] De nuevo una concordancia irregular, frecuente en la santa.

esforzarme, si estaba en tribulación, que me mostraba las llagas; algunas veces en la cruz y en el huerto, y con la corona de espinas, pocas; y llevando la cruz también algunas veces, para —como digo— necesidades mías y de otras personas; mas siempre la carne glorificada.

Hartas afrentas y trabajos he pasado en decirlo y hartos temores y hartas persecuciones. Tan cierto les parecía que tenía demonio, que me querían conjurar algunas personas. De esto poco se me daba a mí; más[7] sentía cuando vía yo que temían los confesores de confesarme o cuando sabía les decían algo. Con todo, jamás me podía pesar de haber visto estas visiones celestiales, y por todos los bienes y deleites del mundo sola una vez no lo trocara[8]; siempre lo tenía por gran merced de el Señor, y me parece un grandísimo tesoro, y el mesmo Señor me asiguraba muchas veces. Yo me vía crecer en amarle muy mucho; íbame a quejar a Él de todos estos trabajos; siempre salía consolada de la oración y con nuevas fuerzas. A ellos[9] no los osaba yo contradecir, porque vía era todo peor, que les parecía poca humildad. Con mi confesor trataba; él siempre me consolaba mucho cuando me vía fatigada.

5. Como las visiones fueron creciendo, uno de ellos que antes me ayudaba[10] (que era con quien me confesaba algunas veces que no podía el ministro) comenzó a decir que claro[11] era demonio. Mándanme que, ya que no había remedio de resistir, que siempre me santiguase cuando alguna visión viese, y diese higas[12], porque tuviese por cierto era demonio y con esto no

---

[7] No parece ser una conjunción adversativa, como cree la mayoría de los editores, sino el adverbio de cantidad. Creemos que así se respeta mejor el pensamiento teresiano: «más sentía yo...».

[8] Nótese el hipérbaton. El sentido sería «una sola de estas visiones no la trocara por todos los bienes y deleites del mundo».

[9] Se refiere probablemente a Daza y a Francisco de Salcedo, recelosos ambos de las visiones teresianas, y tal vez a los otros consejeros a quienes aludió en el capítulo 25.

[10] Gracián incluye, al margen del texto, un nombre: «Gonzalo de Aranda». Era uno de los que atormentaban a la pobre mística. Las dificultades para asegurar que fuera Gonzalo de Aranda son muchas y han sido analizadas con detalle por los más recientes biógrafos teresianos. (Véase, especialmente, padre Efrén y Otger Steggink, *Tiempo y vida,* cit.)

[11] De nuevo metábasis adjetivo-adverbio: «que era claramente demonio».

[12] Véase con relación a este pasaje capítulo 25, núm. 22.

vernía; y que no hubiese miedo, que Dios me guardaría y me lo quitaría. A mí me era esto grande pena; porque como yo no podía creer sino que era Dios, era cosa terrible para mí; y tan poco podía —como he dicho— desear se me quitase; mas, en fin, hacía cuanto me mandaba. Suplicaba mucho a Dios me librase de ser engañada; esto siempre lo hacía y con hartas lágrimas; y a San Pedro, y San Pablo, que me dijo el Señor (como fue la primera vez que me apareció en su día) que ellos me guardarían no fuese engañada; y ansí muchas veces los vía al lado izquierdo muy claramente, aunque no con visión imaginaria. Eran estos gloriosos santos muy mis señores[13].

6. Dábame este dar higas grandísima pena cuando vía esta visión de el Señor; porque cuando yo le vía presente, si me hicieran pedazos no pudiera yo creer que era demonio; y ansí era un género de penitencia grande para mí; y, por no andar tanto santiguándome, tomaba una cruz en la mano. Esto hacía casi siempre; las higas no tan cotino, porque sentía mucho[14]. Acordábame de las injurias que le habían hecho los judíos, y suplicábale me perdonase, pues yo lo hacía por obedecer a el que tenía en su lugar, y que no me culpase, pues eran los ministros que Él tenía puestos en su Ilesia. Decíame que no se me diese nada, que bien hacía en obedecer, mas que Él haría que se entendiese la verdad. Cuando me quitaban la oración, me pareció se había enojado. Díjome que los dijese que ya aquello era tiranía. Dábame causas[15] para que entendiese que no era demonio; alguna diré después.

7. Una vez, tiniendo yo la cruz en la mano, que la traía en un rosario, me la tomó con la suya, y cuando me la tornó a dar era de cuatro piedras grandes, muy más preciosas que diamantes, sin comparación, porque no la hay casi a lo que se ve sobrenatural[16]; diamante parece cosa contrahecha e imper-

---

[13] Dueños de mí, muy reverenciados y estimados.

[14] Existían tres gestos característicos para ahuyentar al demonio según la religiosidad de la época: «dar higas» (gesto de desprecio), «santiguarse» (gesto de defensa) y «oponerle la cruz» (gesto de conjuro). Recuerda el padre Silverio (ed. cit., pág. 223) que las carmelitas de Medina del Campo conservan un pedazo de asta de forma conoidal rematada con una anilla que, según tradición, utilizó Teresa para dar las higas. Ni que decir tiene que no hay mucha seguridad en ello. Se extiende luego el autor contándonos la historia de la cruz de la que en seguida hablará la santa.

[15] «Dar causas»: «ofrecer razones y pruebas».

[16] Sobre la accidentada historia de la cruz, véase la biografía del

feta, de las piedras preciosas que se ven allá. Tenía las cinco llagas de muy linda hechura. Díjome que ansí la vería de aquí adelante, y ansí me acaecía, que no vía la madera de que era, sino estas piedras; mas no lo vía nadie sino yo.

En comenzando a mandarme hiciese estas pruebas y resistiese, era muy mayor el crecimiento de las mercedes; en queriéndome divertir [17], nunca salía de oración, aun durmiéndome parecía estaba en ella, porque allí era crecer el amor y las lástimas que yo decía a el Señor y el no poder sufrir, ni era en mi mano (aunque yo quería y más lo procuraba) de dejar de pensar en El. Con todo obedecía cuando podía, mas podía poco u nonada en esto. Y el Señor nunca me lo quitó; mas, aunque me decía lo hiciese, asigurábame por otro cabo, y enseñábame lo que les había de decir, y ansí lo hace ahora, y dábame tan bastantes razones que a mí me hacía toda siguridad.

8. Desde a poco tiempo comenzó Su Majestad, como me lo tenía prometido, a señalar más que era Él, creciendo en mí un amor tan grande de Dios que no sabía quién me lo ponía, porque era muy sobrenatural, ni yo le procuraba. Víame morir con el deseo de ver a Dios, y no sabía adónde había de buscar esta vida, si no era con la muerte. Dábanme unos ímpetus grandes de este amor que, aunque no eran tan insufrideros [18] como los que ya otra vez he dicho ni de tanto valor, yo no sabía qué me hacer; porque nada me satisfacía, ni cabía en mí, sino que verdaderamente me parecía se me arrancaba el alma. ¡Oh artificio soberano de el Señor, qué industria tan delicada hacíades con vuestra esclava miserable! Ascondíadesos [19] de mí y apretábadesme con vuestro amor, con una muerte tan sabrosa [20] que nunca el alma querría salir de ella.

9. Quien no hubiere pasado estos ímpetus tan grandes, es imposible poderlo entender, que no es desasosiego del pecho,

---

padre Ribera y las referencias del padre Silverio *(loc. cit.)*; este último, a su vez, recoge datos de Jerónimo de San José *(Historia del Carmen Descalzo,* II, 20).

[17] Es decir, aunque yo quisiera distraerme voluntariamente.

[18] *Insufrideros:* «insufribles». Se ha referido a ello en el capítulo 20.

[19] Equivalente a «os escondíais»; nótese la vacilación característica de la vocal inicial y la permanencia del grupo «des» en las formas verbales, frecuente en todo el libro.

[20] Sentido técnico teresiano. Se trata de una consolidación típica del oxímoro en la literatura mística, ya explicado.

ni unas devociones que suelen dar muchas veces que parece ahogan el espíritu, que no caben en sí. Esta es oración más baja, y hanse de evitar estos aceleramientos con procurar con suavidad recogerlos dentro en sí y acallar el alma; que es esto como unos niños que tienen un acelerado llorar, que parece van a ahogarse y, con darles a beber, cesa aquel demasiado sentimiento. Ansí acá la razón ataje[21] a encoger la rienda, porque podría ser ayudar el mesmo natural. Vuelva la consideración con temer no es todo perfeto, sino que puede ser mucha parte sensual, y acalle este niño con un regalo de amor que le haga mover a amar por vía suave y no a puñadas, como dicen; que recojan este amor dentro, y no como olla que cuece demasiado, porque se pone la leña sin discreción y se vierte toda; sino que moderen la causa que tomaron parte este fuego y procuren amatar[22] la llama con lágrimas suaves y no penosas, que lo son de estos sentimientos y hacen mucho daño. Yo las tuve algunas veces a los principios, y dejábanme perdida la cabeza y cansado el espíritu, de suerte que otro día y más no estaba para tornar a la oración. Ansí que es menester gran discreción a los principios para que vaya todo con suavidad y se muestre el espíritu a obrar interiormente; lo esterior se procure mucho evitar.

10. Estotros ímpetus son diferentísimos; no ponemos nosotros la leña, sino que parece que, hecho ya el fuego, de presto nos echan dentro para que nos quememos. No procura el alma que duela esta llaga de la ausencia de el Señor, sino hincan una saeta en lo más vivo de las entrañas y corazón a las veces, que no sabe el alma qué ha ni qué quiere. Bien entiende que quiere a Dios, y que la saeta parece traía yerba[23] para aborrecerse a sí por amor de este Señor, y perdería de buena gana la vida por Él. No se puede encarecer ni decir el modo con que llaga Dios el alma, y la grandísima pena que da, que la hace no saber de sí; mas es esta pena tan sabrosa, que no hay deleite en la vida

---

[21] Este pasaje se ha puntuado también de muy diversas maneras. Con nuestra puntuación creemos reflejar más claramente la intención teresiana de acuerdo con lo que sigue. Nos oponemos, sin embargo, a la más aceptada de Enrique Llamas, fray Tomás de la Cruz, etc.

[22] Así aparece en el original. Puede tratarse de una prótesis propia del lenguaje vulgar o bien de la preposición «a» regida por el verbo «procurar», no del todo infrecuente en la época.

[23] Se denominaba «saeta con hierba» o «herbolada» a la que estaba untada con hierbas venenosas para matar al oponente.

que más contento dé. Siempre querría el alma —como he dicho— estar muriendo de este mal.

11. Esta pena y gloria junta me traía desatinada, que no podía yo entender cómo podía ser aquello. ¡Oh, qué es ver un alma herida! Que digo que se entiende de manera que se puede decir herida por tan ecelente causa y ve claro que no movió ella por donde le viniese este amor, sino que, de el muy grande que el Señor la tiene, parece cayó de presto aquella centella en ella que la hace toda arder. ¡Oh, cuántas veces me acuerdo, cuando ansí estoy, de aquel verso de David. —*Quemadmodum desiderat Cervus ad fontes aquarum*[24]; que me parece lo veo al pie de la letra en mí.

12. Cuando no da esto muy recio, parece se aplaca algo (al menos busca el alma algún remedio, porque no sabe qué hacer) con algunas penitencias, y no sienten más ni hace más pena derramar sangre que si estuviese el cuerpo muerto. Busca modos y maneras para hacer algo que sienta por amor de Dios; mas es tan grande el primer dolor[25], que no sé yo qué tormento corporal le quitase. Como no está allí el remedio, son muy bajas estas medicinas para tan subido mal; alguna cosa se aplaca y pasa algo con esto, pidiendo a Dios la dé remedio para su mal, y ninguno ve sino la muerte, que con esta piensa gozar de el todo a su bien. Otras veces da tan recio, que eso ni nada no se puede hacer, que corta todo el cuerpo; ni pies ni brazos no puede menear; antes si está en pie se sienta, como una cosa transportada que no puede ni aun resolgar[26]: sólo da unos gemidos no grandes, porque no puede más; sonlo en el sentimiento.

13. Quiso el Señor que viese aquí algunas veces esta visión: vía un ángel cabe mí hacia el lado izquierdo, en forma corporal; lo que no suelo ver sino por maravilla. Aunque muchas veces se me representan ángeles, es sin verlos, sino como la visión pasada que dije primero. En esta visión quiso el Señor le viese ansí: no era grande, sino pequeño, hermoso mucho, el rostro tan encendido que parecía de los ángeles muy subidos

---

[24] La transcripción que hace Teresa del *Salmo* 42 no es muy exacta: tiende, como de costumbre, a sonorizar las consonantes sordas «t» y «c»: «quemadmodum desiderad cervus a fontes aguarun».

[25] Se refiere al causado por la pena mística, no al de las mortificaciones.

[26] *Resolgar:* «resollar». Obsérvese siempre la plasticidad teresiana, sus comparaciones con hechos cotidianos.

que parece todos se abrasan. Deben ser los que llaman cherubines[27], que los nombres no me los dicen; mas bien veo que en el cielo hay tanta diferencia de unos ángeles a otros, y de otros a otros, que no lo sabría decir. Veíale en las manos un dardo de oro largo, y al fin del hierro me parecía tener un poco de fuego. Éste me parecía meter por el corazón algunas veces, y que me llegaba a las entrañas. Al sacarle, me parecía las llevaba consigo, y me dejaba toda abrasada en amor grande de Dios. Era grande el dolor que me hacía dar aquellos quejidos, y tan ecesiva la suavidad que me pone este grandísimo dolor, que no hay desear que se quite, ni se contenta el alma con menos que Dios. No es dolor corporal sino espiritual, aunque no deja de participar el cuerpo algo, y aun harto. Es un requiebro tan suave que pasa entre el alma y Dios, que suplico yo a su bondad lo dé a gustar a quien pensare que miento[28].

14. Los días que duraba esto andaba como embobada; no quisiera ver ni hablar, sino abrazarme con mi pena, que para mí era mayor gloria que cuantas hay en todo lo criado. Esto tenía algunas veces, cuando quiso el Señor me viniesen estos arrobamientos tan grandes, que aun estando entre gentes no lo podía resistir, sino que con harta pena mía se comenzaron a publicar. Después que los tengo, no siento esta pena tanto, sino la que dije en otra parte antes —no me acuerdo en qué capítulo[29]— que es muy diferente en hartas cosas, y de mayor precio; antes en comienzando esta pena de que ahora hablo, parece arrebata el Señor el alma y la pone en éstasi, y ansí no hay lugar de tener pena ni de padecer, porque viene luego el gozar. Sea bendito por siempre, que tantas mercedes hace a quien tan mal responde a tan grandes beneficios.

---

[27] El padre Báñez —como no podía ser menos— apostilló el texto: «más parece de los que llaman serafines». Su sapiencia angeológica no podía quedar inédita.

[28] Es este, sin duda, el pasaje más comentado del libro teresiano. La plasticidad llega aquí a extremos pocas veces igualados. Se trata del conocido fenómeno de la transverberación, de tan gran trascendencia en la imaginería barroca.

[29] En el capítulo 20, núm. 9 y ss.

CAPÍTULO XXX

Torna a contar el discurso de su vida y cómo remedió el Señor muchos de sus trabajos con traer a el lugar donde estaba el santo varón fray Pedro de Alcántara, de la orden del glorioso San Francisco. Trata de grandes tentaciones y trabajos interiores que pasaba algunas veces.

1. Pues viendo yo lo poco u nonada que podía hacer para no tener estos ímpetus tan grandes, también temía de tenerlos; porque pena y contento no podía yo entender cómo podía estar junto; que ya pena corporal y contento espiritual, ya lo sabía que era bien posible; mas tan ecesiva pena espiritual y con tan grandísimo gusto, esto me desatinaba.

Aun no cesaba en procurar resistir, mas podía tan poco, que algunas veces me cansaba. Amparábame con la cruz y queríame defender de el que con ella nos amparó a todos[1]. Vía que no me entendía nadie, que esto muy claro lo entendía yo; mas no lo osaba decir sino a mi confesor, porque esto fuera decir bien de verdad que no tenía humildad.

2. Fue el Señor servido remediar gran parte de mi trabajo —y por entonces todo— con traer a este lugar al bendito fray

---

[1] Es decir, del que con la cruz nos amparó a todos (naturalmente, Jesucristo). Se trata de una perífrasis o rodeo verbal bastante usual, como sabemos, en Santa Teresa.

Pedro de Alcántara, de quien ya hice mención y dije algo de su penitencia; que, entre otras cosas, me certificaron había traído veinte años silicio[2] de hoja de lata contino. Es autor de unos libros pequeños de oración que ahora se tratan mucho, de romance[3]; porque como quien bien lo había ejercitado, escribió harto provechosamente para los que la tienen. Guardó la primera regla del bienaventurado San Francisco con todo rigor y lo demás que allá queda dicho[4].

Pues como la viuda sierva de Dios, que he dicho, y amiga mía[5], supo que estaba aquí tan gran varón, y sabía mi necesidad, porque era testigo de mis afliciones y me consolaba harto; porque era tanta su fee que no podía sino creer que era espíritu de Dios el que todos los más decían era del demonio; y como es persona de harto buen entendimiento y de mucho secreto y a quien el Señor hacía harta merced en la oración, quiso Su Majestad darla luz en lo que los letrados inoraban. Dábanme licencia mis confesores que descansase con ella algunas cosas[6], porque por hartas causas cabía en ella. Cabíale parte algunas veces de las mercedes que el Señor me hacía, con avisos harto provechosos para su alma.

---

2 Nos encontramos aquí ante un curioso caso de fluctuación de sibilantes, nada raro según la variedad de soluciones que en el momento ofrecían estas consonantes. De todas formas, no podría hablarse de «seseo» en sentido estricto, simplemente de fluctuación o confusión.

3 Alude la santa al *Tratado de oración y meditación,* publicado en Lisboa en 1557-1559, y a otros breves tratados: *Breve introducción para los que comienzan a servir a Dios, Tres cosas que debe hacer el que desea salvarse, Oración devotísima* y *Petición especial de amor de Dios.* Todos ellos publicados en Lisboa en 1560.

4 *Allá.* En el texto original dice con toda claridad *ella.* Los editores aceptan unánimemente que se trata de un error. Desde fray Luis a fray Tomás de la Cruz. No lo vemos del todo claro, aunque nos decidamos, finalmente, a editarlo así; pero, puestos a admitir el descuido, puede tratarse también de un error ortográfico, dada la imprecisión del momento y de Teresa en particular. El sentido, en ese caso, sería: «ya dicho». Por otra parte, debió influir en la expresión teresiana («ella») la atracción de doña Guiomar de Ulloa, de quien va a hablar inmediatamente.

5 Se trata de doña Guiomar de Ulloa, según anotó ya el padre Gracián. De ella había hablado la santa en el capítulo 24.

6 Es decir, le confía sus propios pesares porque cabía en ella cualquier secreto. Obsérvese que el uso de las preposiciones por Santa Teresa es muy peculiar. Aquí cabría «descansase en ella».

Pues como lo supo, para que mejor le pudiese tratar, sin decirme nada, recaudó licencia de mi provincial para que ocho días estuviese en su casa; y en ella y en algunas ilesias le hablé muchas veces esta primera vez que estuvo aquí, que después en diversos tiempos le comuniqué mucho[7]. Como le di cuenta, en suma, de mi vida y manera de proceder de oración, con la mayor claridad que yo supe, que esto he tenido siempre, tratar con toda claridad y verdad con los que comunico mi alma, hasta los primeros movimientos querría yo les fuesen públicos, y las cosas más dudosas y de sospecha yo les argüía con razones contra mí; ansí que sin doblez ni encubierta le traté mi alma.

4. Casi a los principios vi que me entendía por espiriencia, que era todo lo que yo había menester; porque entonces no me sabía entender como ahora, para saberlo decir, que después me lo ha dado Dios que sepa entender y decir la mercedes que Su Majestad me hace[8], y era menester que hubiese pasado por ello quien de el todo me entendiese y declarase lo que era. Él me dio grandísima luz, porque al menos en las visiones que no eran imaginarias no podía yo entender qué podía ser aquello, y parecíame que en las que vía con los ojos de el alma, tampoco entendía cómo podía ser; que, como he dicho, sólo las que se ven con los ojos corporales eran de las que me parecía a mí había de hacer caso, y éstas no tenía.

5. Este santo hombre me dio luz en todo y me lo declaró, y dijo que no tuviese pena, sino que alabase a Dios y estuviese tan cierta que era espíritu suyo, que, si no era la fee, cosa más verdadera no podía haber ni que tanto pudiese creer. Y él se consolaba mucho conmigo y hacíame todo favor y merced y siempre después tuvo mucha cuenta[9] conmigo, y daba parte de sus cosas y negocios; y como me vía con los deseos que él ya poseía por obra —que éstos dábamelos el Señor muy determinados— y me vía con tanto ánimo, holgábase de tratar conmigo. Que a quien el Señor llega a este estado, no hay placer ni

---

[7] Tuvo lugar la venida de San Pedro de Alcántara en el verano de 1560, según anota E. Llamas. Las iglesias a que hace referencia son la parroquia de Santo Tomás, la catedral y la capilla de Mosén Rubí.

[8] Es constante la alusión teresiana a que ella no habla por su lengua, sino inspirada por quien puede hacerlo. Es consciente de que se ha producido en ella un avance en la capacidad de comunicación literaria, íntimamente relacionado con sus progresos por la vía mística.

[9] *Tener cuenta:* «tener relación y confianza».

consuelo que se iguale a topar con quien le parece le ha dado el Señor principios de esto; que entonces no debía yo de tener mucho más, a lo que me parece, y plega al Señor lo tenga ahora.

6. Húbome grandísima lástima. Dijóme que uno de los mayores trabajos de la tierra era el que había padecido, que es contradición de buenos, y que todavía me quedaba harto; porque siempre tenía necesidad y no había en esta ciudad quien me entendiese; mas que él hablaría al que me confesaba y a uno de los que me daban más pena, que era este caballero casado que yo he dicho[10]; porque, como quien me tenía mayor voluntad, me hacía toda la guerra, y es alma temerosa y santa; y como me había visto tan poco había tan ruin, no acababa de asigurarse. Y ansí lo hizo el santo varón, que los[11] habló a entrambos y les dio causas y razones para que se asigurasen y no me inquietasen más. El confesor poco había menester, el caballero tanto, que aun no de el todo bastó, mas fue parte para que no tanto me amedrentase[12].

7. Quedamos concertados que le escribiese lo que me sucediese más de allí adelante, y de encomendarnos mucho a Dios; que era tanta su humildad, que tenía en algo las oraciones de esta miserable, que era harta mi confusión. Dejóme con grandísimo consuelo y contento, y con que tuviese la oración con siguridad y que no dudase que era Dios; y de lo que tuviese alguna duda, y por más siguridad, de todo diese parte a el confesor y con esto viviese sigura.

Mas tampoco podía tener esta siguridad de el todo, porque me llevaba el Señor por camino de temer, como creer que era demonio cuando me decían que lo era. Ansí que temor ni siguridad nadie podía que yo la tuviese de manera que les pudiese dar más crédito de el que el Señor ponía en mi alma. Ansí que, aunque me consoló y sosegó, no le di tanto crédito para quedar de el todo sin temor, en especial cuando el Señor me dejaba en los trabajos de alma que ahora diré. Con todo quedé —como digo— muy consolada. No me hartaba de dar gracias a Dios y al glorioso padre mío San José, que me pareció le había él traído porque era comisario general de la custodia

[10] Se refiere a Francisco de Salcedo, de quien ya habló antes.

[11] El confesor era el padre Baltasar Alvarez. Su criterio abierto y tolerante le hizo adoptar siempre una actitud comprensiva respecto a la santa.

[12] La actitud del caballero puede cotejarse por diversas informaciones de época. Véase nuestra Bibliografía.

de San José[13], a quien yo mucho me encomendaba y a Nuestra Señora.

8. Acaecíame algunas veces —y aún ahora me acaece aunque no tantas— estar con tan grandísimos trabajos de alma junto con tormentos y dolores de cuerpo, de males tan recios, que no me podía valerme[14]. Otras veces tenía males corporales más graves, y como no tenía los de el alma, los pasaba con mucha alegría; mas cuando era todo junto, era tan gran trabajo que me apretaba muy mucho. Todas las mercedes que me había hecho el Señor se me olvidaban; sólo quedaba una memoria, como cosa que se ha soñado, para dar pena; porque se entorpece el entendimiento de suerte que me hacía andar en mil dudas y sospecha, pareciéndome que yo no lo había sabido entender y que quizá se me antojaba y que bastaba que anduviese yo engañada sin que engañase a los buenos. Parecíame yo tan mala, que cuantos males y herejías les habían levantado, me parecía eran por mis pecados.

9. Esta es una humildad falsa que el demonio inventaba para desasosegarme y probar si puede traer el alma a desesperación. Tengo ya tanta espiriencia que es cosa del demonio, que, como ya ve que lo entiendo, no me atormenta en esto tantas veces como solía. Vese claro en la inquietud y desasosiego con que comienza, y el alboroto que da en el alma todo lo que dura, y la escuridad y afilción que en ella pone, la sequedad y mala dispusición para oración ni para ningún bien[15]; parece que ahoga el alma y ata el cuerpo para que de nada aproveche. Porque la humildad verdadera, aunque se conoce el alma por ruin y da pena ver lo que somos, y pensamos grandes encarecimientos de nuestra maldad tan grandes como los dichos, y se sienten con verdad, no viene con alboroto ni desasosiega el alma ni la escurece ni da sequedad;

---

[13] Se refiere a la semi-provincia franciscana que llevaba el nombre de este santo.

[14] *Que no me podía valerme.* Preferimos esta lectura, pese al pleonasmo, pues no da la impresión de que esté retocado el autógrafo en este punto, según piensan algunos editores. Más bien creemos que fray Luis prescindió del «me» por razones eufónicas, pero que es atribuible a la santa; por lo cual lo respetamos siguiendo la lectura de los padres Efrén y Steggink.

[15] Nótese la facilidad con que Teresa une términos distintos sin respetar muchas veces la mínima norma sintáctica. La utilización aquí de la conjunción «ni» es prueba de ello.

antes la regala y es todo al revés, con quietud, con suavidad, con luz. Pena que por otra parte conorta de ver cuán gran merced le hace Dios en que tenga aquella pena y cuán bien empleada es. Duélele lo que ofendió a Dios; por otra parte la ensancha su misericordia. Tiene luz para confundirse a sí y alaba a Su Majestad porque tanto la sufrió. En estotra humildad que pone el demonio no hay luz para ningún bien; todo parece lo pone Dios a fuego y a sangre. Represéntale la justicia, y aunque tiene fee que hay misericordia porque no puede tanto el demonio que la haga perder, es de manera que no me consuela, antes cuando mira tanta misericordia le ayuda a mayor tormento, porque me parece estaba obligada a más.

10. Es una invención del demonio de las más penosas y sutiles y disimuladas que yo he entendido de él; y ansí querría avisar a vuesa merced para que, si por aquí le tentare, tenga alguna luz y lo conozca, si le dejare el entendimiento para conocerlo. Que no piense que va en letras y saber, que, aunque a mí todo me falta, después de salida de ello bien entiendo es desatino. Lo que he entendido es que quiere y primite el Señor y le da licencia, como se la dio para que tentase a Job, aunque a mí —como a ruin— no es con aquel rigor.

11. Hame acaecido, y me acuerdo ser un día antes de la víspera de Corpus Christi, fiesta de quien yo soy devota[16], aunque no tanto como es razón. Esta vez duróme sólo hasta el día[17]; que otras dúrame ocho y quince días, y aun tres semanas, y no sé si más, y en especial las Semanas Santas, que solía ser mi regalo de oración, me acaece que coge de presto el entendimiento por cosas tan livianas a las veces, que otras me riera yo de ellas; y hácele estar trabucado en todo lo que él quiere y el alma aherrojada[18] allí, sin ser señora de sí ni poder pensar otra cosa más que los disbarates que él la representa,

---

16 *Fiesta de quien:* «fiesta de la que». Aunque en el siglo XVI «quien» se utiliza como singular y plural, para personas y para cosas, en este caso la explicación parece más clara: tal vez se trata de una personificación del Corpus Christi, que toma como un nombre propio de persona. Como si dijera: «San José, de quien soy muy devota.»

17 Es decir, «duróme hasta el día (del Corpus)», pues fue desde la víspera. No existe ambigüedad alguna. Para otros editores cabe la duda de si quiere decir que le duró «sólo un día» o «hasta el día del Corpus solamente».

18 En sentido literal, «prisionera entre hierros»; figuradamente significa aquí «oprimida», «subyugada».

que casi ni tienen tomo ni atan ni desatan; sólo ata para ahogar de manera el alma que no cabe en sí. Y es ansí que me ha acaecido parecerme que andan los demonios como jugando a la pelota con el alma, y ella que no es parte[19] para librarse de su poder. No se puede decir lo que en este caso se padece. Ella anda a buscar reparo y primite Dios no le halle; sólo queda siempre la razón del libre albedrío[20], no clara. Digo yo que debe ser casi atapados los ojos, como una persona que muchas veces ha ido por una parte, que, aunque sea noche y a escuras, ya por el tino pasado sabe a dónde se puede tropezar, porque lo ha visto de día, y guárdase de aquel peligro. Ansí es para no ofender a Dios, que parece se va por la costumbre. Dejemos aparte el tenerla el Señor[21], que es lo que hace al caso.

12. La fee está entonces tan amortiguada y dormida como todas las demás virtudes, aunque no perdida, que bien cree lo que tiene la Ilesia, mas pronunciado por la boca que parece por otro cabo la aprietan y entorpece, para que, casi como cosa que oyó de lejos, le parece conoce a Dios. El amor tiene tan tibio que, si oye hablar en Él, escucha como una cosa que cree ser el que es porque lo tiene la Ilesia; mas no hay memoria de lo que ha espirimentado en sí. Irse a rezar no es sino más congoja, u estar en soledad; porque el tormento que en sí siente sin saber de qué es incomportable; a mi parecer es un poco de traslado del infierno. Esto es ansí, sigún el Señor en una visión me dio a entender, porque el alma se quema en sí, sin saber quién ni por dónde le ponen fuego, ni cómo huir de él, ni con qué le matar. Pues quererse remediar con leer, es como si no supiese. Una vez me acaeció ir a leer una vida de un santo para ver si me embebería[22], y para consolarme de lo que él padeció, y leer cuatro u cinco veces otros tantos renglones y, con ser romance, menos entendía de ellos a la postre que al principio, y ansí lo dejé. Esto me acaeció muchas veces, sino que ésta se me acuerda más en particular.

13. Tener, pues, conversación con nadie es peor; porque un espíritu tan desgustado de ira pone el demonio, que parece a todos me querría comer, sin poder hacer más, y algo parece

---

19 Equivale a «no tiene capacidad», «no puede».

20 Expresión de sentido dudoso, que tal vez designe la fuerza de la razón que preside el libre ejercicio de la voluntad.

21 *Tenerla el Señor:* «sostenerla», «llevarla de su mano».

22 Así aparece en el autógrafo. Posiblemente un error material por «embebecía», ya utilizado otras veces por Teresa.

se hace en irme a la mano, o hace el Señor en tener de su mano a quien ansí está, para que no diga ni haga contra sus prójimos cosa que los perjudique y en que ofenda a Dios.

Pues ir al confesor, esto es cierto que muchas veces me acaecía lo que diré, que con ser tan santos como lo son los que en este tiempo he tratado y trato, me decían palabras y me reñían con una aspereza, que después que se las decía yo, ellos mesmos se espantaban, y me decían que no era más en su mano[23]; porque, aunque ponían muy por sí de no lo hacer otras veces, que se les hacía después lástima y aun escrúpulo, cuando tuviese semejantes trabajos de cuerpo y alma, y se determinaban a consolarme con piedad, no podían. No decían ellos malas palabras —digo en que ofendiesen a Dios— mas las más desgustadas que se sufrían para confesor[24]. Debían pretender mortificarme, y aunque otras veces me holgaba y estaba para sufrirlo, entonces todo me era tormento.

Pues dame también parecer que los engaño y iba a ellos y avisábalos muy a las veras que se guardasen de mí que podría ser los engañase. Bien vía yo que de advertencia no lo haría, ni les diría mentira, mas todo me era temor. Uno me dijo una vez, como entendió la tentación, que no tuviese pena, que aunque yo quisiese engañarle, seso tenía él para no dejarse engañar. Ésto me dio mucho consuelo[25].

14. Algunas veces —y casi ordinario— al menos lo más contino, en acabando de comulgar, descansaba, y aun algunas, en llegando a el Sacramento, luego a la hora quedaba tan buena, alma y cuerpo, que yo me espanto. No me parece sino que en un punto se deshacen todas las tinieblas del alma y, salido el sol, conocía las tonterías en que había estado. Otras con sólo una palabra que me decía el Señor, con sólo decir: —*«No estés fatigada; no hayas miedo»* (como ya dejo otra vez dicho) quedaba del todo sana u con ver alguna visión— como si no hubiera tenido nada. Regalábame con Dios, quejábame a Él cómo consentía tantos tormentos que padeciese[26]; mas ello era bien

---

[23] No es la primera vez que aparece este italianismo sintáctico. Quiere decir que no eran responsables de lo que decían, que el demonio lo hacía por ellos. Este «más» puramente expletivo es empleado por la santa en muchas ocasiones con función intensificadora.

[24] Es decir, para ser un confesor quien las decía. Se trata de una elipsis de las tan frecuentes en la autora.

[25] El padre Gracián anota en su libro: «P. Baltasar Álvarez.»

[26] Conociendo el estilo teresiano son posibles dos sentidos en esta frase: a) procedente de hipérbaton: «consentía que padeciese tantos

pagado, que casi siempre eran después en gran abundancia la mercedes. No me parece sino que sale el alma del crisol com el oro, más afinada y glorificada para ver en sí al Señor. Y ans se hacen después pequeños estos trabajos, con parecer incomportables, y se desean tornar a padecer, si el Señor se ha d servir más de ello. Y aunque haya más tribulaciones y persecuciones, como se pasen sin ofender al Señor, sino holgándose d padecerlo por Él, todo es para mayor ganancia, aunque com se han de llevar, no los llevo yo, sino harto imperfetamente

15. Otras veces me venían de otra suerte, y vienen, que d todo punto me parece se me quita la posibilidad de pensar cos buena ni desearla hacer, sino un alma y cuerpo del todo inúti y pesado; mas no tengo con esto estotras tentaciones y desasosiegos, sino un desgusto, sin entender de qué ni nada contenta el alma. Procuraba hacer buenas obras esteriores, para ocuparme medio por fuerza, y conozco bien lo poco que es un alm cuando se asconde la gracia. No me daba mucha pena, porqu este ver mi bajeza me daba alguna satisfación.

16. Otras veces me hallo que tampoco cosa formada pued pensar de Dios ni de bien que vaya con asiento, ni tene oración, aunque esté en soledad, mas siento que le conozco. E entendimiento y imaginación entiendo yo es aquí lo que m daña, que la voluntad buena me parece a mí que está dispuesta para todo bien; mas este entendimiento está ta perdido, que no parece sino un loco furioso que nadie le pued atar, ni soy señora de hacerle estar quedo un Credo[27]. Alguna veces me río y conozco mi miseria, y estoyle mirando y déjole ver qué hace; y, gloria a Dios, nunca por maravilla va a cos mala, sino indiferentes: si algo hay que hacer aquí y allí acullá. Conozco más entonces la grandísima merced que m hace el Señor cuando tiene atado este loco en perfeta contemplación. Miro qué sería si me viesen este desvarío las persona que me tienen por buena. He lástima grande a el alma de verl en tan mala compañía. Deseo verla con libertad, y ansí digo a Señor: —«¿Cuándo, Dios mío, acabaré ya de ver mi alma junt en vuestra alabanza, que os gocen todas las potencias?» ¡N

---

tormentos»; b) «Que», con valor final: «consentía tantos tormento que (para que) padeciese».

[27] Es decir, hacer que la imaginación esté en calma durante e tiempo que se tarda en rezar un credo. Nótese la paronomasia tere siana: *quedo... credo.*

primitais, Señor, sea ya más despedazada, que no parece sino que cada pedazo anda por su cabo!».

Esto paso muchas veces; algunas bien entiendo le hacer harto al cabo la poca salud corporal. Acuérdome mucho del daño que nos hizo el primer pecado, que de aquí me parece nos vino ser incapaces de gozar tanto bien en un ser[28], y deben ser los míos, que, si yo no hubiera tenido tantos, estuviera más entera en el bien.

17. Pasé también otro gran trabajo: que, como todos los libros que leía que tratan de oración me parecía los entendía todos y que ya me había dado aquello el Señor, que no los había menester, y ansí no los leía, sino vidas de santos, que, como yo me hallo tan corta en lo que ellos servían a Dios, esto parece me aprovecha y anima. Parecíame muy poca humildad pensar yo había llegado a tener aquella oración; y como no podía acabar conmigo otra cosa, dábame mucha pena, hasta que letrados y el bendito fray Pedro de Alcántara me dijeron que no se me diese nada. Bien veo yo que en el servir a Dios no he comenzado —aunque en hacerme Su Majestad mercedes es como a muchos buenos— y que estoy hecha una imperfeción, si no es en los deseos y en amar, que en esto bien veo me ha favorecido el Señor para que le pueda en algo servir. Bien me parece a mí que le amo, mas las obras me desconsuelan y las muchas imperfeciones que veo en mí.

18. Otras veces me da una bobería de alma —digo yo que es[29]— que ni bien ni mal me parece que hago, sino andar al hilo de la gente, como dicen: ni con pena ni con gloria, ni la da vida ni muerte, ni placer ni pesar[30]. No parece se siente nada. Paréceme a mí que anda el alma como un asnillo que pace, que se sustenta porque le dan de comer y come casi sin sentirlo; porque el alma en este estado no debe estar sin comer algunas grandes mercedes de Dios, pues en vida tan miserable no le

---

28 La expresión teresiana *en un ser* es plurisignificativa. Aquí parece quiere decir que se debe al pecado el que no podamos gozar con tranquilidad de las gracias contemplativas.

29 Son frecuentísimas, como sabemos, estas introducciones de la santa en el curso de su narración. No le importa cortarla cuando hace falta o cuando le parece que ha dicho una tontería para que se pueda atribuir a su poca formación, etc. Probable intento de disimular su origen converso, según hemos insistido.

30 Traslada aquí un dicho popular. Obsérvese el polisíndenton y la fusión de cotrarios.

pesa de vivir y lo pasa con igualdad, mas no se sienten movimientos ni efetos para que se entienda el alma.

19. Paréceme ahora a mí como un navegar con un aire muy sosegado, que se anda mucho sin entender cómo; porque en estotras maneras son tan grandes los efetos, que casi luego ve el alma su mijora; porque luego bullan [31] los deseos, y nunca acaba de satisfacerse un alma: esto tienen los grandes ímpetus de amor que he dicho a quien Dios los da. Es como unas fontecicas que yo he visto manar que nunca cesa de hacer movimiento el arena hacia arriba [32]. Al natural me parece este ejemplo u comparación de las almas que aquí llegan: siempre está bullendo el amor y pensando qué hará; no cabe en sí, como en la tierra parece no cabe aquel agua, sino que la echa de sí. Ansí está el alma muy ordinario, que no sosiega ni cabe en sí con el amor que tiene; ya la tiene a ella empapada en sí; querría bebiesen los otros, pues a ella no la hace falta, para que le ayudasen a alabar a Dios. ¡Oh, qué de veces me acuerdo del agua viva que dijo el Señor a la Samaritana!, y ansí soy muy aficionada a aquel Evangelio; y es ansí cierto, que sin entender como ahora esté bien, desde muy niña lo era, y suplicaba muchas veces a el Señor me diese aquel agua, y la tenía debujada adonde estaba siempre, con este letrero cuando el Señor llegó al pozo —*«Domine, da mihi aquam»* [33].

20. Parece también como un fuego que es grande y, para que no se aplaque, es menester haya siempre qué quemar. Ansí son las almas que digo; aunque fuese muy a su costa, querrían traer leña para que no cesase este fuego. Yo soy tal que, aun con pajas que pudiese echar en él, me contentaría; y ansí me acaece algunas muchas veces: unas me río y otras me fatigo mucho. El movimiento interior me incita a que sirva en algo —de que no soy para más— en poner ramitos y flores a imágenes, en barrer u en poner un oratorio, u en unas cositas tan bajas que me hacía confusión. Si hacía algo de penitencia,

---

[31] El autógrafo dice claramente *bullan,* aunque todos los editores han preferido —no sabemos por qué— «bulle». Alguno interpreta que la «a» estaba corregida en el original. No parece así.

[32] Obsérvese la comparación popular traída de la mano de su experiencia, literariamente irreprochable.

[33] La santa escribió *miqui* y *aquan.* Refiérese a San Juan, 4, 15. El padre Silverio recuerda la devoción de Teresa a este pasaje evangélico. En la habitación de estar de su padre se veneraba un cuadro que representaba este pasaje.

todo poco y de manera que, a no tomar el Señor la voluntad, vía yo era sin ningún tomo, y yo mesma burlaba de mí. Pues no tienen poco trabajo a ánimas que da Dios por su bondad este fuego de amor suyo en abundancia, faltar fuerzas corporales para hacer algo por Él. Es una pena bien grande; porque, como le faltan fuerzas para echar alguna leña en este fuego y ella muere porque no se mate, paréceme que ella entre sí se consume y hace ceniza y se deshace en lágrimas, y se quema, y es harto tomento, aunque es sabroso[34].

21. Alabe muy mucho a el Señor el alma que ha llegado aquí y le dé fuerzas corporales para hacer penitencia, u le dio letras y talentos y libertad para predicar y confesar y llegar almas a Dios[35]; que no sabe ni entiende el bien que tiene, si no ha pasado por gustar qué es no poder hacer nada en servicio del Señor y recibir siempre mucho. Sea bendito por todo y denle gloria los ángeles, amén.

22. No sé si hago bien de escribir tantas menudencias. Como vuesa merced me tornó a enviar a mandar que no se me diese nada de alargarme ni dejase nada, voy tratando con claridad y verdad lo que se me acuerda. Y no puede ser menos de dejarse mucho, porque sería gastar mucho más tiempo, y tengo tan poco como he dicho, y por ventura no sacar ningún provecho.

---

[34] Párrafo típicamente teresiano, complicado a su manera. No faltan las paradojas ni el polisíndeton. Podría tomarse como ejemplo de expresión literaria del misticismo.

[35] Utiliza *llegar* por «allegar» en el sentido clásico de «traer a».

CAPÍTULO XXXI

Trata de algunas tentaciones esteriores y representaciones que la hacía el demonio y tormentos que la daba. Trata también algunas cosas harto buenas para aviso de personas que van camino de perfeción.

1. Quiero decir, ya que he dicho algunas tentaciones y turbaciones interiores y secretas que el demonio me causaba, otras que hacía casi públicas en que no se podía inorar que era él.

2. Estaba una vez en un oratorio y aparecióme hacia el lado izquiedo, de abominable figura; en especial miré la boca, porque me habló, que la tenía espantable. Parecía le salía una gran llama del cuerpo, que estaba toda clara sin sombra. Díjome espantablemente que bien me había librado de sus manos, mas que él me tornaría a ellas. Yo tuve gran temor y santigüéme como pude y desapareció y tornó luego. Por dos veces me acaeció esto. Yo no sabía qué me hacer; tenía allí agua bendita y echélo hacia aquella parte y nunca más tornó.

3. Otra vez me estuvo cinco horas atormentando con tan terribles dolores y desasosiego interior y esterior, que no me parece se podía ya sufrir. Las que estaban conmigo estaban espantadas y no sabían qué se hacer, ni yo cómo valerme. Tengo por costumbre, cuando los dolores y mal corporal es muy intolerable, hacer atos como puedo entre mí suplicando a el Señor, si se sirve de aquello, que me dé Su Majestad paciencia y me esté yo ansí hasta el fin del mundo. Pues como esta vez vi el padecer con tanto rigor, remediábame con estos atos para

poderlo llevar, y determinaciones[1]. Quiso el Señor entendiese cómo[2] era el demonio, porque vi cabe mí un negrillo muy abominable, regañando como desesperado de que adonde pretendía ganar, perdía. Yo, como le vi, reíme y no hube miedo, porque había allí algunas conmigo que no se podían valer ni sabían qué remedio poner a tanto tormento, que eran grandes los golpes que me hacía dar, sin poderme resistir, con cuerpo y cabeza y brazos; y lo peor era el desasosiego interior, que de ninguna suerte podía tener sosiego. No osaba pedir agua bendita por no las poner miedo y porque no entendiesen lo que era.

4. De muchas veces tengo espiriencia que no hay cosa con que huyan más para no tornar. De la cruz también huyen, mas vuelven luego. Debe ser grande la virtud del agua bendita. Para mí es particular y muy conocida consolación que siente mi alma cuando la tomo. Es cierto que lo muy ordinario es sentir una recreación que no sabría yo darla a entender, como un deleite interior que toda el alma me conorta. Esto no es antojo ni cosa que me ha acaecido sola una vez, sino muy muchas, y mirando con gran advertencia. Digamos como si uno estuviese con mucho calor y sed y bebiese un jarro de agua fría, que parece todo él sintió el refrigerio. Considero yo qué gran cosa es todo lo que está ordenado por la Ilesia, y regálame mucho ver que tengan tanta fuerza aquellas palabras, que ansí la pongan en el agua, para que sea tan grande la diferencia que hace a lo que no es bendito[3].

5. Pues como no cesaba el tormento, dije: —«Si no se riesen, pediría agua bendita.» Trajéronmelo, echáronmelo a

---

[1] Hipérbaton: «actos y determinaciones para poderlo llevar (sobrellevar)». Obsérvese que la santa emplea siempre el verbo «llevar» en lugar de cada uno de sus compuestos.

[2] *Cómo:* «qué», completiva, interrogativa indirecta. Su uso venía ya regularizado en plenitud desde *El Corbacho* del Arcipreste de Talavera.

[3] Se cuentan múltiples anécdotas que dan fe de su confianza en el agua bendita como remedio eficaz contra los demonios. La madre Ana de Jesús refiere en el proceso de beatificación el mandato teresiano de que sus religiosas nunca fuesen desprovistas de agua bendita: «Llevábamos calabacilas de ella colgadas a la cinta, y así siempre quería la pusiéramos una en la suya». Nótese también la elipsis y el uso preposicional característico: *a lo que no es bendito.*

mí, y no aprovechaba[4]; echélo hacia donde estaba[5], y en un punto se fue y se me quitó todo el mal, como si con la mano me lo quitaran, salvo que quedé cansada como si me hubieran dado muchos palos. Hízome gran provecho ver que, aun no siendo un alma y cuerpo suyo, cuando el Señor le da licencia, hace tanto mal, ¿qué hará cuando él lo posea por suyo? Dióme de nuevo gana de librarme de tan ruin compañía.

6. Otra vez, poco ha, me aceció lo mesmo, aunque no duró tanto, y yo estaba sola. Pedí agua bendita, y las que entraron después que ya se habían ido[6] (que eran dos monjas bien de creer, que por ninguna suerte dijeran mentira), olieron un olor muy malo, como de piedra azufre. Yo no lo olí; duró de manera que se pudo advertir a ello.

Otra vez estaba en el coro y diome un gran ímpetu de recogimiento; fuime de allí porque no lo entendiesen, aunque cerca oyeron todas dar golpes grandes adonde yo estaba, y yo cabe mí oí hablar como que concertaban algo, aunque no entendí qué, habla gruesa[7]; mas estaba tan en oración, que no entendí cosa ni hube ningún miedo. Casi cada vez era cuando el Señor me hacía merced de que por mi persuasión se aprovechase algún alma.

Y es cierto que me acaeció lo que ahora diré (y de esto hay muchos testigos, en especial quien ahora me confiesa[8]), que lo vio por escrito en una carta; sin decirle yo quién era la persona cuya era la carta[9], bien sabía él quién era.

7. Vino una persona a mí que había dos años y medio que estaba en pecado mortal, de los más abominables que yo he

---

[4] Las concordancias pronominales de Santa Teresa en este texto son literales (cosa rara) y no *ad sensum,* pues dice «trajéronme*lo*» y «echáronme*lo*» (referidas ambas palabras al agua, en masculino como de costumbre).

[5] *Estaba:* se entiende el demonio.

[6] Entiéndese, de nuevo, los demonios (elipsis).

[7] En este texto cada editor puntúa de una forma, sin muchas razones para ello. Hay quien, incluso, confunde por completo la palabra y edita «fuese» en lugar de *gruesa.* Hasta aquí han llegado los despropósitos en este pasaje. La puntuación que adoptamos refleja —creemos— el pensamiento teresiano.

[8] Es posible que se refiera al padre Domingo Báñez, como piensa fray Tomás de la Cruz, pero no sería extraño tampoco que fuera al padre García de Toledo.

[9] Obsérvese el empleo de *cuya* con valor posesivo (uso clásico): «de quien era».

oído, y en todo este tiempo ni le confesaba ni se enmendaba, y decía misa. Y aunque confesaba otros, éste decía que cómo él había de confesar cosa tan fea. Y tenía gran deseo de salir de él, y no se podía valer a sí. A mí hízome gran lástima, y ver que se ofendía Dios[10] de tal manera me dio mucha pena. Prometíle de suplicar[11] mucho a Dios le remediase y hacer que otras personas lo hiciesen, que eran mijores que yo, y escribí a cierta persona que él me dijo podía dar las cartas[12]; y es ansí que a la primera se confesó; que quiso Dios (por las muchas personas muy santas que lo habían suplicado a Dios, que se lo había yo encomendado) hacer con esta alma esta misericordia, y yo, aunque miserable, hacía lo que podía con harto cuidado. Escribióme que estaba ya con tanta mijoría, que había días que no caía en él; mas que era tan grande el tormento que le daba la tentación, que parecía estaba en el infierno, sigún lo que padecía; que le encomendase a Dios. Yo lo torné a encomendar a mis hermanas, por cuyas oraciones debía el Señor hacerme esta merced, que lo tomaron muy a pechos[13]. Era persona que no podía nadie atinar en quién era. Yo supliqué a Su Majestad se aplacasen aquellos tormentos y tentaciones, y se viniesen aquellos demonios a atormentarme a mí, con que yo no ofendiese[14] en nada a el Señor. Es ansí que pasé un mes de grandísimos tormentos; entonces eran estas dos cosas que he dicho[15].

8. Fue el Señor servido que le dejaron a él; ansí me lo escribieron, porque yo le dije lo que pasaba en este mes. Tomó

---

10 Fray Tomás de la Cruz y E. Llamas añaden una «a» (se ofendía «a» Dios), que no aparece en el original, y hablan de haplografía. No lo creemos. Es una expresión muy repetia en Santa Teresa sin la preposición.

11 El empleo de «de» era frecuente en su momento en esta construcción y aún lo es en diversas zonas del dominio lingüístico hispánico: «vio de venir» (Andalucía).

12 Teresa se dirigía a él por medio de un tercero; de ahí la referencia a las cartas.

13 Utiliza la forma clásica *pechos* consolidada en esta expresión, que no es un plural. sino un singular terminado en -s derivado del nominativo neutro *pectus.* Posteriormente, y por identificarse con los plurales, se formó un singular regresivo: pecho (como en *corpus,* que dio primeramente «Cuerpos Christi...», singular).

14 Expresión con valor condicional muy frecuente en Santa Teresa, transcribible también por gerundio: «no ofendiendo».

15 Es decir, las dos intervenciones del diablo referidas antes.

fuerza su ánima y quedó de el todo libre, que no se hartaba de dar gracias a el Señor y a mí, como si yo hubiera hecho algo; sino que ya el crédito que tenía de que el Señor me hacía mercedes, le aprovechaba. Decía que cuando se vía muy apretado, leía mis cartas y se le quitaba la tentación, y estaba muy espantado de lo que yo había padecido y cómo se había librado él. Y aun yo me espanté y los sufriera otros muchos años por ver aquel alma libre. Sea alabado por todo, que mucho puede la oración de los que sirven a el Señor, como yo creo que lo hacen en esta casa estas hermanas; sino que, como yo lo procuraba, debían los demonios indinarse más conmigo, y el Señor por mis pecados lo primitía.

9. En este tiempo también una noche pensé me ahogaban; y como echaron mucha agua bendita, vi ir mucha multitud de ellos, como quien se va despeñando [16]. Son tantas veces las que estos malditos me atormentan y tan poco el miedo que yo ya les he, con ver que no se pueden menear si el Señor no les da licencia, que cansaría a vuesa merced y me cansaría si las dijese.

10. Lo dicho aproveche de que [17] el verdadero siervo de Dios se le dé poco de estos espantajos que éstos ponen para hacer temer; sepan que, a cada vez que se nos da poco de ellos, quedan con menos fuerza y el alma muy más señora. Siempre queda algún gran provecho, que por no alargar no lo digo. Sólo diré esto que me acaeció una noche de las Ánimas: estando en un oratorio, habiendo rezado un noturno y diciendo unas oraciones muy devotas —que están al fin de él— muy devotas, que tenemos en nuestro rezado se me puso sobre el libro para que no acabase la oración [18], yo me santigüé y fuese. Tornando a comenzar, tornóse. Creo fueron tres veces las que la comencé y, hasta que eché agua bendita, no pude acabar. Vi que salieron algunas ánimas del purgatorio en el instante, que debía faltarles poco, y pensé si pretendía estorbar esto. Pocas veces le he visto tomando forma y muchas sin ninguna forma, como la visión que sin forma se ve claro está allí, como he dicho.

---

[16] *Como quien se va despeñando.* Posible doble sentido: a) «irse despeñando» (valor durativo); b) «irse por entre las peñas».

[17] *De que:* «para que». Véase la gran variedad de usos de la partícula «de», especialmente tras verbos derivados de sustantivos.

[18] Se repite la expresión *muy devotas,* que aparece tachada en el original.

11. Quiero también decir esto, porque me espantó mucho. Estando una día de la Trinidad en cierto monesterio en el coro y en arrobamiento, vi una gran contienda de demonios contra ángeles. Yo no podía entender qué quería decir aquella visión. Antes de quince días se entendió bien en cierta contienda que acaeció entre gente de oración y muchos que no lo eran, y vino harto daño a la casa que era. Fue contienda que duró mucho y de harto desasosiego.

Otras veces vía mucha multitud de ellos en rededor de mí, y parecíame estar una gran claridad que me cercaba toda, y ésta no les consentía llegar a mí[19]. Entendí que me guardaba Dios para que no llegasen a mí de manera que me hiciesen ofenderle. En lo que he visto en mí algunas veces, entendí que era verdadera visión. El caso es que ya tengo entendido su poco poder, si yo no soy contra Dios, que casi ningún temor los tengo; porque no son nada sus fuerzas si no ven almas rendidas a ellos y cobardes, que aquí muestran ellos su poder[20]. Algunas veces en las tentaciones que ya dije me parecía que todas las vanidades y flaquezas de tiempos pasados tornaban a despertar en mí, que tenía bien que encomendarme a Dios. Luego era el tormento de parecerme que, pues venían aquellos pensamientos, que debía ser todo demonio, hasta que me sosegaba el confesor; porque aun[21] primer movimiento de mal pensamiento me parecía a mí no había de tener quien tantas mercedes recibía del Señor.

12. Otras veces me atormentaba mucho y aún ahora me atormenta ver que se hace mucho caso de mí (en especial personas principales), y de que decían mucho bien; en esto he pasado y paso mucho. Miro luego a la vida de Cristo y de los santos, y parécenme que voy al revés, que ellos no iban sino por desprecio e injurias; háceme andar temerosa y como que no oso alzar la cabeza ni querría parecer, lo que no hago cuando

---

19 Se repite la cláusula con la ligera variante de «estar» y «estaba», posiblemente por distracción.

20 Aparece en el autógrafo la siguiente anotación del padre Báñez: «San Gregorio, en *Los morales,* dice del demonio que es hormiga y león. Biene a este propósito bien.» En efecto, así aparece en P. L. 75, 700-701, comentando el libro de Job; Teresa leyó el libro y quedó grabada en su memoria esta idea.

21 Unos editores dicen «a un» pretendiendo aclarar el sentido de la frase. No es tal, ya que en el autógrafo dice claramente *an,* variante teresiana de «aun». En este caso significa «ni siquiera».

tengo persecuciones: anda el alma tan señora, aunque el cuerpo lo siente y por otra parte ando afligida, que yo no sé cómo esto puede ser; mas pasa ansí, que entonces parece esta alma en su reino y que lo trae todo debajo de los pies. Dábame algunas veces[22], y duróme hartos días, y parecía era virtud y humildad por una parte, y ahora veo claro era tentación. Un fraile dominico, gran letrado, me lo declaró bien. Cuando pensaba que estas mercedes que el Señor me hace se habían de venir a saber en público, era tan ecesivo el tormento, que me inquietaba mucho el alma. Vino a términos que, considerándolo, de mejor gana me parece me determinaba a que me enterraran viva que por esto; y ansí, cuando me comenzaron estos grandes recogimientos u arrobamientos a no poder resistirlos[23] aun en público, quedaba yo después tan corrida que no quisiera parecer adonde nadie me viera.

13. Estando una vez muy fatigada de esto, me dijo el Señor que qué temía, que en esto no podía sino haber dos cosas: o que mormurasen de mí, u alabarle a Él[24]. Dando a entender que los que lo creían, le alabarían, y los que no, era condenarme sin culpa, y que entrambas cosas eran ganancia para mí; que no me fatigase. Mucho me sosegó esto y me consuela cuando se me acuerda. Vino a términos la tentación, que me quería ir de este lugar y dotar en otro monesterio muy más encerrado que en el que yo al presente estaba, que había oído decir muchos estremos de él. Era también de mi orden, y muy lejos, que esto es lo que a mí me consolara: estar adonde no me conocieran; y nunca mi confesor me dejó[25].

---

22 En el último miembro oracional está implícito el sujeto: *dábame algunas veces... esta tentación; cuando pensaba que...*

23 Nótese la presencia del pronombre catafórico «los» bastante usual en el lenguaje teresiano. La construcción parece aquí del todo descuidada.

24 Palabras literales de *Las morales in Job,* de San Gregorio, VI, capítulo IV, 16.

25 Se han formulado diversas hipótesis sobre esta afirmación teresiana. El padre Silverio seguía a quienes creyeron que Santa Teresa pensó retirarse a un convento de Flandes o Bretaña, apoyándose en testimonios del padre Federico de San Antonio y otros. Hoy parece, por el contrario, mucho más verosímil la opinión del padre Efrén, que piensa se refiere al convento de la Encarnación de Valencia, que había sido fundado en el año 1502 por el maestro Mercader, y que gozaba de gran prestigio.

14. Mucho me quitaban la libertad de el espíritu estos temores, que después vine yo a entender no era buena humildad, pues tanto inquietaba, y me enseñó el Señor esta verdad: que si yo tan determinada u cierta estuviera, que no era ninguna cosa buena mía, sino de Dios, que ansí como no me pesaba de oír loar a otras personas, antes me holgaba y consolaba mucho de ver que allí se mostraba Dios, que tampoco me pesaría mostrase en mí sus obras.

15. También di en otro estremo, que fue suplicar a Dios (y hacía oración particular), que cuando alguna persona le pareciese algo bien en mí, que Su Majestad le declarase mis pecados, para que viese cuán sin mérito mío me hacía mercedes, que esto deseo yo siempre mucho. Mi confesor me dijo que no hiciese; mas hasta ahora poco ha, si vía yo que una persona pensaba de mí bien mucho, por rodeos u como podía, le daba a entender mis pecados, y con esto parece descansaba. También me han puesto mucho escrúpulo en esto.

16. Procedía esto no de humildad, a mi parecer, sino de una tentación venían muchas[26]. Parecíame que a todos los traía engañados y, aunque es verdad que andan engañados en pensar que hay algún bien en mí, no era mi deseo engañarlos, ni jamás tal pretendí, sino que el Señor por algún fin lo primite; y ansí, aun con los confesores, si no viera era necesario, no tratara ninguna cosa, que se me hiciera gran escrúpulo. Todos estos temorcillos y penas y sombra de humildad entiendo yo ahora era[27] harta imperfeción y de no estar mortificada; porque un alma dejada en las manos de Dios no se la da más que digan bien que mal, si ella entiende bien, bien entendido —como el Señor quiere hacerle merced que lo entienda— que no tiene nada de sí. Fíese de quien se lo da, que sabrá por qué le descubre, y aparéjese a la persecusión, que está cierta en los tiempos de ahora, cuando de alguna persona quiere el Señor se entienda que la hace semejantes mercedes; porque hay mil ojos para un alma de éstas adonde para mil almas de otra hechura no hay ninguno[28].

---

[26] La construcción es tan elíptica que a veces cuesta entender: «sino que de una...».

[27] Concuerda en singular «era» con el conjunto de lo expresado. *Harta imperfeción* es sujeto y no atributo, según la formulación teresiana.

[28] Alusión muy concreta a la Inquisición y, en general, a todo el ambiente de vigilancia opresiva del momento.

17. A la verdad, no hay poca razón de temer, y éste debía ser mi temor, y no humildad, sino pusilanimidad[29]; porque bien se puede aparejar un alma que ansí primite Dios que ande en los ojos del mundo, a ser mártir de el mundo, porque si ella no se quiere morir a él, el mesmo mundo los matará[30]. No veo, cierto, otra cosa en él que bien me parezca sino no consentir faltas en los buenos que a poder de mormuraciones no las perfecione. Digo que es menester más ánimo para, si uno no está perfeto, llevar camino de perfeción, que para ser de presto mártires. Porque la perfeción no se alcanza en breve, si no es a quien el Señor quiere por particular privilegio hacerle esta merced. El mundo, en viéndole comenzar, le quiere perfeto, y de mil leguas le entiende una falta que por ventura en él es virtud, y quien le condena usa de aquello mesmo por vicio y ansí lo juzga en el otro. No ha de haber comer ni dormir ni, como dicen, resolgar; y mientras en más le tienen, más deben olvidar que aún se están en el cuerpo, por perfeta que tangan el alma; viven aún en la tierra sujetos a sus miserias, aunque más la tengan debajo de los pies. Y ansí, como digo, es menester gran ánimo, porque la pobre alma aún no ha comenzado a andar, y quiérenla que vuele. Aún no tiene vencidas las pasiones y quieren que en grandes ocasiones estén tan enteras[31], como ellos leen estaban los santos después de confirmados en gracia.

Es para alabar a el Señor lo que en esto pasa, y aun para lastimar mucho el corazón; porque muy muchas almas tornan atrás que no saben las pobrecitas valerse, y ansí creo hiciera la mía, si el Señor tan misericordiosamente no lo hiciera todo de su parte; y hasta que por su bondad lo puso todo, ya verá vuesa merced que no ha habido en mí sino caer y levantar.

18. Querría saberlo decir, porque creo se engañan aquí muchas almas que quieren volar antes que Dios les dé alas. Ya creo he dicho otra vez esta comparación[32], mas viene bien aquí. Trataré esto, porque veo algunas almas muy afligidas por esta

---

[29] Curioso cultismo en medio de un léxico popular y concreto.

[30] El padre Silverio lee «la matará», contradiciendo el original, donde se lee claramente *los*. Casi todos los editores (menos Efrén y Tomás) siguen esta lectura errada, que proviene de fray Luis de León.

[31] Se sobreentiende «almas». Violenta transición de singular a plural.

[32] En efecto, las ha repetido en el capítulo 18, 14; en el 20, 22 y con menos claridad en el 22, 13.

causa.Como comienzan con grandes deseos y hervor y determinación de ir adelante en la virtud y algunas, cuanto al esterior, todo lo dejan por Él, como ven en otras personas que son más crecidas [33], cosas muy grandes de virtudes que les da el Señor, que no nos la podemos nosotros tomar, ven en todos los libros que están escritos de oración y contemplación poner cosas que hemos de hacer para subir a esta dinidad, que ellos no las pueden luego acabar consigo, desconsuélanse; como es: un no se nos dar nada que digan mal de nosotros, antes tener mayor contento que cuando dicen bien; una poca estima de honra; un desasimiento de sus deudos que, si no tiene oración, no los querría tratar, antes le cansan; otras cosas de esta manera muchas [34], que, a mi parecer, las ha de dar Dios, porque me parece son ya bienes sobrenaturales u contra nuestra natural inclinación. No se fatiguen; esperen en el Señor, que lo que ahora tienen en deseos Su Majestad hará que lleguen a tenerlo por obra, con oración, y haciendo de su parte lo que es en sí; porque es muy necesario para este nuestro flaco natural tener gran confianza y no desmayar ni pensar que, si nos esforzamos, dejaremos de salir con vitoria.

19. Y porque tengo mucha espiriencia de esto, diré algo para aviso de vuesa merced [35]: no piense, aunque le parezca que sí, que está ya ganada la virtud, si no la espirimenta con su contrario [36], y siempre hemos de estar sospechosos y no descuidarnos mientras vivimos; porque mucho se nos pega luego, si —como digo— no está ya dada de el todo la gracia para conocer lo que es todo, en esta vida nunca hay todo sin muchos peligros [37]. Parecíame a mí, pocos años ha, que no sólo no estaba asida a mis deudos, sino que me cansaban; y era cierto ansí, que su conversación no podía llevar. Ofrecióse cierto negocio de harta importancia, y hube de estar con una hermana mía

---

33 En virtud y en perfección, se entiende.

34 Hipérbaton: «muchas otras cosas de esta manera».

35 Aquí vuelve a tomar como interlocutor preciso al padre García de Toledo, para orientarle con su experiencia en el camino espiritual.

36 Es decir, si no lo prueba en ocasiones contrarias. Reminiscencia de la filosofía escolástica, muy difundida todavía en los ambientes religiosos: *contraria contrariis curantur.*

37 Dice más literariamente lo que repite el refranero: «quien algo quiere, algo le cuesta». Es un juego de palabras: «si no está ya dada del todo la gracia, para conocer lo que es todo (cada cosa), y en esta vida nunca hay todo sin muchos peligros».

a quien yo quería muy mucho antes; y, puesto que en la conversación, aunque ella es mijor que yo, no me hacía con ella[38] porque, como tiene diferente estado, que es casada, no puede ser la conversación siempre en lo que yo la querría y lo más que podía me estaba sola, vi que me daban pena sus penas más harto que de prójimo, y algún cuidado[39]. En fin, entendí de mí que no estaba tan libre como yo pensaba, y que aún había menester huir la ocasión para que esta virtud que el Señor me había comenzado a dar fuese en crecimiento, y ansí con su favor lo he procurado hacer siempre después acá.

20. En mucho se ha tener una virtud cuando el Señor la comienza a dar, y en ninguna manera ponernos en peligro de perderla. Ansí es en cosas de honra y en otras muchas; que crea vuesa merced que no todos los que pensamos estamos desasidos del todo, lo están[40], y es menester nunca descuidar en esto. Y cualquiera persona que sienta en sí algún punto de honra, si quiere aprovechar, créame y dé tras este atamiento, que es una cadena que no hay lima que la quiebre, si no es Dios con oración y hacer mucho de nuestra parte. Paréceme que es una ligadura para este camino, que yo me espanto el daño que hace.

Veo algunas personas santas en sus obras, que las hacen tan grandes que espantan las gentes. ¡Válame Dios! ¿Por qué está aún en la tierra esta alma? ¿Cómo no está en la cumbre de la perfeción? ¿Qué es esto? ¿Quién detiene a quien tanto hace por Dios?[41] ¡Oh, que tiene un punto de honra![42] Y lo peor que tiene es que no quiere entender que le tiene, y es porque algunas veces le hace entender el demonio que es obligado a tenerle.

21. Pues créanme —¡crean por amor de el Señor a esta hormiguilla que el Señor quiere que hable!— que si no quitan

---

[38] Es decir, «no me acababa de entender».

[39] Se han recordado siempre los buenos servicios que prestaron a Teresa su hermana Juana y su cuñado Juan de Ovalle para la fundación de San José.

[40] Obsérvese el cambio brusco de sujeto: «lo estamos». Frase poco clara si no se entiende así.

[41] Esta frase fue añadida por la santa en la parte superior del papel.

[42] Expresión muy de época para referirse a la «honrilla». Ya sabemos lo que supone la «honra» en el pensamiento teresiano. (Véase nuestra Introducción.)

esta oruga, que ya que a todo el árbol no dañe, porque algunas otras virtudes quedarán, mas todas carcomidas. No es árbol hermoso, sino que él no medra, ni aun deja medrar a los que andan cabe él; porque la fruta que da de buen ejemplo no es nada sana; poco durará. Muchas veces lo digo, que por poco que sea el punto de honra, es como en el canto de órgano, que un punto u compás que se yerre disuena toda la música. Y es cosa que en todas partes hace harto daño a el alma, mas en este camino de oración es pestilencia.

22. Andas procurando juntarte con Dios por unión, y queremos seguir sus [43] consejos de Cristo, cargado de injurias y testimonios, ¿y queremos muy entera nuestra honra y crédito? No es posible llegar allá, que no van por un camino. Llega el Señor a el alma, esforzándonos nosotros y procurando perder de nuestro derecho en muchas cosas. Dirán algunos:: «no tengo en qué, ni se me ofrece»; yo creo que quien tuviere esta determinación que no querrá el Señor pieda tanto bien; Su Majestad ordenará tantas cosas en que gane esta virtud que no quiera tantas. Manos a la obra.

23. Quiero decir las naderías y poquedades que yo hacía cuando comencé, u algunas de ellas: las pajitas que tengo dichas pongo en el fuego, que no soy yo para más. Todo lo recibe el Señor; sea bendito por siempre.

Entre mis faltas tenía ésta: que sabía poco de rezado [44] y de lo que había de hacer en el coro y cómo lo regir, de puro descuidada y metida entre otras vanidades, y vía a otras novicias que me podían enseñar. Acaecíame no les preguntar, porque no entendiesen yo sabía poco. Luego se pone delante el buen ejemplo. Esto es muy ordinario. Ya que Dios me abrió un poco los ojos, aun sabiéndolo, tantito [45] que estaba en duda, lo preguntaba a las niñas [46]. Ni perdí honra ni crédito; antes quiso el Señor, a mi parecer, darme después más memoria.

Sabía mal cantar. Sentía tanto si no tenía estudiando [47] lo

---

43 Reiteración pleonástica: «*sus* consejos de *Cristo*».

44 Se trata del Oficio que habían de rezar diariamente las monjas.

45 «Tan pronto», «en cuanto tenía una mínima duda.» Frase expresiva. Algún editor ha interpretado «tantito» como una forma aferética por «instantito». No hay que llegar a tanto, pues el diminutivo teresiano tiene el valor apuntado en otros varios lugares.

46 *Niñas:* «monjas jóvenes».

47 Construcción de gerundio hoy inexistente; emplearíamos el participio «estudiado». Debe ser un simple error material, o bien el sentido de «obtenía estudiando».

que me encomendaban (y no por el hacer falta delante del Señor, que esto fuera virtud, sino por las muchas que me oían), que de puro honrosa me turbaba tanto, que decía muy menos de lo que sabía[48]. Tomé después por mí, cuando no lo sabía muy bien, decir que no lo sabía. Sentía harto a los principios, y después gustaba de ello y es ansí que comencé a no se me dar nada de que se entendiese no lo sabía, que lo decía muy mijor y que la negra honra me quitaba supiese hacer esto que yo tenía por honra, que cada uno la pone en lo que quiere[49].

24. Con estas naderías, que no son nada —y harto nada soy yo, pues esto me daba pena— de poco en poco se van haciendo con atos[50]; y cosas poquitas como éstas, que en ser hechas por Dios les da Su Majestad tomo, ayuda Su Majestad para cosas mayores. Y ansí en cosas de humildad me acaecía que, de ver que todas se aprovechaban sino yo —porque nunca fui para nada— de que se iban del coro, coger todos los mantos[51]. Parecíame servía a aquellos ángeles que allí alababan a Dios; hasta que —no sé cómo— vinieron a entenderlo, que no me corrí yo poco, porque no llegaba mi virtud a querer que entendiesen estas cosas y no debía ser por humilde, sino porque no se riesen de mí, como eran tan nonada[52].

25. ¡Oh, Señor mío, qué vergüenza es ver tantas maldades, y contar unas arenitas, que aún no las levantaba de la tierra por vuestro servicio, sino que todo iba envuelto en mil miserias! No manaba aún el agua debajo de estas arenas de vuestra gracia, para que las hiciese levantar[53]. ¡Oh, Criador mío, quién tuviera alguna cosa que contar entre tantos males, que fuera de tomo, pues cuento las grandes mercedes que he

---

48 *Honrosa:* «puntillosa», «pundonorosa». No sería muy ajena a esto su constitución nerviosa.

49 Estamos ante un tema de época cuyas ramificaciones en la vida diaria, en el teatro y en otras manifestaciones artísticas no hay por qué encarecer.

50 Algunos editan «con actos» (fray Tomás); los restantes «conatos». Preferimos la primera lectura.

51 El sentido sería: «me sucedía que, viendo que todas aprovechaban excepto yo, cuando las religiosas se iban del coro, yo recogía los mantos».

52 «Puesto que eran tan poca cosa.»

53 Hipérbaton forzado: «no manaba aún el agua de vuestra gracia debajo de estas arenas».

recibido de Vos! Es ansí, Señor mío, que no sé cómo puede sufrirlo mi corazón ni cómo podrá quien esto leyere dejarme de aborrecer, viendo tan mal servidas tan grandísimas mercedes y que no he vergüenza de contar estos servicios, ¡en fin, como míos! Sí tengo[54], Señor mío; mas el no tener otra cosa que contar de mi parte, me hace decir tan bajos principios para que tenga esperanza quien los hiciere grandes, que, pues éstos parece ha tomado el Señor en cuenta, los tomará mijor[55]. Plega a Su Majestad me dé gracia para que no esté siempre en principios. Amén.

---

54 *Sí tengo* (se entiende «vergüenza»).
55 Los del otro.

CAPÍTULO XXXII

En que trata cómo quiso el Señor ponerla en espíritu en un lugar de el infierno que tenía por sus pecados merecido. Cuenta una cifra[1] de lo que allí se le representó para lo que fue. Comienza a tratar la manera y modo cómo se fundó el monesterio, adonde ahora está, de San Josef.

1. Después de mucho tiempo que el Señor me había hecho ya muchas de las mercedes que he dicho y otras muy grandes, estando un día en oración me hallé en un punto[2] toda, sin saber cómo, que me parecía estar metida en el infierno. Entendí que quería el Señor que viese el lugar que los demonios allá me tenían aparejado[3], y yo merecido por mis pecados. Ello fue en brevísimo espacio, mas aunque yo viviese muchos años, me parece imposible olvidárseme. Parecíame la entrada a manera de un callejón muy largo y estrecho, a manera de horno muy bajo y escuro y angosto[4]. El suelo me pareció de

---

[1] Es decir, un resumen o muestra en comparación de lo que fue.

[2] «En un instante.» Se refiere a las experiencias místicas que ha contado poco antes.

[3] «Preparado», «dispuesto»; aquí, con el sentido más concreto de «reservado».

[4] Plasticidad descriptiva; para intensificar recurre a la reiteración léxica y al polisíndeton.

un agua como lodo muy sucio y de pestilencial olor, y muchas sabandijas malas en él. A el cabo estaba una concavidad metida en una pared, a manera de una alacena, adonde me vi meter en mucho estrecho[5]. Todo esto era deleitoso a la vista en comparación de lo que allí sentí. Esto que he dicho va mal encarecido[6].

2. Estotro me parece que aun principio de encarecerse cómo es, no le puede haber ni se puede entender[7]; mas sentí un fuego en el alma que yo no puedo entender cómo poder decir de la manera que es, los dolores corporales tan incomportables que, con haberlos pasado en esta vida gravísimos y, sigún dicen los médicos, los mayores que se pueden acá pasar (porque fue encogérseme todos los nervios cuando me tullí, sin otros muchos de muchas maneras que he tenido y aun algunos, como he dicho, causados del demonio[8]) no es todo nada en comparación de lo que allí sentí, y ver que habían de ser sin fin y sin jamás cesar. Esto no es, pues, nada en comparación del agonizar del alma, un apretamiento, un ahogamiento, una afleción tan sentible[9] y con tan desesperado y afligido descontento, que yo no sé cómo lo encarecer. Porque decir que es un estarse siempre arrancando el alma, es poco; porque ahí parece que otro os acaba la vida; mas aquí el alma mesma es la que se despedaza. El caso es que yo no sé cómo encarezca aquel fuego interior y aquel desesperamiento sobre tan gravísimos tormentos y dolores. No vía yo quién me los daba, y más sentíame quemar y desmenuzar, a lo que me parece, y digo que aquel fuego y desesperación interior es lo peor.

3. Estando en tan pestilencial lugar, tan sin poder esperar

---

[5] Es decir, en un lugar muy estrecho, en un estrechamiento o angostura muy grande.

[6] Probablemente tuvo lugar esta visión en agosto de 1560; hacía, pues, cuando esto escribía, seis años. Su impresión fue tan grande como queda aquí reflejada.

[7] *Estotro* es lo que ahora va a referir, por contraposición al *esto* de la frase anterior que ha referido. El sentido viene a ser: «lo que ahora voy a referir me parece que ni siquiera puede comenzar a ser ponderado».

[8] Había hablado de ello en el capítulo 6, núms. 1 y 2, y, más específicamente respecto al demonio, en los capítulos 30 y 31.

[9] Así aparece escrito por la santa, *afleción* por «aflicción» y «*sentible*» por «sensible». Esta última es considerada por Silverio como «palabra muy expresiva y muy castellana». No era extraña en el siglo XVI.

consuelo, no hay sentarse ni el echarse[10], ni hay lugar, aunque me pusieron en éste como agujero hecho en la pared; porque estas paredes, que son espantosas a la vista, aprietan ellas mesmas, y todo ahoga. No hay luz, sino todo tinieblas escurísimas. Yo no entiendo cómo puede ser esto, que, con no haber luz, lo que a la vista ha de dar pena todo se ve.

No quiso el Señor entonces viese más de todo el infierno; después he visto otra visión de cosas espantosas, de algunos vicios el castigo[11]. Cuanto a[12] la vista, muy más espantosos me parecieron; mas como no sentía la pena, no me hicieron tanto temor; que en esta visión quiso el Señor que verdaderamente yo sintiese aquellos tormentos y aflición en el espíritu[13], como si el cuerpo lo estuviera padeciendo. Yo no sé cómo ello fue, mas bien entendí ser gran merced y que quiso el Señor yo viese por vista de ojos[14] de dónde me había librado su misericordia; porque no es nada oírlo decir, ni haber yo otras veces pensado en diferentes tormentos, aunque pocas (que por temor no se llevaba bien mi alma), ni que los demonios atenazan, ni otros diferentes tormentos que he leído, o es nada con esta pena[15] porque es otra cosa. En fin, como de debujo a la verdad, y el quemarse acá es muy poco en comparación de este fuego de allá.

4. Yo quedé tan espantada, y aún lo estoy ahora escribiéndolo, con que ha casi seis años[16], y es ansí que me parece el calor natural me falta del temor, aquí adonde estoy; y ansí no me acuerdo vez que tengo trabajo ni dolores, que no me parezca nonada todo de lo que acá se puede pasar; y ansí me parece en parte que nos quejamos sin propósito. Y ansí torno a decir que fue una de las mayores mercedes que el Señor me ha

---

[10] «No hay posibilidad de sentarse o echarse» (elipsis).

[11] Un hipérbaton de pura intención literaria. Teresa es más dada al recurso de lo que se cree: «el castigo de algunos vicios».

[12] *Cuanto a:* «en cuanto a». Omisión y a veces confusión de partículas.

[13] Nótese cómo fluctúa la transcripción de las vocales por Santa Teresa. Aquí dice el original, con toda claridad, *aflición;* poco antes decía «afleción».

[14] La expresión *por vista de ojos* es muy teresiana: «con mis propios ojos». Aquí se intensifica con la derivación: *viese... vista,* recurso usual.

[15] De nuevo la elipsis: «no es nada en comparación con esta pena».

[16] En efecto, hacía ya casi seis años; por tanto, como antes dijimos, debe ser fechado en 1560.

hecho; porque me ha aprovechado muy mucho, ansí para perder el miedo a las tribulaciones y contradiciones de esta vida, como para esforzarme a padecerlas, y dar gracias al Señor que me libró, a lo que ahora me parece, de males tan perpétuos y terribles.

5. Después acá, como digo, todo me parece fácil en comparación de un momento que se haya de sufrir lo que yo en él allí padecía. Espántame cómo habiendo leído muchas veces libros adonde se da algo a entender de las penas de el infierno, cómo no las temía ni tenía[17] en lo que son. ¿Adónde estaba?, ¿cómo me podía dar cosa descanso de lo que me acarreaba ir a tan mal lugar? Seáis bendido, Dios mío, por siempre. Y, ¡cómo se ha parecido[18] que me queríades Vos mucho más a mí que yo me quiero! ¡Qué de veces, Señor, me libraste de cárcel tan temerosa, y cómo me tornaba yo a meter en ella contra vuestra voluntad!

6. De aquí también gané la grandísima pena que me da las muchas almas que se condenan (de estos luteranos en especial, porque eran ya por el bautismo miembros de la Ilesia), y los ímpetus grandes de aprovechar almas, que me parece, cierto, a mí que, por librar una sola de tan gravísimos tormentos, pasaría yo muchas muertes muy de buena gana. Miro que, si vemos acá una persona que bien queremos en especial, con un gran trabajo u dolor, parece que nuestro mesmo natural nos convida a compasión, y si es grande, nos aprieta a nosotros. Pues ver a un alma para sin fin en el sumo trabajo de los trabajos, ¿quién lo ha de poder sufrir? No hay corazón que lo lleve sin gran pena. Pues acá, con saber que, en fin, se acabará con la vida, y que ya tiene término, aun nos mueve a tanta compasión, estotro que no le tiene[19], no sé cómo podemos sosegar viendo tantas almas como lleva cada día el demonio consigo.

7. Esto también me hace desear que, en cosa que tanto importa, no nos contentemos con menos de hacer todo lo que pudiéremos de nuestra parte; no dejemos nada, y plega a el

---

[17] Véase la paronomasia, recurso muy frecuente. Otros editores confunden el texto y le hacen decir «temía ni temía».

[18] El verbo «parecer» equivale muy frecuentemente en el lenguaje teresiano a «evidenciar», «poner de manifiesto». Así sucederá en los capítulos 35 y 36.

[19] Se entiende «término» o «fin».

Señor sea servido de darnos gracia para ello. Cuando yo considero que, aunque era tan malísima, traía algún cuidado de servir a Dios y no hacía algunas cosas que veo que, como quien no hace nada, se las tragan en el mundo, y, en fin, pasaba grandes enfermedades y con mucha paciencia, que me la daba el Señor; no era inclinada a mormurar, ni a decir mal de nadie, ni me parece podía querer mal a nadie, ni era codiciosa, ni envidia jamás me acuerdo tener, de manera que fuese ofensa grave de el Señor, y otras algunas cosas, que, aunque era tan ruin, traía temor de Dios lo más contino; y[20] veo a dónde me tenían ya los demonios aposentada, y es verdad que, sigún mis culpas, aún me parece merecía más castigo. Mas con todo, digo que era terrible tormento, y que es peligrosa cosa contentarnos, ni traer sosiego ni contento el alma que anda cayendo a cada paso en pecado mortal; sino que por amor de Dios nos quitemos de las ocasiones, que el Señor nos ayudará como ha hecho a mí. Plega a Su Majestad que no me deje de su mano para que yo torne a caer, que ya tengo visto adónde he de ir a parar. No lo primita el Señor, por quien Su Majestad es, amén.

8. Andando yo (después de haber visto esto, y otras grandes cosas y secretos que el Señor, por quien es, me quiso mostrar, de la gloria que se dará a los buenos y pena a los malos) deseando modo y manera en que pudiese hacer penitencia de tanto mal y merecer algo para ganar tanto bien, deseaba huir de gentes y acabar ya de todo en todo[21], apartarme del mundo. No sosegaba mi espíritu, mas no desasosiego inquieto, sino sabroso[22]. Bien se vía que era Dios y que le había dado Su Majestad a el alma calor para digerir[23] otros manjares más gruesos de los que comía.

9. Pensaba qué podría hacer por Dios, y pensé que lo primero para siguir el llamamiento que Su Majestad me había hecho a relisión, guardando mi regla con la mayor perfeción que pudiese; y aunque en la casa donde estaba había muchas

---

[20] De nuevo la conjunción copulativa se utiliza con valor adversativo: «y sin embargo», «y pese a todo».

[21] Es decir, «por completo».

[22] Calificativo típico del lenguaje místico, con paradoja, aliteración y derivación incluidas *(sosegaba..., desasosiego, sabroso)*.

[23] Hay aquí una oscilación consonántica idéntica a la que se produce en «relisión» «ilesia». El sentido del término es «digerir» y no «desistir», como piensan bastantes editores.

siervas de Dios y era harto servido en ella, a causa de tener gran necesidad salían las monjas muchas veces a partes, adonde con toda honestidad y relisión podíamos estar; y también no estaba fundada en su primer rigor la regla, sino guardábase conforme a lo que en toda la Orden, que es con bula de relaxación[24]; y también otros inconvenientes, que me parecía a mí tenía mucho regalo, por ser la casa grande y deleitosa. Mas este inconveniente de salir, aunque yo era la que mucho lo usaba, era grande para mí ya, porque algunas personas, a quien los perlados[25] no podían decir de no, gustaban estuviese yo en su compañía, e importunados, mandábanmelo; y ansí, sigún se iba ordenando, pudiera poco estar en el monesterio, porque el demonio en parte debía ayudar para que no estuviese en casa, que todavía, como comunicaba con algunas lo que los que me trataban me enseñaban, hacíase gran provecho.

10. Ofrecióse una vez estando con una persona[26], decirme a mí y a otras[27] que si no seríamos para ser monjas de la manera de las Descalzas, que aun posible era poder hacer un monesterio. Yo, como andaba en estos deseos, comencélo a tratar con aquella señora mi compañera viuda que ya he dicho que tenía el mesmo deseo. Ella comenzó a dar trazas para darle renta, que ahora veo yo que no llevaban mucho camino y el deseo que de ellos teníamos nos hacía parecer que sí. Mas yo, por otra parte, como tenía también grandísimo contento en la casa que estaba[28], porque era muy a mi gusto y la celda en que estaba,

---

24 Promulgada por Eugenio IV el 15 de febrero de 1432. Se trata de la Bula *Romani Pontificis.* Para una información más completa véase *Tiempo y Vida,* cit.

25 Vulgarismo muy frecuente en Teresa.

26 Todos los biógrafos coinciden en que se trata de María de Ocampo, hija de Diego de Cepeda y Beatriz de la Cruz, primos de Santa Teresa. Fue muy pronto conocida por la santa, que se propuso llevarla consigo y, en efecto, profesó en el reformado monasterio de San José.

27 Se trata, como se deduce fácilmente, de un grupo de iniciadas con quienes trataba la santa en su celda del convento de la Encarnación. Se conocen los nombres de varias de ellas: Beatriz y Leonor de Cepeda, Inés de Tapia, Juana Juárez, etc. Este episodio fue descrito con todo detalle por María de San José, gran escritora y discípula de Santa Teresa. Tomás de la Cruz afirma en su edición (pág. 364) que las descalzas a cuyo ejemplo iba a hacerse el nuevo monasterio reformado eran las Descalzas Reales de Madrid.

28 Se refiere al monasterio de la Encarnación, donde disponía de

hecha muy a mi propósito, todavía me detenía. Con todo, concertamos de encomendarlo mucho a Dios.

11. Habiendo un día comulgado, mandóme mucho Su Majestad lo procurase con todas mis fuerzas, haciéndome grandes promesas de que no se dejaría de hacer el monesterio, y que se serviría mucho en él, y que se llamase San Josef, y que a la una puerta nos guardaría él, y nuestra Señora la otra, y que Cristo andaría con nosotras, y que sería una estrella que diese de sí gran resplandor, y que, aunque las relisiones[29] estaban relajadas, que no pensase se servía poco en ellas, que qué sería del mundo si no fuese por los relisiosos. Que dijese a mi confesor esto me mandaba, y que le rogaba Él que no fuese contra ello ni me lo estorbase.

12. Era esta visión con tan grandes efetos, y de tal manera esta habla que me hacía el Señor, que yo no podía dudar que era Él. Yo sentí grandísima pena, porque en parte se me representaron los grandes desasosiegos y trabajos que me había de costar; y cómo estaba tan contentísima en aquella casa; que, aunque antes lo trataba, no era con tanta determinación ni certidumbre que sería. Aquí parecía se me ponía premio[30], y, como vía comenzaba cosa de gran desasosiego, estaba en duda de lo que haría; mas fueron muchas veces las que el Señor me tornó a hablar en ello, poniéndome delante tantas causas y razones que yo vía ser claras y que era su voluntad, que ya no osé hacer otra cosa, sino decirlo a mi confesor, y dile por escrito todo lo que pasaba[31].

13. El no osó determinadamente decirme que lo dejase, mas vía que no llevaba camino conforme a razón natural, por haber poquísima y casi ninguna posibilidad en mi compañera, que era la que lo había de hacer. Díjome que lo tratase con mi prelado, y que lo que él hiciese, eso hiciese yo. Yo no trataba estas visiones con el prelado, sino aquella señora trató con él que quería hacer este monesterio; y el provincial[32] vino muy

---

una hermosa celda y de facilidades y comodidad muy superiores a las que ella deseaba.

[29] Con *relisiones* se refiere a las órdenes religiosas. Algún editor confunde el término y dice «relaciones».

[30] Es decir, «en las palabras del Señor». La forma *premio* es aferética popular por «apremio».

[31] Alude al padre Baltasar Álvarez, a quien escribió esta relación, probablemente en 1560. De ella nada se conserva.

[32] No se ponen de acuerdo los estudiosos de la santa sobre este

bien en ello, que es amigo de toda relisión, y dióle todo el favor que fue menester, y díjole que él admitiría la casa: trataron de la renta que había de tener, y nunca queríamos fuesen más de trece[33] por muchas causas.

Antes que lo comenzásemos a tratar, escribimos al santo fray Pedro de Alcántara todo lo que pasaba, y aconsejónos que no lo dejásemos de hacer, y diónos su parecer en todo.

14. No se hubo comenzado a saber por el lugar, cuando[34] no se podrá escribir en breve la gran persecución que vino sobre nosotras, los dichos, las risas, el decir que era disbarate: a mí, que bien me estaba en mi monesterio; a la mi compañera, tanta persecución, que la traían fatigada. Yo no sabía qué me hacer; en parte me parecía que tenían razón. Estando ansí muy fatigada encomendándome a Dios, comenzó Su Majestad a consolarme y animarme. Díjome que aquí vería lo que habían pasado los santos que habían fundado las relisiones, que muchas más persecuciones tenía por pasar de las que yo podía pensar; que no se nos diese nada. Decíame algunas cosas que dijese a mi compañera, y lo que más me espantaba yo es que luego quedábamos consoladas de lo pasado, y con ánimo para resistir a todos. Y es ansí que de gente de oración y todo, en fin, el lugar no había casi persona que entonces no fuese contra nosotras, y le pareciese grandísimo disbarate[35].

15. Fueron tantos los dichos y el alboroto de mi mesmo monesterio, que a el provincial le parecía recio ponerse contra todo, y ansí mudó el parecer y no la quiso admitir. Dijo que la renta no era sigura y que era poca y que era mucha la contradición; y en todo parece tenía razón y, en fin, lo dejó y

---

nombre. Gracián anotó en su ejemplar: el padre Ángel de Salazar, que, en efecto, fue Provincial desde 1560. El padre Silverio y otros creen se trata del padre Gregorio Fernández.

33 En diversos lugares proclama Teresa este número como ideal para sus conventos *(Camino de perfección,* 4, 7; *Fundaciones,* 1, 1; *Modo de visitar,* 27-28 y en numerosas cartas). Sin embargo, con posterioridad, cambió de idea y elevó el número de monjas de cada convento (veáse fray Tomás de la Cruz, *loc. cit.,* pág. 367).

34 Es decir, «apenas se comenzó a saber».

35 Se ha historiado con todo detalle este episodio. El padre Silverio recuerda cómo el asunto llegó a ser tema de los predicadores abulenses, que hablaron desaforadamente contra la reforma y su autora; en una ocasión incluso en presencia de la propia Teresa, que sonreía tranquilamente al ser objeto de todas las miradas. En el proceso de canonización deponen varios testigos sobre este hecho concreto.

no lo quiso admitir. Nosotras, que ya parecía teníamos recibidos los primeros golpes, dionos muy gran pena; en especial me la dio a mí de ver a el provincial contrario, que, con quererlo él, tenía yo disculpa con todos. A la mi compañera ya no la querían absolver si no lo dejaba, porque decían era obligada a quitar el escándalo[36].

16. Ella fue a un gran letrado, muy gran siervo de Dios, de la Orden de Santo Domingo a decírselo, y darle cuenta de todo[37]. Esto fue aun antes que el provincial lo tuviese dejado, porque en todo lugar no teníamos quien nos quisiese dar parecer; y ansí decían que sólo era por nuestras cabezas[38]. Dio esta señora relación de todo y cuenta de la renta que tenía de su mayorazgo a este santo varón, con harto deseo nos ayudase, porque era el mayor letrado que entonces había en el lugar, y pocos más en su Orden[39]. Yo le dije todo lo que pensábamos hacer y algunas causas; no le dije cosa de revelación ninguna, sino las razones naturales que me movían, porque no quería yo nos diese parecer sino conforme a ellas. Él nos dijo que le diésemos de término ocho días para responder, y que si estábamos determinadas a hacer lo que él dijese. Yo le dije que sí; mas aunque yo esto decía y me parece lo hiciera (porque no vía camino por entonces de llevarlo adelante[40]), nunca jamás se me quitaba una siguridad de que se había de hacer. Mi

---

[36] Véanse particularmente las biografías de Papasogli, Marcele Auclair y *Tiempo y Vida,* cit.

[37] Se trata del fray Pedro Ibáñez, tal como anota Gracián (no confundir con el padre Báñez); había nacido en Calahorra e ingresado en la Orden de Santo Domingo en 1539. Fue profesor de teología en Ávila y Valladolid; su intervención en los conflictos y dificultades de Santa Teresa fue siempre muy positiva.

[38] *Por nuestras cabezas:* «por nuestra testarudez o capricho, por salirnos con la nuestra».

[39] Es decir, pocos más letrados. Consta también que Teresa consultó su determinación con fray Luis Beltrán. En una carta escrita a Santa Teresa en 1560 le dice: «El negocio sobre el que me pedís parecer, es tan del servicio del Señor (que), he querido encomendárselo en mis pobres oraciones y sacrificios, y esta ha sido la causa de tardar en responderos. Ahora digo, en nombre del mismo Señor, que os animéis para tan grande empresa, que Él os ayudará y favorecerá..., etcétera.» Escrita en Valencia y firmada por fray Luis Beltrán. Viene citada en la *Crónica del Carmen,* tomo I, libro I, cap. 36, núm. 3.

[40] Esta frase aparece tachada en el original. Hasta fecha muy reciente ningún editor se había atrevido a incluirla, pues su lectura es

compañera tenía más fee; nunca ella, por cosa que le dijesen, se determinaba a dejarlo.

17. Yo, aunque como digo me parecía imposible dejarse de hacer, de tal manera creo ser verdadera la revelación como no vaya contra lo que está en la Sagrada Escritura, u contra las leyes de la Ilesia que somos obligadas a hacer[41]..., porque, aunque a mí verdaderamente me parecía era de Dios, si aquel letrado me dijera que no lo podíamos hacer sin ofenderle y que íbamos contra conciencia, paréceme luego me apartara de ello y buscara otro medio; mas a mí no me daba el Señor sino éste.

Decíame después este siervo de Dios que lo había tomado a cargo con toda determinación de poner mucho en que nos apartásemos de hacerlo, porque ya había venido a su noticia el clamor del pueblo, y también le parecía desatino, como a todos, y en sabiendo habíamos ido a él, le envió avisar un caballero que mirase lo que hacía; que no nos ayudase; y que, en comenzando[42] a mirar en lo que nos había de responder y a pensar en el negocio y el intento que llevábamos y manera de concierto y relisión, se le asentó ser muy en servicio de Dios, y que no había de dejar de hacerse. Y ansí nos respondió nos diésemos priesa a concluirlo, y dijo la manera y traza que se había de tener, y aunque la hacienda era poca, que algo se había de fiar de Dios; que quien lo contradijese fuese a él, que él respondería, y ansí siempre nos ayudó, como después diré[43].

18. Con esto fuimos muy consoladas y con que algunas personas santas, que nos solían ser contrarias, estaban ya más aplacadas, y algunas nos ayudaban. Entre ellas era el caballero santo[44] de quien ya he hecho mención que, como lo es y le pareció llevaba camino de tanta perfeción, por ser todo nuestro fundamento en oración, aunque los medios le parecían muy dificultosos y sin camino, rendía su parecer a que podía ser cosa de Dios, que el mesmo Señor le debía mover. Y ansí hizo

---

muy problemática, por no decir imposible. Fray Tomás de la Cruz y los padres Efrén y Steggink creen haber leído bien. Caben muchas dudas, sin embargo.

[41] No está claro el sentido ni la puntuación. La frase queda en suspenso. Tal vez quiso decir que «si bien le parecía imposible que no se realizase su fundación, no tenía, en cambio, tanta fe como su amiga».

[42] *En comenzando:* «tan pronto como comenzó».

[43] Se referirá a ello en los capítulos 35 (4-6) y 36 (23).

[44] Se refiere a Francisco de Salcedo.

a el maestro, que es el clérigo siervo de Dios que dije que había hablado primero[45], que es espejo de todo el lugar como persona que le tiene Dios en él para remedio y aprovechamiento de muchas almas, y ya venía en ayudarme en el negocio[46]. Y estando en estos términos y siempre con ayuda de muchas oraciones y teniendo comprada ya la casa en buena parte, aunque pequeña; mas de esto a mí no se me daba nada, que me había dicho el Señor que entrase como pudiese, que después yo vería lo que Su Majestad hacía, y ¡cuán bien que lo he visto! y ansí, aunque vía ser poca la renta, tenía creído el Señor lo había por otros medios de ordenar y favorecernos[47].

---

[45] Es decir, el maestro Daza.

[46] O sea, «ya estaba de acuerdo en...».

[47] Nótese, de nuevo, el hipérbaton y elipsis: «el Señor lo había de ordenar y había de favorecernos.»

CAPÍTULO XXXIII

Procede en la misma materia de la fundación del glorioso San Josef. Dice cómo le mandaron que no entendiese en ella y el tiempo que lo dejó y algunos trabajos que tuvo, y cómo la consolaba en ellos el Señor.

1. Pues estando los negocios en este estado y tan al punto de acabarse que otro día se habían de hacer las escrituras, fue cuando el padre provincial nuestro mudó parecer. Creo fue movido por ordenación divina, sigún después ha parecido; porque, como las oraciones eran tantas, iba el Señor perfecionando la obra, y ordenando que se hiciese de otra suerte. Como él no lo quiso admitir, luego mi confesor me mandó no entendiese más en ello[1], con que sabe el Señor los grandes trabajos y afliciones que hasta traerlo a aquel estado me había costado. Como se dejó y quedó ansí, confirmose más ser todo disbarate de mujeres, y a crecer la mormuración sobre mí, con habérmelo mandado hasta entonces mi provincial[2].

---

[1] Tendrían lugar los sucesos que aquí se refieren a finales de 1560 ó 1561, ya que por aquellas fechas un confesor se negaba a darle la absolución. Aquí sigue refiriéndose como tal al padre Baltasar Álvarez.

[2] Nótese el poco aprecio que tiene la santa de la mujer en general cuando habla despectivamente de *disbarate de mujeres.* La expresión «con + infinitivo» tiene en el texto valor concesivo: «pese a habérmelo mandado.»

2. Estaba muy malquista[3] en todo mi monesterio, porque quería hacer monesterio más encerrado. Decían que las afrentaba, que allí podía también servir a Dios, pues había otras mijores que yo, que no tenía amor a la casa, que mejor era procurar renta para ella que para otra parte. Unas decían que me echasen en la cárcel[4], otras, bien pocas, tornaban algo de mí[5]. Yo bien vía que en muchas cosas tenían razón, y algunas veces dábalas discuento[6], aunque, como no había de decir lo principal (que era mandármelo[7] el Señor) no sabía qué hacer, y ansí callaba. Otras hacíame el Señor muy gran merced que todo esto no me daba inquietud, sino con tanta facilidad y contento lo dejé como si no me hubiera costado nada. Y esto no lo podía nadie creer, ni aun las mesmas personas de oración que me trataban; sino que pensaban estaba muy penada y corrida; y aun mi mesmo confesor no lo acababa de creer. Yo, como me parecía que había hecho todo lo que había podido, parecíame no era más obligada para lo que me había mandado el Señor, y quedábame en la casa que yo estaba, muy contenta y a mi placer. Aunque jamás podía dejar de creer que había de hacerse, yo no había ya medio, ni sabía cómo ni cuándo, mas teníalo muy cierto.

3. Lo que mucho me fatigó fue una vez que mi confesor, como si yo hubiera hecho cosa contra su voluntad (también debía el Señor querer que de aquella parte que más me había de doler no me dejase de venir trabajo) y ansí en esta multitud de persecuciones que a mí me parecía había de venirme de él el consuelo, me escribió que ya vería que era todo sueño en lo que había sucedido[8], que me enmendase de ahí adelante en no

---

[3] *Malquista:* «despreciada». La construcción de «estar» con este adjetivo no es muy frecuente.

[4] Obsérvese el valor que tiene aquí la preposición «en», muy próximo a uno de sus varios sentidos en latín, no conservado después por el castellano en esta acepción concreta. Se ha hablado de una celda oscura, todavía conservada en el monasterio de la Encarnación, donde solían cumplirse ciertas penas.

[5] Es decir, «me apoyaban».

[6] Entiéndese «dar cuenta o razón en disculpa»; es decir, la santa defendía su personal conducta.

[7] *Mandármelo:* «habérmelo mandado». Se trataría de un uso no del todo correcto de infinitivo de presente por infinitivo de pasado.

[8] El sentido de la frase, muy recargada, sería: «me fatigó que mi confesor me dijo por escrito que me convencería por mí misma de que todo era un sueño».

querer salir con nada ni hablar más en ello[9], pues vía el escándalo que había sucedido, y otras cosas, todas para dar pena. Esto me la dio mayor que todo junto, pareciéndome si había sido yo ocasión y tenido culpa en que se ofendiese; y que, si estas visiones eran ilusión, que toda la oración que tenía era engaño, y que yo andaba muy engañada y perdida. Apretóme esto en tanto estremo, que estaba toda turbada y con grandísima aflición. Mas el Señor, que nunca me faltó en todos estos trabajos que he contado, hartas veces me consolaba y esforzaba —que no hay para qué lo decir aquí—. Me dijo entonces que no me fatigase, que yo había mucho servido a Dios y no ofendídole en aquel negocio; que hiciese lo que me mandaba el confesor en callar por entonces, hasta que fuese tiempo de tornar a ello. Quedé tan consolada y contenta, que me parecía todo nada[10] la persecución que había sobre mí.

4. Aquí me enseñó el Señor el grandísimo bien que es pasar trabajos y persecuciones por Él; porque fue tanto el acrecentamiento que vi en mi alma de amor de Dios y otras muchas cosas, que yo me espantaba; y esto me hace no poder dejar de desear trabajos. Y las otras personas pensaban que estaba muy corrida, y sí estuviera si el Señor no me favoreciera en tanto estremo con merced tan grande. Entonces me comenzaron más grandes los ímpetus de amor de Dios que tengo dicho, y mayores arrobamientos, aunque yo callaba y no decía a nadie estas ganancias. El santo varón dominico[11] no dejaba de tener por tan cierto como yo que se había de hacer; y como yo no quería entender en ello, por no ir contra la obediencia de mi confesor, negociábalo él con mi compañera y escribían a Roma y daban trazas[12].

5. También comenzó aquí el demonio, de una persona en otra, procurar[13] se entendiese que había yo visto alguna reve-

---

9 *Más en ello:* «más de ello». La santa utiliza sistemáticamente «hablar en» por el actual «hablar de», como se ha visto.

10 Se refuerza la negación en la expresión *todo nada,* al colocar los dos términos antitéticos. Quiere decir que le parecía «absolutamente nada la persecución que contra ella había».

11 Se trata de fray Pedro Ibáñez, de quien ya se ha hablado, capítulo 32, núm. 16.

12 Dar *trazas*: «organizar los aspectos materiales», «tramitar», «disponer lo necesario».

13 Omite la santa, como de costumbre, la preposición «a». Es una más de sus frecuentes haplografías.

lación en este negocio; e iban a mí con mucho miedo a decirme que andaban los tiempos recios y que podría ser me levantasen algo y fuesen a los inquisidores[14]. A mí me cayó esto en gracia y me hizo reír, porque en este caso jamás yo temí, que sabía bien de mí que en cosa de la fee contra la menor ceremonia de la Ilesia que alguien viese yo iba, por ella u por cualquier verdad de la Sagrada Escritura me pornía yo a morir mil muertes[15]. Y dije que de eso no temiesen, que harto mal sería para mi alma si en ella hubiese cosa que fuese de suerte que yo temiese la Inquisición; que si pensase había para qué, yo me la iría a buscar, y que si era levantado, que el Señor me libraría y quedaría con ganancia. Y tratélo con este padre mío dominico, que —como digo— era tan letrado que podía bien asigurar con lo que él me dijese; y díjele entonces todas las visiones y modo de oración y las grandes mercedes que me hacía el Señor, con la mayor claridad que pude, y supliquéle lo mirase muy bien y me dijese si había algo contra la Sagrada Escritura, y lo que de todo sentía[16]. Él me asiguró mucho, y a mi parecer le hizo provecho; porque, aunque él era muy bueno, de allí adelante se dio mucho más a la oración y se apartó en un monesterio de su Orden, donde hay mucha soledad, para mejor poder ejercitarse

---

14 Es de las pocas veces en que la santa se refiere tan directamente a la Inquisición. No olvidemos las circunstancias concretas por las que atravesaba el país. Habían surgido varios focos de iluminismo en Castilla y Extremadura, así como importantes núcleos de protestantes en Valladolid y Sevilla. Apenas dos años antes se había iniciado el famoso proceso del arzobispo toledano fray Bartolomé de Carranza, encarcelado por el Santo Oficio. Ese mismo año habían tenido lugar tres famosos autos, donde fueron condenados sacerdotes, religiosos, y religiosas. Las recomendaciones de vigilancia extrema respecto al dogma contaban con la inflexibilidad y autoritarismo del inquisidor Valdés. Todo ello hace más que justificadas estas frases de Santa Teresa.

15 Dice la santa que se expondría por ello a morir mil muertes. Obsérvese el empleo del verbo «poner» por uno de sus compuestos y la derivación intensificadora del acusativo interno *morir... muerte.*

16 Parece que Teresa le dio por escrito una relación de todos sus avatares espirituales. Algún crítico ha identificado esta relación con la primera *Cuenta de conciencia.* Enrique Llamas no acaba de decidirse, aunque reconoce que ambos documentos están escritos por las mismas fechas. Un cotejo de su texto con el dictamen redactado por el padre Ibáñez podría aclarar algo el problema.

en esto, adonde estuvo más de dos años[17], y sacóle de allí la obediencia —que sintió harto— porque le hubieron menester, como era persona tal[18].

6. Yo en parte sentí mucho cuando se fue, aunque no se lo estorbé, por la grande falta que me hacía; más entendí su ganancia, porque estando con harta pena de su ida, me dijo el Señor que me consolase y no la tuviese, que bien guiado iba. Vino tan aprovechada su alma de allí y tan adelante en aprovechamiento de espíritu, que me dijo, cuando vino, que por ninguna cosa quisiera haber dejado de ir allí. Y yo también podía decir lo mismo; porque lo que antes me asiguraba y consolaba con solas sus letras, ya lo hacía también con la espiriencia de espíritu, que tenía harta de cosas sobrenaturales; y trájole Dios a tiempo que vio Su Majestad había de ser menester para ayudar a su obra de este monesterio que quería Su Majestad se hiciese.

7. Pues estuve en este silencio y no entendiento ni hablando en este negocio cinco u seis meses, y nunca el Señor me lo mandó. Yo no entendía qué era la causa, mas no se me podía quitar del pensamiento que se había de hacer. Al fin de este tiempo, habiéndose ido de aquí el retor que estaba en la Compañía de Jesús, trajo Su Majestad aquí otro muy espiritual y de grande ánimo y entendimiento y buenas letras, a tiempo que yo estaba con harta necesidad[19]; porque, como el que me confesaba tenía superior, y ellos tienen esta virtud en estremo de no se bullir[20] sino conforme a la voluntad de su mayor,

---

[17] Se refiere al convento de Trianos (León), donde murió el 2 de febrero de 1565. Su significación en la vida espiritual de Santa Teresa es muy importante, en especial por el decisivo «dictamen» aprobatorio del modo de proceder de la santa en unos momentos especialmente conflictivos.

[18] Es decir, puesto que era hombre de tales cualidades.

[19] Se trata del padre Gaspar de Salazar, que llegó a Ávila el 9 de abril de 1561 para sustituir a Rodrigo Vázquez. Salazar es una personalidad también muy significativa en la vida de Santa Teresa, como se desprende de este capítulo. Nacido en Toledo en 1529, jesuita desde 1552, permaneció en Ávila pocos meses, pero, pese a su corta estancia, ayudó mucho a la reforma teresiana. La autora no lo olvidó, según se desprende de los encendidos elogios que le dedica en el epistolario.

[20] Es decir, «de no comportarse», «manifestarse», etc. Repárese en la utilización de un vocablo concreto en un sentido abstracto, típicamente teresiana.

aunque él entendía bien mi espíritu y tenía deseo de que fuese muy adelante, no se osaba en algunas cosas determinar[21] por hartas causas que para ello tenía. Y ya mi espíritu iba con ímpetus tan grandes que sentía mucho tenerle atado y, con todo, no salía de lo que me mandaba.

8. Estando un día con gran aflición de parecerme el confesor no me creía, díjome el Señor que no me fatigase, que presto se acabaría aquella pena. Yo me alegré mucho pensando que era que me había de morir presto, y traía mucho contento cuando se me acordaba. Después vi claro era la venida de este retor que digo, porque aquella pena nunca más se ofreció en qué la tener, a causa de que el retor que vino no iba a la mano al ministro que era mi confesor; antes le decía que me consolase y que no había de qué temer y que no me llevase por camino tan apretado, que dejase obrar el espíritu de el Señor, que a veces parecía con estos grandes ímpetus no le quedaba al alma cómo resolgar.

9. Fueme a ver este retor, mandóme el confesor tratase con él con toda libertad y claridad. Yo solía sentir grandísima contradición en decirlo; y es ansí que, en entrando en el confisorio[22], sentí en mi espíritu un no sé qué, que antes ni después no me acuerdo halo[23] con nadie sentido, ni yo sabré decir cómo fue, ni por comparaciones podría. Porque fue un gozo espiritual y un entender mi alma que aquel alma la había de entender, y que conformaba con ella, aunque —como digo— no entiendo cómo; porque si le hubiera hablado o me hubieran dado grandes nuevas de él, no era mucho darme gozo en entender que había de entenderme; mas ninguna palabra él a mí ni yo a él nos habíamos hablado, ni era persona de quien

---

21 *Determinar:* «decidir», «atreverse». El vocablo tiene una connotación de vigor o valentía todavía perceptible en su utilización regional. La palabra no debió ser muy conocida para algunos editores, que la escriben «de terminar».

22 *Confisorio:* «confesonario». Puede tratarse, como piensa fray Tomás, de un error material, ya que siempre escribe «confisionario» o «confesionario».

23 Así dice claramente el autógrafo. La mayoría de los editores interpretan que se trata de un error material (omitir una sílaba) y dicen «haberlo». No estamos muy seguros de ello. Podría interpretarse, tal vez con mejor sentido, que se trata de una simple fluctuación vocálica *halo* por «helo»; así la frase tendrá perfecto sentido y el estilo sería típicamente teresiano.

yo tenía antes ninguna noticia. Después he visto bien que no se engañó mi espíritu, porque de todas maneras ha hecho gran provecho a mí y a mi alma tratarle; porque su trato es mucho para personas que ya parece el Señor tiene ya muy adelante, porque él las hace correr y no ir paso a paso. Y su modo es para desasirlas de todo y mortificarlas, que en esto le dio el Señor grandísimo talento, también como en otras muchas cosas.

10. Como le comencé a tratar, luego entendí su estilo y vi ser un alma pura, santa y con don particular de el Señor para conocer espíritus. Consoléme mucho. Desde a poco que le trataba, comenzó el Señor a tornarme a apretar que tornase a tratar el negocio del monesterio y que dijese a mi confesor y a este retor muchas razones y cosas para que no me lo estorbasen; y algunas[24] los hacía temer, porque este padre retor nunca dudó en que era espíritu de Dios, porque con mucho estudio y cuidado miraba los efetos. En fin de muchas cosas, no se osaron atrever a estorbármelo[25].

11. Tornó mi confesor a darme licencia que pusiese en ello todo lo que pudiese. Yo bien vía el trabajo a que me ponía, por ser muy sola y tener poquísima posibilidad. Concertamos se tratase con todo secreto, y ansí procuré que una hermana mía[26] que vivía fuera de aquí comprase la casa, y la labrase como que era para sí, con dineros que el Señor dio por algunas vías para comprarla, que sería largo de contar cómo el Señor lo fue proveyendo, porque yo traía gran cuenta en no hacer cosa contra obediencia; mas sabía que, si lo decía a mis perlados, era todo perdido, como la vez pasada, y aun ya

---

[24] Se sobreentiende «veces» o «razones».

[25] *En fin de muchas cosas,* es decir, «después de otros muchos detalles que no cuento». Nótese también en esta frase la reiteración léxica *no se osaron atrever.* El padre Ribera, en su *Vida*, proporciona bastantes datos para ilustrar este pasaje: «Vino el Ministro a entender la voluntad de Dios de esta manera. Dijo un día nuestro Señor a la madre Teresa de Jesús: Di a tu confesor que tenga mañana su meditación sobre este verso: *¡quam magnificata sunt opera tua, Domine!; nimis profundae factae sunt cogitationes tuae»,* que son palabras del *Salmo* 91... Él lo hizo así, y... tan claramente vio por aquello lo que Dios quería, meditando en aquel verso..., que luego la dijo que no debía de dudar más, sino que volviese a tratar de veras de la fundación del monasterio.» *(Vida de Santa Teresa,* L. I, capítulo 14, cit. fray Tomás de la Cruz, pág. 380.)

[26] Se trata de Juana de Ahumada, que vivía con su esposo en Alba de Tormes.

fuera peor. En tener los dineros, en procurarlo, en concertarlo y hacerlo labrar, pasé tantos trabajos y algunos bien a solas; aunque mi compañera hacía lo que podía, mas podía poco, y tan poco que era casi nonada más de hacerse en su nombre y con favor, y todo el más trabajo era mío, de tantas maneras, que ahora me espanto cómo lo pude sufrir. Algunas veces afligida decía: —«Señor mío ¿cómo me mandáis cosas que parecen imposibles? Que, aunque fuera mujer, ¡si tuviera libertad!...; mas atada por tantas partes, sin dineros, ni de adónde los tener, ni para Breve, ni para nada, ¿qué puedo yo hacer, Señor?»

12. Una vez estando en una necesidad que no sabía qué me hacer ni con qué pagar unos oficiales, me apareció San Josef, mi verdadero padre y señor, y me dio a entender que no me faltarían, que los concertase; y ansí lo hice sin ninguna blanca[27], y el Señor, por maneras que se espantaban los que lo oían, me proveyó[28]. Hacíaseme la casa muy chica, porque lo era tanto, que no parece llevaba camino ser monesterio, y quería comprar otra (ni había con qué ni había manera para comprarse, ni sabía qué me hacer) que estaba junto a ella, también harto pequeña, para hacer la Ilesia; y acabando un día de comulgar, díjome el Señor: —«*Ya te he dicho que entres como pudieres.*» Y a manera de exclamación también me dijo: —«*¡Oh codicia del género humano, que aun tierra piensas que te ha de faltar! ¿Cuántas veces dormí yo al sereno por no tener adonde me meter?*» Yo quedé muy espantada y vi que tenía razón, y voy a la casita y tracéla y hallé, aunque bien pequeño, monesterio cabal, y no curé[29] de comprar más sitio, sino procuré se labrase en ella de manera que se pueda vivir, todo tosco y sin labrar, no más de como no fuese dañoso a la salud, y ansí se ha de hacer siempre[30].

13. El día de Santa Clara, yendo a comulgar, se me apareció con muchas hermosura[31], díjome que me esforzase y

---

[27] Es decir, «sin un céntimo».

[28] Alude a la ayuda prestada por su hermano Lorenzo de Cepeda, que desde Indias le envió más de doscientos ducados para la fundación. Se había establecido éste en Quito, llegando a casar con la hija de uno de los conquistadores del Perú. Allí ocupó importantes puestos de responsabilidad.

[29] Es decir, «no intenté», «no me preocupé de».

[30] Obsérvese la confusa sintaxis de este período, que ha recibido las más variadas ordenaciones por parte de los editores.

[31] Tuvo lugar el 12 de agosto de 1561.

fuese adelante en lo comenzado, que ella me ayudaría. Yo la tomé gran devoción, y ha salido tan verdad, que un monesterio de monjas de su Orden que está cerca de éste, nos ayuda a sustentar[32]; y lo que ha sido más, que poco a poco trajo este deseo mío a tanta perfeción, que en la pobreza que la bienaventurada santa tenía en su casa, se tiene en ésta, y vivimos de limosna; que no me ha costado poco trabajo que sea con toda firmeza y autoridad del Padre Santo que no se puede hacer otra cosa, ni jamás haya renta[33]. Y más hace el Señor (y debe por ventura ser por ruegos de esta bendita santa), que sin demanda ninguna nos prevee Su Majestad muy cumplidamente lo necesario. Sea bendito por todo, amén.

14. Estando en estos mesmos días, el de nuestra Señora de la Asunción, en un monesterio de la Orden del glorioso Santo Domingo, estaba considerando los muchos pecados que en tiempos pasados había en aquella casa confesado y cosas de mi ruin vida; vínome un arrobamiento tan grande, que casi me sacó de mí. Sentéme, y aún paréceme que no pude ver alzar ni oír misa, que después quedé con escrúpulo de esto. Parecióme, estando ansí, que me vía vestir una ropa de mucha blancura y claridad, y al principio no vía quién me la vestía; después vi a nuestra Señora hacia el lado derecho, y a mi padre San Josef al izquierdo, que me vestían aquella ropa; dióseme a entender que estaba ya limpia de mis pecados. Acabada de vestir, y yo con grandísimo deleite y gloria, luego me pareció asirme de las manos nuestra Señora. Díjome que le daba mucho contento en servir[34] al glorioso San Josef, que creyese que lo que pretendía del monesterio se haría, y en él se serviría mucho el Señor y ellos dos; que no temiese habría quiebra en esto jamás, aunque la obediencia que daba no fuese a mi gusto, porque ellos nos guardarían y que ya su Hijo nos había prometido andar con

---

32 Se trata del convento de clarisas conocido popularmente en Ávila por el de «las Gordillas».

33 Tres documentos pontificios se necesitaron para la definitiva autorización. Ello da idea de lo laboriosas que fueron las gestiones para que se respetara el propósito de no disponer de renta. El primer Breve es de 7 de febrero de 1562, dirigido a doña Guiomar de Ulloa y a doña Aldonza de Germán; posteriormente se trata de un Rescripto de la Sagrada Penitenciaría (5 de diciembre del mismo año) y, por fin, una Bula de 17 de julio de 1565 que daba carácter definitivo a las disposiciones anteriores.

34 Es decir, «en que yo sirviese» (Teresa).

nosotras, que para señal que sería esto verdad me daba aquella joya. Parecíame haberme echado al cuello un collar de oro muy hermoso, asida una cruz a él de mucho valor. Este oro y piedras es tan diferente de lo de acá, que no tiene comparación; porque es su hermosura muy diferente de lo que podemos acá imaginar, que no alcanza el entendimiento a entender de qué era la ropa ni cómo imaginar el blanco que el Señor quiere que se represente, que parece todo lo de acá como un debujo de tizne, a manera de decir[35].

15. Era grandísima la hermosura que vi en nuestra Señora, aunque por figuras no determiné ninguna particular, sino toda junta la hechura del rostro, vestida de blanco con grandísimo resplandor, no que deslumbra, sino suave. Al glorioso San Josef no vi tan claro, aunque bien vi que estaba allí, como las visiones que he dicho que no se ven; parecíame nuestra Señora muy niña. Estando ansí conmigo un poco, y yo con grandísima gloria y contento, más a mi parecer que nunca le había tenido, y nunca quisiera quitarme de él, parecióme que los vía subir a el cielo con mucha multitud de ángeles. Yo quedé con mucha soledad, aunque tan consolada y elevada y recogida en oración y enternecida, que estuve algún espacio que menearme ni hablar no podía, sino casi fuera de mí[36]. Quedé con un ímpetu grande de deshacerme por Dios y con tales efetos, y todo pasó de suerte, que nunca pude dudar (aunque mucho lo procurase) no ser cosa de Dios[37]. Dejóme consoladísima y con mucha paz.

16. En lo que dijo la Reina de los ángeles de la obediencia, es que a mí se me hacía de mal no darla a la Orden[38], y habíame dicho el Señor que no convenía dársela a ellos. Diome

---

[35] Nótese la concreción y calidad de estas comparaciones (objetos y piedras preciosas). Se ha recordado este hecho a la luz de una reciente interpretación de la biografía teresiana, en un interesante trabajo de Luis Ruiz Soler *(La personalidad económico-administrativa de la Santa Madre Teresa de Jesús*, Zaráuz, 1970). Sobre el problema de las dotes y las rentas, véase el interesante trabajo de Teófanes Egido incluido en *Introducción a la lectura de Santa Teresa*, cit., especialmente págs. 94-103.

[36] *Algún espacio* (de tiempo) *sino* (que estaba) *casi fuera de mí.* Trátase de una elipsis.

[37] Calco sintáctico latino (oración de infinitivo: «que no hubiese sido cosa de Dios»).

[38] Escribió «a los [de la] Orden» pero acabó tachando la «s» y enmendó la «o» en «a».

las causas[39] para que en ninguna manera convenía lo hiciese, sino que enviase a Roma por cierta vía, que también me dijo; que Él haría viniese recaudo por allí; y ansí fue, que se envió por donde el Señor me dijo —que nunca acabábamos de negociarlo— y vino muy bien. Y para las cosas que después han sucedido convino mucho se diese la obediencia a el obispo; mas entonces no le conocía yo, ni aun sabía qué perlado sería y quiso el Señor fuese tan bueno y favoreciese tanto a esta casa, como ha sido menester para la gran contradición que ha habido en ella —como después diré[40]— y para ponerla en el estado que está. Bendito sea Él, que ansí lo ha hecho todo, amén.

---

39 Es decir, «declaróme los motivos por los que no convenía».
40 Capítulo 36, núm. 15 y ss.

CAPÍTULO XXXIV

Trata cómo en este tiempo convino que se ausentase de este lugar. Dice la causa y cómo le mandó ir su perlado para consuelo de una señora muy principal que estaba muy afligida. Comienza a tratar lo que allá le sucedió y la gran merced que el Señor la hizo de ser medio para que Su Majestad despertase a una persona muy principal para servirle muy de veras, y que ella tuviese favor y amparo después en Él. Es mucho de notar.

1. Pues por mucho cuidado que yo traía para que no se entendiese, no podía hacerse tan secreto toda esta obra que no se entendiese mucho en algunas personas; unas lo creían y otras no. Yo temía harto que, venido el provincial, si algo le dijesen de ello, me había de mandar no entender en ello, y luego era todo cesado. Proveyólo el Señor de esta manera: que se ofreció en un lugar grande, más de veinte leguas de éste, que estaba una señora muy afligida a causa de habérsele muerto su marido; estábalo en tanto estremo, que se temía su salud[1].

[1] «Se temía por su salud», se diría hoy. Habla aquí de doña Luisa de la Cerda, viuda de Antonio Arias Pardo de Saavedra, hija

Tuvo noticia de esta pecadorcilla, que lo ordenó el Señor ansí que la dijesen bien de mí para otros bienes que de aquí sucedieron. Conocía esta señora mucho a el provincial, y como era persona principal y supo que yo estaba en monesterio que salían, pónele[2] el Señor tan gran deseo de verme, pareciéndole que se consolaría conmigo, que no debía ser en su mano, sino luego procuró, por todas las vías que pudo, llevarme allá enviando a el provincial[3], que estaba bien lejos. Él me envió un mandamiento, con precepto de obediencia, que luego fuese con otra compañera. Yo lo supe la noche de Navidad.

2. Hízome algún alboroto y mucha pena ver que, por pensar que había en mí algún bien, me querían llevar, que como yo me vía tan ruin, no podía sufrir esto. Encomendándome mucho a Dios, estuve todos los maitines, o gran parte de ellos, en gran arrobamiento. Díjome el Señor que no dejase de ir y que no escuchase pareceres, porque pocos me aconsejarían sin temeridad; que, aunque tuviese trabajos, se serviría mucho Dios, y que para este negocio del monesterio convenía ausentarme hasta ser venido el Breve[4]; porque el demonio tenía armada una gran trama, venido el provincial[5]; que no temiese de nada, que Él me ayudaría allá. Yo quedé muy esforzada y consolada. Díjelo al retor. Díjome que en ninguna manera dejase de ir, porque otros me decían que no se sufría, que era invención de el demonio para que allá me viniese algún mal; que tornase a enviar a el provincial.

3. Yo obedecí a el retor, y con lo que en la oración había entendido, iba sin miedo, aunque no sin grandísima confusión de ver el título con que me llevaban y cómo se engañaban tanto. Esto me hacía importunar más a el Señor para que no me dejase. Consolábame mucho que había casa de la Compa-

---

de Juan de la Cerda, segundo duque de Medinaceli y de su segunda mujer María de Silva. El Provincial de la Orden (fray Ángel de Salazar) autorizó la estancia de Teresa en aquella casa. Prestó gran consuelo a doña Luisa, que a su vez correspondió apoyando en todo la causa teresiana.

[2] Cambia bruscamente el tiempo de la narración, recurriendo al presente histórico en lugar del indefinido «púsole». Se ha dicho que gobierna su escritura a impulsos.

[3] Es decir, enviando «recado» al Provincial.

[4] Como hemos dicho, fue expedido el 7 de febrero de 1562.

[5] Es decir, «para cuando viniera el provincial». He aquí de nuevo una prolepsis propia de la prosa teresiana.

ñía de Jesús en aquel lugar adonde iba[6], y, con estar sujeta a lo que me mandasen, como lo estaba acá, me parecía estaría con alguna siguridad. Fue el Señor servido que aquella señora se consoló tanto, que conocida mijoría comenzó luego a tener, y cada día más se hallaba consolada. Túvose a mucho, porque —como he dicho— la pena la tenía en gran aprieto; y debíalo de hacer el Señor por las muchas oraciones que hacían por mí las personas buenas que yo conocía porque me sucediese bien. Era muy temerosa de Dios y tan buena, que su mucha cristiandad suplió lo que a mí me faltaba. Tomó grande amor conmigo. Yo se le tenía harto de ver su bondad, mas casi todo me era cruz; porque los regalos me daban gran tormento, y el hacer tanto caso de mí me traía con gran temor. Andaba mi alma tan encogida, que no me osaba descuidar ni se descuidaba el Señor; porque estando allí me hizo grandísimas mercedes, y éstas me daban tanta libertad y tanto me hacían menospreciar todo lo que vía —y mientras más eran, más—, que no dejaba de tratar con aquellas tan señoras, que muy a mi honra pudiera yo servirlas, con la libertad que si yo fuera su igual.

4. Saqué una granancia muy grande, y decíaselo. Vi que era mujer y tan sujeta a pasiones y flaquezas como yo, y en lo poco que se ha de tener el señorío, y cómo, mientras es mayor, tiene más cuidados y trabajos, y un cuidado de tener[7] la compostura conforme a su estado, que no las deja vivir. Comer sin tiempo ni concierto, porque ha de andar todo conforme a el estado y no a las complisiones[8]; han de comer muchas veces los manjares más conformes a su estado que no a su gusto. Es ansí que de todo aborrecí el desear ser señora. Dios me libre de mala compostura, aunque ésta, con ser de las principales del reino, creo hay pocas más humildes, y de mucha llaneza. Yo la había lástima, y se la he, de ver cómo va muchas veces no conforme a su inclinación por cumplir con su estado. Pues con los criados es poco lo poco que hay que fiar, aunque

---

[6] Se habían establecido los religiosos de la Compañía en 1558. Fue superior de la casa Pedro Domenech, luego confesor de la santa. Intervino de forma decisiva San Francisco de Borja en esta fundación, pues personalmente la gestionó ante el Arzobispo toledano fray Bartolomé de Carranza.

[7] De nuevo el verbo *tener* utilizado por uno de sus compuestos («mantener»); uso clásico.

[8] *Complisión,* es decir, «constitución», «naturaleza y relación de los sistemas orgánicos de un individuo». Es un cultismo.

ella los tenía buenos. No se ha de hablar más con uno que con otro, sino[9] a el que se favorece ha de ser el malquisto. Ello es una sujeción, que una de las mentiras que dice el mundo es llamar señores a las personas semejantes, que no me parece son sino esclavos de mil cosas[10].

5. Fue el Señor servido[11] que el tiempo que estuve en aquella casa se mijoraban[12] en servir a Su Majestad las personas de ella, aunque no estuve libre de trabajos y algunas envidias que tenían algunas personas del mucho amor que aquella señora me tenía. Debían por ventura pensar que pretendía algún interese. Debía primitir el Señor me diesen algunos trabajos cosas semejantes y otras de otras suertes, porque no me embebiese en el regalo que había por otra parte, y fue servido sacarme de todo con mijoría de mi alma.

6. Estando allí acertó a venir un relisioso, persona muy principal y con quien yo muchos años había tratado algunas veces[13]; y estando en misa en un monesterio de su Orden que estaba cerca adonde yo estaba, diome deseo de saber en qué dispusición estaba aquella alma, que deseaba yo fuese muy siervo de Dios, y levantéme para irle a hablar. Como yo estaba recogida ya en oración, parecióme después era perder tiempo, que quién me metía a mí en aquello, y tornéme a sentar. Paréceme que fueron tres veces las que esto me acaeció y, en

---

[9] La santa escribió *sino*. Por el sentido debería ser «si no».

[10] Nótese la defensa que hace Teresa del orden establecido, lo que no le impide la crítica de los miembros concretos de una clase; pero en todo parece conforme con la ordenación del mundo.

[11] Aparece repetida esta frase en el original; probablemente se trata de un lapsus.

[12] La utilización de los tiempos verbales no está exenta de una cierta variedad rayana muchas veces en la anarquía. Aquí debería decirse «se mijoraran».

[13] Gracián añade al margen del libro: «El P. García de Toledo». Ello está en contradicción con los primeros biógrafos de la santa (Ribera, Yepes, etc.), que proponen el nombre de Vicente Varrón. El hecho de que se trate de «persona muy principal» es explicable por el linaje de García de Toledo, hijo de los Conde de Oropesa, sobrino del Virrey del Perú, etc. Había viajado a las Indias y profesado en la Orden de Santo Domingo en Méjico (1535). A su vuelta a España fue Superior del Convento de Santo Tomás de Ávila. Tal vez entonces conoció y trató a la santa. Posteriormente paso de nuevo a América como provincial del Perú (1577), regresando a España en 1581.

fin, pudo más el ángel bueno que el malo, y fuile a llamar y vino a hablarme a un confisionario. Comencéle a preguntar y él a mí —porque había muchos años que nos habíamos visto— de nuestras vidas; yo le comencé a decir que había sido la mía de muchos trabajos de alma. Puso [14] muy mucho en que le dijese qué eran los trabajos. Yo le dije que no eran para saber ni para que yo los dijese. Él dijo que, pues lo sabía el padre dominico que he dicho [15]; era muy su amigo, que luego se los diría, y que no se me diese nada.

7. El caso es que ni fue en su mano dejarme de importunar, ni en la mía, me parece, dejárselo de decir, porque con toda pesadumbre y vergüenza que solía tener cuando trataba estas cosas con él y con el retor que he dicho, no tuve ninguna pena, antes me consolé mucho. Díjeselo debajo de confisión. Parecióme más avisado que nunca, aunque siempre le tenía por de gran entendimiento. Miré los grandes talentos y partes que tenía para aprovechar mucho, si de el todo se diese a Dios; porque esto tengo yo de unos años acá, que no veo persona que mucho me contente que luego querría verla de el todo dada a Dios, con unas ansias que algunas veces no me puedo valer; y aunque deseo que todos le sirvan, estas personas que me contentan es con muy gran ímpetu; y ansí importuno mucho a el Señor por ellas. Con el relisioso que digo, me acaeció ansí.

8. Rogóme le encomendase mucho a Dios, y no había menester decírmelo, que ya yo estaba de suerte que no pusiera hacer otra cosa; y voyme adonde solía a solas tener oración [16], y comienzo a tratar con el Señor, estando muy recogida, con un estilo abobado que muchas veces, sin saber lo que digo, trato; que el amor es el que habla y está el alma tan enajenada, que no miro la difirencia que haya de ella a Dios; porque el amor que conoce que la tiene Su Majestad, la olvida de sí, y le parece está en Él y, como una cosa propia sin división, habla desatinos. Acuérdome que le dije esto, después de pedirle con hartas lágrimas aquella alma pusiese en su servicio muy de veras, que aunque yo le tenía por bueno, no me contentaba, que le quería muy bueno, y ansí le dije: —«Señor, no me habéis de negar esta merced; mirá que es bueno este sujeto para nuestro amigo.»

---

14 Se sobreentiende «interés».
15 El padre Ibáñez, de quien ya había hablado.
16 Curioso caso de armonía imitativa del silencio.

9. ¡Oh bondad y humanidad grande de Dios, cómo no mira las palabras, sino los deseos y voluntad con que se dicen! ¡Cómo sufre que una como yo hable a Su Majestad tan atrevidamente! Sea bendito por siempre jamás.

10. Acuérdome que me dio en aquellas horas de oración aquella noche un afligimiento grande de pensar si estaba en enemistad de Dios; y cómo no podía yo saber si estaba en gracia o no (no para que yo lo desease saber, mas deseábame morir por no ver en vida adonde no estaba sigura si estaba muerta, porque no podía haber muerte más recia para mí que pensar si tenía ofendido a Dios), y apretábame esta pena[17]; suplicábale no lo primitiese, toda regalada y derretida en lágrimas. Entonces entendí que bien me podía consolar y estar cierta[18] que estaba en gracia; porque semejante amor de Dios y hacer Su Majestad aquellas mercedes y sentimientos que daba a el alma, que no se compadecía[19] hacerse a alma que estuviese en pecado mortal. Quedé confiada que había de hacer el Señor lo que le suplicaba de esta persona. Díjome que le dijese unas palabras. Esto sentí yo mucho, porque no sabía cómo las decir, que esto de dar recaudo a tercera persona —como he dicho— es lo que más siento siempre, en especial a quien no sabía cómo lo tomaría, o si burlaría de mí. Púsome en mucha congoja. En fin, fui tan persuadida que, a mi parecer, prometí a Dios no dejárselas de decir y, por la gran vergüenza que había, las escribí y se las di.

11. Bien pareció ser cosa de Dios en la operación que le hicieron[20]. Determinóse muy de veras de darse a oración, aunque no lo hizo desde luego[21]. El Señor, como le quería para sí, por mi medio le enviaba a decir una verdades que, sin entenderlo yo, iban tan a su propósito que él se espantaba; y el

---

[17] Larga oración parentética de sentido poco claro.

[18] En la edición de fray Luis leemos: «consolar y confiar», mientras en el autógrafo dice con toda claridad *consolar y estar cierta*. La modificación luisiana es consecuencia de un escrúpulo teológico originado por la doctrina del reciente Concilio de Trento, según uno de cuyos decretos nadie puede saber con certeza de fe si se haya o no en gracia. La corrección parece injustificada, incluso a juicio de los más exigentes teólogos, que consideran la afirmación teresiana de la más pura ortodoxia tridentina.

[19] Es decir, «no se avenía», «no se compaginaba».

[20] Es decir, en el efecto que le produjeron estas palabras.

[21] O sea, desde ese mismo momento.

Señor que debía de disponerle para creer que eran de Su Majestad. Yo, aunque miserable, era mucho lo que le suplicaba a el Señor muy del todo le tornase a Sí, y le hiciese aborrecer los contentos y cosas de vida. Y ansí —sea alabado por siempre— lo hizo tan de hecho, que cada vez que me habla me tiene como embobada; y si yo no lo hubiera visto, lo tuviera por dudoso en tan breve tiempo hacerle tan crecidas mercedes, y tenerle tan ocupado en Sí, que no parece viva ya para cosa de la tierra. Su Majestad le tenga de su mano, que si ansí va delante (lo que espero en el Señor sí hará, por ir muy fundado en conocerse), será uno de los muy señalados siervos suyos y para gran provecho de muchas almas; porque en cosas de espíritu en poco tiempo tiene mucha espiriencia, que éstos son dones que da Dios cuando quiere y como quiere, y ni va en el tiempo ni en los servicios. No digo que no hace esto mucho, mas que muchas veces no da el Señor en veinte años la contemplación que a otros da en uno, Su Majestad sabe la causa. Y es el engaño, que nos parece por los años hemos de entender lo que en ninguna manera se puede alcanzar sin espiriencia; y ansí yerran muchos —como he dicho— en querer conocer espíritu sin tenerle. No digo que quien no tuviere espíritu, si es letrado, no gobierne a quien le tiene; mas entiéndese en lo esterior e interior que va conforme a vía natural por obra del entendimiento, y en lo sobrenatural que mira vaya conforme a la Sagrada Escritura[22]. En lo demás no se mate, ni piense entender lo que no entiende, ni ahogue los espíritus que ya, cuanto en aquello[23], otro mayor Señor los gobierna, que no están sin superior.

12. No se espante ni le parezcan cosas imposibles —todo es posible a el Señor—, sino procure esforzar la fe y humillarse de que hace el Señor en esta ciencia a una viejecita más sabia, por ventura, que a él, aunque sea muy letrado; y con esta humildad aprovechará más a las almas y a sí que por hacerse contemplativo sin serlo. Porque torno a decir que si no tiene espiriencia, si no tiene muy mucha humildad en entender que no lo entiende y que no por eso es imposible, que ganará poco

---

[22] El inciso parece algo oscuro dado el hipérbaton. Podría ordenarse así: «El letrado mira que lo sobrenatural vaya conforme a la Sagrada Escritura».

[23] Es decir, «en cuanto a aquello». Se refiere al padre Baltasar. Véase capítulo 28, núms. 14-15.

y dará a ganar menos a quien trata. No haya miedo, si se tiene humildad, primita el Señor que se engañe el uno ni el otro.

13. Pues a este padre que digo, como en muchas cosas se la ha dado el Señor, ha procurado estudiar todo lo que por estudio ha podido en este caso —que es bien letrado— y lo que no entiende por espiriencia infórmase de quien la tiene, y con esto ayúdale el Señor con darle mucha fee, y ansí ha aprovechado mucho a sí y a algunas almas, y la mía es una de ellas; que como el Señor sabía en los trabajos que me había de ver, parece proveyó Su Majestad que pues había de llevar consigo algunos que me gobernaban[24], quedasen otros que me han ayudado a hartos trabajos y hecho gran bien[25]. Hale mudado el Señor casi del todo, de manera que casi él no se conoce —a manera de decir— y dado fuerzas corporales para penitencia (que antes no tenía, sino enfermo), y animoso para todo lo que es bueno y otras cosas, que se parece bien ser[26] muy particular llamamiento de el Señor. Sea bendito por siempre.

14. Creo todo el bien le viene de las mercedes que el Señor le ha hecho en la oración, porque no son postizos[27]; porque ya en algunas cosas ha querido el Señor se haya espirimentado, porque sale de ellas como quien tiene ya conocida la verdad de el mérito que se gana en sufrir persecuciones. Espero en la grandeza de el Señor ha de venir mucho bien a algunos de su Orden por él, y a ella mesma. Ya se comienza esto a entender. He visto grandes visiones, y dichome el Señor algunas cosas de él y de el retor de la Compañía de Jesús que tengo dicho[28], de grande admiración, y de otros dos relisiosos de la Orden de Santo Domingo, en especial de uno, que también ha dado a entender ya el Señor por obra, en su aprovechamiento, algunas

---

24 Probablemente se refiere a San Pedro de Alcántara, que había muerto en octubre de 1562, y al padre Ibáñez, fallecido también, el 2 de febrero de 1565.

25 Es decir, a soportar o sobrellevar hartos trabajos. De nuevo, elipsis.

26 «Que parece ser». «Bien» es un simple apoyo léxico.

27 Fray Luis transcribió «postizas», en concordancia con «mercedes»; sin embargo, el original dice *postizos*, probablemente por una concordancia asintáctica con «bienes». Así puede entenderse mejor el texto que sigue.

28 Gaspar de Salazar.

cosas que antes yo había entendido de él; mas de quien ahora hablo han sido muchas[29].

15. Una cosa quiero decir ahora aquí. Estaba yo una vez con él en un locutorio, y era tanto el amor que mi alma y espíritu entendía que ardía en el suyo, que me tenía a mi casi asorta; porque consideraba las grandezas de Dios en cuán poco tiempo había subido un alma a tan grande estado[30]. Hacíame gran confusión, porque le vía con tanta humildad escuchar lo que yo le decía en algunas cosas de oración, como yo tenía poca de tratar ansí con persona semejante[31]. Debíamelo sufrir el Señor por el gran deseo que yo tenía de verle muy adelante. Hacíame tanto provecho estar con él, que parece dejaba en mi ánima puesto nuevo fuego para desear sirvir a el Señor de principio. ¡Oh, Jesús mío, qué hace un alma abrasada en vuestro amor! ¡Cómo la habíamos de estimar en mucho y suplicar a el Señor la dejase en esta vida! Quien tiene el mesmo amor, tras estas almas se había de andar, si pudiese.

16. Gran cosa es un enfermo hallar otro herido de aquel mal; mucho se consuela de ver que no es solo[32], mucho se ayudan a padecer y aun a merecer, ecelentes espaldas se hacen ya gente determinada arriscar mil vidas por Dios[33], y desean que se les ofrezca en qué perderlas. Son como soldados que, por ganar el despojo y hacerse con él ricos, desean que haya guerras; tienen entendido no lo pueden ser sino por aquí. Es este su oficio, el trabajar. ¡Oh, gran cosa es adonde el Señor da esta luz de entender lo mucho que se gana en padecer por Él! No se entiende esto bien hasta que se deja todo, porque quien en ello se está, señal es que lo tiene en algo; pues si lo tiene en algo, forzado[34] le ha de pesar de dejarlo, y ya va imperfeto todo y perdido. Bien viene aquí que es perdido quien tras perdido anda[35], y ¡qué más perdición, qué más ceguedad, qué más desventura, que tener en mucho lo que no es nada!

---

[29] Desde la edición del padre Silverio se viene repitiendo que son los padres Pedro Ibáñez y Domingo Báñez.

[30] Concordancia irregular por la fuerza del hipérbaton.

[31] Es decir, «aunque yo tenía poca humildad». Disentimos aquí de la puntuación hasta ahora propuesta.

[32] Es decir, «que no está solo» (sentido clásico de «ser»).

[33] La concordancia se produce aquí con el sentido de pluralidad del colectivo *gente*. *Arriscar:* «arriesgar» en la obra teresiana.

[34] Caso de metábasis característica. Significa «forzosamente».

[35] Expresión algo más culta del refrán popular «dime con quién andas...».

17. Pues, tornando a lo que decía, estando yo en grandísimo gozo mirando aquel alma, que me parece quería el Señor viese claro los tesoros que había puesto en ella, y viendo la merced que me había hecho en que fuese por medio mío —hallándome indina de ella— en mucho más tenía yo las mercedes que el Señor le había hecho y más a mi cuenta las tomaba que si fuera a mí y alababa mucho a el Señor de ver que Su Majestad iba cumpliendo mis deseos y había oído mi oración, que era despertase el Señor personas semejantes. Estando ya mi alma que no podía sufrir en sí tanto gozo, salió de sí y perdióse para más ganar[36]. Perdió las consideraciones, y de oír aquella lengua divina en quien parece hablaba el Espíritu Santo, diome un gran arrobamiento que me hizo casi perder el sentido, aunque duró poco tiempo. Vi a Cristo con grandísima majestad y gloria, mostrando gran contento de lo que allí pasaba; y ansí me lo dijo, y quiso que viese claro que a semejantes pláticas siempre se hallaba presente y lo mucho que se sirve en que ansí se deleiten en hablar en Él.

18. Otra vez, estando lejos de este lugar, le vi con mucha gloria levantar a los ángeles[37]. Entendí iba su alma muy adelante por esta visión. Y ansí fue, que le habían levantado un gran testimonio bien contra su honra, persona a quien él había hecho mucho bien y remediado la suya y el alma, y habíalo pasado con mucho contento y hecho otras obras muy a servicio de Dios y pasado otras persecuciones.

19. No me parece conviene ahora declarar más cosas. Si después le pareciere a vuesa merced, pues las sabe, se podrán poner para gloria de el Señor[38]. De todas las que le he dicho de profecías de esta casa, y otras que diré de ella, y otras cosas, todas se han cumplido; algunas, tres años antes que se supiesen —otras más y otras menos— me las decía el Señor; y siempre las decía a el confesor y a esta mi amiga viuda con quien tenía licencia de hablar, como he dicho[39]; y ella he

---

36 Frase característica que pasó a la literatura religiosa carmelitana. Parece un recuerdo de la lírica de cancionero.

37 El lugar es Ávila. La puntuación tampoco es muy segura aquí.

38 Una prueba más de la capacidad de convicción y la feminidad teresiana. Venía historiando las interioridades de García de Toledo, que es el mismo *vuesa merced* que *las sabe.*

39 Se trata de doña Guiomar. Ha hablado de ello en el capítulo 30, núm. 3.

sabido que las decía a otras personas, y éstas saben que no miento, ni Dios me dé tal lugar, que en ninguna cosa (cuanto más siendo tan graves[40]) tratase yo sino toda verdad.

20. Habiéndose muerto un cuñado mío súpitamente[41], y estando yo con mucha pena por no se haber viado a confesarse[42], se me dijo en la oración que había ansí de morir mi hermana, que fuese allá y procurase se dispusiese para ello. Díjelo a mi confesor y, como no me dejaba ir, entendílo otras veces[43]; ya como esto vio, díjome que fuese allá, que no se perdía nada. Ella estaba en una aldea[44], y, como fui, sin decirla nada la fui dando la luz que pude en todas las cosas e hice se confesase muy a menudo y en todo trajese cuenta con su alma. Ella era muy buena, y hízolo ansí. Desde a cuatro u cinco años que tenía esta costumbre y muy buena cuenta con su conciencia, se murió sin verla nadie ni poderse confesar. Fue el bien que, como lo acostumbraba, no había sino poco más de ocho días que estaba confesada. A mí me dio gran alegría cuando supe su muerte. Estuvo muy poco en el purgatorio. Serían aún no me parece ocho días cuando, acabando de comulgar, me apareció el Señor y quiso la viese cómo la llevaba a la gloria. En todos estos años, desde que se me dijo hasta que murió, no se me olvidaba lo que se me había dado a antender, ni a mi compañera que, ansí como murió, vino a mí muy espantada de ver cómo se había cumplido. Sea Dios alabado por siempre, que tanto cuidado trae de las almas para que no se pierdan.

---

[40] Concuerda así, en plural: *cosa... graves*.

[41] Es Martín Guzmán y Barrientos, casado con María de Cepeda, hermana mayor de Teresa.

[42] En efecto, escribe *uyado*. Báñez enmendó el autógrafo «por no haber tenido lugar de confesarse». Fray Luis editó «vuiado» (= «uviado»).

[43] Es decir, en el tiempo que transcurrió desde la prohibición del confesor recibió del Señor otras veces ese mismo mandato.

[44] Castellanos de la Cañada, adonde había ido Teresa en busca de curación.

CAPÍTULO XXXV

Prosigue en la mesma materia de la fundación de esta casa de nuestro glorioso padre San Josef. Dice por los términos que ordenó el Señor viniese a guardarse en ella la santa pobreza y la causa por qué se vino de con aquella señora que estaba y otras algunas cosas que le sucedieron[1].

1. Pues estando con esta señora que he dicho, adonde estuve más de medio año, ordenó el Señor que tuviese noticia de mí una beata de nuestra Orden, de más de setenta leguas de aquí de este lugar, y acertó a venir por acá y rodeó algunas por hablarme[2]. Habíala el Señor movido el mesmo año y mes que a mí para hacer otro monesterio de esta Orden; y como le puso este deseo, vendió todo lo que tenía y fuese a Roma a traer despacho para ello, a pie y descalza.

2. Es mujer de mucha penitencia y oración, y hacíala el Señor muchas mercedes, y aparecídola nuestra Señora, y

---

[1] Construcción hiperbática típicamente teresiana. Refiérese a doña Luisa de Cerda, en cuyo palacio toledano estuvo desde principios de 1562 hasta el mes de junio.

[2] Se llamaba María de Jesús Yepes, nacida en Granada en 1522, que, al enviudar muy joven, ingresó en las Carmelitas de su ciudad. Obtuvo un Breve del Papa para fundar un Monasterio Reformado: el llamado Convento de la Imagen, en Alcalá (julio de 1563).

mandóla lo hiciese. Hacíame tantas ventajas en servir a el Señor, que yo había vergüenza de estar delante de ella. Mostróme los despachos que traía de Roma y, en quince días que estuvo conmigo, dimos orden en cómo[3] habíamos de hacer estos monesterios. Y hasta que yo la hablé, no había venido a mí noticia que nuestra regla —antes que se relajase— mandaba no se tuviese propio[4], ni yo estaba en fundarle sin renta, que iba mi intento a que no tuviésemos cuidado de lo que habíamos menester, y no miraba a los muchos cuidados que trae consigo tener propio. Esta bendida mujer, como la enseñaba el Señor, tenía bien entendido, con no saber leer, lo que yo con tanto haber andado a leer las costituciones inoraba. Y como me lo dijo, parecióme bien, aunque temí que no me lo habían de consentir sino decir que hacía desatinos, y que no hiciese cosa que padeciesen otras por mí, que, a ser yo sola, poco ni mucho me detuviera; antes me era gran regalo pensar de guardar los consejos de Cristo Señor nuestro, porque grandes deseos de pobreza ya me los había dado Su Majestad.

Ansí que para mí no dudaba de ser lo mijor, porque días había que deseaba fuera posible a mi estado andar pidiendo por amor de Dios y no tener casa ni otra cosa; mas temía que, si a las demás no daba el Señor estos deseos, vivirían descontentas, y también no[5] fuese causa de alguna destraición, porque vía algunos monesterios pobres no muy recogidos, y no miraba que el no serlo era causa de ser pobres, y no la pobreza de la destraición, porque ésta no hace más rica, ni falta Dios jamás a quien le sirve. En fin, tenía flaca la fee, lo que no hacía esta sierva de Dios.

3. Como yo en todo tomaba tantos pareceres, casi a nadie hallaba de este parecer, ni confesor ni los letrados que trataba; traíanme tantas razones que no sabía qué hacer; porque, como ya yo sabía era regla y vía ser más perfeción, no podía persuadirme a tener renta. Y ya que algunas veces me tenían convencida, en tornando a la oración y mirando a Cristo en la cruz

---

[3] *Orden en cómo:* «orden de cómo».

[4] Es decir, «nada propio», «ninguna propiedad o renta de qué vivir». En el capítulo cuarto de la Regla decía: «ninguno de los hermanos tenga nada en propiedad, sino que todas las cosas sean comunes para todos». Gregorio IX prohibió, por un Breve de 6 de abril de 1229, toda posesión de casas, tierras, etc., a los Carmelitas.

[5] Calco sintáctico latino.

tan pobre y desnudo, no podía poner a paciencia ser rica; suplicábale con lágrimas lo ordenase de manera que yo me viese pobre como Él.

4. Hallaba tantos inconvenientes para tener renta y vía ser tanta causa de inquietud y aun destraición, que no hacía sino disputar con los letrados. Escribílo al relisioso dominico que nos ayudaba[6]; envióme escritos dos pliegos de contradición y teulogía para que no lo hiciese, y ansí me lo decía, que lo había estudiado mucho. Yo le respondí que para no seguir mi llamamiento y el voto que tenía hecho de pobreza y los consejos de Cristo con toda perfeción, que no quería aprovecharme de teulogía, ni con sus letras en este caso me hiciese merced[7]. Si hallaba alguna persona que me ayudase, alegrábame mucho. Aquella señora con quien estaba para esto me ayudaba mucho; algunos luego al principio decíanme que les parecía bien; después, como más lo miraban, hallaban tantos inconvenientes, que tornaban a poner mucho en que no lo hiciese. Decíales yo que, si ellos tan presto mudaban parecer, que yo al primero me quería llegar[8].

5. En este tiempo, por ruegos míos, porque esta señora no había visto a el santo fray Pedro de Alcántara, fue el Señor servido viniese a su casa, y como el que era bien amador de la pobreza y tantos años la había tenido, sabía bien la riqueza que en ella estaba, y ansí me ayudó mucho y mandó que en ninguna manera dejase de llevarlo muy adelante. Ya con este parecer y favor, como quien mijor le podía dar por tenerlo sabido por larga espiriencia, yo determiné no andar buscando otros[9].

6. Estando un día mucho encomendándolo a Dios, me dijo el Señor que en ninguna manera dejase de hacerle pobre[10], que ésta era la voluntad de su Padre y suya, que Él me ayudaría. Fue con tan grandes efetos en un gran arrobamiento, que en ninguna manera pude tener duda de que era Dios.

---

[6] Se trata de fray Pedro Ibáñez.

[7] Hipérbaton: «ni me tuviera merced (me intentase contentar) en este caso con sus letras».

[8] *Llegar:* «allegar», «acoger». De nuevo la utilización de un verbo simple con el sentido de uno de sus compuestos.

[9] Recibió Santa Teresa una famosa *Carta de la pobreza* de San Pedro de Alcántara, donde le aconsejaba con la máxima intensidad su observancia.

[10] Se entiende lógicamente el monasterio. Empleo extensivo —como casi siempre— de *hacer,* en este caso por «fundar».

Otra vez me dijo que en la renta estaba la confusión, y otras cosas en loor de la pobreza, y asigurándome que a quien le servía no le faltaba lo necesario para vivir; y esta falta, como digo, nunca yo la temí por mí. También volvió el Señor el corazón del Presentado[11], digo del relisioso dominico de quien he dicho me escribió no lo hiciese sin renta. Ya yo estaba muy contenta con haber entendido esto y tener tales pareceres; no me parecía sino que poseía toda la riqueza del mundo, en determinándome a vivir de por amor de Dios.

7. En este tiempo mi provincial me alzó el mandamiento y obediciencia que me había puesto para estar allí, y dejó en mi voluntad que si me quisiese ir, que pudiese, y si estar, también por cierto tiempo; y en éste había de haber eleción en mi monesterio, y avisáronme que muchas querían darme aquel cuidado de perlada[12]; que para mí solo pensarlo era tan gran tormento, que a cualquier martirio me determinaba a pasar por Dios con facilidad, a éste en ningún arte me podía persuadir. Porque dejado el trabajo grande, por ser muy muchas[13], y otras causas, de que yo nunca fui amiga, ni de ningún oficio, antes siempre los había rehusado; parecíame gran peligro para la conciencia, y ansí alabé a Dios de no me hallar allá. Escribí a mis amigas para que no me diesen voto[14].

8. Estando muy contenta de no me hallar en aquel ruido, díjome el Señor que en ninguna manera deje de ir, que pues deseo cruz, que buena se me apareja, que no la deseche, que vaya con ánimo, que Él me ayudará, y que me fuese luego[15]. Yo me fatigué mucho y no hacía sino llorar, porque pensé que era la cruz ser perlada, y, como digo, no podía persuadirme a que estaba bien a mi alma en ninguna manera, ni yo hallaba

---

11 Se trata del título que utilizan los dominicos como equivalente a «licenciado». Lo refiere al padre Ibáñez.

12 Es decir, priora del convento.

13 «Más de ciento cincuenta» dice la santa en *Fundaciones,* capítulo 2, núm. 1.

14 Sucede esto entre mayo y junio de 1562.

15 La narración cobra aquí otro vigor con la reiteración intensificativa de la partícula «que». Demuestra una cierta alteración emocional producida por la vehemencia del recuerdo. Así sucede también en todo el párrafo siguiente. Se añade a ello la concordancia anómala por flexibilización expresiva y el empleo del presente histórico.

términos para ello. Contélo a mi confesor[16]. Mandóme que luego procurase ir, que claro estaba era más perfeción, y que, porque hacía gran calor, bastaba hallarme allá a la eleción, que me estuviese unos días, porque[17] no me hiciese mal el camino. Mas el Señor, que tenía ordenado otra cosa, húbose de hacer; porque era tan grande el desasosiego que traía en mí y el no poder tener oración y parecerme faltaba de lo que el Señor me había mandado, y que, como estaba allí a mi placer y con regalo, no quería irme a ofrecer el trabajo; que todo era palabras con Dios; que por qué pudiendo estar adonde era más perfeción había de dejarlo; que si me muriese, muriese... y con esto, un apretamiento de alma[18], un quitarme el Señor todo el gusto en la oración..., en fin, yo estaba tal, que ya me era tormento tan grande que supliqué a aquella señora tuviese por bien dejarme venir, porque ya mi confesor —como me vio ansí— me dijo que me fuese, que también le movía Dios como a mí.

9. Ella sentía tanto que la dejase, que era otro tormento, que le había costado mucho acabarlo con el provincial por muchas maneras de importunaciones. Tuve por grandísima cosa querer venir en ello[19], sigún lo que sentía; sino como era muy temerosa de Dios, y como le dije que se le podía hacer gran servicio y otras hartas cosas y dila esperanza que era posible tornarla a ver, y ansí, con harta pena, lo tuvo por bien.

10. Ya yo no la tenía de venirme, porque entendiendo yo era más perfeción una cosa y servicio de Dios, con el contento que me da de contentarle, pasé la pena de dejar a aquella señora que tanto la vía sentir y otras personas a quien[20] debía mucho, en especial a mi confesor, que era de la Compañía de Jesús[21], y hallábame muy bien con él; mas mientras más vía que perdía de consuelo[22] por el Señor, más contento me daba perderle. No podía entender cómo era esto, porque vía claro

---

16 Anota Gracián el nombre del padre Pedro Doménech, rector de la Casa toledana de la Compañía de Jesús.

17 *Porque:* «para que», usual en los clásicos, con valor de finalidad.

18 Se sobreentiende «me sobrevino».

19 Es decir, «querer avenirse a ello», «aceptar mi salida de aquella casa».

20 *A quien* (así, en singular). Uso frecuente en los clásicos.

21 Acaba de decirlo antes: el padre Doménech, anota Gracián.

22 *De* con valor partitivo clásico.

estos dos contrarios: holgarme y consolarme y alegrarme de lo que me pesaba en el alma; porque yo estaba consolada y sosegada y tenía lugar para tener muchas horas de oración; vía que venía a meterme en un fuego, que ya el Señor me lo había dicho que venía a pasar gran cruz (aunque nunca yo pensé lo fuera tanto, como después vi); y con todo venía ya alegre y estaba deshecha de que no me ponía luego en la batalla, pues el Señor quería la tuviese; y ansí enviaba Su Majestad el esfuerzo y le ponía en mi flaqueza.

11. No podía, como digo, entender cómo podía ser esto. Pensé esta comparación: si poseyendo yo una joya o cosa que me da gran contento, ofrécesme saber[23] que la quiere una persona que yo quiero más que a mí, y deseo más contentarla que mi mesmo descanso, dame gran contento quedarme sin el que me daba lo que poseía, por contentar a aquella persona; y como este contento de contentarla escede a mi mesmo contento[24], quítase la pena de la falta que me hace la joya o lo que amo, y de perder el contento que daba. De manera que, aunque quería tenerla[25], de ver que dejaba personas que tanto sentían apartarse de mí, con ser yo de mi condición tan agradecida, que bastara en otro tiempo a fatigarme mucho, y ahora, aunque quisiera tener pena, no podía.

12. Importó tanto el no me tardar un día más para lo que tocaba a el negocio de esta bendita casa, que yo no sé cómo pudiera concluise si entonces me detuviera[26]. ¡Oh grandeza de Dios!, muchas veces me espanta cuando lo considero y veo cuán particularmente quería Su Majestad ayudarme para que se efectuase este rinconcito de Dios, que yo creo lo es, y morada en que Su Majestad se delita[27], como una vez estando en oración me dijo, que era esta casa paraíso de su deleite. Y ansí parece ha Su Majestad escogido las almas que ha traído a él, en cuya compañía yo vivo con harta[28] harta confusión. Por-

---

23 *Ofrécesme:* «ofréceseme», curiosa síncopa por rapidez o distracción.

24 La derivación llega aquí a los extremos a que nos tiene acostumbrados: *contentar... contento... contentarla... contento.* Es uno de los principales recursos teresianos.

25 «Tener pena». La frase queda incompleta.

26 Imperfecto con valor de pluscuamperfecto: «me hubiera detenido» (uso clásico).

27 *Delita:* «deleita». Monoptongación frecuente.

28 Ponderativo característico por repetición léxica.

que yo no supiera desearlas tales para este propósito de tanta estrechura y pobreza y oración; y llévanlo con una alegría y contento, que cada una se halla indina de haber merecido venir a tal lugar; en especial algunas, que las llamó el Señor de mucha vanidad y gala del mundo, adonde pudieran estar contentas conforme a sus leyes, y hales dado el Señor tan doblados los contentos aquí, que claramente conocen haberles el Señor dado ciento por uno que dejaron, y no se hartan de dar gracias a Su Majestad; otras han mudado de bien en mijor; a las de poca edad da fortaleza y conocimiento para que no puedan desear otra cosa, y que entiendan que es vivir en mayor descanso, aun para lo de acá, estar apartadas de todas las cosas de la vida; a las que son de más edad y con poca salud, da fuerzas y se las ha dado para poder llevar la aspereza y penitencia que todas [29].

13. ¡Oh Señor mío, cómo se os parece que sois poderoso! No es menester buscar razones para lo que Vos queréis, porque sobre toda razón natural hacéis las cosas tan posibles, que dais a entender bien que no es menester más de amaros de veras y dejarlo de veras todo por Vos, para que Vos, Señor mío, lo hagáis todo fácil. Bien viene aquí decir que fingís trabajo en vuestra ley, porque yo no lo veo, Señor, ni sé cómo es estrecho el camino que lleva a Vos [30]. Camino real veo que es, que no senda; camino que, quien de verdad se pone en él, va más siguro. Muy lejos están los puertos y rocas para caer, porque lo están de las ocasiones. Senda llamo yo, y ruin senda y angosto camino, el que de una parte está un valle muy hondo adonde caer y de la otra un despeñadero: no se han descuidado, cuando se despeñan y se hacen pedazos [31].

14. El que os ama de verdad, Bien mío, siguro va por ancho camino y real; lejos está el despeñadero. No ha tropezado tantico, cuando le dais Vos, Señor, la mano. No basta una caída y muchas, si os tiene amor y no a las cosas del mundo, para perderse; va por el valle de la humildad. No puedo entender qué es lo que temen de ponerse en el camino de la perfeción. El Señor, por quien es, nos dé a entender cuán mala es la siguridad en tan manifiestos peligros como hay en andar

---

[29] Se entiende «sobrellevan».

[30] Alude sucesivamente a los siguientes pasajes bíblicos: *Evangelio* de San Marcos, 10, 28; *Salmo* 93 y *Evangelio* de San Mateo, 7, 14.

[31] Giro que equivale a «apenas se han descuidado, cuando».

con el hilo de la gente[32], y cómo está la verdadera siguridad en procurar ir muy adelante en el camino de Dios. Los ojos en Él y no hayan miedo se ponga este sol de justicia, ni nos deje caminar de noche para que nos perdamos, si primero no le dejamos a Él.

15. No temen andar entre leones, que cada uno parece que quiere llevar un pedazo, que son las honras y deleites y contentos semejantes que llama el mundo; y acá parece hace el demonio temer de musarañas[33]. Mil veces me espanto y diez mil querría hartarme de llorar y dar voces a todos para decir la gran ceguedad y maldad mía, porque si aprovechase[34] algo para que ellos abriesen los ojos. Ábraselos el que puede, por su bondad, y no primita se me tornen a cegar a mí, amén.

---

[32] Es decir, «seguir la rutina usual».

[33] Expresión popular típicamente teresiana. *Temer de musarañas* «temer a cosas sin importancia».

[34] *Porque si aprovechase:* «por si aprovechase».

CAPÍTULO XXXVI

Prosigue en la materia comenzada y dice cómo se acabó de concluir y se fundó este monesterio de el glorioso San Josef y las grandes contradiciones y persecuciones que, después de tomar hábito las relisiosas, hubo, y los grandes trabajos y tentaciones que ella pasó, y cómo de todo la sacó el Señor con vitoria y en gloria y alabanza suya.

1. Partida ya de aquella ciudad[1], venía muy contenta por el camino, determinándome a pasar todo lo que el Señor fuese servido muy con toda voluntad. La noche mesma que llegué a esta tierra, llega nuestro despacho para el monesterio y Breve de Roma, que yo me espanté, y se espantaron los que sabían la priesa que me había dado el Señor a la venida, cuando supieron la gran necesidad que había de ello y a la coyuntura que el Señor me traía; porque hallé aquí al obispo y al santo fray Pedro de Alcántara, y a otro caballero muy siervo de Dios[2], en cuya casa este santo hombre posaba, que era persona adonde los siervos de Dios hallaban espaldas y cabida.

---

[1] Salió de Toledo camino de Ávila a fines de junio o principios de julio de 1562. A su llegada encontró el Breve del Papa Pío IV que autorizaba la fundación.

[2] Gracián anota «Francisco de Salcedo». Sin embargo los teresia-

2. Entramos a dos acabaron con el obispo admitiese el monesterio[3]; que no fue poco, por ser pobre, sino que era tan amigo de personas que vía ansí deteminadas a servir al Señor, que luego se aficionó a favorecerle; y el aprobarlo este santo viejo y poner mucho con unos y con otros en que nos ayudasen, fue el que lo hizo todo. Si no viniera a esta coyuntura —como ya he dicho— no puedo entender cómo pudiera hacerse; porque estuvo muy poco aquí este santo hombre (que no creo fueron ocho días, y ésos muy enfermo) y desde a muy poco le llevó el Señor consigo[4]. Parece que le había guardado Su Majestad hasta acabar este negocio, que había muchos días —no sé si más de dos años— que andaba muy malo.

3. Todo se hizo debajo de gran secreto, porque a no ser ansí no se pudiera hacer nada, sigún el pueblo estaba mal con ello, como se pareció después[5]. Ordenó el Señor que estuviese malo un cuñado mío[6], y su mujer no aquí, y en tanta necesidad que me dieron licencia para estar con él; y con esta ocasión no se entendió nada, aunque en algunas personas[7] no dejaba de sospecharse algo, mas aún no le creían. Fue cosa para espantar, que no estuvo más malo de lo que fue menester para el negocio, y, en siendo menester tuviese salud para que yo me desocupase y él dejase desembarazada la casa, se la dio luego el Señor, que él estaba maravillado.

4. Pasé harto trabajo en procurar con unos y con otros que

---

nistas opinan que esta vez se equivoca, ya que estiman se trata de Juan Blázquez o Velázquez, señor de Loriana y padre del conde de Uceda. En su domicilio solía hospedarse San Pedro de Alcántara cuando visitaba Ávila. Dice que allí encontraba espaldas y cabida, es decir, protección y acogida.

[3] El obispo era don Álvaro de Mendoza, hijo de los condes de Ribadavia. Tomó posesión de la sede abulense en diciembre de 1560. Su apoyo a la obra teresiana no fue tan decidido como se desprende de las afirmaciones de este libro, ya que hubo de mudar su primer parecer negativo tras la mediación de San Pedro de Alcántara y una entrevista personal con Teresa, en la que comprobó su sinceridad y valor humano. En 1577 fue trasladado a Palencia, muriendo en Valladolid el 19 de abril de 1586.

[4] Murió en Arenas el 18 de octubre de 1562.

[5] Es decir, «como se vio», «como se comprobó».

[6] Se trata de Juan de Ovalle, a quien ya se ha referido; casado con Juana de Ahumada, hermana mayor de Santa Teresa.

[7] Es decir, por parte de algunas personas. Nótese el uso con valor clásico de la preposición «en».

se admitiese, y con el enfermo, y con oficiales para que se acabase la casa a mucha priesa, para que tuviese forma de monesterio, que faltaba mucho de acabarse. Y mi compañera no estaba aquí, que nos pareció era mijor estar ausente para más disimular[8]; y yo vía que iba el todo[9] en la brevedad por muchas causas; y la una era porque cada hora temía me habían de mandar ir. Fueron tantas las cosas de trabajos que tuve, que me hizo pensar si era esta cruz; aunque todavía me parecía era poco para la gran cruz que yo había entendido de el Señor había de pasar.

5. Pues todo concertado, fue el Señor servido que día de San Bartolomé tomaron hábito algunas[10], y se puso el Santísimo Sacramento; y con toda la autoridad y fuerza quedó hecho nuestro monesterio del gloriosísimo padre nuestro San Josef, año de mil y quinientos y sesenta y dos. Estuve yo a darles el hábito, y otras dos monjas de nuestra casa mesma, que acertaron a estar fuera[11]. Como en ésta que se hizo el monesterio era la que estaba mi cuñado (que, como he dicho, la había él comprado para disimular mijor el negocio), con licencia estaba yo en ella, y no hacía cosa que no fuese con parecer de letrados, para no ir un punto contra obediencia. Y como vían ser muy provechoso para toda la Orden por muchas causas, que, aunque iba con secreto y guardándome no lo supiesen mis perlados, me decían lo podía hacer; porque por muy poca inperfeción que me dijeran era, mil monesterios me parece dejara, cuantimás uno. Esto es cierto, porque aunque lo deseaba por apartarme más de todo y llevar mi profesión y llamamiento con más perfeción y encerramiento, de tal manera lo deseaba que cuando entendiera era más servicio del Señor dejarlo todo, lo hiciera —como lo hice la otra vez— con todo sosiego y paz.

6. Pues fue para mí como estar en una gloria ver poner el Santísimo Sacramento y que se remediaron cuatro huérfanas

---

[8] En efecto, doña Guiomar se había trasladado a Toro.

[9] Es decir, el buen éxito del asunto, la totalidad del negocio.

[10] Fueron Antonia de Henao, que profesó como Antonia del Espíritu Santo; María de la Paz, en religión María de la Cruz; Úrsula de Revilla, nominada Úrsula de los Santos; y la hermana de Julián de Ávila, la más conocida luego en el Carmelo, que profesó con el nombre de María de San José. Era el 24 de agosto de 1562.

[11] Se trata de Inés y Ana de Tapia, llamadas luego Inés de Jesús y Ana de la Encarnación.

pobres, porque no se tomaban con dote [12] y grandes siervas de Dios (que esto se pretendió a el principio, que entrasen personas que con su ejemplo fuesen fundamento para en que [13] se pudiese el intento que llevábamos, de mucha perfeción y oración, efetuar), y hecha una obra que tenía entendido era para el servicio de el Señor y honra del hábito de su gloriosa Madre, que éstas eran mis ansias. Y también me dio gran consuelo de haber hecho lo que tanto el Señor me había mandado, y otra ilesia más en este lugar de mi padre glorioso San Josef, que no la había. No porque a mí me pareciese había hecho en ello nada, que nunca me lo parecía, ni parece (siempre entiendo lo hacía el Señor, y lo que era de mi parte iba con tantas imperfeciones, que antes veo había que me culpar que no me agradecer); más érame gran regalo ver que hubiese Su Majestad tomádome por instrumento, siendo tan ruin, para tan grande obra. Ansí que estuve con tan gran contento, que estaba como fuera de mí, con gran oración.

7. Acabado todo, sería como desde a tres u cuatro horas, me resolvió el demonio una batalla espiritual, como ahora diré. Púsome delante si había sido mal hecho lo que había hecho, si iba contra obediencia en haberlo procurado sin que me lo mandase el provincial (que bien me parecía a mí le había de ser algún disgusto, a causa de sujetarle a el ordinario, por no se lo haber primero dicho; aunque como él no le había querido admitir, y yo no la mudaba [14], también me parecía no se le daría nada por otra parte), y que si habían de tener contento las que aquí estaban en tanta estrechura, si les había de faltar de comer, si había sido disbarate, que quién me metía en esto, pues yo tenía monesterio. Todo lo que el Señor me había mandado y los muchos pareceres y oraciones que había más de dos años que casi no cesaban, todo tan quitado de mi memoria

---

[12] No es del todo cierto. Informaciones de época prueban taxativamento que Antonia del Espíritu Santo llevó 17.000 maravedíes, y Úrsula de los Santos, 300 ducados, según consta en el Libro de Profesiones de las Descalzas de San José. (Véase Silverio, ed. cit. página 288, y *Tiempo y Vida,* cit.)

[13] Nótese el hipérbaton de una parte, y el curioso valor de las preposiciones. Aquí «en» aparece unida con «para». Quiere decir que con su ejemplo fuesen fundamento para que se pudiese efectuar el intento que llevaban.

[14] Se entiende «la obediencia», es decir, seguía dependiendo del provincial.

como si nunca hubiera sido. Sólo de mi parecer me acordaba, y todas las virtudes y la fee estaban en mí entonces suspendidas, sin tener yo fuerza para que ninguna obrase ni me defensiese de tantos golpes.

8. También me ponía el demonio que cómo me quería encerrar en casa tan estrecha y con tantas enfermedades, que cómo había de poder sufrir tanta penitencia y dejaba casa tan grande y deleitosa y adonde tan contenta siempre había estado, y tantas amigas, que quizá las de acá no serían a mi gusto, que me había obligado a mucho, que quizá estaría desesperada, y que por ventura había pretendido esto el demonio, quitarme la paz y quietud, y que ansí no podría tener oración, estando desasosegada, y perdería el alma. Cosas de esta hechura juntas me ponía delante, que no era en mi mano pensar en otra cosa, y con esto una aflición y escuridad y tinieblas en el alma, que yo no lo sé encarecer[15]. De que me vi ansí, fuime a ver el Santísimo Sacramento, aunque encomendarme a Él no podía. Paréceme estaba con una congoja como quien está en agonía de muerte. Tratarlo con nadie no había de osar, porque ni aun confesor no tenía señalado[16].

9. ¡Oh, válame Dios, qué vida esta tan miserable! No hay contento siguro ni cosa sin mudanza. Había tan poquito que no me parece trocara mi contento con ninguno de la tierra, y la mesma causa de él me atormentaba ahora de tal suerte, que no sabía qué hacer de mí. ¡Oh, si mirásemos con advertencia las cosas de nuestra vida! Cada uno vería por espiriencia en lo poco que se ha de tener contento ni descontento de ella.

Es cierto que me parece que fue uno de los recios ratos que he pasado en mi vida; parece que adivinaba el espíritu lo mucho que estaba por pasar, aunque no llegó a ser tanto como esto si durara. Mas no dejó el Señor padecer a su pobre sierva, porque nunca en las tribulaciones me dejó de socorrer; y ansí fue en ésta que me dio un poco de luz para ver que era demonio y para que pudiese entender la verdad y que todo era quererme espantar con mentiras; y ansí comencé a acordarme de mis grandes determinaciones de servir a el Señor y deseos de padecer por Él, y pensé que, si había de cumplirlos, que no

---

15 Nótese que la afectividad pasa al texto teresiano. Cuando algo le preocupa lo refuerza estilísticamente. Véase aquí el polisíndeton.

16 Dice «porque ni siquiera *(ni aun)* tenía señalado confesor», extraña afirmación cuando estaba en plena efervescencia de contactos espirituales.

había de andar a procurar descanso, y que si tuviese trabajos, que eso era el merecer, y si descontento, como lo tomase por servir a Dios, me serviría de purgatorio; que de qué temía, que pues deseaba trabajos, que buenos eran éstos, que en la mayor contradición estaba la ganancia; que por qué[17] me había de faltar ánimo para servir a quien tanto debía.

Con estas y otras consideraciones, haciéndome gran fuerza, prometí delante de el Santísimo Sacramento de hacer todo lo que pudiese para tener licencia de venirme a esta casa, y en pudiéndolo hacer con buena conciencia, prometer clausura.

10. En haciendo esto, en un instante huyó el demonio y me dejó sosegada y contenta, y lo quedé y lo he estado siempre, y todo lo que en esta casa se guarda de encerramiento y penitencia y lo demás, se me hace en estremo suave y poco. El contento es tan grandísimo[18] que pienso yo algunas veces qué pudiera escoger en la tierra que fuera más sabroso. No sé si es esto parte para tener mucha más salud que nunca o querer el Señor, por ser menester y razón que haga lo que todas, darme este consuelo que pueda hacerlo, aunque con trabajo. Mas de el poder se espantan todas las personas que saben mis enfermedades. ¡Bendito sea Él que todo lo da y en cuyo poder se puede![19].

11. Quedé bien cansada de tal contienda y riéndome de el demonio, que vi claro ser él. Creo lo primitió el Señor, porque yo nunca supe qué cosa era el descontento de ser monja ni un momento, en veinte y ocho años y más que ha que lo soy[20], para que entendiese la merced grande que en esto me había hecho, y de el tormento que me había librado; y también para que si alguna viese lo estaba, no me espantase y me apiadase de ella y la supiese consolar.

Pues pasado esto, queriendo después de comer descansar un poco (porque en toda la noche no había casi sosegado, ni en otras algunas dejado de tener trabajo y cuidado, y todos los días bien cansada), como se había sabido en mi monesterio y

---

[17] Este *que* falta en el autógrafo. Fray Luis lo añade para completar el sentido. Todos los editores lo han respetado.

[18] Ponderación popular (vulgarismo).

[19] Alude a Fl. 4, 13.

[20] Según los datos, estas páginas las escribe a finales de 1564 ó 1565, después de que el inquisidor Soto le había aconsejado que escribiera su vida y fuera examinada por San Juan de Ávila. Tenía entonces la santa 29 años aproximadamente.

en la ciudad lo que estaba hecho, había en él mucho alboroto por las causas que ya he dicho, que parecía llevaban algún color. Luego la perlada[21] me envió a mandar que a la hora me fuese allá[22]. Yo en viendo su mandamiento, dejo mis monjas harto penadas, y voime luego. Bien vi que se me habían de ofrecer hartos trabajos; mas como ya quedaba hecho, muy poco se me daba. Hice oración suplicando a el Señor me favoreciese, y a mi padre San Josef que me trajese a su casa, y ofrecíle lo que había de pasar y, muy contenta se ofreciese algo en que yo padeciese por Él y le pudiese servir, me fui con tener creído luego me habían de echar en la cárcel[23]; mas a mi parecer me diera mucho contento por no hablar a nadie y descansar un poco en soledad, de lo que yo estaba bien necesitada, porque me traía molida tanto andar con gente.

12. Como llegué y di mi discuento[24] a la perlada, aplacóse algo, y todas enviaron a el provincial, y quedóse la causa para delante de él; y venido, fui a juicio con harto gran contento de ver que padecía algo por el Señor, porque contra Su Majestad ni la Orden, no hallaba haber ofendido nada en este caso; antes procuraba aumentarla con todas mis fuerzas y muriera de buena gana por ello, que todo mi deseo era que se cumpliese con toda perfección. Acordéme de el juicio de Cristo y vi cuán nonada era aquél. Hice mi culpa como muy culpada[25], y ansí lo parecía a quien no sabía todas las causas. Después de haberme hecho una grande repreensión, aunque no con tanto rigor como merecía el delito, y lo que muchos decían a el provincial, yo no quisiera disculparme, porque iba determinada a ello; antes pedí me perdonase y castigase y no estuviese desabrido conmigo.

13. En algunas cosas bien vía yo me condenaban sin culpa, porque me decían lo había hecho porque me tuviesen en algo y

---

21 Gracián apostilla «d.ª Isabel de Ávila». Los teresianistas de nuevo enmiendan la plana al padre Gracián y afirman que se trata de María Cimbrón, recientemente elegida priora.

22 La expresión *a la hora* equivale en Santa Teresa a «en seguida», «al instante».

23 De aquí se ha sacado la conclusión de que Teresa estuvo algunas horas de esta celda-cárcel del monasterio de la Encarnación. Hoy los teresianistas están de acuerdo en que no fue así y ofrecen suficientes testimonios.

24 «Dar discuento»: «justificarse», «dar explicaciones», como ya dijimos.

25 Es decir, «hice confesión pública». Nótese asimismo la derivación *culpa... culpada.*

por ser nombrada y otras semejantes; mas en otras claro entendía que decían verdad, en que era yo más ruin que otras, y que pues no había guardado la mucha relisión que se llavaba en aquella casa, cómo pensaba guardarla en otra con más rigor, que escandalizaba el pueblo y levantaba cosas nuevas[26]. Todo no me hacía ningún alboroto ni pena, aunque yo mostraba tenerla porque no pareciese tenía en poco lo que me decían. En fin, me mandó delante de las monjas diese discuento y húbelo de hacer. Como yo tenía quietud en mí y me ayudada el Señor, di mi discuento de manera que no halló el provincial, ni las que allí estaban, por qué me condenar; y después a solas le hablé más claro y quedó muy satisfecho, y prometióme —si fuese adelante— en sosegándose la ciudad, de darme licencia que me fuese a él, porque el alboroto de toda la ciudad era tan grande como ahora diré.

14. Desde a dos o tres días, juntáronse algunos de los regidores y corregidor y de el cabildo, y todos juntos dijeron que en ninguna manera se había de consentir, que venía conocido daño a la república, y que habían de quitar el Santísimo Sacramento, y que en ninguna manera sufrirían pasase adelante. Hicieron juntar todas las órdenes para que digan[27] su parecer, de cada una dos letrados. Unos callaban, otros condenaban; en fin, concluyeron que luego se deshiciese. Sólo un presentado de la Orden de Santo Domingo[28], aunque era contrario —no del monesterio, sino de que fuese pobre—, dijo que no era cosa que ansí se había de deshacer, que se mirase bien, que tiempo había para ello, que este era el caso del obispo, o cosas de esta arte, que hizo mucho provecho, porque sigún la furia, fue dicha no lo poner luego por obra. Era, en fin, que había de ser, que era el Señor servido de ello y podían todos poco contra su voluntad. Daban sus razones y

---

26 Expresión característica para designar las desviaciones doctrinales de iluminados, luteranos, etc., por parte de la Inquisición.

27 Pasa al tiempo presente para expresar la vehemencia de su sentir; tan cerca tenía aún estos hechos.

28 Gracián anota «el Maestro Fray Domingo Báñez»; el propio Báñez así lo reconoce y al margen del autógrafo escribe: «Esto fue el año 1562, en fin de agosto. Yo me hallé presente y di este parecer. Fray Domingo Báñez (rúbrica). Y cuando esto escribo es año 1575, 2 de mayo, y tiene esta Madre fundados 9 monasterios con gran religión». Esta nota la escribió tras haber examinado el *Libro de la vida* por encargo de la Inquisición.

llevaban buen celo, y ansí sin ofender a Dios, hacíanme padecer y a todas las personas que lo favorecían, que eran algunas, y pasaron mucha persecución.

15. Era tanto el alboroto del pueblo, que no se hablaba en otra cosa, y todos condenarme e ir a el provincial y a mi monesterio[29]. Yo ninguna pena tenía de cuanto decían de mí más que si no lo deijeran, sino temor si se había de deshacer. Esto me daba gran pena, y ver que perdían crédito las personas que me ayudaban, y el mucho trabajo que pasaban, que de lo que decían de mí antes me parece me holgaba; y si tuviera alguna fee, ninguna alteración tuviera, sino que faltar algo en una virtud basta a adormecerlas todas; y ansí estuve muy apenada los dos días que hubo estas juntas que digo en el pueblo, y estando bien fatigada, me dijo el Señor: *¿No sabes que soy poderoso?; ¿de qué temes?,* y me asiguró que no se desharía. Con esto quedé muy consolada. Enviaron a el Consejo Real con su información[30]. Vino provición para que se diese relación de cómo se había hecho.

16. Hela[31] aquí comenzado un gran pleito; porque de la ciudad fueron a la corte y hubieron de ir de parte del monesterio, y no había dineros ni yo sabía qué hacer. Proveyólo el Señor, que nunca mi padre provincial me mandó dejase de entender en ello; porque es tan amigo de toda virtud, que, aunque no ayudaba, no quería ser contra ello[32]. No me dio licencia hasta ver en lo que paraba, para venir acá. Estas siervas de Dios estaban solas y hacían más con sus oraciones que con cuanto yo andaba negociando, aunque fue menester harta diligencia.

Algunas veces parecía que todo faltaba, en especial un día antes que viniese el provincial, que me mandó la priora no tratase en nada, y era dejarse todo. Yo me fui a Dios y díjele: —«Señor, esta casa no es mía; por Vos se ha hecho; ahora que

---

29 De nuevo la elipsis característica.

30 Se trata de una denuncia oficial que, en efecto, se llevó a término.

31 *Hela:* «he aquí». El «la» tiene un sentido popular y hasta vulgar. La expresión equivaldría al actual «hete aquí».

32 Teresa no se fió mucho al principio de la ambigüedades del padre Ángel de Salazar; sin embargo, acabó siendo uno de sus más firmes puntos de apoyo en los primeros tiempos de la Reforma. Nació en Valdesanas, Burgos. Profesó en el Carmelo en 1535 y desempeñó importantes cargos dentro de la Orden. En el proceso de beatificación teresiana declaró siempre a su favor.

no hay nadie que negocie, hágalo Vuestra Majestad. Quedaba tan descansada y tan sin pena, como si tuviera a todo el mundo que negociara por mí, y luego tenía por siguro el necogio.

17. Un muy siervo de Dios, sacerdote[33], que siempre me había ayudado, amigo de toda perfeción, fue a la Corte a entender en el negocio, y trabajaba mucho; y el caballero santo —de quien he hecho mención— hacía en este caso muy mucho, y de todas maneras lo favorecía. Pasó hartos trabajos y persecución, y siempre en todo le tenía por padre y aun ahora le tengo. Y en los que nos ayudaban ponía el Señor tanto hervor[34], que cada uno lo tomaba por cosa tan propia suya como si en ello les fuera la vida y la honra, y no les iba más de ser cosa en que a ellos les parecía se servía el Señor. Pareció claro ayudar Su Majestad a el maestro que he dicho, clérigo, que también era de los que mucho me ayudaban, a quien el obispo puso de su parte en una junta grande que se hizo, y él estaba solo contra todos, y, en fin, los aplacó con decirles ciertos medios, que fue harto para que se entretuviesen, mas ninguno bastaba para que luego no tornasen a poner la vida, como dicen, en deshacerle. Este siervo de Dios que digo fue quien dio los hábitos y puso el Santísimo Sacramento, y se vio en harta persecución. Duró esta batería casi medio año, que decir los grandes trabajos que se pasaron por menudo sería largo[35].

18. Espantábame yo de lo que ponía el demonio contra unas mujercitas y cómo les parecía a todos era gran daño para el lugar solas doce mujeres y la priora, que no han de ser más —digo a los que lo contradecían—, y de vida tan estrecha; que ya que fuera daño o yerro, era para sí mesmas; mas daño a el lugar, no parece llevaba camino, y ellos hallaban tantos que con buena conciencia lo contradecían. Ya vinieron a decir que, como[36] tuviese renta, pasarían por ello y que fuese adelante. Yo estaba ya tan cansada de ver el trabajo de todos los que me ayudaban, más que del mío, que me parecía no sería malo hasta que se sosegasen tener renta, y dejarla después. Y otras

---

[33] El padre Gracián anota: «Gonzalo de Aranda», confesor de las religiosas de la Encarnación y defensor en el pleito ante el Consejo Real. Colaboró de forma importante en la fundación de San José.

[34] Caso muy claro de la todavía frecuente aspiración de F- que la santa aquí representa por «h».

[35] Sucedió esto entre septiembre de 1562 y febrero de 1563. (E. Llamas, *loc. cit.*, pág. 471.)

[36] *Como:* valor condicional.

veces, como ruin e imperfeta, me parecía que por ventura lo quería el Señor, pues sin ella no podíamos salir con ello, y venía ya en este concierto.

19. Estando la noche antes que se había de tratar en oración, y ya se había comenzado el concierto, díjome el Señor que no hiciese tal, que si comenzásemos a tener renta que no nos dejarían después que la dejásemos y otras algunas cosas. La mesma noche me apareció el santo fray Pedro de Alcántara, que era ya muerto; y antes que muriese me escribió [37] —cómo supo la gran contradición y persecución que teníamos—, se holgaba fuese la fundación con contradición tan grande, que era señal se había el Señor servir muy mucho en este monesterio, pues el demonio tanto ponía en que no se hiciese, y que en ninguna manera viniese en tener renta. Y aun dos o tres veces me persuadió en la carta, y que, como esto hiciese, ello vernía a hacerse todo como yo quería. Ya yo le había visto otras dos veces después que murió, y la gran gloria que tenía; y ansí no me hizo temor, antes me holgué mucho; porque siempre aparecía como cuerpo glorificado, lleno de mucha gloria, y dábamela [38] muy grandísima verle. Acuérdome que me dijo la primera vez que le vi, entre otras cosas, diciéndome lo mucho que gozaba, qué dichosa penitencia había sido la que había hecho, que tanto premio había alcanzado.

20. Porque ya creo tengo dicho algo de esto [39], no digo aquí más de cómo esta vez me mostró rigor y sólo me dijo que en ninguna manera tomase renta y que por qué no quería tomar su consejo, y desapareció luego. Yo quedé espantada y luego otro día dije a el caballero —que era a quien en todo acudía como el que más en ello hacía— lo que pasaba, y que no se concertase en ninguna manera tener renta, sino que fuese adelante el pleito. Él estaba en esto mucho más fuerte que yo,

---

[37] Existe una carta dirigida a Santa Teresa fechada en Ávila el 14 de abril de 1562, cuando Teresa se encontraba en el palacio de doña Luisa de la Cerda. Sin embargo, E. Llamas y otros teresianistas piensan que la carta aquí aludida es otra sin duda, pues la misma expresión *antes que muriése me escribió,* la sitúa en fecha más próxima a su muerte. En efecto, se trata de una breve misiva escrita en el mes de septiembre de 1562 que el padre Ribera llegó a conocer, pero que hoy está perdida.

[38] Se sobreentiende «gloria».

[39] Transcribe aquí unas frases del capítulo 28 donde habla de su primera aparición.

y holgóse mucho; después me dijo cuán de mala gana hablaba en el concierto.

21. Después se tornó a levantar otra persona[40], y sierva de Dios harto, y con buen celo; ya que estaba en buenos términos, decía se pusiese en manos de letrados. Aquí tuve hartos desasosiegos; porque algunos de los que me ayudaban venían en esto, y fue esta maraña que hizo el demonio de la más mala digestión de todas. En todo me ayudó el Señor, que ansí dicho en suma no se puede bien dar a entender lo que se pasó en dos años que se estuvo comenzada esta casa hasta que se acabó[41]. Este medio postrero y lo primero fue lo más trabajoso.

22. Pues aplacada ya algo la ciudad, dióse tan buena maña el padre presentado dominico que nos ayudaba, aunque no estaba presente, mas habíale traído el Señor a un tiempo, que nos hizo harto bien y pareció haberle Su Majestad para solo este fin traído, que me dijo él después que no había tenido para qué venir, sino que acaso lo había sabido. Estuvo lo que fue menester. Tornado a ir, procuró por algunas vías que nos diese licencia nuestro padre provincial para venir yo a esta casa con otras algunas[42] conmigo, que parecía casi imposible darla tan en breve, para hacer el oficio[43] y enseñar a las que estaban. Fue grandísimo consuelo para mí el día que venimos.

23. Estando haciendo oración en la Ilesia antes que entrase en el monesterio, estando casi en arrobamiento, vi a Cristo que con grande amor me pareció me recibía y ponía una corona, y agradeciéndome lo que había hecho por su Madre.

Otra vez, estando todas en el coro en oración, después de Completas, vi a nuestra Señora con grandísima gloria, con manto blanco, y debajo de él parecía ampararnos a todas;

---

[40] Ningún teresianista la ha identificado con fundamento, pues sólo Miguel Mir se refiere al padre Baltasar Álvarez, pero sin datos para justificar tal suposición. La maraña consistió en que uno de los letrados, cuando ya el pleito estaba casi resuelto, propuso no seguirlo tramitando por vía legal, sino dejarlo al buen juicio de «letrados». Menos mal que no sucedió así.

[41] Primero escribió tres y luego dos años. Nunca es muy de fiar Teresa en cuestión de fechas.

[42] Construcción bastante rara, incluso en la santa, que escribe sistemáticamente «algunas otras».

[43] Nos parece más aceptable la explicación de Llamas, para quien aquí *hacer el oficio* se refiere a desempeñar oficio de gobierno más que a recitar oficio coral.

entendí cuán alto grado de gloria daría el Señor a las de esta casa.

24. Comenzado a hacer el oficio, era mucha la devoción que el pueblo comenzó a tener con esta casa. Tomáronse más monjas y comenzó el Señor a mover a los que más nos habían perseguido para que mucho nos favoreciesen y hiciesen limosna; y ansí aprobaban lo que tanto habían reprobado, y poco a poco se dejaron del pleito y decían que ya entendían ser obra de Dios, pues con tanta contradición Su Majestad había querido fuese adelante. Y no hay al presente nadie que le parezca fuera acertado dejarse de hacer, y ansí tienen tanta cuenta con proveernos de limosna, que sin haber demanda ni pedir a nadie, los despierta el Señor para que nos la envíen, y pasamos sin que nos falte lo necesario, y espero en el Señor será ansí siempre; que, como son pocas, si hacen lo que deben como Su Majestad ahora les da gracias para hacerlo, sigura estoy que no les faltará ni habrán menester ser cansosas[44], ni importunar a nadie, que el Señor se terná cuidado como hasta aquí, que es para mí grandísimo consuelo de verme aquí metida con almas tan desasidas. Su trato es entender cómo irán adelante en el servicio de Dios.

25. La soledad es su consuelo, y pensar de ver a nadie que no sea para ayudarlas a encender más el amor de su Esposo, les es trabajo, aunque sean muy deudos. Y ansí no viene nadie a esta casa, sino quien trata de esto, porque ni las contenta ni los contenta. No es su lenguaje otro sino hablar de Dios, y ansí no entienden ni las entiende sino quien habla el mesmo. Guardamos la regla de nuestra Señora del Carmen, y cumplida ésta sin relajación, sino como la ordenó fray Hugo, cardenal de Santa Sabina, que fue dada a m.cc.xlviii años, en el año quinto del pontificado del papa Inocencio Cuarto[45].

26. Me parece serán bien empleados todos los trabajos que se han pasado. Ahora, aunque tiene algún rigor porque no se

---

[44] «Importunas», «molestas» y «gravosas». Se mantiene todavía esta forma en muchas zonas del dominio lingüístico hispánico.

[45] Teresa quiere ofrecer estos datos con la mayor exactitud, tomándolos casi literalmente de la Constitución Apostólica *Quae honorem Conditoris,* que contiene la Regla modificada por el cardenal Hugo de San Caro y confirmada luego por Inocencio IV en 1248. Con posterioridad (1432) se mitigó en parte el rigor primitivo, que Santa Teresa recuperó vitalizándolo con la práctica de la oración mental.

come jamás carne sin necesidad y ayuno de ocho meses y otras cosas, como se ve en la mesma primera regla, en muchas aun se les hace poco a las hermanas, y guardan otras cosas que para cumplir ésta con más perfeción nos han parecido necesarias, y espero en el Señor ha de ir muy adelante lo comenzado, como Su Majestad me lo ha dicho[46].

27. La otra casa que la beata que dije procuraba hacer[47], también la favoreció el Señor, y está hecha en Alcalá, y no le faltó harta contradición ni dejó de pasar trabajos grandes. Sé que se guarda en ella toda relisión, conforme a esta primera regla nuestra. Plega al Señor sea todo para gloria y alabanza suya, y de la gloriosa Virgen María, cuyo hábito traemos, amén.

28. Creo se enfadará vuesa merced de la larga relación que he dado de este monesterio, y va muy corta para los muchos trabajos y maravillas que el Señor en esto ha obrado, que hay de ello muchos testigos que lo podrán jurar; y ansí pido yo a vuesa merced por amor de Dios, que si le pareciere romper lo demás que aquí va escrito, lo que toca a este monesterio vuesa merced lo guarde; y, muerta yo, lo dé a las hermanas que aquí estuvieren, que animará mucho para servir a Dios las que vinieren[48], y a procurar no caya lo comenzado, sino que vaya siempre adelante, cuando vean lo mucho que puso Su Majestad en hacerla por medio de cosa tan ruin y baja como yo.

Y, pues el Señor tan particularmente se ha querido mostrar en favorecer para que se hiciese, paréceme a mí que hará mucho mal y será muy castigada de Dios la que comenzare a relajar la perfeción que aquí el Señor ha comenzado y favorecido para que se lleve con tanta suavidad, que se ve muy bien es tolerable y se puede llevar con descanso, y el gran aparejo que hay para vivir siempre en él las que a solas quisieren gozar de su esposo Cristo; que esto es siempre lo que han de pretender, y solas con Él solo[49], y no ser más de trece; porque esto tengo por muchos pareceres sabido que conviene, y visto

---

[46] Los tres puntos básicos del rigor primitivo eran abstinencia perpetua de carne, ayuno y silencio riguroso.

[47] Se trata de María de Jesús Yepes. De ella se habla en el capítulo 35.

[48] Omisión frecuentemente de la preposición «a», «a las que vinieren».

[49] De nuevo el recurso fónico de las sibilantes con derivación *solas... sólo.*

por espiriencia, que para llevar el espíritu que se lleva y vivir de limosna y sin demanda, que no se sufre más[50]. Y siempre crean más a quien con trabajos muchos y oración de muchas personas procuró lo que sería mijor; y en el gran contento y alegría y poco trabajo que en estos años que ha estamos en esta casa vemos tener todas y con mucha más salud que solían, se verá ser esto lo que conviene. Y quien le pareciere áspero[51], eche la culpa a su falta de espíritu, y no a lo que aquí se guarda (pues personas delicadas y no sanas, como le tienen[52], con tanta suavidad lo pueden llevar), y váyanse a otro monesterio, adonde se salvarán conforme a su espíritu.

---

50 Es decir, ser más de 13.
51 En el autógrafo dice, posiblemente por error, «espero».
52 Se sobreentiende «el espíritu».

CAPÍTULO XXXVII

Trata de los efetos que le quedaban cuando el Señor le había hecho alguna merced. Junta con esto harto buena dotrina. Dice cómo se ha de procurar y tener en mucho ganar algún grado más de gloria, y que por ningún trabajo dejemos bienes que son perpetuos.

1. De mal se me hace decir más de las mercedes que me ha hecho el Señor de las dichas [1], y aun son demasiadas para que se crea haberlas hecho a persona tan ruin; mas por obedecer a el Señor que me lo ha mandado, y a vuesas mercedes [2], diré algunas cosas para gloria suya. Plega a Su Majestad sea para aprovechar a algún alma ver que a una cosa tan miserable ha querido el Señor ansí favorecer (¿qué hará a quien le hubiese de verdad servido?) y se animen todos a contentar a Su Majestad, pues aun en esta vida da tales prendas.

2. Lo primero, hase de entender que en estas mercedes que hace Dios a el alma hay más o menos gloria, porque en algunas visiones escede tanto la gloria y gusto y consuelo a el que da en

---

[1] En *dichas* hay elipsis y alteración del orden. Se inicia aquí la última parte del libro.

[2] Habla en plural, pues se refiere ya al padre Báñez y a García de Toledo, que hasta entonces había sido el interlocutor principal. Otros autores piensan que no se trata de Domingo Báñez, sino del padre P. Ibáñez.

otras, que yo me espanto de tanta diferencia de gozar, aun en esta vida; porque acaece ser tanta la diferencia que hay de un gusto y regalo que da Dios en una visión u en un arrobamiento, que parece no es posible poder haber más acá que desear[3], y ansí el alma no lo desea ni pediría más contento. Aunque después que el Señor me ha dado a entender la diferencia que hay en el cielo de lo que gozan unos a lo que gozan otros, cuán grande es[4], bien veo que también acá no hay tasa en el dar cuando el Señor es servido, y ansí no querría yo la hubiese en servir yo a Su Majestad, y emplear toda mi vida y fuerzas y salud en esto, y no querría por mi culpa perder un tantito de más gozar. Y digo ansí que si me dijesen cuál[5] quiero más, estar con todos los trabajos de el mundo hasta el fin de él y después subir un poquito más en gloria, o sin ninguno irme a un poco de gloria más baja, que de muy buena gana tomaría todos los trabajos por un tantito de gozar más de entender las grandezas de Dios; pues veo que quien más le entiende, más le ama y le alaba.

3. No digo que me contentaría y ternía por muy venturosa de estar en el cielo, aunque fuese en el más bajo lugar, pues quien tal le tenía en el infierno harta misericordia me haría en esto el Señor, y plega a Su Majestad vaya yo allá, y no mire a mis grandes pecados. Lo que digo es que, aunque fuese a muy gran costa mía, si pudiese y el Señor me diese gracia para trabajar mucho, no querría por mi culpa perder nada. ¡Miserable de mí que con tantas culpas lo tenía perdido todo!

4. Hase de notar también que en cada merced que el Señor me hacía de visión u revelación quedaba mi alma con alguna gran ganancia; y con algunas visiones quedaba con muy muchas. De ver a Cristo me quedó imprimida su grandísima hermosura, y la tengo hoy día, porque para esto bastaba sola una vez, cuantimás tantas como el Señor me hace esta merced. Quedé con un provecho grandísimo, y fue éste; tenía una grandísima falta de donde me vinieron grandes daños y era ésta[6]: que como comenzaba a entender que una persona me

---

[3] Leve hipérbaton y abundancia característica de infinitivos. El orden sería «poder haber acá más que desear».

[4] De nuevo hipérbaton; el sujeto aparece muy distante. El sentido sería: «cuán grande es la diferencia».

[5] Empleo del pronombre de persona en lugar del de cosa. Tal vez suponga una elipsis: «cuál bien quiero», «qué bien prefiero».

[6] Fórmula rutinaria didáctica llena de infantilismo, muy frecuente

tenía voluntad y, si me caía en gracia, me aficionaba tanto que me ataba en gran manera la memoria a pensar en él, aunque no era con intención de ofender a Dios, mas holgábame de verle y de pensar en él y en las cosas buenas que le vía. Era cosa tan dañosa, que me traía el alma harto perdida. Después que vi la gran hermosura de el Señor, no vía a nadie que en su comparación me pareciese bien ni me ocupase; que, con poner un poco los ojos de la consideración en la imagen que tengo en mi alma, he quedado con tanta libertad en esto, que después acá[7] todo lo que veo me parece hace asco en comparación de las ecelencias y gracias que en este Señor vía. Ni hay saber ni manera de regalo que yo estime en nada en comparación del que es oír sola una palabra dicha de aquella divina boca, cuantimás tantas. Y tengo yo por imposible, si el Señor por mis pecados no primite se me quite esta memoria, podérmela nadie ocupar[8] de suerte que, con un poquito de tornarme a acordar de este Señor, no quede libre.

5. Acaecióme con algún confesor, que siempre quiero mucho a los que gobiernan mi alma (como los tomo en lugar de Dios tan de verdad, paréceme que es siempre donde mi voluntad más se emplea) y, como yo andaba con siguridad, mostrábales gracia[9]; ellos, como temerosos y siervos de Dios, temíanse no me asiese en alguna manera y me atase a quererlos, aunque santamente, y mostrábanme desgracia. Esto era después que yo estaba tan sujeta a obedecerlos, que antes no los cobraba ese amor. Yo me reía entre mí de ver cuán engañados estaban, aunque no todas veces[10] trataba tan claro lo poco que me ataba a nadie como lo tenía en mí[11], mas asigurábalos y, tratándome más, conocían lo que debía a el Señor; que estas sospechas que traían de mí siempre era a los principios.

---

en Santa Teresa, que debió recogerla de cuentos o relatos didácticos infantiles: *y era esta.* Nótese el uso de «y» con valor de relativo.

[7] Es decir, desde entonces hasta ahora.

[8] De nuevo un calco de oración de infinitivo latina; «que nadie pueda ocupármela».

[9] Período de muy diversas maneras puntuado. Rechazamos la puntuación concreta —en tantas ocasiones aceptable— de fray Tomás de la Cruz. La frase «mostrar gracia o desgracia» es sinónima de «mostrar agrado o desagrado».

[10] *Todas veces:* «siempre» (se ha hablado de galicismo).

[11] Es decir, «como era claro para mí» o «como yo lo veía claro».

Comenzóme mucho mayor amor y confianza de este Señor en viéndole, como con quien tenía conversación tan contina. Vía que, aunque era Dios, que era hombre, que no se espanta de las flaquezas de los hombres, que entiende nuestra miserable compostura, sujeta a muchas caídas por el primer pecado que él había venido a reparar. Puedo tratar como con amigo, aunque es Señor; porque entiendo no es como los que acá tenemos por señores, que todo el señorío ponen en autoridades postizas[12]. Ha de haber hora de hablar y señaladas personas que los hablen; si es algún pobrecito que tiene algún negocio, más rodeos y favores y trabajos le ha de costar tratarlo u que si es con el rey[13]. Aquí no hay tocar gente pobre y no caballerosa, sino preguntar quién son los más privados; y a buen siguro que no sean personas que tengan al mundo debajo de los pies, porque éstos hablan verdades, que no temen ni deben[14]; no son para palacio, que allí no se deben usar, sino callar lo que mal les parece, que aun pensarlo no deben osar por no ser desfavorecidos.

6. ¡Oh Rey de gloria y Señor de todos los reyes!, ¡cómo no es vuestro reino armado de palillos[15], pues no tiene fin! ¡Cómo no son menester terceros[16] para Vos! Con mirar vuestra persona, se ve luego que es[17] sólo el que merecéis que os llamen Señor, sigún la majestad mostráis. No es menester gente de acompañamiento ni de guarda para que conozcan que sois Rey, porque acá un rey solo mal se conocerá por sí; aunque él más quisiera ser conocido por rey, no le creerán, que no tiene más

---

[12] Es uno de los párrafos más insistentemente comentados del libro. Nótese el desprecio por las *autoridades postizas*. Recuérdese su personal punto de vista al respecto, que no le impide aceptar de hecho lo establecido, pero sí ironizar sobre ello. (Véase Introducción).

[13] Disentimos de las lecturas del padre Silverio y fray Tomás de la Cruz. Creemos mucho más aceptable la de fray Luis de León, luego seguida por el padre Efrén de la Madre de Dios (*loc. cit.*, página 169).

[14] Se trata de un proverbio. Éstos, es decir, los que tienen el mundo debajo de los pies, *no temen ni deben*, o sea, «carecen de respetos humanos».

[15] *Armado de palillos:* «pequeño», «deleznable».

[16] *Terceros* está utilizado como sustantivo, con el claro significado de «mediadores».

[17] No concuerda el verbo con el sentido de la frase. Debería decir «sois».

que los otros; es menester que se vea por qué lo creer. Y ansí es razón tenga estas autoridades postizas, porque si no las tuviese no le ternían en nada; porque no sale de sí el parecer poderoso; de otros le ha de venir la autoridad[18]. ¡Oh Señor mío! ¡Oh Rey mío! ¡Quién supiera ahora representar la majestad que tenéis! Es imposible dejar de ver que sois grande Emperador en Vos mesmo, que espanta mirar esta majestad; mas más espanta, Señor mío, mirar con ella vuestra humildad y el amor que mostráis a una como yo. En todo se puede tratar y hablar con Vos como quisiéremos, perdido el primer espanto y temor de vuestra majestad, con quedar mayor para no ofenderos; mas no por miedo del castigo, Señor mío, porque éste no se tiene en nada en comparación de[19] no perderos a Vos.

7. Hela[20] aquí los provechos de esta visión, sin otros grandes que deja en el alma. Si es de Dios entiéndese por los efetos, cuando el alma tiene luz; porque, como muchas veces he dicho, quiere el Señor que esté en tinieblas y que no vea esta luz, y ansí no es mucho tema la que se ve tan ruin como yo.

No hay más que ahora que me ha acaecido estar ocho días que no parece había en mí ni podía tener conocimiento de lo que debo a Dios, ni acuerdo de las mercedes, sino tan embotada el alma y puesta no sé en qué, ni cómo; no en malos pensamientos, mas para los buenos estaba tan inhábil, que me reía de mí y gustaba de ver la bajeza de un alma cuando no anda Dios siempre obrando en ella. Bien ve que no está sin Él en este estado, que no es como los grandes trabajos que he dicho tengo algunas veces[21], mas aunque pone leña y hace eso poco que puede de su parte, no hay arder el fuego de amor[22]; de harta misericordia suya es que se ve el humo para entender

---

18 Párrafo finamente irónico. Recuérdese el momento político en que se escriben estas frases (absolutismo monárquico de Felipe II).

19 Es decir, «con no perderos» o «con el hecho de no perderos».

20 *Hela.* Expletivo, probablemente catafórico, de «visión». De todas formas, la concordancia de sentido habría de ser con «provechos». Debería decir, por tanto, «helos aquí».

21 Se refiere a lo largo de todo este párrafo al capítulo 30, números 8-18.

22 Este pasaje fue enmendado por Fray Luis: «No hay arder el fuego de amor de Dios, harta misericordia suya es...». La mayoría de los editores respetar la enmienda. Creemos, sin embargo, que no hay razón para ello.

que no está del todo muerto. Torna el Señor a encender, que entonces un alma, aunque se quiebre la cabeza en soplar y en concertar los leños, parece que todo lo ahoga más. Creo es lo mijor rendirse del todo a que no puede nada por sí solo, y entender en otras cosas, como he dicho, meritorias; porque por ventura la quita el Señor la oración para que entienda en ella y conozca por espiriencia lo poco que puede por sí.

8. Es cierto que yo me he regalado hoy con el Señor y atrevido a quejarme de Su Majestad[23], y le he dicho: —«¿Cómo, Dios mío, que no basta que me tenéis en esta miserable vida y que por amor de Vos paso por ello, y quiero vivir adonde todo es embarazos para no gozaros, sino que he de comer y dormir y negociar y tratar con todos, y todo lo paso por amor de Vos; pues bien sabéis, Señor mío, que me es tormento grandísimo, y que tan poquitos ratos como me quedan para gozar de Vos, os me ascondáis? ¿Cómo se compadece[24] esto en vuestra misericordia? ¿Cómo lo puede sufrir el amor que me tenéis? Creo, Señor, que si fuera posible poderme asconder yo de Vos, como Vos de mí, que pienso y creo del amor que me tenéis que no lo sufriérades; mas estaisos Vos conmigo y veisme siempre; ¡no se sufre esto, Señor mío! Suplícoos miréis que se hace agravio a quien tanto os ama.»

9. Esto y otras cosas me ha acaecido decir, entendiendo primero cómo era piadoso[25] el lugar que tenía en el infierno para lo que merecía. Mas algunas veces desatina tanto el amor, que no me siento, sino que en todo mi seso doy estas quejas y todo me lo sufre el Señor. Alabado sea tan buen Rey. ¡Llegáramos a los de la tierra con estos atrevimientos! Aun ya a el rey no me maravillo que no se ose hablar, que es razón se tema, y a los señores que representan ser cabezas; mas está ya el mundo de manera que habían de ser más largas las vidas para deprender los puntos y novedades y maneras que hay de crianza, si han de gastar algo de ella en servir a Dios. Yo me santiguo de ver lo que pasa. El caso es que ya yo no sabía cómo vivir cuando aquí me metí[26] porque no se toma de burla

---

23 El suceso tuvo lugar en el año 1564. (Véase E. Llamas, *loc. cit.*, pág. 486.)

24 *Se compadece:* «se conpagina», según hemos señalado ya.

25 *Piadoso:* «benigno», «no cruel». Se trata de una acepción clásica restringida luego al lenguaje eclesiástico.

26 En el monasterio de San José.

cuando hay descuido en tratar con las gentes mucho más que merecen, sino que tan de veras lo toman por afrenta, que es menester hacer satisfaciones[27] de vuestra intención, si hay —como digo— descuido; y aun plega a Dios lo crean.

10. Torno a decir que, cierto, yo no sabía cómo vivir, porque se ve una pobre de alma fatigada. Ve que la mandan que ocupe siempre el pensamiento en Dios y que es necesario traerle en Él para librarse de muchos peligros. Por otro cabo, ve que no cumple perder punto en puntos de mundo[28], so pena de no dejar de dar ocasión a que se tienten los que tienen su honra puesta en estos puntos. Traíame fatigada y nunca acababa de hacer satisfaciones[29], porque no podía —aunque lo estudiaba— dejar de hacer muchas faltas en esto, que, como digo, no se tiene en el mundo por pequeña. Y ¿es verdad que en las relisiones, que de razón habíamos en estos casos estar disculpados, hay disculpa? No, que dicen que los monesterios ha[30] de ser corte de crianza y de saberla. Yo cierto que no puedo entender esto. He pensado si dijo algún santo que había de ser corte para enseñar a los que quisiesen ser cortesanos del cielo, y lo han entendido al revés; porque traer este cuidado quien es razón lo traya contino en contentar a Dios y aborrecer el mundo, que le pueda traer tan grande en contentar a los que viven en él en estas cosas que tantas veces se mudan, no sé cómo. Aun si se pudiera deprender de una vez, pasará; mas aun para títulos de cartas es ya menester haya catedra[31] adonde se lea cómo se ha de hacer —a manera de decir—, porque ya se deja papel de una parte, ya de otra, y a quien no se solía poner Manífico, hase de poner Ilustre[32].

---

27 *Hacer satisfaciones:* «pedir excusas».

28 Se trata de un juego de palabras. Cree por partes que no vale perder tiempo en cuestión de etiqueta. Nótese la derivación *punto... puntos,* etc.

29 Empleo excesivo, casi vulgar, del verbo «hacer». Continúa la finísima ironía contra las etiquetas del mundo. Este capítulo ha sido muy utilizado para apoyar las recientes interpretaciones de la actitud teresiana respecto al mundo.

30 *Ha:* «han», probable lapsus.

31 La santa escribe *catedra* (palabra llana, tal como era en la época). «Leer» significa aquí «aprender», «estudiar».

32 El padre Silverio recuerda que en cuestión de tratamientos habíase llegado a tal extremo de exageración, que Felipe II hubo de regular, mediante Pragmática de 8 de octubre de 1586, estos formulismos.

11. Yo no sé en qué ha de parar, porque aún no he yo cincuenta años[33], y en lo que he vivido he visto tantas mudanzas, que no sé vivir. Pues los que ahora nacen y vivieren muchos[34], ¿qué han de hacer? Por cierto, yo he lástima a gente espiritual que está obligada a estar en el mundo por algunos santos fines, que es terrible la cruz que en esto llevan. Si se pudiesen concertar todos y hacerse inorantes y querer que los tengan por tales en estas ciencias, de mucho trabajo se quitarían.

12. Mas ¡en qué boberías me he metido! Por tratar en las grandezas de Dios he venido a hablar de las bajezas del mundo. Pues el Señor me ha hecho merced en haberle dejado, quiero ya salir de él; allá se avengan los que sustentan con tanto trabajo estas naderías[35]. Plega a Dios que en la otra vida, que es sin mudanzas, no las paguemos, amén.

---

33 De acuerdo con esta afirmación puede deducirse que escribía estas páginas en 1564 o principios de 1565.

34 Elipsis; se sobreentiende «años».

35 Pide perdón por meterse en vanidades. Gobierna su narración. Se dirige aquí a interlocutores concretos a quienes tal vez pudieran parecer naderías y boberías estas apreciaciones.

CAPÍTULO XXXVIII

En que trata de algunas grandes mercedes que el Señor la hizo, ansí en mostarle algunos secretos del cielo como otras grandes visiones y revelaciones que Su Majestad tuvo por bien viese. Dice los efetos con que la dejaban y el gran aprovechamiento que quedaba en su alma.

1. Estando una noche tan mala que quería escusarme de tener oración, tomé un rosario por ocuparme vocalmente, procurando no recoger el entendimiento, aunque en lo esterior estaba recogida en un oratorio. Cuando el Señor quiere, poco aprovechan estas diligencias. Estuve ansí bien poco, y vínome un arrobamiento de espíritu con tanto ímpetu, que no hubo poder resistir. Parecíame estar metida en el cielo, y las primeras personas que allá vi fue a mi padre y madre, y tan grandes cosas en tan breve espacio como se podría decir un Ave María, que yo quedé bien fuera de mí, pareciéndome muy demasiada merced. Esto de en tan breve tiempo, ya puede ser fuese más, sino que se hace muy poco. Temí no fuese alguna ilusión, puesto que[1] no me lo parecía; no sabía qué hacer, porque había gran vergüenza de ir a el confesor[2] con esto; y no por

[1] *Puesto que:* «aunque» (valor concesivo, frecuente en la santa).
[2] En el autógrafo se repite «confesor».

humilde, a mi parecer, sino porque me parecía había de burlar de mí, y decir que ¡qué San Pablo para ver cosas del cielo, u San Jerónimo![3]. Y por haber tenido estos santos gloriosos cosas de estas me hacía más temor a mí, y no hacía sino llorar mucho, porque no me parecía llevaba ningún camino. En fin, aunque más sentí, fui a el confesor, porque callar cosa jamás osaba —aunque más sintiese en decirla— por el gran miedo que tenía de ser engañada. Él, como me vio tan fatigada que[4] me consoló mucho y dijo hartas cosas buenas para quitarme de pena.

2. Andando más el tiempo me ha acacido y acaece esto algunas veces: íbame el Señor mostrando más grandes secretos; porque querer ver el alma más de lo que se le representa, no hay ningún remedio, ni es posible; y ansí no vía más de lo que cada vez quería el Señor mostrarme. Era tanto, que lo menos bastaba para quedar espantada y muy aprovechada el alma para estimar y tener en poco todas las cosas de la vida. Quisiera yo poder dar a entender algo de lo menos que entendía, y, pensando cómo pueda ser, hallo que es imposible; porque en solo la diferencia que hay de esta luz que vemos a la que allá se representa, siendo todo luz, no hay comparación, porque la claridad de el sol parece cosa muy desgustada[5]. En fin, no alcanza la imaginación, por muy sutil que sea, a pintar ni trazar cómo será esta luz, ni ninguna cosa de las que el Señor me daba a entender con un deleite tan soberano, que no se puede decir; porque todos los sentidos gozan en tan alto grado y suavidad, que ello no se puede encarecer, y ansí es mejor no decir más[6].

3. Había una vez estado ansí más de una hora mostrándome el Señor cosas admirables, que no me parece se quitaba de cabe mí. Díjome: —*«Mira, hija, qué pierden los que son contra*

---

[3] Alude a la *Epístola* II a los Corintios y a la *Carta* de San Jerónimo a Eustoquio.

[4] Aunque aparece en el autógrafo, todos los editores han considerado este *que* expletivo y redundante. Varios prescinden de él.

[5] Muchos editores leen «deslustrada». No debe hacerse, ya que el vocablo existe con el significado de «irrelevante» (figurado).

[6] Es bastante usual en Santa Teresa esta especie de final trunco con que concluye los epígrafes. Recuerda el famoso del Romancero «Yo no digo mi canción sino a quien conmigo va». Niégase a referir más detalles para que la imaginación de sus lectores complete el sentido.

mí; no dejes de decírselo.» ¡Ay, Señor mío, y qué poco aprovecha mi dicho a los que sus hechos los tienen ciegos, si Vuestra Majestad no les da luz! A algunas personas que Vos la habéis dado, aprovechado se han de saber vuestras grandezas, mas venlas, Señor mío, mostradas a cosa tan ruin y miserable, que tengo yo en mucho que haya habido nadie que me crea. Bendito sea vuestro nombre y misericordia, que —al menos a mí— conocida mijoría he visto en mi alma[7]. Después quisiera ella estarse siempre allí y no tornar a vivir, porque fue grande el desprecio que me quedó de todo lo de acá: parecíame basura y veo yo cuán bajamente nos ocupamos los que nos detenemos en ello.

4. Cuando estaba con aquella señora que he dicho[8], me acaeció una vez, estando yo mala del corazón (porque, como he dicho, le he tenido recio, aunque ya no lo es), como era de mucha caridad, hízome sacar joyas de oro y piedras, que las tenía de gran valor, en especial una de diamantes que apreciaba en mucho. Ella pensó que me alegraran; yo estaba riéndome entre mí y habiendo lástima de ver lo que estiman los hombres, acordándome de lo que nos tiene guardado el Señor, y pensaba cuán imposible me sería, aunque yo conmigo mesma lo quisiese procurar, tener en algo aquellas cosas[9], si el Señor no me quitaba la memoria de otras. Esto es un gran señorío para el alma, tan grande que no sé si lo entenderá sino quien lo posee; porque es el propio y natural desasimiento, porque es sin trabajo nuestro; todo lo hace Dios, que muestra Su Majestad estas verdades de manera que quedan tan imprimidas que se ve claro no lo pudiéramos por nosotros de aquella manera en tan breve tiempo adquirir.

5. Quedóme también poco miedo a la muerte, a quien yo siempre temía mucho; ahora paréceme facilísima cosa para quien sirve a Dios, porque en un memento se ve el alma libre de esta cárcel[10], y puesta en descanso. Que este llevar Dios el

---

[7] Típica fase anacolútica. La santa mezcla dos ideas. Iba a decir «que al menos a mí me habían hecho tales bienes», pero, de improviso, se le interpone otra cosa, dejando la construcción inconclusa.

[8] Doña Luisa de la Cerda.

[9] Nótese el complemento directo de cosa con la preposición «a», que le confiere un sentido personificador. No es muy usual en Santa Teresa.

[10] Auténtico lugar común en toda la literatura didáctico-moral desde la Edad Media. *Cárcel:* «mundo».

espíritu y mostrarle cosas tan ecelentes en estos arrebatamientos paréceme a mí conforma mucho a cuando sale un alma del cuerpo[11], que en un istante se ve en todo este bien. Dejemos los dolores de cuando se arranca, que hay poco caso que hacer de ellos; y los que de veras amaren a Dios y hubieren dado de mano a las cosas de esta vida, más suavemente deben morir.

6. También me parece me aprovechó mucho para conocer nuestra verdadera tierra[12] y ver que somos acá peregrinos; y es gran cosa ver lo que hay allá y saber adónde hemos de vivir. Porque si uno ha de ir a vivir de asiento a una tierra, esle gran ayuda, para pasar el trabajo del camino, haber visto que es tierra donde ha de estar muy a su descanso, y también para considerar las cosas celestiales y procurar que nuestra conversación sea allá; hácese con facilidad. Esto es mucha ganancia, porque sólo mirar el cielo recoge el alma; porque, como ha querido el Señor mostrar algo de lo que hay allá, estáse pensando, y acaéceme algunas veces ser los que me acompañan y con los que me consuelo los que sé que allá viven, y parecerme aquéllos verdaderamente los vivos, y los que acá viven tan muertos, que todo el mundo me parece no me hace compañía, en especial cuando tengo aquellos ímpetus.

7. Todo me parece sueño lo que veo, y que es burla, con los ojos del cuerpo[13]; lo que he ya visto con los del alma es lo que ella desea, y como se ve lejos, éste es el morir. En fin, es grandísima la merced que el Señor hace a quien da semejantes visiones, porque la ayuda mucho y también a llevar una pesada cruz, porque todo no la satisface, todo le da en rostro[14]. Y si el Señor no primitiese a veces se olvidase, aunque se torna a acordar, no sé cómo se podría vivir. ¡Bendito sea y alabado por

---

11 Construcción típicamente contaminada. Iba a decir «conforta a querer» y dice «conforta a cuando» (preposición «a» superflua).

12 No creo que este vocablo *tierra* tenga aquí el sentido de «patria» que le confieren tanto el padre Silverio como fray Tomás de la Cruz. Más bien se trata de algo más general, por supuesto referido al lugar que hemos de ocupar en la otra vida.

13 Los editores han ordenado esta frase de manera muy distinta. Fray Luis, pos ejemplo, lee: «Todo me parece sueño, y que es burla lo que veo con los ojos del cuerpo.» Más claramente —y respetando el original— es como editamos. Una ordenación más inteligible sería: «Todo lo que veo con los ojos del cuerpo me parece sueño y... burla.»

14 *Todo no:* «nada». Frases paralelísticas con el significado de «todo le es contrario».

siempre jamás! Plega a Su Majestad, por la sangre que su Hijo derramó por mí, que, ya que ha querido entienda algo de tan grandes bienes y que comience en alguna manera a gozar de ellos, no me acaezca lo que a Lucifer, que por su culpa lo perdió todo. No lo primita por quien Él es, que no tengo poco temor algunas veces; aunque por otra parte, y lo muy ordinario, la misericordia de Dios me pone siguridad, que, pues me ha sacado de tantos pecados, no querrá dejarme de su mano para que me pierda. Esto suplico yo a vuesa merced siempre le suplique[15].

8. Pues no son tan grandes las mercedes dichas, a mi parecer, como ésta que ahora diré, por muchas causas y grandes bienes que de ella me quedaron y gran fortaleza en el alma; aunque, mirada cada cosa por sí, es tan grande que no hay qué comparar[16].

9. Estaba un día, víspera del Espíritu Santo después de misa, fuime a una parte bien apartada adonde yo rezaba muchas veces, y comencé a leer en un Cartujano[17] esta fiesta, y leyendo las señales que han de tener los que comienzan y aprovechan y los perfetos, para entender está con ellos el Espíritu Santo, leídos estos tres estados, parecióme, por la bondad de Dios, que no dejaba de estar conmigo, a lo que yo podía entender. Estándole alabando y acordándome de otra vez que lo había leído, que estaba bien falta de todo aquello, que lo vía yo muy bien, ansí como ahora entendía lo contrario de mí, y ansí conocí era merced grande lo que el Señor me había hecho; y ansí comencé a considerar el lugar que tenía en el infierno merecido por mis pecados, y daba muchos loores a Dios, porque no me parecía conocía mi alma sigún la vía trocada. Estando en esta consideración, diome un ímpetu grande, sin entender yo la ocasión; parecía que el alma se me quería salir

---

15 No se ha entendido muy bien esta frase. Hay quien lee: «Esto suplico yo a vuestra merced; siempre lo supliqué» sin entender el sentido, pues la santa pide a su interlocutor (García de Toledo) que ruegue a Dios por ella.

16 «No hay posibilidad de.»

17 Refiérese a la *Vida de Cristo* de Ludolfo de Sajonia, cuya primera edición se llevó a cabo en Alcalá (1502-1503). Esta merced tuvo lugar, según E. Llamas, el 29 de mayo de 1563. Muchos años más tarde y en la misma fecha recibió otra gracia mística, que refiere como sucedida «en tal día como este, veinte años había, poco más o menos». La propia autora fechó esta segunda merced en 1579. No hacía, pues, veinte años.

de el cuerpo, porque no cabía en ella ni se hallaba capaz de esperar tanto bien. Era ímpetu tan ecesivo, que no me podía valer y, a mi parecer, diferente de otras veces, ni entendía qué había el alma, ni qué quería que tan alterada estaba. Arriméme, que aun sentada no podía estar, porque la fuerza natural me faltaba toda.

10. Estando en esto, veo sobre mi cabeza una paloma, bien diferente de las de acá, porque no tenía estas plumas, sino las alas de unas conchicas que echaban[18] de sí gran resplandor. Era grande más que paloma. Paréceme que oía el ruido que hacía con las alas. Estaría aleando espacio de un Ave María. Ya el alma estaba de tal suerte que, perdiéndose a sí de sí[19], la perdió de vista. Sosegóse el espíritu con tan buen huésped, que, sigún mi parecer, la merced tan maravillosa le debía de desosegar y espantar; y como comenzó a gozarla, quitósele el miedo y comenzó la quietud con el gozo, quedando en arrobamiento. Fue grandísima la gloria de este arrobamiento. Quedé lo más de la Pascua tan embobada y tonta, que no sabía qué me hacer, ni cómo cabía en mí tan gran favor y merced. No oía ni veía, a manera de decir; con gran gozo interior. Desde aquel día entendí quedar con grandísimo aprovechamiento en más subido amor de Dios y las virtudes muy más fortalecidas. Sea bendito y alabado por siempre, amén[20].

11. Otra vez vi la misma paloma sobre la cabeza de un padre de la Orden de Santo Domingo[21] (salvo que me pareció los rayos y resplandor de las mesmas alas que se estendían mucho más[22]) dióseme a entender había de traer almas a Dios.

12. Otra vez vi estar a nuestra Señora poniendo una capa muy blanca a el presentado de esta mesma Orden de quien he tratado algunas veces[23]. Díjome que por el servicio que le había hecho en ayudar a que se hiciese esta casa le daba aquel

---

18 La expresión «echar de sí» no la emplea Teresa con el sentido de «exhalar» en ninguna otra ocasión. Probablemente se trata de buscar el efecto de aliteración «echaba conchicas».

19 Es decir, comenzando el arrobamiento, con pérdida de conciencia.

20 Petronila Bautista da cuenta de este suceso *(Procesos de Ávila,* 1610, 56); pudo suceder en 1565.

21 Gracián anota: «Fray Pedro Ibáñez.»

22 Debe ordenarse: «me pareció que se extendían mucho más los rayos y el resplandor de las mismas alas». Muchos editores, ante la dificultad, llegan a inventarse literalmente el texto.

23 El padre Gracián anota también: «Fray Pedro Ibáñez.»

manto, en señal que guardaría su alma en limpieza de ahí adelante y que no caería en pecado mortal. Yo tengo cierto que ansí fue; porque desde pocos años murió, y su muerte y lo que vivió; fue con tanta penitencia la vida, y la muerte con tanta santidad que, a cuanto se puede entender, no hay que poner duda[24]. Díjome un fraile que había estado a su muerte, que antes que espirase le dijo cómo estaba con él Santo Tomás. Murió con gran gozo y deseo de salir de este destierro. Después me ha aparecido algunas veces con muy gran gloria y díchome algunas cosas. Tenía tanta oración que, cuando murió, que[25] con la flaqueza la quisiera escusar, no podía, porque tenía muchos arrobamientos. Escribióme poco antes que muriese, que qué medio ternía; porque, como acababa de decir misa, se quedaba con arrobamiento mucho rato[26], sin poderlo escusar. Dióle Dios al fin el premio de lo mucho que había servido toda su vida.

13. Del retor de la Compañía de Jesús[27] —que algunas veces he hecho de él mención— he visto algunas cosas de grandes mercedes que el Señor le hacía, que, por no alargar, no las pongo aquí. Acaecióle una vez un gran trabajo, en que fue muy perseguido, y se vió muy aflegido. Estando yo un día oyendo misa, vi a Cristo en la cruz cuando alzaban la Hostia; díjome algunas palabras que le dijese de consuelo, y otras previniéndole de lo que estaba por venir y poniéndole delante lo que había padecido por él, y que se aparejase para sufrir. Dióle esto mucho consuelo y ánimo, y todo ha pasado después como el Señor me lo dijo.

14. De los de la Orden de este padre, que es la Compañía de Jesús, toda la Orden junta, he visto grandes cosas: vilos en el cielo con banderas blancas en las manos algunas veces, y, como digo, otras cosas he visto de ellos de mucha admiración; y ansí tengo esta Orden en gran veneración, porque los he

---

24 Sabido que Pedro Ibáñez murió el 2 de febrero de 1565 y referidas las varias apariciones que cuenta la santa, puede pensarse que estas páginas están escritas a finales de dicho año.

25 Forma de nuevo expletiva y redundante.

26 Son palabras añadidas al margen del autógrafo por la propia autora.

27 No se ponen de acuerdo los teresianistas en este caso. Unos opinan que se trata de Baltasar Álvarez, tal como anota el padre Gracián y refiere María de San José. Otros, en cambio, hablan de Gaspar de Salazar.

tratado mucho y veo conforma su vida con lo que el Señor me ha dado de ellos a entender[28].

15. Estando una noche en oración, comenzó el Señor a decirme algunas palabras, trayéndome a la memoria por ellas cuán mala había sido mi vida, que me hacían harta confusión y pena; porque, aunque no van con rigor, hacen un sentimiento y pena que deshacen, y siéntese más aprovechamiento de conocernos con una palabra de éstas que en muchos días que nosotros consideremos nuestra miseria; porque trai consigo esculpida una verdad que no la podemos negar. Representóme las voluntades con tanta vanidad que había tenido, y díjome que tuviese en mucho querer que se pusiese en Él voluntad que tan mal se había gastado como la mía, y admitirla Él.

Otras veces me dijo que me acordase cuando parece tenía por honra el ir contra la suya. Otras, que me acordase lo que le debía; que cuando yo le daba mayor golpe, estaba Él haciéndome mercedes. Si tenía algunas faltas, que no son pocas, de manera me las da Su Majestad a entender, que toda parece me deshago, y como tengo muchas, es muchas veces. Acaecíame reprenderme el confesor y quererme consolar en la oración y hallar allí la reprensión verdadera.

16. Pues tornando a lo que decía, como comenzó el Señor a traerme a la memoria mi ruin vida, a vueltas de mis lágrimas[29], como yo entonces no había hecho nada, a mi parecer, pensé si me querían hacer alguna merced; porque es muy ordinario, cuando alguna particular merced recibo de el Señor, haberme primero deshecho a mí mesma, para que vea más claro cuán fuera de merecerlas yo son[30] pienso lo debe el Señor de hacer. Desde a un poco fue tan arrebatado mi espíritu, que casi me pareció estaba del todo fuera del cuerpo; al menos no se entiende que se viva en él. Vi a la Humanidad sacratísima con más ecesiva gloria que jamás la había visto. Representóseme por una noticia[31] admirable y clara estar metido en los pechos

---

28 Este elogio de la santa a la Compañía de Jesús debe verse íntimamente relacionado con el aire intelectual de esta Orden, principal punto de su admiración.

29 La expresión «a vuelta de» significa en Santa Teresa simultaneidad y dependencia juntamente.

30 *Son* (debe referirse a las mercedes). Otros leen «soy», pero no parece así en el autógrafo.

31 Expresión de época en ciertos contextos equivalente a «sensación externa mediante la que comprendemos algo profundo». Poco más abajo, *estar metido* se refiere a Cristo, de cuya humanidad nos habla.

del Padre. Esto no sabré yo decir cómo es, porque, sin ver, me pareció me vi[32] presente de aquella Divinidad. Quedé tan espantada y de tal manera, que me parece pasaron algunos días que no podía tornar en mí; y siempre me parecía traía presente a aquella majestad del Hijo de Dios, aunque no era como la primera. Esto bien lo entendía yo, sino que queda tan esculpido en la imaginación, que no lo puede quitar de sí —por en breve que haya pasado— por algún tiempo, y es harto consuelo y aun aprovechamiento[33].

17. Esta mesma visión he visto otras veces. Es, a mi parecer, la más subida visión que el Señor me ha hecho merced que vea, y trae consigo grandísimos provechos. Parece que purifica el alma en gran manera, y quita la fuerza casi del todo a nuestra sensualidad[34]. Es una llama grande, que parece abrasa y aniquila todos los deseos de la vida; porque ya que yo, gloria a Dios, no los tenía en cosas vanas, declaróseme aquí bien cómo era todo vanidad, y cuán vanos[35] son los señoríos de acá; y es un enseñamiento grande para levantar los deseos en la pura verdad. Queda imprimido un acatamiento[36], que no sabré yo decir cómo, mas es muy diferente de lo que acá podemos adquirir. Hace un espanto a el alma grande de ver cómo osó, ni puede nadie osar, ofender una majestad tan grandísima.

18. Algunas veces habré dicho estos efetos de visiones y otras cosas, mas ya he dicho que hay más y menos aprovechamiento[37]; de ésta queda grandísimo. Cuando yo me llegaba a comulgar y me acordaba de aquella majestad grandísima que había visto y miraba que era Él que estaba en el Santísimo Sacramento (y muchas veces quiere el Señor que le vea en la Hostia) los cabellos se me espeluzaban[38], y toda parecía me aniquilaba. ¡Oh, Señor mío! Mas si no encubriérades vuestra grandeza, ¿quién osara llegar tantas veces a juntar cosa tan sucia y miserable con tan gran majestad? ¡Bendito seáis,

---

[32] Paradoja típica: *sin ver* (es decir, con visión intelectual), *me vi.*

[33] Puede ordenarse: «queda tan esculpido... que, por en breve que haya pasado, no lo puede quitar de sí por algún tiempo».

[34] *Sensualidad.* Sentido técnico teresiano: parte sensible del compuesto humano.

[35] Repetición enfática característica.

[36] *Acatamiento:* «visión».

[37] Había hablado de ello en los capítulos 28 y 32, núms. 10-13 y 12, respectivamente.

[38] *Espeluzaban:* «espeluznaban».

Señor! Alaben os los ángeles y todas las criaturas, que ansí medís las cosas con nuestra flaqueza, para que gozando de tan soberanas mercedes, no nos espante vuestro gran poder de manera que aún[39] no las osemos gozar, como gente flaca y miserable.

19. Podríanos acaecer lo que a un labrador, y esto sé cierto que pasó ansí. Hallóse un tesoro, y como era más que cabía en su ánimo, que era bajo, en viéndose con él, le dio una tristeza que poco a poco se vino a morir de puro afligido y cuidadoso[40], de no saber qué hacer de él. Si no le hallara junto, sino que poco a poco se le fueran dando y sustentando, con ello viviera más contento que siendo pobre, y no le costara la vida.

20. ¡Oh riqueza de los pobres, y qué admirablemente sabéis sustentar las almas y, sin que vean tan grandes riquezas, poco a poco se las vais mostrando!

Cuando yo veo una majestad tan grande disimulada en cosa tan poca como es la Hostia, es ansí que después acá a mí me admira sabiduría tan grande, y no sé cómo me da el Señor ánimo ni esfuerzo para llegarme a Él; si el que me ha hecho tan grandes mercedes, y hace, no me le diese, ni sería posible poderlo disimular, ni dejar de decir a voces tan grandes maravillas. Pues ¿qué sentirá una miserable como yo, cargada de abominaciones y que con tan poco temor de Dios ha gastado su vida, de verse llegar a este Señor de tan gran majestad cuando quiere que mi alma le vea? ¿Cómo ha de juntar boca que tantas palabras ha hablado contra el mesmo Señor, a aquel cuerpo gloriosísimo, lleno de limpieza y de piadad?[41] Que duele más y aflige el alma, por no le haber servido, el amor que muestra aquel rostro de tanta hermosura con una ternura y afabilidad, que temor pone la majestad que ve en Él. Mas ¿qué podría yo sentir dos veces que vi esto que dije?

21. Cierto, Señor mío y gloria mía, que estoy por decir que, en alguna manera en estas grandes afliciones que siente mi

---

[39] En el original aparece *aun,* forma rarísima en la santa, que escribe sistemáticamente el arcaísmo «an», que nosotros hemos venido modernizando. Esta forma *aun* demuestra que el arcaísmo era intencionado, puesto que conoce y emplea la forma correcta.

[40] *Cuidadoso:* «apesadumbrado», «lleno de cuidados o preocupaciones».

[41] No falta aquí un cierto regusto sensual. La expresión *juntar boca* es significativa.

alma he hecho algo en vuestro servicio. ¡Ay..., que no sé qué me digo..., que casi sin hablar yo escribo ya esto! [42] Porque me hallo turbada y algo fuera de mí, como [43] he tornado a traer a mi memoria estas cosas. Bien dijera, si viniera de mí ese sentimiento, que había hecho algo por Vos, Señor mío; mas, pues no puede haber buen pensamiento si Vos no lo dais, no hay qué agradecer; yo soy la deudora, Señor, y Vos el ofendido.

22. Llegando una vez a comulgar vi dos demonios con los ojos del alma más claro que con los del cuerpo, con muy abominable figura. Paréceme que los cuernos rodeaban la garganta del pobre sacerdote, y vi a mi Señor con la majestad que tengo dicha puesto en aquellas manos, en la forma que me iba a dar, que se vía claro ser ofendedoras suyas[44], y entendí estar aquel alma en pecado mortal. ¿Qué sería, Señor mío, ver esta vuestra hermosura entre figuras tan abominables? Estaban ellos como amedrentados y espantados delante de Vos, que de buena gana parece que huyeran si Vos los dejárades ir. Diome tan gran turbación, que no sé cómo pude comulgar, y quedé con gran temor, pareciéndome que, si fuera visión de Dios, que no primitiera Su Majestad viera yo el mal que estaba en aquel alma. Díjome el mesmo Señor que rogase por él, y que lo había primitido para que entendiese yo la fuerza que tienen las palabras de la consagración, y cómo no dejaba Dios de estar allí por malo que sea el sacerdote que las dice, y para que viese su grande bondad cómo se pone en aquellas manos de su enemigo, y todo para bien mío y de todos. Entendí bien cuán más obligados están los sacerdotes a ser buenos que otros, y cuán recia cosa es tomar este Santísimo Sacramento indinamente, y cuán señor es el demonio de el alma que está en pecado mortal. Harto gran provecho me hizo y harto conocimiento me puso de lo que debía a Dios, sea bendito por siempre jamás.

23. Otra vez me acaeció ansí otra cosa que me espantó muy mucho. Estaba en una parte adonde se murió cierta persona que había vivido harto mal, sigún supe, y muchos años; mas había dos que tenía enfermedad y en algunas cosas parece

---

[42] Todo el párrafo es absolutamente lírico, con predominio evidente de la función expresiva del lenguaje. Ello se traduce claramente en la forma.

[43] *Como:* valores causal y temporal unidos.

[44] Se trata, evidentemente, de las manos. La distancia hace que no acabe de verse claro.

estaba con enmienda. Murió sin confesión, mas con todo esto no me parecía a mí que se había de condenar. Estando amortajando el cuerpo, vi muchos demonios tomar aquel cuerpo, y pareció que jugaban con él y hacían también justicias[45] en él, que a mí me puso gran pavor, que con garfios grandes le traían de uno en otro. Como le vi llegar a enterrar con la honra y ceremonias que[46] a todos, yo estaba pensando la bondad de Dios, cómo no quería fuese infamada aquel alma, sino que fuese encubierto ser su enemiga.

24. Estaba yo medio boba de lo que había visto. En todo el oficio no vi más demonio; después, cuando echaron el cuerpo en la sepultura, era tanta la multitud que estaban dentro para tomarle, que yo estaba fuera de mí de verlo y no era menester poco ánimo para disimularlo. Consideraba qué harían de aquel alma cuando ansí se enseñoreaban del triste cuerpo. Plugiera el Señor que esto que yo vi (¡cosa tan espantosa!) vieran todos los que están en mal estado, que me parece fuera gran cosa para hacerlos vivir bien. Todo esto me hace más conocer lo que debo a Dios, y de lo que me ha librado. Anduve harto temerosa hasta que lo traté con mi confesor, pensando si era ilusión del demonio para infamar aquel alma, aunque no estaba tenida por de mucha cristiandad. Verdad es que, aunque no fuese ilusión, siempre me hace temor que se me acuerda[47].

25. Ya que he comenzado a decir de visiones de difuntos, quiero decir algunas cosas que el Señor ha sido servido en este caso que vea de algunas almas. Diré pocas por abreviar y por no ser necesario, digo, para ningún aprovechamiento. Dijéronme era muerto un nuestro provincial que había sido y, cuando murió lo era de otra provincia, a quien yo había tratado y debido algunas buenas obras[48]. Era persona de muchas virtudes. Como lo supe que era muerto, dióme mucha turbación, porque temí su salvación, que había sido veinte años perlado, cosa que yo temo mucho, cierto, por parecerme cosa de mucho peligro tener cargo de almas, y con que mucha fatiga me fui a

---

[45] Sentido técnico teresiano ya comentado.

[46] *Que* se repite en el original.

[47] Fray Luis ordenó de forma distinta: «siempre que se me acuerda, me hace temor».

[48] Debe referirse al padre Gregorio Fernández, prior de Ávila en 1541 y luego provincial de la Orden. A él había aludido en el capítulo 32, núm. 13. Nótese el hipérbaton.

un oratorio. Dile todo el bien[49] que había hecho en mi vida, que sería bien poco, y ansí lo dije a el Señor que supliesen los méritos suyos lo que había menester aquel alma para salir del purgatorio.

26. Estando pidiendo esto a el Señor lo mijor que yo podía, parecióme salía del profundo de la tierra a mi lado derecho, y vile subir al cielo con grandísima alegría. Él era ya bien viejo, mas vile de edad de treinta años, y aun menos me pareció, y con resplandor en el rostro. Pasó muy en breve esta visión; mas en tanto estremo quedé consolada, que nunca me pudo dar más pena su muerte, aunque vía fatigadas personas hartas[50] por el, que era muy bien quisto[51]. Era tanto el consuelo que tenía mi alma, que ninguna cosa se me daba, ni podía dudar en que era buena visión, digo que no era ilusión. Había no más de quince días que era muerto; con todo, no descuidé de procurar le encomendasen a Dios y hacerlo yo, salvo que no podía con aquella voluntad que si no hubiera visto esto; porque, cuando ansí el Señor me lo muestra y después las quiero encomendar a Su Majestad, paréceme, sin poder más, que es como dar limosna al rico. Después supe —porque murió bien lejos de aquí— la muerte que el Señor le dio, que fue de tan gran edificación, que a todos dejó espantados del conocimiento y lágrimas y humildad con que murió.

27. Habíase muerto una monja en casa, había poco más de día y medio, harto sierva de Dios[52]. Estando diciendo una lición de difuntos una monja, que se decía por ella en el coro, yo estaba en pie para ayudarla a decir el verso. A la mitad de la lición la vi, que me pareció salía el alma de la parte que la pasada, y que se iba al cielo. Ésta no fue visión imaginaria, como la pasada, sino como otras que he dicho; mas no se duda más que las que se ven[53].

28. Otra monja se murió en mi mesma casa, de hasta

---

49 Es decir, ofreció por su salvación todo el bien que había hecho en su vida.

50 Colocación muy especial de los adjetivos. Hoy se diría «hartas personas fatigadas por él».

51 «Querido», «apreciado». En el original aparecen separados *bien quisto,* señal de que todavía no se había culminado el proceso de fusión.

52 Se refiere a monjas de su anterior convento (la Encarnación).

53 Visión intelectual. No está muy clara la puntuación. Aceptamos las razones aducidas por el padre Efrén para puntuar así (ed. cit., página 177).

dieciocho u veinte años. Siempre había sido enferma y muy sierva de Dios, amiga del coro y harto virtuosa[54]. Yo, cierto pensé no entrará en el purgatorio, porque eran muchas las enfermedades que había pasado, sino que le sobraran méritos. Estando en las Horas antes que la enterrasen, habría cuatro horas que era muerta, entendí salir del mesmo lugar e irse al cielo.

29. Estando en un colegio de la Compañía de Jesús, con los grandes trabajos que he dicho tenía algunas veces y tengo de alma y cuerpo[55], estaba de suerte que aun un buen pensamiento, a mi parecer, no podía admitir. Habíase muerto aquella noche un hermano de aquella casa de la Compañía, y estando, como podía, encomendándole a Dios y oyendo misa de otro padre de la Compañía, por él, dióme un gran recogimiento y vile subir al cielo con mucha gloria y al Señor con él. Por particular favor entendí era ir Su Majestad con él.

30. Otro fraile de nuestra Orden[56], harto buen fraile, estaba muy malo, y, estando yo en misa, me dio un recogimiento y vi cómo era muerto y subir al cielo sin entrar en purgatorio. Murió a aquella hora que yo lo vi, sigún supe después. Yo me espanté de que no había entrado en purgatorio. Entendí que por haber sido fraile que había guardado bien su profesión le habían aprovechado las bulas de la Orden para no entrar en purgatorio[57]. No entiendo por qué entendí esto; paréceme debe ser porque no está el ser fraile en el hábito —digo en traerle— para gozar del estado de más perfeción que es ser fraile.

31. No quiero decir más de estas cosas; porque, como he dicho, no hay para qué, aunque son hartas las que el Señor me ha hecho merced que vea. Mas no he entendido, de todas las que he visto, dejar ningún alma de entrar en purgatorio, si no es la de este padre y el santo fray Pedro de Alcántara, y el padre dominico que queda dicho[58]. De algunos ha sido el Señor servido vea los grados que tienen de gloria, representándoseme en los lugares que se ponen. Es grande la diferencia que hay de unos a otros.

---

[54] No se ha precisado la identidad concreta de esta monja.

[55] El colegio a que se refiere es el de Ávila. Los *grandes trabajos* son sus dificultades al comienzo de la vida mística.

[56] Se refiere a fray Diego Matía, según anota Gracián. Había sido confesor de las religiosas de la Encarnación.

[57] Alude a los privilegios de la Bula Sabatina.

[58] Se refiere a Pedro Ibáñez.

CAPÍTULO XXXIX

Prosigue en la mesma materia de decir las grandes mercedes que le ha hecho el Señor. Trata de cómo le prometió de hacer por las personas que ella le pidiese. Dice algunas cosas señaladas en que la ha hecho Su Majestad este favor.

1. Estando yo una vez importunando a el Señor mucho porque diese vista a una persona que yo tenía obligación [1], que la había del todo casi perdido, yo teníale gran lástima y temía por mis pecados no me había el Señor de oír [2]. Aparecióme como otras veces y comenzóme a mostrar la llaga de la mano izquierda y con la otra sacaba un clavo grande que en ella tenía metido. Pareciáme que a vuelta del clavo sacaba la carne [3]. Veíase bien el grande dolor, que me lastimaba mucho, y díjome que quien aquello había pasado por mí, que no dudase sino que mejor haría lo que le pidiese; que Él me prometía que ninguna cosa le pidiese que no la hiciese, que ya sabía Él que yo no pediría sino conforme a su gloria, y que ansí haría esto que ahora pedía, que, aun cuando no le servía, mirase yo que no le había pedido cosa que no la hiciese mijor que yo lo sabía pedir, que cuán mijor lo haría ahora que sabía le amaba, que

[1] Utiliza con enorme libertad los relativos: *persona que:* «persona a quien». Poco antes *porque* tiene valor final frecuentísimo en la obra.

[2] Como se ve, la oración queda inconclusa.

[3] *A vuelta del clavo:* «al sacar el clavo, junto con él».

no dudase de esto. No creo pasaron ocho días, que el Señor no tornó la vista a aquella persona[4]. Esto supo mi confesor luego. Ya puede ser no fuese por mi oración; mas yo, como había visto esta visión, quedóme una certidumbre que, por merced hecha a mí[5], di a Su Majestad las gracias.

2. Otra vez estaba una persona muy enferma de una enfermedad muy penosa, que por ser no sé de qué hechura no la señalo aquí[6]. Era cosa incomportable lo que había dos meses que pasaba, y estaba en un tormento que se despedazaba. Fuele a ver mi confesor, que era el retor que he dicho[7], y húbole gran lástima y díjome que en todo caso le fuese a ver, que era persona que yo lo podía hacer por ser mi deudo. Yo fui y movióme a tener de él tanta piedad, que comencé muy importunamente a pedir su salud a el Señor. En esto vi claro, a todo mi parecer, la merced que me hizo; porque luego a otro día estaba del todo bueno de aquel dolor.

3. Estaba una vez con grandísima pena porque sabía que una persona, a quien yo tenía mucha obligación, quería hacer una cosa harto contra Dios y su honra, y estaba ya muy determinado a ello. Era tanta mi fatiga, que no sabía qué remedio hacer; para que lo dejase ya parecía que no le había. Supliqué a Dios muy de corazón que le pusiese[8]; mas hasta verlo, no podía aliviarse mi pena. Fuime, estando ansí, a una ermita bien apartada —que las hay en este monesterio[9]— y

---

[4] Giro equivalente a «apenas pasados ocho días».

[5] Construcción formalmente incorrecta. Sujeto en primera persona y verbo con tercera. En el mismo lugar, *como por merced hecha a mí.*

[6] Gracián anota: «Era su primo hermano; llamábase Pedro Mejía.»

[7] Se refiere probablemente al padre Gaspar de Salazar, pues le llama rector, cargo que todavía no había desempeñado el padre Baltasar Alvarez.

[8] Es decir, «que se le opusiese», «que se lo quitase de la cabeza».

[9] Tuvo lugar este suceso en la llamada ermita del Cristo a la columna, en el convento de San José de Ávila. El nombre lo tomó de un cuadro que representa a Jesús atado a la columna, que la propia Teresa inspiró y dirigió. Es un dato muy importante para valorar las aficiones artísticas de la santa, que hemos comentado ya. Consta en el Proceso una declaración de Isabel de Santo Domingo a este respecto, en la que habla de que la Santa Madre decía al pintor cómo lo había de pintar, con especial referencia a la manera en que había de disponer las ataduras, las llagas, el rostro, los cabellos y especialmente un rasgón en el brazo izquierdo junto al codo. Cuenta, asimismo, que la pintura en cuestión salió tan buena y tan devota

estando en una adonde está Cristo a la coluna, suplicándole me hiciese esta merced, oí que me hablaba una voz muy suave, como metida en un silbo[10]. Yo me espelucé toda, que me hizo temor, y quisiera entender lo que me decía, mas no pude, que pasó muy en breve[11]. Pasado mi temor, que fue presto, quedé con un sosiego y gozo y deleite interior, que yo me espanté que sólo oír una voz (que esto oído con los oídos corporales) y sin entender palabra, hiciese tanta operación en el alma. En esto vi que se había de hacer lo que pedía, y ansí fue que se me quitó de el todo la pena en cosa que aún no era como si lo viera hecho, como fue después. Díjelo a mis confesores, que tenía entonces dos, harto letrados y siervos de Dios[12].

4, Sabía que una persona que[13] se había determinado a servir muy de veras a Dios y teniendo algunos días oración, y en ella le hacía Su Majestad muchas mercedes, que por ciertas ocasiones que había tenido, la había dejado, y aún no se apartaba de ellas, y eran bien peligrosas. A mí me dio grandísima pena, por ser persona a quien quería mucho y debía[14]. Creo fue más de un mes que no hacía sino suplicar a Dios tornase esta alma a Sí. Estando un día en oración, vi un demonio cabe mí que hizo unos papeles que tenía en la mano pedazos con mucho enojo. A mí me dio gran consuelo, que me pareció se había hecho lo que pedía; y ansí fue, que después lo supe que había hecho una confesión con gran contrición, y tornóse tan de veras a Dios, que espero en Su Majestad ha de ir siempre muy adelante. Sea bendito por todo, amén.

5. En esto de sacar nuestro Señor almas de pecados graves por suplicárselo yo y otras traídolas a más perfeción, es muchas

---

«que se echa bien de ver que tiene así participado el buen espíritu con que se hizo pintar». *(Procesos,* II, 496.) Este hecho lo refieren todos los editores; la mayor información, sin embargo, puede verse en *Tiempo y vida,* cit., págs. 191-192).

10 Es una de las imágenes más plásticas de todo el libro.

11 Refiere el padre Silverio que Santa Teresa hizo la ermita de una casilla vieja que servía de palomar y estaba dentro de la cerca de la huerta.

12 Según anota el padre Gracián, se trata de García de Toledo y Domingo Báñez.

13 Los excesos de partículas, en especial «que», han sido estudiados como un rasgo estilístico del lenguaje teresiano. Aquí había que suprimir este «que» para que la frase cobrara sentido.

14 El verbo «deber» implica en estas frases de la santa un objeto directo elíptico con significado de «favor inconcreto». Este es el caso.

veces[15]; y de sacar almas de purgatorio y otras cosas señaladas, son tantas las mercedes que en esto el Señor me ha hecho, que sería cansarme y cansar a quien lo leyese si las hubiese de decir, y mucho más en salud de almas que de cuerpos. Esto ha sido cosa muy conocida, y que de ello hay hartos testigos. Luego, luego, dábame mucho escrúpulo, porque yo no podía dejar de creer que el Señor lo hacía por mi oración —dejemos ser lo principal por sola su bondad—; mas son ya tantas las cosas y tan vistas de otras personas, que no me da pena creerlo y alabo a Su Majestad y háceme confusión, porque veo soy más deudora, y háceme a mi parecer crecer el deseo de servirle, y avívase el amor. Y lo que más me espanta es que las que el Señor ve no convienen, no puedo, aunque quiero, suplicárselo, sino con tan poca fuerza y espíritu y cuidado, que aunque más yo quiero forzarme, es imposible, como otras cosas que Su Majestad ha de hacer, que veo yo que puedo pedirlo muchas veces y con gran importunidad; aunque yo no traiga este cuidado, parece que se me representa delante.

6. Es grande la diferencia de estas dos maneras de pedir, que no sé cómo lo declarar, porque aunque lo uno pido (que no dejo de esforzarme a suplicarlo a el Señor, aunque no sienta en mí aquel hervor que en otras, aunque mucho me toquen), es como quien tiene trabada la lengua, que aunque quiera hablar no puede, y si habla es de suerte que ve no le entienden; u como quien habla claro y despierto a quien ve que de buena gana le está oyendo[16]. Lo uno se pide, digamos ahora, como oración vocal; y lo otro en contemplación tan subida, que se representa el Señor de manera que se entiende que nos entiende, y que se huelga Su Majestad de que se lo pidamos y de hacernos merced. Sea bendito por siempre, que tanto da y tan poco le doy yo. Porque ¿qué hace, Señor mío, quien no se deshace todo por Vos? ¡Y qué de ello, qué de ello, qué de ello[17] —y otras mil veces lo puedo decir— me falta para esto! Por eso no había de querer vivir (aunque hay otras causas)

---

[15] Con particular desaliño escribe aquí otra frase gramaticalmente incorrecta. Algún editor intentó «arreglarla» suprimiendo la preposición «en» inicial.

[16] El sentido parece claro pese a la complejidad de la sintaxis: *dos maneras de pedir... lo uno... es como quien tiene trabada la lengua...* (lo otro), *como quien habla claro y despierto a quien... de buena gana le está oyendo.*

[17] *Qué de ello:* «cuánto». Ponderación desarrollada muy eficaz.

porque no vivo conforme a lo que os debo. ¡Con qué de imperfeciones me veo! ¡Con qué flojedad en serviros! Es cierto que algunas veces me parece querría estar sin sentido por no entender tanto mal de mí. El, que puede, lo remedie.

7. Estando en casa de aquella señora que he dicho, adonde había menester estar con cuidado y considerar siempre la vanidad que consigo traen todas las cosas de la vida, porque estaba muy estimada y era muy loada y ofrecíanse hartas cosas a que me pudiera bien apegar, si mirara a mí; mas miraba el que tiene verdadera vista a no me dejar de su mano [18].

8. Ahora que digo de verdadera vista, me acuerdo de los grandes trabajos que se pasan en tratar personas a quien Dios ha llegado a conocer lo que es verdad en estas cosas de la tierra, adonde tanto se encubre [19], como una vez el Señor me dijo; que muchas cosas de las que aquí escribo no son de mi cabeza, sino que me las decía este mi maestro celestial [20]; y porque en las cosas que yo señaladamente digo «esto entendí», o «me dijo el Señor», se me hace escrúpulo grande poner u quitar una sola sílaba que sea. Ansí, cuando pontualmente no se me acuerda bien todo, va dicho como de mí, o porque algunas cosas también lo serán. No llamo mío lo que es bueno, que ya sé no hay cosa en mí, sino lo que tan sin merecerlo me ha dado el Señor; sino llamo «dicho de mí», no ser dado a entender en revelación.

9. Mas ¡ay Dios mío!, ¡y cómo aun en las espirituales queremos muchas veces entender las cosas por nuestro parecer y muy torcidas de la verdad que también como en las del mundo, y nos parece que hemos de tasar nuestro aprovechamiento por los años que tenemos algún ejercicio de oración, y aun parece queremos poner tasa a quien sin ninguna de sus dones cuando quiere, y puede dar en medio año más a uno que a otro en muchos! Y es cosa ésta que la tengo tan vista por muchas personas, que yo me espanto cómo nos podemos detener en esto.

10. Bien creo no estará en este engaño quien tuviere talento de conocer espíritus y le hubiere el Señor dado humildad

---

[18] Como de costumbre, el sentido queda suspenso, introduciéndose una brusca digresión.

[19] El sentido queda suspenso de nuevo.

[20] De nuevo se refiere al modo de escribir. Estamos ante el problema tan debatido de la inspiración en la escritura teresiana. (Véase la Introducción).

verdadera; que éste juzga por los efectos y determinaciones y amor y dale el Señor luz para que lo conozca[21]; y en esto mira el adelantamiento y aprovechamiento de las almas, que no en los años; que en medio puede uno haber alcanzado más que otro en veinte; porque, como digo, dalo el Señor a quien quiere y aun a quien mijor se dispone... Porque veo yo venir ahora a esta casa unas doncellas que son de poca edad[22], y en tocándolas Dios y dándoles un poco de luz y amor —digo en un poco de tiempo que les hizo algún regalo—, no le aguardaron, ni se les puso cosa delante, sin acordarse del comer, pues se encierran[23] para siempre en casa sin renta, como quien no estima la vida por el que sabe[24] que las ama. Déjanlo todo, ni quieren voluntad, ni se les pone delante que pueden tener descontento en tanto encerramiento y estrechura: todas juntas se ofrecen en sacrificio por Dios.

11. ¡Cuán de buena gana les doy yo aquí la ventaja y había de andar avergonzada delante de Dios! Porque lo que Su Majestad no acabó conmigo en tanta multitud de años como ha que comencé a tener oración y me comenzó a hacer mercedes, acaba con ellas en tres meses —y aun con alguna en tres días— con hacerlas muchas menos que a mí, aunque bien las paga Su Majestad. A buen siguro que no están descontentas por lo que por Él han hecho.

12. Para esto querría yo se nos acordase[25] de los muchos años a los que los tenemos de profesión, y las personas que los tienen de oración, y no para fatigar a los que en poco tiempo van más adelante con hacerlos tornar atrás para que anden a nuestro paso; y a los que vuelan como águilas con las mercedes que hace Dios, quererlos hacer andar como pollo trabado[26]; sino que pongamos los ojos en Su Majestad, y, si los viéremos con humildad, darles rienda, que el Señor que los hace tantas

---

21 Una de las frecuentes dicotomías teresianas, enlazada por el polisíndeton en busca del efecto.

22 Tal vez se refiera a Isabel de San Pablo, ingresada en San José de Ávila el 21 de octubre de 1564. Otras (María Bautista, María de San Jerónimo, etc.) eran también muy jóvenes al tomar el hábito.

23 Cambio muy significativo de perspectiva temporal que refleja su participación en el éxito de la empresa vocacional de estas jóvenes.

24 De nuevo concordancia irregular.

25 *Se nos acordase:* «comprendiésemos», «nos diéramos cuenta».

26 Imagen teresiana muy sugerente, analizada especialmente por R. Hoornaert y V. García de la Concha *(loc. cit.)*.

mercedes, no los dejará despeñar. Fíanse ellos mesmos de Dios, que esto les aprovecha la verdad que conocen de la fee, ¿y no los fiaremos nosotros, sino que queremos medirlos por nuestra medida conforme a nuestros bajos ánimos? No ansí, sino que, si no alcanzamos sus grandes efetos y determinaciones, porque sin espiriencia se pueden mal entender, humillémonos y no los condenemos; que, con parecer que miramos su provecho, nos le quitamos a nosotros y perdemos esta ocasión que el Señor pone para humillarnos y para que entendamos lo que nos falta, y cuán más desasidas y llegadas a Dios deben de estar estas almas que las nuestras, pues tanto Su Majestad se llega a ellas.

13. No entiendo otra cosa ni la querría entender, sino que oración de poco tiempo que hace efetos muy grandes (que luego se entienden, que es imposible que los haya para dejarlo todo sólo por contentar a Dios, sin gran fuerza de amor), yo la querría más que la de muchos años, que nunca acabó de determinarse más a el postrero que a el primero a hacer cosa que sea nada por Dios[27]; salvo si unas cositas menudas como sal, que no tienen peso ni tomo —que parece un pájaro se las llevará en el pico—, no tenemos por gran efeto y mortificación[28]; que de algunas cosas hacemos caso, que hacemos por el Señor, que es lástima las entendamos, aunque se hiciesen muchas.

Yo soy ésta, y olvidaré las mercedes a cada paso. No digo yo que no las terná Su Majestad en mucho, sigún es bueno, mas querría yo no hacer caso de ellas, ni ver que las hago, pues no son nada. Mas perdonadme, Señor mío, y no me culpéis, que con algo me tengo de consolar, pues no os sirvo en nada, que si en cosas grandes os sirviera, no hiciera caso de las nonadas. ¡Bienaventuradas las personas que os sirven con obras grandes! Si con haberlas yo envidia y desearlo se me toma en cuenta, no quedaría muy atrás en contentaros; mas no valgo nada, Señor mío. Ponedme Vos el valor, pues tanto me amáis.

14. Acaecióme un día de estos que, con traer un Breve de Roma para no poder tener renta este monesterio[29], se acabó del

---

[27] Es decir, que nunca se decidió más al final que al principio a hacer nada por Dios.

[28] Continúa el sentido: «salvo si tenemos por gran efecto y mortificación estas cositas pequeñas como grano de sal». Es decir, negación que afirma, reminiscencia latina.

[29] Probablemente se refiere al *Breve* de probreza que otorgó Pío V el 5 de diciembre de 1562. Esta es la opinión de E. Llamas, que la

todo, que parece me ha costado algún trabajo; estando consolada de verlo ansí concluido y pensando los que había tenido[30] y alabando a el Señor que en algo se había querido servir de mí, comencé a pensar las cosas que había pasado y es ansí que en cada una de las que parecía eran algo que yo había hecho, hallaba tantas faltas e imperfeciones, y a veces poco ánimo, y muchas poca fee; porque hasta ahora, que todo lo veo cumplido cuanto el Señor me dijo de esta casa se había de hacer, nunca determinadamente lo acababa de creer, ni tampoco lo podía dudar. No sé cómo era esto. Es que muchas veces por una parte me parecía imposible, por otra no lo podía dudar, digo creer que no se había de hacer. En fin, hallé lo bueno haberlo el Señor hecho todo de su parte, y lo malo yo, y ansí dejé de pensar en ello, y no querría se me acordase por no tropezar en tantas faltas mías. Bendito sea Él, que de todas saca bien, cuando es servido, amén.

15. Pues digo que es peligroso ir tasando los años que se han tenido de oración, que aunque haya humildad, parece puede quedar un no sé qué de parecer se merece algo por lo servido. No digo yo que no lo merecen y les será bien pagado; mas cualquier espiritual que le parezca que por muchos años que haya tenido oración merece estos regalos de espíritu, tengo yo por cierto que no subirá a la cumbre de él[31]. ¿No es harto que haya merecido le tenga Dios de su mano para no le hacer las ofensas que antes que tuviese oración le hacía, sino que le ponga pleito por sus dineros, como dicen[32]? No me parece profunda humildad. Ya puede ser lo sea; mas yo por atrevimiento lo tengo; pues yo, con tener poca humildad, no me parece jamás he osado. Ya puede ser que, como nunca he servido, no he pedido; por ventura si le hubiera hecho, quisiera más que todos me lo pagara el Señor.

16. No digo yo que no va creciendo un alma y que no se la dará Dios, si la oración ha sido humilde; mas que se olviden

---

documenta en la *Historia del Carmen Descalzo,* IV, 5, págs. 626-27. de Jerónimo de San José. Contradice la apreciación del P. Silverio y fray Tomás de la Cruz, que creen alude al Breve de 17 de julio de 1565, que facultaba definitivamente al monasterio de San José para vivir sin renta.

30 Se sobreentiende «trabajos» (sufrimientos).

31 Es decir, «del espíritu».

32 Referencia al refrán de la época que indica la actitud de quien cobra caro un favor recibido. Se aplica aquí a quien cree merecer favores místicos por sus virtudes, siendo éstos también dones de Dios.

estos años, que es todo asco cuanto podemos hacer, en comparación de una gota de sangre de las que el Señor por nosotros derramó. Y si con servir más quedamos más deudores, ¿qué es esto que pedimos? ¡Pues, si pagamos un maravedí de la deuda, nos tornan a dar mil ducados, que, por amor de Dios, dejemos estos juicios, que son suyos! Estas comparaciones siempre son malas, aun en cosas de acá; pues, ¿qué será en lo que sólo Dios sabe?, y lo mostró bien Su Majestad cuando pagó tanto a los postreros como a los primeros[33].

17. Es en tantas veces las que he escrito estas tres hojas y en tantos días —porque he tenido y tengo, como he dicho, poco lugar— que se me había olvidado lo que comencé a decir, que era esta visión[34]. Vime estando en oración en un gran campo a solas, en derredor de mí mucha gente de diferentes maneras que me tenían rodeada; todas me parece tenían armas en las manos para ofenderme: unas, lanzas; otras, espadas; otras, dagas, y otras, estoques muy largo. En fin, yo no podía salir por ninguna parte sin que me pusiese a peligro de muerte, y sola, sin persona que hallase de mi parte. Estando mi espíritu en esta aflición, que no sabía qué me hacer, alcé los ojos a el cielo, y vi a Cristo, no en el cielo, sino bien alto de mí en el aire, que tendía la mano hacia mí, y desde allí me favorecía, de manera que yo no temía toda la otra gente, ni ellos, aunque querían, me podían hacer daño.

18. Parece sin fruto esta visión, y hame hecho grandísimo provecho, porque se me dio a entender lo que significaba, y poco después me vi casi en aquella batería y conocí ser aquella visión un retrato de el mundo, que cuanto hay en él parece tiene armas para ofender a la triste alma. Dejemos los que no sirven mucho a el Señor, y honras y haciendas y deleites y otras cosas semejantes, que está claro que, cuando no se cata[35], se ve enredada, al menos procuran todas estas cosas enredar; mas amigos, parientes, y, lo que más espanta, personas muy buenas, de todo me vi después tan apretada, pensando ellos que hacían bien, que yo no sabía cómo me defender ni qué hacer.

---

[33] *Evangelio* de San Mateo, 20, 12.

[34] Puede aludir al relato que comienza en el núm. 14 de este mismo capítulo. Escribe Teresa entre múltiples ocupaciones. No olvidemos su entorno vital en 1565.

[35] Es decir, «cuando menos se piensa». También puede significar en sentido estricto «cuando no se mira» o «cuando no se está avisado».

19. ¡Oh, válame Dios! Si dijese de las maneras y diferencias de trabajos, que en este tiempo tuve, aun después de lo que atrás queda dicho, ¡cómo sería harto aviso para del todo aborrecerlo todo! Fue la mayor persecución, me parece, de las que he pasado. Digo que me vi a veces de todas partes tan apretada, que sólo hallaba remedio en alzar los ojos al cielo y llamar a Dios. Acordábame bien de lo que había visto en esta visión. Hízome harto provecho para no confiar mucho de nadie, porque no le hay que sea estable sino Dios. Siempre en estos trabajos grandes me enviaba el Señor, como me lo mostró, una persona de su parte que me diese la mano, como me lo había mostrado en esta visión, sin ir asida a nada más de a contentar al Señor, que ha sido para sustentar esa poquita de virtud que yo tenía en desearos en servir. ¡Seáis bendito por siempre!

20. Estando una vez muy inquieta y alborotada, sin poder recogerme, y en batalla y contienda yéndoseme el pensamiento a cosas que no eran perfetas —aún no me parece estaba con el desasimiento que suelo— como me vi ansí tan ruin, tenía miedo si las mercedes que el Señor me había hecho eran ilusiones. Estaba, en fin, con una escuridad grande de alma. Estando con esta pena comenzóme a hablar el Señor, y díjome que no me fatigase, que en verme ansí entendería la miseria que era, si Él se apartaba de mí, y que no había siguridad mientras vivíamos en esta carne. Dióseme a entender cuán bien empleada es esta guerra y contienda por tal premio, y parecióme tenía lástima el Señor de los que vivimos en el mundo; mas que no pensase yo me tenía olvidada, que jamás me dejaría, mas que era menester hiciese yo lo que es en mí. Esto me dijo el Señor con una piedad y regalo, y con otras palabras en que me hizo harta merced, que no hay para qué decirlas.

21. Éstas me dice Su Majestad muchas veces, mostrándome gran amor: —*«Ya eres mía y yo soy tuyo.»* Las que yo siempre tengo costumbre de decir, y a mi parecer las digo con verdad, son: ¿Qué se me da, Señor, a mí de mí sino de Vos? Son para mí estas palabras y regalos tan grandísima confusión, cuando me acuerdo la que soy, que, como he dicho, creo otras veces, y ahora lo digo algunas a mi confesor, más ánimo me parece es menester para recibir estas mercedes que para pasar grandísimos trabajos. Cuando pasa, estoy casi olvidada de mis obras, sino un representárseme que soy ruin, sin discurso de entendimiento, que también me parece a veces sobrenatural.

22. Viénenme algunas veces unas ansias de comulgar tan grandes, que no sé si se podría encarecer. Acaecióme una

mañana que llovía tanto que no parece hacía para salir de casa, estando yo fuera de ella, yo estaba ya tan fuera de mí con aquel deseo, que aunque me pusieran lanzas a los pechos, me parece entrara por ellas, cuantimás agua. Como llegué a la ilesia, dióme un arrobamiento grande: parecióme vi abrir los cielos; no una entrada como otras veces he visto; representóseme el trono que dije a vuesa merced he visto otras veces[36], y otros encima de él, adonde por una noticia que no sé decir, aunque no lo vi, entendí estar la Divinidad. Parecíame sostenerle unos animales; a mí me parece he oído una figura de estos animales; pensé si eran los Evangelistas[37], mas cómo estaba el trono, ni qué estaba en él, no lo vi, sino muy gran multitud de ángeles. Pareciéronme sin comparación con muy mayor hermosura que los que en el cielo he visto. He pensado si son serafines o cherubines, porque son muy diferentes en la gloria, que parecía tener inflamamiento: es grande la diferencia, como he dicho, y la gloria que entonces en mí sentí no se puede escribir, ni aun decir, ni la podrá pensar quien no hubiere pasado por esto. Entendí estar allí todo junto lo que se puede desear, y no vi nada. Dijéronme, y no sé quién, que lo que allí podía hacer era entender que no podía entender nada[38], y mirar lo nonada que era todo en comparación de aquello. Es ansí que se afrentaba después mi alma de ver que pueda parar en ninguna cosa criada, cuantimás aficionarse a ella; porque todo me parecía un hormiguero.

23. Comulgué y estuve en la misa, que no sé cómo pude estar. Parecióme había sido muy breve espacio. Espantéme cuando dio el relox y vi que eran dos horas las que había estado en aquel arrobamiento y gloria. Espantábame después, cómo en llegando a este fuego que parece vino de arriba de verdadero amor de Dios (porque aunque más le quiera y procure y me deshaga por ello, si no es cuando Su Majestad quiere, como he dicho otras veces, no soy parte para tener una centella de él), parece que consume el hombre viejo de faltas y tibieza y miseria; y a manera de como hace el ave fenis —sigún he leído[39]— y de la mesma ceniza, después que se quema, sale

---

[36] Alude a las varias referencias que ha hecho a García de Toledo, que pasa otra vez a ser interlocutor único y abierto del texto.

[37] Alude al *Apocalipsis* de San Juan, 4, 6-8, y al *Libro de Ezequiel* 1, 4 y ss.

[38] Característica paradoja en el lenguaje teresiano.

[39] Sin duda lo leyó en el *Tercer Abecedario,* de F. de Osuna.

otra, así queda hecha otra el alma después con diferentes deseos y fortaleza grande. No parece es la que antes, sino que comienza con nueva puridad el camino del Señor. Suplicando yo a Su Majestad fuese ansí, y que de nuevo comenzase a servirle, me dijo: —«*Buena comparación has hecho; mira no se te olvide para procurar mijorarte siempre.*»

24. Estando una vez con la mesma duda que poco ha dije[40], si eran estas visiones de Dios, me apareció el Señor y me dijo con rigor: —«*¡Oh hijos de los hombres!, ¿hasta cuándo seréis duros de corazón? Que una cosa examinase bien en mí, si del todo estaba dada por suya, o no; que si estaba y lo era, que creyese no me dejaría perder*»[41]. Yo me fatigué mucho de aquella exclamación. Con gran ternura y regalo me tornó a decir que no me fatigase, que ya sabía que por mí no faltaría de ponerme a todo lo que fuese su servicio, que se haría todo lo que yo quería (y ansí se hizo lo que entonces le suplicaba); que mirase el amor que se iba en mí aumentando cada día para amarle; que en esto sería no ser demonio; que no pensase que consentía Dios tuviese tanta parte el demonio en las almas de sus siervos, y que te pudiese dar la claridad de entendimiento y quietud que tienes[42]. Dióme a entender que habiéndome dicho tantas personas, y tales, que era Dios, que haría mal en no creerlo.

25. Estando una vez rezando el salmo de *Quicunque vul*[43], se me dio a entender la manera cómo era un solo Dios y tres personas, tan claro que yo me espanté y consolé mucho. Hízome grandísimo provecho para conocer más la grandeza de Dios y sus maravillas, y para cuando pienso u se trata en la Santísima Trinidad, parece entiendo cómo puede ser, y esme mucho contento.

26. Un día de la Asunción de la Reina de los Ángeles y Señora nuestra, me quiso el Señor hacer esta merced, que en un arrobamiento se me presentó su subida a el cielo, y el alegría y solenidad con que fue recibida y el lugar adonde está. Decir cómo fue esto, yo no sabría. Fue grandísima la gloria que mi espíritu tuvo de ver tanta gloria. Quedé con grandes efetos, y

---

40 En efecto, lo ha dicho hace muy poco (núm. 20).

41 *Salmo* 4.

42 Curioso empleo de la segunda persona para expresar la impersonalidad.

43 Transcripción del Símbolo Atanasiano *Quicumque vult* (Denz-Schönmetzer, Enchiridion Symbolorum. Barcelona, Herder, 1963.

aprovechóme para desear más pasar grandes trabajos, y quedóme grande deseo de servir a esta Señora, pues tanto mereció.

27. Estando en un colegio de la Compañía de Jesús[44], y estando comulgando los hermanos de aquella casa, vi un palio muy rico sobre sus cabezas. Esto vi dos veces. Cuando otras personas comulgaban no lo vía.

[44] En San Gil de Ávila.

CAPÍTULO XL

Prosigue en la mesma materia de decir las grandes mercedes que el Señor la[1] hecho . De algunas se puede tomar harto buena dotrina, que éste ha sido, sigún ha dicho, su principal intento después de obedecer: poner las que son para provecho de las almas. Con este capítulo se acaba el discurso de su vida que escribió. Sea para gloria de el Señor. Amén.

1. Estando una vez en oración, era tanto el deleite que en mí sentía, que, como yndina de tal bien, comencé a pensar en cómo merecía mijor estar en el lugar que yo había visto estar para mí en el infierno que, como he dicho, nunca olvido de la manera que allí me vi. Comenzóse con esta consideración a inflamar más mi alma, y vínome un arrebatamiento de espíritu de suerte que yo no lo sé decir. Parecióme estar metido y lleno[2] de aquella majestad, que he entendido otras veces. En esta majestad se me dio a entender una verdad, que es cumplimiento de todas las verdaderas; no sé yo decir cómo, porque no vi nada. Dijéronme, sin ver quién, mas bien entendí ser la

---

[1] Así escribe la santa, con elipsis del auxiliar «ha».
[2] Se refiere, naturalmente, a su espíritu.

mesma verdad. —*«No es poco esto que hago por ti, que una de las cosas es en que mucho me debes; porque todo el daño que viene al mundo es de no conocer las verdades de la Escritura con clara verdad; no faltará una tilde de ella.»* A mí me pareció que siempre yo había creído ésto, y que todos los fieles lo creían. Díjome: —*«¡Ay, hija, qué pocos me aman con verdad! Que si me amasen, no les encubriría yo mis secretos. ¿Sabes qué es amarme con verdad? Entender que todo es mentira lo que no es agradable a mí. Con claridad verás esto que ahora no entiendes, en lo que aprovecha a tu alma»*[3].

2. Y ansí lo he visto, sea el Señor alabado, que después acá tanta vanidad y mentira me parece lo que yo no veo va guiado al servicio de Dios, que no lo sabría yo decir cómo lo entiendo, y la lástima que me hacen los que veo con la escuridad que están en esta verdad, y con esto otras ganancias que aquí diré y muchas no sabré decir. Díjome aquí el Señor una particular palabra de grandísimo favor[4]. Yo no sé cómo esto fue, porque no vi nada; mas quedé de una suerte, que tampoco sé decir, con grandísima fortaleza, y muy de veras para cumplir con todas mis fuerzas la más pequeña parte de la Escritura divina. Paréceme que ninguna cosa se me ponía delante que no pasase por esto.

3. Quedóme una verdad de esta divina verdad que se me representó, sin saber cómo ni qué, esculpida, que me hace tener un nuevo acatamiento a Dios, porque da noticia de Su Majestad y poder, de una manera que no se puede decir: sé entender que es una gran cosa. Quedóme muy gran gana de no hablar sino cosas muy verdaderas, que vayan delante de lo que acá se trata en el mundo, y ansí comencé a tener pena de vivir en él. Dejóme con gran ternura y regalo y humildad. Paréceme que, sin entender cómo, me dio el Señor aquí mucho; no me quedó ninguna sospecha de que era ilusión. No vi nada, mas entendí el gran bien que hay en no hacer caso de cosa[5] que no sea para llegarnos más a Dios; y ansí entendí qué cosa es andar un alma en verdad delante de la mesma verdad[6]. Esto que entendí es darme el Señor a entender que es la mesma verdad.

---

[3] Sentido prebarroco del «desengaño», que la propia santa había formulado con anterioridad: *todo es nada.*

[4] Intento de explicar con palabras lo que de suyo es inefable.

[5] Curiosa paronomasia.

[6] Se trata de una primera formulación de la que será luego profunda doctrina teresiana sobre la humanidad, que hallará desarrollo preciso en *Las Moradas* (en especial, VI, y en la *Relación,* 28).

4. Todo lo que he dicho entendí hablándome algunas veces, y otras sin hablarme, con más claridad algunas cosas que las que por palabras se me decían. Entendí grandísimas verdades sobre esta verdad, más que si muchos letrados me lo hubieran enseñado. Paréceme que en ninguna manera[7] me pudieran imprimir ansí, ni tan claramente se me diera a entender la vanidad de este mundo.

Esta verdad que digo se me dio a entender, es en sí mesma verdad, y es sin principio ni fin, y todas las demás verdades dependen de esta verdad, como todos los demás amores de este amor, y todas las demás grandezas de esta grandeza, aunque esto va dicho escuro para la claridad con que a mí el Señor quiso se me diese a entender. ¡Y cómo se parece el poder de esta majestad, pues en tan breve tiempo deja tan gran ganancia y tales cosas imprimidas en el alma! ¡Oh Grandeza y Majestad mía! ¿Qué hacéis, Señor mío, todo poderoso? ¡Mirad a quién hacéis tan soberanas mercedes! ¿No os acordáis que ha sido esta alma un abismo de mentiras y piélago de vanidades[8], y todo por mi culpa, que con haberme Vos dado natural de aborrecer el mentir, yo mesma me hice tratar en muchas cosas mentira? ¿Cómo se sufre, Dios mío, cómo se compadece tan gran favor y merced, a quien tan mal os lo ha merecido?

5. Estando una vez en las Horas con todas, de presto[9] se recogió mi alma y parecióme ser como un espejo claro toda, sin haber espaldas ni lados ni alto ni bajo que no estuviese toda clara, y en el centro de ella se me representó Cristo nuestro Señor, como lo suelo ver[10]. Parecíame en todas las partes de mi alma le vía claro como en un espejo, y también este espejo —yo no sé decir cómo— se esculpía todo en el mesmo Señor por una comunicación que yo no sabré decir, muy amorosa. Sé que me fue esta visión de gran provecho cada vez que se me

---

7 Se entiende «en ninguna manera humana», ya que mediante la percepción mística le ha quedado así impreciso.

8 Lenguaje críptico a base de paradojas y oxímoros, a veces con reminiscencias librescas, en contra de lo que suele ser en ella usual. *abismo de mentiras* y *piélago de vanidades* poseen una formulación literaria ya antes consolidada.

9 *De presto:* «súbitamente». En *todas* se refiere a las monjas.

10 Es este uno de los períodos que los teresianistas han considerado clave para la fundamentación de la doctrina de Santa Teresa. Tomás de la Cruz habla en concreto de que de ella brotó el libro de *Las Moradas,* parte del *Camino de perfección* y varios de las *Relaciones*.

acuerda[11], en especial cuando acabo de comulgar. Dióseme a entender que estar un alma en pecado mortal es cubrirse este espejo de gran niebla y quedar muy negro, y ansí no se puede representar ni ver este Señor, aunque esté siempre presente dándonos el ser; y que los herejes es como si el espejo fuese quebrado, que es muy peor que escurecido[12]. Es muy diferente el cómo se ve a decirse, porque se puede mal dar a entender. Mas hame hecho mucho provecho y gran lástima de las veces que con mis culpas escurecí mi alma para no ver este Señor.

6. Paréceme provechosa esta visión para personas de recogimiento, para enseñarse a considerar a el Señor en lo muy interior de su alma; que es consideración que más se apega, y muy más frutuosa que fuera de sí —como otras veces he dicho— y en algunos libros de oración está escrito, adonde se ha de buscar a Dios[13]; en especial lo dice el glorioso San Agustín, que ni en las plazas ni los contentos ni por ninguna parte que le buscaba, le hallaba como dentro de sí[14]. Y esto es muy claro ser mijor; y no es menester ir al cielo, ni más lejos que a nosotros mesmos, porque es cansar el espíritu y distraer el alma y no con tanto fruto.

7. Una cosa quiero avisar aquí, porque[15] si alguno la tuviere, que acaece en gran arrobamiento; que pasado aquel rato que el alma está en unión, que del todo tiene asortas las potencias (y esto dura poco, como he dicho) quedarse el alma recogida, y aun en el esterior no poder tornar en sí, mas quedan las dos potencias memoria y entendimiento, casi con frenesí, muy desatinadas[16]. Esto digo que acaece alguna vez,

---

[11] Para el sentido de la frase pudo emplear el verbo «fue» en presente. Hay aquí una traslación temporal característica que trae al presente de la autora un hecho habitual citado en tiempo pasado.

[12] *Y que los herejes es:* «y que en los herejes sucede».

[13] Se refiere a los libros de oración conocidos: *Tercer Abecedario,* de F. de Osuna; *Subida del Monte Sión,* de B. de Laredo; *Arte de servir a Dios,* de Alonso de Madrid, etc.

[14] Se refiere a los *Soliloquios,* c. 31, p. 11, 888. Se trata de una obra apócrifa de San Agustín, de gran difusión y lectura desde la Edad Media. La versión castellana se imprimió por primera vez en Valladolid en torno a 1515.

[15] Responde al sentido de «por». De otra manera quedaría la frase trunca.

[16] Técnicamente dicen los tratadistas que *dura poco* se refiere al éxtasis puro, que mantiene suspensas todas las potencias al que sigue un estado intermedio, semiextático de menor o mayor duración.

en especial a los principios. Pienso si procede de que no puede sufrir nuestra flaqueza natural tanta fuerza de espíritu, y enflaquece la imaginación. Sé que les acaece a algunas personas. Ternía por bueno que se forzasen a dejar por entonces la oración y la cobrasen en otro tiempo aquel que pierden, que no sea junto, porque podrá venir a mucho mal. Y de esto hay espiriencia y de cuán acertado es mirar lo que puede nuestra salud.

8. En todo es menester espiriencia y maestro, porque, llegada el alma a estos términos, muchas cosas se ofrecerán que es menester con quién tratarlo; y si buscado no le hallare, el Señor no le faltará, pues no me ha faltado a mí, siendo la que soy; porque creo hay pocos que hayan llegado a la espiriencia de tantas cosas; y si no la hay, es por demás dar remedio sin inquietar y afligir. Mas esto también tomará el Señor en cuenta, y por esto es mejor tratarlo (como ya he dicho otras veces y aun todo lo que ahora digo, sino que no se me acuerda bien y veo importa mucho), en especial si son mujeres, con su confesor, y que sea tal[17]. Y hay muchas más que hombres, a quien el Señor hace estas mercedes, y esto oí al santo fray Pedro de Alcántara (y también lo he visto yo), que decía aprovechaban mucho más en este camino que hombres, y daba de ello ecelentes razones, que no hay para qué las decir aquí, todas en favor de las mujeres[18].

9. Estando una vez en oración, se me representó muy en breve (sin ver cosa formada, mas fue una representación con toda claridad) cómo se ven en Dios todas las cosas, y como las tiene todas en sí. Saber escribir esto, yo no lo sé; mas quedó muy imprimido en mi alma, y es una de las grandes mercedes que el Señor me ha hecho y de las que más me han hecho confundir y avergonzar, acordándome de los pecados que he hecho. Creo si el Señor fuera servido viera esto en otro tiempo, y si lo viesen los que le ofenden, que no ternían corazón ni atrevimiento para hacerlo. Parecióme, ya digo sin poder afirmarme en que vi nada, mas algo se debe ver, pues yo podré poner esta comparación, sino que es por modo tan sutil y delicado, que el entendimiento no lo debe alcanzar, u yo no me sé entender en estas visiones que no parecen imaginarias, y en

---

[17] Es decir, «que sea un verdadero confesor».

[18] Por una vez se muestra en frases precisas un perceptible feminismo teresiano.

algunas algo de esto debe haber; sino que, como son en arrobamiento, las potencias no lo saben después formar como allí el Señor se lo representa y quiere que lo gocen.

10. Digamos ser la Divinidad como un muy claro diamante, muy mayor que todo el mundo, o espejo, a manera de lo que dije del alma en estotra visión, salvo que es por tan subida manera, que yo no lo sabré encarecer; y que todo lo que hacemos se ve en este diamante, siendo de manera que él encierra todo en sí, porque no hay nada que salga fuera de esta grandeza[19]. Cosa espantosa me fue en tan breve espacio ver tantas cosas juntas aquí en este claro diamante, y lastimosísima[20] cada vez que se me acuerda, ver qué cosas tan feas se representaban en aquella limpieza de claridad, como eran mis pecados. Y es ansí que, cuando se me acuerda, yo no sé cómo lo puedo llevar, y ansí quedé entonces tan avergonzada, que no sabía me parece adónde me meter. ¡Oh, quién pudiese dar a entender esto a los que muy deshonestos y feos pecadores hacen, para que se acuerden que no son ocultos, y que con razón los siente Dios, pues tan presentes a la Majestad pasan, y tan desacatadamente nos habemos[21] delante de Él! Vi cuán bien se merece el infirno por una sola culpa mortal, porque no se puede entender cuán gravísima cosa es hacerla delante de tan gran Majestad, y qué tan fuera de quien Él es son cosas semejantes; y ansí se ve más su misericordia, pues entendiendo nosotros todo esto, nos sufre.

11. Hame hecho considerar si una cosa como ésta ansí deja espantada el alma, ¿qué será el día del juicio, cuando esta majestad claramente se nos mostrará, y veremos las ofensas que hemos hecho? ¡Oh, válame Dios, qué ceguedad es esta que yo he traído! Muchas veces me he espantado en esto que he escrito, y no se espante vuesa merced sino cómo vivo viendo estas cosas y mirándome a mí. ¡Sea bendito por siempre quien tanto me ha sufrido!

12. Estando una vez en oración con mucho recogimiento y suavidad y quietud, parecíame estar rodeada de ángeles y muy cerca de Dios; comencé a suplicar a Su Majestad por la Ilesia. Dióseme a entender el gran provecho que había de hacer una

---

[19] El tema de las comparaciones teresianas con objetos de valor ha sido estudiado con precisión por Luis Ruiz Soler en su trabajo citado.

[20] Se sobreentiende «cosa».

[21] Es decir, «nos encontramos», «nos hallamos».

Orden en los tiempos postreros, y con la fortaleza que los de ella han de sustentar la fee[22].

13. Estando una vez rezando cerca del Santísimo Sacramento, aparecióme un santo cuya Orden ha estado algo caída. Tenía en las manos un libro grande; abrióle y díjome que leyese unas letras que eran grandes y muy legibles, y decían ansí: «En los tiempos advenideros florecerá esta Orden; habrá muchos mártires»[23].

14. Otra vez, estando en Maitines en el coro, se me representaron y pusieron delante seis u siete —me parecen serían— de esta misma Orden, con espadas en las manos. Pienso que se da en esto a entender han de defender la fee; porque otra vez, estando en oración, se arrebató mi espíritu: parecióme estar en un gran campo adonde se combatían muchos, y estos de esta Orden peleaban con gran hervor. Tenían los rostros hermosos y muy encendidos, y echaban muchos en el suelo vencidos, otros mataban. Parecíame esta batalla contra los herejes.

15. A este glorioso santo[24] he visto algunas veces, y me ha dicho algunas cosas y agradecídome la oración que hago por su Orden y prometido de encomendarme a el Señor. No señalo las Órdenes (si el Señor es servido se sepa, las declarará), porque no se agravien otras; mas cada Orden había de procurar, u cada una de ellas por sí, que por sus medios hiciese el Señor tan dichosa su Orden que, en tan gran necesidad como ahora tiene la Ilesia, le sirviesen. ¡Dichosas vidas que en esto se acabaren!

16. Rogóme una persona una vez que suplicase a Dios le diese a entender si sería servicio suyo tomar un obispado. Díjome el Señor acabando de comulgar: —*«Cuando entendiere con toda verdad y claridad que el verdadero señorío es no poseer nada, entonces le podrá tomar»;* dando a entender que ha de estar muy fuera de desearlo ni quererlo quien hubiere de tener perlacías, u al menos de procurarlas[25].

---

[22] El padre Gracián anota «la de Santo Domingo». En cambio, el biógrafo teresiano P. Ribera se refiere a la Compañía de Jesús. Para un análisis pormenorizado de este pasaje y las distintas interpretaciones (véase el estudio de fray Tomás de la Cruz «Pleito sobre visiones», en *Ephemérides Carmeliticae,* 8, 1957, págs. 3-43. Este pasaje fue objeto también de examen atento por parte de la Inquisición, pues entre las acusaciones presentadas contra la ortodoxia del libro se hallaba ésta.

[23] Gracián anota: «Santo Domingo».

[24] De nuevo anota el mismo nombre: Santo Domingo.

[25] Según Gracián, se refiere en concreto al inquisidor Francisco de Soto y Salazar, después obispo de Salamanca.

17. Estas mercedes y otras muchas ha hecho el Señor y hace muy contino a esta pecadora, que me parece no hay para qué las decir; pues por lo dicho se puede entender mi alma, y el espíritu que me ha dado el Señor. Sea bendito por siempre, que tanto cuidado ha tenido de mí.

18. Díjome una vez, consolándome, que no me fatigase (esto con mucho amor), que en esta vida no podíamos estar siempre en un ser; que unas veces tenía hervor y otras estaría sin él; unas con desasosiegos y otras con quietud y tentaciones, mas que esperase en Él y no temiese.

19. Estaba un día pensando si era asimiento darme contento estar con las personas que trato mi alma y tenerlas amor, y a los que yo veo muy siervos de Dios, que me consolaba con ellos, me dijo que si a un enfermo que estaba en peligro de muerte le parece le da salud un médico, que no era virtud dejárselo de agradecer y no le amar. Que qué hubiera hecho, si no fuera por estas personas. Que la conversación de los buenos no dañaba; mas que siempre fuesen mis palabras pesadas y santas[26], y que no los dejase de tratar, que antes sería provecho que daño. Consolóme mucho esto, porque algunas veces, pareciéndome asimiento[27], quería del todo no tratarlos.

Siempre en todas las cosas me aconsejaba este Señor, hasta decirme cómo me había de haber con los flacos[28], y con algunas personas. Jamás se descuida de mí.

20. Algunas veces estoy fatigada de verme para tan poco en su servicio[29], y de ver que por fuerza he de ocupar el tiempo en cuerpo tan flaco y ruin como el mío más de lo que yo querría.

Estaba una vez en oración y vino la hora de ir a dormir, y yo estaba con hartos dolores y había de tener el vómito ordinario[30]. Como me vi tan atada de mí y el espíritu por otra parte queriendo tiempo para sí, vime tan fatigada, que comencé a llorar mucho y a afligirme. Esto no es sola una vez, sino —como digo— muchas, que me parece me daba un enojo contra mí mesma que en forma[31] por entonces me aborrezco.

---

26 Es decir, «palabras ponderadas, sopesadas». Nótese el gusto por emplear vocablos simples en lugar de sus compuestos.

27 Es decir, «atadura a lo humano y terrenal».

28 De fe y vida espiritual, se entiende.

29 Es decir, «útil para tan poco en su servicio».

30 Lo había referido al iniciar su biografía (capítulo 7, núm. 11).

31 Es decir, «en serio», «de hecho».

Mas lo contino es entender de mí que no me tengo aborrecida, ni falto a lo que veo me es necesario. Y plega al Señor que no tome muchas más de lo que es menester, que sí debo hacer. Esta que digo, estando en esta pena, me apreció el Señor y regaló mucho, y me dijo que hiciese yo estas cosas por amor de Él y lo pasase, que era menester ahora mi vida. Y ansí me parece que nunca me vi en pena después que estoy determinada a servir con todas mis fuerzas a este Señor y consolador mío que, aunque me dejaba un poco padecer, no me consolaba[32] de manera que no hago nada en desear trabajos. Y ansí ahora no me parece hay para qué vivir sino para esto, y lo que más de voluntad pido a Dios. Dígole algunas veces con toda ella: —«Señor, u morir u padecer; no os pido otra cosa para mí[33]». Dame consuelo oír el relox, porque me parecer me allego un poquito más para ver a Dios de que veo ser pasada aquella hora de la vida.

21. Otras veces estoy de manera que ni siento vivir ni me parece he gana de morir, sino con una tibieza y escuridad en todo, como he dicho, que tengo muchas veces, de grandes trabajos[34]. Y con haber querido el Señor se sepan en público estas mercedes que Su Majestad me hace (como me lo dijo algunos años ha, que lo habían de ser, que me fatigué yo harto, y hasta ahora no he pasado poco, como vuesa merced sabe, porque cada uno lo toma como le parece), consuelo me ha sido no ser por mi culpa; porque en no lo decir sino a mis confesores u a personas que sabía de ellos los sabían[35], he tenido gran aviso y estremo; y no por humildad, sino porque, como he dicho, aun a los mesmos confesores me daba pena decirlo. Ahora ya, gloria a Dios (aunque mucho me mormuran, y con buen celo, y otros temen tratar conmigo y aun confesarme, y otros me dicen hartas cosas), como entiendo que por este medio ha querido el Señor remediar algunas almas (porque lo he visto claro, y me acuerdo de lo mucho que por una sola pasara el Señor), muy poco se me da de todo. No sé si es parte para esto haberme Su Majestad metido en este rincon-

---

32 Posee sentido afirmativo: «me consolaba».

33 Véase a este respecto *Tiempo y Vida,* cit.

34 Se refiere a ciertos estados de espíritu de los que ya ha hablado (cap. 30).

35 Es decir, «yo lo decía a quienes lo sabían por haberlo dicho mis confesores».

cito tan encerrado[36], y adonde ya, como cosa muerta, pensé no hubiera más memoria de mí; mas no ha sido tanto como yo quisiera, que forzado he de hablar algunas personas; mas, como no estoy adonde me vean, parece ya fue el Señor servido echarme a un puerto, que espero en Su Majestad será siguro.

22. Por estar ya fuera de mundo y entre poca y santa compañía miro como desde lo alto, y dáseme ya bien poco de que digan si se sepa. En más ternía se aprovechase un tantito un alma que todo lo que de mí se pueda decir; que después que estoy aquí, ha sido el Señor servido que todos mis deseos paren en esto. Y hame dado una manera de sueño en la vida, que casi siempre me parece estoy soñando lo que veo, ni contento ni pena, que sea mucha, no la veo en mí. Si alguna[37] me dan algunas cosas, pasa con tanta brevedad que yo me maravillo, y deja el sentimiento como una cosa que soñó. Y esto es entera verdad, que aunque después yo quiera holgarme de aquel contento u pesarme de aquella pena, no es en mi mano, sino como lo sería a una persona discreta tener pena u gloria de un sueño que soñó; porque ya mi alma la despertó el Señor de aquello que, por no estar yo mortificada ni muerta a las cosas del mundo, me había hecho sentimiento, y no quiere Su Majestad que se torne a cegar.

23. De esta manera vivo ahora, Señor y padre mío[38]. Suplique vuesa merced a Dios u me lleve consigo u me dé como le sirva. Plega a Su Majestad esto que aquí va escrito haga a vuesa merced algún provecho, que, por el poco lugar[39], ha sido con trabajo; más dichoso sería el trabajo, si he acertado a decir algo que sola una vez se alabe por ello el Señor, que con esto me daría por pagada, aunque vuesa merced luego lo queme.

24. No querría fuese sin que lo viesen las tres personas que vuesa merced sabe[40], pues son y han sido confesores míos; porque, si va mal, es bien pierdan la buena opinión que tienen

---

36 San José de Ávila.

37 Se sobreentiende «pena».

38 Nótese la afectividad con que se dirige al padre García de Toledo.

39 Es decir, «poco tiempo» (vulgarismo semántico).

40 Entre ellas todos citan con claridad al padre Domingo Báñez y como probables a Baltasar Álvarez y Gaspar de Salazar. Santa Teresa buscó también el parecer del padre Juan de Ávila y Gaspar Daza, que sería el intermediario que llevara el libro a Andalucía a manos del maestro Ávila.

de mí; si va bien, son buenos y letrados, y sé que verán de dónde viene y alabarán a quien lo ha dicho por mí.

Su Majestad tenga siempre a vuesa merced de su mano y le haga tan gran santo, que con su espíritu y luz alumbre esta miserable, poco humilde y mucho atrevida, que se ha osado determinar a escribir en cosas tan subidas.

Plega al Señor no haya en ello errado, tiniendo intención y deseo de acertar y obedecer, y que por mí se alabase en algo el Señor, que es lo que ha muchos años que le suplico. Y como me faltan para esto las obras, heme atrevido a concertar esta mi disbaratada vida, aunque no gastando en ello más cuidado ni tiempo de lo que ha sido menester para escribirla, sino puniendo lo que ha pasado por mí con toda la llaneza y verdad que yo he podido[41]. Plega el Señor, pues es poderoso, y si quiere puede, quiera que en todo acierte yo a hacer su voluntad, y no primita se pierda esta alma que con tantos artificios y maneras y tantas veces ha sacado Su Majestad de el infierno y traído a Sí. Amén.

---

[41] Hay aquí una cierta sinceridad mezclada con alguna falsía femenina.

EPÍLOGO

Jhs[1].

1. El Espíritu Santo sea siempre con vuestra merced, amén. No sería malo encarecer a vuesa merced este servicio por obligarle a tener mucho cuidado de encomendarme a nuestro Señor, que sigún lo que he pasado en verme escrita y traer a la memoria tantas miserias mías, bien podría; aunque con verdad puedo decir que he sentido más en escribir las mercedes que el Señor me ha hecho que las ofensas que yo a Su Majestad.

2. Yo he hecho lo que vuestra merced me mandó en alargarme[3], a condición que vuestra merced haga lo que me prometió en romper lo que mal le pareciere. No había acabado de leerlo después de escrito, cuando vuestra merced envía por él. Puede ser vayan algunas cosas mal declaradas y otras puestas dos veces; porque ha sido tan poco el tiempo que he tenido, que no podía tornar a ver lo que escribía. Suplico a vuestra merced lo enmiende y mande trasladar[3], si se ha de llevar a el P. Maestro Ávila[4], porque podría ser conocer alguien la letra. Yo deseo harto se dé orden en cómo lo vea, pues con ese intento lo comencé a escribir; porque, como a él le parezca voy por buen camino, quedaré muy consolada, que ya no me queda más para hacer lo que es en mí. En todo haga vuestra merced

---

1 Este epílogo parece dirigido probablemente al padre García de Toledo. Sin embargo, hay quien piensa que puede ser el maestro Daza el destinatario, pues el *Libro de la vida* estuvo en sus manos después de 1574 para hacerlo llegar al maestro Ávila. De todas formas, nos inclinamos por el primero.

2 Recuerda que García de Toledo le había mandado «que no se le diese nada de alargarse», cap. 30, núm. 22.

3 Es decir, «copiar de nuevo».

4 De hecho, el libro será leído por el Apóstol de Andalucía, que emitió su autorizado juicio.

como le pareciere, y vea está obligado a quien ansí le fía su alma.

3. La de vuestra merced encomendaré yo toda mi vida a nuestro Señor. Por eso dése priesa a servir a Su Majestad para hacerme a mí merced, pues verá vuestra merced, por lo que aquí va, cuán bien se emplea en darse todo —como vuestra merced lo ha comenzado— a quien tan sin tasa se nos da.

4. Sea bendito por siempre, que yo espero en su misericordia nos veremos adonde más claramente vuestra merced y yo veamos las grandes que ha hecho con nosotros y para siempre jamás le alabemos. Amén [5]. Acabóse este libro en junio, año de MDLXII.

«Esta fecha se entiende la primera vez que le escribió la madre Teresa de Jesús, sin distinción de capítulos. Después hizo este traslado, y añadió muchas cosas que acontecieron después desta fecha, como es la fundación del monesterio de San Joseph de Avila, como en la oja 169 pareze. Fray D.º Bañes» [6].

---

[5] Característico final de toda la literatura didáctico-moral.

[6] Después de estas palabras aparecen en el autógrafo seis páginas del mismo puño y letra (P. Báñez) aprobando el libro, destinadas al tribunal de la Inquisición, que lo habia sometido a su censura, como sabemos (véase Introducción). Báñez firmó dicho informe el 7 de julio de 1575, por tanto, diez años después de la última redacción del *Libro de la vida.*

Colección Letras Hispánicas

ÚLTIMOS TÍTULOS PUBLICADOS

327 *La taberna fantástica. Tragedia fantástica de la gitana Celestina,* ALFONSO SASTRE.
Edición de Mariano de Paco (2.ª ed.).
328 *Poesía,* DIEGO HURTADO DE MENDOZA.
Edición de Luis F. Díaz Larios y Olga Gete.
329 *Antonio Azorín,* JOSÉ MARTINEZ RUIZ, «AZORÍN».
Edición de José Manuel Pérez.
330 *Épica medieval española.*
Edición de Manuel Alvar y Carlos Alvar.
331 *Mariana Pineda,* FEDERICO GARCÍA LORCA.
Edición de Luis Martínez Cuitiño (2.ª ed.).
332 *Los siete libros de la Diana,* JORGE DE MONTEMAYOR.
Edición de Asunción Rallo.
333 *Entremeses,* LUIS QUIÑONES DE BENAVENTE.
Edición de Christian Andrés.
334 *Poesía,* CARLOS BARRAL.
Edición de Carme Riera.
335 *Sueños,* FRANCISCO DE QUEVEDO.
Edición de Ignacio Arellano.
336 *La Quimera,* EMILIA PARDO BAZÁN.
Edición de Marina Mayoral.
337 *La Estrella de Sevilla,* ANDRÉS DE CLARAMONTE.
Edición de Alfredo Rodríguez López-Vázquez.
338 *El Diablo Mundo. El Pelayo. Poesías,* JOSÉ DE ESPRONCEDA.
Edición de Domingo Ynduráin.
339 *Teatro,* JUAN DEL ENCINA.
Edición de Miguel Ángel Pérez Priego.
340 *El siglo pitagórico,* ANTONIO ENRÍQUEZ.
Edición de Teresa de Santos.
341 *Ñaque. ¡Ay, Carmela!,* JOSÉ SANCHIS SINISTERRA.
Edición de Manuel Aznar (3.ª ed.).
342 *Poesía,* JOSÉ JEZAMA LIMA.
Edición de Emilio de Armas.
343 *La conjuración de Venecia,* FRANCISCO MARTÍNEZ DE LA ROSA.
Edición de María José Alonso Seoane.
345 *Cecilia Valdés,* CIRILO VILLAVERDE.
Edición de Jean Lamore.

346 *El laberinto de la soledad,* OCTAVIO PAZ.
Edición de Enrico Mario Santí.
347 *Fábulas literarias,* TOMÁS DE IRIARTE.
Edición de Ángel L. Prieto de Paula.
348 *Libro de Apolonio.*
Edición de Dolores Corbella.
349 *Agujero llamado Nevermore. Selección poética (1968-1992),* LEOPOLDO MARÍA PANERO.
Edición de Jenaro Talens.
350 *Los usurpadores,* FRANCISCO AYALA.
Edición de Carolyn Richmond.
351 *Poesías,* SOR JUANA INÉS DE LA CRUZ.
Edición de Carlos González Boixo.
352 *Las siete cucas,* EUGENIO NOEL.
Edición de José Esteban.
353 *Los siete locos,* ROBERTO ARLT.
Edición de Flora Guzmán.
354 *Femeninas. Epitalamio,* RAMÓN DEL VALLE-INCLÁN.
Edición de Joaquín del Valle-Inclán.
355 *Teatro completo,* LUIS DE GÓNGORA.
Edición de Laura Dolfi.
356 *De un momento a otro. El Adefesio,* RAFAEL ALBERTI.
Edición de Gregorio Torres Nebrera.
357 *Diálogo de las cosas acaecidas en Roma,* ALFONSO DE VALDÉS.
Edición de Rosa Navarro Durán (3.ª ed.).
358 *Diálogos del conocimiento,* VICENTE ALEIXANDRE.
Edición de José Mas.
359 *La Araucana,* ALONSO DE ERCILLA.
Edición de Isaías Lerner.
360 *Escenas y tipos matritenses,* RAMÓN DE MESONERO ROMANOS.
Edición de Enrique Rubio Cremades.
361 *Nadie encendía las lámparas,* FELISBERTO HERNÁNDEZ.
Edición de Enriqueta Morillas.
362 *Poesía,* JUAN DE JÁUREGUI.
Edición de Juan Matas Caballero.
363 *Prosa festiva completa,* FRANCISCO DE QUEVEDO.
Edición de Celsa Carmen García Valdés.
364 *El Victorial,* GUTIERRE DIAZ DE GAMES.
Edición de Alberto Miranda.
365 *Flor de Santidad,* RAMÓN DEL VALLE-INCLÁN.
Edición de María Paz Díez Taboada.

366 *De donde son los cantantes,* Severo Sarduy.
Edición de Roberto González Echevarría.
367 *Antología del cuento español contemporáneo,* VV. AA..
Edición de M.ª Ángeles Encinar y Anthony Percival (3.ª ed.).
368 *El mejor alcalde, el rey,* Lope de Vega.
Edición de Frank P. Casa y Berislav Primorac.
369 *Un mundo para Julius,* Alfredo Bryce Echenique.
Edición de Julio Ortega.
370 *Lírica,* Gil Vicente.
Edición de Armando López Castro.
371 *Las lanzas coloradas,* Arturo Uslar Pietri.
Edición de Domingo Miliani.
372 *Poesías completas,* Delmira Agustini.
Edición de Magdalena García Pinto.
373 *Textos medievales de caballerías.*
Edición de José María Viña Liste.
374 *Poesía inédita de juventud,* Federico García Lorca.
Edición de Christian de Paepe.
375 *Ágata ojo de gato,* José Manuel Caballero Bonald.
Edición de Susana Rivera.
377 *Prosa inédita de juventud,* Federico García Lorca.
Edición de Christopher Maurer.
378 *Lucía Jerez,* José Marti.
Edición de Carlos Javier Morales.
379 *Impresiones y paisajes,* Federico Garcia Lorca.
Edición de Rafael Lozano.
380 *Saúl ante Samuel,* Juan Benet.
Edición de John B. Margenot III.
381 *Poesía inédita completa,* Conde de Villamediana.
Edición de José Francisco Ruiz Casanova.
382 *Esto, lo otro y lo de más allá,* Julio Camba.
Edición de Mario Parajón.
383 *Arde el mar,* Pere Gimferrer.
Edición de Jordi Gracia.
384 *Tradiciones peruanas,* Ricardo Palma.
Edición de Carlos Villanes Cairo.
385 *Teatro inédito de juventud,* Federico García Lorca.
Edición de Andrés Soria Olmedo.

De próxima aparición

Ardicia, José-Miguel Ullán.
Edición de Miguel Casado.